Harry Potter

ハリー・ポッターと不死鳥の騎士団

上

J.K.ローリング

松岡佑子＝訳

Harry Potter and the Order of the Phoenix

静山社

ハリー・ポッターと不死鳥の騎士団　上

J・K・ローリング
松岡佑子＝訳

Harry Potter and the Order of the Phoenix

静山社

ハリー・ポッターと不死鳥の騎士団 上 ✴ 目次

主な登場人物

✶ハリー・ポッター
主人公。ホグワーツ魔法魔術学校《まほうまじゅつがっこう》の五年生。
緑の目に黒い髪《かみ》、額《ひたい》には稲妻形《いなずまがた》の傷《きず》

✶ロン・ウィーズリー
ハリーの親友。大家族の末息子《すえむすこ》で、一緒《いっしょ》にホグワーツに通う兄妹《きょうだい》は、
双子《ふたご》でいたずら好きのフレッドとジョージ、妹のジニーがいる

✶ハーマイオニー・グレンジャー
ハリーの親友。マグル（人間）の子なのに、魔法学校《まほうがっこう》の優等生《ゆうとうせい》

✶ドラコ・マルフォイ
スリザリン寮《りょう》の生徒。ハリーのライバル

✶アルバス・ダンブルドア
ホグワーツの校長先生

✶ミネルバ・マクゴナガル
ホグワーツの副校長先生。「変身術《へんしんじゅつ》」の先生

✶シリウス・ブラック（スナッフルズ、またの名をパッドフット）
ハリーの父親の親友で、ハリーの名付け親

✦ルビウス・ハグリッド
ホグワーツの森の番人で「魔法生物飼育学《まほうせいぶつしいくがく》」の先生

✦リーマス・ルーピン
元教師《もときょうし》。ハリーの父親とは、学生時代の親友。狼人間《おおかみにんげん》

✦セブルス・スネイプ
「魔法薬学《まほうやくがく》」の先生

✦ドビー
ハリーを心から尊敬《そんけい》している、元屋敷《もとやしき》しもべ妖精《ようせい》。
いまはホグワーツの厨房《ちゅうぼう》で働いている

✦マッド-アイ・ムーディ
魔法《まほう》の目を持つ老練《ろうれん》の闇払《やみばら》い

✦チョウ・チャン
レイブンクローのシーカー。セドリックの恋人《こいびと》だった

✦ダーズリー一家（バーノンおじさん、ペチュニアおばさん、ダドリー）
ハリーの親せきで育ての親とその息子《むすこ》。
まともじゃないことを毛嫌《けぎら》いする

✦ヴォルデモート（例のあの人）
最強の闇《やみ》の魔法使《まほうつか》い。多くの魔法使《まほうつか》いや魔女《まじょ》を殺した

To Neil, Jessica and David,
who make my world magical

私の世界に魔法をかけてくれた、
夫のニール、子供たちのジェシカとデイビッドに

Original Title: HARRY POTTER AND THE ORDER OF THE PHOENIX

First published in Great Britain in 2003
by Bloomsburry Publishing Plc, 50 Bedford Square, London WC1B 3DP

Japanese edition first published in 2004

This book is published in Japan by arrangement with
the author through The Blair Partnership

第一章　襲《おそ》われたダドリー

　この夏一番の暑い日が暮《く》れようとしていた。プリベット通りの角張《かくば》った大きな家々を、けだるい静けさが覆《おお》っていた。いつもならピカピカの車は家の前の路地でほこりをかぶったままだし、エメラルド色だった芝生《しばふ》もカラカラになって黄ばんでいる——日照りのせいで、ホースで散水することが禁止《きんし》されたからだ。車を洗《あら》い上《あ》げたり芝生《しばふ》を刈《か》ったりする、日ごろの趣味《しゅみ》を奪《うば》われたプリベット通りの住人は、日陰《ひかげ》を求めて涼《すず》しい屋内に引きこもり、吹《ふ》きもしない風を誘《さそ》い込《こ》もうと、窓《まど》を広々と開け放っていた。戸外に取り残されているのは、十代の少年がただ一人。四番地の庭の花壇《かだん》に、仰向《あおむ》けに寝転《ねころ》んでいた。

　やせた黒髪《くろかみ》の、めがねをかけた少年は、短い間にぐんと背丈《せたけ》が伸《の》びたようだが、少し具合の悪そうなやつれた顔をしていた。汚《きたな》いジーンズはぼろぼろ、色のあせたTシャツはだぶだぶ、それにスニーカーの底がはがれかけている。こんな格好《かっこう》のハリー・ポッターが、ご近所のお気に召《め》すわけは

ない。何しろ、みすぼらしいのは法律《ほうりつ》で罰《ばっ》するべきだと考えている連中だ。しかし、この日のハリー・ポッターは、紫陽花《あじさい》の大きな茂《しげ》みの陰《かげ》に隠《かく》されて、道行く人の目にはまったく見えない。もし見つかるとすれば、バーノンおじさんとペチュニアおばさんが居間《いま》の窓《まど》から首を突《つ》き出《だ》し、真下の花壇《かだん》を見下ろした場合だけだ。

いろいろ考え合わせると、ここに隠《かく》れるというアイデアは、我《われ》ながらあっぱれとハリーは思った。熱い固い地面に寝転《ねころ》がるのは、確《たし》かにあまり快適《かいてき》とは言えないが、ここなら、にらみつける誰《だれ》かさんも、ニュースが聞こえなくなるほどの音で歯がみしたり、意地悪な質問《しつもん》をぶつけてくる誰《だれ》かさんもいない。何しろ、おじさん、おばさんと一緒《いっしょ》に居間《いま》でテレビを見ようとすると、必ずそういうことになるのだ。

ハリーのそんな思いが羽を生やして、開いている窓《まど》から飛《と》び込《こ》んでいったかのように、突然《とつぜん》バーノン・ダーズリーおじさんの声がした。

「あいつめ、割《わ》り込《こ》むのをやめたようでよかったわい。ところで、あいつはどこにいるんだ？」

「知りませんわ」ペチュニアおばさんは、どうでもよいという口調だ。「家の中にはいないわ」

バーノンおじさんが、ウーッと唸《うな》った。

「**ニュース番組を見てるだと……**」おじさんが痛烈《つうれつ》にあざけった。「やつのほんとうのねらいを知りたいもんだ。まともな男の子がニュースなんぞに興味《きょうみ》を持つものか――ダドリーなんか、世の中がどうなっているかこれっぽっちも知らん。おそらく首相《しゅしょう》の名前も知らんぞ！　いずれにせよだ、**わしら**のニュースに、**あの連中**のことなぞ出てくるはずが――」

「バーノン、**シーッ！**」ペチュニアおばさんの声だ。「窓《まど》が開いてますよ！」

「ああ――そうだな――すまん」

ダーズリー家は静かになった。朝食用のシリアル「フルーツ・ン・ブラン」印のコマーシャルソングを聞きながら、ハリーは、フィッグばあさんがひょっこり、ひょっこり通《とお》り過《す》ぎるのを眺《なが》めていた。ミセス・フィッグは近くのウィステリア通りに住む、猫好《ねこず》きで変わり者のばあさんだ。ひとりで顔をしかめ、ブツブツつぶやいている。ハリーは、茂《しげ》みの陰《かげ》に隠《かく》れていてほんとうによかったと思った。フィッグばあさんは、最近ハリーに道で出会うたびに、しつこく夕食に誘《さそ》うのだ。ばあさんが角を曲がり姿《すがた》が見えなくなったとき、バーノンおじさんの声が再《ふた》び窓《まど》から流れてきた。

「ダッダーは夕食にでも呼《よ》ばれていったのか？」

「ポルキスさんの所ですよ」ペチュニアおばさんが愛《いと》しげに言った。「あの子はよいお友達がたくさんいて、ほんとうに人気者で……」

ハリーは噴《ふ》き出《だ》したいのをぐっとこらえた。ダーズリー夫妻《ふさい》は息子《むすこ》のダドリーのことになると、あきれるほど親ばかだ。この夏休みの間、ダドリー軍団《ぐんだん》の仲間に夜な夜な食事に招《まね》かれているなどというしゃれにもならないうそを、この親はうのみにしてきた。ハリーはちゃんと知っていた。ダドリーは夕食に招《まね》かれてなどいない。毎晩《まいばん》、悪ガキどもと一緒《いっしょ》になって公園で物を壊《こわ》し、街角でたばこを吸《す》い、通りがかりの車や子供《こども》たちに石をぶつけているだけだ。ハリーは夕方、リトル・ウィンジングを歩き回っているときに、そういう現場《げんば》を目撃《もくげき》している。休みに入ってから毎日のように、ハリーは通りをぶらぶら歩いて、道端《みちばた》のごみ箱から新聞をあさっていたのだ。

七時のニュースを告《つ》げるテーマ音楽が聞こえてきて、ハリーの胃《い》がざわめいた。きっと今夜だ――ひと月も待ったんだから――今夜にちがいない。

「スペインの空港手荷物係のストが二週目に入り、空港に足止めされた夏休みの旅行客の数はこれまでの最高を記録し――」

「そんなやつら、わしなら一生涯《いっしょうがい》シエスタをくれてやる」

アナウンサーの言葉の切れ目で、バーノンおじさんが牙《きば》をむいた。それはどうでもよかった。外の花壇《かだん》で、ハリーは胃《い》の緊張《きんちょう》がゆるむのを感じていた。何事かが起こったのなら、最初のニュースになったはずだ。死とか破壊《はかい》とかのほうが、足止めされた旅行客より重要なんだから。

ハリーはゆっくりフーッと息を吐《は》き、輝《かがや》くような青空を見上げた。今年の夏は、毎日が同じだった。緊張《きんちょう》、期待、つかの間の安堵感《あんどかん》、そしてまた緊張《きんちょう》がつのって……しかも、そのたびに同じ疑問《ぎもん》がますます強くなる。**どうして**、まだ何も起こらないのだろう。

ハリーはさらに耳を傾《かたむ》けた。もしかしたら、マグルには真相がつかめないような、何か些細《ささい》なヒントがあるかもしれない――謎《なぞ》の失踪事件《しっそうじけん》とか、奇妙《きみょう》な事故《じこ》とか……。しかし、手荷物係のストのあとは、南東部のかんばつのニュースが続き(「隣《となり》のやつに聞かせてやりたいもんだ!」バーノンおじさんが大声を出した。「あいつめ、朝の三時にスプリンクラーを回しくさって!」)、それからサレー州でヘリコプターが畑に墜落《ついらく》しそうになったニュース、なんとかという有名な女優《じょゆう》が、これまた有名な夫と離婚《りこん》した話(「こんな不潔《ふけつ》なスキャンダルに、誰《だれ》が興味《きょうみ》を持つものですか」ペチュニアおばさんは口ではフンと言いながら、あらゆる雑誌《ざっし》でこの記事を執拗《しつよう》に読みあさっていた)。

空が燃《も》えるような夕焼けになった。ハリーはまぶしさに目を閉《と》じた。アナウンサーが別のニュースを読み上げた。

「――最後のニュースですが、セキセイインコのバンジー君は、夏を涼《すず》しく過《す》ごす新しい方法を見つけました。バーンズリー町のパブ、『ファイブ・フェザーズ』に飼《か》われているバンジー君は、水上スキーを覚えました! メアリー・ドーキンズ記者が取材しました」

ハリーは目を開けた。セキセイインコの水上スキーまでくれば、もう聞く価値《かち》のあるニュースはないだろう。ハリーはそっと寝返《ねがえ》りを打って腹《はら》ばいになり、ひじとひざとで窓《まど》の下から這《は》い出《だ》す用意をした。

数センチも動かないうちに、矢継《やつ》ぎ早《ばや》にいろいろな出来事が起こった。

銃声《じゅうせい》のような**バシッ**という大きな音が、眠《ねむ》たげな静寂《せいじゃく》を破《やぶ》って鳴《な》り響《ひび》いた。駐車中《ちゅうしゃちゅう》の車の下から猫《ねこ》が一匹《ぴき》サッと飛び出し、たちまち姿《すがた》をくらました。ダーズリー家の居間《いま》からは、悲鳴と、悪態《あくたい》をつくわめき声と、陶器《とうき》の割《わ》れる音が聞こえた。ハリーはその合図を待っていたかのように飛び起き、同時に、刀を鞘《さや》から抜《ぬ》くようにジーンズのベルトから細い杖《つえ》を引《ひ》き抜《ぬ》いた――しかし、立ち上がりきらないうちに、ダーズリー家の開いた窓《まど》に頭のてっぺんをぶつけた。**ガツーン**と音がして、ペチュニアおばさんの悲鳴が一段《いちだん》と大きくなった。

頭が真っ二つに割《わ》れたかと思った。涙目《なみだめ》でよろよろしながら、ハリーは音の出所を突《つ》き止《と》めようと、通りに目を凝《こ》らした。しかし、よろめきながらもなんとかまっすぐに立ったとたん、開け放った窓《まど》から赤紫《あかむらさき》の巨大《きょだい》な手が二本伸《の》びてきて、ハリーの首をがっちりしめた。

「**そいつ――を――しまえ！**」バーノンおじさんがハリーの耳もとですごんだ。「**すぐにだ！　誰《だれ》にも――見られない――うちに！**」

「は――放して！」ハリーがあえいだ。

二人は数秒間もみ合った。ハリーは上げた杖《つえ》を右手でしっかり握《にぎ》りしめたまま、左手でおじさんのソーセージのような指を引《ひ》っ張《ぱ》った。すると、ハリーの頭のてっぺんがひときわ激《はげ》しくうずき、とたんにバーノンおじさんが、電気ショックを受けたかのようにギャッと叫《さけ》んで手を離《はな》した。何か目に見えないエネルギーがハリーの体からほとばしり、おじさんはつかんでいられなくなったらしい。

ハリーはゼイゼイ息を切らしながら紫陽花《あじさい》の茂《しげ》みに前のめりに倒《たお》れたが、体勢《たいせい》を立て直して周りを見回した。バシッという大きな音を立てた何ものかの気配はまったくなかったが、近所のあちこちの窓《まど》から顔がのぞいていた。ハリーは急いで杖《つえ》をジーンズに突《つ》っ込《こ》み、何食わぬ顔をした。

「気持ちのよい夜ですな！」

バーノンおじさんは、レースのカーテン越《ご》しににらみつけている向かいの七番地の奥《おく》さんに手を振《ふ》りながら、大声で挨拶《あいさつ》した。

「いましがた、車がバックファイアしたのを、お聞きになりましたか？　わしもペチュニアもびっくり仰天《ぎょうてん》で！」

詮索好《せんさくず》きのご近所さんの顔が、あちこちの窓《まど》から全部引《ひ》っ込《こ》むまで、おじさんは狂気《きょうき》じみた恐《おそ》ろしい顔でニッコリ笑い続けた。それから、笑顔《えがお》が怒《いか》りのしかめっ面《つら》に変わり、ハリーを手招《てまね》きした。

ハリーは二、三歩近寄《ちかよ》ったが、おじさんが両手を伸《の》ばして再《ふたた》び首しめに取りかかれないよう用心し、距離《きょり》を保《たも》って立ち止まった。

「小僧《こぞう》、**一体全体**あれはなんのつもりだ？」バーノンおじさんのがなり声が怒《いか》りで震《ふる》えていた。

「あれってなんのこと？」

ハリーは冷たく聞き返した。通りの右、左と目を走らせながら、あのバシッという音の正体が見えるかもしれないと、ハリーはまだ期待していた。

「よーいドンのピストルのような騒音《そうおん》を出しおって。わが家のすぐ前で——」

「あの音を出したのは僕《ぼく》じゃない」ハリーはきっぱりと言った。

今度はペチュニアおばさんの細長い馬面《うまづら》が、バーノンおじさんのでっかい赤ら顔の隣《となり》に現《あらわ》れた。ひどく怒《おこ》った顔だ。

「おまえはどうして窓《まど》の下でコソコソしていたんだい？」

「そうだ――ペチュニア、いいことを言ってくれた！　**小僧《こぞう》、わが家の窓《まど》の下で、何をしとった？**」

「ニュースを聞いてた」ハリーがしかたなく言った。

バーノンおじさんとペチュニアおばさんは、いきり立って顔を見合わせた。

「ニュースを聞いてただと！　**またか？**」

「だって、ニュースは毎日変わるもの」ハリーが言った。

「小僧《こぞう》、わしをごまかす気か！　何をたくらんでおるのか、ほんとうのことを言え――『**ニュースを聞いてた**』**なんぞ**、たわごとは聞きあきた！　おまえにははっきりわかっとるはずだ。**あの輩《やから》は**――」

「バーノン、だめよ！」ペチュニアおばさんがささやいた。バーノンおじさんは声を落とし、ハリーに聞き取れないほどになった。「――**あの輩《やから》**のことは、**わしら**のニュースには出てこん！」

「おじさんの知ってるかぎりではね」ハリーが言った。

ダーズリー夫妻《ふさい》は、ほんのちょっとの間ハリーをじろじろ見ていたが、やがてペチュニアおばさんが口を開いた。

「おまえって子は、いやなうそつきだよ。それじゃあ、あの――」

おばさんもここで声をひそめ、ハリーはほとんど読唇術《どくしんじゅつ》で続きの言葉を読み取らなければならなかった。

「――**ふくろうたち**は何してるんだい？　おまえにニュースを運んでこないのかい？」

「はっはーん！」バーノンおじさんが勝《か》ち誇《ほこ》ったようにささやいた。「まいったか、小僧《こぞう》！　おまえらのニュースは、すべてあの鳥どもが運んでくるということぐらい、わしらが知らんとでも思ったか！」

ハリーは一瞬《いっしゅん》迷《まよ》った。ここでほんとうのことを言うのはハリーにとってつらいことだ。もっとも、それを認《みと》めるのが、ハリーにとってどんなにつらいかは、おじさんにもおばさんにもわかりはしないのだが。

「ふくろうたちは……僕《ぼく》にニュースを運んでこないんだ」ハリーは無表情《むひょうじょう》な声で言った。

「信じないよ」ペチュニアおばさんが即座《そくざ》に言った。

「わしもだ」バーノンおじさんも力んで言った。

「おまえがへんてこりんなことをたくらんでるのは、わかってるんだよ」

「わしらはバカじゃないぞ」

「あ、**それこそ**僕《ぼく》にはニュースだ」

ハリーは気が立っていた。ダーズリー夫妻《ふさい》が呼《よ》び止《と》める間も与《あた》えず、ハリーはくるりと背《せ》を向け、前庭の芝生《しばふ》を横切り、庭の低い塀《へい》をまたいで、大股《おおまた》で通りを歩きだした。

やっかいなことになったと、ハリーにはわかっていた。あとで二人と顔をつき合わせたとき、無礼のつけを払《はら》うことになる。しかし、いまはあまり気にならなかった。もっと差《さ》し迫《せま》った問題のほうが頭に引っかかっていたのだ。

あのバシッという音は、誰《だれ》かが「姿《すがた》あらわし」か「姿《すがた》くらまし」をした音にちがいない。屋敷《やしき》しもべ妖精《ようせい》のドビーが姿《すがた》を消すときに出す、あの音そのものだ。もしや、ドビーがプリベット通りにいるのだろうか？　いまこの瞬間《しゅんかん》、ドビーが僕《ぼく》をつけているなんてことがあるだろうか？　そう思いついたとたん、ハリーは急に後ろを振《ふ》り返《かえ》り、プリベット通りをじっと見つめた。しかし、通りにはまったく人気《ひとけ》がないようだった。それに、ドビーが透明《とうめい》になる方法を知らないのは確《たし》かだ。

ハリーはどこを歩いているのかほとんど意識《いしき》せずに歩き続けた。このごろひんぱんにこのあたりを往《ゆ》き来《き》していたので、足がひとりでに気に入った道へと運んでくれる。数歩歩くごとに、ハリーは背後《はいご》を振《ふ》り返《かえ》った。ペチュニアおばさんの、枯《か》れかけたベゴニアの花の中に横たわっていたとき、ハリーの近くに魔法界《まほうかい》の誰《だれ》かがいた。まちがいない。どうして僕《ぼく》に話しかけなかったんだ？

なぜ接触《せっしょく》してこない？　どうしていまも隠《かく》れてるんだ？

いらいらが最高潮《さいこうちょう》になると、確《たし》かだと思っていたことが崩《くず》れてきた。

結局あれは、魔法《まほう》の音ではなかったのかもしれない。ほんのちょっとでいいから、自分の属《ぞく》するあの世界からの接触《せっしょく》が欲《ほ》しいと願うあまり、ごくあたりまえの音に過剰反応《かじょうはんのう》してしまっただけなのかもしれない。近所の家で何かが壊《こわ》れた音だったのかもしれない。そうではないと**自信を持って**言いきれるだろうか？

ハリーは胃《い》に鈍《にぶ》い重苦しい感覚を覚えた。知らず知らずのうちに、この夏中ずっとハリーを苦しめていた絶望感《ぜつぼうかん》が、またしても押《お》し寄《よ》せてきた。

明日もまた、目覚まし時計で五時に起こされるだろう。「日刊予言者新聞《にっかんよげんしゃしんぶん》」を配達してくるふくろうにお金を払《はら》うためだ。――しかし、購読《こうどく》を続ける意味があるのだろうか？　このごろは、一面記事に目を通すとすぐ、ハリーは新聞を捨《す》ててしまった。新聞を発行しているまぬけな連中は、いつになったらヴォルデモートが戻《もど》ってきたことに気づいて、大見出し記事にするのだろう。ハリーはその記事だけを気にしていた。

運がよければ、ほかのふくろうが親友のロンやハーマイオニーからの手紙も運んでくるだろう。もっとも、二人の手紙がハリーに何かニュースをもたらすかもしれないという期待は、とっくの昔に打《う》ち砕《くだ》かれていた。

例のあのことについてはあまり書けないの。当然だけど……手紙が行方《ゆくえ》不明《ふめい》になることも考えて、重要なことは書かないようにと言われているのよ……。私《わたし》たち、とても忙《いそが》しくしているけど、くわしいことはここには書けない……ずいぶんいろんなことが起こっているの。会ったときに全部話すわ……。

でも、いつ僕《ぼく》に会うつもりなのだろう？　はっきりした日付は、誰《だれ》も書いてくれないじゃないか。ハーマイオニーが誕生祝《たんじょういわ》いのカードに「**私《わたし》たち、もうすぐ会えると思うわ**」と走り書きしてきたけど、もうすぐっていつなんだ？　二人の手紙の漠然《ばくぜん》としたヒントから察すると、ハーマイオニーとロンは同じ所にいるらしい。たぶんロンの両親の家だろう。自分がプリベット通りに釘《くぎ》づけになっているのに、二人が「隠《かく》れ穴《あな》」で楽しくやっていると思うとやりきれなかった。実は、あんまり腹《はら》が立ったので、誕生日《たんじょうび》に二人が送ってくれた「ハニーデュークス」のチョコレートをふた箱、開けもせずに捨《す》ててしまったくらいだ。その夜の夕食に、ペチュニアおばさんがしなびたサラダを出してきたときに、ハリーはそれを後悔《こうかい》した。

それに、ロンもハーマイオニーも、何が忙《いそが》しいのだろう？　どうして自分は忙《いそが》しくないのだろう？　二人よりも自分のほうがずっと対処能力《たいしょのうりょく》があることは証明済《しょうめいず》みじゃないのか？　僕《ぼく》のしたことを、みんなは忘《わす》れてしまったのだろうか？　あの墓地《ぼち》に入って、セドリックが殺されるのを目撃《もくげき》し、そしてあの墓石《はかいし》に縛《しば》りつけられ殺されかかったのは、**この僕《ぼく》**じゃなかったのか？

考えるな。ハリーはこの夏の間、もう何百回も、自分に厳《きび》しくそう言い聞かせていた。墓場《はかば》でのことは、悪夢《あくむ》の中でくり返すだけで充分《じゅうぶん》だ。覚めているときまで考《かんが》え込《こ》まなくたっていい。

ハリーは角を曲がってマグノリア・クレセント通りの小道に入った。小道の中ほどで、ガレージに沿《そ》って延《の》びる狭《せま》い路地の入口の前を通った。ハリーが初めて名付け親に目をとめたのは、そのガレージの所だった。少なくともシリウスだけはハリーの気持ちを理解《りかい》してくれているようだ。もちろん、シリウスの手紙にも、ロンやハーマイオニーのと同じく、ちゃんとしたニュースは何も書かれていない。しかし、思わせぶりなヒントではなく、少なくとも、警戒《けいかい》やなぐさめの言葉が書かれている。

君はきっといらいらしていることだろう……おとなしくしていなさい。そうすればすべて大丈夫《だいじょうぶ》だ……気をつけるんだ。むちゃするなよ……。

そうだなぁ――マグノリア・クレセント通りを横切って、マグノリア通りへと曲がり、暗闇《くらやみ》の迫《せま》る遊園地のほうに向かいながらハリーは考えた――これまで（たいていは）シリウスの忠告《ちゅうこく》どおり

に振《ふ》る舞《ま》ってきた。少なくとも、箒《ほうき》にトランクをくくりつけて、自分勝手に「隠《かく》れ穴《あな》」に出かけたいという誘惑《ゆうわく》に負けはしなかった。こんなに長くプリベット通りに釘《くぎ》づけにされ、ヴォルデモート卿《きょう》の動きの手がかりをつかみたい一心で、花壇《かだん》に隠《かく》れるようなまねまでして、こんなにいらいら怒《おこ》っているわりには、僕《ぼく》の態度《たいど》は実際《じっさい》上出来だとハリーは思った。

それにしても、魔法使《まほうつか》いの監獄《かんごく》、アズカバンに十二年間も入れられ、脱獄《だつごく》して、そもそも投獄《とうごく》されるきっかけになった未遂《みすい》の殺人をやりとげようとし、さらに、盗《ぬす》んだヒッポグリフに乗って逃亡《とうぼう》したような人間に、むちゃするなよと諭《さと》されるなんて、まったく理不尽《りふじん》だ。

ハリーは鍵《かぎ》のかかった公園の入口を飛《と》び越《こ》え、乾《かわ》ききった芝生《しばふ》を歩きはじめた。周りの通りと同じように、公園にも人気《ひとけ》がない。ハリーはブランコに近づき、ダドリー一味がまだ壊《こわ》しきっていなかった唯一《ゆいいつ》のブランコに腰《こし》かけ、片腕《かたうで》を鎖《くさり》に巻《ま》きつけてぼんやりと地面を見つめた。もうダーズリー家の花壇《かだん》に隠《かく》れることはできない。あしたは、ニュースを聞く新しいやり方を何か考えないと。それまでは、期待して待つようなことは何もない。また落ち着かない苦しい夜が待ち受けているだけだ。

セドリックの悪夢《あくむ》からは逃《のが》れても、ハリーは別の不安な夢《ゆめ》を見ていた――長い暗い廊下《ろうか》があり、廊下《ろうか》の先はいつも行き止まりで、鍵《かぎ》のかかった扉《とびら》がある――。目覚めているときの閉塞感《へいそくかん》と関係があるのだろうとハリーは思った。額《ひたい》の傷《きず》がしょっちゅうチクチクといやな感じで痛《いた》んだが、ロン、ハーマイオニー、シリウスがいまでもそれに関心を示《しめ》してくれるだろうと考えるほど、ハリーは甘《あま》くはなかった。これまでは、傷痕《きずあと》の痛《いた》みはヴォルデモートの力が再《ふたた》び強くなってきたことを警告《けいこく》していた。しかし、ヴォルデモートが復活《ふっかつ》したいま、しょっちゅう痛《いた》むのは当然予想されることだと、みんなは言うだろう……心配するな……いまに始まったことじゃないと……。

何もかもが理不尽《りふじん》だという怒《いか》りが込《こ》み上《あ》げてきて、ハリーは叫《さけ》びたかった。僕《ぼく》がいなければ、誰《だれ》もヴォルデモートの復活《ふっかつ》を知らなかった！　それなのに、ごほうびは、リトル・ウィンジングにびっしり四週間も釘《くぎ》づけだ。魔法界《まほうかい》とは完全に切《き》り離《はな》され、枯《か》れかかったベゴニアの中に座《すわ》り込《こ》むようなまねまでして聞いたニュースが、セキセイインコの水上スキーだ！　ダンブルドアは、どうしてそう簡単《かんたん》に僕《ぼく》のことが忘《わす》れられるんだ？　僕《ぼく》を呼《よ》びもしないで、どうしてロンとハーマイオニーだけが一緒《いっしょ》にいられるんだ？　シリウスがおとなしくいい子にしていろと諭《さと》すのを、あとどのくらいがまんして聞いてりゃいいんだ？　まぬけな「日刊予言者新聞《にっかんよげんしゃしんぶん》」に投書して、ヴォルデモートが復活《ふっかつ》したと言ってやりたい衝動《しょうどう》を、あとどのくらい抑《おさ》えていればいいんだ？　あれやこれやの激《はげ》しい憤《いきどお》りが頭の中で渦《うず》巻《ま》き、腸《はらわた》が怒《いか》りでよじれた。

そんなハリーを、蒸《む》し暑《あつ》いビロードのような夜が包んだ。熱い、乾《かわ》いた草のにおいがあたりを満たし、公園の柵《さく》の外から低くゴロゴロと聞こえる車の音以外は、何も聞こえない。

どのくらいの時間ブランコに座《すわ》っていたろうか。人声《ひとごえ》がして、ハリーは物思いから覚め、目を上げた。周囲の街灯がぼんやりとした明かりを投げ、公園のむこうからやってくる数人の人影《ひとかげ》を浮《う》かび上《あ》がらせた。一人が大声で下品な歌を歌っている。ほかの仲間は笑っている。転がしている高級そうなレース用自転車から、カチッカチッという軽い音が聞こえてきた。

ハリーはこの連中を知っていた。先頭の人影《ひとかげ》は、まちがいなくいとこのダドリー・ダーズリーで、忠実《ちゅうじつ》な軍団《ぐんだん》を従《したが》えて家に帰る途中《とちゅう》だ。

ダドリーは相変わらず巨大《きょだい》だったが、一年間の厳《きび》しいダイエットと、新たにある能力《のうりょく》が発見されたことで、体格《たいかく》がきたえられ、相当変化していた。バーノンおじさんは、聞いてくれる人なら誰《だれ》でもおかまいなしに自慢《じまん》するのだが、ダドリーは最近、「英国南東部中等学校ボクシング・ジュニアヘビー級チャンピオン」になった。小学校のとき、ハリーはダドリーの最初のサンドバッグ役だったが、その時すでにものすごかったダドリーは、おじさんが「高貴《こうき》なスポーツ」と呼《よ》んでいるもののおかげでいっそうものすごくなっていた。ハリーはもうダドリーなどまったく怖《こわ》いと思わなかったが、それにしても、ダドリーがより強力で正確《せいかく》なパンチを覚えたのは喜ばしいことではなかった。このあたり一帯の子供《こども》たちはダドリーを怖《こわ》がっていた――「あのポッターって子」も札つきの不良で、「セント・ブルータス更生不能非行少年院《こうせいふのうひこうしょうねんいん》」に入っているのだと警戒《けいかい》され怖《こわ》がられていたが、それよりも怖《こわ》いのだ。

ハリーは芝生《しばふ》を横切ってくる黒い影《かげ》を見つめながら、今夜は誰《だれ》をなぐってきたのだろうと思った。**こっちを見ろよ**——人影《ひとかげ》を見ながらハリーは心の中でそう言っている自分に気づいた。**ほーら……こっちを見るんだ……僕《ぼく》はたった一人でここにいる……さあ、やってみろよ……。**

ハリーがここにいるのをダドリーの取《と》り巻《ま》きが見つけたら、まちがいなく一直線にこっちにやってくる。そしたらダドリーはどうする？ 軍団《ぐんだん》の前でメンツを失いたくはないが、ハリーを挑発《ちょうはつ》するのは怖《こわ》いはずだ……ゆかいだろうな、ダドリーがジレンマにおちいるのを見るのは。からかわれてもなんにも反撃《はんげき》できないダドリーを見るのは……。ダドリー以外の誰《だれ》かがなぐりかかってきたら、こっちの準備《じゅんび》はできている——杖《つえ》があるんだ。やるならやってみろ……昔、僕《ぼく》の人生をみじめにしてくれたこいつらを、うっぷんのはけ口にしてやる。

しかし、誰《だれ》も振《ふ》り向《む》かない。ハリーを見もせずに、もう柵《さく》のほうまで行ってしまった。ハリーは後ろから呼《よ》び止《と》めたい衝動《しょうどう》を抑《おさ》えた……けんかを吹《ふ》っかけるのは利口なやり方ではない……魔法《まほう》を使ってはいけない……さもないとまた退学《たいがく》の危険《きけん》をおかすことになる。

ダドリー軍団《ぐんだん》の声が遠のき、マグノリア通りのほうへと姿《すがた》を消した。

ほうらね、シリウス——ハリーはぼんやり考えた。**全然むちゃしてない。おとなしくしているよ。シリウスがやったこととまるで正反対だ。**

ハリーは立ち上がってのびをした。ペチュニアおばさんもバーノンおじさんも、ダドリーが帰ってきたときが正しい帰宅時間《きたくじかん》で、それよりあとは遅刻《ちこく》だと思っているらしい。バーノンおじさんは、今度ダドリーより遅《おそ》く帰ったら納屋《なや》に閉《と》じ込《こ》める、とハリーを脅《おど》していた。そこでハリーは、あくびをかみ殺し、しかめっ面《つら》のまま、公園の出口に向かった。

マグノリア通りは、プリベット通りと同じく角張《かくば》った大きな家が立《た》ち並《なら》び、芝生《しばふ》はきっちり刈《か》り込《こ》まれていたし、これまた四角四面の大物ぶった住人たちは、バーノンおじさんと同じく、磨《みが》き上《あ》げられた車に乗っていた。ハリーは夜のリトル・ウィンジングのほうが好きだった。カーテンのかかった窓々が、暗闇《くらやみ》の中で点々と宝石《ほうせき》のように輝《かがや》いている。それに、家の前を通《とお》り過《す》ぎるとき、ハリーの「非行少年《ひこうしょうねん》」風の格好《かっこう》をブツブツ非難《ひなん》する声を聞かされる恐《おそ》れもない。ハリーは急ぎ足で歩いた。すると、マグノリア通りの中ほどで再《ふた》びダドリー軍団《ぐんだん》が見えてきた。マグノリア・クレセント通りの入口で互《たが》いにさよならを言っているところだった。ハリーはリラの大木の陰《かげ》に身を寄《よ》せて待った。


「……あいつ、豚《ぶた》みたいにキーキー泣いてたよな?」マルコムがそう言うと、仲間がバカ笑いした。

「いい右フックだったぜ、ビッグD」ピアーズが言った。

「またあした、同じ時間だな?」ダドリーが言った。

「俺《おれ》んとこでな。親父《おやじ》たちは出かけるし」ゴードンが言った。

「じゃ、またな」ダドリーが言った。

「バイバイ、ダッド!」

「じゃあな、ビッグＤ！」

ハリーは、軍団《ぐんだん》が全員いなくなるまで待ってから歩きだした。みんなの声が聞こえなくなったとき、ハリーは角を曲がってマグノリア・クレセント通りに入った。急ぎ足で歩くと、ダドリーに声が届《とど》く所まですぐに追いついた。ダドリーはフンフン鼻歌を歌いながら、気ままにぶらぶら歩いていた。

「おい、ビッグＤ！」

ダドリーが振《ふ》り返《かえ》った。

「なんだ」ダドリーが唸《うな》るように言った。「おまえか」

「ところで、いつから『ビッグＤ』になったんだい？」ハリーが言った。

「だまれ」ダドリーは歯がみして顔をそむけた。

「かっこいい名前だ」ハリーはニヤニヤしながらいとこと並《なら》んで歩いた。「だけど、僕《ぼく》にとっちゃ、君はいつまでたっても『ちっちゃなダドリー坊《ぼう》や』だな」

「**だまれ**って言ってるんだ！」

ダドリーはハムのようにむっちりした両手を丸めて拳《こぶし》を握《にぎ》った。

「あの連中は、ママが君をそう呼《よ》んでいるのを知らないのか？」

「だまれよ」

「**ママにも**だまれって言えるかい？　『かわい子ちゃん』とか『ダディちゃん』なんてのはどうだい？　じゃあ、僕《ぼく》もそう呼《よ》んでいいかい？」

ダドリーはだまっていた。ハリーをなぐりたいのをがまんするのに、自制心《じせいしん》を総動員《そうどういん》しているらしい。

「それで、今夜は誰《だれ》をなぐったんだい？」ニヤニヤ笑いをやめながらハリーが聞いた。「また十歳《さい》の子か？　おとといの晩《ばん》、マーク・エバンズをなぐったのは知ってるぞ――」

「あいつがそうさせたんだ」ダドリーが唸《うな》るように言った。

「へー、そうかい？」

「ナマ言いやがった」

「そうかな？　君が後ろ足で歩くことを覚えた豚《ぶた》みたいだ、とか言ったかい？　そりゃ、ダッド、生意気じゃないな。ほんとだもの」

ダドリーのあごの筋肉《きんにく》がひくひくけいれんした。ダドリーをそれだけ怒《おこ》らせたと思うと、ハリーは大いに満足だった。うっぷんを、唯一《ゆいいつ》のはけ口のいとこに注《そそ》ぎ込《こ》んでいるような気がした。

二人は角を曲がり狭《せま》い路地に入った。そこはハリーがシリウスを最初に見かけた場所で、マグノリア・クレセント通りからウィステリア通りへの近道になっていた。路地には人影《ひとかげ》もなく、街灯がないので、路地の両端《りょうはし》に伸《の》びる道よりずっと暗かった。路地の片側《かたがわ》はガレージの壁《かべ》、もう片側《かたがわ》は高い塀《へい》になっていて、そのはざまに足音が吸《す》い込《こ》まれていった。

「あれを持ってるから、自分は偉《えら》いと思ってるんだろう？」

ひと呼吸《こきゅう》置いて、ダドリーが言った。

「あれって？」

「あれ――おまえが隠《かく》しているあれだよ」

ハリーはまたニヤッと笑った。

「ダド、見かけほどバカじゃないんだな？　歩きながら同時に話すなんて芸当は、君みたいなバカ面《づら》じゃできないと思ったけど」

ハリーは杖《つえ》を引《ひ》っ張《ぱ》り出《だ》した。ダドリーはそれを横目で見た。

「許《ゆる》されてないだろ」ダドリーがすぐさま言った。「知ってるぞ。おまえの通ってるあのへんちくりんな学校から追い出されるんだ」

「学校が校則《こうそく》を変えたかもしれないだろう？　ビッグＤ？」

「変えてないさ」そうは言ったものの、ダドリーの声は自信たっぷりとは言えなかった。

ハリーはフフッと笑った。

「おまえなんか、そいつがなけりゃ、おれにかかってくる度胸《どきょう》もないんだ。そうだろう？」ダドリーが歯をむいた。

「君のほうは、四人の仲間に護衛《ごえい》してもらわなけりゃ、十歳《さい》の子供《こども》を打ちのめすこともできないんだ。君がさんざん宣伝《せんでん》してる、ほら、ボクシングのタイトルだっけ？　相手は何歳《なんさい》だったんだい？　七つ？　八つ？」

「教えてやろう。十六だ」ダドリーが唸《うな》った。「それに、おれがやっつけたあと、二十分も気絶《きぜつ》してたんだぞ。しかも、そいつはおまえの二倍も重かったんだ。おまえが杖《つえ》を取り出したって、パパに言ってやるから覚えてろ――」

「今度はパパに言いつけるのかい？　パパのかわいいボクシング・チャンピオンちゃんはハリーのすごい杖《つえ》が怖《こわ》いのかい？」

「夜はそんなに度胸《どきょう》がないくせに。そうだろ？」ダドリーがあざけった。

「**もう夜だよ**、ダッド坊《ぼう》や。こんなふうにあたりが暗くなると、夜って呼《よ》ぶんだよ」

「おまえがベッドに入ったときのことさ！」ダドリーがすごんだ。

ダドリーは立ち止まった。ハリーも足を止め、いとこを見つめた。

ダドリーのでっかい顔から、ほんのわずかに読み取れる表情《ひょうじょう》は、奇妙《きみょう》に勝《か》ち誇《ほこ》っていた。

「僕《ぼく》がベッドでは度胸《どきょう》がないって、何を言ってるんだ？」

ハリーはさっぱりわけがわからなかった。

「僕《ぼく》が何を怖《こわ》がるっていうんだ？　枕《まくら》か何かかい？」

「きのうの夜、聞いたぞ」ダドリーが息をはずませた。「おまえの寝言《ねごと》を。**うめいてたぞ**」

「何を言ってるんだ？」

ハリーはくり返した。しかし、胃袋《いぶくろ》が落《お》ち込《こ》むような、ヒヤリとした感覚が走った。昨夜、ハリーはあの墓場《はかば》に戻《もど》った夢《ゆめ》を見ていたのだ。

ダドリーは吠《ほ》えるような耳ざわりな笑い声を上げ、それから、かん高いヒイヒイ声で口まねをした。

「『セドリックを殺さないで！　セドリックを殺《ころ》さないで！』セドリックって誰《だれ》だ？——おまえのボーイフレンドか？」

「僕《ぼく》——君はうそをついてる」

反射的《はんしゃてき》にそう言ったものの、ハリーは口の中がカラカラだった。ダドリーがうそをついていないことはわかっていた——うそでセドリックのことを知っているはずがない。

「『父さん！　助けて、父さん！　あいつが僕《ぼく》を殺そうとしている。父さん！　うぇーん、うぇーん！』」

「だまれ」ハリーが低い声で言った。「だまれ、ダドリー。さもないと！」

「『父さん、助けにきて！　母さん、助けにきて！　あいつはセドリックを殺したんだ！　父さん、助けて！　あいつが僕《ぼく》を』——**そいつをおれに向けるな！**」

ダドリーは路地の壁際《かべぎわ》まであとずさりした。ハリーの杖《つえ》が、まっすぐダドリーの心臓《しんぞう》を指していた。ダドリーに対する十四年間の憎《にく》しみが、ドクンドクンと脈打《みゃくう》つのを感じた――いまダドリーをやっつけられたらどんなにいいか……徹底的《てっていてき》に呪《のろ》いをかけて、ダドリーに触角《しょっかく》を生やし、口もきけない虫けらのように家まで這《は》って帰らせたい……。

「そのことは二度と口にするな」ハリーがすごんだ。「わかったか？」

「そいつをどっかほかの所に向けろ！」

「聞こえないのか？　**わかったかって**言ってるんだ」

「そいつをほかの所に向けろ！」

「わかったのか？」

「そいつをおれから――」

　ダドリーが冷水を浴びせられたかのように、奇妙《きみょう》な身の毛のよだつ声を上げて息をのんだ。

何かが夜を変えた。星を散りばめた群青色《ぐんじょういろ》の空が、突然《とつぜん》光を奪《うば》われ、真《ま》っ暗闇《くらやみ》になった――星が、月が、路地の両端《りょうはし》の道にある街灯のぼうっとした明かりが消え去った。遠くに聞こえる車の音も、木々のささやきもとだえた。とろりとした宵《よい》が、突然《とつぜん》、突《つ》き刺《さ》すように、身を切るように冷たくなった。二人は、逃《に》げ場《ば》のない森閑《しんかん》とした暗闇《くらやみ》に、完全に取り囲まれた。まるで巨大《きょだい》な手が、分《ぶ》厚《あつ》い冷たいマントを落として路地全体を覆《おお》い、二人に目隠《めかく》しをしたかのようだった。

　一瞬《いっしゅん》、ハリーは、そんなつもりもなく、必死でがまんしていたのに、魔法《まほう》を使ってしまったのかと思った――やがて理性《りせい》が感覚に追いついた――自分には星を消す力はない。ハリーは何か見えるものはないかと、あっちこっちに首を回した。しかし、暗闇《くらやみ》はまるで無重力のベールのようにハリーの目をふさいでいた。

恐怖《きょうふ》にかられたダドリーの声が、ハリーの耳に飛《と》び込《こ》んできた。

「な、何をするつもりだ？　や、やめろ！」

「僕《ぼく》は何もしていないぞ！　だまっていろ。動くな！」

「み、見えない！　ぼく、め、目が見えなくなった！　ぼく――」

「だまってろって言ったろう！」

ハリーは見えない目を左右に走らせながら、身じろぎもせずに立っていた。激《はげ》しい冷気で、ハリーは体中が震《ふる》えていた。腕《うで》には鳥肌《とりはだ》が立ち、首の後ろの髪《かみ》が逆立《さかだ》った――ハリーは開けられるだけ大きく目を開け、周囲に目を凝《こ》らしたが何も見えない。

そんなことは不可能《ふかのう》だ……あいつらがまさかここに……リトル・ウィンジングにいるはずがない……。ハリーは耳をそばだてた……あいつらなら、目に見えるより先に、音が聞こえるはずだ……。

「パパに、い、言いつけてやる！」ダドリーがヒィヒィ言った。「ど、どこにいるんだ？　な、何をして――？」

「だまっててくれないか?」ハリーは歯を食いしばったままささやいた。「聞こうとしてるんだから――」

ハリーは突然《とつぜん》沈黙《ちんもく》した。まさにハリーが恐《おそ》れていた音を聞いたのだ。

路地には二人のほかに何かがいた。その何かが、ガラガラとしわがれた音を立てて、長々と息を吸《す》い込《こ》んでいた。ハリーは恐怖《きょうふ》に打ちのめされ、凍《こお》りつくような外気に震《ふる》えながら立《た》ち尽《つ》くした。

「や、やめろ! こんなことやめろ! なぐるぞ、本気だ!」

「ダドリー、だま――」

ボッカーン。

拳《こぶし》がハリーの側頭に命中し、ハリーは吹《ふ》っ飛《と》んだ。目から白い火花が散った。頭が真っ二つになったかと思ったのは、この一時間のうちにこれで二度目だ。次の瞬間《しゅんかん》、ハリーは地面に打ちつけられ、杖《つえ》が手から飛び出した。

「ダドリーの大バカ!」

ハリーは痛《いた》みで目をうるませながら、あわてて這《は》いつくばり、暗闇《くらやみ》の中を必死で手探《てさぐ》りした。ダドリーがまごまご走り回り、路地の壁《かべ》にぶつかってよろける音が聞こえた。

「**ダドリー、戻《もど》るんだ。あいつのほうに向かって走ってるぞ!**」

ギャーッと恐《おそ》ろしい叫《さけ》び声《ごえ》がして、ダドリーの足音が止まった。同時に、ハリーは背後《はいご》にゾクッとする冷気を感じた。まちがいない。相手は複数《ふくすう》いる。

「ダドリー、口を閉《と》じろ！　何が起こっても、口を開けるな！　杖《つえ》は！」ハリーは死《し》に物狂《ものぐる》いでつぶやきながら、両手をクモのように地面に這《は》わせた。「どこだ――杖《つえ》は――出てこい――ルーモス！　光よ！」

杖《つえ》を探《さが》すのに必死で明かりを求め、ハリーはひとりでに呪文《じゅもん》を唱えていた。――すると、なんとうれしいことに、右手のすぐそばがぼうっと明るくなった。杖先《つえさき》に灯《あか》りがともったのだ。ハリーは杖《つえ》を引っつかみ、あわてて立ち上がり振《ふ》り向《む》いた。

胃《い》がひっくり返った。

フードをかぶったそびえ立つような影《かげ》が、地上から少し浮《う》かび、するするとハリーに向かってくる。足も顔もローブに隠《かく》れた姿《すがた》が、夜を吸《す》い込《こ》みながら近づいてくる。

よろけながらあとずさりし、ハリーは杖《つえ》を上げた。

「守護霊《しゅごれい》よ来たれ！　エクスペクト　パトローナム！」

銀色の気体が杖先《つえさき》から飛び出し、吸魂鬼《きゅうこんき》の動きが鈍《にぶ》った。しかし、呪文《じゅもん》はきちんとかからなかった。ハリーは覆《おお》いかぶさってくる吸魂鬼《きゅうこんき》《ディメンター》から逃《のが》れ、もつれる足でさらにあとずさりした。恐怖《きょうふ》で頭がぼんやりしている――**集中しろ**――。

ぬるっとしたかさぶただらけの灰色《はいいろ》の手が二本、吸魂鬼《きゅうこんき》のローブの中からすべり出て、ハリーのほうに伸《の》びてきた。ハリーはガンガン耳鳴りがした。

「エクスペクト　パトローナム！」

自分の声がぼんやりと遠くに聞こえた。最初のより弱々しい銀色の煙《けむり》が杖《つえ》から漂《ただよ》った――もうこれ以上できない。呪文《じゅもん》が効《き》かない。

ハリーの頭の中で高笑いが聞こえた。鋭《するど》い、かん高い笑い声だ……吸魂鬼《きゅうこんき》のくさった、死人のように冷たい息がハリーの肺《はい》を満たし、おぼれさせた。――**考えろ……何か幸せなことを……**。

しかし、幸せなことは何もない……吸魂鬼《きゅうこんき》の氷のような指が、ハリーののど元に迫《せま》った――かん高い笑い声はますます大きくなる。頭の中で声が聞こえた。

「**死におじぎするのだ、ハリー……痛《いた》みもないかもしれぬ……俺様《おれさま》にはわかるはずもないが……死んだことがないからな……**」

もう二度とロンやハーマイオニーに会えない――。

息をつこうともがくハリーの心に、二人の顔がくっきりと浮《う》かび上《あ》がった。

「エクスペクト　パトローナム！」

ハリーの杖先《つえさき》から巨大《きょだい》な銀色の牡鹿《おじか》が噴出《ふんしゅつ》した。その角が、吸魂鬼《きゅうこんき》の心臓《しんぞう》にあたるはずの場所をとらえた。吸魂鬼《きゅうこんき》は、重さのない暗闇《くらやみ》のように後ろに投げ飛ばされた。牡鹿《おじか》が突進《とっしん》すると、敗北した吸魂鬼《きゅうこんき》はコウモリのようにすうっと飛び去った。

「こっちへ！」

ハリーは牡鹿《おじか》に向かって叫《さけ》んだ。同時にサッと向きを変え、ハリーは杖先《つえさき》の灯《あか》りを掲《かか》げて、全力で路地を走った。

「ダドリー？　ダドリー！」

十歩と走らずに、ハリーはその場所にたどり着いた。ダドリーは地面に丸くなって転がり、両腕《りょううで》でしっかり顔を覆《おお》っていた。二体目の吸魂鬼《きゅうこんき》がダドリーの上にかがみ込《こ》み、ぬるりとした両手でダドリーの手首をつかみ、ゆっくりと、まるで愛《いと》しむように両腕《りょううで》をこじ開け、フードをかぶった顔をダドリーの顔のほうに下げて、まさに接吻《キス》しようとしていた。

「やっつけろ！」

ハリーが大声を上げた。するとハリーの創《つく》り出《だ》した銀色の牡鹿《おじか》は、怒涛《どとう》のごとくハリーの脇《わき》を駆《か》け抜《ぬ》けていった。吸魂鬼《きゅうこんき》の目のない顔が、ダドリーの顔すれすれに近づいた。その時、銀色の角が吸魂鬼《きゅうこんき》をとらえ、空中に放り投げた。吸魂鬼《きゅうこんき》はもう一人の仲間と同じように、宙《ちゅう》に飛び上がり、暗《くら》闇《やみ》に吸《す》い込《こ》まれていった。牡鹿《おじか》は並足《なみあし》になって路地のむこう端《はし》まで駆《か》け抜《ぬ》け、銀色の靄《もや》となって消えた。

月も、星も、街灯も急に生き返った。生温《なまぬる》い夜風が路地を吹《ふ》き抜《ぬ》けた。周囲の庭の木々がざわめき、マグノリア・クレセント通りを走る車の世俗的《せぞくてき》な音が、再《ふたた》びあたりを満たした。

ハリーはじっと立っていた。突然正常《とつぜんせいじょう》に戻《もど》ったことを体中の感覚が感じ取り、躍動《やくどう》していた。ふと気がつくと、Tシャツが体に張《は》りついていた。ハリーは汗《あせ》びっしょりだった。

いましがた起こったことが、ハリーには信じられなかった。吸魂鬼《きゅうこんき》がここに、リトル・ウィンジングに——。

ダドリーはヒンヒン泣き、震《ふる》えながら体を丸めて地面に転がっていた。ハリーは、ダドリーが立ち上がれる状態《じょうたい》かどうかを見ようと身をかがめた。すると、その時、背後《はいご》に誰《だれ》かが走ってくる大きな足音がした。反射的《はんしゃてき》に再《ふた》び杖《つえ》をかまえ、くるりと振《ふ》り返《かえ》り、ハリーは新たな相手に立ち向かおうとした。

近所に住む変わり者のフィッグばあさんが、息せき切って姿《すがた》を現《あらわ》した。灰色《はいいろ》まだらの髪《かみ》はヘアネットからはみ出し、手首にかけた買《か》い物袋《ものぶくろ》はカタカタ音を立てて揺《ゆ》れ、タータンチェックの室内用スリッパは半分脱《ぬ》げかけていた。ハリーは急いで杖《つえ》を隠《かく》そうとした。ところが——。

「バカ、そいつをしまうんじゃない！」

ばあさんが叫《さけ》んだ。

「まだほかにもそのへんに残ってたらどうするんだね？　ああ、マンダンガス・フレッチャーのやつ、あたしゃ**殺してやる！**」

第二章　ふくろうのつぶて

「えっ?」ハリーはポカンとした。

「あいつめ、行っちまった!」フィッグばあさんは手をもみしだいた。

「ちょろまかした大鍋《おおなべ》がまとまった数あるとかで、誰《だれ》かに会いにいっちまった! そんなことしたら、生皮をはいでやるって、あたしゃ言ったのに。言わんこっちゃない! 吸魂鬼《きゅうこんき》! あたしがミスター・チブルスを見張《みは》りにつけといたのが幸いだった! だけど、ここでぐずぐずしてる間はないよ! 急ぐんだ。さあ、あんたを家に帰してやんなきゃ! ああ、大変なことになった! あいつめ、**殺してやる!**」

「でも——」

路地で吸魂鬼《きゅうこんき》に出会ったのもショックだったが、変人で猫狂《ねこぐる》いの近所のばあさんが吸魂鬼《きゅうこんき》のことを知っていたというのも、ハリーにとっては同じくらい大ショックだった。

「おばあさんが——あなたが**魔女《まじょ》？**」

「あたしゃ、できそこないのスクイブさ。マンダンガス・フレッチャーはそれをよく知ってる。だから、あんたが吸魂鬼《きゅうこんき》を撃退《げきたい》するのを、あたしが助けてやれるわけがないだろ？　あんなにあいつに**忠告《ちゅうこく》した**のに、あんたになんの護衛《ごえい》もつけずに置き去りにして——」

「そのマンダンガスが僕《ぼく》をつけてたの？　それじゃ——あの音はその**マンダンガスだった**のか！　僕《ぼく》の家の前から『姿《すがた》くらまし』したんだ！」

「そう、そう、**そうさ**。でも幸いあたしが、万が一を考えて、ミスター・チブルスを車の下に配置しといたのさ。ミスター・チブルスがあたしんとこに、危《あぶ》ないって知らせにきたんだ。でも、あたしがあんたの家に着いたときには、あんたはもういなくなってた——それで、いまみたいなことが——ああ、ダンブルドアが**いったいいなんて**おっしゃるか。おまえさん！」

ばあさんがかん高い声で、まだ路地に仰向《あおむ》けにひっくり返ったままのダドリーを呼《よ》んだ。

「さっさとでかい尻《しり》を上げるんだ。早く！」

「ダンブルドアを知ってるの？」ハリーはフィッグばあさんを見つめた。

「もちろん知ってるともさ。ダンブルドアを知らん者がおるかい？　さあ、**さっさとするんだ**——またやつらが戻《もど》ってきたら、あたしゃなんにもできゃしない。ティーバッグ一つ変身させたことがないんだから」

フィッグばあさんはかがんで、ダドリーの巨大《きょだい》な腕《うで》の片方《かたほう》を、しなびた両手で引《ひ》っ張《ぱ》った。

「**立つんだ**。役立たずのどてかぼちゃ。**立つんだよ！**」

しかし動けないのか動こうとしないのか、ダドリーは動かない。地面に座《すわ》ったまま、口をギュッと結び、血の気の失《う》せた顔で震《ふる》えていた。

「僕《ぼく》がやるよ」ハリーはダドリーの腕《うで》を取り、よいしょと引《ひ》っ張《ぱ》った。さんざん苦労して、ハリーはなんとかダドリーを立ち上がらせたが、ダドリーは気絶《きぜつ》しかけているようだった。小さな目がぐるぐる回り、額《ひたい》には汗《あせ》が噴《ふ》き出《だ》している。ハリーが手を離《はな》したとたん、ダドリーの体がグラッと危《あぶ》なっかしげに傾《かし》いだ。

「急ぐんだ！」フィッグばあさんがヒステリックに言った。

ハリーはダドリーの巨大《きょだい》な腕《うで》の片方《かたほう》を自分の肩《かた》に回し、その重みで腰《こし》を曲げながら、ダドリーを引きずるようにして表通りに向かった。フィッグばあさんは、二人の前をちょこまか走り、路地の角で不安げに表通りをうかがった。

「杖《つえ》を出しときな」ウィステリア通りに入るとき、ばあさんがハリーに言った。「『機密保持法《きみつほじほう》』なんて、もう気にしなくていいんだ。どうせめちゃめちゃに高いつけを払《はら》うことになるんだから、卵泥棒《たまごどろぼう》より、いっそドラゴンを盗《ぬす》んで処刑《しょけい》されるほうがいいってもんさ。『未成年の制限事項《せいげんじこう》』といえば……ダンブルドアが心配なすってたのは、**まさにこれ**だったたんだ――通りああ、ミスター・プレンティスかい……ほら、杖《つえ》を下ろすんじゃないよ。あたしゃ役立たずだって、何度も言っただろう？」

杖《つえ》を掲《かか》げながら、同時にダドリーを引《ひ》っ張《ぱ》っていくのは楽ではなかった。ハリーはいらいらして、いとこの肋骨《ろっこつ》に一発お見舞《みま》いしたが、ダドリーは自分で動こうとする気持ちをいっさい失ったかのようだった。ハリーの肩《かた》にもたれかかったまま、でかい足が地面をずるずる引きずっていた。

「フィッグさん、スクイブだってことをどうして教えてくれなかったの？」

ハリーは歩き続けるだけで精《せい》いっぱいで、息を切らしながら聞いた。

「ずっとあなたの家に行ってたのに──どうしてなんにも言ってくれなかったの？」

「ダンブルドアのお言いつけさ。あたしゃ、あんたを見張《みは》ってたけど、なんにも言わないことになってた。あんたは若《わか》すぎたし。ハリー、つらい思いをさせてすまなかったね。でも、あんたがあたしんとこに来るのが楽しいなんて思うようじゃ、ダーズリーはあんたを預《あず》けなかったろうよ。わかるだろ。あたしも楽じゃなかった……しかし、ああ、どうしよう」

ばあさんは、また手をもみしだきながら悲痛《ひつう》な声を出した。

「ダンブルドアがこのことを聞いたら──マンダンガスのやつ、夜中までの任務《にんむ》のはずだったのに、なんで行っちまったんだい──**あいつはどこにいるんだ？**　ダンブルドアに事件《じけん》を知らせるのに、どうしたらいいんだろ？　あたしゃ、『姿《すがた》あらわし』できないんだ」

「僕《ぼく》、ふくろうを持ってるよ。使っていいです」ハリーはダドリーの重みで背骨《せぼね》が折れるのではないかと思いながらうめいた。

「ハリー、わかってないね！　ダンブルドアはいますぐ行動を起こさなきゃならないんだ。何せ、魔法省《まほうしょう》は独自《どくじ》のやり方で未成年者の魔法使用《まほうしよう》を見つける。もう見つかっちまってるだろう。きっとそうさ」

「だけど、僕《ぼく》、吸魂鬼《きゅうこんき》を追《お》い払《はら》ったんだ。魔法《まほう》を使わなきゃならなかった――魔法省《まほうしょう》は、吸魂鬼《きゅうこんき》がウィステリア通りを浮遊《ふゆう》して、何をやってたのか、そっちのほうを心配すべきだ。そうでしょう？」

「ああ、あんた、そうだったらいいんだけど、でも残念ながら――**マンダンガス・フレッチャーめ、殺してやる！**」

バシッと大きな音がして、酒臭《さけくさ》さとむっとするたばこのにおいがあたりに広がり、ぼろぼろのオーバーを着た、無精《ぶしょう》ひげのずんぐりした男が、目の前に姿《すがた》を現《あらわ》した。ガニマタの短足、長い赤茶色のざんばら髪《がみ》、それに血走った腫《は》れぼったい目が、バセット・ハウンド犬の悲しげな目つきを思わせた。手には何か銀色のものを丸めて握《にぎ》りしめている。ハリーはそれが「透明《とうめい》マント」だとすぐにわかった。

「どーした、フィギー？」男は、フィッグばあさん、ハリー、ダドリーと順に見つめながら言った。「正体がばれねぇようにしてるはずじゃねぇのかい？」

「おまえを**ばらしてやる！**」フィッグばあさんが叫《さけ》んだ。

「**吸魂鬼《きゅうこんき》だ**。このろくでなしのくされ泥棒《どろぼう》！」

「吸魂鬼《きゅうこんき》？」マンダンガスが仰天《ぎょうてん》してオウム返しに言った。「吸魂鬼《きゅうこんき》？　ここにかい？」

「ああ、ここにさ。役立たずのコウモリのクソめ。ここにだよ！」フィッグばあさんがキンキン声で言った。「吸魂鬼《きゅうこんき》が、おまえの見張《みは》ってるこの子を襲《おそ》ったんだ！」

「とんでもねえこった」マンダンガスは弱々しくそう言うと、フィッグばあさんを見て、ハリーを見て、またフィッグばあさんを見た。「とんでもねえこった。おれは――」

「それなのに、おまえときたら、盗品《とうひん》の大鍋《おおなべ》を買いにいっちまった。あたしゃ、行くなって言ったろう？　**言ったろうが？**」

「おれは――その、あの――」マンダンガスはどうにも身の置き場がないような様子だ。

「その――いい商売のチャンスだったもんで、なんせ――」

フィッグばあさんは手《て》さげ袋《ぶくろ》を抱《かか》えたほうの腕《うで》を振《ふ》り上《あ》げ、マンダンガスの顔と首のあたりを張《は》り飛《と》ばした。ガンッという音からして、袋《ふくろ》にはキャット・フーズの缶詰《かんづめ》が詰《つ》まっているらしい。

「痛《いて》え――やーめろ――やーめろ、このくそばばぁ！　誰《だれ》かダンブルドアに知らせねえと！」

「その――とおり――だわい！」

フィッグばあさんは缶詰《かんづめ》入り手《て》さげ袋《ぶくろ》をぶん回し、どこもかしこもおかまいなしにマンダンガスを打った。

「それに――おまえが――知らせに――行け――そして――自分で――ダンブルドアに――言うんだ――どうして――おまえが――その場に――いなかったのかって！」

「とさかを立てるなって！」マンダンガスは身をすくめて腕《うで》で顔を覆《おお》いながら言った。「行くから。おれが行くからよう！」

そしてまた**バシッ**という音とともに、マンダンガスの姿《すがた》が消えた。

「ダンブルドアがあいつを**死刑**《しけい》にすりゃあいいんだ！」フィッグばあさんは怒《いか》り狂《くる》っていた。

「さあ、ハリー、**早く**。何をぐずぐずしてるんだい？」

ハリーは、大荷物のダドリーの下で、歩くのがやっとだと言いたかったが、すでに息もたえだえで、これ以上息のむだ使いはしないことにした。半死半生のダドリーを揺《ゆ》すり上《あ》げ、よろよろと前進した。

「戸口まで送るよ」プリベット通りに入るとフィッグばあさんが言った。「連中がまだそのへんにいるかもしれん……ああ、まったく。なんてひどいこった……そいで、おまえさんは自分でやつらを撃退《げきたい》しなきゃならなかった……そいで、ダンブルドアは、どんなことがあってもおまえさんに魔《ま》法《ほう》を使わせるなって、あたしらにお言いつけなすった……まあ、こぼれた魔法薬《まほうやく》、盆《ぼん》に返らずってとこか……しかし、猫《ねこ》の尾《お》を踏《ふ》んじまったね」

「それじゃ」ハリーはあえぎながら言った。「ダンブルドアは……ずっと僕《ぼく》を……つけさせてたの？」

「もちろんさ」フィッグばあさんが急《せ》き込《こ》んで言った。「ダンブルドアがおまえさんをひとりでほっつき歩かせると思うかい？　六月にあんなことが起こったあとで？　まさか、あんた。もう少し賢《かしこ》いかと思ってたよ……さあ……家の中に入って、じっとしてるんだよ」

三人は四番地に到着《とうちゃく》していた。

「誰《だれ》かがまもなくあんたに連絡《れんらく》してくるはずだ」

「おばあさんはどうするの？」ハリーが急いで聞いた。

「あたしゃ、まっすぐ家に帰るさ」フィッグばあさんは暗闇《くらやみ》をじっと見回して、身震《みぶる》いしながら言った。「指令が来るのを待たなきゃならないんでね。とにかく家の中にいるんだよ。おやすみ」

「待って。まだ行かないで！　僕《ぼく》、知りたいことが――」

しかし、スリッパをパタパタ、手《て》さげ袋《ぶくろ》をカタカタ鳴らして、フィッグばあさんはもう小走りに駆《か》けだしていた。

「待って！」

ハリーは追いすがるように叫《さけ》んだ。ダンブルドアと接触《せっしょく》のある人なら誰《だれ》でもいいから、聞きたいことがごまんとあった。しかし、あっという間に、フィッグばあさんは闇《やみ》にのまれていった。顔をしかめ、ハリーはダドリーを背負《せお》いなおし、四番地の庭の小道を痛々《いたいた》しくゆっくりと歩いていった。

玄関《げんかん》の灯《あか》りはついていた。ハリーは杖《つえ》をジーンズのベルトにはさみ込《こ》んで、ベルを鳴らし、ペチュニアおばさんがやってくるのを見ていた。おばさんの輪郭《りんかく》が、玄関《げんかん》のガラス戸のさざ波模様《なみもよう》で奇妙《きみょう》にゆがみながら、だんだん大きくなってきた。

「ダドちゃん！　遅《おそ》かったわね。ママはとってもーーとってもーー**ダドちゃん！　どうしたの？**」

ハリーは横を向いてダドリーを見た。そして、ダドリーのわきの下からサッと身を引いた。間一髪《かんいっぱつ》。ダドリーはその場で一瞬《いっしゅん》ぐらりとした。顔が青ざめている……そして、口を開け、玄関《げんかん》マットいっぱいに吐《は》いた。

「**ダドちゃん！**　ダドちゃん、どうしたの？　バーノン？　**バーノン！**」

バーノンおじさんが、居間《いま》からドタバタと出てきた。興奮《こうふん》したときの常《つね》で、セイウチ口ひげをあっちへゆらゆらこっちへゆらゆらさせながら、おじさんはペチュニアおばさんを助けに急いだ。おばさんは反吐《へど》の海に足を踏《ふ》み入《い》れないようにしながら、ぐらぐらしているダドリーを何とかして玄関《げんかん》に上げようとしていた。

「バーノン、この子、病気だわ！」

「坊主《ぼうず》、どうした？　何があった？　ポルキスの奥《おく》さんが、夕食に異物《いぶつ》でも食わせたのか？」

「泥《どろ》だらけじゃないの。坊《ぼう》や、どうしたの？　地面に寝転《ねころ》んでたの？」

「待てよ――チンピラにやられたんじゃあるまいな？　え？　坊主《ぼうず》」

ペチュニアおばさんが悲鳴を上げた。

「バーノン、警察《けいさつ》に電話よ！　警察《けいさつ》を呼《よ》んで！　ダドちゃん。かわいこちゃん。ママにお話しして！　チンピラに何をされたの？」

てんやわんやの中で、誰《だれ》もハリーに気づかないようだった。そのほうが好都合だ。ハリーはバーノンおじさんが戸をバタンと閉《し》める直前に家の中にすべり込《こ》んだ。ダーズリー一家がキッチンに向かって騒々《そうぞう》しく前進している間、ハリーは慎重《しんちょう》に、こっそりと階段《かいだん》へと向かった。

「坊主《ぼうず》、誰《だれ》にやられた？　名前を言いなさい。捕《つか》まえてやる。心配するな」

「シッ！　バーノン、何か言おうとしてますよ！　ダドちゃん、なあに？　ママに言ってごらん！」

ハリーは階段《かいだん》の一番下の段《だん》に足をかけた。その時、ダドリーが声を取《と》り戻《もど》した。

「**あいつ**」

ハリーは階段《かいだん》に足をつけたまま凍《こお》りつき、顔をしかめ、爆発《ばくはつ》に備《そな》えて身がまえた。

「**小僧《こぞう》！　こっちへ来い！**」

恐《おそ》れと怒《いか》りが入りまじった気持ちで、ハリーはゆっくり足を階段《かいだん》から離《はな》し、ダーズリー親子に従《したが》った。

徹底的《てっていてき》に磨《みが》き上《あ》げられたキッチンは、表《おもて》が暗かっただけに、妙《みょう》に現実離《げんじつばな》れして輝《かがや》いていた。ペチュニアおばさんは、真っ青でじっとりした顔のダドリーを椅子《いす》のほうに連れていった。バーノンおじさんは水切りかごの前に立ち、小さい目を細くしてハリーをねめつけていた。

「息子《むすこ》に何をした?」おじさんは脅《おど》すように唸《うな》った。

「なんにも」ハリーには、バーノンおじさんがどうせ信じないことがはっきりわかっていた。

「ダドちゃん、あの子が何をしたの?」ペチュニアおばさんは、ダドリーの革《かわ》ジャンの前をスポンジできれいにぬぐいながら、声を震《ふる》わせた。

「あれ——ねえ、『例のあれ』なの? あの子が使ったの? ——あの子の**あれ**を?」

ダドリーがゆっくり、びくびくしながらうなずいた。

ペチュニアおばさんがわめき、バーノンおじさんが拳《こぶし》を振《ふ》り上《あ》げた。

「やってない!」ハリーが鋭《するど》く言った。「僕《ぼく》はダドリーになんにもしていない。僕《ぼく》じゃない。あれは——」

ちょうどその時、コノハズクがキッチンの窓《まど》からサーッと入ってきた。バーノンおじさんの頭のてっぺんをかすめ、キッチンの中をスイーッと飛んで、くちばしにくわえていた大きな羊皮紙の封《ふう》筒《とう》をハリーの足元に落とし、優雅《ゆうが》に向きを変え、羽の先端《せんたん》で冷蔵庫《れいぞうこ》の上を軽く払《はら》い、そして、再《ふた》びび外へと滑走《かっそう》し、庭を横切って飛び去った。

「**ふくろうめ!**」

バーノンおじさんがわめいた。こめかみに、おなじみの怒《いか》りの青筋《あおすじ》をピクピクさせ、おじさんはキッチンの窓《まど》をピシャリと閉《し》めた。

「またふくろうだ！　わしの家でこれ以上ふくろうは許《ゆる》さん！」

しかしハリーは、すでに封筒《ふうとう》を破《やぶ》り、中から手紙を引《ひ》っ張《ぱ》り出《だ》していた。心臓《しんぞう》はのどぼとけのあたりでドキドキしている。

親愛なるポッター殿《どの》

我々《われわれ》の把握《はあく》した情報《じょうほう》によれば、貴殿《きでん》は今夜九時二十三分すぎ、マグルの居住地区《きょじゅうちく》にて、マグルの面前で、守護霊《しゅごれい》の呪文《じゅもん》を行使した。

「未成年魔法使《みせいねんまほうつか》いの妥当《だとう》な制限《せいげん》に関する法令」の重大な違反《いはん》により、貴殿《きでん》はホグワーツ魔法《まほう》魔術学校《まじゅつがっこう》を退学処分《たいがくしょぶん》となる。魔法省《まほうしょう》の役人がまもなく貴殿《きでん》の住居《じゅうきょ》に出向き、貴殿《きでん》の杖《つえ》を破《は》壊《かい》するであろう。

貴殿《きでん》には、すでに「国際魔法戦士連盟機密保持法《こくさいまほうせんしれんめいきみつほじほう》」の第十三条違反《じょういはん》の前科があるため、遺《い》憾《かん》ながら、貴殿《きでん》は魔法省《まほうしょう》の懲戒尋問《ちょうかいじんもん》への出席が要求されることをお知らせする。尋問《じんもん》は八月十二日午前九時から魔法省《まほうしょう》にて行われる。

貴殿《きでん》のご健勝をお祈《いの》りいたします。

敬具《けいぐ》

魔法省《まほうしょう》魔法不適正使用取締局《まほうふてきせいしようとりしまりきょく》
マファルダ・ホップカーク

ハリーは手紙を二度読んだ。バーノンおじさんとペチュニアおばさんが話しているのを、ハリーはぼんやりとしか感じ取れなかった。頭の中が冷たくしびれていた。一つのことが毒矢《どくや》のように意《い》識《しき》を貫《つらぬ》き、しびれさせたのだ。僕《ぼく》はホグワーツを退学《たいがく》になった。すべておしまいだ。もう戻《もど》れない。

ハリーはダーズリー親子を見た。バーノンおじさんは顔を赤紫色《あかむらさきいろ》にして叫《さけ》び、拳《こぶし》を振《ふ》り上《あ》げている。ペチュニアおばさんは両腕《りょううで》をダドリーに回し、ダドリーはまたゲーゲーやりだしていた。

一時的にまひしていたハリーの脳《のう》が、再《ふたた》び目を覚ましたようだ。――**魔法省《まほうしょう》の役人がまもなく貴《き》殿《でん》の住居《じゅうきょ》に出向き、貴殿《きでん》の杖《つえ》を破壊《はかい》するであろう**――。道はただ一つだ。逃《に》げるしかない――すぐに。どこに行くのか、ハリーにはわからない。しかし、一つだけはっきりしている。ホグワーツだろうとそれ以外だろうと、ハリーには杖《つえ》が必要だ。ほとんど夢遊病《むゆうびょう》のように、ハリーは杖《つえ》を引《ひ》っ張《ぱ》り出《だ》し、キッチンを出ようとした。

「いったいどこに行く気だ？」

バーノンおじさんが叫《さけ》んだ。ハリーが答えないでいると、おじさんはキッチンのむこうからドスンドスンとやってきて、玄関《げんかん》ホールへの出入口をふさいだ。

「話はまだすんどらんぞ、小僧《こぞう》！」

「どいてよ」ハリーは静かに言った。

「おまえはここにいて、説明するんだ。息子《むすこ》がどうして――」

「どかないと、呪《のろ》いをかけるぞ」ハリーは杖《つえ》を上げた。

「その手は食わんぞ！」バーノンおじさんがすごんだ。「おまえが学校とか呼《よ》んでいるあのバカ騒《さわ》ぎ小屋の外では、おまえは杖《つえ》を使うことを許《ゆる》されていない！」

「そのバカ騒《さわ》ぎ小屋が僕《ぼく》を追い出した。だから僕《ぼく》は好きなことをしていいんだ。三秒だけ待ってやる。一――二――」

バーンという音が、キッチン中に鳴《な》り響《ひび》いた。ペチュニアおばさんが悲鳴を上げた。バーノンおじさんも叫《さけ》び声《ごえ》を上げて身をかわした。しかしハリーは、自分が原因《げんいん》ではない騒《さわ》ぎの源《みなもと》を探《さが》していた。今夜はこれで三度目だ。すぐに見つかった。キッチンの窓《まど》の外側に、羽毛を逆立《さかだ》てたメンフクロウが目を白黒させながら止まっていた。閉《と》じた窓《まど》に衝突《しょうとつ》したのだ。

バーノンおじさんがいまいましげに「**ふくろうめ！**」と叫《さけ》ぶのを無視《むし》し、ハリーは走っていって窓《まど》をこじ開けた。ふくろうが差し出した脚《あし》に、小さく丸めた羊皮紙がくくりつけられていた。ふくろうは羽毛をプルプルッと震《ふる》わせ、ハリーが手紙をはずすとすぐに飛び去った。ハリーは震《ふる》える手で二番目のメッセージを開いた。大急ぎで書いたらしく、黒インクの字がにじんでいた。

ハリー――

ダンブルドアがたったいま魔法省《まほうしょう》に着いた。なんとか収拾《しゅうしゅう》をつけようとしている。

おじさん、おばさんの家を離《はな》れないよう。これ以上魔法《まほう》を使ってはいけない。杖《つえ》を引《ひ》き渡《わた》してはいけない。

アーサー・ウィーズリー

ダンブルドアが収拾《しゅうしゅう》をつけるって……どういう意味？　ダンブルドアは、どのくらい魔法省《まほうしょう》の決定をくつがえす力を持っているのだろう？　それじゃ、ホグワーツに戻《もど》るのを許《ゆる》されるチャンスはあるのだろうか？　ハリーの胸《むね》に小さな希望が芽生えたが、それもたちまち恐怖《きょうふ》でねじれた――魔《ま》法《ほう》を使わずに杖《つえ》の引《ひ》き渡《わた》しを拒《こば》むなんて、どうやったらいいんだ？　魔法省《まほうしょう》の役人と決闘《けっとう》しなくちゃならないだろうに。でもそんなことをしたら、退学《たいがく》どころか、アズカバン行きにならなけりゃ奇跡《きせき》だ。

次々といろいろな考えが浮《う》かんだ……逃亡《とうぼう》して、魔法省《まほうしょう》に捕《つか》まる危険《きけん》をおかすか、踏《ふ》みとどまって、ここで魔法省《まほうしょう》に見つかるのを待つか。ハリーは最初の道を取りたいという気持ちのほうがずっと強かった。しかし、ウィーズリーおじさんがハリーにとって最善《さいぜん》の道を考えてくれていることはわかっていた……それに、考えてみれば、ダンブルドアは、これよりもっと悪いケースを収拾《しゅうしゅう》してくれている。

「いいよ」ハリーが言った。「考えなおした。僕《ぼく》、ここにいるよ」

ハリーはサッとテーブルの前に座《すわ》り、ダドリーとペチュニアおばさんとに向き合った。ダーズリー夫妻《ふさい》は、ハリーの気が突然《とつぜん》変わったので、あぜんとしていた。ペチュニアおばさんは、絶望的《ぜつぼうてき》な目つきでバーノンおじさんをちらりと見た。おじさんの赤紫色《あかむらさきいろ》のこめかみで、青筋《あおすじ》のヒクヒクがいっそう激《はげ》しくなった。

「いまいましいふくろうどもは誰《だれ》からなんだ?」おじさんがガミガミ言った。

「最初のは魔法省《まほうしょう》からで、僕《ぼく》を退学《たいがく》にした」

ハリーは冷静に言った。魔法省《まほうしょう》の役人が近づいてくるかもしれないと、ハリーは耳をそばだて、外の物音を聞《き》き逃《のが》すまいとしていた。それに、バーノンおじさんの質問《しつもん》に答えているほうが、おじさんを怒《おこ》らせて吠《ほ》えさせるより楽だったし、静かだった。

「二番目のは友人のロンのパパから。魔法省《まほうしょう》に勤《つと》めているんだ」

「**魔法省《まほうしょう》？**」バーノンおじさんが大声を出した。「おまえたちみたいな者が**政府《せいふ》**にいるだと？　ああ、それですべてわかったぞ。この国が荒廃《こうはい》するわけだ」

ハリーがだまっていると、おじさんはハリーをぎろりとにらみ、吐《は》き捨《す》てるように言った。

「それで、おまえはなぜ退学《たいがく》になった？」

「魔法《まほう》を使ったから」

「**はっはーん！**」

バーノンおじさんは冷蔵庫《れいぞうこ》のてっぺんを拳《こぶし》でドンとたたきながら吠《ほ》えた。冷蔵庫《れいぞうこ》がパカンと開いた。ダドリーの低脂肪《ていしぼう》おやつがいくつか飛び出してひっくり返り、床《ゆか》に広がった。

「それじゃ、おまえは認《みと》めるわけだ！　**いったいダドリーに何をした？**」

「なんにも」ハリーは少し冷静さを失った。「あれは僕《ぼく》がやったんじゃない――」

「**やった**」出《だ》し抜《ぬ》けにダドリーがつぶやいた。

バーノンおじさんとペチュニアおばさんはすぐさま手でシッシッとたたくようなしぐさをしてハリーをだまらせ、ダドリーに覆《おお》いかぶさるようにのぞき込《こ》んだ。

「坊主《ぼうず》、続けるんだ」バーノンおじさんが言った。「あいつは何をした？」

「坊《ぼう》や、話して」ペチュニアおばさんがささやいた。

「杖《つえ》をぼくに向けた」ダドリーがもごもご言った。

「ああ、向けた。でも、僕《ぼく》、使っていない――」ハリーは怒《おこ》って口を開いた。しかし――。

「**だまって！**」バーノンおじさんとペチュニアおばさんが同時に吠《ほ》えた。

「坊主《ぼうず》、続けるんだ」バーノンおじさんが口ひげを怒《いか》りで波打たせながらくり返して言った。

「全部真っ暗になった」ダドリーはかすれ声で、身震《みぶる》いしながら言った。

「みんな真っ暗。それから、ぼく、き、聞いた……**何かを**。ぼ、ぼくの頭の中で」

バーノンおじさんとペチュニアおばさんは、恐怖《きょうふ》そのものの目を見合わせた。二人にとって、魔《ま》法《ほう》がこの世で一番嫌《きら》いなものだが――その次に嫌《きら》いなのが、散水ホース使用禁止《しようきんし》を自分たちよりうまくごまかすお隣《となり》さんたちだ――ありもしない声が聞こえるのは、まちがいなくワースト・テンに入る。二人は、ダドリーが正気を失いかけていると思ったにちがいない。

「かわいい子ちゃん、どんなものが聞こえたの？」

ペチュニアおばさんは蒼白《そうはく》になって目に涙《なみだ》を浮《う》かべ、ささやくように聞いた。

しかし、ダドリーは何も言えないようだった。もう一度身震《みぶる》いし、でかいブロンドの頭を横に振《ふ》った。最初のふくろうが到着《とうちゃく》したときから、ハリーは恐怖《きょうふ》で無感覚になってしまっていたが、それでもちょっと好奇心《こうきしん》が湧《わ》いた。吸魂鬼《きゅうこんき》は、誰《だれ》にでも人生最悪の時をまざまざと思い出させる。甘《あま》やかされ、わがままでいじめっ子のダドリーには、いったい何が聞こえたのだろう？

「坊主《ぼうず》、どうして転んだりした？」バーノンおじさんは不自然なほど静かな声で聞いた。重病人の枕元《まくらもと》でなら、おじさんはこんな声を出すのかもしれない。

「つ、つまずいた」ダドリーが震《ふる》えながら言った。「そしたら――」

ダドリーは自分のだだっ広い胸《むね》を指差した。ハリーにはわかった。ダドリーは、望みや幸福感が吸《す》い取《と》られてゆくときの、じっとりした冷たさが肺《はい》を満たす感覚を思い出しているのだ。

「おっかない」ダドリーはかすれた声で言った。「寒い。とっても寒い」

「よしよし」

バーノンおじさんは無理に冷静な声を出し、ペチュニアおばさんは心配そうにダドリーの額《ひたい》に手を当てて熱を測《はか》った。

「それからどうした？」

「感じたんだ……感じた……感じた……まるで……まるで……」

「まるで、二度と幸福にはなれないような」ハリーは抑揚《よくよう》のない声でそのあとを続けた。

「うん」ダドリーは、まだ小刻《こきざ》みに震《ふる》えながら小声で言った。

「さては！」上体を起こしたバーノンおじさんの声は、完全に大音量を取《と》り戻《もど》していた。

「おまえは、息子《むすこ》にへんてこりんな呪文《じゅもん》をかけおって、何やら声が聞こえるようにして、それで――ダドリーに自分がみじめになる運命だと信《しん》じ込《こ》ませた。そうだな？」

「何度同じことを言わせるんだ」ハリーはかんしゃくも声も爆発《ばくはつ》した。

「**僕《ぼく》じゃない！**　吸魂鬼《きゅうこんき》がいたんだ！　二人も！」

「二人の――なんだ、そのわけのわからんなんとかは？」

「吸《きゅう》――魂《こん》――鬼《き》」ハリーはゆっくりはっきり発音した。「二人の」

「それで、キューコンキとかいうのは、一体全体なんだ？」

「魔法使《まほうつか》いの監獄《かんごく》の看守《かんしゅ》だわ。アズカバンの」ペチュニアおばさんが言った。

言葉のあとに、突然《とつぜん》耳鳴りがするような沈黙《ちんもく》が流れた。そして、ペチュニアおばさんは、まるでうっかりおぞましい悪態《あくたい》をついたかのように、パッと手で口を覆《おお》った。バーノンおじさんが目を丸くしておばさんを見た。ハリーは頭がくらくらした。フィッグばあさんもフィッグばあさんだが――しかし、**ペチュニアおばさんが？**

「どうして知ってるの？」ハリーはあぜんとして聞いた。

ペチュニアおばさんは、自分自身にぎょっとしたようだった。おどおどと謝《あやま》るような目でバーノンおじさんをちらっと見て、口から少し手を下ろし、馬のような歯をのぞかせた。

「聞こえたのよ――ずっと昔――あのとんでもない若造《わかぞう》が――**あの妹に、**やつらのことを話しているのを」ペチュニアおばさんはぎくしゃく答えた。

「僕《ぼく》の父さんと母さんのことを言ってるのなら、どうして名前で呼《よ》ばないの？」

ハリーは大声を出したが、ペチュニアおばさんは無視《むし》した。おばさんはひどくあわてふためいているようだった。

ハリーはぼうぜんとしていた。何年か前にたった一度、おばさんはハリーの母親を奇人呼《きじんよ》ばわりしたことがあった。それ以外、おばさんが自分の妹のことに触《ふ》れるのを、ハリーは聞いたことがなかった。普段《ふだん》は魔法界《まほうかい》が存在《そんざい》しないかのように振《ふ》る舞《ま》うのに全精力《ぜんせいりょく》を注《そそ》ぎ込《こ》んでいるおばさんが、魔法界《まほうかい》についての断片的情報《だんぺんてきじょうほう》をこんなに長い間覚えていたことにハリーは驚愕《きょうがく》していた。

バーノンおじさんが口を開き、口を閉《と》じ、もう一度開いて、閉《と》じた。まるでどうやって話すのかを思い出すのに四苦八苦しているかのように、三度目に口を開いて、しわがれ声を出した。

「それじゃ——じゃ——そいつらは——えー——そいつらは——あー——ほんとうにいるのだな——えー——キューコンなんとかは？」

ペチュニアおばさんがうなずいた。

バーノンおじさんは、ペチュニアおばさんからダドリー、そしてハリーと順に見た。まるで、誰《だれ》かが、「エイプリルフール！」と叫《さけ》ぶのを期待しているかのようだ。誰《だれ》も叫《さけ》ばない。そこでもう一度口を開いた。しかし、続きの言葉を探《さが》す苦労をせずにすんだ。今夜三羽目のふくろうが到着《とうちゃく》したのだ。

まだ開いたままになっていた窓《まど》から、羽の生えた砲弾《ほうだん》のように飛び込《と》《こ》んできて、キッチン・テーブルの上にカタカタと音を立てて降《お》り立《た》った。ダーズリー親子三人がおびえて飛び上がった。ハ

リーは、二通目の公式文書風の封筒《ふうとう》を、ふくろうのくちばしからもぎ取った。ビリビリ開封《かいふう》してい
る間に、ふくろうはスイーッと夜空に戻《もど》っていった。
「たくさんだ――クソ――**ふくろうめ**」バーノンおじさんは気をそがれたようにブツブツ言うと、
ドスドスと窓際《まどぎわ》まで行って、もう一度ピシャリと窓《まど》を閉《し》めた。

ポッター殿《どの》

約二十二分前の当方からの手紙に引き続き、魔法省《まほうしょう》は、貴殿《きでん》の杖《つえ》を破壊《はかい》する決定を直ちに変更《へんこう》した。貴殿《きでん》は、八月十二日に開廷《かいてい》される懲戒尋問《ちょうかいじんもん》まで、杖《つえ》を保持《ほじ》してよろしい。公式決定は当日下されることになる。

ホグワーツ魔法魔術学校校長《まほうまじゅつがっこうこうちょう》との話し合いの結果、魔法省《まほうしょう》は、貴殿《きでん》の退学《たいがく》の件《けん》についても当日決定することに同意した。したがって、貴殿《きでん》は、更《さら》なる尋問《じんもん》まで停学処分《ていがくしょぶん》であると理解《りかい》されたし。

貴殿《きでん》のご多幸をお祈《いの》りいたします。

敬具《けいぐ》

魔法省魔法不適正使用取締局《まほうしょうまほうふてきせいしようとりしまりきょく》
マファルダ・ホップカーク

ハリーは手紙を立て続けに三度読んだ。まだ完全には退学《たいがく》になっていないと知って、胸《むね》につかえていたみじめさが少しゆるんだ。しかし、恐《おそ》れが消え去ったわけではない。どうやら八月十二日の尋問《じんもん》にすべてがかかっている。

「それで？」バーノンおじさんの声で、ハリーはいまの状況《じょうきょう》を思い出した。

「今度はなんだ？　何か判決《はんけつ》が出たか？　ところでおまえらに、死刑《しけい》はあるのか？」

おじさんはいいことを思いついたとばかり言葉をつけ加えた。

「尋問《じんもん》に行かなきゃならない」ハリーが言った。

「そこでおまえの判決《はんけつ》が出るのか？」

「そうだと思う」

「それでは、まだ望みを捨《す》てずにおこう」バーノンおじさんは意地悪く言った。

「じゃ、もういいね」

ハリーは立ち上がった。ひとりになりたくてたまらなかった。考えたい。それに、ロンやハーマイオニー、シリウスに手紙を送ったらどうだろう。

「**だめだ、もういいはずがなかろう！**」バーノンおじさんがわめいた。「**座**《すわ》**るんだ！**」

「**今度は**なんなの？」ハリーはいらいらしていた。

「**ダドリーだ！**」バーノンおじさんが吠《ほ》えた。「息子《むすこ》に何が起こったのか、はっきり知りたい」

「**いいとも！**」

ハリーも叫《さけ》んだ。腹《はら》が立って、手に持ったままの杖《つえ》の先から、赤や金色の火花が散った。ダーズリー親子三人が、恐怖《きょうふ》の表情《ひょうじょう》であとずさりした。

「ダドリーは僕《ぼく》と、マグノリア・クレセント通りとウィステリア通りを結ぶ路地にいた」

ハリーは必死でかんしゃくを抑《おさ》えつけながら、早口で話した。

「ダドリーが僕《ぼく》をやり込《こ》めようとした。僕《ぼく》が杖《つえ》を抜《ぬ》いた。でも使わなかった。そしたら吸魂鬼《きゅうこんき》が二人現《あらわ》れて――」

「しかし、いったい**なんなんだ？**　そのキューコントイドは？」バーノンおじさんが、カッカしながら聞いた。「そいつら、いったい**何をするんだ？**」

「さっき、言ったよ――幸福感を全部吸《す》い取《と》っていくんだ」ハリーが答えた。「そして、機会があれば、接吻《キス》する――」

「キスだと？」バーノンおじさんの目が少し飛び出した。「**キスする**だと？」

「そう呼《よ》んでるんだ。口から魂《たましい》を吸《す》い取《と》ることを」

ペチュニアおばさんが小さく悲鳴を上げた。

「この子の**魂**《たましい》？　取られてないわ——まだちゃんと持って——」

おばさんはダドリーの肩《かた》をつかみ、揺《ゆ》り動《うご》かした。まるで、魂《たましい》がダドリーの体の中でカタカタ音を立てるのが聞こえるかどうか、試《ため》しているようだった。

「もちろん、あいつらはダドリーの魂《たましい》を取らなかった。取ってたらすぐわかる」

ハリーはいらいらをつのらせていた。

「追《お》っ払《ぱら》ったんだな？　え、坊主《ぼうず》？」

バーノンおじさんが声高に言った。なんとかして話を自分の理解《りかい》できる次元に持っていこうと奮《ふん》闘《とう》している様子だ。

「パンチを食らわしたわけだ。そうだな？」

「吸魂鬼《きゅうこんき》に**パンチなんて**効《き》かない」ハリーは歯ぎしりしながら言った。

「それなら、いったいどうして息子《むすこ》は無事なんだ？」バーノンおじさんがどなりつけた。「それなら、どうして息子《むすこ》はもぬけの殻《から》にならなかった？」

「僕《ぼく》が守護霊《しゅごれい》を使ったから——」

シューッ。カタカタという音、羽ばたき、パラパラ落ちるほこりとともに、四羽目のふくろうが暖炉《だんろ》から飛び出した。

「なんたることだ！」わめき声とともに、バーノンおじさんは口ひげをごっそり引《ひ》き抜《ぬ》いた。ここしばらく、そこまで追《お》い詰《つ》められることはなかったのだが。

「この家にふくろうは入れんぞ！　こんなことは許《ゆる》さん。わかったか！」

しかし、ハリーはすでにふくろうの脚《あし》から羊皮紙の巻紙《まきがみ》を引き取っていた。ダンブルドアからの、すべてを説明する手紙にちがいない──吸魂鬼《きゅうこんき》、フィッグばあさん、魔法省《まほうしょう》の意図、ダンブルドアがすべてをどう処理《しょり》するつもりなのかなど──そう強く信じていただけに、シリウスの筆跡《ひっせき》を見てハリーはがっかりした。そんなことはこれまで一度もなかったのだが。ふくろうのことでわめき続けるバーノンおじさんを尻目《しりめ》に、いま来たふくろうが煙突《えんとつ》に戻《もど》るとき巻《ま》き上《あ》げたもうもうたるほこりに目を細めて、ハリーはシリウスの手紙を読んだ。

アーサーが、何が起こったのかを、いま、みんなに話してくれた。何があろうとも、けっして家を離《はな》れてはいけない。

これだけいろいろな出来事が今夜起こったというのに、その回答がこの手紙じゃ、あまりにもお粗末《そまつ》じゃないか、とハリーは思った。そして、羊皮紙を裏返《うらがえ》し、続きはないかと探《さが》した。しかし何もない。

ハリーのかんしゃく玉がまたふくらんできた。二人の吸魂鬼《きゅうこんき》をたった一人で追《お》い払《はら》ったのに、**誰**《だれ》**も**「よくやった」って言わないのか？　ウィーズリーおじさんもシリウスも、まるでハリーが悪さをしたかのような反応《はんのう》で、被害《ひがい》がどのくらいかを確認《かくにん》するまでは、ハリーへの小言もお預《あず》けだとでも言わんばかりだ。

「……ふくろうがつっつき、もとい、ふくろうが次々、わしの家を出たり入ったり。許《ゆる》さんぞ、小《こ》僧《ぞう》、わしは絶対《ぜったい》――」

「僕《ぼく》はふくろうが来るのを止められない」

ハリーはシリウスの手紙を握《にぎ》りつぶしながらぶっきらぼうに言った。

「今夜何が起こったのか、ほんとうのことを言え！」バーノンおじさんが吠《ほ》えた。「キューコンダーとかがダドリーを傷《きず》つけたのなら、なんでおまえが退学《たいがく》になる？　おまえは『例のあれ』をやったのだ。自分で白状《はくじょう》しただろうが！」

ハリーは深呼吸《しんこきゅう》して気を落ち着かせた。また頭が痛《いた》みはじめていた。何よりもまず、キッチンを出て、ダーズリーたちから離《はな》れたいと思った。

「僕《ぼく》は吸魂鬼《きゅうこんき》を追《お》い払《はら》うのに守護霊《しゅごれい》の呪文《じゅもん》を使った」ハリーは必死で平静さを保《たも》った。「あいつらに対しては、それしか効《き》かないんだ」

「しかし、キューコントイドとかは、**なんでまた**リトル・ウィンジングにいた？」バーノンおじさんが憤激《ふんげき》して言った。

「教えられないよ」ハリーがうんざりしたように言った。「知らないから」

今度はキッチンの照明のギラギラで、頭がずきずきした。怒《いか》りはだんだん収《おさ》まっていたが、ハリーは力が抜《ぬ》け、ひどくつかれていた。ダーズリー親子はハリーをじっと見ていた。

「おまえだ」バーノンおじさんが力を込《こ》めて言った。「おまえに関係があるんだ。小僧《こぞう》、わかっているぞ。それ以外、ここに現《あらわ》れる理由があるか？　それ以外、あの路地にいる理由があるか？　おまえだけがただ一人の――ただ一人の――」おじさんが、「魔法使《まほうつか》い」という言葉をどうしても口にできないのは明らかだった。「このあたり一帯でただ一人の、『**例のあれ**』だ」

「あいつらがどうしてここにいたのか、僕《ぼく》は知らない」

しかし、バーノンおじさんの言葉で、つかれきったハリーの脳《のう》みそが再《ふたた》び動きだした。なぜ吸魂《きゅうこん》鬼《き》がリトル・ウィンジングに**やってきた**のか？　ハリーが路地にいるとき、やつらがそこにやってきたのは**はたして偶然《ぐうぜん》**だろうか？　誰《だれ》かがやつらを送ってよこしたのか？　魔法省《まほうしょう》は吸魂鬼《きゅうこんき》を制御《せいぎょ》できなくなったのか？　やつらはアズカバンを捨《す》てて、ダンブルドアが予想したとおりヴォルデモートに与《くみ》したのか？

「そのキュウコンバーは、妙《みょう》ちきりんな監獄《かんごく》とやらをガードしとるのか？」

バーノンおじさんは、ハリーの考えている道筋《みちすじ》に、ドシンドシンと踏《ふ》み込《こ》んできた。

「ああ」ハリーが答えた。

頭の痛《いた》みが止まってくれさえしたら。キッチンから出て、暗い自分の部屋に戻《もど》り、**考えることさえできたら……。**

「おっほー！　やつらはおまえを捕《つか》まえにきたんだ！」

バーノンおじさんは絶対《ぜったい》まちがいない結論《けつろん》に達したときのような、勝《か》ち誇《ほこ》った口調で言った。

「そうだ。そうだろう、小僧《こぞう》？　おまえは法を犯《おか》して逃亡中《とうぼうちゅう》というわけだ！」

「もちろん、ちがう」ハリーはハエを追うように頭を振《ふ》った。いろいろな考えが目まぐるしく浮《う》かんできた。

「それならなぜだ――？」

「『あの人』が送《おく》り込《こ》んだにちがいない」ハリーはおじさんにというより自分に聞かせるように低い声で言った。

「なんだ、それは？　誰《だれ》が送《おく》り込《こ》んだと？」

「ヴォルデモート卿《きょう》だ」ハリーが言った。

ダーズリー一家は、「魔法使《まほうつか》い」とか「魔法《まほう》」、「杖《つえ》」などという言葉を聞くと、あとずさったり、ぎくりとしたり、ギャーギャー騒《さわ》いだりするのに、歴史上最も極悪非道《ごくあくひどう》の魔法使《まほうつか》いの名を聞いてもピクリともしない。なんて奇妙《きみょう》なんだろうとハリーはぼんやりそう思った。

「ヴォルデ——待てよ」バーノンおじさんが顔をしかめた。豚《ぶた》のような目に、突如《とつじょ》わかったぞという色が浮《う》かんだ。「その名前は聞いたことがある……確《たし》か、そいつは——」

「そう、僕《ぼく》の両親を殺した」ハリーが言った。

「しかし、そやつは死んだ」バーノンおじさんがたたみかけるように言った。ハリーの両親の殺害が、つらい話題だろうなどという気配は微塵《みじん》も見せない。「あの大男のやつが、そう言いおった。そやつが死んだと」

「戻《もど》ってきたんだ」ハリーは重苦しく言った。

外科手術《げかしゅじゅつ》の部屋のように清潔《せいけつ》なペチュニアおばさんのキッチンに立って、最高級の冷蔵庫《れいぞうこ》と大型《おおがた》テレビのそばで、バーノンおじさんにヴォルデモート卿《きょう》のことを冷静に話すなど、まったく不思議な気持ちだった。吸魂鬼《きゅうこんき》がリトル・ウィンジングに現《あらわ》れたことで、プリベット通りという徹底《てってい》した反魔法世界《はんまほうせかい》と、そのかなたに存在《そんざい》する魔法世界《まほうせかい》を分断《ぶんだん》していた、目に見えない大きな壁《かべ》が破《やぶ》れたかのようだった。ハリーの二重生活が、なぜか一つに融合《ゆうごう》し、すべてがひっくり返った。ダーズリーたちは魔法界《まほうかい》のことを細かく追及《ついきゅう》するし、フィッグばあさんはダンブルドアを知っている。吸魂鬼《きゅうこんき》はリトル・ウィンジング界隈《かいわい》を浮遊《ふゆう》し、ハリーは二度とホグワーツに戻《もど》れないかもしれない。ハリーの頭がますます激《はげ》しく痛《いた》んだ。

「戻《もど》ってきた？」ペチュニアおばさんがささやくように言った。

ペチュニアおばさんはこれまでとはまったくちがったまなざしでハリーを見ていた。そして、突然《とつぜん》、生まれて初めてハリーは、ペチュニアおばさんが自分の母親の姉だということをはっきり感じた。なぜその瞬間《しゅんかん》そんなにも強く感じたのか、言葉では説明できなかったろう。ただ、ヴォルデモート卿《きょう》が戻《もど》ってきたことの意味を少しでもわかる人間が、ハリーのほかにもこの部屋にいる、ということだけがわかった。ペチュニアおばさんはこれまでの人生で、一度もそんなふうにハリーを見たことはなかった。色の薄《うす》い大きな目を（妹とはまったく似《に》ていない目を）、嫌悪感《けんおかん》や怒《いか》りで細めるどころか、恐怖《きょうふ》で大きく見開いていた。ハリーが物心ついて以来、ペチュニアおばさんは常《つね》に激《はげ》しい否定《ひてい》の態度《たいど》を取り続けてきた――魔法《まほう》は存在《そんざい》しないし、バーノンおじさんと一緒《いっしょ》に暮《く》らしているこの世界以外に、別の世界は存在《そんざい》しないと――それが崩《くず》れさったかのように見えた。

「そうなんだ」今度は、ハリーはペチュニアおばさんに直接《ちょくせつ》話しかけた。「一か月前に戻《もど》ってきた。僕《ぼく》は見たんだ」

おばさんの両手が、ダドリーの革《かわ》ジャンの上から巨大《きょだい》な肩《かた》に触《ふ》れ、ギュッと握《にぎ》った。

「ちょっと待った」

バーノンおじさんは、妻《つま》からハリーへ、そしてまた妻《つま》へと視線《しせん》を移《うつ》し、二人の間に前代未聞《ぜんだいみもん》の理《り》解《かい》が湧《わ》き起《お》こったことにとまどい、ぼうぜんとしていた。

「待てよ。そのヴォルデなんとか卿《きょう》が戻《もど》ったと、そう言うのだな」

「そうだよ」

「おまえの両親を殺したやつだな」

「そうだよ」

「そして、そいつが今度はおまえにキューコンバーを送ってよこしたと？」

「そうらしい」ハリーが言った。

「なるほど」

バーノンおじさんは真っ青な妻《つま》の顔を見て、ハリーを見た。そしてズボンをずり上げた。おじさんの体がふくれ上がってきたかのようだった。でっかい赤紫色《あかむらさきいろ》の顔が、見る見る巨大《きょだい》になってきた。

「さあ、これで決まりだ」おじさんが言った。体がふくれ上がったので、シャツの前がきつくなっていた。

「**小僧《こぞう》！　この家を出ていってもらうぞ！**」

「えっ？」

「聞こえたろう――**出ていけ！**」

バーノンおじさんが大声を出した。ペチュニアおばさんやダドリーでさえ飛び上がった。

「**出ていけ！　出ていけ！**　とっくの昔にそうすべきだった！　ふくろうはここを休息所扱《きゅうそくじょあつか》いするし、デザートは破裂《はれつ》するわ、客間の半分は壊《こわ》されるわ、ダドリーにしっぽだわ、マージはふくらんで天井《てんじょう》をポンポンするわ、その上空飛ぶフォード・アングリアだ――**出ていけ！　出ていけ！**　もうおしまいだ！　おまえのことはすべて終わりだ！　狂《くる》ったやつがおまえをつけているなら、ここに置いてはおけん。おまえのせいで妻《つま》と息子《むすこ》を危険《きけん》にさらさせはせんぞ。もうおまえに面倒《めんどう》を持《も》ち込《こ》ませはせん。おまえがろくでなしの両親と同じ道をたどるのなら、わしはもうたくさんだ！　**出ていけ！**」

ハリーはその場に根が生えたように立っていた。魔法省《まほうしょう》の手紙、ウィーズリーおじさんとシリウスからの手紙が、みんなハリーの左手の中でつぶれていた。

――何があろうとも、けっして家を離《はな》れてはいけない。おじさん、おばさんの家を離《はな》れないよう。

「聞こえたな！」バーノンおじさんが今度はのしかかってきた。巨大《きょだい》な赤紫色《あかむらさきいろ》の顔がハリーの顔にぐんと接近《せっきん》し、つばが顔に降《ふ》りかかるのを感じた。

「行けばいいだろう！　三十分前はあんなに出ていきたかったおまえだ！　大賛成《だいさんせい》だ！　出ていけ！　二度とこの家の敷居《しきい》をまたぐな！　そもそも、なんでわしらがおまえを手元に置いたのかわからん。マージの言うとおりだった。孤児院《こじいん》に入れるべきだった。わしらがお人好《ひとよ》しすぎた。あれをおまえの中からたたき出してやれると思った。おまえをまともにしてやれると思った。しかし、おまえは根っからくさっていた。もうこれ以上は――**ふくろうだ！**」

五番目のふくろうが煙突《えんとつ》を急降下《きゅうこうか》してきて、勢《いきお》い余《あま》って床《ゆか》にぶつかり、大声でギーギー鳴きながら再《ふた》び飛び上がった。ハリーは手を上げて、真っ赤な封筒《ふうとう》に入った手紙を取ろうとした。しかし、ふくろうはハリーの頭上をまっすぐ飛《と》び越《こ》し、ペチュニアおばさんのほうに一直線に向かった。おばさんは悲鳴を上げ、両腕《りょううで》で顔を覆《おお》って身をかわした。ふくろうは真っ赤な封筒《ふうとう》をおばさんの頭に落とし、方向転換《ほうこうてんかん》してそのまま煙突《えんとつ》に戻《もど》っていった。

ハリーは手紙を拾おうと飛びついた。しかし、ペチュニアおばさんのほうが早かった。

「開けたきゃ開けてもいいよ」ハリーが言った。「でもどうせ中身は僕《ぼく》にも聞こえるんだ。それ、『吠《ほ》えメール』だよ」

「ペチュニア、手を離《はな》すんだ！」バーノンおじさんがわめいた。「さわるな。危険《きけん》かもしれん！」

「私宛《わたしあて》だわ」ペチュニアおばさんの声が震《ふる》えていた。「**私宛《わたしあて》**なのよ、バーノン。ほら！　**プリベット通り四番地、キッチン、ペチュニア・ダーズリー様――**」

おばさんは真っ青になって息を止めた。真っ赤な封筒《ふうとう》がくすぶりはじめたのだ。

「開けて！」ハリーがうながした。「すませてしまうんだ！　どうせ同じことなんだから」

「いやよ」

ペチュニアおばさんの手がブルブル震《ふる》えている。おばさんはどこか逃《に》げ道《みち》はないかと、キッチン中をきょろきょろ見回したが、もう手遅《ておく》れだった――封筒《ふうとう》が燃《も》え上《あ》がった。ペチュニアおばさんは悲鳴を上げ、封筒《ふうとう》を取り落とした。

テーブルの上で燃《も》えている手紙から、恐《おそ》ろしい声が流れてキッチン中に広がり、狭《せま》い部屋の中で反響《はんきょう》した。

「ペチュニア、私《わたし》の最後のあれを思い出すのだ」

ペチュニアおばさんは気絶《きぜつ》するかのように見えた。両手で顔を覆《おお》い、ダドリーのそばの椅子《いす》に沈《しず》むように座《すわ》り込《こ》んだ。沈黙《ちんもく》の中で、封筒《ふうとう》の残骸《ざんがい》がくすぶり、灰《はい》になっていった。

「なんだ、これは?」

バーノンおじさんがしわがれ声で言った。

「なんのことか――わしにはとんと――ペチュニア?」

ペチュニアおばさんは何も言わない。ダドリーは口をポカンと開け、バカ面《づら》で母親を見つめていた。沈黙《ちんもく》が恐《おそ》ろしいほど張《は》りつめた。ハリーはあっけに取られて、おばさんを見ていた。頭はずきずきと割《わ》れんばかりだった。

「ペチュニアや?」バーノンおじさんがおどおどと声をかけた。「ぺ、ペチュニア?」

おばさんが顔を上げた。まだブルブル震《ふる》えている。おばさんはごくりと生つばを飲んだ。

「この子――この子は、バーノン、ここに置かないといけません」

おばさんが弱々しく言った。

「な――なんと?」

「ここに置くのです」

おばさんはハリーの顔を見ないで言った。おばさんが再《ふたた》び立ち上がった。

「こいつは……しかしペチュニア……」

「私《わたし》たちがこの子を放り出したとなれば、ご近所のうわさになりますわ」

おばさんは、まだ青い顔をしていたが、いつものつっけんどんで、ぶっきらぼうな言い方を急速に取り戻《と もど》していた。

「面倒《めんどう》なことを聞いてきますよ。この子がどこに行ったか知りたがるでしょう。この子を家に置いておくしかありません」

バーノンおじさんは中古のタイヤのようにしぼんでいった。

「しかし、ペチュニアや――」

ペチュニアおばさんはおじさんを無視《むし》してハリーのほうを向いた。

「おまえは自分の部屋にいなさい」とおばさんが言った。「外に出てはいけない。さあ、寝《ね》なさい」

ハリーは動かなかった。

「吠《ほ》えメールは誰《だれ》からだったの?」

「質問《しつもん》はしない」ペチュニアおばさんがピシャリと言った。

「おばさんは魔法使《まほうつか》いと接触《せっしょく》してるの？」

「寝《ね》なさいと言ったでしょう！」

「どういう意味なの？　最後の何を思い出せって？」

「寝《ね》なさい！」

「どうして――？」

「おばさんの言うことが聞こえないの！　さあ、寝《ね》なさい！」

第三章 先《せん》発《ぱつ》護《ご》衛《えい》隊《たい》

僕《ぼく》はさっき吸魂鬼《きゅうこんき》に襲《おそ》われた。それに、ホグワーツを退学《たいがく》させられるかもしれない。何が起こっているのか、いったい僕《ぼく》はいつここから出られるのか知りたい。

暗い寝室《しんしつ》に戻《もど》るやいなや、ハリーは同じ文面を三枚《まい》の羊皮紙に書いた。最初のはシリウス宛《あて》、二番目はロン、三番目はハーマイオニー宛《あて》だ。ハリーのふくろう、ヘドウィグは狩《かり》に出かけていて、机《つくえ》の上の鳥かごはからっぽだ。ハリーはヘドウィグの帰りを待ちながら、部屋を往《い》ったり来たりした。目がチクチク痛《いた》むほどつかれてはいたが、頭がガンガンし、次々といろいろな思いが浮《う》かんで眠《ねむ》れそうになかった。ダドリーを家まで背負《せお》ってきたので、背中《せなか》が痛《いた》み、窓《まど》にぶつけたときとダドリーになぐられたときのこぶがずきずき痛《いた》んだ。

歯がみし、拳《こぶし》を握《にぎ》りしめ、部屋を往《い》ったり来たりしながら、ハリーは怒《いか》りと焦燥感《しょうそうかん》でつかれはてていた。窓際《まどぎわ》を通るたびに、なんの姿《すがた》も見えない星ばかりの夜空を、怒《いか》りを込《こ》めて見上げた。ハリーを始末するのに吸魂鬼《きゅうこんき》が送られた。フィッグばあさんとマンダンガス・フレッチャーがこっそりハリーのあとをつけていた。その上、ホグワーツの停学処分《ていがくしょぶん》に加えて魔法省《まほうしょう》での尋問《じんもん》——それなのに、まだ誰《だれ》もなんにも教えてくれない。

それに、あの「吠《ほ》えメール」はなんだ。**いったいなんだったんだ?** キッチン中に響《ひび》いた、あの恐《おそ》ろしい、脅《おど》すような声は誰《だれ》の声だったんだ?

どうして僕《ぼく》は、なんにも知らされずに閉《と》じ込《こ》められたままなんだ? どうしてみんな、僕《ぼく》のことを聞き分けのない小僧扱《こぞうあつか》いするんだ?

——**これ以上魔法《まほう》を使ってはいけない。家を離《はな》れるな**……。

通りがかりざま、ハリーは学校のトランクを蹴飛《けと》ばした。しかし、怒《いか》りが収《おさ》まるどころか、かえって気がめいった。体中が痛《いた》い上に、今度はつま先の鋭《するど》い痛《いた》みまで加わった。

片足《かたあし》を引きずりながら窓際《まどぎわ》を通《とお》り過《す》ぎたとき、やわらかく羽をこすり合わせ、ヘドウィグが小さなゴーストのようにスイーッと入ってきた。

「遅《おそ》かったじゃないか!」ヘドウィグがかごのてっぺんにふわりと降《お》り立《た》ったとたん、ハリーが唸《うな》るように言った。「それは置いとけよ。僕《ぼく》の仕事をしてもらうんだから!」

ヘドウィグは、死んだカエルをくちばしにくわえたまま、大きな丸い琥珀色《こはくいろ》の目で恨《うら》めしげにハリーを見つめた。

「こっちに来るんだ」ハリーは小さく丸めた三枚《まい》の羊皮紙と革《かわ》ひもを取り上げ、ヘドウィグのうろこ状《じょう》の脚《あし》にくくりつけた。「シリウス、ロン、ハーマイオニーにまっすぐに届《とど》けるんだ。相当長い返事をもらうまでは帰ってくるなよ。いざとなったら、みんながちゃんとした手紙を書くまで、ずっとつっついてやれ。わかったかい？」

ヘドウィグはまだくちばしがカエルでふさがっていて、くぐもった声でホーと鳴いた。

「それじゃ、行け」ハリーが言った。

ヘドウィグはすぐさま出発した。そのあとすぐ、ハリーは着替《きが》えもせずベッドに寝転《ねころ》び、暗い天《てん》井《じょう》を見つめた。みじめな気持ちに、今度はヘドウィグにいらいらをぶつけた後悔《こうかい》が加わった。プリベット通り四番地で、ヘドウィグは唯一《ゆいいつ》の友達なのに。シリウス、ロン、ハーマイオニーから返事をもらって帰ってきたらやさしくしてやろう。

三人とも、すぐに返事を書くはずだ。吸魂鬼《きゅうこんき》の襲撃《しゅうげき》を無視《むし》できるはずがない。明日の朝、目が覚めたら、ハリーをすぐさま「隠《かく》れ穴《あな》」に連れ去る計画を書いた、同情《どうじょう》に満ちた分厚《ぶあつ》い手紙が三通来ていることだろう。そう思うと気が休まり、眠気《ねむけ》がさまざまな思いを包み込《こ》んでいった。

しかし、ヘドウィグは次の朝に戻《もど》ってはこなかった。ハリーはトイレに行く以外は一日中部屋に閉《と》じこもっていた。ペチュニアおばさんが、その日三度、おじさんが三年前の夏に取りつけた猫用《ねこよう》のくぐり戸から食事を入れてよこした。おばさんが部屋に近づくたびに、ハリーは「吠《ほ》えメール」のことを聞き出そうとしたが、おばさんの答えときたら、石に聞いたほうがまだましだった。ダーズリー一家は、それ以外ハリーの部屋には近づかないようにしていた。無理やりみんなと一緒《いっしょ》にいてなんになる、とハリーは思った。また言い争いをして、結局ハリーが腹《はら》を立て、違法《いほう》な魔法《まほう》を使うのが落ちじゃないか。

そんなふうに丸三日が過《す》ぎた。あるときは、いらいらと気がたかぶり、何も手につかず、部屋をうろつきながら、自分がわけのわからない状況《じょうきょう》にもんもんとしているのに、ほったらかしにしているみんなに腹《はら》を立てた。そうでないときは、まったくの無気力に襲《おそ》われ、一時間もベッドに横になったままぼんやり空を見つめ、魔法省《まほうしょう》の尋問《じんもん》を思って恐怖《きょうふ》にさいなまれていた。

不利な判決《はんけつ》が出たらどうしよう？　**ほんとうに**学校を追われ、杖《つえ》を真っ二つに折られたら？　何をしたら、どこに行ったらいいんだろう？　ここに帰ってずっとダーズリー一家と暮《く》らすことなんてできない。自分がほんとうに属《ぞく》している別な世界を知ってしまったいま、それはできない。シリウスの家に引《ひ》っ越《こ》すことができるだろうか？　一年前、やむなく魔法省《まほうしょう》の手から逃亡《とうぼう》する前にシリウスが誘《さそ》ってくれた。まだ未成年のハリーが、そこに一人で住むことを許《ゆる》されるだろうか？　それとも、どこに住むということも判決《はんけつ》で決まるのだろうか？　国際機密保持法《こくさいきみつほじほう》に違反《いはん》したのは、アズカバンの独房行《どくぼうい》きになるほどの重罪《じゅうざい》なのだろうか？　ここまで考えると、ハリーはいつもベッドからすべり下り、また部屋をうろうろしはじめるのだった。

ヘドウィグが出発してから四日目の夜、ハリーは何度目かの無気力のサイクルに入り、つかれきって何も考えられずに天井《てんじょう》を見つめて横たわっていた。その時、バーノンおじさんがハリーの部屋に入ってきた。ハリーはゆっくりと首を回しておじさんを見た。おじさんは一張羅《いっちょうら》の背広《せびろ》を着込《きこ》み、ご満悦《まんえつ》の表情《ひょうじょう》だ。

「わしらは出かける」おじさんが言った。

「え？」

「わしら――つまりおまえのおばさんとダドリーとわしは――出かける」

「いいよ」ハリーは気のない返事をして、また天井《てんじょう》を見上げた。

「わしらの留守《るす》に、自分の部屋から出てはならん」

「オーケー」

「テレビや、ステレオ、そのほかわしらの持ち物にさわってはならん」

「ああ」

「冷蔵庫《れいぞうこ》から食べ物を盗《ぬす》んではならん」

「オーケー」

「この部屋に鍵《かぎ》をかけるぞ」

「そうすればいいさ」

バーノンおじさんはハリーをじろじろ見た。さっぱり言い返してこないのを怪《あや》しんだらしい。それから足を踏《ふ》み鳴《な》らして部屋を出ていき、ドアを閉《し》めた。鍵《かぎ》を回す音と、バーノンおじさんがドスンドスンと階段《かいだん》を下りていく音が聞こえた。数分後にバタンという車のドアの音、エンジンのブルンブルンという音、そして紛《まぎ》れもなく車寄《くるまよ》せから車がすべり出る音が聞こえた。

ダーズリー一家が出かけても、ハリーにはなんら特別な感情《かんじょう》も起こらなかった。連中が家にいようがいまいが、ハリーにはなんのちがいもない。起き上がって部屋の電気をつける気力もなかった。ハリーを包むように、部屋がだんだん暗くなっていった。横になったまま、ハリーは窓《まど》から入る夜の物音を聞いていた。ヘドウィグが帰ってくる幸せな瞬間《しゅんかん》を待って、窓《まど》はいつも開けっ放しにしてあった。

からっぽの家が、ミシミシきしんだ。水道管がゴボゴボいった。ハリーは何も考えず、ただぼうぜんとみじめさの中に横たわっていた。

突然《とつぜん》、階下のキッチンで、はっきりと、何かが壊《こわ》れる音がした。

ハリーは飛び起きて、耳を澄《す》ました。ダーズリー親子のはずはない。帰ってくるには早すぎる。それにまだ車の音を聞いていない。

一瞬《いっしゅん》シーンとなった。そして人声《ひとごえ》が聞こえた。

泥棒《どろぼう》だ。ハリーはベッドからそっとすべり下りて立ち上がった。――しかし、次の瞬間《しゅんかん》、泥棒《どろぼう》なら声をひそめているはずだと気づいた。キッチンを動き回っているのが誰《だれ》であれ、声をひそめようとしていないことだけは確《たし》かだ。

ハリーはベッド脇《わき》の杖《つえ》を引っつかみ、部屋のドアの前に立って全神経《ぜんしんけい》を耳にした。次の瞬間《しゅんかん》、鍵《かぎ》がガチャッと大きな音を立てドアがパッと開き、ハリーは飛び上がった。

ハリーは身動きせず、開いたドアから二階の暗い踊《おど》り場《ば》を見つめ、何か聞こえはしないかと、さらに耳を澄《す》ました。なんの物音もしない。ハリーは一瞬《いっしゅん》ためらったが、すばやく、音を立てずに部屋を出て、階段《かいだん》の踊《おど》り場《ば》に立った。

心臓《しんぞう》がのどまで跳《と》び上《あ》がった。下の薄暗《うすぐら》いホールに、玄関《げんかん》のガラス戸を通して入ってくる街灯の明かりを背《せ》に、人影《ひとかげ》が見える。八、九人はいる。ハリーの見るかぎり、全員がハリーを見上げている。

「おい、坊主《ぼうず》、杖《つえ》を下ろせ。誰《だれ》かの目玉をくりぬくつもりか」低い唸《うな》り声《ごえ》が言った。

ハリーの心臓《しんぞう》はどうしようもなくドキドキと脈打《みゃくう》った。聞き覚えのある声だ。しかし、ハリーは杖《つえ》を下ろさなかった。

「ムーディ先生？」ハリーは半信半疑《はんしんはんぎ》で聞いた。

「『先生』かどうかはよくわからん」声が唸《うな》った。「わしが教える機会はそうそうなかったろうが？

ここに下りてくるんだ。おまえさんの顔をちゃんと見たいからな」

ハリーは少し杖《つえ》を下ろしたが、握《にぎ》りしめた手をゆるめず、その場から動きもしなかった。疑《うたが》うだけのちゃんとした理由があった。この九か月もの間、ハリーがマッド-アイ・ムーディだと思っていた人は、なんと、ムーディどころかペテン師《し》だった。それればかりか、化けの皮がはがれる前に、ハリーを殺そうとさえした。しかし、ハリーが次の行動を決めかねているうちに、二番目の、少しかすれた声が昇《のぼ》ってきた。

「大丈夫《だいじょうぶ》だよ、ハリー。私《わたし》たちは君を迎《むか》えにきたんだ」

ハリーは心が躍《おど》った。もう一年以上聞いていなかったが、この声も知っている。

「ル、ルーピン先生？」信じられない気持ちだった。「ほんとうに？」

「わたしたち、どうしてこんな暗い所に立ってるの？」

三番目の声がした。まったく知らない声、女性《じょせい》の声だ。

「ルーモス、光よ」

杖《つえ》の先がパッと光り、魔法《まほう》の灯《ひ》がホールを照らし出した。ハリーは目をしばたたいた。階段《かいだん》下に固まった人たちが、いっせいにハリーを見上げていた。よく見ようと首を伸《の》ばしている人もいる。

リーマス・ルーピンが一番手前にいた。まだそれほどの年ではないのに、ルーピンはくたびれて、少し病気のような顔をしていた。ハリーが最後にルーピンに別れを告《つ》げたときより白髪《しらが》が増《ふ》え、ローブは以前よりみすぼらしく、継《つ》ぎはぎだらけだった。それでも、ルーピンはハリーにニッコリ笑いかけていた。ハリーはショック状態《じょうたい》だったが、笑い返そうと努力した。

「わぁぁあ、わたしの思ってたとおりの顔をしてる」杖灯《つえあか》りを高く掲《かか》げた魔女《まじょ》が言った。中では一番若《わか》いようだ。色白のハート形の顔、キラキラ光る黒い瞳《ひとみ》、髪《かみ》は短く、強烈《きょうれつ》な紫《むらさき》で、ツンツン突っ立《た》っている。「よっ、ハリー！」

「うむ、リーマス、君の言っていたとおりだ」一番後ろに立っているはげた黒人の魔法使《まほうつか》いが言った――深いゆったりした声だ。片方《かたほう》の耳に金の耳輪をしている――「ジェームズに生き写しだ」

「目だけがちがうな」後ろのほうの白髪《はくはつ》の魔法使《まほうつか》いが、ゼイゼイ声で言った。「リリーの目だ」

灰色《はいいろ》まだらの長い髪《かみ》、大きくそぎ取られた鼻のマッド－アイ・ムーディが、左右不ぞろいの目を細めて、怪《あや》しむようにハリーを見ていた。片方《かたほう》は小さく黒いキラキラした目、もう片方《かたほう》は大きく丸い鮮《あざ》やかなブルーの目――この目は壁《かべ》もドアも、自分の後頭部さえも貫《つらぬ》いて透視《とうし》できるのだ。

「ルーピン、確《たし》かにポッターだと思うか？」ムーディが唸《うな》った。「ポッターに化けた『死喰《しく》い人《びと》《デス・イーター》』を連れ帰ったら、いい面《つら》の皮だ。本人しか知らないことを質問《しつもん》してみたほうがいいぞ。誰《だれ》か『真実薬《しんじつやく》《ベリタセラム》』を持っていれば話は別だが？」

「ハリー、君の守護霊《しゅごれい》はどんな形をしている？」ルーピンが聞いた。

「牡鹿《おじか》」ハリーは緊張《きんちょう》して答えた。

「マッドｰアイ、まちがいなくハリーだ」ルーピンが言った。

みんながまだ自分を見つめていることをはっきり感じながら、ハリーは階段《かいだん》を下りた。下りながら杖《つえ》をジーンズの尻《しり》ポケットにしまおうとした。

「おい、そんな所に杖《つえ》をしまうな！」マッドｰアイがどなった。「火がついたらどうする？　おまえさんよりちゃんとした魔法使《まほうつか》いが、それでケツをなくしたんだぞ！」

「ケツをなくしたって、いったい誰《だれ》？」紫《むらさき》の髪《かみ》の魔女《まじょ》が興味津々《きょうみしんしん》でマッドｰアイに尋《たず》ねた。

「誰《だれ》でもよかろう。とにかく尻《しり》ポケットから杖《つえ》を出しておくんだ！」マッドｰアイが唸《うな》った。「杖《つえ》の安全の初歩だ。近ごろは誰《だれ》も気にせん」

マッドｰアイはコツッコツッとキッチンに向かった。

「それに、わしはこの目でそれを見たんだからな」

魔女《まじょ》が「やれやれ」というふうに天井《てんじょう》を見上げたので、マッドｰアイがいらいらしながらそうつけ加えた。

ルーピンは手を差《さ》し伸《の》べてハリーと握手《あくしゅ》した。

「元気か？」ルーピンはハリーをじっとのぞき込《こ》んだ。

「ま、まあ……」

ハリーは、これが現実《げんじつ》だとはなかなか信じられなかった。四週間も何もなかった。プリベット通りからハリーを連れ出す計画の気配さえなかったのに、突然《とつぜん》、あたりまえだという顔で、まるで前々から計画されていたかのように、魔法使《まほうつか》いが束になってこの家にやってきた。ハリーはルーピンを囲んでいる魔法使《まほうつか》いたちをざっと眺《なが》めた。みんな貪《むさぼ》るようにハリーを見たままだ。ハリーは、この四日間髪《かみ》をとかしていなかったことが気になった。

「僕《ぼく》は――みなさんは、ダーズリー一家が外出していて、ほんとうにラッキーだった……」ハリーが口ごもった。

「ラッキー？　へ！　フ！　ハッ！」紫《むらさき》の髪《かみ》の魔女《まじょ》が言った。「わたしよ、やつらをおびき出したのは。マグルの郵便《ゆうびん》で手紙を出して、『全英郊外芝生手入れ《ぜんえいこうがいしばふてい》コンテスト』で最終候補《さいしゅうこうほ》に残ったって書いたの。いまごろ授賞式《じゅしょうしき》に向かってるわ……そう思《おも》い込《こ》んで」

「全英郊外芝生手入れ《ぜんえいこうがいしばふてい》コンテスト」がないと知ったときの、バーノンおじさんの顔がちらっとハリーの目に浮《う》かんだ。

「出発するんだね？」ハリーが聞いた。「すぐに？」

「まもなくだ」ルーピンが答えた。「安全確認《あんぜんかくにん》を待っているところだ」

「どこに行くの？　『隠れ穴《かくあな》』？」ハリーはそうだといいなと思った。

「いや、『隠れ穴《かくあな》』じゃない。ちがう」ルーピンがキッチンからハリーを手招《てまね》きしながら言った。魔法使《まほうつか》いたちが小さな塊《かたまり》になってそのあとに続いた。まだハリーをしげしげと見ている。

「あそこは危険《きけん》すぎる。本部は見つからない所に設置《せっち》した。しばらくかかったがね……」

マッドーアイ・ムーディはキッチン・テーブルの前に腰《こし》かけ、携帯用酒瓶《けいたいようさかびん》からグビグビ飲んでいた。魔法《まほう》の目が四方八方にくるくる動き、ダーズリー家のさまざまな便利な台所用品をじっくり眺《なが》めていた。

「ハリー、この方はアラスター・ムーディだ」ルーピンがムーディを指して言った。

「ええ、知ってます」ハリーは気まずそうに言った。一年もの間知っていると思っていた人を、改めて紹介《しょうかい》されるのは変な気持ちだった。

「そして、こちらがニンファドーラ——」

「リーマス、わたしのことニンファドーラって呼《よ》んじゃ**だめ**」若《わか》い魔女《まじょ》が身震《みぶる》いして言った。

「トンクスよ」

「ニンファドーラ・トンクスだ。苗字《みょうじ》のほうだけを覚えてほしいそうだ」ルーピンが最後まで言った。

「母親に『かわいい水の精《せい》**ニンファドーラ**』なんてばかげた名前をつけられたら、あなただってそう思うわよ」トンクスがブツブツ言った。

「それからこちらは、キングズリー・シャックルボルト」

ルーピンは、背《せ》の高い黒人の魔法使《まほうつか》いを指していた。紹介《しょうかい》された魔法使《まほうつか》いが頭を下げた。

「エルファイアス・ドージ」ゼイゼイ声の魔法使《まほうつか》いがこくんとうなずいた。

「ディーダラス・ディグル――」

「以前にお目にかかりましたな」興奮《こうふん》しやすいたちのディグルは、紫色《むらさきいろ》のシルクハットを落として、キーキー声で挨拶《あいさつ》した。

「エメリーン・バンス」エメラルド・グリーンのショールを巻《ま》いた、堂々とした魔女《まじょ》が、軽く首をかしげた。

「スタージス・ポドモア」あごの角張《かくば》った、麦わら色の豊《ゆた》かな髪《かみ》の魔法使《まほうつか》いがウィンクした。

「そしてヘスチア・ジョーンズ」ピンクのほおをした黒髪《くろかみ》の魔女《まじょ》が、トースターの隣《となり》で手を振《ふ》った。

紹介《しょうかい》されるたびに、ハリーは一人一人にぎこちなく頭を下げた。みんなが何か自分以外のものを見てくれればいいのにと思った。突然舞台《とつぜんぶたい》に引《ひ》っ張《ば》り出《だ》されたような気分だった。どうしてこんなに大勢《おおぜい》いるのかも疑問《ぎもん》だった。

「君を迎《むか》えにいきたいと名乗りを上げる者が、びっくりするほどたくさんいてね」

ルーピンが、ハリーの心を読んだかのように言った。口の端《はし》がおもしろそうにヒクヒク動いている。

「うむ、まあ、多いに越《こ》したことはない」ムーディが暗い顔で言った。「ポッター、わしらは、おまえの護衛《ごえい》だ」

「私《わたし》たちはいま、出発しても安全だという合図を待っているところなんだが」ルーピンがキッチンの窓《まど》に目を走らせながら言った。「あと十五分ほどある」

「すっごく**清潔**《せいけつ》なのね、ここのマグルたち。ね？」

トンクスと呼《よ》ばれた魔女《まじょ》が、興味深《きょうみぶか》げにキッチンを見回して言った。

「わたしのパパはマグル生まれだけど、とってもだらしないやつで。魔法使《まほうつか》いもおんなじだけど、人によるのよね？」

「あ――うん」ハリーが言った。「あの――」ハリーはルーピンのほうを見た。「いったい何が起こってるんですか？　誰《だれ》からもなんにも知らされない。いったいヴォル――？」

何人かがシーッと奇妙《きみょう》な音を出した。ディーダラス・ディグルはまた帽子《ぼうし》を落とし、ムーディは「**だまれ！**」と唸《うな》った。

「えっ？」ハリーが言った。

「ここでは何も話すことができん。危険《きけん》すぎる」ムーディが普通《ふつう》の目をハリーに向けて言った。魔《ま》法《ほう》の目は天井《てんじょう》を向いたままだ。「**くそっ**」ムーディは魔法《まほう》の目に手をやりながら、怒《おこ》ったように毒《どく》づいた。「動きが悪くなった――あのろくでなしがこの目を使ってからずっとだ」

流しの詰《つ》まりをくみ取るときのようなブチュッというような音を立て、ムーディは魔法《まほう》の目を取り出した。

「マッドーアイ、それって、気持ち悪いわよ。わかってるの？」トンクスがなにげない口調で言った。

「ハリー、コップに水を入れてくれんか？」ムーディが頼《たの》んだ。

ハリーは食器洗浄機《しょっきせんじょうき》まで歩いていき、きれいなコップを取り出し、流しで水を入れた。その間も、魔法使《まほうつか》い集団《しゅうだん》はまだじっとハリーに見入っていた。あまりしつこく見るので、ハリーはわずらわしくなってきた。

「や、どうも」ハリーがコップを渡《わた》すと、ムーディが言った。

ムーディは魔法《まほう》の目玉を水に浸《つ》け、つついて浮《う》き沈《しず》みさせた。目玉はくるくる回りながら、全員を次々に見すえた。

「帰路には三百六十度の視野《しや》が必要なのでな」

「どうやって行くんですか？　――どこへ行くのか知らないけど」ハリーが聞いた。

「箒《ほうき》だ」ルーピンが答えた。「それしかない。君は『姿《すがた》あらわし』には若《わか》すぎるし、煙突《えんとつ》ネットワークは見張《みは》られている。未承認《みしょうにん》の移動《ポート》キーを作れば、我々《われわれ》の命がいくつあっても足りないことになる」

「リーマスが、君はいい飛び手だと言うのでね」キングズリー・シャックルボルトが深い声で言った。

「すばらしいよ」ルーピンが自分の時計で時間をチェックしながら言った。「とにかく、ハリー、部屋に戻《もど》って荷造《にづく》りしたほうがいい。合図が来たときに出発できるようにしておきたいから」

「わたし、手伝いに行くわ」トンクスが明るい声で言った。トンクスは興味津々《きょうみしんしん》で、ホールから階段《かいだん》へと、周りを見回しながらハリーについてきた。

「おかしなとこね」トンクスが言った。

「あんまり清潔《せいけつ》**すぎる**わ。言ってることわかる？　ちょっと不自然よ。ああ、ここはまだましだわ」ハリーが部屋に入って明かりをつけると、トンクスが言った。

ハリーの部屋は、確《たし》かに家の中のどこよりずっと散らかっていた。最低の気分で四日間も閉《と》じこもっていたので、後片《あとかた》づけなどする気にもなれなかったのだ。本は、ほとんど全部床《ゆか》に散らばっていた。気を紛《まぎ》らそうと次々引《ひ》っ張《ば》り出《だ》しては放り出していたのだ。ヘドウィグの鳥かごは掃除《そうじ》しなかったので悪臭《あくしゅう》を放ちはじめていた。トランクは開けっ放しで、マグルの服やら魔法使《まほうつか》いのローブやらがごちゃまぜになり、周りの床《ゆか》にはみ出していた。

ハリーは本を拾い、急いでトランクに投《な》げ込《こ》みはじめた。トンクスは開けっ放しの洋だんすの前で立ち止まり、扉《とびら》の内側の鏡に映《うつ》った自分の姿《すがた》を矯《た》めつ眇《すが》めつ眺《なが》めていた。

「ねえ、わたし、紫《むらさき》が似合《にあ》わないわね」ツンツン突《つ》っ立《た》った髪《かみ》をひと房《ふさ》引《ひ》っ張《ぱ》りながら、トンクスが物思わしげに言った。「やつれて見えると思わない？」

「あー――」手にした『イギリスとアイルランドのクィディッチ・チーム』の本の上から、ハリーはトンクスを見た。

「うん、そう見えるわ」トンクスはこれで決まりとばかり言い放つと、何かを思い出すのに躍起《やっき》になっているかのように、目をギュッとつぶって顔をしかめた。すると、次の瞬間《しゅんかん》トンクスの髪《かみ》は、風船ガムのピンク色に変わった。

「どうやったの？」ハリーはあっけに取られて、再《ふたた》び目を開けたトンクスを見た。

「わたし、『七変化《しちへんげ》』なの」

鏡に映《うつ》った姿《すがた》を眺《なが》め、首を回して前後左右から髪《かみ》が見えるようにしながらトンクスが答えた。

「つまり、外見を好きなように変えられるのよ」

鏡に映《うつ》った自分の背後《はいご》のハリーが、けげんそうな表情《ひょうじょう》をしているのを見て、トンクスが説明を加えた。

「生まれつきなの。闇祓《やみばら》い《オーラー》の訓練で、全然勉強しないでも『変装《へんそう》・隠遁術《いんとんじゅつ》』は最高点を取ったの。あれはよかったわねえ」

「闇祓《やみばら》いなんですか？」

ハリーは感心した。闇《やみ》の魔法使《まほうつか》いを捕《と》らえる仕事は、ホグワーツ卒業後の進路として、ハリーが考えたことのある唯一《ゆいいつ》の職業《しょくぎょう》だった。

「そうよ」トンクスは得意《とくい》げだった。「キングズリーもそう。わたしより少し地位が高いけど。わたし、一年前に資格《しかく》を取ったばかり。『隠密追跡術《おんみつついせきじゅつ》』では落第すれすれだったの。おっちょこちょいだから。ここに到着《とうちゃく》したときにわたしが一階でお皿を割《わ》った音、聞こえた？」

「勉強で『七変化《しちへんげ》』になれるんですか？」ハリーは荷造《にづく》りのことをすっかり忘《わす》れ、姿勢《しせい》を正してトンクスに聞いた。

トンクスがクスクス笑った。

「その傷《きず》をときどき隠《かく》したいんでしょ？　ン？」

トンクスは、ハリーの額《ひたい》の稲妻形《いなずまがた》の傷《きず》に目をとめた。

「うん、そうできれば」ハリーは顔をそむけて、もごもご言った。誰《だれ》かに傷《きず》をじろじろ見られるのはいやだった。

「習得《しゅうとく》するのは難《むずか》しいわ。残念ながら」トンクスが言った。「『七変化《しちへんげ》』って、めったにいないし、生まれつきで、習得《しゅうとく》するものじゃないのよ。魔法使《まほうつか》いが姿《すがた》を変えるには、だいたい杖《つえ》か魔法薬《まほうやく》を使うわ。でも、こうしちゃいられない。ハリー、わたしたち、荷造《にづく》りしなきゃいけないんだった」

トンクスはごちゃごちゃ散らかった床《ゆか》を見回し、気がとがめるように言った。

「あ――うん」ハリーは本をまた数冊《すうさつ》拾い上げた。

「バカね。もっと早いやり方があるわ。わたしが――パック！　詰《つ》めろ！」

トンクスは杖《つえ》で床《ゆか》を大きく掃《はら》うように振《ふ》りながら叫《さけ》んだ。本も服も、望遠鏡もはかりも、全部空中に舞《ま》い上《あ》がり、トランクの中にごちゃごちゃに飛《と》び込《こ》んだ。

「あんまりすっきりしてないけど」トンクスはトランクに近づき、中のごたごたを見下ろしながら言った。「ママならきちんと詰《つ》めるコツを知ってるんだけどね――ママがやると、ソックスなんかひとりでにたたまれてるの――でもわたしはママのやり方を絶対《ぜったい》マスターできなかった――振《ふ》り方《かた》はこんなふうで――」トンクスは、もしかしたらうまくいくかもしれないと杖《つえ》を振《ふ》った。

ハリーのソックスが一つ、わずかにごにょごにょ動いたが、またトランクのごたごたの上にポトリと落ちた。

「まあ、いいか」トンクスはトランクのふたをパタンと閉《し》めた。「少なくとも全部入ったし。あれもちょっとお掃除《そうじ》が必要だわね」トンクスは杖《つえ》をヘドウィグのかごに向けた。

「スコージファイ、清めよ」

羽根が数枚《すうまい》、フンと一緒《いっしょ》に消え去った。

「うん、**少しは**きれいになった。――わたしって、家事に関する呪文《じゅもん》はどうしてもコツがわからないのよね。さてと――忘《わす》れ物《もの》はない？　鍋《なべ》は？　箒《ほうき》は？　ワァーッ！　――**ファイアボルトじゃない？**」

ハリーの右手に握《にぎ》られた箒《ほうき》を見て、トンクスは目を丸くした。ハリーの誇《ほこ》りでもあり喜びでもある箒《ほうき》、シリウスからの贈《おく》り物《もの》、国際級《こくさいきゅう》の箒《ほうき》だ。

「わたしなんか、まだコメット260に乗ってるのよ。あーあ」トンクスがうらやましそうに言った。

「……杖《つえ》はまだジーンズの中？　お尻《しり》は左右ちゃんとくっついてる？　オッケー、行こうか。ロコモーター　トランク、トランクよ動け」

ハリーのトランクが床《ゆか》から数センチ浮《う》いた。トンクスはヘドウィグのかごを左手に持ち、杖《つえ》を指《し》揮棒《きぼう》のように掲《かか》げて浮《う》いたトランクを移動《いどう》させ、先にドアから出した。ハリーは自分の箒《ほうき》を持って、あとに続いて階段《かいだん》を下りた。

キッチンではムーディが魔法《まほう》の目を元に戻《もど》していた。洗《あら》った目が高速で回転し、見ていたハリーはめまいがした。キングズリー・シャックルボルトとスタージス・ポドモアは電子レンジを調べ、ヘスチア・ジョーンズは引き出しをひっかき回しているうちに見つけたジャガイモの皮むき器を見て笑っていた。ルーピンはダーズリー一家に宛《あ》てた手紙に封《ふう》をしていた。

「よし」トンクスとハリーが入ってくるのを見て、ルーピンが言った。「あと約一分だと思う。庭に出て待っていたほうがいいかもしれないな。ハリー、おじさんとおばさんに、心配しないように手紙を残したから――」

「心配しないよ」ハリーが言った。

「――君は安全だと――」

「みんながっかりするだけだよ」

「――そして、君がまた来年の夏休みに帰ってくるって」

「そうしなきゃいけない？」

ルーピンはほほえんだが、何も答えなかった。

「おい、こっちへ来るんだ」ムーディが杖《つえ》でハリーを招《まね》きながら、乱暴《らんぼう》に言った。「おまえに『目くらまし』をかけないといかん」

「何をしなきゃって？」ハリーが心配そうに聞いた。

「『目くらまし術《じゅつ》』だ」ムーディが杖《つえ》を上げた。「ルーピンが、おまえには透明《とうめい》マントがあると言っておったが、飛ぶときはマントが脱《ぬ》げてしまうだろう。こっちのほうがうまく隠《かく》してくれる。それ――」

ムーディがハリーの頭のてっぺんをコツンとたたくと、ハリーはまるでムーディがそこで卵《たまご》を割《わ》ったような奇妙《きみょう》な感覚を覚えた。杖《つえ》で触《ふ》れた所から、体全体に冷たいものがとろとろと流れていくようだった。

「うまいわ、マッドーアイ」トンクスがハリーの腹《はら》のあたりを見つめながら感心した。

ハリーは自分の体を見下ろした。いや、体だった所を見下ろした。もうとても自分の体には見えなかった。透明《とうめい》になったわけではない。ただ、自分の後ろにあるユニット・キッチンと同じ色、同じ質感《しつかん》になっていた。人間カメレオンになったようだ。

「行こう」ムーディは裏庭《うらにわ》へのドアの鍵《かぎ》を杖《つえ》で開けた。全員が、バーノンおじさんが見事に手入れした芝生《しばふ》に出た。

「明るい夜だ」魔法《まほう》の目で空を入念に調べながら、ムーディがうめいた。「もう少し雲で覆《おお》われていればよかったのだが。よし、おまえ」ムーディが大声でハリーを呼《よ》んだ。「わしらはきっちり隊列を組んで飛ぶ。トンクスはおまえの真ん前だ。しっかりあとに続け。ルーピンはおまえの下をカバーする。わしは背後《はいご》にいる。ほかの者はわしらの周囲を旋回《せんかい》する。何事があっても隊列を崩《くず》すな。わかったか？　誰《だれ》か一人が殺されても――」

「そんなことがあるの？」ハリーが心配そうに聞いたが、ムーディは無視《むし》した。

「――ほかの者は飛び続ける。止まるな。列を崩《くず》すな。もし、やつらがわしらを全滅《ぜんめつ》させておまえが生き残ったら、ハリー、後発隊がひかえている。東に飛び続けるのだ。そうすれば後発隊が来る」

「そんなに威勢《いせい》のいいこと言わないでよ、マッド-アイ。それじゃハリーが、わたしたちが真剣《しんけん》にやってないみたいに思うじゃない」

トンクスが、自分の箒《ほうき》からぶら下がっている固定装置《こていそうち》に、ハリーのトランクとヘドウィグのかごをくくりつけながら言った。

「わしは、この子に計画を話していただけだ」ムーディが唸《うな》った。「わしらの仕事はこの子を無事本部へ送《おく》り届《とど》けることであり、もしわしらが使命途上《しめいとじょう》で殉職《じゅんしょく》しても――」

「誰《だれ》も死にはしませんよ」キングズリー・シャックルボルトが、人を落ち着かせる深い声で言った。

「箒《ほうき》に乗れ。最初の合図が上がった！」ルーピンが空を指した。

ずっとずっと高い空に、星にまじって、明るい真っ赤な火花が噴水《ふんすい》のように上がっていた。それが杖《つえ》から出る火花だと、ハリーにはすぐわかった。ハリーは右足を振《ふ》り上《あ》げてファイアボルトにまたがり、しっかりと柄《え》を握《にぎ》った。柄《え》がかすかに震《ふる》えるのを感じた。また空に飛び立てるのを、ハリーと同じく待ち望んでいるかのようだった。

「第二の合図だ。出発！」

ルーピンが大声で号令した。今度は緑の火花が、真上に高々と噴《ふ》き上《あ》げていた。

ハリーは地面を強く蹴《け》った。冷たい夜風が髪《かみ》をなぶった。プリベット通りのこぎれいな四角い庭々がどんどん遠のき、たちまち縮《ちぢ》んで暗い緑と黒のまだら模様《もよう》になった。魔法省《まほうしょう》の尋問《じんもん》など、まるで風が吹《ふ》き飛《と》ばしてしまったかのように跡形《あとかた》もなく頭から吹《ふ》っ飛《と》んだ。ハリーは、うれしさに心《しん》臓《ぞう》が爆発《ばくはつ》しそうだった。また飛んでいるんだ。夏中胸《むね》に思《おも》い描《えが》いていたように、プリベット通りを離《はな》れて飛んでいるんだ。家に帰るんだ……このわずかな瞬間《しゅんかん》、この輝《かがや》かしい瞬間《しゅんかん》、ハリーの抱《かか》えていた問題は無になり、この広大な星空の中では取るに足らないものになっていた。

「左に切れ。左に切れ。マグルが見上げておる！」

ハリーの背後《はいご》からムーディが叫《さけ》んだ。トンクスが左に急旋回《きゅうせんかい》し、ハリーも続いた。トンクスの箒《ほうき》の下で、トランクが大きく揺《ゆ》れるのが見えた。

「もっと高度を上げねば……四百メートルほど上げろ！」

上昇《じょうしょう》するときの冷気で、ハリーは目がうるんだ。眼下《がんか》にはもう何も見えない。車のヘッドライトや街灯の明かりが、針《はり》の先でつついたように点々と見えるだけだった。その小さな点のうちの二つが、バーノンおじさんの車のものかもしれない……ダーズリー一家がありもしない芝生《しばふ》コンテストに怒《いか》り狂《くる》って、いまごろからっぽの家に向かう途中《とちゅう》だろう……そう思うとハリーは大声で笑った。しかしその声は、ほかの音にのみ込《こ》まれてしまった――みんなのローブがはためく音、トランクと鳥かごをくくりつけた器具のきしむ音、空中を疾走《しっそう》する耳元でシューッと風を切る音。この一か月、ハリーはこんなに生きていると感じたことはなかった。こんなに幸せだったことはなかった。

「南に進路を取れ！」マッドーアイが叫《さけ》んだ。「前方に町！」

一行は右に上昇《じょうしょう》し、クモの巣状《すじょう》に輝《かがや》く光の真上を飛ぶのをさけた。

「南東を指せ。そして上昇《じょうしょう》を続けろ。前方に低い雲がある。その中に隠《かく》れるぞ！」ムーディが号令した。

「雲の中は通らないわよ！」トンクスが怒《おこ》ったように叫《さけ》んだ。「ぐしょぬれになっちゃうじゃない、マッドーアイ！」

ハリーはそれを聞いてホッとした。ファイアボルトの柄《え》を握《にぎ》った手がかじかんできていた。オーバーを着てくればよかったと思った。ハリーは震《ふる》えはじめていた。

一行はマッドーアイの指令に従《したが》って、ときどきコースを変えた。氷のような風をよけて、ハリーは目をギュッと細めていた。耳も痛《いた》くなってきた。箒《ほうき》に乗っていて、こんなに冷たく感じたのはこれまでたった一度だけだ。三年生のときの対ハッフルパフ戦のクィディッチで、嵐《あらし》の中の試合だった。護衛隊《ごえいたい》はハリーの周りを、巨大《きょだい》な猛禽類《もうきんるい》のように絶《た》え間《ま》なく旋回《せんかい》していた。ハリーは時間の感覚がなくなっていた。もうどのくらい飛んでいるのだろう。少なくとも一時間は過《す》ぎたような気がする。

「南西に進路を取れ！」ムーディが叫《さけ》んだ。「高速道路をさけるんだ！」

体が冷えきって、ハリーは、眼下《がんか》を走る車の心地《ここち》よい乾《かわ》いた空間をうらやましく思った。もっとなつかしく思ったのは、煙突飛行粉《えんとつひこうこな》《フルーパウダー》の旅だ。暖炉《だんろ》の中をくるくる回転して移動《いどう》するのは快適《かいてき》ではないかもしれないが、少なくとも炎《ほのお》の中は暖《あたた》かい……。キングズリー・シャックルボルトが、ハリーの周りをバサーッと旋回《せんかい》した。はげ頭とイヤリングが月明かりにかすかに光った……今度はエメリーン・バンスがハリーの右側に来た。杖《つえ》をかまえ、左右を見回している……それからハリーの上を飛《と》び越《こ》し、スタージス・ポドモアと交代した……。

「少し後戻《あともど》りするぞ。あとをつけられていないかどうか確《たし》かめるのだ！」ムーディが叫《さけ》んだ。

「**マッドーアイ、気は確《たし》か？**」トンクスが前方で悲鳴を上げた。「みんな箒《ほうき》に凍《こお》りついちゃってるのよ！　こんなにコースをはずれてばかりいたら、来週まで目的地には着かないわ！　もうすぐそこじゃない！」

「下降開始《かこうかいし》の時間だ！」ルーピンの声が聞こえた。「トンクスに続け、ハリー！」

ハリーはトンクスに続いて急降下《きゅうこうか》した。一行は、ハリーがいままで見てきた中でも最大の光の集《しゅう》団《だん》に向かっていた。縦横無尽《じゅうおうむじん》に広がる光の線、網《あみ》。そのところどころに真っ黒な部分が点在《てんざい》している。下へ、下へ、一行は飛んだ。ついにハリーの目に、ヘッドライトや街灯、煙突《えんとつ》やテレビのアンテナの見分けがつく所まで降《お》りてきた。ハリーは早く地上に着きたかった。ただし、きっと、箒《ほうき》に凍《こお》りついたハリーを、誰《だれ》かが解凍《かいとう》しなければならないだろう。

「さあ、着陸！」トンクスが叫《さけ》んだ。

数秒後、トンクスが着地した。そのすぐあとからハリーが着地し、小さな広場のぼさぼさの芝生《しばふ》の上に降《お》り立《た》った。トンクスはもうハリーのトランクをはずしにかかっていた。寒さに震《ふる》えながら、ハリーはあたりを見回した。周囲の家々のすすけた玄関《げんかん》は、あまり歓迎《かんげい》ムードには見えなかった。あちこちの家の割《わ》れた窓《まど》ガラスが、街灯の明かりを受けて鈍《にぶ》い光を放っていた。ペンキがはげかけたドアが多く、何軒《なんげん》かの玄関先《げんかんさき》には階段下《かいだんした》にごみが積み上げられたままだ。

「ここはどこ？」ハリーの問いかけに、ルーピンは答えず、小声で「あとで」と言った。ムーディは節くれだった手がかじかんでうまく動かず、マントの中をゴソゴソ探《さぐ》っていた。

「あった」ムーディはそうつぶやくと、銀のライターのようなものを掲《かか》げ、カチッと鳴らした。

一番近くの街灯が、ポンと消えた。ムーディはもう一度ライターを鳴らした。次の街灯が消えた。広場の街灯が全部消えるまで、ムーディはカチッをくり返した。そして残る灯《あか》りは、カーテンからもれる窓明《まどあ》かりと頭上の三日月だけになった。

「ダンブルドアから借りた」ムーディは「灯消《ひけ》しライター」をポケットにしまいながら唸《うな》るように言った。「これで、窓《まど》からマグルがのぞいても大丈夫《だいじょうぶ》だろうが？　さあ、行くぞ、急げ」

ムーディはハリーの腕《うで》をつかみ、芝生《しばふ》から道路を横切り、歩道へと引《ひ》っ張《ぱ》っていった。ルーピンとトンクスが、二人でハリーのトランクを持って続いた。ほかの護衛《ごえい》は全員杖《つえ》を掲《かか》げ、四人のわきを固めた。

一番近くの家の二階の窓《まど》から、押《お》し殺《ころ》したようなステレオの響《ひび》きが聞こえてきた。壊《こわ》れた門の内側に置かれた、パンパンにふくれたごみ袋《ぶくろ》の山から漂《ただよ》うくさったごみの臭気《しゅうき》が、ツンと鼻を突《つ》いた。

「ほれ」ムーディはそうつぶやくと、「目くらまし」がかかったままのハリーの手に、一枚《まい》の羊皮紙を押《お》しつけた。そして自分の杖灯《つえあか》りを羊皮紙のそばに掲《かか》げ、その照明で読めるようにした。

「急いで読め、そして覚えてしまえ」

ハリーは羊皮紙を見た。縦長《たてなが》の文字はなんとなく見覚えがあった。こう書かれている。

不死鳥の騎士団《きしだん》の本部は、
ロンドン　グリモールド・プレイス　十二番地に存在《そんざい》する。

第四章 グリモールド・プレイス十二番地

「なんですか？　この騎士団《きしだん》って――？」ハリーが言いかけた。

「ここではだめだ！」ムーディが唸《うな》った。「中に入るまで待て！」

ムーディは羊皮紙をハリーの手から引ったくり、杖先《つえさき》でそれに火をつけた。メモが炎《ほのお》に包まれ、丸まって地面に落ちた。ハリーはもう一度周りの家々を見回した。いま立っているのは十一番地。左を見ると十番地と書いてある。右は、なんと十三番地だ。

「でも、どこが――？」

「いま覚えたばかりのものを考えるんだ」ルーピンが静かに言った。

ハリーは考えた。そして、グリモールド・プレイス十二番地という所まで来たとたん、十一番地と十三番地の間にどこからともなく古びて傷《いた》んだ扉《とびら》が現《あらわ》れ、たちまち、薄汚《うすよご》れた壁《かべ》とすすけた窓《まど》も現《あらわ》れた。まるで、両側の家を押《お》しのけて、もう一つの家がふくれ上がってきたようだった。ハリーはポカンと口を開けて見ていた。十一番地のステレオはまだ鈍《にぶ》い音を響《ひび》かせていた。どうやら中にいるマグルは何も感じていないようだ。

「さあ、急ぐんだ」ムーディがハリーの背中《せなか》を押《お》しながら、低い声でうながした。

ハリーは、突然出現《とつぜんしゅつげん》した扉《とびら》を見つめながら、すり減《へ》った石段《いしだん》を上がった。扉《とびら》の黒いペンキがみすぼらしくはがれている。訪問客用《ほうもんきゃくよう》の銀のドア・ノッカーは、一匹《ぴき》の蛇《へび》がとぐろを巻《ま》いた形だ。鍵穴《かぎあな》も、郵便受《ゆうびんう》けもない。

ルーピンは杖《つえ》を取り出し、扉《とびら》を一回たたいた。カチッカチッと大きな金属音《きんぞくおん》が何度か続き、鎖《くさり》がカチャカチャいうような音が聞こえて扉《とびら》がギーッと開いた。

「早く入るんだ、ハリー」ルーピンがささやいた。「ただし、あまり奥《おく》には入らないよう。なんにもさわらないよう」

ハリーは敷居《しきい》をまたぎ、ほとんど真《ま》っ暗闇《くらやみ》の玄関《げんかん》ホールに入った。湿《しめ》ったほこりっぽいにおいと、すえたにおいがした。ここには打《う》ち捨《す》てられた廃屋《はいおく》の気配が漂《ただよ》っている。振《ふ》り返《かえ》ると、一行が並《なら》んで入ってくるところだった。ルーピンとトンクスはハリーのトランクとヘドウィグのかごを運んでいる。ムーディは階段《かいだん》の一番上に立ち、灯消《ひけ》しライターで盗《ぬす》み取《と》った街灯の明かりの玉を返していた。灯《あか》りが街灯の中に飛《と》び込《こ》むと、広場は一瞬《いっしゅん》オレンジ色に輝《かがや》いた。ムーディが足を引きずりながら中に入り玄関《げんかん》の扉《とびら》を閉《し》めると、ホールはまた完璧《かんぺき》な暗闇《くらやみ》になった。

「さあ――」

ムーディがハリーの頭を杖《つえ》でコツンとたたいた。今度は何か熱いものが背中《せなか》を流れ落ちるような感じがして、ハリーは「目くらまし術《じゅつ》」が解《と》けたにちがいないと思った。

「みんな、じっとしていろ。わしがここに少し灯《あか》りをつけるまでな」ムーディがささやいた。

みんながヒソヒソ声で話すので、ハリーは何か不吉《ふきつ》なことが起こりそうな、奇妙《きみょう》な予感がした。まるで、この家の誰《だれ》かが臨終《りんじゅう》の時に入ってきたようだった。やわらかいジュッという音が聞こえ、旧式《きゅうしき》のガスランプが壁《かべ》に沿《そ》ってポッとともった。長い陰気《いんき》なホールの、はがれかけた壁紙《かべがみ》とすり切れたカーペットに、ガスランプがぼんやりと明かりを投げかけ、天井《てんじょう》には、クモの巣だらけのシャンデリアが一つ輝《かがや》き、年代をへて黒ずんだ肖像画《しょうぞうが》が、壁全体《かべぜんたい》に斜《なな》めに傾《かし》いでかかっている。壁《かべ》の腰《こし》板《いた》の裏側《うらがわ》を、何かがガサゴソ走っている音が聞こえた。シャンデリアも、すぐそばの華奢《きゃしゃ》なテーブルに置かれた燭台《しょくだい》も、蛇《へび》の形をしている。

急ぎ足にやってくる足音がして、ホールの一番奥《おく》の扉《とびら》からロンの母親のウィーズリーおばさんが現《あらわ》れた。急いで近づきながら、おばさんは笑顔《えがお》で歓迎《かんげい》していた。しかしハリーは、おばさんが前に会ったときよりやせて青白い顔をしているのに気づいた。

「まあ、ハリー、また会えてうれしいわ！」

ささやくようにそう言うと、おばさんは肋骨《ろっこつ》がきしむほど強くハリーを抱《だ》きしめ、それから両腕《りょううで》を伸《の》ばして、ハリーを調べるかのようにまじまじと眺《なが》めた。

「やせたわね。ちゃんと食べさせなくちゃ。でも残念ながら、夕食までもうちょっと待たないといけないわね」

おばさんはハリーの後ろの魔法使《まほうつか》いの一団《いちだん》に向かって、せかすようにささやいた。

「あの方がいましがたお着きになって、会議が始まっていますよ」

ハリーの背後《はいご》で魔法使《まほうつか》いたちが興奮《こうふん》と関心でざわめき、次々とハリーの脇《わき》を通《とお》り過《す》ぎて、ウィーズリーおばさんがさっき出てきた扉《とびら》へと入っていった。ハリーはルーピンについていこうとしたが、おばさんが引き止めた。

「だめよ、ハリー。騎士団《きしだん》のメンバーだけの会議ですからね。ロンもハーマイオニーも上の階にいるわ。会議が終わるまで一緒《いっしょ》にお待ちなさいな。それからお夕食よ。それと、ホールでは声を低くしてね」おばさんは最後に急いでささやいた。

「どうして？」

「なんにも起こしたくないからですよ」

「どういう意味――？」

「説明はあとでね。いまは急いでるの。私《わたし》も会議に参加することになっているから――あなたの寝《ね》る所だけを教えておきましょう」

　唇《くちびる》にシーッと指を当て、おばさんは先に立って、虫食いだらけの長い両開きカーテンの前を、抜《ぬ》き足差《あしさ》し足《あし》で通った。その裏《うら》にはまた別の扉《とびら》があるのだろうとハリーは思った。トロールの足を切って作ったのではないかと思われる巨大《きょだい》なかさ立ての脇《わき》をすり抜《ぬ》け、暗い階段《かいだん》を上り、しなびた首がかかった飾《かざ》り板《いた》がずらりと並《なら》ぶ壁《かべ》の前を通《とお》り過《す》ぎた。よく見ると、首は屋敷《やしき》しもべ妖精《ようせい》のものだった。全員、なんだか豚《ぶた》のような鼻をしていた。

　一歩進むごとに、ハリーはますますわけがわからなくなっていた。闇《やみ》も闇《やみ》、大闇《おおやみ》の魔法使《まほうつか》いの家のような所で、いったいみんな何をしているのだろう。

「ウィーズリーおばさん、どうして――？」

「ロンとハーマイオニーが全部説明してくれますよ。私《わたし》はほんとに急がないと」おばさんは上の空でささやいた。

「ここよ――」二人は二つ目の踊《おど》り場《ば》に来ていた。「――あなたのは右側のドア。会議が終わったら呼《よ》びますからね」

　そしておばさんは、また急いで階段《かいだん》を下りていった。

　ハリーは薄汚《うすよご》れた踊《おど》り場《ば》を歩いて、寝室《しんしつ》のドアの取っ手を回した。取っ手は蛇《へび》の頭の形をしていた。ドアが開いた。

ほんの一瞬《いっしゅん》、ベッドが二つ置かれ、天井《てんじょう》の高い陰気《いんき》な部屋が見えた。次の瞬間《しゅんかん》、ホッホッという大きなさえずりと、それより大きな叫《さけ》び声《ごえ》が聞こえ、ふさふさした髪《かみ》の毛でハリーは完全に視界《しかい》を覆《おお》われてしまった。ハーマイオニーがハリーに飛びついて、ほとんど押《お》し倒《たお》しそうになるほど抱《だ》きしめたのだ。一方、ロンのチビふくろうのピッグウィジョンは、興奮《こうふん》して、二人の頭上をブンブン飛び回っていた。

「**ハリー！** ロン、ハリーが来たわ。ハリーが来たのよ！ 到着《とうちゃく》した音が聞こえなかったわ！ ああ、**元気なの？** 大丈夫《だいじょうぶ》なの？ 私《わたし》たちのこと、怒《おこ》ってた？ 怒《おこ》ってたわよね。私《わたし》たちの手紙が役に立たないことは知ってたわ――だけど、あなたになんにも教えてあげられなかったの。ダンブルドアに、教えないって誓《ちか》わせられて。ああ、話したいことがいっぱいあるわ。あなたもそうでしょうね。――吸魂鬼《きゅうこんき》ですって！ それを聞いたとき――それに魔法省《まほうしょう》の尋問《じんもん》のこと――とにかくひどいわ。私《わたし》、すっかり調べたのよ。魔法省《まほうしょう》はあなたを退学《たいがく》にできないわ。できないのよ。『未成《みせい》年魔法使《ねんまほうつか》いの妥当《だとう》な制限《せいげん》に関する法令』で、生命をおびやかされる状況《じょうきょう》においては魔法《まほう》の使用が許《ゆる》されることになってるの――」

「ハーマイオニー、ハリーに息ぐらいつかせてやれよ」ハリーの背後《はいご》で、ロンがニヤッと笑いながらドアを閉《し》めた。一か月見ないうちに、ロンはまた十数センチも背《せ》が伸《の》びたかのようで、これまでよりずっとひょろひょろのっぽに見えた。しかし、高い鼻、真っ赤な髪《かみ》の毛とそばかすは変わっていない。

ハーマイオニーは、ニコニコしながらハリーを放した。ハーマイオニーが言葉を続けるより早く、やわらかいシュ},ーッという音とともに、何か白いものが黒っぽい洋だんすの上から舞《ま》い降《お》りて、そっとハリーの肩《かた》に止まった。

「ヘドウィグ！」

白ふくろうはくちばしをカチカチ鳴らし、ハリーの耳をやさしくかんだ。ハリーはヘドウィグの羽をなでた。

「このふくろう、ずっといらいらしてるんだ」ロンが言った。「この前手紙を運んできたとき、僕《ぼく》たちのことつっついて半殺しの目にあわせたぜ。これ見ろよ――」

ロンは右手の人差し指をハリーに見せた。もう治りかかってはいたが、確《たし》かに深い切《き》り傷《きず》だ。

「へえ、そう」ハリーが言った。「悪かったね。だけど、僕《ぼく》、答えが欲《ほ》しかったんだ。わかるだろ――」

「そりゃ、僕《ぼく》らだってそうしたかったさ」ロンが言った。「ハーマイオニーなんか、心配で気が狂《くる》いそうだった。君が、なんのニュースもないままで、たった一人でいたら、何かバカなことをするかもしれないって、そう言い続けてたよ。だけどダンブルドアが僕《ぼく》たちに――」

「――僕《ぼく》に何も言わないって誓《ちか》わせた」ハリーが言った。「ああ、ハーマイオニーがさっきそう言った」

氷のように冷たいものがハリーの胃の腑《ふ》にあふれ、二人の親友に会って胸《むね》の中に燃《も》え上《あ》がってい
た温かな光を消した。突然《とつぜん》――一か月もの間あんなに二人に会いたかったのに――ハリーは、ロン
もハーマイオニーも自分をひとりにしてくれればいいのにと思った。

張《は》り詰《つ》めた沈黙《ちんもく》が流れた。ハリーは二人の顔を見ずに、機械的にヘドウィグをなでていた。

「それが最善《さいぜん》だとお考えになったのよ」ハーマイオニーが息を殺して言った。「ダンブルドアが、っ
てことよ」

「ああ」ハリーはハーマイオニーの両手にもヘドウィグのくちばしの印があるのを見つけたが、そ
れをちっとも気の毒に思わない自分に気づいた。

「僕《ぼく》の考えじゃ、ダンブルドアは、君がマグルと一緒《いっしょ》のほうが安全だと考えて――」ロンが話しは
じめた。

「へー？」ハリーは眉《まゆ》を吊《つ》り上《あ》げた。「**君たちの**どっちかが、夏休みに吸魂鬼《きゅうこんき》に襲《おそ》われたかい？」

「そりゃ、ノーさ――だけど、だからこそ不死鳥《ふしちょう》の騎士団《きしだん》の誰《だれ》かが、夏休み中、君のあとをつけて
たんだ――」

ハリーは、階段《かいだん》を一段踏《だんふ》みはずしたようなガクンという衝撃《しょうげき》を内臓《ないぞう》に感じた。それじゃ、僕《ぼく》がつ
けられてるって、僕《ぼく》以外《いがい》はみんな知ってたんだ。

「でも、うまくいかなかったようじゃないか？」ハリーは声の調子を変えないよう最大限《さいだいげん》の努力をした。「結局、自分で自分の面倒《めんどう》を見なくちゃならなかった。そうだろ？」

「先生がお怒《いか》りだったわ」ハーマイオニーは恐《おそ》れと尊敬《そんけい》の入りまじった声で言った。「ダンブルドアが。私《わたし》たち、先生を見たわ。マンダンガスが自分の担当《たんとう》の時間中にいなくなったと知ったとき。怖《こわ》かったわよ」

「いなくなってくれてよかったよ」ハリーは冷たく言った。

「そうじゃなきゃ、僕《ぼく》は魔法《まほう》も使わなかったろうし、ダンブルドアは夏休み中、僕《ぼく》をプリベット通りにほったらかしにしただろうからね」

「あなた……あなた心配じゃないの？　魔法省《まほうしょう》の尋問《じんもん》のこと？」ハーマイオニーが小さな声で聞いた。

「ああ」ハリーは意地になってうそをついた。

ハリーは二人のそばを離《はな》れ、満足そうなヘドウィグを肩《かた》にのせたまま部屋を見回した。この部屋はハリーの気持ちを引き立ててくれそうになかった。じめじめと暗い部屋だった。壁《かべ》ははがれかけ、無味乾燥《むみかんそう》で、せめてもの救いは、装飾的《そうしょくてき》な額縁《がくぶち》に入った絵のないカンバス一枚《まい》だった。カンバスの前を通ったとき、ハリーは、誰《だれ》かが隠《かく》れて忍《しの》び笑《わら》いする声を聞いたような気がした。

「それじゃ、ダンブルドアは、どうしてそんなに必死で僕《ぼく》になんにも知らせないようにしたんだい？」ハリーは普通《ふつう》の気軽な声を保《たも》つのに苦労しながら聞いた。「君たち——えーと——理由を聞いてみたのかなぁ？」

ハリーがちらっと目を上げたとき、ちょうど二人が顔を見合わせているのを見てしまった。ハリーの態度《たいど》が、まさに二人が心配していたとおりだったという顔をしていた。ハリーはますます不《ふ》機嫌《きげん》になった。

「何が起こっているかを君に話したいって、ダンブルドアにそう言ったよ」ロンが答えた。

「ほんとだぜ、おい。だけど、ダンブルドアはいま、めちゃくちゃ忙《いそが》しいんだ。僕《ぼく》たち、ここに来てから二回しか会っていないし、あの人はあんまり時間が取れなかったし。ただ、僕《ぼく》たちが手紙を書くとき、重要なことはなんにも書かないって誓《ちか》わせられて。ダンブルドアは、ふくろうが途中《とちゅう》で奪《うば》い取《と》られるかもしれないって言った」

「それでも僕《ぼく》に知らせることはできたはずだ。ダンブルドアがそうしようと思えば」ハリーはズバリと言った。「ふくろうなしで伝言を送る方法を、ダンブルドアが知らないなんて言うつもりじゃないだろうな」

ハーマイオニーがロンをちらっと見て答えた。

「私《わたし》もそう思ったの。でも、ダンブルドアはあなたに**なんにも**知ってほしくなかったみたい」

「僕《ぼく》が信用できないと思ったんだろうな」二人の表情《ひょうじょう》を見ながらハリーが言った。

「バカ言うな」ロンがとんでもないという顔をした。

「じゃなきゃ、僕《ぼく》が自分で自分の面倒《めんどう》を見られないと思った」

「もちろん、ダンブルドアがそんなこと思うわけないわ！」ハーマイオニーが気づかわしげに言った。

「それじゃ、君たち二人はここで起こっていることに加わってるのに、どうして僕《ぼく》だけがダーズリーの所にいなくちゃいけなかったんだ？」言葉が次々と口をついて転がり出た。一言しゃべるたびに声がだんだん大きくなった。「どうして君たち二人だけが、何もかも知っててもいいんだ？」

「何もかもじゃない！」ロンがさえぎった。「ママが僕《ぼく》たちを会議から遠ざけてる。若《わか》すぎるからって言って――」

ハリーは思わず叫《さけ》んでいた。

「それじゃ、君たちは会議には参加してなかった。だからどうだって言うんだ！　君たちはここにいたんだ。そうだろう？　君たちは一緒《いっしょ》にいたんだ！　僕《ぼく》は、一か月もダーズリーの所に釘《くぎ》づけだ！　だけど、僕《ぼく》は、君たち二人の手に負えないようなことでもいろいろやりとげてきた。ダンブルドアはそれを知ってるはずだ――賢者《けんじゃ》の石《いし》を守ったのは誰《だれ》だ？　リドルをやっつけたのは誰《だれ》だ？　君たちの命を吸魂鬼《きゅうこんき》から救ったのは誰《だれ》だって言うんだ？」

この一か月積もりに積もった恨《うら》みつらみがあふれ出した。何もニュースがなかったことのあせり、みんなが一緒《いっしょ》にいたのに、ハリーだけがのけ者だったことの痛《いた》み、監視《かんし》されていたのにそれを教えてもらえなかった怒《いか》り――自分でも半ば恥《は》じていたすべての感情《かんじょう》が、一気にせきを切ってあふれ出した。ヘドウィグは大声に驚《おどろ》いて飛び上がり、また洋だんすの上に舞《ま》い戻《もど》った。ピッグウィジョンはびっくりしてピーピー鳴きながら、頭上をますます急旋回《きゅうせんかい》した。

「四年生のとき、いったい誰《だれ》が、ドラゴンやスフィンクスや、ほかの汚《きたな》いやつらを出し抜《ぬ》いた？　誰《だれ》があいつの復活《ふっかつ》を目撃《もくげき》した？　誰《だれ》があいつから逃《に》げおおせた？　僕《ぼく》だ！」

ロンは、度肝《どぎも》を抜《ぬ》かれて言葉も出ず、口を半分開けてその場に突《つ》っ立《た》っていた。ハーマイオニーは泣きだしそうな顔をしていた。

「だけど、何が起こってるかなんて、どうせ僕《ぼく》に知らせる必要ないよな？　誰《だれ》もわざわざ僕《ぼく》に教える必要なんてないものな？」

「ハリー、私《わたし》たち、教えたかったのよ。ほんとうよ――」ハーマイオニーが口を開いた。

「それほど教えたいとは思わなかったんだよ。そうだろう？　そうじゃなきゃ僕《ぼく》にふくろうを送ったはずだ。だけど『ダンブルドアが君たちに誓《ちか》わせたから』――」

「だって、そうなんですもの――」

「四週間もだぞ。僕《ぼく》はプリベット通りに缶詰《かんづめ》で、何がどうなってるのか知りたくて、ごみ箱から新聞をあさってた――」

「私《わたし》たち、教えてあげたかった――」

「君たち、さんざん僕《ぼく》を笑い物にしてたんだ。そうだろう？　みんな一緒《いっしょ》に、ここに隠《かく》れて――」

「ちがうよ。まさか――」

「ハリー、ほんとにごめんなさい！」ハーマイオニーは必死だった。目には涙《なみだ》が光っていた。

「あなたの言うとおりよ、ハリー――私《わたし》だったら、きっとカンカンだわ！」

ハリーは息を荒《あら》らげたまま、ハーマイオニーをにらみつけた。それから二人から離《はな》れ、部屋を往《い》ったり来たりした。ヘドウィグは洋だんすの上で、不機嫌《ふきげん》にホーと鳴いた。しばらくみんなだまりこくった。ハリーの足元で、床《ゆか》がうめくようにきしむ音だけがときどき沈黙《ちんもく》を破《やぶ》った。

「ここは**いったい**どこなんだ？」ハリーが突然《とつぜん》ロンとハーマイオニーに聞いた。

「不死鳥《ふしちょう》の騎士《きし》団の本部」ロンがすぐさま答えた。

「どなたか、不死鳥《ふしちょう》の騎士団《きしだん》が何か、教えてくださいますかね――？」

「秘密同盟《ひみつどうめい》よ」ハーマイオニーがすぐに答えた。「ダンブルドアが率《ひき》いてるし、設立者《せつりつしゃ》なの。前回『例のあの人』と戦った人たちよ」

「誰《だれ》が入ってるんだい？」ハリーはポケットに手を突《つ》っ込《こ》んで立ち止まった。

「ずいぶんたくさんよ――」

「僕《ぼく》たちは二十人ぐらいに会った」ロンが言った。「だけど、もっといると思う」

ハリーは二人をじろっと見た。

「それで？」二人を交互《こうご》に見ながら、ハリーが先をうながした。

「え？」ロンが言った。「それでって？」

「ヴォルデモート！」ハリーが怒《いか》り狂《くる》った。ロンもハーマイオニーも身をすくめた。「どうなってるんだ？　やつは何をたくらんでる？　どこにいる？　やつを阻止《そし》するのに何をしてるんだ？」

「言ったでしょう？　騎士団《きしだん》は、私《わたし》たちを会議に入れてくれないって」ハーマイオニーが気を使いながら言った。「だから、くわしくは知らないの――だけど大まかなことはわかるわ」ハリーの表情《ひょうじょう》を見て、ハーマイオニーは急いでつけ加えた。

「フレッドとジョージが『伸《の》び耳《みみ》』を発明したんだ。うん」ロンが言った。「なかなか役に立つぜ」

「伸《の》び――？」

「耳。そうさ。ただ、最近は使うのをやめざるをえなくなった。ママが見つけてカンカンになってね。ママが『耳』をごみ箱に捨《す》てちゃわないように、フレッドとジョージは『耳』を全部隠《かく》さなくちゃならなくなった。だけど、ママにばれるまでは、かなり利用したぜ。騎士団《きしだん》が、面の割《わ》れてる死喰《しく》い人《びと》を見張《みは》ってることだけはわかってる。つまり、様子を探《さぐ》ってるってことさ。うん――」

「騎士団《きしだん》に入るように勧誘《かんゆう》しているメンバーも何人かいるわ――」ハーマイオニーが言った。

「それに、何かの護衛《ごえい》に立ってるのも何人かいるな」ロンが言った。「しょっちゅう護衛勤務《ごえいきんむ》の話をしてる」

「もしかしたら僕《ぼく》の護衛《ごえい》のことじゃないのかな？」ハリーが皮肉った。

「ああ、そうか」ロンが急に謎《なぞ》が解《と》けたような顔をした。

ハリーはフンと鼻を鳴らした。そしてロンとハーマイオニーのほうを絶対《ぜったい》見ないようにしながら、また部屋を往《い》ったり来たりしはじめた。「それじゃ、君たちはここで何してたんだい？　会議に入れないなら」ハリーは問《と》い詰《つ》めた。「二人とも忙《いそが》しいって言ってたろう」

「そうよ」ハーマイオニーがすぐ答えた。「この家を除染《じょせん》していたの。何年も空き家だったから、いろんなものが巣食っているのよ。厨房《ちゅうぼう》はなんとかきれいにしたし、寝室《しんしつ》もだいたいすんだわ。それから、客間に取りかかるのがあした――**あぁーっ！**」

バシッバシッと大きな音がして、ロンの双子《ふたご》の兄、フレッドとジョージが、どこからともなく部屋の真ん中に現《あらわ》れた。ピッグウィジョンはますます激《はげ》しくさえずり、洋だんすの上のヘドウィグのそばにブーンと飛んでいった。

「いいかげんにそれ**やめて！**」ハーマイオニーがあきらめ声で言った。双子《ふたご》はロンと同じ鮮《あざ》やかな赤毛だが、もっとがっちりしていて背《せ》は少し低い。

「やあ、ハリー」ジョージがハリーにニッコリした。「君の甘《あま》ーい声が聞こえたように思ったんでね」

「怒《おこ》りたいときはそんなふうに抑《おさ》えちゃだめだよ、ハリー。全部吐《は》いっちまえ」フレッドもニッコリしながら言った。「百キロぐらい離《はな》れたとこに、君の声が聞こえなかった人が一人ぐらいいたかもしれないじゃないか」

「君たち二人とも、それじゃ、『姿《すがた》あらわし』テストに受かったんだね？」ハリーは不機嫌《ふきげん》なまま言った。

「優等《ゆうとう》でさ」フレッドが言った。手には何やら長い薄《うす》オレンジ色のひもを持っている。

「階段《かいだん》を下りたって、三十秒も余計《よけい》にかかりゃしないのに」ロンが言った。

「弟よ、『時はガリオンなり』さ」フレッドが言った。「とにかく、ハリー、君の声が受信をさまたげているんだ。『伸《の》び耳《みみ》』のね」

ハリーがちょっと眉《まゆ》を吊《つ》り上《あ》げるのを見て、フレッドがひもを持ち上げながら説明をつけ加えた。そのひもの先が踊《おど》り場《ば》に伸《の》びているのが見える。

「下で何してるのか、聞こうとしてたんだ」

「気をつけたほうがいいぜ」ロンが「耳」を見つめながら言った。「ママがまたこれを見つけたら……」

「その危険《きけん》をおかす価値《かち》ありだ。いま、重要会議をしてる」フレッドが言った。

ドアが開いて、長いふさふさした赤毛が現《あらわ》れた。

「ああ、ハリー、いらっしゃい！」ロンの妹、ジニーが明るい声で挨拶《あいさつ》した。「あなたの声が聞こえたように思ったの」

「伸《の》び耳《みみ》は効果《こうか》なしよ。ママがわざわざ厨房《ちゅうぼう》の扉《とびら》に『邪魔《じゃま》よけ呪文《じゅもん》』をかけたもの」

フレッドとジョージに向かってジニーが言った。

「どうしてわかるんだ？」ジョージががっくりしたように聞いた。

「トンクスがどうやって試《ため》すかを教えてくれたわ」ジニーが答えた。「扉《とびら》に何か投げつけて、それが扉《とびら》に接触《せっしょく》できなかったら、扉《とびら》は『邪魔《じゃま》よけ』されているの。私《わたし》、階段《かいだん》の上からクソ爆弾《ばくだん》をポンポン投げつけてみたけど、みんな跳《は》ね返《かえ》されちゃった。だから、伸《の》び耳《みみ》が扉《とびら》のすきまから忍《しの》び込《こ》むことは絶対《ぜったい》できないわ」

フレッドが深いため息をついた。

「残念だ。あのスネイプのやつが何をするつもりだったのか、ぜひとも知りたかったのになあ」

「スネイプ！」ハリーはすぐに反応《はんのう》した。「ここにいるの？」

「ああ」ジョージは慎重《しんちょう》にドアを閉《し》め、ベッドに腰《こし》を下ろしながら言った。ジニーとフレッドも座《すわ》った。「マル秘《ひ》の報告《ほうこく》をしてるんだ」

「いやな野郎《やろう》」フレッドがのんびりと言った。

「スネイプはもう私《わたし》たちの味方よ」ハーマイオニーがとがめるように言った。

ロンがフンと鼻を鳴らした。「それでも、いやな野郎《やろう》はいやな野郎《やろう》だ。あいつが僕《ぼく》たちのことを見る目つきときたら」

「ビルもあの人が嫌《きら》いだわ」ジニーが、まるでこれで決まりという言い方をした。

ハリーは怒《いか》りが収《おさ》まったのかどうかわからなかったが、情報《じょうほう》を聞き出したい思いのほうが、どなり続けたい気持ちより強くなっていた。ハリーはみんなと反対側のベッドに腰《こし》かけた。

「ビルもここにいるのかい？」ハリーが聞いた。「エジプトで仕事をしてると思ってたけど？」

「事務職《じむしょく》を希望したんだ。家に帰って、騎士団《きしだん》の仕事ができるようにって」フレッドが答えた。

「エジプトの墓場《はかば》が恋《こい》しいって言ってる。だけど」フレッドがニヤッとした。「その埋《う》め合《あ》わせがあるのさ」

「どういう意味？」

「あのフラー・デラクールって子、覚えてるか？」ジョージが言った。「グリンゴッツに勤《つと》めたんだ。**えいごーがうまーくなるよーに**――」

「それで、ビルがせっせと個人教授《こじんきょうじゅ》をしてるのさ」フレッドがクスクス笑った。

「チャーリーも騎士団《きしだん》だ」ジョージが言った。「だけど、まだルーマニアにいる。ダンブルドアは、なるべくたくさんの外国の魔法使《まほうつか》いを仲間にしたいんだ。それでチャーリーが、仕事休みの日にいろいろと接触《せっしょく》してる」

「それは、パーシーができるんじゃないの？」ハリーが聞いた。

ウィーズリー家の三男が魔法省《まほうしょう》の国際魔法協力部《こくさいまほうきょうりょくぶ》に勤《つと》めているというのが、ハリーの知っている一番新しい情報《じょうほう》だった。

とたんに、ウィーズリー兄弟妹《きょうだい》とハーマイオニーが暗い顔でわけありげに目を見交《みか》わした。

「どんなことがあっても、パパやママの前でパーシーのことを持ち出さないで」

ロンが、緊張《きんちょう》した声でハリーに言った。

「どうして？」

「なぜって、パーシーの名前が出るたびに、親父《おやじ》は手に持っているものを壊《こわ》しちゃうし、おふくろは泣きだすんだ」フレッドが言った。

「大変だったのよ」ジニーが悲しそうに言った。

「あいつなんかいないほうがせいせいする」ジョージが、柄《がら》にもなく顔をしかめて言った。

「何があったんだい？」ハリーが聞いた。

「パーシーが親父《おやじ》と言い争いをしたんだ」フレッドが言った。「親父《おやじ》が誰《だれ》かとあんなふうに言い争うのを初めて見た。普通《ふつう》はおふくろが叫《さけ》ぶもんだ」

「学校が休みに入ってから一週間目だった」ロンが言った。「僕《ぼく》たち、騎士団《きしだん》に加わる準備《じゅんび》をしてたんだ。パーシーが家に帰ってきて、昇進《しょうしん》したって言った」

「冗談《じょうだん》だろ？」ハリーが言った。

パーシーが野心家だということはよく知っていたが、ハリーの印象《いんしょう》では、パーシーの魔法省《まほうしょう》での最初の任務《にんむ》は、大成功だったとは言えない。上司がヴォルデモート卿《きょう》に操作《そうさ》されていて（魔法省《まほうしょう》がそれを信じていたわけではない——みんな、クラウチ氏は気が触《ふ》れたと思《おも》い込《こ》んでいた）、それに気づかなかったのは、パーシーが相当大きなポカをやったということになる。

「ああ、俺《おれ》たち全員が驚《おどろ》いたさ」ジョージが言った。「だって、パーシーはクラウチの件《けん》でずいぶん面倒《めんどう》なことになったからな。尋問《じんもん》だとかなんだとか。パーシーはクラウチが正気を失っていることに気づいて、それを上司に知らせるべきだったって、みんながそう言ってたんだぜ。だけど、パーシーのことだから、クラウチに代理を任《まか》せられて、そのことで文句《もんく》を言うはずがない」

「じゃ、なんで魔法省《まほうしょう》はパーシーを昇進《しょうしん》させたの？」

「それこそ、僕《ぼく》らも変だと思ったところさ」ロンが言った。ハリーがわめくのをやめたので、ロンは普通《ふつう》の会話を続けようと熱心になっているようだった。「パーシーは大得意《だいとくい》で家に帰ってきた——いつもよりずっと大得意《だいとくい》さ。そんなことがありうるならね——そして、親父《おやじ》に言った。ファッジの大臣室勤務《だいじんしつきんむ》を命ぜられたって。ホグワーツを卒業して一年目にしちゃ、すごくいい役職《やくしょく》さ。大臣付《だいじんづき》下級補佐官《かきゅうほさかん》。パーシーは親父《おやじ》が感心すると期待してたんだろうな」

「ところが親父《おやじ》はそうじゃなかった」フレッドが暗い声を出した。

「どうして？」ハリーが聞いた。

「うん。ファッジはどうやら、魔法省《まほうしょう》をひっかき回して、誰《だれ》かダンブルドアと接触《せっしょく》している者がいないかって調べてたらしい」ジョージが言った。

「ダンブルドアの名前は、近ごろじゃ魔法省《まほうしょう》の鼻つまみなんだ」フレッドが言った。「ダンブルドアが『例のあの人』が戻《もど》ったと言いふらして問題を起こしてるだけだって、魔法省《まほうしょう》じゃそう思ってる」

「親父《おやじ》は、ファッジが、ダンブルドアとつながっている者は机《つくえ》を片《かた》づけて出ていけって、はっきり宣言《せんげん》したって言うんだ」ジョージが言った。

「問題は、ファッジが親父《おやじ》を疑《うたが》ってるってこと。親父《おやじ》がダンブルドアと親しいって、ファッジは知ってる。それに、親父《おやじ》はマグル好きだから少し変人だって、ファッジはずっとそう思ってた」

「だけど、それがパーシーとどういう関係？」ハリーは混乱《こんらん》した。

「そのことさ。ファッジがパーシーを大臣室に置きたいのは、家族を――それとダンブルドアを――スパイするためでしかないって、親父《おやじ》はそう考えてる」

ハリーは低く口笛を吹《ふ》いた。

「そりゃ、パーシーがさぞかし喜んだろうな」

ロンがうつろな笑い方をした。

「パーシーは完全に頭に来たよ。それでこう言ったんだ――うーん、ずいぶんひどいことをいろいろ言ったな。魔法省《まほうしょう》に入って以来、父さんの評判《ひょうばん》がぱっとしないから、それと戦うのに苦労したとか、父さんはなんにも野心がないとか、それだからいつも――ほら――僕《ぼく》たちにはあんまりお金がないとか、つまり――」

「**なんだって？**」ハリーは信じられないという声を出し、ジニーは怒《おこ》った猫《ねこ》のような声を出した。

「そうなんだ」ロンが声を落とした。「そして、ますますひどいことになってさ。パーシーが言うんだ。父さんがダンブルドアと連《つる》んでいるのは愚《おろ》かだとか、ダンブルドアは大きな問題を引き起こそうとしているとか、父さんはダンブルドアと落ちる所まで落ちるんだとか。そして、自分は――パーシーのことだけど――どこに忠誠《ちゅうせい》を誓《ちか》うかわかっている、魔法省《まほうしょう》だ。もし父さんと母さんが魔《ま》法省《ほうしょう》を裏切《うらぎ》るなら、もう自分はこの家の者じゃないってことを、みんなにはっきりわからせてやるって。そしてパーシーはその晩《ばん》、荷物をまとめて出ていったんだ。いま、ここ、ロンドンに住んでるよ」

ハリーは声をひそめて毒づいた。ロンの兄弟の中では、ハリーは昔からパーシーとは一番気が合わなかった。しかし、パーシーが、ウィーズリーおじさんにそんなことを言うとは、考えもしなかった。

「ママは気が動転してさ」ロンが言った。「わかるだろ――泣いたりとか。ママはロンドンに出てきて、パーシーと話をしようとしたんだ。ところがパーシーはママの鼻先でドアをピシャリさ。職《しょく》場《ば》でパパに出会ったら、パーシーがどうするかは知らない――無視《むし》するんだろうな、きっと」

「だけど、パーシーは、ヴォルデモートが戻《もど》ってきたことを**知ってるはずだ**」ハリーが考え考え言った。「バカじゃないもの。君のパパやママが、なんの証拠《しょうこ》もないのにすべてを懸《か》けたりしないとわかるはずだ」

「ああ、うーん、君の名前も争いの引き合いに出された」ロンがハリーを盗《ぬす》み見《み》た。「パーシーが言うには、証拠《しょうこ》は君の言葉だけだ……なんて言うのかな……パーシーはそれじゃ不充《ふじゅう》分《ぶん》だって」

「パーシーは『日刊予言者新聞《にっかんよげんしゃしんぶん》』を真《ま》に受けてるのよ」ハーマイオニーが辛辣《しんらつ》な口調で言った。すると、全員が首をこっくりした。

「いったいなんのこと？」ハリーがみんなを見回しながら聞いた。どの顔もハラハラしてハリーを見ていた。

「あなた――あなた、読んでなかったの？『日刊予言者新聞《にっかんよげんしゃしんぶん》』？」ハーマイオニーが恐《おそ》る恐《おそ》る聞いた。

「読んでたさ！」ハリーが言った。

「読んでたって――あの――完全に？」ハーマイオニーがますます心配そうに聞いた。

「隅《すみ》から隅《すみ》までじゃない」ハリーは言《い》い訳《わけ》がましく言った。「ヴォルデモートの記事がのるなら、一面大見出しだろう？　ちがう？」

みんながその名を聞いてぎくりとした。ハーマイオニーが急いで言葉を続けた。「そうね、隅《すみ》から隅《すみ》まで読まないと気がつかないけど、でも、新聞に——うーん——一週間に数回はあなたのことがのってるわ」

「でも、僕《ぼく》、見なかったけど——」

「一面だけ読んでたらそうね。見ないでしょう」ハーマイオニーが首を振《ふ》りながら言った。

「大きな記事のことじゃないの。決まり文句《もんく》のジョークみたいに、あちこちにもぐり込《こ》んでるのよ」

「どういう——？」

「かなり悪質《あくしつ》ね、はっきり言って」ハーマイオニーは無理に平静を装《よそお》った声で言った。「リータの記事を利用してるの」

「だけど、リータはもうあの新聞に書いていないんだろ？」

「ええ、書いてないわ。約束を守ってる——選択《せんたく》の余地《よち》はないけどね」ハーマイオニーは満足そうにつけ加えた。「でも、リータが書いたことが、新聞がいまやろうとしていることの足がかりになっているの」

「やるって、**何を？**」ハリーはあせった。

「あのね、リータは、あなたがあちこちで失神するとか、傷《きず》が痛《いた》むと言ったとか書いたわよね？」

「ああ」リータ・スキーターが自分について書いた記事を、ハリーがそんなにすぐに忘《わす》れられるわけがない。

「新聞は、そうね、あなたが思《おも》い込《こ》みの激《はげ》しい目立ちたがり屋で、自分を悲劇《ひげき》のヒーローだと思っている、みたいな書き方をしているの」ハーマイオニーは一気に言いきった。こういう事実は大急ぎで聞くほうが、ハリーにとって不快感《ふかいかん》が少ないとでも言うかのようだった。

「新聞はあなたをあざける言葉を、しょっちゅうもぐり込《こ》ませるの。信じられないような突飛《とっぴ》な記事の場合だと、『ハリー・ポッターにふさわしい話』だとか、誰《だれ》かがおかしな事故《じこ》にあうと、『この人の額《ひたい》に傷《きず》が残らないように願いたいものだ。そうしないと、次に我々《われわれ》はこの人を拝《おが》めと言われかねない』――」

「僕《ぼく》は誰《だれ》にも拝《おが》んでほしくない――」ハリーが熱くなってしゃべりはじめた。

「わかってるわよ」ハーマイオニーは、びくっとした顔であわてて言った。

「私《わたし》には**わかってる**のよ、ハリー。だけど新聞が何をやってるか、わかるでしょう？　あなたのことを、まったく信用できない人間に仕立て上げようとしてる。ファッジが糸を引いているわ。そうに決まってる。一般《いっぱん》の魔法使《まほうつか》いに、あなたのことをこんなふうに思《おも》い込《こ》ませようとしてるのよ――愚《おろ》かな少年で、お笑いぐさ。ありえないばかげた話をする。なぜなら、有名なのが得意《とくい》で、ずっと有名でいたいから」

「僕《ぼく》が頼《たの》んだわけじゃない――望んだわけじゃない――**ヴォルデモートは僕《ぼく》の両親を殺したんだ！**」ハリーは急《せ》き込《こ》んだ。「僕《ぼく》が有名になったのは、あいつが僕《ぼく》の家族を殺して、僕《ぼく》を殺せなかったからだ！　誰《だれ》がそんなことで有名になりたい？　みんなにはわからないのか？　僕《ぼく》は、あんなことが起こらなかったらって――」

「**わかってるわ、**ハリー」ジニーが心から言った。

「それにもちろん、吸魂鬼《きゅうこんき》があなたを襲《おそ》ったことは一言も書いてない」ハーマイオニーが言った。

「誰《だれ》かが口止めしたのよ。ものすごく大きな記事になるはずだもの。制御《せいぎょ》できない吸魂鬼《きゅうこんき》なんて。あなたが『国際機密保持法《こくさいきみつほじほう》』を破《やぶ》ったことさえ書いてないわ。書くと思ったんだけど。あなたが愚《おろ》かな目立ちたがり屋だっていうイメージとぴったり合うもの。あなたが退学処分《たいがくしょぶん》になるまでがまんして待っているんだと思うわ。その時に大々的に騒《さわ》ぎ立《た》てるつもりなのよ――**もしも**退学《たいがく》になったらっていう意味よ。当然だけど」ハーマイオニーは急いで言葉をつけ加えた。「退学《たいがく》になるはずがないわ。魔法省《まほうしょう》が自分の法律《ほうりつ》を守るなら、あなたにはなんにも罪《つみ》はないもの」

　話が尋問《じんもん》に戻《もど》ってきた。ハリーはそのことを考えたくなかった。ほかの話題はないかと探《さが》しているうちに、階段《かいだん》を上がってくる足音に救われた。

「う、ワ」

　フレッドが伸《の》び耳《みみ》をぐっと引《ひ》っ張《ぱ》った。また大きなバシッという音がして、フレッドとジョージは消えた。次の瞬間《しゅんかん》、ウィーズリーおばさんが部屋の戸口に現《あらわ》れた。

「会議は終わりましたよ。下りてきていいわ。夕食にしましょう。ハリー、みんながあなたにとっても会いたがってるわ。ところで、厨房《ちゅうぼう》の扉《とびら》の外にクソ爆弾《ばくだん》をごっそり置いたのは誰《だれ》なの？」

「クルックシャンクスよ」ジニーがけろりとして言った。「あれで遊ぶのが大好きなの」

「そう」ウィーズリーおばさんが言った。「私《わたし》はまた、クリーチャーかと思ったわ。あんな変なことばかりするし。さあ、ホールでは声を低くするのを忘《わす》れないでね。ジニー、手が汚《よご》れてるわよ。何してたの？　お夕食の前に手を洗《あら》ってきなさい」

ジニーはみんなにしかめっ面《つら》をして見せ、母親について部屋を出た。部屋にはハリーとロン、ハーマイオニーだけが残った。ほかのみんながいなくなったので、ハリーがまた叫《さけ》びだすかもしれないと恐《おそ》れているかのように、二人は心配そうにハリーを見つめていた。二人があまりにも神経《しんけい》をとがらせているのを見て、ハリーは少し恥《は》ずかしくなった。

「あのさ……」ハリーがぼそりと言った。しかし、ロンは首を振《ふ》り、ハーマイオニーは静かに言った。

「ハリー、あなたが怒《おこ》ることはわかっていた。無理もないわ。でも、わかってほしい。私《わたし》たち、**ほんとに努力した**のよ。ダンブルドアを説得《せっとく》するのに――」

「うん、わかってる」ハリーは言葉少なに答えた。

ハリーは、校長がかかわらない話題はないかと探《さが》した。ダンブルドアのことを考えるだけで、またもや怒《いか》りで腸《はらわた》が煮《に》えくり返る思いがするからだ。

「クリーチャーって誰《だれ》？」ハリーが聞いた。

「ここにすんでる屋敷《やしき》しもべ妖精《ようせい》」ロンが答えた。「いかれたやつさ。あんなの見たことない」

ハーマイオニーがロンをにらんだ。

「**いかれたやつ**なんかじゃないわ、ロン」

「あいつの最大の野望は、首を切られて、母親と同じように楯《たて》に飾《かざ》られることなんだぜ」ロンがじれったそうに言った。「ハーマイオニー、それでもまともかい？」

「それは――それは、ちょっと変だからって、クリーチャーのせいじゃないわ」

ロンはやれやれという目でハリーを見た。

「ハーマイオニーはまだ『反吐《へど》』をあきらめてないんだ」

「『反吐《スピュー》』じゃないってば！」ハーマイオニーが熱くなった。「エス・ピー・イー・ダブリュー、しもべ妖精《ようせい》福祉《ふくし》振興協会《しんこうきょうかい》です。それに、私《わたし》だけじゃないのよ。ダンブルドアもクリーチャーにやさしくしなさいっておっしゃってるわ」

「はい、はい」ロンが言った。「行こう。腹《はら》ぺこだ」

ロンは先頭に立ってドアから踊《おど》り場《ば》に出た。しかし、三人が階段《かいだん》を下りる前に――。

「ストップ！」ロンが声をひそめ、片腕《かたうで》を伸《の》ばして、ハリーとハーマイオニーを押《お》しとどめた。

「みんな、まだホールにいるよ。何か聞けるかもしれない」

三人は慎重《しんちょう》に階段《かいだん》の手すりからのぞき込《こ》んだ。階下の薄暗《うすぐら》いホールは、魔《ま》法使《ほうつか》いと魔女《まじょ》たちでいっぱいだった。ハリーの護衛隊《ごえいたい》もいた。興奮《こうふん》してささやき合っている。グループの真ん中に、脂《あぶら》っこい黒髪《くろかみ》で鼻の目立つ魔法使《まほうつか》いが見えた。ホグワーツでハリーが一番嫌《きら》いな、スネイプ先生だ。ハリーは階段《かいだん》の手すりから身を乗り出した。スネイプが不死鳥《ふしちょう》の騎士団《きしだん》で何をしているのかがとても気になった……。

細い薄《うす》オレンジ色のひもが、ハリーの目の前を下りていった。見上げると、フレッドとジョージが上の踊《おど》り場《ば》にいて、下の真っ黒な集団《しゅうだん》に向かってそろりそろりと伸《の》び耳《みみ》を下ろしていた。しかし次の瞬間《しゅんかん》、集団《しゅうだん》は全員、玄関《げんかん》の扉《とびら》に向かい、姿《すがた》が見えなくなった。

「チッキショー」

ハリーは、伸《の》び耳《みみ》を引き上げながらフレッドが小声で言うのを聞いた。

玄関《げんかん》の扉《とびら》が開き、また閉《し》まる音が聞こえた。

「スネイプは絶対《ぜったい》ここで食事しないんだ」ロンが小声でハリーに言った。「ありがたいことにね。さあ」

「それと、ホールでは声を低くするのを忘《わす》れないでね、ハリー」ハーマイオニーがささやいた。しもべ妖精《ようせい》の首がずらりと並《なら》ぶ壁《かべ》の前を通《とお》り過《す》ぎるとき、ルーピン、ウィーズリーおばさん、トンクスが玄関《げんかん》の戸口にいるのが見えた。みんなが出ていったあとで、魔法《まほう》の錠前《じょうまえ》やかんぬきをいくつもかけているところだった。

「厨房《ちゅうぼう》で食べますよ」階段下《かいだんした》で三人を迎《むか》え、ウィーズリーおばさんが小声で言った。「さあ、ハリー、忍《しの》び足《あし》でホールを横切って、ここの扉《とびら》から——」

バタッ。

「**トンクス！**」おばさんがトンクスを振《ふ》り返《かえ》り、あきれたように叫《さけ》んだ。

「ごめん！」トンクスは情《なさ》けない声を出した。床《ゆか》に這《は》いつくばっている。「このバカバカしいかさ立てのせいよ。つまずいたのはこれで二度目——」

あとの言葉は、耳をつんざき血も凍《こお》る、恐《おそ》ろしい叫《さけ》びにのみ込《こ》まれてしまった。

さっきハリーがその前を通った、虫食いだらけのビロードのカーテンが、左右に開かれていた。その裏《うら》にあったのは扉《とびら》ではなかった。一瞬《いっしゅん》、ハリーは窓《まど》のむこう側が見えるのかと思った。窓《まど》の向こうに黒い帽子《ぼうし》をかぶった老女がいて、叫《さけ》んでいる。まるで拷問《ごうもん》を受けているかのような叫《さけ》びだ——次の瞬間《しゅんかん》、ハリーはそれが等身大の肖像画《しょうぞうが》だと気づいた。ただし、ハリーがいままで見た中で一番生々しく、一番不快《ふかい》な肖像画《しょうぞうが》だった。

老女はよだれを垂《た》らし、白目をむき、叫《さけ》んでいるせいで、黄ばんだ顔の皮膚《ひふ》が引きつっている。ホール全体にかかっているほかの肖像画《しょうぞうが》も目を覚まして叫《さけ》びだした。あまりの騒音《そうおん》に、ハリーは目をギュッとつぶり、両手で耳をふさいだ。

ルーピンとウィーズリーおばさんが飛び出して、カーテンを引き老女を閉《と》じ込《こ》めようとした。しかしカーテンは閉《し》まらず、老女はますます鋭《するど》い叫《さけ》びを上げて、二人の顔を引《ひ》き裂《さ》こうとするかのように、両手の長い爪《つめ》を振《ふ》り回《まわ》した。

「穢《けが》らわしい！　クズども！　塵芥《ちりあくた》の輩《やから》！　雑種《ざっしゅ》、異形《いぎょう》、できそこないども。ここから立ち去れ！　わが祖先《そせん》の館を、よくも汚《けが》してくれたな――」

トンクスは何度も何度も謝《あやま》りながら、巨大《きょだい》などっしりしたトロールの足を引きずって立て直していた。ウィーズリーおばさんはカーテンを閉《し》めるのをあきらめ、ホールを駆《か》けずり回って、ほかの肖像画《しょうぞうが》に杖《つえ》で「失神術《しっしんじゅつ》」をかけていた。すると、ハリーの行く手の扉《とびら》から、黒い長い髪《かみ》の男が飛び出してきた。

「だまれ。この鬼婆《おにばば》。**だまるんだ！**」男は、ウィーズリーおばさんがあきらめたカーテンをつかんで吠《ほ》えた。

老女の顔が血の気を失った。

「こいつぅぅぅぅ！」老女がわめいた。男の姿《すがた》を見て、両眼《りょうがん》が飛び出していた。

「血を裏切《うらぎ》る者よ。忌《い》まわしや。わが骨肉《こつにく》の恥《はじ》！」

「聞こえないのか――**だ――ま――れ！**」男が吠《ほ》えた。そして、ルーピンと二人がかりの金剛力《こんごうりき》で、やっとカーテンを元のように閉《と》じた。

老女の叫《さけ》びが消え、シーンと沈黙《ちんもく》が広がった。

少し息をはずませ、長い黒髪《くろかみ》を目の上からかき上げ、男がハリーを見た。ハリーの名付け親、シリウスだ。

「やあ、ハリー」シリウスが暗い顔で言った。「どうやら私《わたし》の母親に会ったようだね」

第五章 不《ふ》死《し》鳥《ちょう》の騎《き》士《し》団《だん》

「誰《だれ》に――？」

「わが親愛なる母上にだよ」シリウスが言った。「かれこれ一か月もこれを取りはずそうとしているんだが、この女は、カンバスの裏《うら》に『永久粘着呪文《えいきゅうねんちゃくじゅもん》』をかけたらしい。さあ、下に行こう。急いで。ここの連中がまた目を覚まさないうちに」

「だけど、お母さんの肖像画《しょうぞうが》がどうしてここにあるの？」

ホールから階下に下りる扉《とびら》を開けると、狭《せま》い石の階段《かいだん》が続いていた。その階段《かいだん》を下りながら、わけがわからず、ハリーが聞いた。ほかのみんなも、二人のあとから下りてきた。

「誰《だれ》も君に話していないのか？　ここは私《わたし》の両親の家だった」シリウスが答えた。「しかし、私《わたし》がブラック家の最後の生き残りだ。だから、いまは私《わたし》の家だ。私《わたし》がダンブルドアに本部として提供《ていきょう》した。――私《わたし》には、それぐらいしか役に立つことがないんでね」

シリウスはハリーが期待していたような温かい歓迎《かんげい》をしてくれなかったが、シリウスの言い方がなぜか苦渋《くじゅう》に満ちていることに、ハリーは気づいていた。ハリーは名付け親について階段《かいだん》を一番下まで下り、地下の厨房《ちゅうぼう》に入る扉《とびら》を通った。

そこは、上のホールとほとんど同じように暗く、あらい石壁《いしかべ》のがらんとした広い部屋だった。明かりといえば、厨房《ちゅうぼう》の奥《おく》にある大きな暖炉《だんろ》の火ぐらいだ。パイプの煙《けむり》が、戦場の焼《や》け跡《あと》の煙《けむり》のように漂《ただよ》い、その煙《けむり》を通して、暗い天井《てんじょう》から下がった重い鉄鍋《てつなべ》や釜《かま》が、不気味な姿《すがた》を見せていた。会議用に椅子《いす》がたくさん詰《つ》め込《こ》まれていたらしい。その真ん中に長い木のテーブルがあり、羊皮紙の巻《まき》紙《がみ》やゴブレット、ワインの空《あ》き瓶《びん》、それにボロ布《ぬの》の山のようなものが散らかっていた。ウィーズリーおじさんは、テーブルの端《はし》のほうで長男のビルと額《ひたい》を寄《よ》せ合《あ》い、ヒソヒソ話していた。

ウィーズリーおばさんが咳払《せきばら》いをした。角縁《つのぶち》めがねをかけ、やせて、赤毛が薄《うす》くなりかかったウィーズリーおじさんが、振《ふ》り返《かえ》って、勢《いきお》いよく立ち上がった。

「ハリー！」おじさんは急ぎ足で近づいてきて、ハリーの手を握《にぎ》り、激《はげ》しく振《ふ》った。「会えてうれしいよ！」

おじさんの肩越《かたご》しに、ビルが見えた。相変わらず長髪《ちょうはつ》をポニーテールにしている。ビルがテーブルに残っていた羊皮紙をサッと丸めるのが見えた。

「ハリー、旅は無事だったかい？」十二本の巻紙《まきがみ》を一度に集めようとしながら、ビルが声をかけた。「それじゃ、マッドーアイは、グリーンランド上空を経由《けいゆ》しなかったんだね？」

「そうしようとしたわよ」トンクスがそう言いながら、ビルを手伝いにすたすた近づいてきたが、たちまち、最後に一枚《まい》残っていた羊皮紙の上にろうそくをひっくり返した。

「あ、しまった——**ごめん**——」

「任《まか》せて」ウィーズリーおばさんが、あきれ顔で言いながら、杖《つえ》のひと振《ふ》りで羊皮紙を元に戻《もど》した。おばさんの呪文《じゅもん》が放った閃光《せんこう》で、ハリーは建物の見取り図のようなものをちらりと見た。

ウィーズリーおばさんはハリーが見ていることに気づき、見取り図をテーブルからサッと取り上げ、すでにあふれそうになっているビルの腕《うで》の中に押《お》し込《こ》んだ。

「こういうものは、会議が終わったら、すぐに片《かた》づけないといけません」おばさんはピシャリと言うと、さっさと古びた食器棚《しょっきだな》のほうに行き、中から夕食用のお皿を取り出しはじめた。

ビルは杖《つえ》を取り出し、「エバネスコ！　消えよ！」とつぶやいた。巻紙《まきがみ》が消え去った。

「かけなさい、ハリー」シリウスが言った。「マンダンガスには会ったことがあるね？」

ハリーがボロ布《ぬの》の山だと思っていたものが、クウーッと長いいびきをかいたと思うと、がばっと目を覚ました。

「だンか、おンの名、呼《よ》んだか？」マンダンガスが眠《ねむ》そうにボソボソ言った。「俺《おれ》は、シリウスンさン成《せい》する……」マンダンガスは投票でもするように、汚《きたな》らしい手を挙げた。血走った垂《た》れ目《め》はどろんとして焦点《しょうてん》が合っていない。

ジニーがクスクス笑った。

「会議は終わってるんだ、ダング」シリウスが言った。周りのみんなもテーブルに着いていた。

「ハリーが到着《とうちゃく》したんだよ」

「はぁ？」マンダンガスは赤茶けたくしゃくしゃの髪《かみ》の毛を透《す》かして、ハリーをみじめっぽく見た。「ほー。着いたンか。ああ……元気か、アリー？」

「うん」ハリーが答えた。

マンダンガスは、ハリーを見つめたままそわそわとポケットをまさぐり、すすけたパイプを引《ひ》っ張《ぱ》り出《だ》した。パイプを口に突《つ》っ込《こ》み、杖《つえ》で火をつけ、深く吸《す》い込《こ》んだ。緑がかった煙《けむり》がもくもくと立《た》ち昇《のぼ》り、たちまちマンダンガスの顔に煙幕《えんまく》を張《は》った。

「あんたにゃ、あやまンにゃならん」臭《くさ》い煙《けむり》の中から、ブツブツ言う声が聞こえた。

「マンダンガス、何度言ったらわかるの」ウィーズリーおばさんがむこうのほうから注意した。「お願いだから、厨房《ちゅうぼう》ではそんなもの**吸《す》わないで**。特にこれから食事っていう時に！」

「あー」マンダンガスが言った。「うン。モリー、すまン」

マンダンガスがポケットにパイプをしまうと、もくもくは消えた。しかし、靴下《くつした》の焦《こ》げるような刺激臭《しげきしゅう》が漂《ただよ》っていた。

「それに、真夜中にならないうちに夕食を食べたいなら、手を貸《か》してちょうだいな」ウィーズリーおばさんがみんなに声をかけた。

「あら、ハリー、あなたはじっとしてていいのよ。長旅だったもの」

「モリー、何しようか?」トンクスが、なんでもするわとばかり、はずむように進み出た。

ウィーズリーおばさんが、心配そうな顔でとまどった。

「えーと——けっこうよ、トンクス。あなたも休んでらっしゃい。今日は充分《じゅうぶん》働いたし」

「ううん。わたし、手伝いたいの!」トンクスが明るく言い、ジニーがナイフやフォークを取り出している食器棚《しょっきだな》のほうに急いで行こうとして、途中《とちゅう》の椅子《いす》を蹴飛《けと》ばして倒《たお》した。

まもなく、ウィーズリーおじさんの指揮《しき》下《か》で、大きな包丁が何丁も勝手に肉や野菜を刻《きざ》みはじめた。おばさんは火にかけた大鍋《おおなべ》をかき回し、ほかのみんなは皿や追加のゴブレット、貯蔵室《ちょぞうしつ》からの食べ物を運んでいた。ハリーはシリウス、マンダンガスとテーブルに取り残され、マンダンガスは相変わらず申《もう》し訳《わけ》なさそうに目をしょぼつかせていた。

「フィギーばあさんに、あのあと会ったか?」マンダンガスが聞いた。

「ううん」ハリーが答えた。「誰《だれ》にも会ってない」

「なあ、おれ、持ち場をあなれたンは」すがるような口調で、マンダンガスは身を乗り出した。

「商売のチャンスがあったンで——」

ハリーは、ひざを何かでこすられたような気がしてびっくりしたが、なんのことはない、ハーマイオニーのペットで、オレンジ色の猫《ねこ》、ガニマタのクルックシャンクスだった。甘《あま》え声《ごえ》を出してハリーの足の周りをひとめぐりし、それからシリウスのひざに飛び乗って丸くなった。シリウスは無《む》意識《いしき》に猫《ねこ》の耳の後ろをカリカリかきながら、相変わらず固い表情《ひょうじょう》でハリーのほうを見た。

「夏休みは、楽しかったか?」

「ううん、ひどかった」ハリーが答えた。

シリウスの顔に、初めてニヤッと笑《え》みが走った。

「私《わたし》に言わせれば、君がなんで文句《もんく》を言うのかわからないね」

「**えっ?**」ハリーは耳を疑《うたが》った。

「私《わたし》なら、吸魂鬼《きゅうこんき》に襲《おそ》われるのは歓迎《かんげい》だったろう。命を賭《か》けた死闘《しとう》でもすれば、このたいくつさも見事に破《やぶ》れたろうに。君はひどい目にあったと思っているだろうが、少なくとも外に出て歩き回ることができた。手足を伸《の》ばせたし、けんかも戦いもやった……私《わたし》はこの一か月、ここに缶詰《かんづめ》だ」

「どうして?」ハリーは顔をしかめた。

「魔法省《まほうしょう》がまだ私《わたし》を追っているからだ。それに、ヴォルデモートはもう私《わたし》が『動物もどき《アニメーガス》』だと知っているはずだ。ワームテールが話してしまったろうから。だから私《わたし》のせっかくの変装《へんそう》も役に立たない。不死鳥《ふしちょう》の騎士団《きしだん》のために私《わたし》ができることはほとんどない……少なくともダンブルドアはそう思っている」

　ダンブルドアの名前を言うとき、シリウスの声がわずかに曇《くも》った。それがハリーに、シリウスもダンブルドア校長に不満があることを物語っていた。名付け親のシリウスに対して、ハリーは急に熱い気持ちが込《こ》み上《あ》げてきた。

「でも、少なくとも、何が起きているかは知っていたでしょう？」ハリーは励《はげ》ますように言った。

「ああ、そうとも」シリウスは自嘲的《じちょうてき》な言い方をした。「スネイプの報告《ほうこく》を聞いて、あいつが命を懸《か》けているのに、私《わたし》はここでのうのうと居心地《いごこち》よく暮《く》らしているなんて、いやみな当てこすりをたっぷり聞いて……大掃除《おおそうじ》は進んでいるか、なんてやつに聞かれて――」

「大掃除《おおそうじ》って？」ハリーが聞いた。

「ここを人間が住むのにふさわしい場所にしている」シリウスが、手を振《ふ》るようにして陰気《いんき》な厨房《ちゅうぼう》全体を指した。「ここには十年間誰《だれ》も住んでいなかった。親愛なる母上が死んでからはね。年寄《としよ》りの屋敷《やしき》しもべ妖精《ようせい》を別にすればだが。やつはひねくれている――何年もまったく掃除《そうじ》していない」

「シリウス」マンダンガスは、話のほうにはまったく耳を傾《かたむ》けていなかったようだが、からのゴブレットをしげしげと眺《なが》めていた。「こりゃ、純銀《じゅんぎん》かね、おい？」

「そうだ」シリウスはいまいましげにゴブレットを調べた。「十五世紀《せいき》に小鬼《ゴブリン》がきたえた最高級の銀だ。ブラック家の家紋《かもん》が型押《かたお》ししてある」

「どっこい、そいつは消せるはずだ」マンダンガスはそで口で磨《みが》きをかけながらつぶやいた。

「フレッド——ジョージ、**おやめっ、普通《ふつう》に運びなさい！**」ウィーズリーおばさんが悲鳴を上げた。

ハリー、シリウス、マンダンガスが振《ふ》り返《かえ》り、間髪《かんはつ》を容《い》れず、三人ともテーブルから飛びのいた。フレッドとジョージが、シチューの大鍋《おおなべ》、バタービールの大きな鉄製《てつせい》の広口ジャー、重い木製《もくせい》のパン切り板、しかもナイフつきを、一緒《いっしょ》くたにテーブルめがけて飛ばせたのだ。シチューの大鍋《おおなべ》は、木製《もくせい》のテーブルの端《はし》から端《はし》まで、長いこげ跡《あと》を残してすべり、落ちる寸前《すんぜん》で止まった。バタービールの広口ジャーがガシャンと落ちて、中身があたりに飛び散った。パン切りナイフは板からすべり落ち、切っ先を下にして着地し、不気味にプルプル振動《しんどう》している。いましがたシリウスの右手があった、ちょうどその場所だ。

「**まったくもう！**」ウィーズリーおばさんが叫《さけ》んだ。「**そんな必要ないでしょっ——もうたくさん——おまえたち、もう魔法《まほう》を使ってもいいからって、なんでもかんでもいちいち杖《つえ》を振《ふ》る必要はないのっ！**」

「俺《おれ》たち、ちょいと時間を節約しようとしたんだよ！」フレッドが急いで進み出て、テーブルからパン切りナイフを抜《ぬ》き取《と》った。「ごめんよ、シリウス——わざとじゃないぜ——」

ハリーもシリウスも笑っていた。マンダンガスは椅子《いす》から仰向《あおむ》けに転げ落ちていたが、悪態《あくたい》をつきながら立ち上がった。クルックシャンクスはシャーッと怒《いか》り声《ごえ》を出して食器棚《しょっきだな》の下に飛《と》び込《こ》み、真っ暗な所で、大きな黄色い目をギラつかせていた。

「おまえたち」シチューの鍋《なべ》をテーブルの真ん中に戻《もど》しながら、ウィーズリーおじさんが言った。「母さんが正しい。おまえたちも成人したんだから、責任感《せきにんかん》というものを見せないと――」

「兄さんたちはこんな問題を起こしたことがなかったわ！」

ウィーズリーおばさんが二人を叱《しか》りつけながら、バタービールの新しい広口ジャーをテーブルにドンとたたきつけた。中身がさっきと同じぐらいこぼれた。

「ビルは、一メートルごとに『姿《すがた》あらわし』する必要なぞ感じなかったわ！　チャーリーは、なんにでも見境《みさかい》なしに呪文《じゅもん》をかけたりしなかった！　パーシーは――」

突然《とつぜん》おばさんの言葉がとぎれ、息を殺し、こわごわウィーズリーおじさんの顔を見た。おじさんは、急に無表情《むひょうじょう》になっていた。

「さあ、食べよう」ビルが急いで言った。

「モリー、おいしそうだよ」おばさんのために皿にシチューをよそい、テーブル越《ご》しに差し出しながら、ルーピンが言った。

しばらくの間、皿やナイフ、フォークのカチャカチャいう音や、みんながテーブルに椅子《いす》を引《ひ》き寄《よ》せる音がするだけで、誰《だれ》も話をしなかった。そして、ウィーズリーおばさんがシリウスに話しかけた。

「ずっと話そうと思ってたんだけどね、シリウス、客間の小机《こづくえ》に何か閉《と》じ込《こ》められているの。しょっちゅうガタガタ揺《ゆ》れているわ。もちろん単なるまね妖怪《ボガート》かもしれないけど、出してやる前に、アラスターに頼《たの》んで見てもらわないといけないと思うの」

「お好きなように」シリウスはどうでもいいというような口調だった。

「客間のカーテンはかみつき妖精《ようせい》のドクシーがいっぱいだし」ウィーズリーおばさんはしゃべり続けた。「あしたあたり、みんなで退治《たいじ》したいと思ってるんだけど」

「楽しみだね」シリウスが答えた。ハリーは、その声に皮肉な響《ひび》きを聞き取ったが、ほかの人もそう聞こえたかどうかはわからなかった。

ハリーのむかい側でトンクスが、食べ物をほおばる合間に鼻の形を変えて、ハーマイオニーとジニーを楽しませていた。ハリーの部屋でやって見せたように、「痛《いた》いっ」という表情《ひょうじょう》で目をギュッとつぶったかと思うと、トンクスの鼻がふくれ上がってスネイプの鉤鼻《かぎばな》のように盛《も》り上《あ》がったり、縮《ちぢ》んで小さなマッシュルームのようになったり、鼻の穴《あな》からワッと鼻毛が生えたりしている。どうやら、食事のときのおなじみの余興《よきょう》になっているらしく、まもなくハーマイオニーとジニーが、お気に入りの鼻をせがみはじめた。

「豚《ぶた》の鼻みたいの、やって。トンクス」

トンクスがリクエストに応《こた》えた。目を上げたハリーは、一瞬《いっしゅん》、女性《じょせい》のダドリーがテーブルのむこうから笑いかけているような気がした。

ウィーズリーおじさん、ビル、ルーピンは小鬼《ゴブリン》について話《はな》し込《こ》んでいた。

「連中はまだ何ももらしていないんですよ」ビルが言った。「『例のあの人』が戻《もど》ってきたことを、連中が信じているのかいないのか、僕《ぼく》にはまだ判断《はんだん》がつかない。むろん、連中にしてみれば、どちらにも味方しないでいるほうがいいんだ。なんにもかかわらずに」

「連中は『例のあの人』側につくことはないと思うね」ウィーズリーおじさんが頭《かぶり》を振《ふ》りながら言った。「連中も痛手《いたで》をこうむったんだ。前回、ノッティンガムの近くで『あの人』に殺された小鬼《ゴブリン》の一家のことを覚えてるだろう?」

「私《わたし》の考えでは、見返りが何かによるでしょう」ルーピンが言った。「金貨のことじゃないんですよ。我々《われわれ》魔法《まほう》使《つか》いが、連中に対して何世紀も拒《こば》んできた自由を提供《ていきょう》すれば、連中も気持ちが動くでしょう。ビル、ラグノックの件《けん》はまだうまくいかないのかね?」

「いまのところ、魔法《まほう》使《つか》いへの反感が相当強いですね」ビルが言った。「バグマンの件《けん》で、まだののしり続けていますよ。ラグノックは、魔法省《まほうしょう》が隠蔽《いんぺい》工作《こうさく》をしたと考えています。例の小鬼《ゴブリン》たちは、結局バグマンから金貨をせしめることができなかったんです。それで――」

テーブルの真ん中から大爆笑《だいばくしょう》が上がり、ビルの言葉をかき消してしまった。フレッド、ジョージ、ロン、マンダンガスが椅子《いす》の上で笑い転げていた。
「……そンでよう」マンダンガスが涙《なみだ》を流し、息を詰《つ》まらせながらしゃべっていた。「そンで、信じられねえかもしンねえけどよう、あいつが俺《おれ》に、俺《おれ》によう、こう言うんだ。『あー、ダング、ヒキガエルをそんなにたくさん、どっから手に入れたね？ なんせ、どっかのならずもンが、俺《おれ》のヒキガエルを全部盗《ぬす》みやがったんで』。俺《おれ》は言ってやったね。『ウィル、おめえのヒキガエルを全部？ 次は何が起こるかわかったもんじゃねえなぁ？ そンで、おめえは、ヒキガエルを何匹《なんびき》か欲《ほ》しいってぇわけだな？』。そンでよう、信じられるけぇ？ あのアホのガーゴイルめ、俺《おれ》が持ってた、やつのヒキガエルをそっくり買《か》い戻《もど》しやがった。最初にやつが払《はら》った値段《ねだん》よりずンと高い金でよう――」

ロンがテーブルに突《つ》っ伏《ぷ》して、大笑いした。

「マンダンガス、あなたの商売の話は、もうこれ以上聞きたくありません。もうけっこう」ウィーズリーおばさんが厳《きび》しい声で言った。

「ごめんよ、モリー」マンダンガスが涙《なみだ》をぬぐい、ハリーにウィンクしながら謝《あやま》った。「だけンどよう、もともとそのヒキガエル、ウィルのやつがウォーティ・ハリスから盗《ぬす》んだんだぜ。だから、おれはなンも悪いことはしちゃいねえ」

「あなたが、いったいどこで善悪《ぜんあく》を学んだかは存《ぞん》じませんがね、マンダンガス、でも、大切な授業《じゅぎょう》をいくつか受けそこねたようね」ウィーズリーおばさんが冷たく言った。

フレッドとジョージはバタービールのゴブレットに顔を隠《かく》し、ジョージはしゃっくりしていた。ウィーズリーおばさんは、立ち上がってデザートの大きなルバーブ・クランブルを取りにいく前に、なぜかいやな顔をして、シリウスをちらりとにらみつけた。ハリーは名付け親を振《ふ》り返《かえ》った。

「モリーはマンダンガスを認《みと》めていないんだ」シリウスが低い声で言った。

「どうしてあの人が騎士団《きしだん》に入ってるの？」ハリーもこっそり聞いた。

「あいつは役に立つ」シリウスがつぶやいた。「ならず者を全部知っている――そりゃ、知っているだろう。あいつもその一人だしな。しかし、あいつはダンブルドアに忠実《ちゅうじつ》だ。一度危《あぶ》ないところを救われたから。ダングのようなのが一人いると、それなりに価値《かち》がある。あいつは私《わたし》たちの耳に入ってこないようなことを聞《き》き込《こ》んでくる。しかし、モリーは、あいつを夕食に招待《しょうたい》するのはやりすぎだと思ってる。君を見張《みは》るべきときに、任務《にんむ》をほったらかしにして消えたことで、モリーはまだあいつを許《ゆる》していないんだよ」

ルバーブ・クランブルにカスタードクリームをかけて、三回もおかわりしたあと、ハリーは、ジーンズのベルトが気持ち悪いほどきつく感じた（これはただごとではなかった。何しろダドリーのお下がりジーンズなのだから）。ハリーがスプーンを置くころには、会話もだいたい一段落《いちだんらく》していた。ウィーズリーおじさんは満ち足りてくつろいだ様子で椅子《いす》に寄《よ》りかかり、トンクスは鼻が元どおりになり大あくびをしていた。ジニーはクルックシャンクスを食器棚《しょっきだな》の下から誘《さそ》い出《だ》し、床《ゆか》にあぐらをかいてバタービールのコルク栓《せん》を転がし、猫《ねこ》に追わせていた。

「もうおやすみの時間ね」ウィーズリーおばさんが、あくびしながら言った。

「いや、モリー、まだだ」

シリウスがからになった自分の皿を押《お》しのけ、ハリーのほうを向いて言った。

「いいか、君には驚《おどろ》いたよ。ここに着いたとき、君は真っ先にヴォルデモートのことを聞くだろうと思っていたんだが」

部屋の雰囲気《ふんいき》がサーッと変わった。吸魂鬼《きゅうこんき》が現《あらわ》れたときのような急激《きゅうげき》な変化だと、ハリーは思った。一瞬前《いっしゅんまえ》は、眠《ねむ》たげでくつろいでいたのに、いまや警戒《けいかい》し、張《は》り詰《つ》めている。ヴォルデモートの名前が出たとたん、テーブル全体に戦慄《せんりつ》が走った。ちょうどワインを飲もうとしていたルーピンは、緊張《きんちょう》した面持《おもも》ちで、ゆっくりとゴブレットを下に置いた。

「聞いたよ！」ハリーは憤慨《ふんがい》した。「ロンとハーマイオニーに聞いた。でも、二人が言ったんだ。僕《ぼく》たちは騎士団《きしだん》に入れてもらえないから、だから――」

「二人の言うとおりよ」ウィーズリーおばさんが言った。「あなたたちはまだ若《わか》すぎるの」

おばさんは背筋《せすじ》をぴんと伸《の》ばして椅子《いす》にかけていた。椅子《いす》のひじかけに置いた両手を固く握《にぎ》りしめ、眠気《ねむけ》などひとかけらも残っていない。

「騎士団《きしだん》に入っていなければ質問《しつもん》してはいけないと、いつからそう決まったんだ？」シリウスが聞いた。「ハリーはあのマグルの家に一か月も閉《と》じ込《こ》められていた。何が起こったのかを知る権利《けんり》がある――」

「ちょっと待った！」ジョージが大声でさえぎった。

「なんでハリーだけが質問《しつもん》に答えてもらえるんだ？」フレッドが怒《おこ》ったように言った。

「**俺《おれ》たちだって**、この一か月、みんなから聞き出そうとしてきた。なのに、誰《だれ》も何一つ教えてくれやしなかった！」ジョージが言った。

「『**あなたたちはまだ若《わか》すぎます。まだ騎士団《きしだん》に入っていません**』」フレッドが紛《まぎ》れもなく母親の声だとわかる高い声を出した。「ハリーはまだ成人にもなってないんだぜ！」

「騎士団《きしだん》が何をしているのか、君たちが教えてもらえなかったのは、私《わたし》の責任《せきにん》じゃない」シリウスが静かに言った。「それは、君たちのご両親の決めたことだ。ところが、ハリーのほうは――」

「ハリーにとって何がいいのかを決めるのは、あなたではないわ！」ウィーズリーおばさんが鋭《するど》く言った。いつもはやさしいおばさんの顔が、険《けわ》しくなっていた。「ダンブルドアがおっしゃったことを、よもやお忘《わす》れじゃないでしょうね？」

「どのお言葉でしょうね？」シリウスは礼儀正《れいぎただ》しかったが、戦いに備《そな》えた男の雰囲気《ふんいき》を漂《ただよ》わせていた。

「**ハリーが知る必要があること**以外は話してはならない、とおっしゃった言葉です」ウィーズリーおばさんは最初のくだりをことさらに強調した。

ロン、ハーマイオニー、フレッド、ジョージの四人の頭が、シリウスとウィーズリー夫人の間を、テニスのラリーを見るように往復《おうふく》した。ジニーは、散らばったバタービールのコルク栓《せん》の山の中にひざをつき、口をかすかに開けて、二人のやりとりを見つめていた。ルーピンの目は、シリウスに釘《くぎ》づけになっていた。

「私《わたし》は、**ハリーが知る必要があること**以外を、この子に話してやるつもりはないよ、モリー」シリウスが言った。「しかし、ハリーがヴォルデモートの復活《ふっかつ》を目撃《もくげき》した者である以上（ヴォルデモートの名が、またしてもテーブル中をいっせいに身震《みぶる》いさせた）、ハリーは大方の人間以上に――」

「この子は不死鳥《ふしちょう》の騎士団《きしだん》のメンバーではありません！」ウィーズリーおばさんが言った。「この子はまだ十五歳《さい》です。それに――」

「それに、ハリーは騎士団《きしだん》の大多数のメンバーに匹敵《ひってき》するほどの、いや、何人かをしのぐほどのことをやりとげてきた」

「誰《だれ》も、この子がやりとげたことを否定《ひてい》しやしません！」ウィーズリーおばさんの声が一段《いちだん》と高くなり、拳《こぶし》が椅子《いす》のひじかけで震《ふる》えていた。「でも、この子はまだ――」

「ハリーは子供《こども》じゃない！」シリウスがいらいらと言った。

「大人でもありませんわ！」ウィーズリーおばさんは、ほおを紅潮《こうちょう》させていた。

「シリウス、この子は**ジェームズ**じゃないのよ！」

「お言葉だが、モリー、私《わたし》は、この子が誰《だれ》か、はっきりわかっているつもりだ」シリウスが冷たく言った。

「私《わたし》にはそう思えないわ！」ウィーズリーおばさんが言った。「ときどき、あなたがハリーのことを話すとき、まるで親友が戻《もど》ってきたかのような口ぶりだわ！」

「そのどこが悪いの？」ハリーが言った。

「どこが悪いかというとね、ハリー、あなたはお父さんとは**ちがう**からですよ。どんなにお父さんにそっくりでも！」ウィーズリーおばさんが、えぐるような目でシリウスをにらみながら言った。

「あなたはまだ学生です。あなたに責任《せきにん》を持つべき大人が、それを忘《わす》れてはいけないわ！」

「私《わたし》が無責任《むせきにん》な名付け親だという意味ですかね？」シリウスが、声を荒《あら》らげて問いただした。

「あなたは向こう見ずな行動を取ることもあるという意味ですよ、シリウス。だからこそ、ダンブルドアがあなたに、家の中にいるようにと何度もおっしゃるんです。それに――」

「ダンブルドアが私《わたし》に指図することは、よろしければ、この際《さい》別にしておいてもらいましょう！」

シリウスが大声を出した。

「アーサー！」おばさんは歯がゆそうにウィーズリーおじさんを振《ふ》り返《かえ》った。「アーサー、なんとか言ってくださいな！」

ウィーズリーおじさんはすぐには答えなかった。めがねをはずし、妻《つま》のほうを見ずに、ローブでゆっくりとめがねをふいた。そのめがねを慎重《しんちょう》に鼻にのせなおしてから、初めておじさんが口を開いた。

「モリー、ダンブルドアは立場が変化したことをご存《ぞん》じだ。いま、ハリーは本部にいるわけだし、ある程度《ていど》は情報《じょうほう》を与《あた》えるべきだと認《みと》めていらっしゃる」

「そうですわ。でも、それと、ハリーになんでも好きなことを聞くようにとうながすのとは、全然別です！」

「私個人《わたしこじん》としては」シリウスから目を離《はな》したルーピンが、静かに言った。ウィーズリーおばさんは、やっと味方ができそうだと、急いでルーピンを振《ふ》り返《かえ》った。「ハリーは事実を知っておいたほうがよいと思うね──何もかもというわけじゃないよ、モリー。でも、全体的な状況《じょうきょう》を、私《わたし》たちから話したほうがよいと思う──歪曲《わいきょく》された話を、誰《だれ》か……ほかの者から聞かされるよりは」

ルーピンの表情《ひょうじょう》はおだやかだったが、ウィーズリーおばさんの追放をまぬかれた「伸《の》び耳《みみ》」がまだあることを、少なくともルーピンは知っていると、ハリーははっきりそう思った。

「そう」ウィーズリーおばさんは息を深く吸《す》い込《こ》み、支持《しじ》を求めるようにテーブルをぐるりと見回したが、誰《だれ》もいなかった。「そう……どうやら私《わたし》は却下《きゃっか》されるようね。これだけは言わせていただくわ。ダンブルドアがハリーにあまり多くを知ってほしくないとおっしゃるからには、ダンブルドアなりの理由がおありのはず。それに、ハリーにとって何が一番よいことかを考えている者として――」

「ハリーはあなたの息子《むすこ》じゃない」シリウスが静かに言った。

「息子《むすこ》も同然です」ウィーズリーおばさんが激《はげ》しい口調で言った。「ほかに誰《だれ》がいるっていうの？」

「私《わたし》がいる！」

「そうね」ウィーズリーおばさんの口元がくいっと上がった。「ただし、あなたがアズカバンに閉《と》じ込《こ》められていた間は、この子の面倒《めんどう》を見るのが少し難《むずか》しかったのじゃありません？」

シリウスは椅子《いす》から立ち上がりかけた。

「モリー、このテーブルに着いている者で、ハリーのことを気づかっているのは、君だけじゃない」ルーピンは厳《きび》しい口調で言った。「シリウス、**座《すわ》るんだ**」

ウィーズリーおばさんの下唇《したくちびる》が震《ふる》えていた。シリウスは蒼白《そうはく》な顔で、ゆっくりと椅子《いす》に腰《こし》かけた。

「ハリーも、このことで意見を言うのを許《ゆる》されるべきだろう」ルーピンが言葉を続けた。「もう自分で判断《はんだん》できる年齢《ねんれい》だ」

「僕《ぼく》、知りたい。何が起こっているのか」ハリーは即座《そくざ》に答えた。

ハリーはウィーズリーおばさんのほうを見なかった。おばさんがハリーを息子同然《むすこどうぜん》だと言ったことに胸《むね》を打たれていた。しかし、おばさんに子供扱《こどもあつか》いされることにがまんできなかったのも確《たし》かだった。シリウスの言うとおりだ。僕《ぼく》は**子供《こども》じゃない**。

「わかったわ」ウィーズリーおばさんの声がかすれていた。「ジニー——ロン——ハーマイオニー——フレッド——ジョージ——。みんな厨房《ちゅうぼう》から出なさい。すぐに」

たちまちどよめきが上がった。

「俺《おれ》たち成人だ！」フレッドとジョージが同時にわめいた。

「ハリーがよくて、どうして僕《ぼく》はだめなんだ？」ロンが叫《さけ》んだ。

「ママ、あたしも**聞きたい！**」ジニーが鼻声を出した。

「**だめ！**」ウィーズリーおばさんが叫《さけ》んで立ち上がった。目がらんらんと光っている。「絶対《ぜったい》に許《ゆる》しません——」

「モリー、フレッドとジョージを止めることはできないよ」ウィーズリーおじさんがつかれたように言った。「二人とも**確《たし》かに**成人だ」

「まだ学生だわ」

「しかし、法律《ほうりつ》ではもう大人だ」おじさんが、またつかれた声で言った。

おばさんは真っ赤な顔をしている。

「私《わたし》は——ああ——しかたがないでしょう。フレッドとジョージは残ってよろしい。だけど、ロン——」

「どうせハリーが、僕《ぼく》とハーマイオニーに、みんなの言うことを全部教えてくれるよ！」ロンが熱くなって言った。「そうだよね？　——ね？」ロンはハリーの目を見ながら、不安げに言った。

ハリーは一瞬《いっしゅん》、ロンに、一言も教えてやらないと言ってやろうかと思った。なんにも知らされずにいることがどんな気持ちか味わってみればいい、と言おうかと思った。しかし、意地悪な衝動《しょうどう》は、互《たが》いの目が合ったとき、消え去った。

「もちろんさ」ハリーが言った。

ロンとハーマイオニーがニッコリした。

「そう！」おばさんが叫《さけ》んだ。「そう！　ジニー——**寝《ね》なさい！**」

ジニーはおとなしく引かれてはいかなかった。階段《かいだん》を上がる間ずっと、母親にわめき散らし、暴《あば》れているのが聞こえた。二人がホールに着いたとき、ブラック夫人の耳をつんざく叫《さけ》び声《ごえ》が騒《さわ》ぎにつけ加わった。ルーピンは静寂《せいじゃく》を取《と》り戻《もど》すため、肖像画《しょうぞうが》に向かって急いだ。ルーピンが戻《もど》り、厨房《ちゅうぼう》の扉《とびら》を閉《し》めてテーブルに着いたとき、シリウスがやっと口を開いた。

「オーケー、ハリー……何が知りたい？」

ハリーは深く息を吸《す》い込《こ》み、この一か月間ずっと自分を悩《なや》ませていた質問《しつもん》をした。

「ヴォルデモートはどこにいるの？」

名前を口にしたとたん、またみんながぎくりとし、身震《みぶる》いするのをハリーは無視《むし》した。

「あいつは何をしているの？　マグルのニュースをずっと見てたけど、それらしいものはまだなんにもないんだ。不審《ふしん》な死とか」

「それは、不審《ふしん》な死がまだないからだ」シリウスが言った。「我々《われわれ》が知るかぎりでは、ということだが……それに我々《われわれ》は、相当いろいろ知っている」

「とにかく、あいつの想像以上《そうぞういじょう》にいろいろ知っているんだがね」ルーピンが言った。

「どうして人殺しをやめたの？」ハリーが聞いた。去年一年だけでも、ヴォルデモートが一度ならず人を殺したことをハリーは知っていた。

「それは、自分に注意を向けたくないからだ」シリウスが答えた。「あいつにとって、それが危険《きけん》だからだ。あいつの復活《ふっかつ》は、自分の思いどおりにはいかなかった。わかるね。しくじったんだ」

「というより、君がしくじらせた」ルーピンが、満足げにほほえんだ。

「どうやって？」ハリーは当惑《とうわく》した。

「君は生き残るはずじゃなかった！」シリウスが言った。「死喰《しく》い人《びと》以外《いがい》は、誰《だれ》もあいつの復活《ふっかつ》を知るはずじゃなかった。ところが、君は証人《しょうにん》として生き残った」

「しかも、よみがえったときに、それを一番知られたくない人物がダンブルドアだった」ルーピンが言った。「ところが、君がすぐさま、確実《かくじつ》にダンブルドアに知らせた」

「それがどういう役に立ったの？」ハリーが聞いた。

「役立ったどころじゃない」ビルが信じられないという声を出した。「ダンブルドアは、『例のあの人』が恐《おそ》れた唯一《ゆいいつ》の人物だよ！」

「君のおかげで、ダンブルドアは、ヴォルデモートの復活《ふっかつ》から一時間後には、不死《ふし》鳥《ちょう》の騎士《きし》団《だん》を呼《よ》び集《あつ》めることができた」シリウスが言った。

「それで、騎《き》士《し》団《だん》は何をしているの？」ハリーが、全員の顔をぐるりと見渡《みわた》しながら聞いた。

「ヴォルデモートが計画を実行できないように、できるかぎりのことをしている」シリウスが言った。

「あいつの計画がどうしてわかるの？」ハリーがすぐ聞き返した。

「ダンブルドアは洞察力《どうさつりょく》が鋭《するど》い」ルーピンが言った。「しかも、その洞察《どうさつ》は、結果的に正しいことが多い」

「じゃ、ダンブルドアは、あいつの計画がどんなものだと考えてるの？」

「そう、まず、自分の軍団《ぐんだん》を再構築《さいこうちく》すること」シリウスが言った。「かつて、あいつは膨大《ぼうだい》な数を指《し》揮《き》下《か》に収《おさ》めた。脅《おど》したり、魔《ま》法《ほう》をかけたりして従《したが》わせた魔法使《まほうつか》いや魔女《まじょ》、忠実《ちゅうじつ》な死《し》喰《く》い人《びと》、ありとあらゆる闇《やみ》の生き物たち。やつが巨人《きょじん》を招集《しょうしゅう》しようと計画していたことは聞いたはずだ。そう、巨人《きょじん》は、やつが目をつけているグループの一つにすぎない。やつが、ほんのひと握《にぎ》りの死《し》喰《く》い人《びと》だけで、魔法省《まほうしょう》を相手に戦うはずがない」

「それじゃ、みんなは、あいつが手下を集めるのを阻止《そし》しているわけ？」

「できるだけね」ルーピンが言った。

「どうやって？」

「そう、一番重要なのは、なるべく多くの魔法使《まほうつか》いたちに、『例のあの人』がほんとうに戻《もど》ってきたのだと信じさせ、警戒《けいかい》させることだ」ビルが言った。「だけど、これがなかなかやっかいだ」

「どうして？」

「魔法省《まほうしょう》の態度《たいど》のせいよ」トンクスが答えた。「『例のあの人』が戻《もど》った直後のコーネリウス・ファッジの態度《たいど》を、ハリー、君は見たよね。そう、大臣はいまだにまったく立場を変えていないの。そんなことは起こらなかったと、頭っから否定《ひてい》してる」

「でも、どうして？」ハリーは必死の思いだった。「どうしてファッジはそんなにまぬけなんだ？だって、ダンブルドアが――」

「ああ、そうだ。君はまさに問題の核心《かくしん》を突《つ》いた」ウィーズリーおじさんが苦笑いした。「**ダンブルドアだ**」

「ファッジはダンブルドアが怖《こわ》いのよ」トンクスが悲しそうに言った。

「ダンブルドアが怖《こわ》い？」ハリーは納得《なっとく》がいかなかった。

「ダンブルドアがくわだてていることが怖《こわ》いんだよ」ウィーズリーおじさんが言った。「ファッジは、ダンブルドアがファッジの失脚《しっきゃく》をたくらんでいると思っている。ダンブルドアが魔法省《まほうしょう》乗っ取りをねらっているとね」

「でもダンブルドアはそんなこと望んで――」

「いないよ、もちろん」ウィーズリーおじさんが言った。「ダンブルドアは一度も大臣職《だいじんしょく》を望まなかった。ミリセント・バグノールドが引退《いんたい》したとき、ダンブルドアを大臣にと願った者が大勢《おおぜい》いたにもかかわらずだ。かわりにファッジが権力《けんりょく》を握《にぎ》った。しかし、ダンブルドアがけっしてその地位を望まなかったにもかかわらず、いかに人望が厚《あつ》かったかを、ファッジが完全に忘《わす》れたわけではない」

「心の奥《おく》で、ファッジはダンブルドアが自分より賢《かしこ》く、ずっと強力な魔法使《まほうつか》いだと知っている。就任当初《しゅうにんとうしょ》は、しょっちゅうダンブルドアの援助《えんじょ》と助言を求めていた」ルーピンが言った。「しかし、ファッジは権力《けんりょく》の味を覚え、自信をつけてきた。魔法大臣《まほうだいじん》であることに執着《しゅうちゃく》し、自分が賢《かしこ》いと信《しん》じ込《こ》もうとしている。そして、ダンブルドアは単に騒動《そうどう》を引き起こそうとしているだけなんだとね」

「いったいどうして、そんなことを考えられるんだ？」ハリーは腹《はら》が立った。「ダンブルドアがすべてをでっち上げてるなんて――僕《ぼく》がでっち上げてるなんて？」

「それは、ヴォルデモートが戻《もど》ってきたことを受け入れれば、魔法省《まほうしょう》がここ十四年ほど遭遇《そうぐう》したことがないような大問題になるからだ」シリウスが苦々しげに言った。「ファッジはどうしても正面きってそれと向き合えない。ダンブルドアがうそをついて、自分の政権《せいけん》を転覆《てんぷく》させようとしていると信《しん》じ込《こ》むほうが、どんなに楽かしれない」

「何が問題かわかるだろう？」ルーピンが言った。「魔法省《まほうしょう》が、ヴォルデモートのことは何も心配する必要がないと主張《しゅちょう》し続けるかぎり、やつが戻《もど》ってきたと説得《せっとく》するのは難《むずか》しい。そもそも、そんなことは誰《だれ》も信じたくないんだから。その上、魔法省《まほうしょう》は『日刊予言者新聞《にっかんよげんしゃしんぶん》』に圧力《あつりょく》をかけて、いわゆる『ダンブルドアのガセネタ』はいっさい報道《ほうどう》しないようにさせている。だから、一般《いっぱん》の魔法族《まほうぞく》は、何が起こっているかまったく気がつきもしない。死喰《しく》い人《びと》にとっては、それがもっけの幸いで、『服従《ふくじゅう》の呪《のろ》い』をかけようとすれば、いいカモになる」

「でも、みんなが知らせているんでしょう?」ハリーは、ウィーズリーおじさん、シリウス、ビル、マンダンガス、ルーピン、トンクスの顔を見回した。「みんなが、あいつが戻《もど》ってきたって、知らせてるんでしょう?」

全員が、苦笑いした。

「さあ、私《わたし》は気の触《ふ》れた大量殺人者だと思われているし、魔法省《まほうしょう》が私《わたし》の首に一万ガリオンの懸賞金《けんしょうきん》を賭《か》けているとなれば、街に出てビラ配りを始めるわけにもいかない。そうだろう?」シリウスがじりじりしながら言った。

「私《わたし》はとくれば、魔法族《まほうぞく》の間では特に夕食に招《まね》きたい客じゃない」ルーピンが言った。「狼人間《おおかみにんげん》につきものの職業上《しょくぎょうじょう》の障害《しょうがい》でね」

「トンクスもアーサーも、そんなことを触《ふ》れ回《まわ》ったら、職《しょく》を失うだろう」シリウスが言った。

「それに、魔法省内《まほうしょうない》にスパイを持つことは、我々《われわれ》にとって大事なことだ。何しろ、ヴォルデモートのスパイもいることは確《たし》かだからね」

「それでもなんとか、何人かを説得《せっとく》できた」ウィーズリーおじさんが言った。「このトンクスもその一人――前回は不死鳥《ふしちょう》の騎士団《きしだん》に入るには若《わか》すぎたんだ。それに、闇祓《やみばら》いを味方につけるのは大いに有益《ゆうえき》だ――キングズリー・シャックルボルトもまったく貴重《きちょう》な財産《ざいさん》だ。シリウスを追跡《ついせき》する責任者《にんしゃ》でね。だから、魔法省《まほうしょう》に、シリウスがチベットにいると吹聴《ふいちょう》している」

「でも、ヴォルデモートが戻《もど》ってきたというニュースを、この中の誰《だれ》も広めていないのなら――」

ハリーが言いかけた。

「一人もニュースを流していないなんて言ったか？」シリウスがさえぎった。「ダンブルドアが苦《く》境《きょう》に立たされているのはなぜだと思う？」

「どういうこと？」ハリーが聞いた。

「連中はダンブルドアの信用を失墜《しっつい》させようとしている」ルーピンが言った。「先週の『日刊予言《にっかんよげん》者新聞《しゃしんぶん》』を見なかったかね？　国際魔法使《こくさいまほうつか》い連盟《れんめい》の議長職《ぎちょうしょく》を投票で失った、という記事だ。老いぼれて判断力《はんだんりょく》を失ったからというんだが、ほんとうのことじゃない。ヴォルデモートが復活《ふっかつ》したという演説《えんぜつ》をしたあとで、魔法省《まほうしょう》の役人たちの投票で職《しょく》を追われた。ウィゼンガモット法廷《ほうてい》――魔法使《まほうつか》いの最高裁《さいこうさい》だが――そこの主席魔法戦士《しゅせきまほうせんし》からも降《お》ろされた。それに、勲一等《くんとう》マーリン勲章《くんしょう》を剥奪《はくだつ》する話もある」

「でも、ダンブルドアは『蛙《かえる》チョコレート』のカードにさえ残れば、なんにも気にしないって言うんだ」ビルがニヤッとした。

「笑い事じゃない」ウィーズリーおじさんがビシッと言った。「ダンブルドアがこんな調子で魔法《まほう》省《しょう》に楯突《たてつ》き続けていたら、アズカバン行きになるかもしれない。ダンブルドアが幽閉《ゆうへい》されれば、我々《われわれ》としては最悪の事態《じたい》だ。ダンブルドアが立ちはだかり、たくらみを見抜《みぬ》いていると知っていればこそ、『例のあの人』も慎重《しんちょう》になる。ダンブルドアが取《と》り除《のぞ》かれたとなれば——そう、『例のあの人』にもはや邪魔者《じゃまもの》はいない」

「でも、ヴォルデモートが死喰《しく》い人《びと》をもっと集めようとすれば、どうしたって復活《ふっかつ》したことが表《おもて》ざたになるでしょう?」ハリーは必死の思いだった。

「ハリー、ヴォルデモートは魔法使《まほうつか》いの家を個別訪問《こべつほうもん》して、正面玄関《しょうめんげんかん》をノックするわけじゃない」シリウスが言った。「だまし、呪《のろ》いをかけ、恐喝《きょうかつ》する。隠密工作《おんみつこうさく》は手なれたものだ。いずれにせよ、やつの関心は、配下を集めることだけじゃない。ほかにも求めているものがある。やつがまったく極秘《ごくひ》で進めることができる計画だ。いまはそういう計画に集中している」

「配下集め以外に、何を?」ハリーがすぐ聞き返した。シリウスとルーピンが、ほんの一瞬《いっしゅん》目配せしたような気がした。それからシリウスが答えた。

「極秘《ごくひ》にしか手に入らないものだ」

ハリーがまだキョトンとしていると、シリウスが言葉を続けた。「武器《ぶき》のようなものというかな。前のときには持っていなかったものだ」

「前に勢力《せいりょく》を持っていたときってこと？」

「そうだ」

「それ、どんな種類の武器《ぶき》なの？」ハリーが聞いた。「『アバダ　ケダブラ』呪文《じゅもん》より悪いもの――？」

「もうたくさん！」

扉《とびら》の脇《わき》の暗がりから、ウィーズリーおばさんの声がした。ハリーは、ジニーを上に連れていったおばさんが、戻《もど》ってきていたのに気づかなかった。腕組《うでぐ》みをして、カンカンに怒《おこ》った顔だ。

「いますぐベッドに行きなさい。全員です」おばさんはフレッド、ジョージ、ロン、ハーマイオニーをぐるりと見渡《みわた》した。

「僕《ぼく》たちに命令はできない――」フレッドが抗議《こうぎ》を始めた。

「できるかできないか、見ててごらん」おばさんが唸《うな》るように言った。

シリウスを見ながら、おばさんは小刻《こきざ》みに震《ふる》えていた。

「あなたはハリーに充分《じゅうぶん》な情報《じょうほう》を与《あた》えたわ。これ以上何か言うなら、いっそハリーを騎士団《きしだん》に引き入れたらいいでしょう」

「そうして！」ハリーが飛びつくように言った。「僕《ぼく》、入る。入りたい。戦いたい」

「だめだ」答えたのは、ウィーズリーおばさんではなく、ルーピンだった。

「騎士団《きしだん》は、成人の魔法使《まほうつか》いだけで組織《そしき》されている」ルーピンが続けた。「学校を卒業した魔法使《まほうつか》いたちだ」フレッドとジョージが口を開きかけたので、ルーピンがつけ加えた。「危険《きけん》がともなう。君たちには考えもおよばないような危険《きけん》が……シリウス、モリーの言うとおりだ。私《わたし》たちはもう充分話《じゅうぶん》した」

シリウスは中途半端《ちゅうとはんぱ》に肩《かた》をすくめたが、言い争いはしなかった。ウィーズリーおばさんは威厳《いげん》たっぷりに息子《むすこ》たちとハーマイオニーを手招《てまね》きした。一人、また一人とみんなが立ち上がった。ハリーは敗北を認《みと》め、みんなに従《したが》った。

第六章　高貴《こうき》なる由緒《ゆいしょ》正《ただ》しきブラック家

ウィーズリーおばさんは、みんなのあとからむっつりと階段《かいだん》を上った。

「まっすぐベッドに行くんですよ。おしゃべりしないで」

最初の踊《おど》り場《ば》に着くとおばさんが言った。

「あしたは忙《いそが》しくなるわ。ジニーは眠《ねむ》っていると思います」最後の言葉はハーマイオニーに向かって言った。「だから、起こさないようにしてね」

「眠《ねむ》ってる。ああ、絶対《ぜったい》さ」ハーマイオニーがおやすみを言って別れ、あとのみんなが上の階に上るとき、フレッドが小声で言った。「ジニーは目をぱっちり開けて寝《ね》てる。下でみんなが何を言ったか、ハーマイオニーが全部教えてくれるのを待ってるさ。もしそうじゃなかったら、俺《おれ》、レタス食《く》い虫並《むしな》み《フロバーワーム》だ」

「さあ、ロン、ハリー」二つ目の踊《おど》り場《ば》で、二人の部屋を指差しながらおばさんが言った。「寝《ね》なさい。二人とも」

「おやすみ」ハリーとロンが双子《ふたご》に挨拶《あいさつ》した。

「ぐっすり寝《ね》ろよ」フレッドがウィンクした。

おばさんはハリーが部屋に入ると、ピシャッと勢《いきお》いよくドアを閉《し》めた。寝室《しんしつ》は、最初に見たときより、一段《いちだん》と暗くじめじめしていた。絵のないカンバスは、まるで姿《すがた》の見えない絵の主が眠《ねむ》っているかのように、ゆっくりと深い寝息《ねいき》を立てていた。ハリーはパジャマに着《き》替《が》え、めがねを取って、ヒヤッとするベッドにもぐり込《こ》んだ。ヘドウィグとピッグウィジョンが洋だんすの上でカタカタ動き回り、落ち着かない様子で羽をこすり合わせていたので、ロンは、おとなしくさせるのに「ふくろうフーズ」を投げてやった。

「あいつらを毎晩狩《まいばんかり》に出してやるわけにはいかないんだ」栗色《くりいろ》のパジャマに着《き》替《が》えながら、ロンが説明した。「ダンブルドアは、この広場のあたりであんまりたくさんふくろうが飛び回るのはよくないって。怪《あや》しまれるから。あ、そうだ……忘《わす》れてた……」

ロンはドアの所まで行って、鍵《かぎ》をかけた。

「どうしてそうするの？」

「クリーチャーさ」ロンが灯《あか》りを消しながら言った。「僕《ぼく》がここに来た最初の夜、クリーチャーが夜中の三時にふらふら入ってきたんだ。目が覚めたとき、あいつが部屋の中をうろついてるのを見たらさ、まじ、いやだぜ。ところで……」

ロンはベッドにもぐり込《こ》んで上掛《うわが》けをかけ、暗い中でハリーのほうを向いた。すすけた窓《まど》を通して入ってくる月明かりで、ハリーはロンの輪郭《りんかく》を見ることができた。

「どう思う？」

ロンが何を聞いたのか、聞き返す必要もなかった。

「うーん、僕《ぼく》たちが考えつかないようなことは、あんまり教えてくれなかったよね？」

ハリーは、地下で聞いたことを思い出しながら言った。

「つまり、結局何を言ったかというと、騎士団《きしだん》が阻止《そし》しようとしてるってこと——みんながヴォルー——」

ロンが突然《とつぜん》息をのむ音がした。

「——**デモート**に与《くみ》するのを」ハリーははっきり言いきった。「いつになったら、あいつの名前を言えるようになるんだい？　シリウスもルーピンも言ってるよ」

ロンはその部分は無視《むし》した。

「うん、君の言うとおりだ」ロンが言った。「みんなが話したことは、僕《ぼく》たち、だいたいもう知ってた。伸《の》び耳《みみ》を使って。ただ、一つだけ初耳は——」

バシッ。

「あいたっ！」

「大きな声を出すなよ、ロン。ママが戻《もど》ってくるじゃないか」

「二人とも、僕《ぼく》のひざの上に『姿《すがた》あらわし』してるぞ！」

「そうか、まあ、暗いとこじゃ、少し難《むずか》しいもんだ」

フレッドとジョージのぼやけた輪郭《りんかく》が、ロンのベッドから飛《と》び降《お》りるのを、ハリーは見ていた。ハリーのベッドのバネがうめくような音を出したと思うと、ベッドが数センチ沈《しず》み込《こ》んだ。ジョージがハリーの足元に座《すわ》ったのだ。

「それで、もうわかったか？」ジョージが急《せ》き込《こ》んで言った。

「シリウスが言ってた武器《ぶき》のこと？」ハリーが言った。

「うっかり口がすべったって感じだな」今度はロンの隣《となり》に座《すわ》って、フレッドがうれしそうに言った。「愛《いと》しの伸《の》び耳《みみ》でも、**そいつは**聞かなかったな？　そうだよな？」

「なんだと思う？」ハリーが聞いた。

「なんでもありだな」フレッドが言った。

「だけど、『アバダ　ケダブラ』の呪《のろ》いより恐《おそ》ろしいものなんてありえないだろ？」ロンが言った。「死ぬより恐《おそ》ろしいもの、あるか？」

「何か、一度に大量に殺せるものかもしれないな」ジョージが意見を述《の》べた。

「何か、とっても痛《いた》い殺し方かも」ロンが怖《こわ》そうに言った。

「痛《いた》めつけるなら、『磔呪文《はりつけじゅもん》』が使えるはずだ」ハリーが言った。「やつには、あれより強力なものはいらない」

しばらくの間、みんなだまっていた。みんなが、自分と同じように、いったいその武器《ぶき》がどんな恐《おそ》ろしいことをするのか考えているのだと、ハリーにはわかった。

「それじゃ、いまは誰《だれ》がそれを持ってると思う？」ジョージが聞いた。

「僕《ぼく》たちの側にあればいいけど」ロンが少し心配そうに言った。

「もしそうなら、たぶんダンブルドアが持ってるな」フレッドが言った。

「どこに？」ロンがすぐに聞いた。「ホグワーツか？」

「きっとそうだ！」ジョージが言った。「『賢者《けんじゃ》の石《いし》』を隠《かく》した所だし」

「だけど、武器《ぶき》はあの石よりずっと大きいぞ！」ロンが言った。

「そうとはかぎらない」フレッドが言った。

「うん。大きさで力は測《はか》れない」ジョージが言った。「ジニーを見ろ」

「どういうこと？」ハリーが聞いた。

「あの子の『コウモリ鼻《はな》クソの呪《のろ》い』を受けたことがないだろう？」

「シーッ！」フレッドがベッドから腰《こし》を浮《う》かしながら言った。「静かに！」

みんなシーンとなった。階段《かいだん》を上がってくる足音がする。

「ママだ」ジョージが言った。間髪《かんはつ》を容《い》れず、**バシッ**という大きな音がして、ハリーはベッドの端《はし》から重みが消えたのを感じた。二、三秒後、ドアの外で床《ゆか》がきしむ音が聞こえた。ウィーズリーおばさんが、二人がしゃべっていないかどうか、聞き耳を立てているのだ。

ヘドウィグとピッグウィジョンが哀《あわ》れっぽく鳴いた。床板《ゆかいた》がまたきしみ、おばさんがフレッドとジョージを調べに上がっていく音が聞こえた。

「ママは僕《ぼく》たちのこと全然信用してないんだ」ロンが悔《くや》しそうに言った。

ハリーはとうてい眠《ねむ》れそうにないと思った。今夜は考えることがあまりにいろいろ起こって、何時間も悶々《もんもん》として起きているだろうと思った。ロンと話を続けたかったが、ウィーズリーおばさんがまた床《ゆか》をきしませながら階段《かいだん》を下りていく音が聞こえた。おばさんが行ってしまうと、何か別なものが階段《かいだん》を上がってくる音をはっきり聞いた……それは、肢《あし》が何本もある生き物で、カサコソと寝室《しんしつ》の外を駆《か》け回《まわ》っている。「魔法生物飼育学《まほうせいぶつしいくがく》」の先生、ハグリッドの声が聞こえる。「**どうだ、美しいじゃねえか、え？　ハリー？　今学期は、武器《ぶき》を勉強するぞ……**」ハリーはその生き物が頭に大砲《たいほう》を持っていて、自分のほうを振《ふ》り向《む》いたのを見た……ハリーは身をかわした……。

次に気がついたときには、ハリーはベッドの中でぬくぬくと丸まっていた。ジョージの大声が部屋中に響《ひび》いた。

「おふくろが起きろって言ってるぞ。朝食は厨房《ちゅうぼう》だ。それから客間に来いってさ。ドクシーが、思ったよりどっさりいるらしい。それに、ソファの下に死んだパフスケインの巣を見つけたんだって」

三十分後、急いで服を着て朝食をすませたハリーとロンは、客間に入っていった。二階にある天《てん》井《じょう》の高い、長い部屋で、オリーブグリーンの壁《かべ》は汚《きたな》らしいタペストリーで覆《おお》われていた。じゅうたんは、誰《だれ》かが一歩踏《ふ》みしめるたびに、小さな雲のようなほこりを巻《ま》き上《あ》げた。モスグリーンの長いビロードのカーテンは、まるで姿《すがた》の見えない蜂《はち》が群《むら》がっているかのようにブンブン唸《うな》っていた。その周りに、ウィーズリーおばさん、ハーマイオニー、ジニー、フレッド、ジョージが集まっていた。みんな鼻と口を布《ぬの》で覆《おお》って、奇妙《きみょう》な格好《かっこう》だ。手に手に黒い液体《えきたい》が入った噴射用《ふんしゃよう》ノズルつきの瓶《びん》を持っている。

「顔を覆《おお》って、スプレーを持って」

ハリーとロンの顔を見るなり、おばさんが言った。紡錘形《ぼうすいけい》の脚《あし》のテーブルに、黒い液体《えきたい》の瓶《びん》があと二つあり、それを指差している。

「ドクシー・キラーよ。こんなにひどくはびこっているのは初めて見たわ――あの屋敷《やしき》しもべ妖精《ようせい》は、この十年間、**いったい何を**してたことやら――」

ハーマイオニーの顔は、キッチン・タオルで半分隠《かく》れていたが、ウィーズリーおばさんにとがめるような目を向けたのを、ハリーはまちがいなく見た。

「クリーチャーはとってても年を取ってるもの、とうてい手が回らなくって――」

「ハーマイオニー、クリーチャーが本気になれば、君が驚《おどろ》くほどいろいろなことに手が回るよ」

ちょうど部屋に入ってきたシリウスが言った。血に染《そ》まった袋《ふくろ》を抱《かか》えている。死んだネズミが入っているらしい。

「バックビークに餌《えさ》をやっていたんだ」ハリーがけげんそうな顔をしているので、シリウスが言った。「上にあるお母上さまの寝室《しんしつ》で飼《か》ってるんでね。ところで……この机《つくえ》か……」

シリウスはネズミ袋《ぶくろ》をひじかけ椅子《いす》に置き、鍵《かぎ》のかかった机《つくえ》の上からかがみ込《こ》むようにして調べた。机《つくえ》が少しガタガタ揺《ゆ》れているのに、ハリーはその時初めて気づいた。

「うん、モリー、私《わたし》もまね妖怪《ようかい》にまちがいないと思う」鍵穴《かぎあな》からのぞき込《こ》みながら、シリウスが言った。「だが、中から出す前に、マッド-アイの目でのぞいてもらったほうがいい――何しろ私《わたし》の母親のことだから、もっと悪質《あくしつ》なものかもしれない」

「わかったわ、シリウス」ウィーズリーおばさんが言った。

二人とも、慎重《しんちょう》に、なにげない、ていねいな声で話をしていたが、それがかえって、どちらも昨夜のいさかいを忘《わす》れてはいないことをはっきり物語っているとハリーは思った。

下の階で、カランカランと大きなベルの音がした。とたんに、耳を覆《おお》いたくなる大音響《だいおんきょう》で嘆《なげ》き叫《さけ》ぶ声が聞こえてきた。昨夜、トンクスがかさ立てをひっくり返したときに引き起こした、あの声だ。

「扉《とびら》のベルは鳴らすなと、あれほど言ってるのに！」

シリウスは憤慨《ふんがい》して、急いで部屋から出ていった。シリウスが嵐《あらし》のように階段《かいだん》を下りていき、ブラック夫人の金切り声が、たちまち家中に響《ひび》き渡《わた》るのが聞こえてきた。

「**不名誉《ふめいよ》な汚点《おてん》、穢《けが》らわしい雑種《ざっしゅ》、血を裏切《うらぎ》る者、汚《けが》れた子らめ……**」

「ハリー、扉《とびら》を閉《し》めてちょうだい」ウィーズリーおばさんが言った。

ハリーは、変に思われないぎりぎりの線で、できるだけゆっくり客間の扉《とびら》を閉《し》めた。下で何が起こっているか聞きたかったのだ。シリウスは母親の肖像画《しょうぞうが》を、なんとかカーテンで覆《おお》ったようだ。肖像画《しょうぞうが》が叫《さけ》ぶのをやめた。シリウスがホールを歩く足音が聞こえ、玄関《げんかん》の鎖《くさり》がはずれるカチャカチャという音、そして聞き覚えのあるキングズリー・シャックルボルトの深い声が聞こえた。

「いま、ヘスチアが私《わたし》とかわってくれたんだ。だからムーディのマントはいま、ヘスチアが持っている。ダンブルドアに報告《ほうこく》を残しておこうと思って……」

頭の後ろにウィーズリーおばさんの視線《しせん》を感じて、ハリーはしかたなく客間の扉《とびら》を閉《し》め、ドクシー退治部隊《たいじぶたい》に戻《もど》った。

ウィーズリーおばさんは、ソファの上に開いて置いてある『ギルデロイ・ロックハートのガイドブック――一般家庭《いっぱんかてい》の害虫』をのぞき込《こ》み、ドクシーに関するページを確《たし》かめていた。

「さあ、みんな、気をつけるんですよ。ドクシーはかみつくし、歯に毒があるの。毒消しはここに一本用意してあるけど、できれば誰《だれ》も使わなくてすむようにしたいわ」

おばさんは体を起こし、カーテンの真正面で身がまえ、みんなに前に出るように合図した。

「私《わたし》が合図したら、すぐに噴射《ふんしゃ》してね」おばさんが言った。「ドクシーはこっちをめがけて飛んでくるでしょう。でも、たっぷり一回シューッとやればまひするって、スプレー容器《ようき》にそう書いてあるわ。動けなくなったところを、このバケツに投げ入れてちょうだい」

おばさんは、みんながずらりと並《なら》んだ噴射線《ふんしゃせん》から慎重《しんちょう》に一歩踏《ふ》み出《だ》し、自分のスプレー瓶《びん》を高く掲《かか》げた。

「用意——**噴射《ふんしゃ》！**」

ハリーがほんの数秒噴霧《ふんむ》したかというとき、成虫のドクシーが一匹《ぴき》、カーテンのひだから飛び出してきた。妖精《ようせい》に似《に》た胴体《どうたい》はびっしりと黒い毛で覆《おお》われ、輝《かがや》くコガネムシのような羽を震《ふる》わせ、針《はり》のように鋭《するど》く小さな歯をむき出し、怒《いか》りで四つの小さな拳《こぶし》をギュッと握《にぎ》りしめて飛んでくる。ハリーはその顔に、まともにドクシー・キラーを噴《ふ》きつけた。ドクシーは空中で固まり、そのまま**ズシン**とびっくりするほど大きな音を立ててすり切れたじゅうたんの上に落ちた。ハリーはそれを拾い、バケツに投《な》げ込《こ》んだ。

「フレッド、何やってるの？」おばさんが鋭《するど》い声を出した。「すぐそれに薬をかけて、投げ入れなさい！」

ハリーが振《ふ》り返《かえ》ると、フレッドが親指と人差し指でバタバタ暴《あば》れるドクシーをつまんでいた。

「がってん承知《しょうち》」

フレッドがほがらかに答えて、ドクシーの顔に薬を噴《ふ》きかけて気絶《きぜつ》させた。しかし、おばさんがむこうを向いたとたん、フレッドはそれをポケットに突《つ》っ込《こ》んでウィンクした。

「『ずる休みスナックボックス』のためにドクシーの毒液《どくえき》を実験したいのさ」ジョージがヒソヒソ声でハリーに言った。

鼻めがけて飛んできたドクシーを器用に二匹《ひき》まとめて仕留《しと》め、ハリーはジョージのそばに移動《いどう》して、こっそり聞いた。

「『ずる休みスナックボックス』って、何？」

「病気にしてくれる菓子《かし》、もろもろ」おばさんの背中《せなか》を油断《ゆだん》なく見張《みは》りながら、ジョージがささやいた。「といっても、重い病気じゃないさ。サボりたいときに授業《じゅぎょう》を抜《ぬ》け出《だ》すのには充分《じゅうぶん》な程度《ていど》に気分が悪くなる。フレッドと二人で、この夏ずっと開発してたんだ。二色のかむキャンディで、半分ずつ色分けしてある。『ゲーゲー・トローチ』は、オレンジ色の半分をかむと、ゲーゲー吐《は》く。あわてて教室から出され、医務室《いむしつ》に急ぐ道すがら、残り半分の紫色《むらさきいろ》を飲《の》み込《こ》む――」

「『――すると、たちまちあなたは元気いっぱい。無益《むえき》なたいくつさに奪《うば》われるはずの一時間、お好みどおりの趣味《しゅみ》の活動に従事《じゅうじ》できるというすぐれもの』。とにかく広告《こうこく》のうたい文句《もんく》にはそう書く」

おばさんの視界《しかい》からじりじりと抜《ぬ》け出《だ》してきたフレッドがささやいた。フレッドは床《ゆか》にこぼれ落ちたドクシーを二、三匹《びき》、サッと拾ってポケットに入れるところだった。「だけどもうちょい作業が残ってるんだ。いまのところ、実験台にちょいと問題があって、ゲーゲー吐《は》き続けなもんだから、紫《むらさき》のほうを飲《の》み込《こ》む間がないのさ」

「実験台？」

「俺《おれ》たちさ」フレッドが言った。「かわりばんこに飲んでる。ジョージは『気絶《きぜつ》キャンディ』をやったし――『鼻血ヌルヌル・ヌガー』は二人とも試《ため》したし――」

「おふくろは、俺《おれ》たちが決闘《けっとう》したと思ってるんだ」ジョージが言った。

「それじゃ、『いたずら専門店《せんもんてん》』は続いてるんだね？」ハリーはノズルの調節をするふりをしながらこっそり聞いた。

「うーん、まだ店を持つチャンスがないけど」フレッドがさらに声を落とした。ちょうどおばさんが、次の攻撃《こうげき》に備《そな》えてスカーフで額《ひたい》をぬぐったところだった。「だから、いまんとこ、通販《つうはん》でやってるんだ。先週『日刊予言者新聞《にっかんよげんしゃしんぶん》』に広告《こうこく》を出した」

「みんな君のおかげだぜ、兄弟」ジョージが言った。「だけど、心配ご無用……おふくろは全然気づいてない。もう『日刊予言者新聞《にっかんよげんしゃしんぶん》』を読んでないんだ。君やダンブルドアのことで新聞が嘘八百《うそはっぴゃく》だからって」

ハリーはニヤッとした。三校対抗試合《たいこうじあい》の賞金《しょうきん》一千ガリオンを、ウィーズリーの双子《ふたご》に無理やり受け取らせ、いたずら専門店《せんもんてん》を開きたいという志《こころざし》の実現《じつげん》を助けたのは、ハリーだった。しかし、双《ふた》子《ご》の計画を推進《すいしん》するのにハリーがかかわっていることが、ウィーズリーおばさんにばれていないのはうれしかった。おばさんは、二人の息子《むすこ》の将来《しょうらい》に、「いたずら専門店経営《せんもんてんけいえい》」はふさわしくないと考えているのだ。

カーテンのドクシー駆除《くじょ》に、午前中まるまるかかった。ウィーズリーおばさんが覆面《ふくめん》スカーフを取ったのは正午を過《す》ぎてからだった。おばさんは、クッションのへこんだひじかけ椅子《いす》にドサッと腰《こし》を下ろしたが、ギャッと悲鳴を上げて飛び上がった。死んだネズミの袋《ふくろ》に腰《こし》かけてしまったのだ。カーテンはもうブンブンいわなくなり、スプレーの集中攻撃《しゅうちゅうこうげき》で、湿《しめ》ってだらりと垂《た》れ下《さ》がっていた。その下のバケツには、気絶《きぜつ》したドクシーが詰《つ》め込《こ》まれ、その脇《わき》には黒い卵《たまご》の入ったボウルが置かれていた。クルックシャンクスがボウルをフンフンかぎ、フレッドとジョージは欲《ほ》しくてたまらなそうにちらちら見ていた。

「**こっちのほうは**、午後にやっつけましょう」

ウィーズリーおばさんは、暖炉《だんろ》の両脇《りょうわき》にある、ほこりをかぶったガラス扉《とびら》の飾《かざ》り棚《だな》を指差した。中には奇妙《きみょう》なものが雑多《ざった》に詰《つ》め込《こ》まれていた。錆《さ》びた短剣類《たんけんるい》、鉤爪《かぎづめ》、とぐろを巻《ま》いた蛇《へび》の抜《ぬ》け殻《がら》、ハリーの読めない文字を刻《きざ》んだ、黒く変色した銀の箱がいくつか、それに、一番気持ちの悪いのが、装飾的《そうしょくてき》なクリスタルの瓶《びん》で、栓《せん》に大粒《おおつぶ》のオパールがひと粒《つぶ》はめ込《こ》まれている。中にたっぷり入っているのは血にちがいないと、ハリーは思った。

玄関《げんかん》のベルがまたカランカランと鳴った。全員の目がウィーズリーおばさんに集まった。またしても、ブラック夫人の金切り声が階下から聞こえてきた。

「ここにいなさい」おばさんがネズミ袋《ぶくろ》を引っつかみ、きっぱりと言《い》い渡《わた》した。「サンドイッチを持ってきますからね」

おばさんは部屋から出るとき、きっちりと扉《とびら》を閉《し》めた。とたんに、みんないっせいに窓際《まどぎわ》に駆《か》け寄《よ》り、玄関《げんかん》の石段《いしだん》を見下ろした。赤茶色のもじゃもじゃ頭のてっぺんと、積み上げた大鍋《おおなべ》が、危《あぶ》なっかしげにふらふら揺《ゆ》れているのが見えた。

「マンダンガスだわ！」ハーマイオニーが言った。「大鍋《おおなべ》をあんなにたくさん、どうするつもりかしら？」

「安全な置き場所を探《さが》してるんじゃないかな」ハリーが言った。「僕《ぼく》を見張《みは》っているはずだったあの晩《ばん》、取引してたんだろ？　うさんくさい大鍋《おおなべ》の？」

「うん、そうだ！」

フレッドが言ったとき、玄関《げんかん》の扉《とびら》が開いた。マンダンガスがよっこらしょと大鍋《おおなべ》を運《はこ》び込《こ》み、窓《まど》からは見えなくなった。

「うへー、おふくろはお気に召《め》さないぞ……」

フレッドとジョージは扉《とびら》に近寄《ちかよ》り、耳を澄《す》ました。ブラック夫人の悲鳴は止まっていた。

「マンダンガスがシリウスとキングズリーに話してる」フレッドが、しかめっ面《つら》で耳をそばだてながらつぶやいた。「よく聞こえねえな……伸《の》び耳《みみ》の危険《きけん》をおかすか？」

「その価値《かち》ありかもな」ジョージが言った。「こっそり上まで行って、ひと組取ってくるか――」

しかし、まさにその瞬間《しゅんかん》、階下で大音響《だいおんきょう》が炸裂《さくれつ》し、伸《の》び耳《みみ》は用なしになった。ウィーズリーおばさんが声をかぎりに叫《さけ》んでいるのが、全員にはっきり聞き取れた。

「ここは盗品《とうひん》の隠《かく》し場所じゃありません！」

「おふくろが誰《だれ》かほかのやつをどなりつけるのを聞くのは、いいもんだ」

フレッドが満足げにニッコリしながら、扉《とびら》をわずかに開け、ウィーズリーおばさんの声がもっとよく部屋中に行《い》き渡《わた》るようにした。

「気分が変わって、なかなかいい」

「――無責任《むせきにん》もいいとこだわ。それでなくても、いろいろ大変なのに、その上あんたがこの家に盗品《とうひん》の大鍋《おおなべ》を引きずり込《こ》むなんて――」

「あのバカども、おふくろの調子を上げてるぜ」ジョージが頭を振《ふ》り振《ふ》り言った。「早いとこ矛先《ほこさき》をそらさないと、おふくろさん、だんだん熱くなって何時間でも続けるぞ。しかも、ハリー、マンダンガスが君を見張《みは》っているはずだったのにドロンしてから、おふくろはあいつをどなりたくて、ずっとうずうずしてたんだ――ほーら来た、またシリウスのママだ」

ウィーズリーおばさんの声は、ホールの肖像画《しょうぞうが》の悲鳴と叫《さけ》びの再開《さいかい》でかき消されてしまった。

ジョージは騒音《そうおん》を抑《おさ》えようと扉《とびら》を閉《し》めかけたが、閉《し》めきる前に屋敷《やしき》しもべ妖精《ようせい》が部屋に入《はい》り込《こ》んできた。

腹《はら》に腰布《こしぬの》のように巻《ま》いた汚《きたな》らしいボロ以外は、すっぽだかだった。相当の年寄《としよ》りに見えた。皮膚《ひふ》は体の数倍あるかのようにだぶつき、しもべ妖精《ようせい》に共通のはげ頭だが、コウモリのような大耳からは白髪《しらが》がぼうぼうと生えていた。どんよりとした灰色《はいいろ》の目は血走り、肉づきのいい大きな鼻は豚《ぶた》のようだ。

しもべ妖精《ようせい》は、ハリーにもほかの誰《だれ》にもまったく関心を示《しめ》さない。まるで誰《だれ》も見えないかのように、背中《せなか》を丸め、ゆっくり、執拗《しつよう》に、部屋のむこう端《はし》まで歩きながら、ひっきりなしに、食用ガエルのようなしわがれた太い声で何かブツブツつぶやいていた。

「……ドブくさい、おまけに罪人《ざいにん》だ。あの女も同類だ。いやらしい血を裏切《うらぎ》る者。そのガキどもが奥様《おくさま》のお屋敷《やしき》を荒《あ》らして。ああ、おかわいそうな奥様《おくさま》。お屋敷《やしき》にカスどもが入《はい》り込《こ》んだことをお知りになったら、このクリーチャーめになんとおおせられることか。おお、なんたる恥辱《ちじょく》。穢《けが》れた血《ち》、狼人間《おおかみにんげん》、裏切《うらぎ》り者《もの》、泥棒《どろぼう》めら。哀《あわ》れなこのクリーチャーは、どうすればいいのだろう……」

「おーい、クリーチャー」フレッドが扉《とびら》をピシャリと閉《し》めながら、大声で呼《よ》びかけた。

屋敷《やしき》しもべ妖精《ようせい》はぱたりと止まり、ブツブツをやめ、大げさな、しかしうそくさい様子で驚《おどろ》いてみせた。

「クリーチャーめは、お若《わか》い旦那様《だんなさま》に気づきませんで」そう言うと、クリーチャーは回れ右して、フレッドにおじぎをし、うつむいてじゅうたんを見たまま、はっきりと聞き取れる声でそのあとを続けた。「血を裏切《うらぎ》る者の、いやらしいガキめ」

「え？」ジョージが聞いた。「最後になんて言ったかわからなかったけど」

「クリーチャーめは何も申しません」しもべ妖精《ようせい》が、今度はジョージにおじぎしながら言った。そして、低い声ではっきりつけ加えた。「それに、その双子《ふたご》の片割《かたわ》れ。異常《いじょう》な野獣《やじゅう》め。こいつら」

ハリーは笑っていいやらどうやら、わからなかった。しもべ妖精《ようせい》は体を起こし、全員を憎々《にくにく》しげに見つめ、誰《だれ》も自分の言うことが聞こえないと信じきっているらしく、ブツブツ言い続けた。

「……それに、穢《けが》れた血《ち》め。ずうずうしく鉄面皮で立っている。ああ、奥様《おくさま》がお知りになったら、ああ、どんなにお嘆《なげ》きか。それに、一人、新顔の子がいる。クリーチャーは名前を知らない。ここで何をしてるのか？　クリーチャーは知らない……」

「こちら、ハリーよ、クリーチャー」ハーマイオニーが遠慮《えんりょ》がちに言った。「ハリー・ポッターよ」

クリーチャーのにごった目がカッと見開かれ、前よりもっと早口に、怒《いか》り狂《くる》ってつぶやいた。

「穢《けが》れた血《ち》が、クリーチャーに友達顔で話しかける。クリーチャーめがこんな連中と一緒《いっしょ》にいるところを奥様《おくさま》がご覧《らん》になったら、ああ、奥様《おくさま》はなんとおおせられることか――」

「ハーマイオニーを穢《けが》れた血《ち》なんて呼《よ》ぶな！」ロンとジニーがカンカンになって同時に言った。

「いいのよ」ハーマイオニーがささやいた。「正気じゃないのよ。何を言ってるのか、わかってないんだから――」

「甘《あま》いぞ、ハーマイオニー。こいつは、何を言ってるのか**ちゃーんと**わかってるんだ」

いやなやつ、とクリーチャーをにらみながらフレッドが言った。

クリーチャーはハリーを見ながら、まだブツブツ言っていた。

「ほんとうだろうか？　ハリー・ポッター？　クリーチャーには傷痕《きずあと》が見える。ほんとうにちがいない。闇《やみ》の帝王《ていおう》をとどめた男の子。どうやってとどめたのか、クリーチャーは知りたい――」

「みんな知りたいさ、クリーチャー」フレッドが言った。

「ところで、いったいなんの用だい？」ジョージが聞いた。

クリーチャーの巨大《きょだい》な目が、サッとジョージに走った。

「クリーチャーめは掃除《そうじ》をしております」クリーチャーがごまかした。

「見《み》え透《す》いたことを」ハリーの後ろで声がした。

シリウスが戻《もど》ってきていた。戸口から苦々しげにしもべ妖精《ようせい》をにらみつけている。ホールの騒《さわ》ぎは静まっていた。ウィーズリーおばさんとマンダンガスの議論《ぎろん》は、厨房《ちゅうぼう》にもつれ込《こ》んだのだろう。シリウスの姿《すがた》を見ると、クリーチャーは身を躍《おど》らせ、ばかていねいに頭を下げて、豚《ぶた》の鼻を床《ゆか》に押《お》しつけた。

「ちゃんと立つんだ」シリウスがいらいらと言った。「さあ、いったい何がねらいだ？」

「クリーチャーめは掃除《そうじ》をしております」しもべ妖精《ようせい》は同じことをくり返した。「クリーチャーめは高貴《こうき》なブラック家にお仕えするために生きております――」

「そのブラック家は日に日にますますブラックになっている。汚《きたな》らしい」シリウスが言った。

「ご主人様はいつもご冗談《じょうだん》がお好きでした」クリーチャーはもう一度おじぎをし、低い声で言葉を続けた。「ご主人様は、母君の心をめちゃめちゃにした、ひどい恩知《おんし》らずの卑劣漢《ひれつかん》でした――」

「クリーチャー、私《わたし》の母に、心などなかった」シリウスがバシリと言った。「母は怨念《おんねん》だけで生き続けた」

クリーチャーはしゃべりながらまたおじぎをした。

「ご主人様のおおせのとおりです」クリーチャーは憤慨《ふんがい》してブツブツつぶやいた。「ご主人様は母君の靴《くつ》の泥《どろ》をふくのにもふさわしくない。ああ、おかわいそうな奥様《おくさま》。クリーチャーがこの方にお仕えしているのをごらんになったら、なんとおおせられるか。どんなにこの人をお嫌《きら》いになられていたか。この方がどんなに奥様《おくさま》を失望させたか――」

「何がねらいだと聞いている」シリウスが冷たく言った。「掃除《そうじ》をしているふりをして現《あらわ》れるときは、おまえは必ず何かをくすねて自分の部屋に持っていくな。私《わたし》たちが捨《す》ててしまわないように」

「クリーチャーめは、ご主人様のお屋敷《やしき》で、あるべき場所から何かを動かしたことはございませんー」そう言ったすぐあとに、しもべ妖精《ようせい》は早口でつぶやいた。「タペストリーが捨《す》てられてしまったら、奥様《おくさま》はクリーチャーめをけっしてお許《ゆる》しにはならない。七世紀もこの家に伝わるものを、クリーチャーは守らなければなりません。クリーチャーはご主人様や血を裏切《うらぎ》る者や、そのガキどもに、それを破壊《はかい》させはいたしません――」

「そうじゃないかと思っていた」シリウスはさげすむような目つきで反対側の壁《かべ》を見た。「あの女は、あの裏《うら》にも『永久粘着呪文《えいきゅうねんちゃくじゅもん》』をかけているだろう。まちがいなくそうだ。しかし、もし取りはずせるなら、私《わたし》は必ずそうする。クリーチャー、さあ、立ち去れ」

クリーチャーは、ご主人様直々の命令にはどんなことがあろうと逆《さか》らえないかのようだった。にもかかわらず、のろのろと足を引きずるようにしてシリウスのそばを通《とお》り過《す》ぎるときに、ありったけの嫌悪感《けんおかん》を込《こ》めてシリウスを見た。そして、部屋を出るまでブツブツ言い続けた。

「――アズカバン帰りがクリーチャーに命令する。ああ、おかわいそうな奥様《おくさま》。いまのお屋敷《やしき》の様子をごらんになったら、なんとおおせになることか。カスどもが住み、奥様《おくさま》のお宝《たから》を捨《す》てて。奥様《おくさま》はこんなやつは自分の息子《むすこ》ではないとおおせられた。なのに、戻《もど》ってきた。その上、人殺しだとみんなが言う——」

「ブツブツ言い続けろ。本当に人殺しになってやるぞ！」しもべ妖精《ようせい》をしめ出し、バタンと扉《とびら》を閉《し》めながら、シリウスがいらいらと言った。

「シリウス、クリーチャーは気が変なのよ」ハーマイオニーが弁護《べんご》するように言った。「私《わたし》たちには聞こえないと思っているのよ」

「あいつは長いことひとりでいすぎた」シリウスが言った。「母の肖像画《しょうぞうが》からの狂《くる》った命令を受け、ひとり言を言って。しかし、あいつは前からずっと、くさったいやな——」

「自由にしてあげさえすれば」ハーマイオニーが願いを込《こ》めて言った。「もしかしたら——」

「自由にはできない。騎士団《きしだん》のことを知りすぎている」シリウスはにべもなく言った。「それに、いずれにせよショック死してしまうだろう。君からあいつに、この家を出てはどうかと言ってみるがいい。あいつがそれをどう受け止めるか」

シリウスが壁《かべ》のほうに歩いていった。そこには、クリーチャーが守ろうとしていたタペストリーが壁《かべ》いっぱいにかかっていた。ハリーもほかの者もシリウスについていった。

タペストリーは古色蒼然《こしょくそうぜん》としていた。色あせ、ドクシーが食《く》い荒《あ》らしたらしい跡《あと》があちこちにあった。しかし、縫《ぬ》い取《と》りをした金の刺繍糸《ししゅういと》が、家系図《かけいず》の広がりをいまだに輝《かがや》かせていた。時代は

（ハリーの知るかぎり）、中世にまでさかのぼっている。タペストリーの一番上に、大きな文字で次のように書かれている。

高貴《こうき》なる由緒《ゆいしょ》正《ただ》しきブラック家
〝純血《じゅんけつ》よ永遠《えいえん》なれ〟

「シリウスおじさんがのっていない！」家系図《かけいず》の一番下をざっと見て、ハリーが言った。

「かつてはここにあった」

シリウスが、タペストリーの小さな丸い焼《や》け焦《こ》げを指差した。たばこの焼《や》け焦《こ》げのように見えた。

「おやさしいわが母上が、私《わたし》が家出したあとに抹消《まっしょう》してくださってね――クリーチャーはその話をブツブツ話すのが好きなんだ」

「家出したの？」

「十六のころだ」シリウスが答えた。「もうたくさんだった」

「どこに行ったの？」ハリーはシリウスをじっと見つめた。

「君の父さんの所だ」シリウスが言った。「君のおじいさん、おばあさんは、ほんとうによくしてくれた。私《わたし》を二番目の息子《むすこ》として養子同然にしてくれた。そうだ、学校が休みになると、君の父さんの所に転《ころ》がり込《こ》んだ。そして十七歳《さい》になると、ひとりで暮《く》らしはじめた。おじのアルファードが、私《わたし》にかなりの金貨を残してくれていた――このおじも、ここから抹消《まっしょう》されているがね。たぶんそれが原因《げんいん》で――まあ、とにかく、それ以来自分ひとりでやってきた。ただ日曜日の昼食は、いつでもポッター家で歓迎《かんげい》された」

「だけど……どうして……?」

「家出したか?」

シリウスは苦笑いし、くしの通っていない髪《かみ》を指ですいた。

「なぜなら、この家の者全員を憎《にく》んでいたからだ。両親は狂信的《きょうしんてき》な純血主義者《じゅんけつしゅぎしゃ》で、ブラック家の者は事実上王族だと信じていた……愚《おろ》かな弟は、軟弱《なんじゃく》にも両親の言うことを信じていた……それが弟だ」

シリウスは家系図《かけいず》の一番下の名前を突《つ》き刺《さ》すように指差した。

「レギュラス・ブラック」

生年月日のあとに、死亡年月日《しぼうねんがっぴ》(約十五年ほど前だ)が書いてある。

「弟は私《わたし》よりもよい息子《むすこ》だった」シリウスが言った。「私《わたし》はいつもそう言われながら育った」

「でも、死んでる」ハリーが言った。

「そう」シリウスが言った。「バカなやつだ……死喰《しく》い人《びと》に加わったんだ」

「うそでしょう!」

「おいおい、ハリー、これだけこの家を見れば、私《わたし》の家族がどんな魔法使《まほうつか》いだったか、いいかげんわかるだろう?」シリウスはいらだたしげに言った。

「ご——ご両親も死喰《しく》い人《びと》だったの?」

「いや、ちがう。しかし、なんと、ヴォルデモートが正しい考え方をしていると思っていたんだ。魔法族《まほうぞく》の浄化《じょうか》に賛成《さんせい》だった。マグル生まれを排除《はいじょ》し、純血《じゅんけつ》の者が支配《しはい》することにね。両親だけじゃなかった。ヴォルデモートが本性《ほんしょう》を現《あらわ》すまでは、ずいぶん多くの魔法使《まほうつか》いが、やつの考え方が正しいと思っていた……そういう魔法使《まほうつか》いは、やつが権力《けんりょく》を得《え》るために何をしようとしているかに気づくと、怖気《おじけ》づいた。しかし、私《わたし》の両親は、はじめのうちは、死喰《しく》い人《びと》に加わったレギュラスを、まさに小さな英雄《えいゆう》だと思っていたことだろう」

「弟さんは闇祓《やみばら》いに殺されたの?」ハリーは遠慮《えんりょ》がちに聞いた。

「いいや、ちがう」シリウスが言った。「ちがう。ヴォルデモートに殺された。というより、ヴォルデモートの命令で殺されたと言ったほうがいいかな。レギュラスはヴォルデモート自身が手を下すには小者《こもの》すぎた。死んでからわかったことだが、弟はある程度《ていど》まで入《はい》り込《こ》んだとき、命令されて自分がやっていることに恐《おそ》れをなして、身を引こうとした。まあしかし、ヴォルデモートに辞表を提出《ていしゅつ》するなんていうわけにはいかない。一生涯《いっしょうがい》仕えるか、さもなくば死だ」

「お昼よ」ウィーズリーおばさんの声がした。

おばさんは杖《つえ》を高く掲《かか》げ、その杖先《つえさき》に、サンドイッチとケーキを山盛《やまも》りにした大きなお盆《ぼん》をのせて、バランスを取っていた。顔を真っ赤にして、まだ怒《おこ》っているように見えた。みんなが、何か食べたくて、いっせいにおばさんのほうに行った。しかしハリーは、さらに丹念《たんねん》にタペストリーをのぞき込《こ》んでいるシリウスと一緒《いっしょ》にいた。

「もう何年もこれを見ていなかったな。フィニアス・ナイジェラスがいる……高祖父《こうそふ》だ。わかるか？……ホグワーツの歴代の校長の中で、一番人望がなかった……。アラミンタ・メリフルア……母のいとこだ……マグル狩《がり》を合法化する魔法省令《まほうしょうれい》を強行可決《きょうこうかけつ》しようとした……。親愛なるおばのエラドーラだ……屋敷《やしき》しもべ妖精《ようせい》が年老いて、お茶の盆《ぼん》を運べなくなったら首をはねるというわが家の伝統《でんとう》を打ち立てた……。当然、少しでもまともな魔法使《まほうつか》いが出ると、勘当《かんどう》だ。どうやらトンクスはここにいないな。だからクリーチャーはトンクスの命令には従《したが》わないんだろう——家族の命令ならなんでも従《したが》わなければならないはずだから——」

「トンクスと親せきなの？」ハリーは驚《おどろ》いた。

「ああ、そうだ。トンクスの母親、アンドロメダは、私《わたし》の好きないとこだった」シリウスはタペストリーを入念に調べながら言った。「いや、アンドロメダものっていない。見てごらん——」

シリウスはもう一つの小さい焼《や》け焦《こ》げを指した。ベラトリックスとナルシッサという二つの名前の間にあった。

「アンドロメダのほかの姉妹はのっている。すばらしい、きちんとした純血結婚《じゅんけつけっこん》をしたからね。しかし、アンドロメダはマグル生まれのテッド・トンクスと結婚《けっこん》した。だから――」

シリウスは杖《つえ》でタペストリーを撃《う》つまねをして、自嘲的《じちょうてき》に笑った。しかし、ハリーは笑わなかった。アンドロメダの焼《や》け焦《こ》げの右にある名前に気を取られて、じっと見つめていたのだ。金の刺繍《ししゅう》の二重線がナルシッサ・ブラックとルシウス・マルフォイを結び、その二人の名前から下に金の縦《たて》線《せん》が一本、ドラコという名前につながっていた。

「マルフォイ家と親せきなんだ！」

「純血家族《じゅんけつかぞく》はみんな姻戚関係《いんせきかんけい》だ」シリウスが言った。「娘《むすめ》も息子《むすこ》も純血《じゅんけつ》としか結婚《けっこん》させないというのなら、あまり選択《せんたく》の余地《よち》はない。純血種《じゅんけつしゅ》はほとんど残っていないのだから。モリーも結婚《けっこん》によって私《わたし》といとこ関係になった。アーサーは私《わたし》の遠縁《とおえん》の、またいとこに当たるかな。しかし、ウィーズリー家をこの図で探《さが》すのはむだだ――血を裏切《うらぎ》る者ばかりを輩出《はいしゅつ》した家族がいるとすれば、それがウィーズリー家だからな」

しかしハリーは、今度はアンドロメダの焼《や》け焦《こ》げの左の名前を見ていた。ベラトリックス・ブラック。二重線で、ロドルファス・レストレンジと結ばれている。

「レストレンジ……」

ハリーが読み上げた。この名前は、何かハリーの記憶《きおく》を刺激《しげき》する。どこかで聞いた名だ。しかし、どこだったか、とっさには思い出せない。ただ、胃《い》の腑《ふ》に奇妙《きみょう》な、ぞっとするような感触《かんしょく》がうごめいた。

「この二人はアズカバンにいる」シリウスはそれしか言わなかった。

ハリーはもっと知りたそうにシリウスを見た。

「ベラトリックスと夫のロドルファスは、バーティ・クラウチの息子《むすこ》と一緒《いっしょ》に入ってきた」シリウスは、相変わらずぶっきらぼうな声だ。「ロドルファスの弟のラバスタンも一緒《いっしょ》だった」

そこでハリーは思い出した。ベラトリックス・レストレンジを見たのは、ダンブルドアの「憂《うれ》いの篩《ふるい》」の中だった。思いや記憶《きおく》を蓄《たくわ》えておける、あの不思議な道具の中だ。背《せ》の高い黒髪《くろかみ》の女性《じょせい》で、厚《あつ》ぼったいまぶたの半眼《はんがん》の魔女《まじょ》だった。裁判《さいばん》の終わりに立ち上がり、ヴォルデモート卿《きょう》への変わらぬ恭順《きょうじゅん》を誓《ちか》い、ヴォルデモートが失脚《しっきゃく》したあとも卿《きょう》を探《さが》し求《もと》めたことを誇《ほこ》り、その忠誠《ちゅうせい》ぶりをほめてもらえる日が来ると宣言《せんげん》した魔女《まじょ》だ。

「いままで一度も言わなかったね。この魔女《まじょ》が――」

「私《わたし》のいとこだったらどうだって言うのかね？」シリウスがピシャリと言った。「私《わたし》に言わせれば、ここにのっている連中は私《わたし》の家族ではない。**この魔女《まじょ》は**、絶対《ぜったい》に家族ではない。君ぐらいの年のときから、この女には一度も会っていない。アズカバンでちらりと見かけたことを勘定《かんじょう》に入れなければだが。こんな魔女《まじょ》を親せきに持ったことを、私《わたし》が誇《ほこ》りにするとでも思うのか？」

「ごめんなさい」ハリーは急いで謝《あやま》った。「そんなつもりじゃ——僕《ぼく》、ただ驚《おどろ》いたんだ。それだけ——」

「気にするな。謝《あやま》ることはない」シリウスが口ごもった。シリウスは両手をポケットに深く突《つ》っ込《こ》み、タペストリーから顔をそむけた。

「ここに戻《もど》ってきたくなかった」客間を見渡《みわた》しながら、シリウスが言った。「またこの屋敷《やしき》に閉《と》じ込《こ》められるとは思わなかった」

ハリーにはよくわかった。自分が大きくなって、プリベット通りから完全に解放《かいほう》されたと思ったとき、またあの四番地に戻《もど》って住むとしたら、どんな思いがするかわかっていた。

「もちろん、本部としては理想的だ」シリウスが言った。「父がここに住んでいたときに、魔法使《まほうつか》いが知るかぎりのあらゆる安全対策《あんぜんたいさく》を、この屋敷《やしき》にほどこした。位置探知《いちたんち》は不可能《ふかのう》だ。だから、マグルは絶対《ぜったい》にここを訪《おとず》れたりはしない——もっともそうしたいとは思わないだろうが——それに、いまはダンブルドアが追加の保護策《ほごさく》を講《こう》じている。ここより安全な屋敷《やしき》はどこにもない。ダンブルドアが、ほら、『秘密《ひみつ》の守人《もりびと》』だ——ダンブルドア自身が誰《だれ》かにこの場所を教えないかぎり、誰《だれ》も本部を見つけることはできない——ムーディが昨晩《さくばん》君に見せたメモだが、あれはダンブルドアからだ……」

シリウスは、犬が吠《ほ》えるような声で短く笑った。

「私《わたし》の両親が、いまこの屋敷《やしき》がどんなふうに使われているかを知ったら……まあ、母の肖像画《しょうぞうが》で、君も少しはわかるだろうがね……」

シリウスは一瞬《いっしゅん》顔をしかめ、それからため息をついた。

「ときどきちょっと外に出て、何か役に立つことができるなら、私《わたし》も気にしないんだが。ダンブルドアに、君の尋問《じんもん》についていくことはできないかと聞いてみた――もちろん、スナッフルズとしてだが――君を精神的《せいしんてき》に励《はげ》ましたいんだが、どう思うかね？」

ハリーは胃袋《いぶくろ》がほこりっぽいじゅうたんの下まで沈《しず》み込《こ》んだような気がした。尋問《じんもん》のことは、昨夜の夕食のとき以来、考えていなかった。一番好きな人たちと再会《さいかい》した喜びと、何が起こっているかを聞いた興奮《こうふん》で、尋問《じんもん》は完全に頭から吹《ふ》っ飛《と》んでいた。しかし、シリウスの言葉で、押《お》しつぶされそうな恐怖感《きょうふかん》が戻《もど》ってきた。ハリーはサンドイッチを貪《むさぼ》っているウィーズリー兄弟妹《きょうだい》とハーマイオニーをじっと見た。みんなが自分を置いてホグワーツに帰ることになったら、僕《ぼく》はどんな気持ちがするだろう。

「心配するな」シリウスが言った。

ハリーは目を上げ、シリウスが自分を見つめているのに気づいた。

「無罪《むざい》になるに決まっている。『国際機密保持法《こくさいきみつほじほう》』に、自分の命を救うためなら魔法《まほう》を使ってもよいと、まちがいなく書いてある」

「でも、もし退学《たいがく》になったら」ハリーが静かに言った。「ここに戻《もど》って、おじさんと一緒《いっしょ》に暮《く》らしてもいい？」

シリウスはさびしげに笑った。

「考えてみよう」

「ダーズリーの所に戻《もど》らなくてもいいとわかっていたら、僕《ぼく》、尋問《じんもん》のこともずっと気が楽になるだろうと思う」ハリーはシリウスに答えを迫《せま》った。

「ここのほうがいいなんて、連中はよっぽどひどいんだろうな」シリウスの声が陰気《いんき》に沈《しず》んでいた。

「そこの二人、早くしないと食べ物がなくなりますよ」ウィーズリーおばさんが呼《よ》びかけた。

シリウスはまた大きなため息をつき、タペストリーに暗い視線《しせん》を投げた。それから二人はみんなの所へ行った。

その日の午後、ガラス扉《とびら》の飾《かざ》り棚《だな》をみんなで片《かた》づける間、ハリーは努めて尋問《じんもん》のことは考えないようにした。ハリーにとって都合のよいことに、中に入っているものの多くが、ほこりっぽい棚《たな》から離《はな》れるのをとてもいやがったため、作業は相当集中力が必要だった。シリウスは銀のかぎたばこ入れにいやというほど手をかまれ、あっという間に気持ちの悪いかさぶたができて、手が硬《かた》い茶色のグローブのようになった。

「大丈夫《だいじょうぶ》だ」

シリウスは興味深《きょうみぶか》げに自分の手を調べ、それから杖《つえ》で軽くたたいて元の皮膚《ひふ》に戻《もど》した。

「たぶん『かさぶた粉《こ》』が入っていたんだ」

シリウスはそのたばこ入れを、棚《たな》からの廃棄物《はいきぶつ》を入れる袋《ふくろ》に投げ入れた。その直後、ジョージが自分の手を念入りに布《ぬの》で巻《ま》き、すでにドクシーでいっぱいになっている自分のポケットにこっそりそれを入れるのを、ハリーは目撃《もくげき》した。

気持ちの悪い形をした銀の道具もあった。毛抜《けぬ》きに肢《あし》がたくさん生えたようなもので、つまみ上げると、ハリーの腕《うで》をクモのようにガサゴソ這《は》い上《あ》がり、刺《さ》そうとした。シリウスが捕《つか》まえて、分《ぶ》厚《あつ》い本でたたきつぶした。本の題は『生粋《きっすい》の貴族《きぞく》――魔法界家系図《まほうかいかけいず》』だった。オルゴールは、ネジを巻《ま》くと何やら不吉《ふきつ》なチンチロリンという音を出し、みんな不思議に力が抜《ぬ》けて眠《ねむ》くなった。ジニーが気づいて、ふたをバタンと閉《と》じるまでそれが続いた。誰《だれ》も開けることができない重いロケット、古い印章がたくさん、それに、ほこりっぽい箱に入った勲章《くんしょう》。魔法省《まほうしょう》への貢献《こうけん》に対して、シリウスの祖父《そふ》に贈《おく》られた勲《くん》一等《とう》マーリン勲章《くんしょう》だった。

「じいさんが魔法省《まほうしょう》に、金貨を山ほどくれてやったということさ」

シリウスは勲章《くんしょう》を袋《ふくろ》に投げ入れながら軽蔑《けいべつ》するように言った。

クリーチャーが何度か部屋に入ってきて、品物を腰布《こしぬの》の中に隠《かく》して持ち去ろうとした。捕《つか》まるたびに、ブツブツと恐《おそ》ろしい悪態《あくたい》をついた。シリウスがブラック家の家紋《かもん》が入った大きな金の指輪をクリーチャーの手からもぎ取ると、クリーチャーは怒《いか》りでワッと泣きだし、すすり泣き、しゃくり上げながら、部屋を出ていくとき、ハリーが聞いたことがないようなひどい言葉でシリウスをののしった。

「父のものだったんだ」シリウスが指輪を袋《ふくろ》に投げ入れながら言った。

「クリーチャーは父に対して、**必ずしも**母に対するほど献身的《けんしんてき》ではなかったんだが、それでも、先週あいつが、父の古いズボンを抱《だ》きしめている現場《げんば》を見た」

ウィーズリーおばさんは、それから数日間みんなをよく働かせた。客間の除染《じょせん》にはまるまる三日かかった。最後に残ったいやなものの一つ、ブラック家の家系図《かけいず》タペストリーは、壁《かべ》からはがそうとするあらゆる手段《しゅだん》に、ことごとく抵抗《ていこう》した。もう一つはガタガタいう小机《こづくえ》だ。ムーディがまだ本部に立《た》ち寄《よ》っていないので、中に何が入っているのか、はっきりとはわからなかった。

客間の次は一階のダイニング・ルームで、そこの食器棚《しょっきだな》には、大皿ほどもある大きなクモが数匹《すうひき》隠《かく》れているのが見つかった（ロンはお茶を入れると言って出ていったきり、一時間半も戻《もど》ってこなかった）。ブラック家の紋章《もんしょう》と家訓を書き入れた食器類は、シリウスが全部、無造作《むぞうさ》に袋《ふくろ》に投《な》げ込《こ》んだ。黒ずんだ銀の枠《わく》に入った古い写真類も同じ運命をたどった。写真の主たちは、自分を覆《おお》っているガラスが割《わ》れるたびに、かん高い叫《さけ》び声《ごえ》を上げた。

スネイプはこの作業を「大掃除《おおそうじ》」と呼《よ》んだかもしれないが、屋敷《やしき》に対して戦いを挑《いど》んでいるというのがハリーの意見だった。屋敷《やしき》は、クリーチャーにあおられて、なかなかいい戦いぶりを見せていた。このしもべ妖精《ようせい》は、みんなが集まっている所にしょっちゅう現《あらわ》れ、ごみ袋《ぶくろ》から何かを持ち出そうとするときのブツブツも、ますますいやみったらしくなっていた。

シリウスは、洋服をくれてやるぞとまで脅《おど》したが、クリーチャーはどんよりした目でシリウスを見つめ、「ご主人様はご主人様のお好きなようになさいませ」と言ったあと、背《せ》を向けて大声でブツブツ言った。

「しかし、ご主人様はクリーチャーめを追《お》い払《はら》うことはできません。できませんとも。なぜなら、クリーチャーめはこいつらが何をたくらんでいるか知っているからです。ええ、そうですとも。ご主人様の闇《やみ》の帝王《ていおう》に抵抗《ていこう》するたくらみです。穢《けが》れた血《ち》と、裏切《うらぎ》り者《もの》と、クズどもと……」

この言葉で、シリウスは、ハーマイオニーの抗議《こうぎ》を無視《むし》して、クリーチャーの腰布《こしぬの》を後ろから引っつかみ、思いっきり部屋から放り出した。

一日に何回か玄関《げんかん》のベルが鳴り、それを合図にシリウスの母親がまた叫《さけ》びだした。そして同じ合図で、ハリーもみんなも訪問客《ほうもんきゃく》の言葉を盗《ぬす》み聞《ぎ》きしようとした。しかし、ちらっと姿《すがた》を見て、会話の断片《だんぺん》を盗《ぬす》み聞《ぎ》きしたところで、ウィーズリーおばさんに作業に呼《よ》び戻《もど》されるので、ほとんど何も収穫《しゅうかく》がなかった。スネイプはそれから数回、あわただしく出入りしたが、ハリーとは、うれしいことに、一度も顔を合わせなかった。「変身術《へんしんじゅつ》」のマクゴナガル先生の姿《すがた》も、ハリーはちらりと見かけた。マグルの服とコートを着て、とても奇妙《きみょう》な姿《すがた》だった。マクゴナガル先生も忙《いそが》しそうで、長居《ながい》はしなかった。時には訪問客《ほうもんきゃく》が手伝うこともあった。トンクスが手伝った日の午後は、上階のトイレをうろついていた年老いたグールお化けを発見した記念すべき午後になった。ルーピンは、シリウスと一緒《いっしょ》に屋敷《やしき》に住んでいたが、騎士団《きしだん》の秘密《ひみつ》の任務《にんむ》で長いこと家を空けていた。古い大きな床《ゆか》置時計《おきどけい》に、誰《だれ》かがそばを通ると太いボルトを発射《はっしゃ》するといういやなくせがついたので、それを直すのをルーピンが手伝った。マンダンガスは、ロンが洋だんすから取り出そうとした古い紫《むらさき》のローブが、ロンを窒息《ちっそく》させようとしたところを救ったので、ウィーズリーおばさんの手前、少し名誉挽《めいよばん》回《かい》した。

ハリーはまだよく眠《ねむ》れなかったし、廊下《ろうか》と鍵《かぎ》のかかった扉《とびら》の夢《ゆめ》を見て、そのたびに傷痕《きずあと》が刺《さ》すように痛《いた》んだが、この夏休みに入って初めて楽しいと思えるようになっていた。忙《いそが》しくしているかぎり、ハリーは幸せだった。しかし、あまりやることがなくなって、気がゆるんだり、つかれて横になり、天井《てんじょう》を横切るぼんやりした影《かげ》を見つめたりしていると、魔法省《まほうしょう》の尋問《じんもん》のことが重苦しくのしかかってくるのだった。退学《たいがく》になったらどうしようと考えるたび、恐怖《きょうふ》が針《はり》のようにチクチクと体内を突《つ》き刺《さ》した。考えるだけで空恐《そらおそ》ろしく、言葉に出して言うこともできず、ロンやハーマイオニーにさえも話せなかった。

二人が、ときどきヒソヒソ話をし、心配そうにハリーのほうを見ていることに気づいてはいたが、二人ともハリーが何も言わないのならと、そのことには触《ふ》れてこなかった。時には、考えまいと思っても、どうしても想像《そうぞう》してしまうことがあった。顔のない魔法省《まほうしょう》の役人が現《あらわ》れ、ハリーの杖《つえ》を真っ二つに折り、ダーズリーの所へ戻《もど》れと命令する……しかしハリーは戻《もど》りはしない。ハリーの心は決まっていた。グリモールド・プレイスに戻《もど》り、シリウスと一緒《いっしょ》に暮《く》らすんだ。

水曜の夕食のとき、ウィーズリーおばさんがハリーのほうを向いて、低い声で言った。

「ハリー、あしたの朝のために、あなたの一番よい服にアイロンをかけておきましたよ。今夜は髪《かみ》を洗《あら》ってちょうだいね。第一印象《だいいちいんしょう》がいいとずいぶんちがうものよ」

ハリーは胃《い》の中にれんがが落ちてきたような気がした。

ロン、ハーマイオニー、フレッド、ジョージ、ジニーがいっせいに話をやめ、ハリーを見た。ハリーはうなずいて、肉料理を食べ続けようとしたが、口がカラカラでとてもかめなかった。

「どうやって行くのかな？」ハリーは平気な声をつくろって、おばさんに聞いた。

「アーサーが仕事に行くときに連れていくわ」おばさんがやさしく言った。

ウィーズリーおじさんが、テーブルのむこうから励《はげ》ますようにほほえんだ。

「尋問《じんもん》の時間まで、私《わたし》の部屋で待つといい」おじさんが言った。

ハリーはシリウスのほうを見たが、質問《しつもん》する前にウィーズリーおばさんがその答えを言った。

「ダンブルドア先生は、シリウスがあなたと一緒《いっしょ》に行くのは、よくないとお考えですよ。それに、私《わたし》も――」

「――ダンブルドアが『**正しいと思いますよ**』」シリウスが、食いしばった歯の間から声を出した。

ウィーズリーおばさんが唇《くちびる》をキッと結んだ。

「ダンブルドアは、いつ、そう言ったの?」ハリーはシリウスを見つめながら聞いた。

「昨夜、君が寝《ね》ているときにお見えになった」ウィーズリーおじさんが答えた。

シリウスはむっつりと、ジャガイモにフォークを突《つ》き刺《さ》した。ハリーは自分の皿に目を落とした。ダンブルドアが尋問《じんもん》の直前の夜にここに来ていたのに、ハリーに会おうとしなかった。そう思うと、すでに最低だったはずのハリーの気持ちが、また一段《いちだん》と落《お》ち込《こ》んだ。

第七章 魔《ま》法《ほう》省《しょう》

次の朝、ハリーは五時半に目覚めた。まるで誰《だれ》かが耳元で大声を出したかのように、突然《とつぜん》、しかもはっきりと目覚めた。しばらくの間、ハリーはじっと横になっていた。しかし、懲戒尋問《ちょうかいじんもん》のことが頭の隅々《すみずみ》まで埋《う》め尽《つ》くし、ついに耐《た》えられなくなってベッドから飛び出し、めがねをかけた。ウィーズリーおばさんがベッドの足元に、洗《あら》い立《た》てのジーンズとTシャツを置いてくれていた。ハリーは急いでそれを着込《きこ》んだ。壁《かべ》の絵のない絵がせせら笑った。

ロンは大の字になり、大口を開けて眠《ねむ》りこけていた。ハリーが部屋を横切り、踊《おど》り場《ば》に出てそっとドアを閉めるまで、ロンはピクリとも動かなかった。次にロンに会うときは、もはやホグワーツの生徒同士《せいとどうし》ではなくなってしまっているかもしれない。その時のことは考えまいと思いながら、ハリーはそっと階段《かいだん》を下り、クリーチャーの先祖《せんぞ》たちの首の前を通《とお》り過《す》ぎ、厨房《ちゅうぼう》に下りていった。

厨房《ちゅうぼう》には誰《だれ》もいないだろうと思っていたが、扉《とびら》の所まで来ると、中からザワザワと低い話し声が聞こえてきた。扉《とびら》を開けると、ウィーズリーおじさん、おばさん、シリウス、ルーピン、トンクスが、ハリーを待ち受けていたかのように座《すわ》っていた。みんな着替《きが》えをすませていたが、おばさんだけは紫《むらさき》のキルトの部屋着をはおっていた。ハリーが入っていくと、おばさんが勢《いきお》いよく立ち上がった。

「朝食ね」おばさんは杖《つえ》を取り出し、暖炉《だんろ》のほうに急いだ。

「お──お──おはよう。ハリー」トンクスがあくびをした。今朝はブロンドの巻《ま》き毛《げ》だ。「よく眠《ねむ》れた？」

「うん」ハリーが答えた。

「わたし、ず──ず──ずっと起きてたの」トンクスはもう一つブルルッと体を震《ふる》わせてあくびをした。「ここに座《すわ》りなさいよ……」

トンクスが椅子《いす》を引っ張《ぱ》り、ついでに隣《となり》の椅子《いす》をひっくり返してしまった。

「何を食べる？」おばさんが呼《よ》びかけた。「オートミール？　マフィン？　ニシンの燻製《くんせい》？　ベーコンエッグ？　トースト？」

「あの──トーストだけ、お願いします」ハリーが言った。

ルーピンがハリーをちらっと見て、それからトンクスに話しかけた。

「スクリムジョールのことで、何か言いかけていたね？」

「あ……うん……あのね、わたしたち、もう少し気をつける必要があるってこと。あの男、キングズリーやわたしに変な質問《しつもん》するんだ……」

会話に加わる必要がないことを、ハリーはぼんやりとありがたく思った。腸《はらわた》がのたうち回っていた。ウィーズリーおばさんがハリーの前に置いてくれた、マーマレードを塗《ぬ》ったトーストを二枚《まい》、なんとか食べようとしたが、じゅうたんをかみしめているようだった。おばさんが隣《となり》に座《すわ》って、ハリーのTシャツのタグを内側に入れたり、肩《かた》のしわを伸《の》ばしたり、面倒《めんどう》を見はじめた。ハリーは、やめてくれればいいのにと思った。

「……それに、ダンブルドアに言わなくちゃ。あしたは夜勤《やきん》できないわ。わたし、と――と――とってもつかれちゃって」トンクスはまた大あくびをした。

「私《わたし》がかわってあげよう」ウィーズリーおじさんが言った。「私《わたし》は大丈夫《だいじょうぶ》だ。どうせ報告書《ほうこくしょ》を一つ仕上げなきゃならないし」

ウィーズリーおじさんは、魔法使《まほうつか》いのローブではなく、細縞《ほそじま》のズボンにそで口と腰《こし》のしまった古い革《かわ》のボマージャケットを着ていた。おじさんはトンクスからハリーのほうに向きなおった。

「気分はどうかね？」

ハリーは肩《かた》をすくめた。

「すぐ終わるよ」おじさんは元気づけるように言った。「数時間後には無罪放免《むざいほうめん》だ」

ハリーはだまっていた。

「尋問《じんもん》は、私《わたし》の事務所《じむしょ》と同じ階で、アメリア・ボーンズの部屋だ。魔法法執行部《まほうほうしっこうぶ》の部長で、君の尋問《じんもん》を担当《たんとう》する魔女《まじょ》だがね」

「アメリア・ボーンズは大丈夫《だいじょうぶ》よ、ハリー」トンクスがまじめに言った。「公平な魔女《まじょ》だから。ちゃんと聞いてくれるわよ」

ハリーはうなずいた。何を言っていいのかまだ考えつかなかった。

「カッとなるなよ」突然《とつぜん》シリウスが言った。「礼儀正《れいぎただ》しくして、事実だけを言うんだ」

ハリーはまたうなずいた。

「法律《ほうりつ》は君に有利だ」ルーピンが静かに言った。「未成年魔法使《みせいねんまほうつか》いでも、命をおびやかされる状況《じょうきょう》では魔法《まほう》を使うことが許《ゆる》される」

何かとても冷たいものが、ハリーの首筋《くびすじ》を流れ落ちた。一瞬《いっしゅん》、ハリーは誰《だれ》かに「目くらまし術《じゅつ》」をかけられたかと思ったが、おばさんがぬれたくしでハリーの髪《かみ》をなんとかしようとしているのだと気づいた。おばさんはハリーの頭のてっぺんをギュッと押《お》さえた。

「まっすぐにはならないのかしら？」おばさんが絶望的《ぜつぼうてき》な声を出した。

ハリーは首を横に振《ふ》った。

ウィーズリーおじさんは時間をチェックし、ハリーのほうを見た。

「そろそろ出かけよう」おじさんが言った。「少し早いが、ここでぐずぐずしているより、魔法省《まほうしょう》に行っていたほうがいいだろう」

「オーケー」ハリーはトーストを置き、反射的《はんしゃてき》に答えながら立ち上がった。

「大丈夫《だいじょうぶ》よ、ハリー」トンクスがハリーの腕《うで》をポンポンとたたいた。

「がんばれ」ルーピンが言った。「必ずうまくいくと思うよ」

「そうじゃなかったら」シリウスが怖《こわ》い顔で言った。「私《わたし》が君のためにアメリア・ボーンズにひと泡吹《あわふ》かせてやる……」

ハリーは弱々しく笑った。ウィーズリーおばさんがハリーを抱《だ》きしめた。

「みんなでお祈《いの》りしてますよ」

「それじゃ」ハリーが言った。「あの……行ってきます」

ハリーはウィーズリーおじさんについて階段《かいだん》を上がり、ホールを歩いた。シリウスの母親がカーテンの陰《かげ》でグーグー寝息《ねいき》を立てているのが聞こえた。おじさんが玄関《げんかん》のかんぬきをはずし、二人は外に出た。冷たい灰色《はいいろ》の夜明けだった。

「いつもは歩いていくんじゃないんでしょう？」

二人で広場を足早に歩きながら、ハリーが聞いた。

「いや、いつもは『姿《すがた》あらわし』で行く」おじさんが言った。

「しかし、当然君にはそれができないし、完全に魔法《まほう》を使わないやり方でむこうに到着《とうちゃく》するのが一番いいと思う……君の懲戒処分《ちょうかいしょぶん》の理由を考えれば、そのほうが印象《いんしょう》がいいし……」

ウィーズリーおじさんは、片手《かたて》をジャケットに突《つ》っ込《こ》んだまま歩いていた。その手が杖《つえ》を握《にぎ》りしめていることを、ハリーは知っていた。荒《あ》れはてた通りにはほとんど人影《ひとかげ》もなかったが、みすぼらしい小さな地下鉄の駅にたどり着くと、そこはすでに早朝の通勤客《つうきんきゃく》でいっぱいだった。いつものことだが、マグルが日常《にちじょう》の生活をしているのを身近に感じると、おじさんは興奮《こうふん》を抑《おさ》えきれないようだった。

「まったくすばらしい」おじさんは自動券売機《じどうけんばいき》を指差してささやいた。「驚《おどろ》くべき思いつきだ」

「故障《こしょう》してるよ」ハリーが貼《は》り紙《がみ》を指差した。

「そうか。しかし、それでも……」おじさんは機械に向かって愛《いと》しげにニッコリした。

二人は機械ではなく、眠《ねむ》そうな顔の駅員から切符《きっぷ》を買った（おじさんはマグルのお金にうといので、ハリーがやりとりした）。そして五分後、二人は地下鉄に乗り、ロンドンの中心部に向かってガタゴト揺《ゆ》れていた。ウィーズリーおじさんは窓《まど》の上に貼《は》ってある地下鉄の地図を、心配そうに何度も確《たし》かめていた。

「あと四駅だ、ハリー……これであと三つになった……あと二つだ、ハリー」

ロンドンの中心部の駅で、ブリーフケースを抱《かか》えたスーツ姿《すがた》の男女の波に流されるように、二人は電車を降《お》りた。エスカレーターを上り、改札口を通り（自動改札機に切符《きっぷ》が吸《す》い込《こ》まれるのを見て、おじさんは大喜びだった）、広い通りに出た。通りには堂々たるビルが立《た》ち並《なら》び、すでに車で混雑《こんざつ》していた。

「ここはどこかな？」

おじさんはポカンとして言った。ハリーは一瞬心臓《いっしゅんしんぞう》が止まるかと思った。あんなにひっきりなしに地図を見ていたのに、降《お》りる駅をまちがえたのだろうか。しかし、次の瞬間《しゅんかん》、おじさんは「あぁ、そうか……ハリー、こっちだ」と、ハリーを脇道《わきみち》に導《みちび》いた。

「すまん」おじさんが言った。「何せ電車で来たことがないので、マグルの視点《してん》から見ると、何もかもかなりちがって見えたのでね。実を言うと、私《わたし》はまだ外来者用の入口を使ったことがないんだ」

さらに歩いていくと、建物はだんだん小さくなり、厳《いか》めしくなくなった。最後にたどり着いた通りには、かなりみすぼらしいオフィスが数軒《すうけん》とパブが一軒《けん》、それにごみのあふれた大型《おおがた》ごみ容器《ようき》が一つあった。ハリーは、魔法省《まほうしょう》のある場所はもう少し感動的な所だろうと期待していたのだが――。

「さあ着いた」

ウィーズリーおじさんは、赤い古ぼけた電話ボックスを指差して、明るく言った。ボックスはガラスが数枚《すうまい》なくなっていたし、後ろの壁《かべ》は落書きだらけだ。

「先にお入り、ハリー」おじさんは電話ボックスの戸を開け、ハリーに言った。

いったいどういうことなのかわけがわからなかったが、ハリーは中に入った。おじさんも、ハリーの脇《わき》に体を折りたたむようにして入《はい》り込《こ》み、戸を閉《し》めた。ぎゅうぎゅうだった。ハリーの体は電話機に押《お》しつけられていた。電話機をはずそうとした野蛮人《やばんじん》がいたらしく、電話機は斜《なな》めになって壁《かべ》にかかっていた。おじさんはハリー越《ご》しに受話器を取った。

「おじさん、これも故障《こしょう》してるみたいだよ」ハリーが言った。

「いやいや、これは大丈夫《だいじょうぶ》」

おじさんはハリーの頭の上で受話器を持ち、ダイヤルをのぞき込《こ》んだ。

「えーと……六……」おじさんが六を回した。「二……四……もひとつ四と……それからまた二……」

ダイヤルがなめらかに回転し終わると、おじさんが手にした受話器からではなく、電話ボックスの中から、落《お》ち着《つ》き払《はら》った女性《じょせい》の声が流れてきた。まるで二人のすぐそばに姿《すがた》の見えない女性《じょせい》が立っているように、大きくはっきりと聞こえた。

「魔《ま》法省《ほうしょう》へようこそ。お名前とご用件《ようけん》をおっしゃってください」

「えー……」

おじさんは、受話器に向かって話すべきかどうか迷《まよ》ったあげく、受話器の口の部分を耳に当てることで妥協《だきょう》した。

「マグル製品不正使用取締局《せいひんふせいしようとりしまりきょく》のアーサー・ウィーズリーです。懲戒尋問《ちょうかいじんもん》に出廷《しゅってい》するハリー・ポッターに付き添《つそ》ってきました……」

「ありがとうございます」落《お》ち着《つ》き払《はら》った女性《じょせい》の声が言った。

「外来の方はバッジをお取りになり、ローブの胸《むね》にお着けください」

カチャ、カタカタと音がして、普通《ふつう》なら釣《つ》りが出てくるコイン返却口《へんきゃくぐち》の受け皿に、何かがすべり出てきた。拾い上げると銀色の四角いバッジで、「**ハリー・ポッター　懲戒尋問《ちょうかいじんもん》**」と書いてある。

ハリーはTシャツの胸《むね》にバッジをとめた。また女性《じょせい》の声がした。

「魔法省《まほうしょう》への外来の方は、杖《つえ》を登録いたしますので、守衛室《しゅえいしつ》にてセキュリティ・チェックを受けてください。守衛室《しゅえいしつ》はアトリウムの一番奥《おく》にございます」

電話ボックスの床《ゆか》がガタガタ揺《ゆ》れたと思うと、ゆっくりと地面にもぐりはじめた。ボックスのガラス窓越《まどご》しに地面がだんだん上昇《じょうしょう》し、ついに頭上まで真っ暗になるのを、ハリーはハラハラしながら見つめていた。何も見えなくなった。電話ボックスがもぐっていくガリガリいう鈍《にぶ》い音以外は何も聞こえない。

一分も経《た》ったろうか、ハリーにはもっと長い時間に感じられたが、ひと筋《すじ》の金色の光が射《さ》し込《こ》み、足元を照らした。光はだんだん広がり、ハリーの体を照らし、ついに、パッと顔を照らした。ハリーは涙《なみだ》が出そうになり、目をパチパチさせた。

「魔法省《まほうしょう》です。本日はご来省ありがとうございます」女性《じょせい》の声が言った。

電話ボックスの戸がサッと開き、ウィーズリーおじさんが外に出た。続いて外に出たハリーは、口があんぐり開いてしまった。

そこは長い豪華《ごうか》なホールの一番端《はし》で、黒っぽい木の床《ゆか》はピカピカに磨《みが》き上《あ》げられていた。ピーコック・ブルーの天井《てんじょう》には金色に輝《かがや》く記号が象嵌《ぞうがん》され、その記号が絶《た》え間《ま》なく動き変化して、まるで空にかかった巨大《きょだい》な掲示板《けいじばん》のようだった。両側の壁《かべ》はピカピカの黒い木の腰板《こしいた》で覆《おお》われ、そこに金張《きんば》りの暖炉《だんろ》がいくつも設置《せっち》されていた。左側の暖炉《だんろ》からは、数秒ごとに魔法使《まほうつか》いや魔女《まじょ》がやわらかい**ヒューッ**という音とともに現《あらわ》れ、右側には、暖炉《だんろ》ごとに出発を待つ短い列ができていた。

ホールの中ほどに噴水《ふんすい》があった。丸い水盆《すいぼん》の真ん中に、実物大より大きい黄金の立像《りつぞう》がいくつも立っている。一番背《せ》が高いのは、高貴《こうき》な顔つきの魔法使《まほうつか》いで、天を突《つ》くように杖《つえ》を掲《かか》げている。その周りを囲むように、美しい魔女《まじょ》、ケンタウルス、小鬼《ゴブリン》、屋敷《やしき》しもべ妖精《ようせい》の像《ぞう》がそれぞれ一体ずつ立っていた。ケンタウルス以下三体の像《ぞう》は、魔法使《まほうつか》いと魔女《まじょ》をあがめるように見上げている。二本の杖《つえ》の先、ケンタウルスの矢尻《やじり》、小鬼《ゴブリン》の帽子《ぼうし》の先、そして屋敷《やしき》しもべ妖精《ようせい》の両耳の先から、キラキラと噴水《ふんすい》が上がっている。それがパチパチと水面を打つ音や、「姿《すがた》あらわし」する**ポン**、**バシッ**という音、何百人もの魔法使《まほうつか》いや魔女《まじょ》の足音が混《ま》じり合《あ》って聞こえてくる。魔法使《まほうつか》いたちの多くは、早朝のむっつりした表情《ひょうじょう》で、ホールの一番奥《おく》に立《た》ち並《なら》ぶ黄金のゲートに向かって足早に歩いていた。

「こっちだ」

ウィーズリーおじさんが言った。

二人は人波にまじり、魔法省《まほうしょう》で働く人たちの間を縫《ぬ》うように進んだ。羊皮紙の山をぐらぐらさせながら運んでいる役人もいれば、くたびれたブリーフケースを抱《かか》えている者や、歩きながら「日刊《にっかん》予言者新聞《よげんしゃしんぶん》」を読んでいる魔法使《まほうつか》いもいる。噴水《ふんすい》のそばを通るとき、水底にシックル銀貨やクヌート銅貨《どうか》が光るのが見えた。噴水脇《ふんすいわき》の小さな立て札に、にじんで薄《うす》くなった字でこう書いてあった。

「魔法族《まほうぞく》の和《わ》の泉《いずみ》」からの収益《しゅうえき》は、
聖《せい》マンゴ魔法疾患傷害病院《まほうしっかんしょうがいびょういん》に寄付《きふ》されます。

もしホグワーツを退学《たいがく》にならなかったら、十ガリオン入れよう。ハリーはすがる思いでそんなことを考えている自分に気づいた。

「こっちだ、ハリー」

おじさんが言った。二人は、黄金のゲートに向かって流れていく魔法省《まほうしょう》の役人たちから抜《ぬ》け出《だ》した。左のほうに「**守衛**《しゅえい》」と書かれた案内板があり、その下の机《つくえ》に、ピーコック・ブルーのローブを着た無精《ぶしょう》ひげの魔法使《まほうつか》いが座《すわ》っていて、二人が近づくのに気づき、「日刊予言者新聞《にっかんよげんしゃしんぶん》」を下に置いた。

「外来者の付《つ》き添《そ》いです」

ウィーズリーおじさんはハリーのほうを見ながら言った。

「こっちへどうぞ」守衛《しゅえい》がつまらなそうに言った。

ハリーが近づくと、守衛《しゅえい》は、車のアンテナのように細くてへなへなした、長い金の棒《ぼう》を取り出し、ハリーの体の前と後ろで上下させた。

「杖《つえ》」

金の棒《ぼう》を下に置き、無愛想にそう言うと、守衛《しゅえい》は片手《かたて》を突《つ》き出《だ》した。

ハリーは杖《つえ》を差し出した。守衛《しゅえい》はそれを奇妙《きみょう》な真鍮《しんちゅう》の道具にポンと落とした。皿が一つしかないはかりのような道具が、震《ふる》えはじめた。台の部分にある切れ目から、細長い羊皮紙がすっと出てきた。守衛《しゅえい》はそれをピリリと破《やぶ》り取《と》り、書かれている文字を読み上げた。

「二十八センチ、不死鳥の尾羽根《おばね》の芯《しん》、使用期間四年。まちがいないか？」

「はい」ハリーは緊張《きんちょう》して答えた。

「これは保管《ほかん》する」守衛《しゅえい》は羊皮紙の切《き》れ端《はし》を小さな真鍮《しんちゅう》の釘《くぎ》に突《つ》き刺《さ》した。「これはそっちに返す」

守衛《しゅえい》は杖《つえ》をハリーに突《つ》っ返《かえ》した。

「ありがとうございます」

「ちょっと待て……」守衛《しゅえい》がゆっくりと言った。

守衛《しゅえい》の目が、ハリーの胸《むね》の銀バッジから額《ひたい》へと走った。

「ありがとう、エリック」

ウィーズリーおじさんはきっぱりそう言うと、ハリーの肩《かた》をつかみ、守衛《しゅえい》の机《つくえ》から引《ひ》き離《はな》して、黄金のゲートに向かう魔法使《まほうつか》いや魔女《まじょ》の流れに連《つ》れ戻《もど》した。

流れにもまれるように、ハリーはおじさんのあとに続いてゲートをくぐり、そのむこう側の小ホールに出た。そこには少なくとも二十機のエレベーターが、各々《おのおの》がっしりした金の格子《こうし》の後ろに並《なら》んでいた。ハリーはおじさんと一緒《いっしょ》に、そのうちの一台の前に集まっている群《む》れに加わった。そばにひげ面《づら》の大柄《おおがら》な魔法使《まほうつか》いが、大きな段《だん》ボール箱を抱《かか》えて立っていた。箱の中から、ガリガリという音が聞こえる。

「やあ、アーサー」ひげ面《づら》がウィーズリーおじさんに向かってうなずいた。

「ボブ、何が入ってるんだい？」おじさんが箱に目をやった。

「よくわからないんだ」ひげ面《づら》が深刻《しんこく》な顔をした。「ごくありきたりの鶏《にわとり》だと思っていたんだが、火を吐《は》いてね。どうも、『実験的飼育禁止令《じっけんてきしいくきんしれい》』の重大違反《じゅうだいいはん》らしい」

ジャラジャラ、カタカタと派手《はで》な音を立てながら、エレベーターが目の前に下りてきた。金の格《こう》子《し》がするすると横に開き、ハリーとウィーズリー氏はみんなと一緒《いっしょ》に乗《の》り込《こ》んだ。気がつくと、ハリーは後ろの壁《かべ》に押《お》しつけられていた。魔法使《まほうつか》いや魔女《まじょ》が数人、ものめずらしげにハリーを見ている。ハリーは目が合わないように足元を見つめ、同時に前髪《まえがみ》をなでつけた。格子《こうし》がするするすべり、ガチャンと閉《し》まった。エレベーターはチェーンをガチャガチャいわせながら、ゆっくりと昇《のぼ》りはじめた。同時に、ハリーが電話ボックスで聞いた、あの落《お》ち着き払《はら》った女性《じょせい》の声がまた鳴《な》り響《ひび》いた。

「七階。魔法《まほう》ゲーム・スポーツ部がございます。そのほか、イギリス・アイルランド・クィディッチ連盟本部《れんめいほんぶ》、公式ゴブストーン・クラブ、奇抜《きばつ》な特許庁《とっきょちょう》はこちらでお降《お》りください」

エレベーターの扉《とびら》が開いた。雑然《ざつぜん》とした廊下《ろうか》と、壁《かべ》に曲がって貼《は》ってあるクィディッチ・チームのいろいろなポスターが目に入った。腕《うで》いっぱいに箒《ほうき》を抱《かか》えた魔法使《まほうつか》いが一人、やっとのことでエレベーターから降《お》り、廊下《ろうか》のむこうに消えていった。扉《とびら》が閉《し》まり、エレベーターはまた激《はげ》しくきしみながら昇《のぼ》っていった。女性《じょせい》のアナウンスが聞こえた。

「六階。魔法運輸部《まほううんゆぶ》でございます。煙突《えんとつ》ネットワーク庁《ちょう》、箒規制管理課《ほうきせいかんりか》、移動《ポート》キー局、姿《すがた》あらわしテストセンターはこちらでお降《お》りください」

扉《とびら》が再《ふたた》び開き、四、五人の魔法使《まほうつか》いと魔女《まじょ》が降《お》りた。同時に、紙飛行機が数機、スイーッと飛《と》び込《こ》んできた。ハリーは、頭の上をのんびり飛び回る紙飛行機を見つめた。薄紫色《うすむらさきいろ》で、両翼《りょうよく》の先端《せんたん》に「**魔法省**《まほうしょう》」とスタンプが押《お》してある。

「省内連絡《しょうないれんらく》メモだよ」ウィーズリーおじさんが小声でハリーに言った。「昔はふくろうを使っていたんだが、とんでもなく汚《よご》れてね……机《つくえ》はフンだらけになるし……」

ガタゴトと上へ昇《のぼ》る間、メモ飛行機は天井《てんじょう》から下がって揺《ゆ》れているランプの周りをはたはたと飛び回った。

「五階。国際魔法協力部《こくさいまほうきょうりょくぶ》でございます。国際魔法貿易基準機構《こくさいまほうぼうえききじゅんきこう》、国際魔法法務局《こくさいまほうほうむきょく》、国際魔法使い連盟《こくさいまほうつかいれんめい》イギリス支部《しぶ》は、こちらでお降《お》りください」

扉《とびら》が開き、メモ飛行機が二機、二、三人の魔法使《まほうつか》いたちと一緒《いっしょ》にスイーッと出ていった。しかし、入《い》れ替《か》わりに数機飛《と》び込《こ》んできて、ランプの周りをビュンビュン飛び回るので、灯《あか》りがちらついて見えた。

「四階。魔法生物規制管理部《まほうせいぶつきせいかんりぶ》でございます。動物課、存在課《そんざいか》、霊魂課《れいこんか》、小鬼連絡室《ゴブリンれんらくしつ》、害虫相談室はこちらでお降《お》りください」

「失礼」

火を吐《は》く鶏《にわとり》を運んでいた魔法使《まほうつか》いが降《お》り、あとを追ってメモ飛行機が群《む》れをなして出ていった。扉《とびら》がまたガチャンと閉《し》まった。

「三階。魔法事故惨事部《まほうじこさんじぶ》がございます。魔法事故《まほうじこ》リセット部隊《ぶたい》、忘却術士本部《ぼうきゃくじゅつしほんぶ》、マグル対策口実委員会《たいさくこうじついいんかい》はこちらでお降《お》りください」

この階でほとんど全員が降《お》りた。残ったのは、ハリー、ウィーズリー氏、それに、床《ゆか》まで垂《た》れる長い羊皮紙を読んでいる魔女《まじょ》が一人だった。残ったメモ飛行機は、エレベーターが再《ふたた》び揺《ゆ》れながら昇《のぼ》る間、ランプの周りを飛び回った。そしてまた扉《とびら》が開き、アナウンスの声がした。

「二階。魔法法執行部《まほうほうしっこうぶ》でございます。魔法不適正使用取締局《まほうふてきせいしようとりしまりきょく》、闇祓《やみばら》い本部《ほんぶ》、ウィゼンガモット最高《さいこう》裁事務局《さいじむきょく》はこちらでお降《お》りください」

「ここで降《お》りるよ、ハリー」ウィーズリーおじさんが言った。

二人は魔女《まじょ》に続いて降《お》り、扉《とびら》がたくさん並《なら》んだ廊下《ろうか》に出た。

「私《わたし》の部屋は、この階の一番奥《おく》だ」

「おじさん」陽《ひ》の光が流《なが》れ込《こ》む窓《まど》のそばを通りながら、ハリーが呼《よ》びかけた。「ここはまだ地下でしょう?」

「そうだよ」おじさんが答えた。「窓《まど》に魔法《まほう》がかけてある。魔法《まほう》ビル管理部が、毎日の天気を決めるんだ。この間は二か月もハリケーンが続いた。賃上《ちんあ》げ要求でね……。もうすぐそこだよ、ハリー」

角を曲がり、樫材《かしざい》のどっしりした両開きの扉《とびら》を過《す》ぎると、雑然《ざつぜん》とした広い場所に出た。そこは小部屋に仕切られていて、話し声や笑い声でさざめいていた。メモ飛行機が小型《こがた》ロケットのように、小部屋からビュンビュン出入りしている。一番手前の小部屋に、表札が曲がってかかっている。

闇祓《やみばら》い本部《ほんぶ》

通りすがりに、ハリーは小部屋の入口からこっそり盗《ぬす》み見《み》た。闇祓《やみばら》いたちは、小部屋の壁《かべ》にいろいろと貼《は》りつけていた。お尋《たず》ね者《もの》の人相書きやら、家族の写真、ひいきのクィディッチ・チームのポスター、「日刊予言者新聞《にっかんよげんしゃしんぶん》」の切《き》り抜《ぬ》きなどだ。ビルより長いポニーテールの魔法使《まほうつか》いが、真紅《しんく》のローブを着て、ブーツをはいた両足を机《つくえ》にのせ、羽根ペンに報告書《ほうこくしょ》を口述筆記《こうじゅつひっき》させていた。そのちょっと先で、片目《かため》に眼帯《がんたい》をした魔女《まじょ》が、間仕切《まじき》り壁《かべ》の上からキングズリー・シャックルボルトに話しかけている。

「おはよう、ウィーズリー」

二人が近づくと、キングズリーがなにげなく挨拶《あいさつ》した。

「君と話したいと思っていたんだが、ちょっとお時間をいただけますかね？」

「ああ、ほんのちょっとだけなら」ウィーズリーおじさんが言った。「かなり急いでるのでね」

二人はほとんど互《たが》いに知らないような話し方をした。ハリーがキングズリーに挨拶《あいさつ》しようと口を開きかけると、おじさんがハリーの足を踏《ふ》んだ。キングズリーのあとについて、二人は小部屋の列に沿《そ》って歩き、一番奥《おく》の部屋に行った。

ハリーはちょっとショックを受けた。四方八方からシリウスの顔がハリーを見下ろし、目をパチパチさせていたのだ。新聞の切《き》り抜《ぬ》きや古い写真など――ポッター夫妻《ふさい》の結婚式《けっこんしき》で新郎《しんろう》の付《つ》き添《そ》い役《やく》を務《つと》めたときの写真まで――壁《かべ》にびっしり貼《は》ってある。ただ一か所、シリウス抜《ぬ》きの空間には、世界地図があり、赤い虫ピンがたくさん刺《さ》されて宝石《ほうせき》のように光っていた。

「これだがね」

キングズリーは、羊皮紙の束をおじさんの手に押《お》しつけながら、きびきびと話しかけた。

「過去《かこ》十二か月間に目撃《もくげき》された、空飛ぶマグルの乗り物について、できるだけたくさん情報《じょうほう》が欲《ほ》しい。ブラックがいまだに自分の古いオートバイに乗っているかもしれないという情報《じょうほう》が入ったのでね」

キングズリーがハリーに特大のウィンクをしながら、小声でつけ加えた。「雑誌《ざっし》のほうは彼《かれ》に渡《わた》してくれ。おもしろがるだろう」

そして普通《ふつう》の声に戻《もど》って言った。

「それから、ウィーズリー、あまり時間をかけすぎないでくれ。あの『足榴弾《そくりゅうだん》』の報告書《ほうこくしょ》が遅《おく》れたせいで、我々《われわれ》の調査《ちょうさ》が一か月も滞《とどこお》ったのでね」

「私《わたし》の報告書《ほうこくしょ》をよく読めば、正しい言い方は『**手榴弾**《しゅりゅうだん》』だとわかるはずだが」

ウィーズリー氏が冷ややかに言った。

「それに、申《もう》し訳《わけ》ないが、オートバイ情報《じょうほう》は少し待ってもらいませんとね。いま我々《われわれ》は非常《ひじょう》に忙《いそが》しいので」

それからウィーズリー氏は声を落として言った。「七時前にここを出られるかね。モリーがミートボールを作るよ」

ウィーズリー氏はハリーに合図して、キングズリーの部屋から外に出ると、また別の樫《かし》の扉《とびら》を通って別の廊下《ろうか》へと導《みちび》いた。そこを左に曲がり、また別の廊下《ろうか》を歩き、右に曲がると、薄暗《うすぐら》くてとびきりみすぼらしい廊下《ろうか》に出た。そして、最後のどん詰《づ》まりにたどり着いた。左側に半開きになった扉《とびら》があり、中に箒置《ほうきお》き場《ば》が見えた。右側の扉《とびら》には黒ずんだ真鍮《しんちゅう》の表札がかかっている。

マグル製品不正使用取締局《せいひんふせいしようとりしまりきょく》

ウィーズリー氏のしょぼくれた部屋は、箒置《ほうきお》き場《ば》より少し狭《せま》いように見えた。机《つくえ》が二つ押《お》し込《こ》まれ、壁際《かべぎわ》には書類であふれ返った棚《たな》が立《た》ち並《なら》んでいる。棚《たな》の上も崩《くず》れ落《お》ちそうなほどの書類の山だ。おかげで、机《つくえ》の周りは身動きする余地《よち》もない。わずかに空いた壁面《へきめん》には、ウィーズリー氏が取《と》り憑《つ》かれている趣味《しゅみ》の証《あかし》で、自動車のポスターが数枚《すうまい》、そのうちの一枚《まい》はエンジンの分解図《ぶんかいず》、マグルの子供《こども》の本から切り取ったらしい郵便受《ゆうびんう》けのイラスト二枚《まい》、プラグの配線の仕方を示《しめ》した図、そんなものが貼《は》りつけてあった。

ウィーズリー氏の「未処理《みしょり》」の箱は書類であふれ、その一番上に座《すわ》り込《こ》んだ古いトースターは、気のめいるようなしゃっくりをしているし、革《かわ》の手袋《てぶくろ》は勝手に両方の親指をくるくる回して遊んでいた。ウィーズリー家の家族の写真がその箱の隣《となり》に置かれている。ハリーは、パーシーがそこからいなくなったらしいことに気づいた。

「窓《まど》がなくてね」

おじさんはすまなそうにそう言いながら、ボマージャケットを脱《ぬ》いで椅子《いす》の背《せ》にかけた。

「要請《ようせい》したんだが、我々《われわれ》には必要ないと思われているらしい。さあ、ハリー、かけてくれ。パーキンズはまだ来てないようだな」

ハリーは体を押《お》し込《こ》むように、パーキンズの机《つくえ》の後ろの椅子《いす》に座《すわ》った。おじさんはキングズリー・シャックルボルトから渡《わた》された羊皮紙の束をパラパラめくっていた。

「ああ」おじさんは束の中から、『ザ・クィブラー』という雑誌《ざっし》を引《ひ》っ張《ぱ》り出《だ》し、ニヤッと笑った。「なるほど……」おじさんはざっと目を通した。「なるほど、シリウスがこれを読んだらおもしろがるだろうと言っていたが、そのとおりだ――おや、今度はなんだ？」

メモ飛行機が開けっ放しの扉《とびら》からブーンと入ってきて、しゃっくりトースターの上にハタハタと降《お》りた。おじさんは紙飛行機を開き、声を出して読んだ。

「『ベスナル・グリーンで三つ目の逆流公衆《ぎゃくりゅうこうしゅう》トイレが報告《ほうこく》されたので、ただちに調査《ちょうさ》されたし』――こうなると度がすぎるな……」

「逆流《ぎゃくりゅう》トイレ？」

「マグル嫌《ぎら》いの悪ふざけだ」ウィーズリーおじさんが眉根《まゆね》を寄《よ》せた。

「先週は二件《けん》あった。ウィンブルドンで一件《けん》、エレファント・アンド・キャッスルで一件《けん》。マグルが水を流そうとレバーを引くと、流れてゆくはずが逆《ぎゃく》に――まあ、わかるだろう。かわいそうな被《ひ》害者《がいしゃ》は、助けを求めて呼《よ》ぶわけだ、そのなんだ――管配工《かんぱいこう》を。確《たし》かマグルはそう呼《よ》ぶな――ほら、パイプなんかを修理《しゅうり》する人だ」

「配管工？」

「そのとおり、そう。しかし、当然、呼《よ》ばれてもまごまごするだけだ。誰《だれ》がやっているにせよ、取《と》っ捕《つか》まえたいものだ」

「捕《つか》まえるのは闇祓《やみばら》いなの？」

「いやいや、闇祓《やみばら》いはこんな小者《こもの》はやらない。普通《ふつう》の魔法警察《まほうけいさつ》パトロールの仕事だ――ああ、ハリー、こちらがパーキンズさんだ」

猫背《ねこぜ》でふわふわした白髪頭《しらがあたま》の、気の小さそうな年寄《としよ》り魔法使《まほうつか》いが、息を切らして部屋に入ってきたところだった。

「ああ、アーサー！」パーキンズはハリーには目もくれず、絶望的《ぜつぼうてき》な声を出した。

「よかった。どうするのが一番いいかわからなくて。ここであなたを待つべきかどうかと。たったいま、お宅《たく》にふくろうを送ったところです。でも、もちろん行きちがいで――十分前に緊急通達《きんきゅうつうたつ》が来て――」

「逆流《ぎゃくりゅう》トイレのことなら知っているが」ウィーズリーおじさんが言った。

「いや、いや、トイレの話じゃない。ポッター少年の尋問《じんもん》ですよ――時間と場所が変わって――八時開廷《かいてい》で、場所は下にある古い十号法廷《ほうてい》——」

「下の古い——でも私《わたし》が言われたのは——なんたるこった！」

ウィーズリーおじさんは時計を見て、短い叫《さけ》び声《ごえ》を上げ、椅子《いす》から立ち上がった。

「急げ、ハリー。もう五分前にそこに着いていなきゃならなかった！」

ウィーズリーおじさんがワッと部屋を飛び出し、ハリーがそのすぐあとに続いた。パーキンズは、その間、書類棚《しょるいだな》にペタンとへばりついていた。

「どうして時間を変えたの？」

闇祓《やみばら》いの小部屋の前を矢のように走《はし》り過《す》ぎながら、ハリーが息せき切って聞いた。駆《か》け抜《ぬ》ける二人を、闇祓《やみばら》いたちが首を突《つ》き出《だ》して見ていた。ハリーは内臓《ないぞう》をそっくりパーキンズの机《つくえ》に置き去りにしてきたような気がした。

「私《わたし》にはさっぱり。しかし、よかった、ずいぶん早く来ていたから。もし出廷《しゅってい》しなかったら、とんでもない大惨事《だいさんじ》になっていた！」

ウィーズリーおじさんは、エレベーターの前で急停止《きゅうていし》し、待ちきれないように「▼」のボタンを何度もつっつついた。

「**早く！**」

エレベーターがガタガタと現《あらわ》れた。二人は急いで乗った。途中《とちゅう》で止まるたびに、おじさんはさんざん悪態《あくたい》をついて、「9」のボタンを拳《こぶし》でたたき続けた。

「あそこの法廷《ほうてい》はもう何年も使っていないのに」おじさんは憤慨《ふんがい》した。「なぜあそこでやるのか、わけがわからん——もしや——いや、まさか——」

その時、小太りの魔女《まじょ》が、煙《けむり》を上げているゴブレットを手にして乗《の》り込《こ》んできたので、ウィーズリーおじさんはそれ以上説明しなかった。

「アトリウム」

落《お》ち着《つ》き払《はら》った女性《じょせい》の声が言った。金の格子《こうし》がするすると開いた。ハリーは遠くに噴水《ふんすい》と黄金の立像群《りつぞうぐん》をちらりと見た。小太りの魔女《まじょ》が降《お》り、土気色《つちけいろ》の顔をした陰気《いんき》な魔法使《まほうつか》いが乗《の》り込《こ》んできた。

「おはよう、アーサー」エレベーターが下りはじめたとき、その魔法使《まほうつか》いが葬式《そうしき》のような声で挨拶《あいさつ》した。「ここらあたりではめったに会わないが」

「急用でね、ボード」じれったそうに体を上下にピョコピョコさせ、ハリーを心配そうな目で見ながら、おじさんが答えた。

「ああ、そうかね」ボードは瞬《まばた》きもせずハリーを観察していた。「なるほど」

ハリーはボードのことなど、とても気にするどころではなかったが、それにしても無遠慮《ぶえんりょ》に見つめられて気分がよくなるわけはなかった。

「神秘部《しんぴぶ》でございます」

落《お》ち着き払《はら》った女性《じょせい》の声が言った。それだけしか言わなかった。

「早く、ハリー」

エレベーターの扉《とびら》がガラガラと開いたとたんに、おじさんが急《せ》き立《た》てた。二人は廊下《ろうか》を疾走《しっそう》した。そこは、上のどの階ともちがっていた。壁《かべ》はむき出しで、廊下《ろうか》の突《つ》き当《あ》たりにある真っ黒な扉《とびら》以外は、窓《まど》も扉《とびら》もない。ハリーはその扉《とびら》を入るのかと思った。ところがおじさんは、ハリーの腕《うで》をつかみ、左のほうに引《ひ》っ張《ぱ》っていった。そこにぽっかり入口が開き、下への階段《かいだん》が続いていた。

「下だ、下」ウィーズリーおじさんは、階段《かいだん》を二段《だん》ずつ駆《か》け下《お》りながら、あえぎあえぎ言った。

「こんな下まではエレベーターも来ない……**いったいどうして**こんな所でやるのか、私《わたし》には……」

階段《かいだん》の下まで来ると、また別の廊下《ろうか》を走った。そこは、ゴツゴツした石壁《いしかべ》に松明《たいまつ》がかかり、ホグワーツのスネイプの地下牢教室《ちかろうきょうしつ》に行く廊下《ろうか》とそっくりだった。どの扉《とびら》も重そうな木製《もくせい》で、鉄のかんぬきと鍵穴《かぎあな》がついていた。

「法廷《ほうてい》……十号……たぶん……ここいらだ……あったぞ」

おじさんがつんのめるように止まった。巨大《きょだい》な鉄の錠前《じょうまえ》がついた、黒々と厳《いか》めしい扉《とびら》の前だった。おじさんはみずおちを押《お》さえて壁《かべ》にもたれかかった。

「さあ」おじさんはゼイゼイ言いながら親指で扉《とびら》を指した。「ここから入りなさい」

「おじさんは——一緒《いっしょ》じゃないの——？」

「いや、いや、私《わたし》は入れない。がんばるんだよ！」

ハリーの心臓《しんぞう》が、ドドドドドッと激《はげ》しくのどぼとけを打ち鳴らした。ぐっと息をのみ、重い鉄の取っ手を回し、ハリーは法廷《ほうてい》に足を踏《ふ》み入《い》れた。

第八章　尋《じん》問《もん》

ハリーは思わず息をのんだ。この広い地下牢《ちかろう》は、不気味なほど見覚えがある。以前に見たことがあるどころではない。ここに**来たことが**ある。ダンブルドアの「憂《うれ》いの篩《ふるい》」の中で、ハリーはこの場所に来た。ここで、レストレンジたちがアズカバン監獄《かんごく》での終身刑《しゅうしんけい》を言《い》い渡《わた》されるのを目撃《もくげき》した。

黒ずんだ石壁《いしかべ》を、松明《たいまつ》がぼんやり照らしている。ハリーの両側のベンチには誰《だれ》も座《すわ》っていなかったが、正面のひときわ高いベンチに、大勢《おおぜい》の影《かげ》のような姿《すがた》があった。みんな低い声で話していたが、ハリーの背後《はいご》で重い扉《とびら》がバタンと閉《し》まると、不吉《ふきつ》な静けさがみなぎった。

法廷《ほうてい》のむこうから、男性《だんせい》の冷たい声が鳴《な》り響《ひび》いた。

「遅刻《ちこく》だ」

「すみません」ハリーは緊張《きんちょう》した。「僕《ぼく》——僕《ぼく》、時間が変更《へんこう》になったことを知りませんでした」

「ウィゼンガモットのせいではない」声が言った。「今朝、君の所へふくろうが送られている。着

席せよ」

ハリーは部屋の真ん中に置かれた椅子《いす》に視線《しせん》を移《うつ》した。ひじかけに鎖《くさり》がびっしり巻《ま》きついている。椅子《いす》に座《すわ》る者を、この鎖《くさり》が生き物のように縛《しば》り上《あ》げるのをハリーは前に見ている。石の床《ゆか》を歩くハリーの足音が、大きく響《ひび》き渡《わた》った。恐《おそ》る恐《おそ》る椅子《いす》の端《はし》に腰《こし》かけると、鎖《くさり》がジャラジャラと脅《おど》すように鳴ったが、ハリーを縛《しば》りはしなかった。吐《は》きたいような気分で、ハリーは前のベンチに座《すわ》る影《かげ》たちを見上げた。

五十人もいるだろうか。ハリーの見える範囲《はんい》では、全員が赤紫《あかむらさき》のローブを着ている。胸《むね》の左側に、複雑《ふくざつ》な銀の飾《かざ》り文字で「W」の印がついている。厳《きび》しい表情《ひょうじょう》をしている者も、率直《そっちょく》に好奇心《こうきしん》をあらわにしている者も、全員がハリーを見下ろしている。

最前列の真ん中に、魔《ま》法大臣《ほうだいじん》コーネリウス・ファッジが座《すわ》っていた。ファッジはでっぷりとした体つきで、ライムのような黄緑色の山高帽《やまたかぼう》をかぶっていることが多かったが、今日は帽子《ぼうし》なしだった。その上、これまでハリーに話しかけるときに見せた、寛容《かんよう》な笑顔《えがお》も消えていた。ファッジの左手に、白髪《しらが》を短く切った、えらのがっちり張《は》った魔女《まじょ》が座《すわ》っている。かけている片《かた》めがねが、近寄《ちかよ》りがたい雰囲気《ふんいき》をかもしだしていた。ファッジの右手も魔女《まじょ》だったが、ぐっと後ろに身を引いて腰《こし》かけているので、顔が陰《かげ》になっていた。

「よろしい」ファッジが言った。

「被告人《ひこくにん》が出廷《しゅってい》した——やっと。——始めよう。準備《じゅんび》はいいか？」

ファッジが列の端《はし》に向かって呼《よ》びかけた。

「はい、閣下《かっか》」

意気込《いきご》んだ声が聞こえた。ハリーの知っている声だ。ロンの兄のパーシーが前列の一番端《はし》に座《すわ》っていた。ハリーは、パーシーがハリーを知っているそぶりを少しでも見せることを期待したが、何もなかった。角縁《つのぶち》めがねの奥《おく》で、パーシーの目はしっかりと羊皮紙を見つめ、手には羽根ペンをかまえていた。

「懲戒尋問《ちょうかいじんもん》、八月十二日開廷《かいてい》」

ファッジが朗々《ろうろう》と言った。パーシーがすぐさま記録を取りだした。

「未成年魔法使《みせいねんまほうつか》いの妥当《だとう》な制限《せいげん》に関する法令と国際機密保持法《こくさいきみつほじほう》の違反事件《いはんじけん》。被告人《ひこくにん》、ハリー・ジェームズ・ポッター。住所、サレー州、リトル・ウィンジング、プリベット通り四番地」

「尋問官《じんもんかん》、コーネリウス・オズワルド・ファッジ魔法大臣《まほうだいじん》、アメリア・スーザン・ボーンズ魔法法《まほうほう》執行部部長《しっこうぶぶちょう》、ドローレス・ジェーン・アンブリッジ上級次官。法廷書記《ほうていしょき》、パーシー・イグネイシャス・ウィーズリー——」

「被告側証人《ひこくがわしょうにん》、アルバス・パーシバル・ウルフリック・ブライアン・ダンブルドア」

ハリーの背後《はいご》で、静かな声がした。ハリーがあまりに急に振《ふ》り向《む》いたので、首がグキッとねじれた。

濃紺《のうこん》のゆったりと長いローブを着たダンブルドアが、この上なく静かな表情《ひょうじょう》で、部屋のむこうから粛々《しゅくしゅく》と大股《おおまた》に歩いてきた。ダンブルドアはハリーの横まで来ると、折れ曲がった鼻の中ほどにかけている半月めがねを通して、ファッジを見上げた。長い銀色のひげと髪《かみ》が、松明《たいまつ》にきらめいている。

ウィゼンガモットのメンバーがざわめいた。目という目が、いまやダンブルドアを見ていた。当《とう》惑《わく》した顔もあり、少し恐《おそ》れている表情《ひょうじょう》もあった。しかし、後列の年老いた二人の魔女《まじょ》は、手を振《ふ》って歓迎《かんげい》した。

ダンブルドアの姿《すがた》を見て、ハリーの胸《むね》に力強い感情《かんじょう》が湧《わ》き上《あ》がった。不死鳥の歌がハリーに与《あた》えてくれたと同じような、勇気と希望が湧《わ》いてくる気持ちだった。ハリーはダンブルドアと目を合わせたかったが、ダンブルドアはこちらを見なかった。明らかに不意をつかれた様子のファッジを見つめ続けていた。

「アー」ファッジは完全に落ち着きを失っているようだった。「ダンブルドア。そう。あなたは――アー――こちらからの――えー――それでは、伝言を受け取ったのかな？――時間と――アー――場所が変更《へんこう》になったという？」

「受け取りそこねたらしいのう」

ダンブルドアはほがらかに言った。

「しかし、幸運にも勘《かん》ちがいしましてな。魔《ま》法省《ほうしょう》に三時間も早く着いてしまったのじゃ。それで、仔細《しさい》なしじゃ」

「そうか——いや——もう一つ椅子《いす》がいるようだ——私《わたし》が——ウィーズリー、君が——?」

「いや、いや、おかまいくださるな」ダンブルドアは楽しげに言うと、杖《つえ》を取り出し、軽く振《ふ》った。すると、どこからともなく、ふかふかしたチンツ張《ば》りのひじかけ椅子《いす》が、ハリーの隣《となり》に現《あらわ》れた。ダンブルドアは腰《こし》をかけ、長い指の先を組み合わせ、その指越《ご》しに、礼儀正《れいぎただ》しくファッジに注目した。ウィゼンガモット法廷《ほうてい》はまだざわつき、そわそわしていたが、ファッジがまた口を開いたとき、やっと静まった。

「よろしい」ファッジは羊皮紙をガサガサめくりながら言った。

「さて、それでは。そこで。罪状《ざいじょう》。そうだ」ファッジは目の前の羊皮紙の束から一枚抜《まいぬ》いて、深呼《しんこ》吸《きゅう》し、読み上げた。「被告人罪状《ひこくにんざいじょう》は以下のとおり」

「被告人《ひこくにん》は、魔法省《まほうしょう》から前回、同様の咎《とが》にて警告状《けいこくじょう》を受け取っており、被告人《ひこくにん》の行動が違法《いほう》であると充分《じゅうぶん》に認識《にんしき》し、熟知《じゅくち》しながら、意図的に、去る八月二日九時二十三分、マグルの居住地区《きょじゅうちく》にて、マグルの面前で、守護霊《しゅごれい》の呪文《じゅもん》を行った。これは、一八七五年制定《せいてい》の『未成年魔法使《みせいねんまほうつか》いの妥当《だとう》な制《せい》限《げん》に関する法令』C項《こう》、並《なら》びに『国際魔法戦士連盟機密保持法《こくさいまほうせんしれんめいきみつほじほう》』第十三条《じょう》の違反《いはん》に当たる」

「被告人《ひこくにん》は、ハリー・ジェームズ・ポッター、住所はサレー州、リトル・ウィンジング、プリベット通り四番地に相違《そうい》ないか?」ファッジは羊皮紙越《ご》しにハリーをにらみつけた。

「はい」ハリーが答えた。

「被告人《ひこくにん》は三年前、違法《いほう》に魔法《まほう》を使った廉《かど》で、魔法省《まほうしょう》から公式の警告《けいこく》を受け取った。相違《そうい》ないか？」

「はい、でも――」

「そして被告人《ひこくにん》は八月二日の夜、守護霊《しゅごれい》を出現《しゅつげん》させたか？」ファッジが言った。

「はい、でも――」

「十七歳未満《さいみまん》であれば、学校の外で魔法《まほう》を行使することを許《ゆる》されていないと承知《しょうち》の上か？」

「はい、でも――」

「マグルだらけの地区であることを知っての上か？」

「はい、でも――」

「その時、一人のマグルが身近にいたのを充分認識《じゅうぶんにんしき》していたか？」

「**はい**」ハリーは腹《はら》が立った。「でも魔法《まほう》を使ったのは、僕《ぼく》たちがあの時――」

片《かた》めがねの魔女《まじょ》が低く響《ひび》く声でハリーの言葉をさえぎった。

「完全な守護霊《しゅごれい》を創《つく》り出《だ》したのか？」

「はい」ハリーが答えた。「なぜなら――」

「有体守護霊《ゆうたいしゅごれい》か？」

「ゆ――なんですか？」ハリーが聞いた。

「創《つく》り出《だ》した守護霊《しゅごれい》ははっきりとした形を持っていたか？　つまり、霞《かすみ》か雲か以上のものだったか？」

「はい」ハリーはいらいらしていたし、やけくそ気味だった。

「牡鹿《おじか》です。いつも牡鹿《おじか》の姿《すがた》です」

「いつも？」マダム・ボーンズが低く響《ひび》く声で聞いた。

「前にも守護霊《しゅごれい》を出したことがあるのか？」

「**はい**」ハリーが答えた。「もう一年以上やっています」

「しかし、十五歳《さい》なのだね？」

「そうです、そして――」

「学校で学んだのか？」

「はい。ルーピン先生に三年生のときに習いました。なぜなら――」

「驚《おどろ》きだ」マダム・ボーンズがハリーをずいっと見下ろした。「この年で、本物の守護霊《しゅごれい》とは……まさに驚《おどろ》きだ」

周りの魔法使《まほうつか》いや魔女《まじょ》はまたざわついた。何人かはうなずいていたが、あとは顔をしかめ、頭《かぶり》を振《ふ》っていた。

「どんなに驚《おどろ》くべき魔法《まほう》かどうかは、この際《さい》問題ではない」ファッジはいらいら声で言った。

「むしろ、この者は、あからさまにマグルの面前でそうしたのであるから、驚《おどろ》くべきであればあるほど質《たち》が悪いと、私《わたし》はそう考える！」

顔をしかめていた者たちが、そのとおりだとざわめいた。それよりも、パーシーが殊勝《しゅしょう》ぶって小さくうなずいているのを見たとき、ハリーはどうしても話をせずにはいられなくなった。

「吸魂鬼《きゅうこんき》のせいなんだ！」ハリーは、誰《だれ》にも邪魔《じゃま》されないうちに、大声で言った。

ざわめきが大きくなるだろうと、ハリーは期待していた。ところが、沈黙《ちんもく》だった。なぜか、これまでよりもっと深い沈黙《ちんもく》だった。

「吸魂鬼《きゅうこんき》？」しばらくしてマダム・ボーンズが言った。げじげじ眉《まゆ》が吊《つ》り上《あ》がり、片《かた》めがねが危《あや》うく落ちるかと思われた。

「君、どういうことかね？」

「路地に、吸魂鬼《きゅうこんき》が二人いたんです。そして、僕《ぼく》と、僕《ぼく》のいとこを襲《おそ》ったんです！」

「ああ」

ファッジが、ニヤニヤいやな笑い方をしながら、ウィゼンガモット法廷《ほうてい》を見回した。あたかも、冗談《じょうだん》を楽しもうじゃないかと誘《さそ》いかけているかのようだった。

「うん、うん、こんな話を聞かされるのではないかと思った」

「リトル・ウィンジングに吸魂鬼《きゅうこんき》？」

マダム・ボーンズが度肝《どぎも》を抜《ぬ》かれたような声を出した。

「わけがわからない――」

「そうだろう、アメリア？」ファッジはまだ薄《うす》ら笑《わら》いを浮《う》かべていた。「説明しよう。この子は、いろいろ考《かんが》え抜《ぬ》いて、吸魂鬼《きゅうこんき》がなかなかうまい口実になるという結論《けつろん》を出したわけだ。まさにうまい話だ。マグルには吸魂鬼《きゅうこんき》が見えないからな。そうだろう、君？ 好都合だ、まさに好都合だ……君の証言《しょうげん》だけで、目撃者《もくげきしゃ》はいない……」

「うそじゃない！」

またしてもざわめきだした法廷《ほうてい》に向かって、ハリーが大声を出した。

「二人いたんだ。路地の両端《りょうはし》からやってきた。周りが真っ暗になって、冷たくなって。いとこも吸《きゅう》魂鬼《こんき》を感じて逃《に》げ出《だ》そうとした――」

「たくさんだ。もうたくさん！」

ファッジが小ばかにしたような顔で、傲然《ごうぜん》と言った。

「せっかく何度も練習してきたにちがいないうそ話を、さえぎってすまんが――」

ダンブルドアが咳払《せきばら》いをした。ウィゼンガモット法廷《ほうてい》が、再《ふた》びシーンとなった。

「実は、路地に吸魂鬼《きゅうこんき》が存在《そんざい》したことの証人《しょうにん》がおる。ダドリー・ダーズリーのほかに、という意味じゃが」ダンブルドアが言った。

　ファッジのふっくら顔が、誰《だれ》かに空気を抜《ぬ》き取《と》られたようにたるんだ。ひと呼吸《こきゅう》、ふた呼吸《こきゅう》、ダンブルドアをぐいと見下ろし、それから、かろうじて体勢《たいせい》を立て直した感じでファッジが言った。

「残念ながらダンブルドア、これ以上、たわ言を聞いているひまはない。この件《けん》は早く片《かた》づけたい――」

「まちがっておるかもしれんが」ダンブルドアは心地《ここち》よく言った。「ウィゼンガモット権利憲章《けんりけんしょう》に、確《たし》かにあるはずじゃ。被告人《ひこくにん》は自分に関する事件《じけん》の証人《しょうにん》を召喚《しょうかん》する権利《けんり》を有するとな？　マダム・ボーンズ、これは魔法法執行部《まほうほうしっこうぶ》の方針《ほうしん》ではありませんかの？」

　ダンブルドアは片《かた》めがねの魔女《まじょ》に向かって話を続けた。

「そのとおり」マダム・ボーンズが言った。「まったくそのとおり」

「ああ、けっこう、けっこう」ファッジがバシリと言った。「証人《しょうにん》はどこかね？」

「一緒《いっしょ》に連れてきておる」ダンブルドアが言った。

「この部屋の前におるが。それでは、わしが――？」

「いや――ウィーズリー、君が行け」ファッジがパーシーにどなった。

　パーシーはすぐさま立ち上がり、裁判官《さいばんかん》バルコニーから石段《いしだん》を下りて、ダンブルドアとハリーには一瞥《いちべつ》もくれずに、急いで脇《わき》を通《とお》り過《す》ぎた。

　パーシーは、すぐ戻《もど》ってきた。後ろにフィッグばあさんを従《したが》えている。おびえた様子で、いつもにも増《ま》して風変わりに見えた。いつものスリッパをはき替《か》えてくる気配りが欲《ほ》しかったと、ハリーは思った。

ダンブルドアは立ち上がって椅子《いす》をばあさんにゆずり、自分用にもう一つ椅子《いす》を取り出した。

「姓名《せいめい》は？」ファッジが大声で言った。

「アラベラ・ドーリーン・フィッグ」フィッグばあさんがおどおどと椅子《いす》の端《はし》に腰《こし》かけると、ファッジが大声で言った。

「それで、何者だ？」ファッジはうんざりしたように高飛車な声で聞いた。

「あたしゃ、リトル・ウィンジングに住んどりまして、ハリー・ポッターの家の近くです」

フィッグばあさんが言った。

「リトル・ウィンジングには、ハリー・ポッター以外に魔法使《まほうつか》いや魔女《まじょ》がいるという記録はない」

マダム・ボーンズが即座《そくざ》に言った。

「そうした状況《じょうきょう》は常《つね》に、厳密《げんみつ》にモニターしてきた。過去《かこ》の事件《じけん》が……事件《じけん》だけに」

「あたしゃ、できそこないのスクイブで」フィッグばあさんが言った。「だから、あたしゃ登録なんかされていませんでしょうが？」

「スクイブ、え？」ファッジが疑《うたが》わしそうにじろりと見た。「それは確《たし》かめておこう。助手のウィーズリーに両親についての詳細《しょうさい》を知らせておくよう。ところで、スクイブは吸魂鬼《きゅうこんき》が見えるのかね？」

ファッジは裁判官席《さいばんかんせき》の左右を見ながら聞いた。

「見えますともさ！」フィッグばあさんが怒《おこ》ったように言った。

ファッジは眉《まゆ》を吊《つ》り上《あ》げて、またばあさんを見下ろした。

「けっこうだ」ファッジは超然《ちょうぜん》とした様子を装《よそお》いながら言った。「話を聞こうか？」

「あたしは、ウィステリア通りの奥《おく》にある、角の店までキャット・フーズを買いに出かけてました。八月二日の夜九時ごろです」

フィッグばあさんは、これだけの言葉を、まるで暗記してきたかのように早口で一気にまくし立てた。「そん時に、マグノリア・クレセント通りとウィステリア通りの間の路地で騒《さわ》ぎを聞きました。路地の入口に行ってみると、見たんですよ。吸魂鬼《きゅうこんき》が走ってまして――」

「走って？」マダム・ボーンズが鋭《するど》く言った。「吸魂鬼《きゅうこんき》は走らない。すべる」

「そう言いたかったんで」フィッグばあさんが急いで言った。しわしわのほおのところどころがピンクになっていた。「路地をすべるように動いて、どうやら男の子二人のほうに向かってまして」

「どんな姿《すがた》をしていましたか？」マダム・ボーンズが聞いた。眉《まゆ》をひそめたので、片《かた》めがねの端《はし》がまぶたに食《く》い込《こ》んで見えなくなっていた。

「えー、一人はとても大きくて、もう一人はかなりやせて――」

「ちがう、ちがう」マダム・ボーンズは性急《せいきゅう》に言った。「吸魂鬼《きゅうこんき》のほうです……どんな姿《すがた》か言いなさい」

「あっ」フィッグばあさんのピンク色は今度は首の所に上ってきた。

「でっかかった。でかくて、マントを着てまして」

ハリーは胃《い》の腑《ふ》がガクンと落《お》ち込《こ》むような気がした。フィッグばあさんは見たと言うが、せいぜい吸魂鬼《きゅうこんき》の絵しか見たことがないように思えたのだ。絵ではあの生き物の本性《ほんしょう》を伝えることはできない。地上から数センチの所に浮《う》かんで進む、あの気味の悪い動き方、あのくさったようなにおい、周りの空気を吸《す》い込《こ》むときの、あのガラガラという恐《おそ》ろしい音……。

二列目の、大きな黒い口ひげを蓄《たくわ》えたずんぐりした魔法使《まほうつか》いが、隣《となり》の縮《ちぢ》れっ毛《け》の魔女《まじょ》のほうに身を寄《よ》せ、何か耳元でささやいた。魔女《まじょ》はニヤッと笑ってうなずいた。

「でかくて、マントを着て」マダム・ボーンズが冷たくくり返し、ファッジはあざけるようにフンと言った。「なるほど、ほかに何かありますか？」

「あります」フィッグばあさんが言った。「あたしゃ、感じたんですよ。何もかも冷たくなって、しかも、あなた、とっても暑い夏の夜で。それで、あたしゃ、感じましたね……まるでこの世から幸せってもんがすべて消えたような……。それで、あたしゃ、思い出しましたよ……恐《おそ》ろしいことを……」

ばあさんの声が震《ふる》えて消えた。

マダム・ボーンズの目が少し開いた。片《かた》めがねが食《く》い込《こ》んでいた眉《まゆ》の下に、赤い痕《あと》が残っているのをハリーは見た。

「吸魂鬼《きゅうこんき》は何をしましたか？」マダム・ボーンズが聞いた。ハリーは希望が押《お》し寄《よ》せてくるのを感じた。

「やつらは男の子に襲《おそ》いかかった」フィッグばあさんの声が、今度はしっかりして、自信があるようだった。顔のピンク色もひいていた。

「一人が倒《たお》れた。もう一人は吸魂鬼《きゅうこんき》を追《お》い払《はら》おうとしてあとずさりしていた。それがハリーだった。二回やってみたが銀色の霞《かすみ》しか出なかった。三回目に創《つく》り出《だ》した守護霊《しゅごれい》が、一人目の吸魂鬼《きゅうこんき》に襲《おそ》いかかった。それから、ハリーに励《はげ》まされて、二人目の吸魂鬼《きゅうこんき》をいとこから追《お》っ払《ぱら》った。そしてそれが……それが起こったことで」

フィッグばあさんは尻切《しりき》れトンボに言い終えた。

マダム・ボーンズはだまってフィッグばあさんを見下ろした。ファッジはまったくばあさんを見もせず、羊皮紙をいじくり回していた。最後にファッジは目を上げ、つっかかるように言った。

「それがおまえの見たことだな？」

「それが起こったことで」フィッグばあさんがくり返して言った。

「よろしい」ファッジが言った。「退出《たいしゅつ》してよい」

フィッグばあさんはおびえたような顔でファッジを見て、ダンブルドアを見た。それから立ち上がって、せかせかと扉《とびら》に向かった。扉《とびら》が重い音を立てて閉《し》まるのをハリーは聞いた。

「あまり信用できない証人《しょうにん》だった」ファッジが高飛車に言った。

「いや、どうでしょうね」マダム・ボーンズが低く響《ひび》く声で言った。「吸魂鬼《きゅうこんき》が襲《おそ》うときの特徴《とくちょう》を実に正確《せいかく》に述《の》べていたのも確《たし》かです。それに、吸魂鬼《きゅうこんき》がそこにいなかったのなら、なぜ、いたなどと言う必要があるのか、その理由がない」

「しかし、吸魂鬼《きゅうこんき》がマグルの住む郊外《こうがい》をうろつくかね？　そして**偶然《ぐうぜん》に**、魔法使《まほうつか》いに出くわすかね？」ファッジはフンと言った。「確率《かくりつ》はごくごく低い。バグマンでさえそんなのには賭《か》けない──」

「おお、吸魂鬼《きゅうこんき》が偶然《ぐうぜん》そこにいたと信じる者は、ここには誰《だれ》もおらんじゃろう」ダンブルドアが軽い調子で言った。

ファッジの右側にいる、顔が陰《かげ》になった魔女《まじょ》が少し身動きしたが、ほかの全員はだまったまま動かなかった。

「それは、どういう意味かね？」ファッジが冷ややかに聞いた。

「それは、連中が命令を受けてそこにいたということじゃ」ダンブルドアが言った。

「吸魂鬼《きゅうこんき》に二人でリトル・ウィンジングをうろつくように命令したのなら、我々《われわれ》のほうに記録があるはずだ！」ファッジが吠《ほ》えた。

「吸魂鬼《きゅうこんき》が、このごろ魔法省《まほうしょう》以外《いがい》から命令を受けているとなれば、そうとはかぎらんのう」

ダンブルドアが静かに言った。

「コーネリウス、この件《けん》についてのわしの見解《けんかい》は、すでに述《の》べてある」

「確《たし》かにうかがった」ファッジが力を込《こ》めて言った。「しかし、ダンブルドア、どこをどうひっくり返しても、あなたの意見はたわ言以外の何物でもない。吸魂鬼《きゅうこんき》はアズカバンにとどまっており、すべて我々《われわれ》の命令に従《したが》って行動している」

「それなれば」ダンブルドアは静かに、しかし、きっぱりと言った。「我々《われわれ》は自らに問うてみんといかんじゃろう。魔法省内《まほうしょうない》の誰《だれ》かが、なぜ二人の吸魂鬼《きゅうこんき》に、八月二日にあの路地に行けと命じたのか」

この言葉で、全員が完全にだまり込《こ》んだ。その中で、ファッジの右手の魔女《まじょ》が身を乗り出し、ハリーはその顔を初めて目にした。

まるで、大きな青白いガマガエルのようだ、とハリーは思った。ずんぐりして、大きな顔はしまりがない。首はバーノンおじさん並《な》みに短く、口はぱっくりと大きく、だらりとだらしがない。丸い大きな目は、やや飛び出している。短いくるくるした巻《ま》き毛《げ》にちょこんとのった黒いビロードの小さな蝶結《ちょうむす》びまでが、ハリーの目には、大きなハエに見えた。いまにも長いねばねばした舌《した》が伸《の》びてきて、ぺろりと捕《つか》まりそうだ。

「ドローレス・ジェーン・アンブリッジ上級次官に発言を許《ゆる》す」ファッジが言った。

魔女《まじょ》が、女の子のようにかん高い声でひらひらと話しだしたのには、ハリーはびっくり仰天《ぎょうてん》した。ゲロゲロというしわがれ声だろうと思っていたのだ。

「わたくし、きっと誤解《ごかい》してますわね、ダンブルドア先生」

顔はニタニタ笑っていたが、魔女《まじょ》の大きな丸い目は冷ややかだった。

「愚《おろ》かにもわたくし、ほんの一瞬《いっしゅん》ですけど、まるで先生が、魔法省《まほうしょう》が命令してこの男の子を襲《おそ》わせた！　そうおっしゃってるように聞こえましたの」

魔女《まじょ》はさえた金属音《きんぞくおん》で笑った。ハリーは頭の後ろの毛がぞっと逆立《さかだ》つような気がした。ウィゼンガモットの裁判官《さいばんかん》も数人、一緒《いっしょ》に笑った。その誰《だれ》もが、別におもしろいと思っているわけではないのは明白だった。

「吸魂鬼《きゅうこんき》が魔法省《まほうしょう》からしか命令を受けないことが確《たし》かだとなれば、そして、一週間前、二人の吸魂《きゅうこん》鬼《き》がハリーといとこを襲《おそ》ったことが確《たし》かだとなれば、論理的《ろんりてき》には、魔法省《まほうしょう》の誰《だれ》かが、襲《おそ》うように命令したということになるじゃろう」ダンブルドアが礼儀正《れいぎただ》しく述《の》べた。「もちろん、この二人の吸《きゅう》魂鬼《こんき》が魔法省《まほうしょう》の制御《せいぎょ》できない者だったという可能性《かのうせい》は——」

「魔法省《まほうしょう》の統制外《とうせいがい》にある吸魂鬼《きゅうこんき》はいない！」ファッジは真っ赤になってかみついた。

ダンブルドアは軽く頭を下げた。

「それなれば、魔法省《まほうしょう》は、必ずや徹底的《てっていてき》な調査《ちょうさ》をなさることでしょう。二人の吸魂鬼《きゅうこんき》がなぜアズカバンからあれほど遠くにいたのか、なぜ承認《しょうにん》も受けず襲撃《しゅうげき》したのか」

「魔法省《まほうしょう》が何をするかしないかは、ダンブルドア、あなたが決めることではない！」

ファッジがまたかみついた。今度は、バーノンおじさんも感服するような赤紫色《あかむらさきいろ》の顔だ。

「もちろんじゃ」ダンブルドアはおだやかに言った。「わしはただ、この件《けん》は必ずや調査《ちょうさ》がなされるものと信頼《しんらい》しておると述《の》べたまでじゃ」

ダンブルドアはマダム・ボーンズをちらりと見た。マダム・ボーンズは片《かた》めがねをかけなおし、少し顔をしかめてダンブルドアをじっと見返した。

「各位に改めて申し上げる。これら吸魂鬼《きゅうこんき》が、もし本当にこの少年のでっち上げでないとしたならだが、その行動は本件《ほんけん》の審理事項《しんりじこう》ではない！」ファッジが言った。「本法廷《ほんほうてい》の事件《じけん》は、ハリー・ポッターの尋問《じんもん》であり、『未成年魔法使《みせいねんまほうつか》いの妥当《だとう》な制限《せいげん》に関する法令』の違反事件《いはんじけん》である！」

「もちろんじゃ」ダンブルドアが言った。「しかし、路地に吸魂鬼《きゅうこんき》が存在《そんざい》したということは、本件《ほんけん》において非常《ひじょう》に関連性《かんれんせい》が高い。法令第七条《じょう》によれば、例外的状況《れいがいてきじょうきょう》においては、マグルの前で魔法《まほう》を使うことが可能《かのう》であり、その例外的状況《れいがいてきじょうきょう》にふくまれる事態《じたい》とは、魔法使《まほうつか》い、もしくは魔女自身《まじょじしん》の生命をおびやかされ、もしくはその時に存在《そんざい》するそのほかの魔法使《まほうつか》い、魔女《まじょ》、もしくはマグルの生命――」

「第七条《じょう》は熟知《じゅくち》している。よけいなことだ！」ファッジが唸《うな》った。

「もちろんじゃ」ダンブルドアはうやうやしく言った。「それなれば、我々《われわれ》は同意見となる。ハリーが守護霊《しゅごれい》の呪文《じゅもん》を行使した状況《じょうきょう》は、この条項《じょうこう》に述《の》べられるごとく、まさに例外的状況《れいがいてきじょうきょう》の範疇《はんちゅう》に属《ぞく》するわけじゃな？」

「吸魂鬼《きゅうこんき》がいたとすればだ。ありえんが」

「目撃者《もくげきしゃ》の証言《しょうげん》をお聞きになりましたな」ダンブルドアが口をはさんだ。「もし証言《しょうげん》の信憑性《しんぴょうせい》をお疑《うたが》いなら、再度喚問《さいどかんもん》なさるがよい。証人《しょうにん》に異存《いぞん》はないはずじゃ」

「私《わたし》は――それは――」ファッジは目の前の羊皮紙をかき回しながら、たけり狂《くる》った。

「それは――私《わたし》は、本件《ほんけん》を今日中に終わらせたいのだ、ダンブルドア！」

「しかし、重大な誤審《ごしん》をさけんとすれば、大臣は、当然、何度でも証人喚問《しょうにんかんもん》をなさることをいとわぬはずじゃ」ダンブルドアが言った。

「重大な誤審《ごしん》、まさか！」ファッジはあらんかぎりの声を振《ふ》りしぼった。「この少年が、学校外であからさまに魔法《まほう》を不正使用して、それをごまかすのに何度でっち上げ話をしたか、数え上げたことがあるかね？ 三年前の浮遊術《ふゆうじゅつ》事件《じけん》を忘《わす》れたわけではあるまいが――」

「あれは僕《ぼく》じゃない。屋敷《やしき》しもべ妖精《ようせい》だった！」ハリーが言った。

「**そーれ、聞いたか？**」ファッジが吠《ほ》えて、派手《はで》な動作でハリーを指した。「しもべ妖精《ようせい》！ マグルの家で！ どうだ」

「問題の屋敷《やしき》しもべ妖精《ようせい》は、現在《げんざい》ホグワーツ校にやとわれておる」ダンブルドアが言った。「ご要望とあらば、すぐにでもここに召喚《しょうかん》し、証言《しょうげん》させることができる」

「私《わたし》は――いや――しもべ妖精《ようせい》の話など聞いているひまはない！　とにかく、それだけではない――自分のおばをふくらませた！　言語道断《ごんごどうだん》！」

ファッジは叫《さけ》ぶとともに、拳《こぶし》で裁判官《さいばんかん》のデスクをバンとたたき、インク瓶《びん》をひっくり返した。

「そして、大臣はご厚情《こうじょう》をもって、その件《けん》は追及《ついきゅう》しないことになさった。確《たし》か、最良の魔法使《まほうつか》いでさえ、自分の感情《かんじょう》を常《つね》に抑《おさ》えることはできないと認《みと》められた上でのことと、推定《すいてい》申し上げるが」

ダンブルドアは静かに言った。ファッジはノートに引っかけたインクをふき取ろうとしていた。

「さらに、私《わたし》はまだ、この少年が学校で何をやらかしたかに触《ふ》れていない」

「しかし、魔法省《まほうしょう》はホグワーツの生徒の学校における不品行について、罰《ばっ》する権限《けんげん》をお持ちではありませんな。学校におけるハリーの態度《たいど》は、本件《ほんけん》とは無関係じゃ」

ダンブルドアの言葉は相変わらずていねいだったが、いまや言葉の裏《うら》に、冷ややかさが漂《ただよ》っていた。

「おっほー！」ファッジが言った。「学校で何をやろうと、魔法省《まほうしょう》は関係ないと？　そうですかな？」

「コーネリウス、魔法省《まほうしょう》には、ホグワーツの生徒を退学《たいがく》にする権限《けんげん》はない。八月二日の夜に、念を押《お》したはずじゃ」ダンブルドアが言った。「さらに、罪状《ざいじょう》が黒とはっきり証明《しょうめい》されるまでは、杖《つえ》を取り上げる権限《けんげん》もない。これも、八月二日の夜に、念を押《お》したはずじゃ。大臣は、法律《ほうりつ》を擁護《ようご》せんとの情熱黙《じょうねつもく》しがたく、性急《せいきゅう》に事を運ばれるあまり、どうやらうっかり、うっかりに相違《そうい》ないが、ほかのいくつかの法律《ほうりつ》をお見逃《みのが》しのようじゃ」

「法律《ほうりつ》は変えられる」ファッジが邪険《じゃけん》に言った。

「そのとおりじゃ」ダンブルドアは小首をかしげた。「そして、コーネリウス、君はどうやらずいぶん法律《ほうりつ》を変えるつもりらしいの。わしがウィゼンガモットを去るように要請《ようせい》されてからのほんの二、三週間の間に、単なる未成年者の魔法使用《まほうしよう》の件《けん》を扱《あつか》うのに、なんと、刑事事件《けいじじけん》の大法廷《だいほうてい》を召集《しょうしゅう》するやり方になってしもうたとは！」

後列の魔法使《まほうつか》いが何人か、居心地悪《いごこちわる》そうにもぞもぞ座《すわ》りなおした。ファッジの顔はさらに深い暗《あん》褐色《かっしょく》になった。しかし、右側のガマガエル魔女《まじょ》は、ダンブルドアをぐっと見すえただけで、顔色一つ変えない。

「わしの知るかぎり」ダンブルドアが続けた。「現在《げんざい》の法律《ほうりつ》のどこをどう探《さが》しても、本法廷《ほんほうてい》がハリーのこれまで使った魔法《まほう》を逐一罰《ちくいちばっ》する場であるとは書いてない。ハリーが起訴《きそ》されたのは、ある特定の違反事件《いはんじけん》であり、被告人《ひこくにん》はその抗弁《こうべん》をした。被告人《ひこくにん》とわしがいまできることは、ただ評決《ひょうけつ》を待つことのみじゃ」

ダンブルドアは再《ふたた》び指を組み、それ以上何も言わなかった。ファッジは明らかに激《げき》怒《ど》してダンブルドアをにらんでいる。ハリーは、大丈夫《だいじょうぶ》なのかどうか確《たし》かめたくて、横目でダンブルドアを見た。ウィゼンガモットに対して、ダンブルドアが事実上、すぐ評決《ひょうけつ》するよううながしたのが正しかったのかどうか、ハリーには確信《かくしん》が持てなかった。しかし、またしてもダンブルドアは、ハリーが視線《しせん》を合わせようとしているのに気づかないかのように、裁判官席《さいばんかんせき》を見つめたままだった。ウィゼンガモット法廷《ほうてい》は、全員が、あわただしくヒソヒソ話を始めていた。

ハリーは足元を見つめた。心臓《しんぞう》が不自然な大きさにふくれ上がったかのようで、肋骨《ろっこつ》の下でドクンドクンと鼓動《こどう》していた。尋問手続《じんもんてつづ》きはもっと長くかかると思っていた。自分がよい印象《いんしょう》を与《あた》えたのかどうか、まったく確信《かくしん》が持てなかった。まだほとんどしゃべっていない。吸魂鬼《きゅうこんき》のことや、自分が倒《たお》れたこと、自分とダドリーが接吻《キス》されかかったことなど、もっと完全に説明すべきだった……。

ハリーは二度ファッジを見上げ、口を開きかけた。しかしそのたびに、ふくれた心臓《しんぞう》が気道をふさぎ、ハリーは深く息を吸《す》っただけで、また下を向いて自分の靴《くつ》を見つめるしかなかった。

そして、ささやきがやんだ。ハリーは裁判官《さいばんかん》たちを見上げたかったが、靴《くつ》ひもを調べ続けるほうがずっと楽だとわかった。

「被告人《ひこくにん》を無罪放免《むざいほうめん》とすることに賛成《さんせい》の者?」マダム・ボーンズの深く響《ひび》く声が聞こえた。

ハリーはぐいと頭を上げた。手が挙がっていた。たくさん……半分以上!　息をはずませながら、ハリーは数えようとした。しかし、数え終える前に、マダム・ボーンズが言った。

「有罪《ゆうざい》に賛成《さんせい》の者?」

ファッジの手が挙がった。そのほか五、六人の手が挙がった。右側の魔女《まじょ》と、二番目の列の、口ひげの立派《りっぱ》な魔法使《まほうつか》いと縮《ち》れっ毛《け》の魔女《まじょ》も手を挙げていた。

ファッジは全員をざっと見渡《みわた》し、何かのどに大きなものがつかえたような顔をして、それから手を下ろした。二回大きく息を吸《す》い、怒《いか》りを抑《おさ》えつける努力にゆがんだ声で、ファッジが言った。

「けっこう、けっこう……無罪放免《むざいほうめん》」

「上々」

ダンブルドアは軽快《けいかい》な声でそう言うと、サッと立ち上がり、杖《つえ》を取り出し、チンツ張《ば》りの椅子《いす》を二脚《きゃく》消し去った。

「さて、わしは行かねばならぬ。さらばじゃ」

そして、ただの一度もハリーを見ずに、ダンブルドアはすみやかに地下室から立ち去った。

第九章　ウィーズリーおばさんの嘆《なげ》き

ダンブルドアがあっという間にいなくなったのは、ハリーにとってはまったくの驚《おどろ》きだった。鎖《くさり》つきの椅子《いす》に座《すわ》ったまま、ハリーはホッとした気持ちと、ショックとの間で葛藤《かっとう》していた。ウィゼンガモットの裁判官《さいばんかん》たちは全員立ち上がり、しゃべったり、書類を集めたり、帰《かえ》り支度《じたく》をしていた。ハリーは立ち上がった。誰《だれ》もハリーのことなど、まったく気にかけていないようだ。ただ、ファッジの右隣《みぎどなり》のガマガエル魔女《まじょ》だけが、今度はダンブルドアではなくハリーを見下ろしていた。その視線《しせん》を無視《むし》し、ハリーはファッジかマダム・ボーンズの視線《しせん》をとらえようとした。もう行ってもいいのかどうか聞きたかったのだ。

しかし、ファッジは意地でもハリーを見ないようにしているらしく、マダム・ボーンズは自分の書類鞄《しょるいかばん》の整理で忙《いそが》しくしていた。試《ため》しに一歩、二歩、遠慮《えんりょ》がちに出口に向かって歩いてみた。呼《よ》び止《と》める者がいないとわかると、ハリーは早足になった。

最後の数歩は駆《か》け足《あし》になり、扉《とびら》をこじ開けると、危《あや》うくウィーズリーおじさんに衝突《しょうとつ》しそうになった。おじさんは心配そうな青い顔で、すぐ外に立っていた。

「ダンブルドアはなんにも言わな――」

「無罪《むざい》だよ」ハリーは扉《とびら》を閉《し》めながら言った。「無罪放免《むざいほうめん》！」

ウィーズリーおじさんはニッコリ笑って、ハリーの両肩《りょうかた》をつかんだ。

「ハリー、そりゃ、よかった！　まあ、もちろん、君を有罪《ゆうざい》にできるはずはないんだ。証拠《しょうこ》の上では。しかし、それでも、正直言うと、私《わたし》はやっぱり――」

しかし、ウィーズリーおじさんは突然《とつぜん》口をつぐんだ。法廷《ほうてい》の扉《とびら》が開き、ウィゼンガモットの裁判《さいばん》官《かん》たちがぞろぞろ出てきたからだ。

「なんてこった！」おじさんは、ハリーを脇《わき》に引《ひ》き寄《よ》せてみんなをやり過《す》ごしながら、愕然《がくぜん》として言った。「大法廷《だいほうてい》で裁《さば》かれたのか？」

「そうだと思う」ハリーが小声で言った。

通りすがりに一人か二人、ハリーに向かってうなずいたし、マダム・ボーンズをふくむ何人かはおじさんに、「おはよう、アーサー」と挨拶《あいさつ》したが、ほかの大多数は目を合わせないようにして通った。

コーネリウス・ファッジとガマガエル魔女《まじょ》は、ほとんど最後に地下室を出た。ファッジはウィーズリーおじさんとハリーが壁《かべ》の一部であるかのように振《ふ》る舞《ま》ったが、ガマガエル魔女《まじょ》のほうは、通りがかりにまたしてもハリーを、まるで値踏《ねぶ》みするような目つきで見た。

最後にパーシーが通った。ファッジと同じに、父親とハリーを完全に無視《むし》して、大きな羊皮紙の巻紙《まきがみ》と予備《よび》の羽根ペンを何本か握《にぎ》りしめ、背中《せなか》を突《つ》っ張《ぱ》らせ、ツンと上を向いてすたすたと通《とお》り過《す》ぎた。ウィーズリーおじさんの口の周りのしわが少し緊張《きんちょう》したが、それ以外、自分の三男を見たようなそぶりは見せなかった。

「君をすぐ連れて帰ろう。吉報《きっぽう》を君からみんなに伝えられるように」

パーシーのかかとが地下九階への石段《いしだん》を上がって見えなくなったとたん、おじさんはハリーを手《て》招《まね》きして言った。

「ベスナル・グリーンのトイレに行くついでだから。さあ……」

「それじゃ、トイレはどうするつもりなの？」

ハリーはニヤニヤしながら聞いた。突然《とつぜん》、何もかもが、いつもの五倍もおもしろく思われた。だんだん実感が湧《わ》いてきた。無罪《むざい》なんだ。**ホグワーツに帰れるんだ**。

「ああ、簡単《かんたん》な呪《のろ》い破《やぶ》りですむ」

二人で階段《かいだん》を上がりながら、おじさんが言った。

「ただ、故障《こしょう》の修理《しゅうり》だけの問題じゃない。むしろ、ハリー、公共物破壊《こうきょうぶつはかい》の裏《うら》にある態度《たいど》が問題だ。

マグルをからかうのは、一部の魔法使《まほうつか》いにとってはただゆかいなことにすぎないかもしれないが、しかし、実はもっと根の深い、質《たち》の悪い問題の表れなんだ。だから、私《わたし》なんかは――」

ウィーズリーおじさんはハッと口をつぐんだ。地下九階の廊下《ろうか》に出たところだったが、目と鼻の先にコーネリウス・ファッジが立っていて、背《せ》が高く、なめらかなプラチナ・ブロンドの、あごがとがった青白い顔の男と、ヒソヒソ話をしていた。

足音を聞きつけて、その男がこちらを向いた。その男もハッと会話を中断《ちゅうだん》した。冷たい灰色《はいいろ》の目を細め、ハリーの顔をじっと見た。

「これは、これは、これは……守護霊《しゅごれい》ポッター殿《どの》」ルシウス・マルフォイの冷たい声だった。

ハリーは何か固いものに衝突《しょうとつ》したかのように、うっと息が止まった。その冷たい灰色《はいいろ》の目を最後に見たのは、死喰《しく》い人《びと》のフードの切れ目からだった。そのあざける声を最後に聞いたのは、暗い墓場《はかば》でヴォルデモートの拷問《ごうもん》を受けていたときだった。ルシウス・マルフォイが、臆面《おくめん》もなくハリーの顔をまともに見ようとは。しかも事もあろうに魔法省《まほうしょう》にマルフォイがいる。コーネリウス・ファッジがマルフォイと話している。信じられなかった。ほんの数週間前、マルフォイが死喰《しく》い人《びと》だと、ファッジに教えたばかりだというのに。

「たったいま、大臣が、君が運良く逃《に》げおおせたと話してくださったところだ、ポッター」マルフォイ氏が気取った声で言った。「驚《おどろ》くべきことだ。君が相変わらず危《あや》ういところをすり抜《ぬ》けるやり方ときたら……じつに、**蛇《へび》のようだ**」

ウィーズリーおじさんが、警告《けいこく》するようにハリーの肩《かた》をつかんだ。

「ああ」ハリーが言った。「ああ、僕《ぼく》は逃《に》げるのがうまいよ」

ルシウス・マルフォイが目を上げてウィーズリー氏を見た。

「なんとアーサー・ウィーズリーもか！　ここになんの用かね、アーサー？」

「ここに勤《つと》めている」おじさんがそっけなく言った。

「まさか、**ここでは**ないでしょう？」

マルフォイ氏は眉《まゆ》をキュッと上げ、おじさんの肩越《かたご》しに、後ろの扉《とびら》をちらりと見た。

「君は地下二階のはず……マグル製品《せいひん》を家にこっそり持ち帰り、それに魔法《まほう》をかけるような仕事ではありませんでしたかな？」

「いいや」ウィーズリーおじさんはきっぱりと言った。ハリーの肩《かた》に、いまやおじさんの指が食《く》い込《こ》んでいた。

「**そっちこそ**、いったいなんの用だい？」ハリーがルシウス・マルフォイに聞いた。

「私《わたし》と大臣との私的《してき》なことは、ポッター、君には関係がないと思うが」

マルフォイがローブの胸《むね》のあたりをなでつけながら言った。金貨がポケットいっぱいに詰《つ》まったような、チャリンチャリンというやわらかい音を、ハリーははっきり聞いた。

「まったく、君がダンブルドアのお気に入りだからといって、ほかの者もみな君を甘《あま》やかすとは期待しないでほしいものだ……では、大臣、お部屋のほうに参りますか?」

「そうしよう」ファッジはハリーとウィーズリー氏に背《せ》を向けた。「ルシウス、こちらへ」

二人は低い声で話しながら、大股《おおまた》で立ち去った。ウィーズリーおじさんは、二人がエレベーターに乗《の》り込《こ》んで姿《すがた》が見えなくなるまで、ハリーの肩《かた》を放さなかった。

「何か用があるなら、なんであいつは、ファッジの部屋の前で待っていなかったんだ?」ハリーは憤慨《ふんがい》して、吐《は》き捨《す》てるように言った。「ここで何してたんだ?」

「こっそり法廷《ほうてい》に入ろうとしていた。私《わたし》はそう見るね」

おじさんはとても動揺《どうよう》した様子で、誰《だれ》かが盗《ぬす》み聞《ぎ》きしていないかどうか確《たし》かめるように、ハリーの肩越《かたご》しに目を走らせた。

「君が退学《たいがく》になったかどうか確《たし》かめようとしたんだ。君を屋敷《やしき》まで送ったら、ダンブルドアに伝言を残そう。マルフォイがまたファッジと話をしていたと、ダンブルドアに知らせないと」

「二人の私的《してき》なことって、いったい何があるの?」

「金貨だろう」おじさんは怒《おこ》ったように言った。「マルフォイは長年、あらゆることに気前よく寄《き》付《ふ》してきた……。いい人脈《じんみゃく》が手に入る……そうすれば、有利な計らいを受けられる……都合の悪い法律《ほうりつ》の通過《つうか》を遅《おく》らせたり……ああ、あいつはいいコネを持っているよ。ルシウス・マルフォイってやつは」

　エレベーターが来た。メモ飛行機の群《む》れ以外は誰《だれ》も乗っていない。おじさんがアトリウム階のボタンを押《お》し、扉《とびら》がガチャリと閉《し》まる間、メモ飛行機がおじさんの頭上をハタハタと飛んだ。おじさんはわずらわしそうに払《はら》いのけた。

「おじさん」ハリーが考えながら聞いた。「もしファッジが、マルフォイみたいな死《し》喰《く》い人《びと》と会っていて、しかもファッジ一人で会っているなら、あいつらに『服従《ふくじゅう》の呪文《じゅもん》』をかけられてないって言える？」

「我々《われわれ》もそれを考えなかったわけではないよ、ハリー」ウィーズリーおじさんがひっそり言った。「しかし、ダンブルドアは、いまのところ、ファッジが自分の考えで動いていると考えている――だが、ダンブルドアが言うには、それだから安心というわけではない。ハリー、いまはこれ以上話さないほうがいい」

　扉《とびら》がするすると開き、二人はアトリウムに出た。いまはほとんど誰《だれ》もいない。ガード魔《マ》ンのエリックは、また「日刊予言者新聞《にっかんよげんしゃしんぶん》」の陰《かげ》に埋《う》もれていた。金色の噴水《ふんすい》をまっすぐに通《とお》り過《す》ぎたとたん、ハリーはふと思い出した。

「待ってて……」

　おじさんにそう言うと、ハリーはポケットから巾着《きんちゃく》を取り出し、噴水《ふんすい》に戻《もど》った。

ハリーはハンサムな魔法使《まほうつか》いの顔を見上げた。しかし近くで見ると、どうも弱々しいまぬけな顔だとハリーは思った。魔女《まじょ》は美人コンテストのように意味のない笑顔《えがお》を見せていた。ハリーの知っている小鬼《ゴブリン》やケンタウルスは、どう考えても、こんなふうにおめでたい顔でうっとりとヒト族を見つめたりはしない。屋敷《やしき》しもべ妖精《ようせい》の、這《は》いつくばった追従《ついじゅう》の態度《たいど》だけが真実味があった。このしもべ妖精《ようせい》の像《ぞう》を見たら、ハーマイオニーがなんと言うだろうとひとり笑いしながら、ハリーは巾着《きんちゃく》を逆《さか》さに空け、十ガリオンどころか中身をそっくり泉《いずみ》に入れた。

「思ったとおりだ！」ロンが空中にパンチをかました。「君はいつだってちゃんと乗り切るのさ！」

「無罪《むざい》で当然なのよ」

ハリーが厨房《ちゅうぼう》に入ってきたときは心配で卒倒《そっとう》しそうだったハーマイオニーが、今度は震《ふる》える手で目頭を押《お》さえながら言った。

「あなたにはなんの罪《つみ》もなかったんだから。なーんにも」

「僕《ぼく》が許《ゆる》されるって思っていたわりには、みんなずいぶんホッとしてるみたいだけど」

ハリーがニッコリした。

ウィーズリーおばさんはエプロンで顔をぬぐっていたし、フレッド、ジョージ、ジニーは戦いの踊《おど》りのようなしぐさをしながら歌っていた。

「ホーメン、ホーメン、ホッホッホー……」

「たくさんだ！　やめなさい！」

ウィーズリーおじさんはどなりながらも笑っていた。

「ところでシリウス、ルシウス・マルフォイが魔法省《まほうしょう》にいた――」

「何？」シリウスが鋭《するど》い声を出した。

「ホーメン、ホーメン、ホッホッホー……」

「三人とも、静かにせんか！　そうなんだ。地下九階でファッジと話しているのを、私《わたし》たちが目撃《もくげき》した。それから二人は大臣室に行った。ダンブルドアに知らせておかないと」

「そのとおりだ」シリウスが言った。「知らせておく。心配するな」

「さあ、私《わたし》は出かけないと。ベスナル・グリーンで逆流《ぎゃくりゅう》トイレが私《わたし》を待っている。モリー、帰りが遅《おそ》くなるよ。トンクスとかわってあげるからね。ただ、キングズリーが夕食に寄《よ》るかもしれない――」

「ホーメン、ホーメン、ホッホッホー……」

「いいかげんになさい――フレッド――ジョージ――ジニー！」

おじさんが厨房《ちゅうぼう》を出ていくと、おばさんが言った。

「ハリー、さあ、座《すわ》ってちょうだい。何かお昼を食べなさいな。朝はほとんど食べていないんだから」

ロン、ハーマイオニーがハリーのむかい側にかけた。ハリーがグリモールド・プレイスに到着《とうちゃく》したとき以来、二人がこんなに幸せそうな顔を見せたのは初めてだ。ハリーも、ルシウス・マルフォイとの出会いで少ししぼんでいた有頂天《うちょうてん》な安堵感《あんどかん》が、また盛《も》り上《あ》がってきた。陰気《いんき》な屋敷《やしき》が、急に温かく歓迎《かんげい》しているように感じられた。騒《さわ》ぎを聞きつけて、様子を探《さぐ》りに厨房《ちゅうぼう》に豚鼻《ぶたばな》を突《つ》っ込《こ》んだクリーチャーでさえ、いつもより醜《みにく》くないように思えた。

「もち、ダンブルドアが君の味方に現《あらわ》れたら、やつらは君を有罪《ゆうざい》にできっこないさ」

マッシュポテトをみんなの皿に山盛《やまも》りに取り分けながら、ロンがうれしそうに言った。

「うん、ダンブルドアのおかげで僕《ぼく》が有利になった」ハリーが言った。

ここでもし、「僕《ぼく》に話しかけてほしかったのに。せめて僕《ぼく》を**見てくれる**だけでも」なんて言えば、とても恩知《おんし》らずだし、子供《こども》っぽく聞こえるだろうと思った。

そう考えたとき、額《ひたい》の傷痕《きずあと》が焼けるように痛《いた》み、ハリーはパッと手で覆《おお》った。

「どうしたの？」ハーマイオニーが驚《おどろ》いたように聞いた。

「傷《きず》が」ハリーは口ごもった。「でも、なんでもない……いまじゃ、しょっちゅうだから……」

ほかには誰《だれ》も何も気づかない。誰《だれ》もかれもが、ハリーの九死に一生を喜びながら、食べ物を取り分けているところだった。フレッド、ジョージ、ジニーはまだ歌っていた。ハーマイオニーは少し心配そうだったが、何も言えないでいるうちに、ロンがうれしそうに言った。

「ダンブルドアはきっと今晩《こんばん》来るよ。ほら、みんなとお祝いするのにさ」

「ロン、いらっしゃれないと思いますよ」ウィーズリーおばさんが巨大《きょだい》なローストチキンの皿をハリーの前に置きながら言った。「いまはとってもお忙《いそが》しいんだから」

「ホーメン、ホーメン、ホッホッホー……」

「おだまり！」ウィーズリーおばさんが吠《ほ》えた。

数日がたち、ハリーは、このグリモールド・プレイス十二番地に、自分がホグワーツに帰ることを心底喜んではいない人間がいることに気づかないわけにはいかなかった。シリウスは、最初にこの知らせを聞いたとき、ハリーの手を握《にぎ》り、みんなと同じようにニッコリして、うれしそうな様子を見事に演《えん》じて見せた。しかし、まもなくシリウスは、以前よりもふさぎ込《こ》み、不機嫌《ふきげん》になり、ハリーとさえもあまり話さなくなった。そして、母親が昔使っていた部屋に、ますます長い時間バックビークと一緒《いっしょ》に閉《と》じこもるようになった。

数日後、ロン、ハーマイオニーと四階のかびだらけの戸棚《とだな》をこすりながら、ハリーは二人に自分の気持ちの一端《いったん》を打ち明けた。

「自分を責《せ》めることはないわ！」ハーマイオニーが厳《きび》しく言った。「あなたはホグワーツに帰るべきだし、シリウスはそれを知ってるわ。個人的《こじんてき》に言わせてもらうと、シリウスはわがままよ」

「それはちょっときついぜ、ハーマイオニー」指にこびりついたかびをこそげ取ろうと躍起《やっき》になって、顔をしかめながらロンが言った。「**君だって**、この屋敷《やしき》にひとりぼっちで、釘《くぎ》づけになってたくないだろう」

「ひとりぼっちじゃないわ！」ハーマイオニーが言った。「ここは『不死鳥《ふしちょう》の騎士団《きしだん》』の本部じゃない？　シリウスは高望みして、ハリーがここに来て一緒《いっしょ》に住めばいいと思ったのよ」

「そうじゃないと思うよ」ハリーが雑巾《ぞうきん》をしぼりながら言った。「僕《ぼく》がそうしてもいいかって聞いたとき、シリウスははっきり答えなかったんだ」

「あんまり期待しちゃいけないって、自分でそう思ったんだわ」ハーマイオニーは明晰《めいせき》だった。「それに、きっと少し罪悪感《ざいあくかん》を覚えたのよ。だって、心のどこかで、あなたが退学《たいがく》になればいいって願っていたと思うの。そうすれば二人とも追放された者同士になれるから」

「やめろよ！」

ハリーとロンが同時に言った。しかし、ハーマイオニーは肩《かた》をすくめただけだった。

「いいわよ。だけど、私《わたし》、ときどきロンのママが正しいと思うの。シリウスはねえ、ハリー、あなたがあなたなのか、それともあなたのお父さんなのか、ときどき混乱《こんらん》してるわ」

「じゃ、君は、シリウスが少しおかしいって言うのか？」ハリーが熱くなった。

「ちがうわ。ただ、シリウスは長い間ひとりぼっちでさびしかったと思うだけ」ハーマイオニーがさらりと言いきった。

その時、ウィーズリーおばさんが、三人の背後《はいご》から部屋に入ってきた。

「まだ終わらないの？」おばさんは戸棚《とだな》に首を突《つ》っ込《こ》んだ。

「休んだらどうかって言いにきたのかと思ったよ！」ロンが苦々しげに言った。「この屋敷《やしき》に来てから、僕《ぼく》たちがどんなに大量のかびを処理《しょり》したか、ご存《ぞん》じですかね？」

「あなたたちは騎士団《きしだん》の役に立ちたいと、とても熱心でしたね」おばさんが言った。「この本部を住める状態《じょうたい》にすることで、お役目がはたせるのですよ」

「屋敷《やしき》しもべみたいな気分だ」ロンがブツブツ言った。

「さあ、しもべ妖精《ようせい》がどんなにひどい暮《く》らしをしているか、やっとわかったようだから、もう少し『S・P・E・W』に熱心になってくれるでしょ！」

おばさんが三人に任《まか》せて出ていったあと、ハーマイオニーが期待を込《こ》めて言った。

「ねえ、もしかしたら、お掃除《そうじ》ばかりしていることがどんなにひどいかを、みんなに体験させるのも悪くないかもね――グリフィンドールの談話室を磨《みが》き上《あ》げるスポンサーつきのイベントをやって、収益《しゅうえき》はすべて『S・P・E・W』に入ることにして。意識《いしき》も高まるし、基金《ききん》も貯《た》まるわ」

「僕《ぼく》、君が『**反吐**《スピュー》』のことを言わなくなるためのスポンサーになるよ」ロンは、ハリーにしか聞こえないようにいらいらとつぶやいた。

夏休みの終わりが近づくと、ハリーはホグワーツのことを、ますますひんぱんに思い出すようになっていた。早くハグリッドに会いたい。クィディッチをしたい。「薬草学」の温室に行くのに、野菜畑をのんびり横切るのもいい。このほこりっぽいかびだらけの屋敷《やしき》を離《はな》れられるだけでも大歓迎《だいかんげい》だ。ここでは、戸棚《とだな》の半分にまだかんぬきがかかっているし、クリーチャーが、通りがかりの者に暗がりからゼイゼイと悪態《あくたい》をつく。もっとも、シリウスに聞こえる所ではこんなことは何も言わないように、ハリーは気づかった。

事実、反ヴォルデモート運動の本部で生活していても、特におもしろおかしいわけではなかった。経験《けいけん》してみるまでは、ハリーにはそれがわからなかった。騎士団《きしだん》のメンバーが定期的に出入りして、食事をしていくときもあれば、時にはほんの数分間のヒソヒソ話だけのこともあった。しかし、ウィーズリーおばさんが、ハリーやほかの子供《こども》たちの耳には（本物の耳にも「伸《の》び耳《みみ》」にも）届《とど》かないようにしていた。誰《だれ》もかれも、シリウスでさえも、ここに到着《とうちゃく》した夜に聞いたこと以外は、ハリーは知る必要がないと考えているかのようだった。

夏休み最後の日、ハリーは自分の寝室《しんしつ》の洋だんすの上を掃《は》いて、ヘドウィグのフンを掃除《そうじ》していた。そこへロンが、封筒《ふうとう》を二通持って入ってきた。

「教科書のリストが届《とど》いたぜ」

ロンが椅子《いす》を踏《ふ》み台《だい》にして立っているハリーに、封筒《ふうとう》を一枚《まい》投げてよこした。

「遅《おそ》かったよな。忘《わす》れられたかと思ったよ。普通《ふつう》はもっと早く来るんだけど……」

ハリーは最後のフンをごみ袋《ぶくろ》に掃《は》き入《い》れ、それをロンの頭越《ご》しに投げて、隅《すみ》の紙くずかごに入れた。かごは袋《ふくろ》を飲《の》み込《こ》んでゲプッと言った。ハリーは手紙を開いた。羊皮紙が二枚《まい》入っていて、一枚《まい》はいつものように九月一日に学期が始まるというお知らせ、もう一枚《まい》は新学期に必要な本が書いてある。

「新しい教科書は二冊《さつ》だけだ」ハリーは読み上げた。「ミランダ・ゴズホーク著《ちょ》『基本呪文集《きほんじゅもんしゅう》』の五学年用と、ウィルバート・スリンクハード著《ちょ》『防衛術《ぼうえいじゅつ》の理論《りろん》』だ」

バシッ。

フレッドとジョージがハリーのすぐ脇《わき》に「姿《すがた》あらわし」した。もうハリーも慣《な》れっこになっていたので、椅子《いす》から落ちることもなかった。

「スリンクハードの本を指定したのは誰《だれ》かって、二人で考えてたんだ」

フレッドがごくあたりまえの調子で言った。

「なぜって、それは、ダンブルドアが『闇《やみ》の魔術《まじゅつ》に対《たい》する防衛術《ぼうえいじゅつ》』の先生を見つけたことを意味するからな」ジョージが言った。

「やっとこさだな」フレッドが言った。

「どういうこと？」椅子《いす》から飛び下りて二人のそばに立ち、ハリーが聞いた。

「うん、二、三週間前、親父《おやじ》とおふくろが話してるのを伸《の》び耳《みみ》で聞いたんだが」

フレッドが話した。

「二人が言うにはだね、ダンブルドアが今年は先生探《せんせいさが》しにとても苦労してたらしい」

「この四年間に起こったことを考えりゃ、それも当然だよな?」ジョージが言った。

「一人は辞《や》めさせられ、一人は死んで、一人は記憶《きおく》がなくなり、一人は九か月もトランク詰《づ》め」

ハリーが指折り数えて言った。「うん、君たちの言うとおりだな」

「ロン、どうかしたか?」フレッドが聞いた。

ロンは答えなかった。ハリーが振《ふ》り返《かえ》ると、ロンは口を少し開けて、ホグワーツからの手紙をじっと見つめ、身動きせずに突《つ》っ立《た》っていた。

「いったいどうした?」

フレッドがじれったそうに言うと、ロンの後ろに回《まわ》り込《こ》み、肩越《かたご》しに羊皮紙を読んだ。

フレッドの口もぱっくり開いた。

「監督生《かんとくせい》?」目を丸くして手紙を見つめ、フレッドが言った。「**監督生《かんとくせい》?**」

ジョージが飛び出して、ロンがもう片方《かたほう》の手に持っている封筒《ふうとう》を引っつかみ、逆《さか》さにした。中から赤と金の何かがジョージの手のひらに落ちるのをハリーは見た。

「まさか」ジョージが声をひそめた。

「まちがいだろ」フレッドがロンの握《にぎ》っている手紙を引ったくり、透《す》かし模《も》様《よう》を確《たし》かめるかのように光にかざして見た。

「正気でロンを監督生《かんとくせい》にするやつぁいないぜ」

双子《ふたご》の頭が同時に動いて、二人ともハリーをじっと見つめた。

「君が本命だと思ってた」

フレッドが、まるでハリーがみんなをだましたのだろうという調子だった。

「ダンブルドアは**絶対**《ぜったい》君を選ぶと思った！」ジョージが怒《おこ》ったように言った。

「三校対抗試合《たいこうじあい》に優勝《ゆうしょう》したし！」フレッドが言った。

「ぶっ飛んだことがいろいろあったのが、マイナスになったかもな」

ジョージがフレッドに言った。

「そうだな」フレッドが考えるように言った。「うん、相棒《あいぼう》、君はあんまりいろいろトラブルを起こしすぎたぜ。まあ、少なくともご両人のうち一人は、何がより大切か、わかってたってこった」

フレッドが大股《おおまた》でハリーに近づき、背中《せなか》をバンとたたいた。一方ロンには軽蔑《けいべつ》したような目つきをした。

「**監督生**《かんとくせい》……ロニー坊《ぼう》やが、監督生《かんとくせい》」

「おうおう、ママがむかつくぜ」

ジョージは、監督生《かんとくせい》のバッジが自分を汚《けが》すかのようにロンに突《つ》っ返《かえ》し、うめくように言った。

ロンはまだ一言も口をきいていなかったが、バッジを受け取り、一瞬《いっしゅん》それを見つめた。それから、本物かどうか確《たし》かめてくれとでも言うように、無言でハリーに差し出した。ハリーはバッジを手にした。グリフィンドールのライオンのシンボルの上に、大きく「P」の文字が書かれている。これと同じようなバッジがパーシーの胸《むね》にあったのを、ハリーは、ホグワーツでの最初の日に見ていた。

ドアが勢《いきお》いよく開いた。ハーマイオニーがほおを紅潮《こうちょう》させ、髪《かみ》をなびかせて猛烈《もうれつ》な勢《いきお》いで入ってきた。手に封筒《ふうとう》を持っている。

「ねえ――もらった――?」

ハーマイオニーはハリーが手にしたバッジを見て、歓声《かんせい》を上げた。

「そうだと思った!」

興奮《こうふん》して、自分の封筒《ふうとう》をひらひら振《ふ》りながら、ハーマイオニーが言った。

「私《わたし》もよ、ハリー、私《わたし》も!」

「ちがうんだ」ハリーはバッジをロンの手に押《お》しつけながら、急いで言った。「ロンだよ。僕《ぼく》じゃない」

「誰《だれ》――え?」

「ロンが監督生《かんとくせい》。僕《ぼく》じゃない」ハリーが言った。

「**ロン？**」ハーマイオニーの口があんぐり開いた。「でも……確《たし》かなの？　だって――」

ロンが挑《いど》むような表情《ひょうじょう》でハーマイオニーを見たので、ハーマイオニーは赤くなった。

「手紙に書いてあるのは僕《ぼく》の名前だ」ロンが言った。

「私《わたし》……」ハーマイオニーは当惑《とうわく》しきった顔をした。「私《わたし》……えーと……わーっ！　ロン、おめでとう！　ほんとに――」

「予想外だった」ジョージがうなずいた。

「ちがうわ」ハーマイオニーはますます赤くなった。「ううん、そうじゃない……ロンはいろんなことを……ロンはほんとうに……」

後ろのドアが前よりもう少し広めに開き、ウィーズリーおばさんが、洗濯《せんたく》したてのローブを山のように抱《かか》えて後ろ向きに入ってきた。

「ジニーが、教科書リストがやっと届《とど》いたって言ってたわ」

おばさんはベッドのほうに洗濯物《せんたくもの》を運び、ローブを二つの山に選《よ》り分《わ》けながら、みんなの封筒《ふうとう》にぐるりと目を走らせた。

「みんな、封筒《ふうとう》を私《わたし》にちょうだい。午後からダイアゴン横丁に行って、みんなが荷造《にづく》りしている間に教科書を買ってきてあげましょう。ロン、あなたのパジャマも買わなきゃ。全部二十センチ近く短くなっちゃって。おまえったら、なんて背《せ》が伸《の》びるのが早いの……どんな色がいい？」

「赤と金にすればいい。バッジに似合《にあ》う」ジョージがニヤニヤした。

「何に似合《にあ》うって？」

ウィーズリーおばさんは、栗色《くりいろ》のソックスを丸めてロンの洗濯物《せんたくもの》の山にのせながら、気にもとめずに聞き返した。

「**バッジ**だよ」いやなことは早くすませてしまおうという雰囲気《ふんいき》でフレッドが言った。「新品ピッカピカのすてきな**監督生**《かんとくせい》**バッジ**さ」

フレッドの言葉が、パジャマのことでいっぱいのおばさんの頭を貫《つらぬ》くのにちょっと時間がかかった。

「ロンの……でも……ロン、まさかおまえ……？」

ロンがバッジを掲《かか》げた。

ウィーズリーおばさんは、ハーマイオニーと同じような悲鳴を上げた。

「信じられない！　信じられないわ！　ああ、ロン、なんてすばらしい！　監督生《かんとくせい》！　これで子供《こども》たち全員だわ！」

「俺《おれ》とフレッドはなんなんだよ。お隣《となり》さんかい？」

おばさんがジョージを押《お》しのけ、末息子《すえむすこ》を抱《だ》きしめたとき、ジョージがふてくされて言った。

「お父さまがお聞きになったら！　ロン、母さんは鼻が高いわ。なんてすてきな知らせでしょう。

おまえもビルやパーシーのように、首席になるかもしれないわ。これが第一歩よ！　ああ、こんな心配事だらけのときに、なんていいことが！　母さんはうれしいわ。ああ、**ロニーちゃん――**」

おばさんの後ろで、フレッドとジョージがオエッと吐《は》くまねをしていたが、おばさんはさっぱり気づかず、ロンの首にしっかり両腕《りょううで》を回して顔中にキスしていた。ロンの顔はバッジよりも鮮《あざ》やかな赤に染《そ》まった。

「ママ……やめて……ママ、落ち着いてよ……」

ロンは母親を押《お》しのけようとしながら、もごもご言った。

おばさんはロンを放すと、息をはずませて言った。

「さあ、何にしましょう？　パーシーにはふくろうをあげたわ。でもおまえはもう、一羽持ってるしね」

「な、なんのこと？」ロンは自分の耳がとても信じられないという顔をした。

「ごほうびをあげなくちゃ！」ウィーズリーおばさんがかわいくてたまらないように言った。

「すてきな新しいドレスローブなんかどうかしら？」

「僕《ぼく》たちがもう買ってやったよ」

そんな気前のいいことをしたのを心から後悔《こうかい》しているという顔で、フレッドが無念そうに言った。

「じゃ、新しい大鍋《おおなべ》かな。チャーリーのお古はさびて穴《あな》が開いてきたし。それとも、新しいネズミなんか。スキャバーズのことかわいがっていたし――」

「ママ」ロンが期待を込《こ》めて聞いた。「新しい箒《ほうき》、だめ？」

ウィーズリーおばさんの顔が少し曇《くも》った。箒《ほうき》は高価《こうか》なのだ。

「そんなに高級じゃなくていい！」ロンが急いでつけ足した。「ただ――ただ、一度くらい新しいのが……」

おばさんはちょっと迷《まよ》っていたが、ニッコリした。

「**もちろん**いいですとも……さあ、箒《ほうき》も買うとなると、もう行かなくちゃ。みんな、またあとでね……ロニー坊《ぼう》やが監督生《かんとくせい》！　みんな、ちゃんとトランクに詰《つ》めるんですよ……監督生《かんとくせい》……ああ、私《わたし》、どうしていいやら！」

おばさんはロンのほおにもう一度キスして、大きく鼻をすすり、興奮《こうふん》して部屋を出ていった。

フレッドとジョージが顔を見合わせた。

「僕《ぼく》たちも君にキスしなくていいかい、ロン？」

フレッドがいかにも心配そうな作り声で言った。

「ひざまずいておじぎしてもいいぜ」ジョージが言った。

「バカ、やめろよ」ロンが二人をにらんだ。

「さもないと？」フレッドの顔に、いたずらっぽいニヤリが広がった。「罰則《ばっそく》を与《あた》えるかい？」

「やらせてみたいねぇ」ジョージが鼻先で笑った。

「気をつけないと、ロンはほんとうにそうできるんだから！」ハーマイオニーが怒《おこ》ったように言った。

フレッドとジョージはゲラゲラ笑いだし、ロンは「やめてくれよ、ハーマイオニー」ともごもご言った。

「ジョージ、俺《おれ》たち、今後気をつけないとな」フレッドが震《ふる》えるふりをした。「この二人が我々《われわれ》にうるさくつきまとうとなると……」

「ああ、我《われ》らが規《き》則破《そくやぶ》りの日々もついに終わりか」ジョージが頭を振《ふ》り振《ふ》り言った。

そして大きな**バシッ**という音とともに、二人は「姿《すがた》くらまし」した。

「あの二人ったら！」

ハーマイオニーが天井《てんじょう》をにらんで怒《おこ》ったように言った。天井《てんじょう》を通して、今度は上の部屋から、フレッドとジョージが大笑いしているのが聞こえてきた。

「あの二人のことは、ロン、気にしないのよ。やっかんでるだけなんだから！」

「そうじゃないと思うな」

ロンも天井《てんじょう》を見上げながら、ちがうよという顔をした。

「あの二人、監督生《かんとくせい》になるのはアホだけだって、いつも言ってた……でも」ロンはうれしそうにしゃべり続けた。「あの二人は新しい箒《ほうき》を持ったことなんかないんだから！　ママと一緒《いっしょ》に行って選べるといいのに……ニンバスは絶対《ぜったい》買えないだろうけど、新型《しんがた》のクリーンスイープが出てるんだ。あれだといいな……うん、僕《ぼく》、ママの所に行って、クリーンスイープがいいって言ってくる。ママに知らせておいたほうが……」

ロンが部屋を飛び出し、ハリーとハーマイオニーだけが取り残された。なぜかハリーは、ハーマイオニーのほうを見たくなかった。ベッドに向かい、おばさんが置いていってくれた清潔《せいけつ》なローブの山を抱《かか》え、トランクのほうに歩いた。

「ハリー？」ハーマイオニーがためらいがちに声をかけた。

「おめでとう、ハーマイオニー」元気すぎて、自分の声ではないようだった。

「よかったね。監督生《かんとくせい》。すばらしいよ」ハリーは目をそらしたまま言った。

「ありがとう」ハーマイオニーが言った。「あー――ハリー――ヘドウィグを借りてもいいかしら？　パパとママに知らせたいの。喜ぶと思うわ――だって、**監督生《かんとくせい》**っていうのは、あの二人にもわかることだから」

「うん、いいよ」ハリーの声は、また恐《おそ》ろしいほど元気いっぱいで、いつものハリーの声ではなかった。「使ってよ！」

ハリーはトランクにかがみ込《こ》み、一番底にローブを置き、何かを探《さが》すふりをした。ハーマイオニーは洋だんすのほうに行き、ヘドウィグを呼《よ》んだ。しばらくたって、ドアが閉《し》まる音がした。ハリーはかがんだままで耳を澄《す》ましていた。壁《かべ》の絵のない絵が、また冷やかし笑いする声と、隅《すみ》のくずかごがふくろうのフンをコホッと吐《は》き出《だ》す音しか聞こえなくなった。

ハリーは体を起こして振《ふ》り返《かえ》った。ハーマイオニーとヘドウィグはもういなかった。ハリーはゆっくりとベッドに戻《もど》り、腰《こし》かけて、見るともなく洋だんすの足元を見た。

五年生になると監督生《かんとくせい》が選ばれることを、ハリーはすっかり忘《わす》れていた。退学《たいがく》になるかもしれないと心配するあまり、バッジが何人かの生徒に送られてくることを考える余裕《よゆう》はなかった。もし、そのことをハリーが**覚えていたなら**……そのことを**考えたとしたなら**……何を期待しただろうか？

こんなはずじゃない。頭の中で、正直な声が小声で言った。

ハリーは顔をしかめ、両手で顔を覆《おお》った。自分にうそはつけない。監督生《かんとくせい》のバッジが誰《だれ》かに送られてくると知っていたら、自分の所に来ると期待したはずだ。ロンの所じゃない。僕《ぼく》はドラコ・マルフォイとおんなじいばり屋なんだろうか？　自分がほかのみんなよりすぐれていると思っているんだろうか？　本当に僕《ぼく》は、ロンより**すぐれている**と考えているんだろうか？　**ちがう**、と小さな声が抵抗《ていこう》した。

本当にちがうのか？　ハリーは恐《おそ》る恐《おそ》る自分の心をまさぐった。

僕《ぼく》はクィディッチではよりすぐれている——声が言った。**だけど、僕《ぼく》は、ほかのことでは何もすぐれてはいない。**

それは絶対《ぜったい》まちがいないと、ハリーは思った。自分はどの科目でもロンよりすぐれてはいない。だけど、それ以外では？　ハリー、ロン、ハーマイオニーの三人で、ホグワーツ入学以来、いろいろ冒険《ぼうけん》をした。退学《たいがく》よりもっと危険《きけん》な目にもあった。

そう、**ロンもハーマイオニーもたいてい僕《ぼく》と一緒《いっしょ》だった**――ハリーの頭の中の声が言った。

だけど、いつも一緒《いっしょ》だったわけじゃない。ハリーは自分に言い返した。あの二人がクィレルと戦ったわけじゃない。リドルやバジリスクと戦いもしなかった。シリウスが逃亡《とうぼう》したあの晩《ばん》、吸魂鬼《きゅうこんき》たちを追《お》い払《はら》ったのもあの二人じゃない。ヴォルデモートがよみがえったあの晩《ばん》、二人は僕《ぼく》と一緒《いっしょ》に墓場《はかば》にいたわけじゃない……。

こんな扱《あつか》いは不当だという思いが込《こ》み上《あ》げてきた。ここに到着《とうちゃく》した晩《ばん》に突《つ》き上《あ》げてきた思いと同じだった。僕《ぼく》のほうが絶対《ぜったい》いろいろやってきた。ハリーは煮《に》えくり返る思いだった。二人よりも僕《ぼく》のほうがいろいろ成しとげたんだ！

だけど、たぶん――小さな公平な声が言った。**たぶんダンブルドアは、幾多《いくた》の危険《きけん》な状況《じょうきょう》に首を突《つ》っ込《こ》んだからといって、それで監督生《かんとくせい》を選ぶわけじゃない……ほかの理由で選ぶのかもしれない……ロンは僕《ぼく》の持っていない何かを持っていて……。**

ハリーは目を開け、指の間から洋だんすの猫足形《ねこあしがた》の脚《あし》を見つめ、フレッドの言ったことを思い出していた。――正気でロンを監督生《かんとくせい》にするやつぁいないぜ……。

ハリーはプッと噴《ふ》き出《だ》した。そのすぐあとで自分がいやになった。監督生《かんとくせい》バッジをくれと、ロンがダンブルドアに頼《たの》んだわけじゃない。ロンが悪いわけじゃない。ロンの一番の親友の僕《ぼく》が、自分がバッジをもらえなかったからと言ってすねたりするのか？　双子《ふたご》と一緒《いっしょ》になって、ロンの背後《はいご》で笑うのか？　ロンが初めて何か一つハリーに勝ったというのに、その気持ちに水をさす気か？

ちょうどその時、階段《かいだん》を戻《もど》ってくるロンの足音が聞こえた。ハリーは立ち上がってめがねをかけなおし、顔に笑いを貼《は》りつけた。ロンがドアからはずむように入ってきた。

「ちょうど間に合った！」ロンがうれしそうに言った。「できればクリーンスイープを買うってさ」

「かっこいい」ハリーが言った。自分の声が変に上ずっていないのでホッとした。

「おい――ロン――おめでとっ」

ロンの顔から笑いが消えていった。

「僕《ぼく》だなんて、考えたことなかった！」ロンが首を振《ふ》り振《ふ》り言った。「僕《ぼく》、君だと思ってた！」

「いーや、僕《ぼく》はあんまりいろいろトラブルを起こしすぎた」

ハリーはフレッドの言葉をくり返した。

「うん」ロンが言った。「うん、そうだな……さあ、荷造《にづく》りしちまおうぜ、な？」

なんとも奇妙《きみょう》なことに、ここに到着《とうちゃく》して以来、二人の持ち物が勝手に散らばってしまったようだった。屋敷《やしき》のあちこちから、本やら持ち物やらをかき集めて学校用のトランクに戻《もど》すのに、ほとんど午後いっぱいかかった。ロンが監督生《かんとくせい》バッジを持ってそわそわしているのに、ハリーは気づいた。はじめは自分のベッド脇《わき》のテーブルの上に置き、それからジーンズのポケットに入れ、またそれを取り出して、黒の上で赤色が映《は》えるかどうか確《たし》かめるかのように、たたんだローブの上に置いた。フレッドとジョージがやってきて、「永久粘着術《えいきゅうねんちゃくじゅつ》」でバッジをロンの額《ひたい》に貼《は》りつけてやろうかと申し出たとき、ロンはやっと、バッジを栗色《くりいろ》のソックスにそっと包んでトランクに入れ、鍵《かぎ》をかけた。

ウィーズリーおばさんは、六時ごろに教科書をどっさり抱《かか》えてダイアゴン横丁から帰ってきた。厚《あつ》い渋紙《しぶがみ》に包まれた長い包みを、ロンが待ちきれないようにうめき声を上げて奪《うば》い取《と》った。

「いまは包みを開けないで。みんなが夕食に来ますからね。さあ、下に来てちょうだい」

おばさんが言った。しかし、おばさんの姿《すがた》が見えなくなるや否《いな》や、ロンは夢中《むちゅう》で包み紙を破《やぶ》り、満面恍惚《まんめんこうこつ》の表情《ひょうじょう》で、新品の箒《ほうき》を隅《すみ》から隅《すみ》までなめるように眺《なが》めた。

おめでとう
ロン、ハーマイオニー
新しい監督生《かんとくせい》

地下には、夕食のごちそうがぎっしりのテーブルの上に、ウィーズリーおばさんが掲《かか》げた真紅《しんく》の横断幕《おうだんまく》があった。

おばさんは、ハリーの見るかぎり、この夏休み一番の上機嫌《じょうきげん》だった。

「テーブルに着いて食べるのじゃなくて、立食パーティはどうかと思って」ハリー、ロン、ハーマイオニー、フレッド、ジョージ、ジニーが厨房《ちゅうぼう》に入ると、おばさんが言った。

「お父さまもビルも来ますよ、ロン。二人にふくろうを送ったら、**それはそれは大喜びだったわ**」

おばさんはニッコリした。

フレッドはやれやれという顔をした。

シリウス、ルーピン、トンクス、キングズリー・シャックルボルトはもう来ていたし、マッドーアイ・ムーディも、ハリーがバタービールを手に取ってまもなく、コツッコツッと現《あらわ》れた。

「まあ、アラスター、いらしてよかったわ」マッドーアイが旅行用マントを肩《かた》から振《ふ》り落《お》とすように脱《ぬ》ぐと、ウィーズリーおばさんがほがらかに言った。

「ずっと前から、お願いしたいことがあったの――客間の小机《こづくえ》を見て、中に何がいるか教えてくださらない？　とんでもないものが入っているといけないと思って、開けなかったの」

「引き受けた、モリー……」

ムーディの鮮《あざ》やかな明るいブルーの目が、ぐるりと上を向き、厨房《ちゅうぼう》の天井《てんじょう》を通過《つうか》してその上を凝視《ぎょうし》した。客間……っと」マッド-アイが唸《うな》り、瞳孔《どうこう》が細くなった。

「隅《すみ》の机《つくえ》か？　うん、なるほど……。ああ、まね妖怪《ようかい》だな……モリー、わしが上に行って片《かた》づけようか？」

「「いいえ、あとで私《わたし》がやりますよ」ウィーズリーおばさんがニッコリした。

「お飲み物でもどうぞ。実はちょっとしたお祝いなの」おばさんは真紅《しんく》の横断幕《おうだんまく》を示《しめ》した。「兄弟で四番目の監督生《かんとくせい》よ！」

おばさんは、ロンの髪《かみ》をくしゃくしゃっとなでながら、うれしそうに言った。

「監督生《かんとくせい》、む？」

ムーディが唸《うな》った。普通《ふつう》の目がロンに向き、魔法《まほう》の目はぐるりと回って頭の横を見た。ハリーはその目が自分を見ているような落ち着かない気分になって、シリウスとルーピンのほうに移動《いどう》した。

「うむ。めでたい」ムーディは普通《ふつう》の目でロンをじろじろ見たまま言った。「権威《けんい》ある者は常《つね》にトラブルを引《ひ》き寄《よ》せる。しかし、ダンブルドアはおまえがたいがいの呪《のろ》いに耐《た》えることができると考えたのだろうて。さもなくば、おまえを任命《にんめい》したりはせんからな……」

ロンはそういう考え方を聞いてぎょっとした顔をしたが、その時父親と長兄《ちょうけい》が到着《とうちゃく》したので、何も答えずにすんだ。ウィーズリーおばさんは上機嫌《じょうきげん》で、二人がマンダンガスを連れてきたのに文句《もんく》も言わなかった。マンダンガスは長いオーバーを着ていて、それがあちこち変な所で奇妙《きみょう》にふくらんでいた。オーバーを脱《ぬ》いでムーディの旅行マントの所にかけたらどうかと言われても、マンダンガスは断《ことわ》った。

「さて、そろそろ乾杯《かんぱい》しようか」

みんなが飲み物を取ったところで、ウィーズリーおじさんが言った。おじさんはゴブレットを掲《かか》げて言った。

「新しいグリフィンドール監督生《かんとくせい》、ロンとハーマイオニーに！」

ロンとハーマイオニーがニッコリした。みんなが二人のために杯《さかずき》を挙げ、拍手《はくしゅ》した。

「わたしは監督生《かんとくせい》になったことなかったな」

みんなが食べ物を取りにテーブルのほうに動きだしたとき、ハリーの背後《はいご》でトンクスの明るい声がした。今日の髪《かみ》は、真っ赤なトマト色で、腰《こし》まで届《とど》く長さだ。ジニーのお姉さんのように見えた。

「寮監《りょうかん》がね、わたしには何か必要な資質《ししつ》が欠けてるって言ったわ」

「どんな？」焼いたジャガイモを選びながら、ジニーが聞いた。

「お行儀《ぎょうぎ》よくする能力《のうりょく》とか」トンクスが言った。

ジニーが笑った。ハーマイオニーはほほえむべきかどうか迷《まよ》ったあげく、妥協策《だきょうさく》にバタービールをガブリと飲み、むせた。

「あなたはどう？　シリウス？」ハーマイオニーの背中《せなか》をたたきながら、ジニーが聞いた。

ハリーのすぐ脇《わき》にいたシリウスが、いつものように吠《ほ》えるような笑い方をした。

「誰《だれ》も私《わたし》を監督生《かんとくせい》にするはずがない。ジェームズと一緒《いっしょ》に罰則《ばっそく》ばかり受けていたからね。ルーピンはいい子だったからバッジをもらった」

「ダンブルドアは、私《わたし》が親友たちをおとなしくさせられるかもしれないと、希望的に考えたのだろうな。言うまでもなく、私《わたし》は見事に失敗したがね」ルーピンが言った。

ハリーは急に気分が晴れ晴れした。父さんも監督生《かんとくせい》じゃなかったんだ。急に、パーティが楽しく感じられた。この部屋にいる全員が二倍も好きになって、ハリーは自分の皿を山盛《やまも》りにした。

ロンは、聞いてくれる人なら誰《だれ》かれおかまいなしに、口を極《きわ》めて新品の箒自慢《ほうきじまん》をしていた。

「……十秒でゼロから百二十キロに加速だ。悪くないだろ？　コメット290なんか、ゼロからせいぜい百キロだもんな。しかも追い風でだぜ。『賢《かしこ》い箒《ほうき》の選び方』にそう書いてあった」

ハーマイオニーはしもべ妖精《ようせい》の権利《けんり》について、ルーピンに自分の意見をとうとうと述《の》べていた。

「だって、これは狼人間《おおかみにんげん》の差別とおんなじようにナンセンスでしょう？　自分たちがほかの生物よりすぐれているなんていう、魔法使《まほうつか》いのばかな考え方に端《たん》を発してるんだわ……」

ウィーズリーおばさんとビルは、いつもの髪型論争《かみがたろんそう》をしていた。

「……ほんとに手に負えなくなってるわ。あなたはとってもハンサムなのよ。短い髪《かみ》のほうがずっとすてきに見えるわ。そうでしょう、ハリー？」

「あ――僕《ぼく》、わかんない――」急に意見を聞かれて、ハリーはちょっと面食らった。

ハリーは二人のそばをそっと離《はな》れ、隅《すみ》っこでマンダンガスと密談《みつだん》しているフレッドとジョージのほうに歩いていった。

マンダンガスはハリーの姿《すがた》を見ると口を閉《と》じたが、フレッドがウィンクして、ハリーにそばに来いと招《まね》いた。

「大丈夫《だいじょうぶ》さ」フレッドがマンダンガスに言った。「ハリーは信用できる。俺《おれ》たちのスポンサーだ」

「見ろよ、ダングが持ってきてくれたやつ」ジョージがハリーに手を突《つ》き出《だ》した。しなびた黒い豆の鞘《さや》のようなものを手いっぱいに持っていた。完全に静止しているのに、中からかすかにガラガラという音が聞こえる。

「『有毒食虫蔓《ゆうどくしょくちゅうづる》』の種だ」ジョージが言った。「『ずる休みスナックボックス』に必要なんだ。だけど、これはC級取引禁止品《きゅうとりひききんしひん》で、手に入れるのにちょっと問題があってね」

「じゃ、全部で十ガリオンだね、ダング？」フレッドが言った。

「俺《おれ》がこンだけ苦労して手に入れたンにか？」マンダンガスがたるんで血走った目を見開いた。

「お気の毒さまーだ。二十ガリオンから、びた一クヌートもまけらンねえ」

「ダングは冗談《じょうだん》が好きでね」フレッドがハリーに言った。

「まったくだ。これまでの一番は、ナールの針《はり》のペン、ひと袋《ふくろ》で六シックルさ」ジョージが言った。

「気をつけたほうがいいよ」ハリーがこっそり注意した。

「なんだ？」フレッドが言った。「おふくろは監督生《かんとくせい》ロンにおやさしくするので手いっぱいさ。俺《おれ》たちゃ、大丈夫《だいじょうぶ》だ」

「だけど、ムーディがこっちに目をつけてるかもしれないよ」ハリーが指摘《してき》した。

マンダンガスがおどおどと振《ふ》り返《かえ》った。

「ちげぇねえ。そいつぁ」マンダンガスが唸《うな》った。「よーし、兄弟《きょうで》ぇ、十でいい。いますぐ引き取っちくれンなら」

マンダンガスはポケットをひっくり返し、双子《ふたご》が差し出した手に中身を空け、せかせかと食べ物のほうに行った。

「ありがとさん、ハリー！」フレッドがうれしそうに言った。「こいつは上に持っていったほうがいいな……」

双子《ふたご》が上に行くのを見ながら、ハリーの胸《むね》を少し後ろめたい思いがよぎった。ウィーズリーおじさん、おばさんは、どうしたって最終的には双子《ふたご》の「いたずら専門店《せんもんてん》」のことを知ってしまう。その時、フレッドとジョージがどうやって資金《しきん》をやりくりしたのかを知ろうとするだろう。あの時は三校対抗試合《たいこうじあい》の賞金《しょうきん》を双子《ふたご》に提供《ていきょう》するのが、とても単純《たんじゅん》なことに思えた。しかし、もしそれがまた家族の争いを引き起こすことになったら？　パーシーのように仲たがいになったら？　フレッドとジョージに手を貸《か》し、おばさんがふさわしくないと思っている仕事を始めさせたのがハリーだとわかったら、それでもおばさんは、ハリーのことを息子同然《むすこどうぜん》と思ってくれるだろうか？

双子《ふたご》が立ち去ったあと、ハリーはそこにひとりぼっちで立っていた。胃《い》の腑《ふ》にのしかかった罪悪《ざいあく》感《かん》の重みだけが、ハリーにつき合っていた。ふと、自分の名前が耳に入った。キングズリー・シャックルボルトの深い声が、周囲のおしゃべり声をくぐり抜《ぬ》けて聞こえてきた。

「……ダンブルドアはなぜポッターを監督生《かんとくせい》にしなかったのかね？」キングズリーが聞いた。

「あの人にはあの人の考えがあるはずだ」ルーピンが答えた。

「しかし、そうすることで、ポッターへの信頼《しんらい》を示《しめ》せたろうに。私《わたし》ならそうしただろうね」キングズリーが言《い》い張《は》った。「特に、『日刊予言者新聞《にっかんよげんしゃしんぶん》』が三日にあげずポッターをやり玉に挙げているんだし……」

ハリーは振《ふ》り向《む》かなかった。ルーピンとキングズリーに、ハリーが聞いてしまったことを悟《さと》られたくなかった。ほとんど食欲《しょくよく》がなかったが、ハリーはマンダンガスのあとからテーブルに戻《もど》った。パーティが楽しいと思ったのも突然湧《とつぜんわ》いた感情《かんじょう》だったが、同じぐらい突然《とつぜん》に喜びが消えてしまった。上に戻《もど》ってベッドにもぐりたいと、ハリーは思った。

マッドーアイ・ムーディが、わずかに残った鼻で、チキンの骨《ほね》つきもも肉をくんくんかいでいた。どうやら、毒はまったく検出《けんしゅつ》されなかったらしく、次の瞬間《しゅんかん》、歯でバリッと食いちぎった。

「……柄《え》はナラで、呪《のろ》いよけワックスが塗《ぬ》ってある。それに振動《しんどう》コントロール内蔵《ないぞう》だ――」ロンがトンクスに説明している。

ウィーズリーおばさんが大あくびをした。

「さて、寝《ね》る前にまね妖怪《ようかい》を処理《しょり》してきましょう……。アーサー、みんなをあんまり夜更《よふ》かしさせないでね。いいこと？　おやすみ、ハリー」

おばさんは厨房《ちゅうぼう》を出ていった。ハリーは皿を下に置き、自分もみんなの気づかないうちに、おばさんについていけないかなと思った。

「元気か、ポッター？」ムーディが低い声で聞いた。

「うん、元気」ハリーはうそをついた。

ムーディは鮮《あざ》やかなブルーの目でハリーを横にらみしながら、腰《こし》の携帯瓶《けいたいびん》からぐいっと飲んだ。

「こっちへ来い。おまえが興味《きょうみ》を持ちそうなものがある」ムーディが言った。

ローブの内ポケットから、ムーディは古いぼろぼろの写真を一枚引《まいひ》っ張《ぱ》り出《だ》した。

「不死鳥《ふしちょう》の騎士団創立《きしだんそうりつ》メンバーだ」ムーディが唸《うな》るように言った。「昨夜、『透明《とうめい》マント』の予備《よび》を探《さが》しているときに見つけた。ポドモアが、礼儀知《れいぎし》らずにも、わしの一張羅《いっちょうら》マントを返してよこさん……。みんなが見たがるだろうと思ってな」

ハリーは写真を手に取った。小さな集団《しゅうだん》がハリーを見つめ返していた。何人かがハリーに手を振《ふ》り、何人かは乾杯《かんぱい》した。

「わしだ」ムーディが自分を指した。そんな必要はなかった。写真のムーディは見まちがえようがない。ただし、いまほど白髪《しらが》ではなく、鼻はちゃんとついている。「ほれ、わしの隣《となり》がダンブルドア、反対隣《はんたいどなり》がディーダラス・ディグルだ……。これは魔女《まじょ》のマーリン・マッキノン。この写真の二週間後に殺された。家族全員殺《や》られた。こっちがフランク・ロングボトムと妻《つま》のアリス――」

すでにむかむかしていたハリーの胃《い》が、アリス・ロングボトムを見てギュッとねじれた。一度も会ったことがないのに、この丸い、人なつっこそうな顔は知っている。息子《むすこ》のネビルそっくりだ。

「――気の毒な二人だ」ムーディが唸《うな》った。「あんなことになるなら死んだほうがましだ……。こっちはエメリーン・バンス。もう会ってるな？　こっちは、言わずもがな、ルーピンだ……。ベンジー・フェンウィック。こいつも殺《や》られた。死体のかけらしか見つからんかった……ちょっとどいてくれ」

ムーディは写真をつついた。

写真サイズの小さな姿《すがた》たちが脇《わき》によけ、それまで半分陰《かげ》になっていた姿《すがた》が前に移動《いどう》した。

「エドガー・ボーンズ……アメリア・ボーンズの弟だ。こいつも、こいつの家族も殺《や》られた。すばらしい魔法使《まほうつか》いだったが……。スタージス・ポドモア。なんと、若《わか》いな……。キャラドック・ディアボーン。この写真から六か月後に消えた。遺体《いたい》は見つからなんだ……。ハグリッド。紛《まぎ》れもない、いつもおんなじだ……。エルファイアス・ドージ。こいつにもおまえは会ったはずだ。あのころこんなバカバカしい帽子《ぼうし》をかぶっとったのを忘《わす》れておったわ……。ギデオン・プルウェット。こいつと、弟のフェービアンを殺すのに、死喰《しく》い人《びと》が五人も必要だったわ。雄々《おお》しく戦った……どいてくれ、どいてくれ……」

写真の小さな姿《すがた》がわさわさ動き、一番後ろに隠《かく》れていた姿《すがた》が一番前に現《あらわ》れた。

「これはダンブルドアの弟でアバーフォース。この時一度しか会ってない。奇妙《きみょう》なやつだったな……。ドーカス・メドウズ。ヴォルデモート自身の手にかかって殺された魔女《まじょ》だ……。シリウス。まだ髪《かみ》が短かったな……。それと……ほうれ、これがおまえの気に入ると思ったわ！」

ハリーは心臓《しんぞう》がひっくり返った。父親と母親がハリーにニッコリ笑いかけていた。二人の真ん中に、しょぼくれた目をした小男が座《すわ》っている。ワームテールだとすぐにわかった。ハリーの両親を裏切《うらぎ》ってヴォルデモートにその居所《いどころ》を教え、両親の死をもたらす手引きをした男だ。

「む？」ムーディが言った。

ハリーはムーディの傷《きず》だらけ、穴《あな》だらけの顔を見つめた。明らかにムーディは、ハリーに思いがけないごちそうを持ってきたつもりなのだ。

「うん」ハリーはまたしてもニッコリ作り笑いをした。「あっ……あのね、いま思い出したんだけど、トランクに詰《つ》め忘《わす》れた……」

ちょうどシリウスが話しかけてきたので、ハリーは何を詰《つ》め忘《わす》れたかを考え出す手間が省けた。

「マッド-アイ、そこに何を持ってるんだ？」

そしてマッド-アイがシリウスのほうを見た。ハリーは誰《だれ》にも呼《よ》び止《と》められずに、厨房《ちゅうぼう》を横切り、そろりと扉《とびら》を抜《ぬ》けて階段《かいだん》を上がった。

どうしてあんなにショックを受けたのか、ハリーは自分でもわからなかった。考えてみれば、両親の写真は前にも見たことがあるし、ワームテールにだって会ったことがある……。しかし、まったく予期していないときに、あんなふうに突然《とつぜん》目の前に両親の姿《すがた》を突《つ》きつけられるなんて……誰《だれ》だってそんなのはいやだ。ハリーは腹《はら》が立った……。

それに、両親を囲む楽しそうな顔、顔、顔……かけらしか見つからなかったベンジー・フェンウィック、英雄《えいゆう》として死んだギデオン・プルウェット、正気を失うまで拷問《ごうもん》されたロングボトム夫《ふ》妻《さい》……みんな幸せそうに写真から手を振《ふ》っている。永久《えいきゅう》に振《ふ》り続ける。待ち受ける暗い運命も知らず……。まあ、ムーディにとっては興味《きょうみ》のあることかもしれない……。ハリーにはやりきれない思いだった……。

ハリーは足音を忍《しの》ばせてホールから階段《かいだん》を上がり、剝製《はくせい》にされたしもべ妖精《ようせい》の首の前を通り、やっとひとりきりになれたことをうれしく思った。ところが、最初の踊《おど》り場《ば》に近づいたとき、物音が聞こえた。誰《だれ》かが客間ですすり泣いている。

「誰《だれ》？」ハリーは声をかけた。

答えはなかった。すすり泣きだけが続いていた。ハリーは残りの階段《かいだん》を二段《だん》飛《と》びで上がり、踊《おど》り場《ば》を横切って客間の扉《とびら》を開けた。

暗い壁際《かべぎわ》に誰《だれ》かがうずくまっている。杖《つえ》を手にして、体中を震《ふる》わせてすすり泣いている。ほこりっぽい古いじゅうたんの上に丸く切り取ったように月明かりが射《さ》し込《こ》み、そこにロンが大の字に倒《たお》れていた。死んでいる。

ハリーは、肺《はい》の空気が全部抜《ぬ》けたような気がした。床《ゆか》を突《つ》き抜《ぬ》けて下に落ちていくような気がした。頭の中が氷のように冷たくなった――ロンが死んだ。うそだ。そんなことが――。

待てよ、**そんなことはありえない**――ロンは下の階にいる――。

「ウィーズリーおばさん？」ハリーは声がかすれた。

「リ――リ――リディクラス！」おばさんが、泣きながら震《ふる》える杖先《つえさき》をロンの死体に向けた。

パチン。

ロンの死体がビルに変わった。仰向《あおむ》けに大の字になり、うつろな目を見開いている。ウィーズリーおばさんは、ますます激《はげ》しくすすり泣いた。

「リ――リディクラス！」おばさんはまたすすり上げた。

パチン。

ビルがウィーズリーおじさんの死体に変わった。めがねがずれ、顔からすっと血が流れた。

「やめてーっ！」おばさんがうめいた。「やめて……リディクラス！　リディクラス！　リディクラス！」

パチン、双子《ふたご》の死体。**パチン**、パーシーの死体。**パチン**、ハリーの死体……。

「おばさん、ここから出て！」じゅうたんに横たわる自分の死体を見下ろしながら、ハリーが叫《さけ》んだ。「誰《だれ》かほかの人に――」

「どうした？」

ルーピンが客間に駆《か》け上《あ》がってきた。すぐあとからシリウス、その後ろにムーディがコツッコツッと続いた。ルーピンはウィーズリーおばさんから、転がっているハリーの死体へと目を移《うつ》し、すぐに理解《りかい》したようだった。杖《つえ》を取り出し、力強く、はっきりと唱えた。

「リディクラス！」

ハリーの死体が消えた。死体が横たわっていたあたりに、銀白色の球が漂《ただよ》った。ルーピンがもう一度杖《つえ》を振《ふ》ると、球は煙《けむり》となって消えた。

「おぉ――おぉ――おぉ！」ウィーズリーおばさんはおえつをもらし、こらえきれずに両手に顔をうずめて激《はげ》しく泣きだした。

「モリー」ルーピンがおばさんに近寄《ちかよ》り、沈《しず》んだ声で言った。「モリー、そんなに……」

次の瞬間《しゅんかん》、おばさんはルーピンの肩《かた》にすがり、胸《むね》も張《は》り裂《さ》けんばかりに泣きじゃくった。

「モリー、ただのまね妖怪《ようかい》だよ」ルーピンがおばさんの頭をやさしくなでながらなぐさめた。「ただの、くだらない、まね妖怪《ようかい》だ……」

「私《わたし》、いつも、みんなが死――死――死ぬのが見えるの！」おばさんはルーピンの肩《かた》でうめいた。

「い――い――いつもなの！ ゆ――ゆ――夢《ゆめ》に見るの……」

シリウスは、まね妖怪《ようかい》がハリーの死体になって横たわっていたあたりのじゅうたんを見つめていた。ムーディはハリーを見ていた。ハリーは目をそらした。ムーディの魔法《まほう》の目が、ハリーを厨房《ちゅうぼう》からずっと追いかけていたような奇妙《きみょう》な感じがした。

「アーサーには、い――い――言わないで」

おばさんはおえつしながら、そで口で必死に両目をぬぐった。

「私《わたし》、アーサーにし――し――知られたくないの……ばかなこと考えてるなんて……」

ルーピンがおばさんにハンカチを渡《わた》すと、おばさんはチーンと鼻水をかんだ。

「ハリー、ごめんなさい。私《わたし》に失望したでしょうね？」おばさんが声を震《ふる》わせた。「たかがまね妖《よう》怪一匹《かいいっぴき》も片《かた》づけられないなんて……」

「そんなこと」ハリーはニッコリしてみせようとした。

「私《わたし》、ほんとにし――し――心配で」おばさんの目からまた涙《なみだ》があふれ出した。「家族のは――は――半分が騎士団《きしだん》にいる。全員が無事だったら、き――き――奇跡《きせき》だわ……それにパ――パーシーは口もきいてくれない……何か、お――お――恐《おそ》ろしいことが起こって、二度とあの子となー―な――仲なおりできなかったら？　それに、もし私《わたし》もアーサーも殺されたらどうなるの？　ロンやジニーはだ――だ――誰《だれ》が面倒《めんどう》を見るの？」

「モリー、もうやめなさい」ルーピンがきっぱりと言った。

「前の時とはちがう。騎士団《きしだん》は前より準備《じゅんび》が整っている。最初の動きが早かった。ヴォルデモートが何をしようとしているか、知っている――」

ウィーズリーおばさんはその名を聞くとおびえて小さく悲鳴を上げた。

「あぁ、モリー、もういいかげんこの名前になれてもいいころじゃないか――いいかい、誰《だれ》もけがをしないと保証《ほしょう》することは、私《わたし》にはできない。誰《だれ》にもできない。しかし、前の時より状況《じょうきょう》はずっといい。あなたは前回、騎士団《きしだん》にいなかったから、わからないだろうが。前の時は二十対一で死喰い人《びと》の数が上回っていた。そして、一人また一人とやられたんだ……」

ハリーはまた写真のことを思い出した。両親のニッコリした顔を。ムーディがまだ自分を見つめていることに気づいていた。

「パーシーのことは心配するな」シリウスが唐突《とうとつ》に言った。「そのうち気づく。ヴォルデモートの動きが明るみに出るのも、時間の問題だ。いったんそうなれば、魔法省《まほうしょう》全員が我々《われわれ》に許《ゆる》しを請《こ》う。ただし、やつらの謝罪《しゃざい》を受け入れるかどうか、私《わたし》にははっきり言えないがね」シリウスが苦々しくつけ加えた。

「それに、あなたやアーサーに、もしものことがあったら、ロンとジニーの面倒《めんどう》を誰《だれ》が見るかだが」ルーピンがちょっとほほえみながら言った。

「私《わたし》たちがどうすると思う？　路頭に迷《まよ》わせるとでも？」

ウィーズリーおばさんがおずおずとほほえんだ。

「私《わたし》、ばかなことを考えて」おばさんは涙《なみだ》をぬぐいながら同じことをつぶやいた。

しかし、十分ほどたって自分の寝室《しんしつ》のドアを閉《し》めたとき、ハリーにはおばさんがばかなことを考えているとは思えなかった。ぼろぼろの古い写真からニッコリ笑いかけていた両親の顔がまだ目に焼きついている。周囲の多くの仲間と同じく、自分たちにも死が迫《せま》っていることに、あの二人も気づいていなかった。まね妖怪《ようかい》が次々に死体にして見せたウィーズリーおばさんの家族が、ハリーの目にちらついた。

なんの前触《まえぶ》れもなく、額《ひたい》の傷痕《きずあと》がまたしても焼けるように痛《いた》んだ。胃袋《いぶくろ》が激《はげ》しくのたうった。

「やめろ」傷痕《きずあと》をもみながら、ハリーはきっぱりと言った。痛《いた》みは徐々《じょじょ》にひいていった。

「自分の頭に話しかけるのは、気が触《ふ》れる最初の兆候だ」壁《かべ》の絵のない絵から、陰険《いんけん》な声が聞こえた。

ハリーは無視《むし》した。これまでの人生で、こんなに一気に年を取ったように感じたことはなかった。ほんの一時間前、いたずら専門店《せんもんてん》のことや、誰《だれ》が監督生《かんとくせい》バッジをもらったかを気にしたことなどが、遠い昔のことに思えた。

第十章　ルーナ・ラブグッド

その晩《ばん》ハリーはうなされた。両親が夢《ゆめ》の中で現《あらわ》れたり消えたりした。一言もしゃべらない。ウィーズリーおばさんがクリーチャーの死体のそばで泣いている。それを見ているロンとハーマイオニーは王冠《おうかん》をかぶっている。そして、またしてもハリーは廊下《ろうか》を歩き、鍵《かぎ》のかかった扉《とびら》で行き止まりになる。傷痕《きずあと》の刺《さ》すような痛《いた》みで、ハリーは突然《とつぜん》目が覚めた。ロンはもう服を着て、ハリーに話しかけていた。

「……急げよ。ママがカッカしてるぜ。汽車に遅《おく》れるって……」

屋敷《やしき》の中はてんやわんやだった。猛《もう》スピードで服を着ながら、聞こえてきた物音から察すると、フレッドとジョージが運ぶ手間を省こうとしてトランクに魔法《まほう》をかけ、階段《かいだん》を下まで飛ばせた結果、トランクがジニーに激突《げきとつ》してなぎ倒《たお》し、ジニーは踊《おど》り場《ば》を二つ転がり落ちてホールまで転落したらしい。ブラック夫人とウィーズリーおばさんが、そろって声をかぎりに叫《さけ》んでいた。

「**――大けがをさせたかもしれないのよ。このバカ息子《むすこ》――**」

「**――穢《けが》れた雑種《ざっしゅ》ども、わが祖先《そせん》の館を汚《けが》しおって――**」

ハーマイオニーがあわてふためいて部屋に飛《と》び込《こ》んできた。ハリーがスニーカーをはいているところだった。ハーマイオニーの肩《かた》でヘドウィグが揺《ゆ》れ、腕《うで》の中でクルックシャンクスが身をくねらせていた。

「パパとママがたったいま、ヘドウィグを返してきたの」

ヘドウィグは物わかりよく飛び上がり、自分のかごの上に止まった。

「支度《したく》できた？」

「だいたいね。ジニーは大丈夫《だいじょうぶ》？」ハリーはぞんざいにめがねをかけながら聞いた。

「ウィーズリーおばさんが応急手当《おうきゅうてあ》てしたわ」ハーマイオニーが答えた。「だけど、今度はマッドーアイが、スタージス・ポドモアが来ないと護衛《ごえい》が一人足りないから出発できないってごねてる」

「護衛《ごえい》？」ハリーが言った。「僕《ぼく》たち、キングズ・クロスに護衛《ごえい》つきで行かなきゃならないの？」

「**あなたが**、キングズ・クロスに護衛《ごえい》つきで行くの」ハーマイオニーが訂正《ていせい》した。

「どうして？」ハリーはいらついた。「ヴォルデモートは鳴りをひそめてるはずだ。それとも、ごみ箱の陰《かげ》からでも飛びかかってきて、僕《ぼく》を殺すとでも言うのかい？」

「知らないわ。マッドーアイがそう言ってるだけ」ハーマイオニーは自分の時計を見ながら上の空で答えた。「とにかく、すぐ出かけないと、絶対《ぜったい》に汽車に遅《おく》れるわ……」

「みんな、すぐに下りてきなさい。すぐに！」

ウィーズリーおばさんの大声がした。ハーマイオニーは火傷《やけど》でもしたように飛び上がり、部屋から飛び出した。ハリーはヘドウィグを引っつかんで乱暴《らんぼう》にかごに押《お》し込《こ》み、トランクを引きずって、ハーマイオニーのあとから階段《かいだん》を下りた。

ブラック夫人の肖像画《しょうぞうが》は怒《いか》り狂《くる》って吠《ほ》えていたが、わざわざカーテンを閉《し》めようとする者は誰《だれ》もいない。ホールの騒音《そうおん》でどうせまた起こしてしまうからだ。

「――穢《けが》れた血《ち》！　クズども！　芥《あくた》の輩《やから》！　――」

「ハリー、私《わたし》とトンクスと一緒《いっしょ》に来るのよ」ギャーギャーわめき続けるブラック夫人の声に負けじと、おばさんが叫《さけ》んだ。「トランクとふくろうは置いていきなさい。アラスターが荷物の面倒《めんどう》を見るわ……ああ、シリウスなんてことを。ダンブルドアが**だめだって**おっしゃったでしょう！」

熊《くま》のような黒い犬がハリーの脇《わき》に現《あらわ》れた。ハリーが、ホールに散らばったトランクを乗《の》り越《こ》え乗《の》り越《こ》え、ウィーズリーおばさんのほうに行こうとしていたときだった。

「ああ、まったく……」ウィーズリーおばさんが絶望的《ぜつぼうてき》な声で言った。「それなら、ご自分の責任《せきにん》でそうなさい！」

おばさんは玄関《げんかん》の扉《とびら》をギーッと開けて外に出た。九月の弱い陽光の中だった。ハリーと犬があとに続いた。扉《とびら》がバタンと閉《し》まり、ブラック夫人のわめき声がたちまち断《た》ち切《き》られた。

「トンクスは？」十二番地の石段《いしだん》を下りながら、ハリーが見回した。十二番地は、歩道に出たとたん、かき消すように見えなくなった。

「すぐそこで待ってます」おばさんはハリーの脇《わき》をはずみながら歩いている黒い犬を見ないようにしながら、硬《かた》い表情《ひょうじょう》で答えた。

曲がり角で老婆《ろうば》が挨拶《あいさつ》した。くりくりにカールした白髪《はくはつ》に、ポークパイの形をした紫《むらさき》の帽子《ぼうし》をかぶっている。

「よッ、ハリー」老婆《ろうば》がウィンクした。

「急いだほうがいいな、ね、モリー？」老婆《ろうば》が時計を見ながら言った。

「わかってるわ、わかってるわよ」おばさんはうめくように言うと、歩幅《ほはば》を大きくした。「だけど、マッド-アイがスタージスを待つって言うものだから……アーサーがまた魔法省《まほうしょう》の車を借りられたらよかったんだけど……ファッジったら、このごろアーサーにはからのインク瓶《びん》だって貸《か》してくれやしない……マグルは魔法《まほう》なしで**よくもまあ**移動《いどう》するものだわね……」

しかし大きな黒犬は、うれしそうに吠《ほ》えながら、三人の周りを跳《は》ね回《まわ》り、ハトにかみつくまねをしたり、自分のしっぽを追いかけたりしていた。ハリーは思わず笑った。シリウスはそれだけ長い間屋敷《やしき》に閉《と》じ込《こ》められていたのだ。ウィーズリーおばさんは、ペチュニアおばさん並《な》みに、唇《くちびる》をギュッと結んでいた。

キングズ・クロスまで歩いて二十分かかった。その間何事もなく、せいぜいシリウスが、ハリーを楽しませようと猫《ねこ》を二、三匹脅《びきおど》したくらいだった。駅の中に入ると、みんなで九番線と十番線の間の柵《さく》の脇《わき》をなにげなくうろうろし、安全を確認《かくにん》した。そして一人ずつ壁《かべ》に寄《よ》りかかり、楽々通《とお》り抜《ぬ》けて九と四分の三番線に出た。そこにはホグワーツ特急が停車《ていしゃ》し、すすけた蒸気《じょうき》をプラットホームに吐《は》き出《だ》していた。プラットホームは出発を待つ生徒や家族でいっぱいだった。ハリーはなつかしいにおいを吸《す》い込《こ》み、心が高まるのを感じた……ほんとうに帰るんだ……。

「ほかの人たちも間に合えばいいけど」ウィーズリーおばさんが、プラットホームにかかる鉄のアーチを振《ふ》り返《かえ》り、心配そうに見つめた。そこからみんなが現《あらわ》れるはずだ。

「いい犬だな、ハリー！」縮《ちぢ》れっ毛《け》をドレッドヘアにした、背《せ》の高い少年が声をかけた。

「ありがとう、リー」ハリーがニコッとした。シリウスはちぎれるほどしっぽを振《ふ》った。

「ああ、よかった」おばさんがホッとしたように言った。「アラスターと荷物だわ。ほら……」

不ぞろいの目に、ポーター帽子《ぼうし》を目深《まぶか》にかぶり、トランクを積んだカートを押《お》しながら、ムーディがコツッコツッとアーチをくぐってやってきた。

「すべてオーケーだ」ムーディがおばさんとトンクスにつぶやいた。「追跡《ついせき》されてはおらんようだ……」

すぐあとから、ロンとハーマイオニーを連れたウィーズリーおじさんがホームに現《あらわ》れた。ムーディのカートからほとんど荷物を降《お》ろし終えたころ、フレッド、ジョージ、ジニーがルーピンと一緒《いっしょ》に現《あらわ》れた。

「異常《いじょう》なしか？」ムーディが唸《うな》った。

「まったくなし」ルーピンが言った。

「それでも、スタージスのことはダンブルドアに報告《ほうこく》しておこう」ムーディが言った。「やつはこの一週間で二回もすっぽかした。マンダンガス並《な》みに信用できなくなっている」

「気をつけて」ルーピンが全員と握手《あくしゅ》しながら言った。最後にハリーの所に来て、ルーピンは肩《かた》をポンとたたいた。「君もだ、ハリー、気をつけるんだよ」

「そうだ、目立たぬようにして、目玉をひんむいてるんだぞ」ムーディもハリーと握手《あくしゅ》した。

「それから、全員、忘《わす》れるな――手紙の内容《ないよう》には気をつけろ。迷《まよ》ったら、書くな」

「みんなに会えて、うれしかったよ」トンクスが、ハーマイオニーとジニーを抱《だ》きしめた。「またすぐ会えるね」

警笛《けいてき》が鳴った。まだホームにいた生徒たちが、急いで汽車に乗《の》り込《こ》みはじめた。

「早く、早く」ウィーズリーおばさんが、あわててみんなを次々抱《だ》きしめ、ハリーは二度も捕《つか》まった。「手紙ちょうだい……いい子でね……忘《わす》れ物《もの》があったら送りますよ……汽車に乗って、さあ、早く……」

ほんの一瞬《いっしゅん》、大きな黒犬が後《うし》ろ脚《あし》で立ち上がり、前脚《まえあし》をハリーの両肩《りょうかた》にかけた。しかし、ウィーズリーおばさんがハリーを汽車のドアのほうに押《お》しやり、怒《おこ》ったようにささやいた。

「まったくもう、シリウス、もっと犬らしく振《ふ》る舞《ま》って！」

「さよなら！」汽車が動きだし、ハリーは開けた窓《まど》から呼《よ》びかけた。ロン、ハーマイオニー、ジニーが、そばで手を振《ふ》った。トンクス、ルーピン、ムーディ、ウィーズリーおじさん、おばさんの姿《すがた》があっという間に小さくなった。しかし黒犬は、しっぽを振《ふ》り、窓《まど》のそばを汽車と一緒《いっしょ》に走った。飛び去っていくホームの人影《ひとかげ》が、汽車を追いかける犬を笑いながら見ていた。汽車がカーブを曲がり、シリウスの姿《すがた》が見えなくなった。

「シリウスは一緒《いっしょ》に来るべきじゃなかったわ」ハーマイオニーが心配そうな声で言った。

「おい、気軽にいこうぜ」ロンが言った。「もう何か月も陽《ひ》の光を見てないんだぞ、かわいそうに」

「さーてと」フレッドが両手を打ち鳴らした。「一日中むだ話をしているわけにはいかない。リーと仕事の話があるんだ。またあとでな」

フレッドとジョージは、通路を右へと消えた。

汽車は速度を増《ま》し、窓《まど》の外を家々が飛ぶように過《す》ぎ去《さ》り、立っているとみなぐらぐら揺《ゆ》れた。

「それじゃ、コンパートメントを探《さが》そうか？」ハリーが言った。

ロンとハーマイオニーが目配せし合った。

「えーと」ロンが言った。

「私《わたし》たち――えーと――ロンと私《わたし》はね、監督生《かんとくせい》の車両に行くことになってるの」ハーマイオニーが言いにくそうに言った。

ロンはハリーを見ていない。自分の左手の爪《つめ》にやけに強い興味《きょうみ》を持ったようだ。

「あっ」ハリーが言った。「そうか、いいよ」

「ずーっとそこにいなくともいいと思うわ」ハーマイオニーが急いで言った。「手紙によると、男女それぞれの首席の生徒から指示《しじ》を受けて、ときどき車内の通路をパトロールすればいいんだって」

「いいよ」ハリーがまた言った。「えーと、それじゃ、僕《ぼく》――僕《ぼく》、またあとでね」

「うん、必ず」ロンが心配そうにおずおずとハリーを盗《ぬす》み見《み》ながら言った。「あっちに行くのはいやなんだ。僕《ぼく》はむしろ――だけど、僕《ぼく》たちしょうがなくて――だからさ、僕《ぼく》、楽しんではいないんだ。僕《ぼく》、パーシーとはちがう」ロンは反抗《はんこう》するように最後の言葉を言った。

「わかってるよ」ハリーはそう言ってニッコリした。しかし、ハーマイオニーとロンが、トランクとクルックシャンクスとかご入りのピッグウィジョンとを引きずって機関車のほうに消えていくと、ハリーは妙《みょう》にさびしくなった。これまで、ホグワーツ特急の旅はいつもロンと一緒《いっしょ》だった。

「行きましょ」ジニーが話しかけた。「早く行けば、あの二人の席も取っておけるわ」

「そうだね」ハリーは片手《かたて》にヘドウィグのかごを、もう一方の手にトランクの取っ手を持った。

二人はコンパートメントのガラス戸越《ご》しに中をのぞきながら、通路をゴトゴト歩いた。どこも満席だった。興味深《きょうみぶか》げにハリーを見つめ返す生徒が多いことに、ハリーはいやでも気づいた。何人かは隣《となり》の生徒をこづいてハリーを指差した。

こんな態度《たいど》が五車両も続いたあと、ハリーは「日刊予言者新聞《にっかんよげんしゃしんぶん》」のことを思い出した。新聞はこの夏中、読者に対して、ハリーがうそつきの目立ちたがり屋だと吹聴《ふいちょう》していた。自分を見つめたり、ヒソヒソ話をした生徒たちは、そんな記事を信じたのだろうかと、ハリーは寒々とした気持ちになった。

最後尾《さいこうび》の車両で、二人はネビル・ロングボトムに出会った。グリフィンドールの五年生でハリーの同級生だ。トランクを引きずり、じたばた暴《あば》れるヒキガエルのトレバーを片手《かたて》で握《にぎ》りしめて奮闘《ふんとう》し、丸顔を汗《あせ》で光らせている。

「やあ、ハリー」ネビルが息を切らして挨拶《あいさつ》した。「やあ、ジニー……どこもいっぱいだ……僕《ぼく》、席が全然見つからなくて……」

「何言ってるの？」ネビルを押《お》しつけるようにして狭《せま》い通路を通り、その後ろのコンパートメントをのぞき込《こ》んで、ジニーが言った。「ここが空いてるじゃない。ルーニー・ラブグッド一人だけよ――」

ネビルは邪魔《じゃま》したくないとかなんとかブツブツ言った。

「ばか言わないで」ジニーが笑った。「この子は大丈夫《だいじょうぶ》よ」

ジニーが戸を開けてトランクを中に入れた。ハリーとネビルが続いた。

「こんにちは、ルーナ」ジニーが挨拶《あいさつ》した。「ここに座《すわ》ってもいい？」

窓際《まどぎわ》の女の子が目を上げた。にごり色のブロンドの髪《かみ》が腰《こし》まで伸《の》び、バラバラと広がっている。眉毛《まゆげ》がとても薄《うす》い色で、目が飛び出しているので、普通《ふつう》の表情《ひょうじょう》でもびっくり顔だ。ネビルがどうしてこのコンパートメントをパスしようと思ったのか、ハリーはすぐにわかった。この女の子には、明らかに変人のオーラが漂《ただよ》っている。もしかしたら、杖《つえ》を安全に保管《ほかん》するのに、左耳にはさんでいるせいか、よりによってバタービールのコルクをつなぎ合わせたネックレスをかけているせいか、または雑誌《ざっし》を逆《さか》さまに読んでいるせいかもしれない。

女の子の目がネビルをじろっと見て、それからハリーをじっと見た。そしてうなずいた。

「ありがとう」ジニーが女の子にほほえんだ。

ハリーとネビルは、トランク三個《こ》とヘドウィグのかごを荷物棚《にもつだな》に上げ、腰《こし》をかけた。ルーナが逆《さか》さの雑誌《ざっし》の上から二人を見ていた。雑誌《ざっし》には『ザ・クィブラー』と書いてある。この子は、普通《ふつう》の人間より瞬《まばた》きの回数が少なくてすむらしい。ハリーを見つめに見つめている。ハリーは、真向かいに座《すわ》ったことを後悔《こうかい》した。

「ルーナ、いい休みだった？」ジニーが聞いた。

「うん」ハリーから目を離《はな》さずに、ルーナが夢見《ゆめみ》るように言った。

「うん、とっても楽しかったよ。**あんた、**ハリー・ポッターだ」ルーナが最後につけ加えた。

「知ってるよ」ハリーが言った。

ネビルがクスクス笑った。ルーナが淡《あわ》い色の目を、今度はネビルに向けた。

「だけど、あんたが誰《だれ》だか知らない」

「僕《ぼく》、誰《だれ》でもない」ネビルがあわてて言った。

「ちがうわよ」ジニーが鋭《するど》く言った。「ネビル・ロングボトムよ——こちらはルーナ・ラブグッド。ルーナは私《わたし》と同学年だけど、レイブンクローなの」

「**計り知れぬ英知こそ、我《われ》らが最大の宝《たから》なり**」ルーナが歌うように言った。

そしてルーナは、逆《さか》さまの雑誌《ざっし》を顔が隠《かく》れる高さに持ち上げ、ひっそりとなった。ハリーとネビルは眉《まゆ》をキュッと吊《つ》り上《あ》げて、目を見交《みか》わした。ジニーはクスクス笑いを押《お》し殺《ころ》した。

汽車は勢《いきお》いよく走り続け、いまはもう広々とした田園を走っていた。天気が定まらない妙《みょう》な日だ。さんさんと陽《ひ》が射《さ》し込《こ》むかと思えば、次の瞬間《しゅんかん》、汽車は不吉《ふきつ》な暗い雲の下を走っていた。

「誕生日《たんじょうび》に何をもらったと思う？」ネビルが聞いた。

「また『思い出し玉』？」ネビルの絶望的《ぜつぼうてき》な記憶力《きおくりょく》をなんとか改善《かいぜん》したいと、ネビルのばあちゃんが送ってよこしたビー玉のようなものを、ハリーは思い出していた。

「ちがうよ」ネビルが言った。「でも、それも必要かな。前に持ってたのはとっくになくしたから……。ちがう。これ見て……」

ネビルはトレバーを握《にぎ》りしめていないほうの手を学校の鞄《かばん》に突《つ》っ込《こ》み、しばらくガサゴソして、小さな灰色《はいいろ》のサボテンのような鉢植《はちう》えを引《ひ》っ張《ぱ》り出《だ》した。ただし、針《はり》ではなく、おできのようなものが表面を覆《おお》っている。

「**ミンビュラス・ミンブルトニア**」ネビルが得意《とくい》げに言った。

ハリーはそのものを見つめた。かすかに脈《みゃく》を打っている姿《すがた》は、病気の内臓《ないぞう》のようで気味が悪い。

「これ、とってもとっても貴重《きちょう》なんだ」ネビルはニッコリした。「ホグワーツの温室にだってないかもしれない。僕《ぼく》、スプラウト先生に早く見せたくて。アルジー大おじさんが、アッシリアから僕《ぼく》のために持ってきてくれたんだ。繁殖《はんしょく》させられるかどうか、僕《ぼく》、やってみる」

ネビルの得意科目《とくいかもく》が「薬草学」だということは知っていたが、どう見ても、こんな寸詰《すんづ》まりの小さな植物がいったいなんの役に立つのか、ハリーには見当もつかなかった。

「これ——あの——役に立つの？」ハリーが聞いた。

「いっぱい！」ネビルが得意《とくい》げに言った。「これ、びっくりするような防衛機能《ぼうえいきのう》を持ってるんだ。ほら、ちょっとトレバーを持ってて……」

ネビルはヒキガエルをハリーのひざに落とし、鞄《かばん》から羽根ペンを取り出した。ルーナ・ラブグッドの飛び出した目が、逆《さか》さまの雑誌《ざっし》の上からまた現《あらわ》れ、ネビルのやることを眺《なが》めていた。ネビルは**ミンビュラス・ミンブルトニア**を目の高さに掲《かか》げ、舌《した》を歯の間からちょこっと突《つ》き出《だ》し、適当《てきとう》な場所を選んで、羽根ペンの先でその植物をチクリとつっついた。

植物のおできというおできから、ドロリとした暗緑色の臭《くさ》い液体《えきたい》がどっと噴出《ふんしゅつ》した。それが天井《てんじょう》やら窓《まど》やらに当たり、ルーナ・ラブグッドの雑誌《ざっし》に引っかかった。危機一髪《ききいっぱつ》、ジニーは両腕《りょううで》で顔を覆《おお》ったが、べとっとした緑色の帽子《ぼうし》をかぶっているように見えた。ハリーは、トレバーが逃《に》げないように押《お》さえて両手がふさがっていたので、思いっきり顔で受けた。くさった堆肥《たいひ》のようなにおいがした。

ネビルは顔も体もべっとりで、目にかかった最悪の部分を払《はら》い落《お》とすのに頭を振《ふ》った。

「ご――ごめん」ネビルが息をのんだ。「僕《ぼく》、試《ため》したことなかったんだ……知らなかった。こんなに……でも、心配しないで。『臭液《しゅうえき》』は毒じゃないから」

ハリーが口いっぱいに詰《つ》まった液《えき》を床《ゆか》に吐《は》き出《だ》したのを見て、ネビルがおどおどと言った。

ちょうどその時、コンパートメントの戸が開いた。

「あら……こんにちは、ハリー……」緊張《きんちょう》した声がした。「あの……悪いときに来てしまったかしら？」

ハリーはトレバーから片手《かたて》を離《はな》し、めがねをぬぐった。長いつやつやした黒髪《くろかみ》の、とてもかわいい女性《じょせい》が戸口に立ち、ハリーに笑いかけていた。レイブンクローのクィディッチのシーカー、チョウ・チャンだ。

「あ……やあ」ハリーはなんの意味もない返事をした。

「あ……」チョウが口ごもった。「あの……挨拶《あいさつ》しようと思っただけ……じゃ、またね」

顔をほんのり染《そ》めて、チョウは戸を閉《し》めて行ってしまった。ハリーは椅子《いす》にぐったりもたれかかってうめいた。かっこいい仲間と一緒《いっしょ》にいて、みんながハリーの冗談《じょうだん》で大笑いしているところにチョウが来たらどんなによかったか。ネビルやおかしなルーニーと呼《よ》ばれているルーナ・ラブグッドと一緒《いっしょ》で、ヒキガエルを握《にぎ》りしめ、臭液《しゅうえき》を滴《したた》らせているなんて、誰《だれ》が好き好んで……。

「気にしないで」ジニーが元気づけるように言った。「ほら、簡単《かんたん》に取れるわ」ジニーは杖《つえ》を取り出して呪文《じゅもん》を唱えた。「スコージファイ！　清めよ！」

臭液《しゅうえき》が消えた。

「ごめん」ネビルがまた小さな声でわびた。

ロンとハーマイオニーは一時間近く現《あらわ》れなかった。もう車内販売《しゃないはんばい》のカートも通《とお》り過《す》ぎ、ハリー、ジニー、ネビルはかぼちゃパイを食べ終わり、「蛙《かえる》チョコ」のカード交換《こうかん》に夢中《むちゅう》になっていた。その時コンパートメントの戸が開いて、二人が入ってきた。クルックシャンクスも、かごの中でかん高い鳴き声を上げているピッグウィジョンも一緒《いっしょ》だ。

「腹《はら》へって死にそうだ」ロンはピッグウィジョンをヘドウィグの隣《となり》にしまい込《こ》み、ハリーから蛙《かえる》チョコを引ったくり、ハリーの横にドサリと座《すわ》った。包み紙をはぎ取り、「蛙《かえる》」の頭をかみ切り、午前中だけで精魂《せいこん》尽《つ》きはてたかのように、ロンは目を閉《と》じて椅子《いす》の背《せ》に寄《よ》りかかった。

「あのね、五年生は各寮《かくりょう》に二人ずつ監督生《かんとくせい》がいるの」ハーマイオニーは、この上なく不機嫌《ふきげん》な顔で椅子《いす》にかけた。「男女一人ずつ」

「それで、スリザリンの監督生《かんとくせい》は誰《だれ》だと思う？」ロンが目を閉《と》じたまま言った。

「マルフォイ」ハリーが即座《そくざ》に答えた。最悪の予想が的中するだろうと思った。

「大当たり」ロンが残りの蛙《かえる》チョコを口に押《お》し込《こ》み、もう一つつまみながら、苦々しげに言った。

「それにあのいかれた**牝牛**《めうし》のパンジー・パーキンソンよ」ハーマイオニーが辛辣《しんらつ》に言った。「脳震盪《のうしんとう》を起こしたトロールよりバカなのに、どうして監督生《かんとくせい》になれるのかしら……」

「ハッフルパフは誰《だれ》？」ハリーが聞いた。

「アーニー・マクミランとハンナ・アボット」ロンが口いっぱいのまま答えた。

「それから、レイブンクローはアンソニー・ゴールドスタインとパドマ・パチル」ハーマイオニーが言った。

「あんた、クリスマス・ダンスパーティにパドマ・パチルと行った」ぼうっとした声が言った。

みんないっせいにルーナ・ラブグッドを見た。ルーナは『ザ・クィブラー』誌《し》の上から、瞬《まばた》きもせずにロンを見つめていた。ロンは口いっぱいの「蛙《かえる》」をゴクッと飲《の》み込《こ》んだ。

「ああ、そうだけど」ロンがちょっと驚《おどろ》いた顔をした。

「あの子、あんまり楽しくなかったって」ルーナがロンに教えた。「あんたがあの子とダンスしなかったから、ちゃんと扱《あつか》ってくれなかったって思ってるんだ。あたしだったら気にしなかったよ」ルーナは思慮深《しりょぶか》げに言葉を続けた。「ダンスはあんまり好きじゃないもン」

ルーナはまた『ザ・クィブラー』の陰《かげ》に引《ひ》っ込《こ》んだ。ロンはしばらく口をぽっかり開けたまま、雑誌《ざっし》の表紙を見つめていたが、それから何か説明を求めるようにジニーのほうを向いた。しかし、ジニーはクスクス笑いをこらえるのに握《にぎ》り拳《こぶし》の先端《せんたん》を口に突《つ》っ込《こ》んでいた。ロンはぼうぜんとして、頭を振《ふ》り、それから腕時計《うでどけい》を見た。

「一定時間ごとに通路を見回ることになってるんだ」ロンがハリーとネビルに言った。「それから、態度《たいど》が悪いやつには罰則《ばっそく》を与《あた》えることができる。クラッブとゴイルに難《なん》くせつけてやるのが待ちきれないよ……」

「ロン、立場を濫用《らんよう》してはダメ！」ハーマイオニーが厳《きび》しく言った。

「ああそうだとも。だって、マルフォイは絶対濫用《ぜったいらんよう》しないからな」ロンが皮肉たっぷりに言った。

「それじゃ、あいつと同じ所に身を落とすわけ？」

「ちがう。こっちの仲間がやられるより絶対先《ぜったいさき》に、やつの仲間をやってやるだけさ」

「まったくもう、ロン――」

「ゴイルに書き取り百回の罰則《ばっそく》をやらせよう。あいつ、書くのが苦手だから、死ぬぜ」

ロンはうれしそうにそう言うと、ゴイルのブーブー声のように声を低くし、顔をしかめて、一生《いっしょう》懸命《けんめい》集中するときの苦しい表情《ひょうじょう》を作り、空中に書き取りをするまねをした。

「僕《ぼく》が……罰則《ばっそく》を……受けたのは……ヒヒの……尻《しり》に……似《に》ているから」

みんな大笑いだった。しかし、ルーナ・ラブグッドの笑いこけ方にはかなわない。ルーナは悲鳴のような笑い声を上げた。ヘドウィグが目を覚まして怒《おこ》ったように羽をばたつかせ、クルックシャンクスは上の荷物棚《にもつだな》まで跳《と》び上《あ》がってシャーーッと鳴いた。ルーナがあんまり笑い転げたので、持っていた雑誌《ざっし》が手からすべり落ち、脚《あし》を伝って床《ゆか》まで落ちた。

「それって、**おかしいぃ！**」

ルーナは息も絶《た》え絶《だ》えで、飛び出した目に涙《なみだ》をあふれさせてロンを見つめていた。ロンはとほうに暮《く》れて、周りを見回した。そのロンの表情《ひょうじょう》がおかしいやら、ルーナがみずおちを押《お》さえて体を前後に揺《ゆ》すり、ばかばかしいほど長々笑い続けるのがおかしいやらで、みんながまた笑った。

「君、からかってるの？」ロンがルーナに向かって顔をしかめた。

「ヒヒの……尻《しり》！」ルーナが脇腹《わきばら》を押《お》さえながらむせた。

みんながルーナの笑いっぷりを見ていた。しかし床《ゆか》に落ちた雑誌《ざっし》をちらりと見たハリーはハッとして飛びつくように雑誌《ざっし》を取り上げた。逆《さか》さまのときは表紙がなんの絵かわかりにくかったが、こうして見ると、コーネリウス・ファッジのかなり下手な漫画《まんが》だった。ファッジだとわかったのは、ライム色の山高帽《やまたかぼう》が描《か》いてあったからだ。片手《かたて》は金貨の袋《ふくろ》をしっかりとつかみ、もう一方の手で小鬼《ゴブリン》の首をしめ上げている。絵に説明書きがついている。

ファッジのグリンゴッツ乗っ取りはどのくらい乗っているか？

その下に、ほかの掲載記事《けいさいきじ》の見出しが並《なら》んでいた。

くさったクィディッチ・リーグ――トルネードーズはこのようにして主導権《しゅどうけん》を握《にぎ》る
古代ルーン文字の秘密解明《ひみつかいめい》
シリウス・ブラック――加害者か被害者《ひがいしゃ》か？

「これ読んでもいい？」ハリーは真剣《しんけん》にルーナに頼《たの》んだ。
ルーナは、まだ息も絶《た》え絶《だ》えに笑いながらロンを見つめていたが、うなずいた。

ハリーは雑誌《ざっし》を開き、目次にサッと目を走らせた。その時まで、キングズリーがシリウスに渡《わた》してくれとウィーズリーおじさんに渡《わた》した雑誌《ざっし》のことをすっかり忘《わす》れていたが、あれは『ザ・クィブラー』のこの号だったにちがいない。

その記事のページが見つかった。ハリーは興奮《こうふん》してその記事を読んだ。

この記事もイラスト入りだったが、かなり下手な漫画《まんが》で、実際《じっさい》、説明書きがなかったら、ハリーにはとてもシリウスだとはわからなかったろう。シリウスが人骨《じんこつ》の山の上に立って杖《つえ》をかまえている。見出しはこうだ。

シリウス――ブラックはほんとうに黒《ブラック》なのか？
大量殺人鬼《たいりょうさつじんき》？　それとも歌う恋人《こいびと》？

ハリーは小見出しを数回読みなおして、やっと読みちがいではないと確認《かくにん》した。シリウスはいつから歌う恋人《こいびと》になったんだ？

十四年間、シリウス・ブラックは十二人のマグルと一人の魔法使《まほうつか》いを殺した大量殺人者として有罪《ゆうざい》とされてきた。二年前、大胆不敵《だいたんふてき》にもアズカバンから脱獄《だつごく》した後、魔法省《まほうしょう》始まって以来の広域捜査網《こういきそうさもう》が張《は》られている。ブラックが再逮捕《さいたいほ》され、吸魂鬼《きゅうこんき》の手に引《ひ》き渡《わた》されるべきであることを、誰《だれ》も疑《うたが》わない。

しかし、そうなのか？

最近明るみに出た驚《おどろ》くべき新事実によれば、シリウス・ブラックは、アズカバン送りになった罪《つみ》を犯《おか》していないかもしれない。事実、リトル・ノートンのアカシア通り十八番地に住むドリス・パーキスによれば、ブラックは殺人現場《さつじんげんば》にいなかった可能性《かのうせい》がある。

「シリウス・ブラックが仮名《かめい》だってことに、誰《だれ》も気づいてないのよ」とパーキス夫人は語った。「みんながシリウス・ブラックだと思っているのは、ほんとうはスタビィ・ボードマンで、『ザ・ホブゴブリンズ』という人気シンガーグループのリードボーカルだった人よ。十五年ぐらい前に、リトル・ノートンのチャーチ・ホールでのコンサートのとき、耳をカブで打たれて引退《いんたい》したの。新聞でブラックの写真を見たとき、私《わたし》にはすぐわかったわ。ところで、スタビィはあの事件《じけん》を引き起こせたはずがないの。だって、事件《じけん》の日、あの人はちょうど、ろうそくの灯《あか》りの下で、私《わたし》とロマンチックなディナーを楽しんでいたんですもの。私《わたし》、もう魔法省《まほうしょう》に手紙を書きましたから、シリウスことスタビィは、もうすぐ特赦《とくしゃ》になると期待してますわ」

読み終えて、ハリーは信じられない気持ちでそのページを見つめた。冗談《じょうだん》かもしれない、とハリーは思った。この雑誌《ざっし》はよくパロディをのせるのかもしれない。ハリーはまたパラパラと二、三ページめくり、ファッジの記事を見つけた。

魔法大臣《まほうだいじん》コーネリウス・ファッジは、魔法大臣《まほうだいじん》に選ばれた五年前、魔法使《まほうつか》いの銀行であるグリンゴッツの経営《けいえい》を乗っ取る計画はないと否定《ひてい》した。ファッジは常《つね》に、我々《われわれ》の金貨を守る者たちとは、「平和裏《へいわり》に協力する」ことしか望んでいないと主張《しゅちょう》してきた。

しかし、そうなのか?

大臣に近い筋《すじ》が最近暴露《ばくろ》したところによれば、ファッジの一番の野心は、小鬼《ゴブリン》の金《きん》の供給《きょうきゅう》を統制《とうせい》することであり、そのためには力の行使も辞さないという。

「今回が初めてではありませんよ」魔法省内部《まほうしょうないぶ》の情報筋《じょうほうすじ》はそう明かした。『小鬼《ゴブリン》つぶしのコーネリウス・ファッジ』というのが大臣の仲間内でのあだ名です。誰《だれ》も聞いていないと思うと、大臣はいつも、ええ、自分が殺させた小鬼《ゴブリン》のことを話していますよ。おぼれさせたり、ビルから突《つ》き落《お》としたり、毒殺したり、パイに入れて焼いたり……」

ハリーはそれ以上は読まなかった。ファッジは欠点だらけかもしれないが、小鬼《ゴブリン》をパイに入れて焼くように命令するとはとても考えられない。ハリーはページをパラパラめくった。数ページごとに目をとめて読んでみた。――タッツヒル・トルネードーズがこれまでクィディッチ・リーグで優《ゆう》勝《しょう》したのは、脅迫状《きょうはくじょう》、箒《ほうき》の違法《いほう》な細工、拷問《ごうもん》などの結果だという記事――クリーンスイープ6号に乗って月まで飛び、証拠《しょうこ》に「月蛙《つきがえる》」を袋《ふくろ》いっぱい持ち帰ったと主張《しゅちょう》する魔法使《まほうつか》いのインタビュー――古代ルーン文字の記事――。少なくともこの記事で、ルーナが『ザ・クィブラー』を逆《さか》さに読んでいた理由が説明できる。ルーン文字を逆《さか》さにすると、敵《てき》の耳をキンカンの実に変えてしまう呪文《じゅもん》が明らかになるという記事だった。『ザ・クィブラー』のほかの記事に比《くら》べれば、シリウスがほんとうは「ザ・ホブゴブリンズ」のリードボーカルかもしれないという記事は、事実、相当まともだった。

「何かおもしろいの、あったか？」ハリーが雑誌《ざっし》を閉《と》じると、ロンが聞いた。

「あるはずないわ」ハリーが答える前に、ハーマイオニーが辛辣《しんらつ》に言った。「『ザ・クィブラー』って、クズよ。みんな知ってるわ」

「あら」ルーナの声が急に夢見心地《ゆめみごこち》でなくなった。「あたしのパパが編集《へんしゅう》してるんだけど」

「私《わたし》――あ」ハーマイオニーが困《こま》った顔をした。「あの……ちょっとおもしろいものも……つまり、とっても……」

「返してちょうだい。はい、どうも」

ルーナは冷たく言うと、身を乗り出すようにしてハリーの手から雑誌《ざっし》を引ったくった。ページをパラパラめくって五七ページを開き、ルーナはまた決然と雑誌《ざっし》をひっくり返し、その陰《かげ》に隠《かく》れた。ちょうどその時、コンパートメントの戸が開いた。三度目だ。

ハリーが振《ふ》り返《かえ》ると、思ったとおりの展開《てんかい》だった。ドラコ・マルフォイのニヤニヤ笑いと、両脇《りょうわき》にいる腰巾着《こしぎんちゃく》のクラッブ、ゴイルが予想どおり現《あらわ》れたからといって、それで楽しくなるわけはない。

「なんだい？」マルフォイが口を開く前に、ハリーが突《つ》っかかった。

「礼儀《れいぎ》正《ただ》しくだ、ポッター。さもないと、罰則《ばっそく》だぞ」

マルフォイが気取った声で言った。なめらかなプラチナ・ブロンドの髪《かみ》ととがったあごが、父親そっくりだ。

「おわかりだろうが、君とちがって、僕《ぼく》は監督生《かんとくせい》だ。つまり、君とちがって、罰則《ばっそく》を与《あた》える権限《けんげん》がある」

「ああ」ハリーが言った。「だけど君は、僕《ぼく》とちがって、卑劣《ひれつ》なやつだ。だから出ていけ。邪魔《じゃま》するな」

ロン、ハーマイオニー、ジニー、ネビルが笑った。マルフォイの唇《くちびる》がゆがんだ。

「教えてくれ。ウィーズリーの下につくというのは、ポッター、どんな気分だ？」

マルフォイが聞いた。

「だまりなさい、マルフォイ」ハーマイオニーが鋭《するど》く言った。

「どうやら逆鱗《げきりん》に触《ふ》れたようだねぇ」マルフォイがニヤリとした。「まあ、気をつけることだな、ポッター。何しろ僕《ぼく》は、君の足が規則《きそく》の一線を踏《ふ》み越《こ》えないように、**犬のように**つけ回すからね」

「出ていきなさい！」ハーマイオニーが立ち上がった。

ニタニタしながら、マルフォイはハリーに憎々《にくにく》しげな一瞥《いちべつ》を投げて出ていった。クラッブとゴイルがドスドスとあとに続いた。ハーマイオニーはその後ろからコンパートメントの戸をピシャリと閉《し》め、ハリーのほうを見た。ハリーはすぐに悟《さと》った。ハーマイオニーもハリーと同じように、マルフォイが最後に言った言葉を聞きとがめ、ハリーと同じようにヒヤリとしたのだ。

「もう一つ『蛙《かえる》』を投げてくれ」ロンはなんにも気づかなかったらしい。

ネビルとルーナの前では、ハリーは自由に話すわけにはいかなかった。心配そうなハーマイオニーともう一度目配せし合い、ハリーは窓《まど》の外を見つめた。

シリウスがハリーと一緒《いっしょ》に駅に来たのは、軽い冗談《じょうだん》だと思っていた。急にそれが、むちゃで、ほんとうに危険《きけん》だったかもしれないと思われた……。ハーマイオニーの言うことは正しかった……シリウスはついてくるべきではなかった。マルフォイ氏が黒い犬に気づいて、ドラコに教えたのだとしたら？　ウィーズリー夫妻《ふさい》や、ルーピン、トンクス、ムーディが、シリウスの隠《かく》れ家《が》を知っていると、マルフォイ氏が推測《すいそく》したとしたら？　それともドラコが「犬のように」と言ったのは、単なる偶然《ぐうぜん》なのか？

北へ北へと旅が進んでも、天気は相変わらず気まぐれだった。中途半端《ちゅうとはんぱ》な雨が窓《まど》にかかったかと思うと、太陽がかすかに現《あらわ》れ、それもまた流れる雲に覆《おお》われた。暗闇《くらやみ》が迫《せま》り、車内のランプがつくと、ルーナは『ザ・クィブラー』を丸め、大事そうに鞄《かばん》にしまい、今度はコンパートメントの一人一人をじっと見つめはじめた。

ハリーは、ホグワーツが遠くにちらりとでも見えないかと、額《ひたい》を車窓《しゃそう》にくっつけていた。しかし、月のない夜で、しかも雨に打たれた窓《まど》は汚《よご》れていた。

「着替《きが》えをしたほうがいいわ」ハーマイオニーがうながした。ロンとハーマイオニーはローブの胸《むね》にしっかり監督生《かんとくせい》バッジをつけた。ロンが暗い窓《まど》に自分の姿《すがた》を映《うつ》しているのを、ハリーは見た。

汽車がいよいよ速度を落としはじめた。みんなが急いで荷物やペットを集め、降《お》りる支度《したく》を始めたので、車内のあちこちがいつものように騒《さわ》がしくなった。ロンとハーマイオニーは、それを監督《かんとく》することになっているので、クルックシャンクスとピッグウィジョンの世話をみんなに任《まか》せて、またコンパートメントを出ていった。

「そのふくろう、あたしが持っててあげてもいいよ」

ルーナはハリーにそう言うと、ピッグウィジョンのかごに手を伸《の》ばした。ネビルはトレバーをしっかり内ポケットに入れた。

「あ――え――ありがとう」ハリーはかごを渡《わた》し、ヘドウィグのかごのほうをしっかり両腕《りょううで》に抱《かか》えた。

全員がなんとかコンパートメントを出て、通路の生徒の群《む》れに加わると、冷たい夜風の最初のひと吹《ふ》きがピリッと顔を刺《さ》した。出口のドアに近づくと、ハリーは湖への道の両側に立《た》ち並《なら》ぶ松の木のにおいを感じた。ハリーはホームに降《お》り、周りを見回して、なつかしい「イッチ（一）年生はこっち……イッチ（一）年生……」の声を聞こうとした。

しかし、その声が聞こえない。かわりに、まったく別の声が呼《よ》びかけていた。きびきびした魔女《まじょ》の声だ。「一年生はこっちに並《なら》んで！　一年生は全員こっちにおいで！」

ランタンが揺《ゆ》れながらこっちにやって来た。その灯《あか》りで、突《つ》き出《だ》したあごとガリガリに刈《か》り上げた髪《かみ》が見えた。グラブリー－プランク先生――去年ハグリッドの「魔法生物飼育学《まほうせいぶつしいくがく》」をしばらく代行した魔女《まじょ》だった。

「ハグリッドはどこ？」ハリーは思わず声に出した。

「知らないわ」ジニーが答えた。「とにかく、ここから出たほうがいいわよ。私《わたし》たち、ドアをふさいじゃってる」

「あ、うん……」

ホームを歩き、駅を出るまでに、ハリーはジニーとはぐれてしまった。人波にもまれながら、ハリーは暗がりに目を凝《こ》らしてハグリッドの姿《すがた》を探《さが》した。ここにいるはずだ。ハリーはずっとそれを心の拠《よ》り所《どころ》にしてきた――またハグリッドに会える。それが、ハリーの一番楽しみにしていたことの一つだった。しかし、どこにもハグリッドの気配はない。

いなくなるはずはない――出口への狭《せま》い道を生徒の群《む》れにまじって小刻《こきざ》みにのろのろ歩き、外の通りに向かいながら、ハリーは自分に言い聞かせていた。**風邪《かぜ》を引いたかなんかだろう……**。

ハリーはロンとハーマイオニーを探《さが》した。グラブリー－プランク先生が再登場《さいとうじょう》したことを、二人がどう思うか知りたかった。しかし、二人ともハリーの近くには見当たらない。しかたなく、ハリーはホグズミード駅の外に押《お》し出《だ》され、雨に洗《あら》われた暗い道路に立った。

二年生以上の生徒を城《しろ》まで連れていく馬なしの馬車が、百台あまりここに待っているのだ。ハリーは馬車をちらりと見て、すぐ目をそらし、ロンとハーマイオニーを探《さが》しにかかったが、そのとたん、ぎょっとした。

馬車はもう馬なしではなかった。馬車の轅《ながえ》の間に、生き物がいた。名前をつけるなら、馬と呼《よ》ぶべきなのだろう。しかし、なんだか爬虫類《はちゅうるい》のようでもある。まったく肉がなく、黒い皮が骨《ほね》にぴったり張《は》りついて、骨《ほね》の一本一本が見える。頭はドラゴンのようだ。瞳《ひとみ》のない白濁《はくだく》した目を見開いている。背中《せなか》の隆起《りゅうき》した部分から翼《つばさ》が生えている――巨大《きょだい》な黒いなめし革《がわ》のような翼《つばさ》は、むしろ巨大《きょだい》コウモリの翼《つばさ》にふさわしい。暗闇《くらやみ》にじっと静かに立《た》ち尽《つ》くす姿《すがた》は、この世の物とも思えず、不吉《ふきつ》に見えた。馬なしで走れる馬車なのに、なぜこんな恐《おそ》ろしげな馬にひかせなければならないのか、ハリーには理解《りかい》できなかった。

「ピッグはどこ？」すぐ後ろでロンの声がした。

「あのルーナって子が持ってるよ」ハリーは急いで振《ふ》り返《かえ》った。ロンにハグリッドのことを早く相談したかった。「いったいどこに──」

「──ハグリッドがいるかって？　さあ」ロンも心配そうな声だ。「無事だといいけど……」

少し離《はな》れた所に、取《と》り巻《ま》きのクラッブ、ゴイル、パンジー・パーキンソンを従《したが》えたドラコ・マルフォイがいて、おとなしそうな二年生を押《お》しのけ、自分たちが馬車を一台独占《どくせん》しようとしていた。

やがてハーマイオニーが、群《む》れの中から息を切らして現《あらわ》れた。

「マルフォイのやつ、あっちで一年生に、ほんとにむかつくことをしてたのよ。絶対《ぜったい》に報告《ほうこく》してやる。ほんの三分もバッジを持たせたら、嵩《かさ》にかかって前よりひどいいじめをするんだから……クルックシャンクスはどこ？」

「ジニーが持ってる」ハリーが答えた。「あ、ジニーだ……」

ジニーがちょうど群《む》れから現《あらわ》れた。じたばたするクルックシャンクスをがっちり押《お》さえている。

「ありがとう」ハーマイオニーはジニーを猫《ねこ》から解放《かいほう》してやった。「さあ、一緒《いっしょ》に馬車に乗りましょう。満席にならないうちに……」

「ピッグがまだだ！」ロンが言った。しかしハーマイオニーはもう、一番近い、からの馬車に向かっていた。ハリーはロンと一緒《いっしょ》にあとに残った。

「こいつら、**いったい**なんだと思う？」ほかの生徒たちを次々やり過《す》ごしながら、ハリーは気味の悪い馬をあごで指してロンに聞いた。

「こいつらって？」

「この馬だよ――」

ルーナがピッグウィジョンのかごを両腕《りょううで》に抱《かか》えて現《あらわ》れた。チビふくろうは、いつものように興奮《こうふん》してさえずっていた。

「はい、これ」ルーナが言った。「かわいいチビふくろうだね？」

「あ……うん……まあね」ロンが無愛想に言った。「えーと、さあ、じゃ、乗ろうか……ハリー、何か言ってたっけ？」

「うん。この馬みたいなものはなんだろう？」

ロンとルーナと三人で、ハーマイオニーとジニーが乗《の》り込《こ》んでいる馬車のほうに歩きながら、ハリーが言った。

「どの馬みたいなもの？」

「馬車をひいてる馬みたいなもの！」ハリーはいらいらしてきた。一番近いのは、ほんの一メートル先にいるのに。うつろな白濁《はくだく》した目でこっちを見ているのに。しかし、ロンはわけがわからないという目つきでハリーを見た。

「なんのことを話してるんだ？」

「これのことだよ――見ろよ！」

ハリーはロンの腕《うで》をつかんで後ろを向かせた。翼《つばさ》のついた馬を真正面から見せるためだ。ロンは一瞬《いっしゅん》それを直視《ちょくし》したが、すぐハリーを振《ふ》り向《む》いて言った。

「何が見えてるはずなんだ？」

「何がって――ほら、棒《ぼう》と棒《ぼう》の間！　馬車につながれて！　君の真ん前に――」

しかし、ロンは相変わらずぼうぜんとしている。ハリーはふと奇妙《きみょう》なことを思いついた。

「見えない……君、あれが見えないの？」

「**何が**見えないって？」

「馬車をひっぱってるものが見えないのか？」

ロンは今度こそほんとうに驚《おどろ》いたような目を向けた。

「ハリー、気分悪くないか？」

「僕《ぼく》……ああ……」

ハリーはまったくわけがわからなかった。馬は自分の目の前にいる。背後《はいご》の駅の窓《まど》から流れ出るぼんやりした明かりにてらてらと光り、冷たい夜気の中で鼻息が白く立《た》ち昇《のぼ》っている。それなのに――ロンが見えないふりをしているなら別だが――そんなふりをしているなら、下手な冗談《じょうだん》だ――ロンにはまったく見えていないのだ。

「それじゃ、乗ろうか?」ロンは心配そうにハリーを見て、とまどいながら聞いた。

「うん」ハリーが言った。「うん、中に入れよ……」

「大丈夫《だいじょうぶ》だよ」ロンが馬車の内側の暗い所に入って姿《すがた》が見えなくなると、ハリーの脇《わき》で、夢見《ゆめみ》るような声がした。

「あんたがおかしくなったわけでもなんでもないよ。あたしにも見えるもン」

「君に、見える?」ハリーはルーナを振《ふ》り返《かえ》り、藁《わら》にもすがる思いで聞いた。ルーナの見開いた銀色の目に、コウモリ翼《つばさ》の馬が映《うつ》っているのが見えた。

「うん、見える」ルーナが言った。「あたしなんか、ここに来た最初の日から見えてたよ。こいつたち、いつも馬車をひいてたんだ。心配ないよ。あんたはあたしと同じぐらい正気だもン」

ちょっとほほえみながら、ルーナは、ロンのあとからかび臭《くさ》い馬車に乗《の》り込《こ》んだ。かえって自信が持てなくなったような気持ちで、ハリーもルーナのあとに続いた。

第十一章　組《くみ》分《わ》け帽《ぼう》子《し》の新しい歌

ルーナと自分が同じ幻覚《げんかく》を見た――幻覚《げんかく》だったかもしれない……そんなことを、ハリーはほかの誰《だれ》にも言いたくなかった。馬車に乗《の》り込《こ》み、ドアをピシャリと閉《し》めたあと、ハリーは馬のことにはいっさい触《ふ》れなかった。にもかかわらず、窓《まど》の外を動いている馬のシルエットを、どうしても見てしまうのだった。

「みんな、グラブリー‐プランクばあさんを見た？」ジニーが聞いた。「いったい何しに戻《もど》ってきたのかしら？　ハグリッドが辞《や》めるはずないわよね？」

「辞《や》めたらあたしはうれしいけど」ルーナが言った。「あんまりいい先生じゃないもン」

「いい先生だ！」ハリー、ロン、ジニーが怒《おこ》ったように言った。

ハリーがハーマイオニーをにらんだ。ハーマイオニーは咳払《せきばら》いをして急いで言った。

「えーっと……そう……とってもいいわ」

「ふーん。レイブンクローでは、あの人はちょっとお笑いぐさだって思ってるよ」

ルーナは気後《きおく》れしたふうもない。

「なら、君のユーモアのセンスがおかしいってことさ」ロンがバシッと言い返した。その時、馬車の車輪がきしみながら動きだした。

ルーナはぶっきらぼうなロンの言葉を別に気にする様子もなく、かえって、ちょっとおもしろいテレビの番組ででもあるかのように、しばらくロンを見つめただけだった。

ガラガラ、ガタガタと、馬車は隊列を組んで進んだ。校門の高い二本の石柱には羽の生えたイノシシがのっている。馬車が校門をくぐり、校庭に入ったとき、ハリーは身を乗り出して、「禁《きん》じられた森《もり》」の端《はし》にあるハグリッドの小屋に灯《あか》りが見えはしないかと目を凝《こ》らした。校庭は真っ暗だった。しかし、ホグワーツ城《じょう》が近づき、夜空に黒々とそびえる尖塔《せんとう》の群《む》れが見えてくると、頭上にあちこちの窓《まど》のまばゆい明かりが見えた。

正面玄関《しょうめんげんかん》の樫《かし》の扉《とびら》に続く石段《いしだん》の近くで、馬車はシャンシャンと止まった。ハリーが最初に馬車から降《お》りた。もう一度振《ふ》り返《かえ》り、禁《きん》じられた森《もり》のそばの窓明《まどあ》かりを探《さが》した。しかし、ハグリッドの小屋には、どう見ても人の気配はなかった。ハリーは目を馬車に転じた。馬の姿《すがた》が見えなければいいのにと内心願っていたので気が進まなかったが、骸骨《がいこつ》のような不気味な生き物に目を向けると、冷え冷えとした夜気の中に白一色の目を光らせ、生き物は静かに立っていた。

以前に一度だけ、ロンの見えないものが自分だけに見えたことがあった。しかし、あれは鏡に映《うつ》る姿《すがた》で、今回ほど実体のあるものではなかった。今度は、馬車の隊列を引くだけの力がある、百頭あまりのちゃんと形のある生き物だ。ルーナを信用するなら、この生き物はずっと存在《そんざい》していた。見えなかっただけだ。それなら、なぜ、ハリーは急に見えるようになり、ロンには見えなかったのだろう？

「来るのか来ないのか？」ロンがそばで言った。

「あ……うん」ハリーは急いで返事をし、石段《いしだん》を上って城内《じょうない》へと急ぐ群《む》れに加わった。

玄関《げんかん》ホールには松明《たいまつ》が明々《あかあか》と燃《も》え、石畳《いしだたみ》を横切って右の両開き扉《とびら》へと進む生徒たちの足音が反響《はんきょう》していた。扉《とびら》のむこうに、新学期の宴《うたげ》が行われる大広間がある。

大広間の四つの寮《りょう》の長テーブルに、生徒たちが次々と着席していた。高窓《たかまど》から垣間《かいま》見える空を模《も》した天井《てんじょう》は、星もなく真っ暗だった。テーブルに沿《そ》って浮《う》かぶろうそくは、大広間に点在《てんざい》する真珠《しんじゅ》色《いろ》のゴーストと、生徒たちの顔を照らしている。生徒たちは夏休みの話に夢中《むちゅう》で、ほかの寮《りょう》の友達に大声で挨拶《あいさつ》したり、新しい髪型《かみがた》やローブをちらちら眺《なが》めたりしていた。ここでもハリーは、自分が通るとき、みんなが額《ひたい》を寄《よ》せ合《あ》い、ヒソヒソ話をするのにいやでも気づいた。ハリーは歯を食いしばり、何も気づかず、何も気にしないふりをした。

レイブンクローのテーブルの所で、ルーナがふらりと離《はな》れていった。グリフィンドールのテーブルに着くや否《いな》や、ジニーは四年生たちに呼《よ》びかけられ、同級生と一緒《いっしょ》に座《すわ》るために別れていった。ハリー、ロン、ハーマイオニー、ネビルは、テーブルの中ほどに、一緒《いっしょ》に座《すわ》れる席を見つけた。隣《となり》にグリフィンドールのゴースト、「ほとんど首無しニック」が、反対隣《はんたいどなり》にはパーバティ・パチルとラベンダー・ブラウンが座《すわ》っていた。この二人が、ハリーになんだか上すべりな、親しみを込《こ》めすぎる挨拶《あいさつ》をしたので、ハリーは、二人が直前まで自分のうわさ話をしていたにちがいないと思った。しかし、ハリーにはもっと大切な、気がかりなことがあった。生徒の頭越《ご》しに、ハリーは、広間の一番奥《おく》の壁際《かべぎわ》に置かれている教職員《きょうしょくいん》テーブルを眺《なが》めた。

「あそこにはいない」

ロンとハーマイオニーも教職員《きょうしょくいん》テーブルを隅《すみ》から隅《すみ》まで眺《なが》めた。もっともそんな必要はなかった。ハグリッドの大きさでは、どんな列の中でもすぐに見つかる。

「辞《や》めたはずはないし」ロンは少し心配そうだった。

「そんなこと、絶対《ぜったい》ない」ハリーがきっぱり言った。

「もしかして……**けがしている**とか、そう思う？」ハーマイオニーが不安そうに言った。

「ちがう」ハリーが即座《そくざ》に答えた。

「だって、それじゃ、どこにいるの？」

一瞬《いっしゅん》間を置いて、ハリーが、ネビルやパーバティ、ラベンダーに聞こえないように、ごく小さな声で言った。

「まだ戻《もど》ってきてないのかも。ほら――任務《にんむ》から――ダンブルドアのために、この夏にやっていたことから」

「そうか……うん、きっとそうだ」

ロンが納得《なっとく》したように言った。しかしハーマイオニーは、唇《くちびる》をかんで教職員《きょうしょくいん》テーブルを端《はし》から端《はし》まで眺《なが》め、ハグリッドの不在《ふざい》の理由をもっと決定的に説明するものを探《さが》しているかのようだった。

「**あの人、**誰《だれ》**？**」ハーマイオニーが教職員《きょうしょくいん》テーブルの真ん中を指差して鋭《するど》く言った。

ハリーはハーマイオニーの視線《しせん》を追った。最初はダンブルドア校長が目に入った。教職員用《きょうしょくいんよう》の長テーブルの中心に、銀の星を散らした濃《こ》い紫《むらさき》のローブにおそろいの帽子《ぼうし》をかぶって、背《せ》もたれの高い金色の椅子《いす》に座《すわ》っている。ダンブルドアは隣《となり》の魔女《まじょ》のほうに首をかしげ、魔女《まじょ》がその耳元で何か話していた。ハリーの印象《いんしょう》では、その魔女《まじょ》は、そこいらにいるおばさんという感じで、ずんぐりした体に、くりくりした薄茶色《うすちゃいろ》の短い髪《かみ》をしている。そこにけばけばしいピンクのヘアバンドをつけ、それに合うふんわりしたピンクのカーディガンをローブの上からはおっていた。それから魔女《まじょ》は少し顔を正面に向け、ゴブレットからひと口飲んだ。ハリーはその顔を見て愕然《がくぜん》とした。この顔は知っている。青白いガマガエルのような顔、たるんだまぶたと、飛び出した両眼《りょうがん》……。

「アンブリッジって女だ！」

「誰《だれ》?」ハーマイオニーが聞いた。

「僕《ぼく》の尋問《じんもん》にいた。ファッジの下で働いてる!」

「カーディガンがいいねぇ」ロンがニヤリとした。

「ファッジの下で働いてるですって?」ハーマイオニーが顔をしかめてくり返した。「なら、いったいどうしてここにいるの?」

「さあ……」

ハーマイオニーは、目を凝《こ》らして教職員《きょうしょくいん》テーブルを眺《なが》め回《まわ》した。

「まさか」ハーマイオニーがつぶやいた。「ちがうわ、まさか……」

ハリーはハーマイオニーが何を言っているのかわからなかったが、あえて聞かなかった。むしろ教職員《きょうしょくいん》テーブルの後ろにいま現《あらわ》れた、グラブリー－プランク先生のほうに気を取られていた。テーブルの端《はし》まで行き、ハグリッドが座《すわ》るはずの席に着いたのだ。つまり、一年生が湖を渡《わた》って城《しろ》に到《とう》着《ちゃく》したということになる。思ったとおり、そのすぐあと、玄関《げんかん》ホールに続く扉《とびら》が開いた。おびえた顔の一年生が、マクゴナガル先生を先頭に、長い列になって入ってきた。先生は丸椅子《まるいす》を抱《かか》え、その上には古ぼけた魔法使《まほうつか》いの三角帽子《さんかくぼうし》がのっている。継《つ》ぎはぎだらけで、すり切れたつばの際《きわ》が大きく裂《さ》けている。

大広間のガヤガヤが静まってきた。一年生は教職員《きょうしょくいん》テーブルの前に、生徒たちのほうを向いて勢《せい》ぞろいした。マクゴナガル先生が、その列の前に大事そうに丸椅子《まるいす》を置き、後ろに下がった。

一年生の青い顔がろうそくの明かりで光っている。列の真ん中の小さな男の子は、震《ふる》えているようだ。あそこに立たされて、どの寮《りょう》に属《ぞく》するのかを決める未知のテストを待っていたとき、どんなに怖《こわ》かったか、ハリーは一瞬《いっしゅん》思い出した。

学校中が、息を殺して待った。すると、帽子《ぼうし》のつばの際《きわ》の裂《さ》け目《め》が、口のようにパックリ開き、組分《くみわ》け帽子《ぼうし》が突然《とつぜん》歌いだした。

昔々のその昔、私《わたし》がまだ新しく
ホグワーツ校も新しく
気高い学《まな》び舎《や》の創始者《そうししゃ》は
別れることなど思わずに
同じ絆《きずな》で結ばれた
同じ望みは類《たぐい》なき
魔法《まほう》の学《まな》び舎《や》興《おこ》すこと
四人の知識《ちしき》を残すこと

「ともに興《おこ》さん、教えん！」と
四人の友は意を決し
四人が別れる日が来ると
夢《ゆめ》にも思わず過《す》ごしたり

これほどの友あり得《う》るや？
スリザリンとグリフィンドール
匹敵《ひってき》するはあと二人？
ハッフルパフとレイブンクロー

なれば何故《なにゆえ》まちごうた？
何故崩《なにゆえくず》れる友情《ゆうじょう》や？
なんとその場に居合《いあ》わせた
私《わたし》が悲劇《ひげき》を語ろうぞ

スリザリンの言い分は、

「学ぶ者をば選ぼうぞ。祖先《そせん》が純血《じゅんけつ》ならばよし」

レイブンクローの言い分は、

「学ぶ者をば選ぼうぞ。知性《ちせい》に勝《まさ》るものはなし」

グリフィンドールの言い分は、

「学ぶ者をば選ぼうぞ。勇気によって名を残す」

ハッフルパフの言い分は、

「学ぶ者をば選ぶまい。すべての者を隔《へだ》てなく」

かかるちがいは格別《かくべつ》に
亀裂《きれつ》の種になりもせず
四人がそれぞれ寮《りょう》を持ち
創始者《そうししゃ》好みの生徒をば
この学《まな》び舎《や》に入れしかば

スリザリンの好みしは
純血《じゅんけつ》のみの生徒にて

己《おのれ》に似《に》たる狡猾《こうかつ》さ
最も鋭《するど》き頭脳《ずのう》をば
レイブンクローは教えたり
勇気あふるる若者《わかもの》は
グリフィンドールで学びたり
ハッフルパフは善良《ぜんりょう》で
すべての者をば教えたり

かくして寮《りょう》と創始者《そうししゃ》の
絆《きずな》は固く真実で
ホグワーツ校はなごやかに
数年間を過《す》ごしたり

それから徐々《じょじょ》に忍《しの》び寄《よ》る
恐《おそ》れと疑惑《ぎわく》の不和の時
四本柱の各寮《かくりょう》が

それまで支《ささ》えし学《まな》び舎《や》を
互《たが》いに反目させし上
分断支配《ぶんだんしはい》を試みた

もはやこれにて学《まな》び舎《や》も
終わりと思いし日々なりき
決闘《けっとう》に次ぐ決闘《けっとう》と
友と友との衝突《しょうとつ》が
ある朝ついに決着し
学《まな》び舎《や》を去るスリザリン

争い事こそなくなれど
あとに残りし虚脱感《きょだつかん》

四人がいまや三人で
その三人になりしより

創始者《そうししゃ》四人が目指したる
寮《りょう》の結束成らざりき

組分《くみわ》け帽子《ぼうし》の出番なり
諸君《しょくん》も先刻《せんこく》ご存《ぞん》じの
諸君《しょくん》を寮《りょう》に振《ふ》り分《わ》ける
それが私《わたし》の役目なり

しかし今年はそれ以上
私《わたし》の歌を聴《き》くがよい
私《わたし》の役目は分けること
されど憂《うれ》えるその結果
私《わたし》が役目をはたすため
毎年行う四分割《ぶんかつ》
されど憂《うれ》うはその後に

恐《おそ》れし結果が来はせぬか

ああ、願わくは聞きたまえ
歴史の示《しめ》す警告《けいこく》を
ホグワーツ校は危機《きき》なるぞ
外なる敵《てき》は恐《おそ》ろしや
我《われ》らが内にて固めねば
崩《くず》れ落《お》ちなん、内部より
すでに告《つ》げたり警告《けいこく》を
私《わたし》は告《つ》げたり警告《けいこく》を……

いざいざ始めん、組分けを

帽子《ぼうし》は再《ふたた》び動かなくなった。拍手《はくしゅ》が湧《わ》き起《お》こったが、つぶやきとささやきでしぼみがちだった。こんなことはハリーの覚えているかぎり初めてだった。大広間の生徒はみんな、隣同士《となりどうし》で意見を交《こう》換《かん》している。ハリーもみんなと一緒《いっしょ》に拍手《はくしゅ》しながら、みんなが何を話しているのかわかっていた。

「今年はちょっと守備範囲《しゅびはんい》が広がったと思わないか？」ロンが眉《まゆ》を吊《つ》り上《あ》げて言った。

「まったくだ」ハリーが言った。

組分《くみわ》け帽子《ぼうし》は通常《つうじょう》、ホグワーツの四つの寮《りょう》の持つそれぞれの特性《とくせい》を述《の》べ、帽子自身《ぼうしじしん》の役割《やくわり》を語るにとどまっていた。学校に対して警告《けいこく》を発するなど、ハリーの記憶《きおく》ではこれまでなかったことだ。

「これまでに警告《けいこく》を発したことなんて、あった？」ハーマイオニーが少し不安そうに聞いた。

「さよう、あります」

ほとんど首無しニックが、ネビルのむこうから身を乗り出すようにして、わけ知り顔で言った（ネビルはぎくりと身を引いた。ゴーストが自分の体を通って身を乗り出すのは、気持ちのいいものではない）。

「あの帽子《ぼうし》は、必要とあらば、自分の名誉《めいよ》にかけて、学校に警告《けいこく》を発する責任《せきにん》があると考えているのです――」

しかし、その時マクゴナガル先生が、一年生の名簿《めいぼ》を読み上げようとしていて、ヒソヒソ話をしている生徒を火のような目でにらみつけた。ほとんど首無しニックは、透明《とうめい》な指を唇《くちびる》に当て、再《ふたた》び優雅《ゆうが》に背筋《せすじ》を伸《の》ばした。ガヤガヤが突然《とつぜん》消えた。四つのテーブルにくまなく視線《しせん》を走らせ、最後のにらみをきかせてから、マクゴナガル先生は長い羊皮紙に目を落とし、最初の名前を読み上げた。

「アバクロンビー、ユーアン」

さっきハリーの目にとまった、おびえた顔の男の子が、つんのめるように前へ出て帽子《ぼうし》をかぶった。帽子《ぼうし》は肩《かた》までズボッと入りそうだったが、耳がことさらに大きいのでそこで止まった。帽子《ぼうし》は一瞬《いっしゅん》考えた後、つば近くの裂《さ》け目《め》が再《ふたた》び開いて叫《さけ》んだ。

「**グリフィンドール！**」

ハリーもグリフィンドール生と一緒《いっしょ》に拍手《はくしゅ》し、ユーアン・アバクロンビーはよろめくようにグリフィンドールのテーブルについた。穴《あな》があったら入りたい、二度とみんなの前に出たくないという顔だ。

ゆっくりと、一年生の列が短くなっていった。名前の読み上げと組分《くみわ》け帽子《ぼうし》の決定の間の空白時間に、ロンの胃袋《いぶくろ》が大きくグルグル鳴るのが聞こえた。やっと「ゼラー、ローズ」がハッフルパフに入れられた。マクゴナガル先生が帽子《ぼうし》と丸椅子《まるいす》を取り上げてきびきびと歩き去ると、ダンブルドア校長が立ち上がった。

最近ハリーは、校長に苦い感情《かんじょう》を持っていたが、それでもダンブルドアが全生徒の前に立った姿《すがた》は、なぜか心を安らかにしてくれた。ハグリッドはいないし、ドラゴンまがいの馬はいるしで、あんなに楽しみにホグワーツに帰ってきたのに、ここは思いがけない驚《おどろ》きの連続だった。聞《き》き慣《な》れた歌にぎくりとするような変調が入っていたのと同じだ。しかし、これでやっと、期待どおりだ――校長が立ち上がり、新学期の宴《うたげ》の前に挨拶《あいさつ》する。

「新入生よ」ダンブルドアは唇《くちびる》に微笑《びしょう》をたたえ、両腕《りょううで》を大きく広げて朗々《ろうろう》と言った。「おめでとう！　古顔の諸君《しょくん》よ――お帰り！　挨拶《あいさつ》するには時がある。いまはその時にあらずじゃ。かっこめ！」

うれしそうな笑い声が上がり、拍手《はくしゅ》が湧《わ》いた。ダンブルドアはスマートに座《すわ》り、長いひげを肩《かた》から後ろに流して、皿の邪魔《じゃま》にならないようにした――どこからともなく食べ物が現《あらわ》れていた。大きな肉料理、パイ、野菜料理、パン、ソース、かぼちゃジュースの大瓶《おおびん》。五卓《たく》のテーブルが重さにうなっていた。

「いいぞ」ロンは待ちきれないようにうめき、一番近くにあった骨《ほね》つき肉の皿を引《ひ》き寄《よ》せ、自分の皿を山盛《やまも》りにしはじめた。ほとんど首無しニックがうらやましそうに見ていた。

「組分けの前に何か言いかけてたわね？」ハーマイオニーがゴーストに聞いた。「帽子《ぼうし》が警告《けいこく》を発することで？」

「おお、そうでした」

ニックはロンから目をそらす理由ができてうれしそうだった。ロンは恥《はじ》も外聞《がいぶん》もないという熱中ぶりで、今度はローストポテトにかぶりついていた。

「さよう、これまでに数回、あの帽子《ぼうし》が警告《けいこく》を発するのを聞いております。いつも、学校が大きな危機《きき》に直面していることを察知したときでした。そして、もちろんのこと、いつも同じ忠告《ちゅうこく》をします。団結《だんけつ》せよ、内側を強くせよと」

「ぼしなン、がこきけん、どってわかン？」ロンが聞いた。

こんなに口いっぱいなのに、ロンはよくこれだけの音を出せたと、ハリーは感心した。

「なんと言われましたかな？」ほとんど首無しニックは礼儀正《れいぎただ》しく聞き返したが、ハーマイオニーはむかついた顔をした。ロンはゴックンと大きく飲《の》み込《こ》んで言いなおした。

「帽子《ぼうし》なのに、学校が危険《きけん》だとどうしてわかるの？」

「私《わたくし》にはわかりませんな」ほとんど首無しニックが言った。「もちろん、帽子《ぼうし》はダンブルドアの校長室に住んでいますから、あえて申し上げれば、そこで感触《かんしょく》を得《え》るのでしょうな」

「それで、帽子《ぼうし》は、全寮《ぜんりょう》に仲良くなれって？」ハリーはスリザリンのテーブルのほうを見ながら言った。ドラコ・マルフォイが王様然と振《ふ》る舞《ま》っていた。

「とても無理だね」

「さあ、さあ、そんな態度《たいど》はいけませんね」ニックがとがめるように言った。「平和な協力、これこそ鍵《かぎ》です。我《われ》らゴーストは、各寮《かくりょう》に分かれておりましても、友情《ゆうじょう》の絆《きずな》は保《たも》っております。グリフィンドールとスリザリンの競争はあっても、私《わたくし》は『血みどろ男爵《だんしゃく》』と事をかまえようとは夢《ゆめ》にも思いませんぞ」

「単に怖《こわ》いからだろ」ロンが言った。

ほとんど首無しニックは大いに気を悪くしたようだった。

「怖《こわ》い？　やせても枯《か》れてもニコラス・ド・ミムジー－ポーピントン卿《きょう》。命《いのち》在《あ》りしときも絶命後《ぜつめいご》も、臆病《おくびょう》の汚名《おめい》を着たことはありません。この体に流れる気高き血は――」

「どの血？」ロンが言った。「まさか、まだ血があるの――？」

「言葉の綾《あや》です！」ほとんど首無しニックは憤慨《ふんがい》のあまり、ほとんど切《き》り離《はな》されている首をわなわなと危《あぶ》なっかしげに震《ふる》わせていた。「私《わたくし》が言の葉をどのように使おうと、その楽しみは、まだ許《ゆる》されていると愚考《ぐこう》するしだいです。たとえ飲食の楽しみこそ奪《うば》われようと！　しかし、私《わたくし》の死を愚《ぐ》弄《ろう》する生徒がいることには、このやつがれ、慣《な》れております！」

「ニック、ロンはあなたのことを笑い物にしたんじゃないわ！」ハーマイオニーがロンに恐《おそ》ろしい一瞥《いちべつ》を投げた。

不幸にも、ロンの口はまたしても爆発寸前《ばくはつすんぜん》まで詰《つ》め込《こ》まれていたので、やっと言葉になったのは「ちがン、ぼっきみンきぶン、ごいすンつもるらい」だった。ニックはこれでは充分《じゅうぶん》な謝罪《しゃざい》にはならないと思ったらしい。羽飾《はねかざ》りつきの帽子《ぼうし》をただし、空中に浮《う》き上《あ》がり、ニックはそこを離《はな》れてテーブルの端《はし》に行き、コリン、デニスのクリービー兄弟の間に座《すわ》った。

「お見事ね、ロン」ハーマイオニーが食ってかかった。

「何が？」やっと食べ物を飲《の》み込《こ》み、ロンが怒《おこ》ったように言った。「簡単《かんたん》な質問《しつもん》をしちゃいけないのか？」

「もう、いいわよ」ハーマイオニーがいらいらと言った。

それからは、食事の間中、二人はぷりぷりして互《たが》いに口をきかなかった。

ハリーは二人のいがみ合いには慣《な》れっこになって、仲なおりさせようとも思わなかった。ステーキ・キドニーパイをせっせと食べるほうが時間の有効利用《ゆうこうりよう》だと思った。そのあとは、好物の糖蜜《とうみつ》タルトを皿いっぱいに盛《も》って食べた。

生徒が食べ終わり、大広間のガヤガヤがまた立《た》ち昇《のぼ》ってきたとき、ダンブルドアが再《ふたた》び立ち上がった。みんなの顔が校長のほうを向き、話し声はすぐにやんだ。ハリーはいまや心地《ここち》よい眠気《ねむけ》を感じていた。四本柱のベッドがどこか上のほうで待っている。ふかふかと暖《あたた》かく……。

「さて、またしてもすばらしいごちそうを、みなが消化しているところで、学年度はじめのいつものお知らせに、少し時間をいただこう」ダンブルドアが話しはじめた。「一年生に注意しておくが、校庭内の『禁《きん》じられた森《もり》』は生徒立《せいとた》ち入《い》り禁止《きんし》じゃ――上級生の何人かも、そのことはもうわかっておることじゃろう」（ハリー、ロン、ハーマイオニーは互《たが》いにニヤッとした）

「管理人のフィルチさんからの要請《ようせい》で、これが四百六十二回目になるそうじゃが、全生徒に伝えてほしいとのことじゃ。授業《じゅぎょう》と授業《じゅぎょう》の間に廊下《ろうか》で魔法《まほう》を使ってはならん。そのほかもろもろの禁止事《きんしじ》項《こう》じゃが、すべて長い一覧表《いちらんひょう》になって、いまはフィルチさんの事務所《じむしょ》のドアに貼《は》り出《だ》してあるので、確《たし》かめられるとのことじゃ」

「今年は先生が二人替《か》わった。グラブリー - プランク先生がお戻《もど》りになったのを、心から歓迎《かんげい》申し上げる。『魔法生物飼育学《まほうせいぶつしいくがく》』の担当《たんとう》じゃ。さらにご紹介《しょうかい》するのが、アンブリッジ先生、『闇《やみ》の魔術《まじゅつ》に対《たい》する防衛術《ぼうえいじゅつ》』の新任教授《しんにんきょうじゅ》じゃ」

礼儀正《れいぎただ》しく、しかしあまり熱のこもらない拍手《はくしゅ》が起こった。その間、ハリー、ロン、ハーマイオニーはパニック気味に顔を見合わせた。ダンブルドアはグラブリー - プランクがいつまで教えるか言わなかった。

ダンブルドアが言葉を続けた。「クィディッチの寮代表選手《りょうだいひょうせんしゅ》の選抜《せんばつ》の日は――」

ダンブルドアが言葉を切り、何か用かな、という目でアンブリッジ先生を見た。アンブリッジ先生は立っても座《すわ》っても同じぐらいの高さだったので、しばらくは、なぜダンブルドアが話しやめたのか、誰《だれ》もわからなかったが、アンブリッジ先生が「**エヘン、エヘン**」と咳払《せきばら》いをしたので、立ち上がっていることと、スピーチをしようとしていることが明らかになった。

ダンブルドアはほんの一瞬驚《いっしゅんおどろ》いた様子だったが、すぐ優雅《ゆうが》に腰《こし》をかけ、謹聴《きんちょう》するような顔をした。アンブリッジ先生の話を聞くことほど望ましいことはないと言わんばかりの表情《ひょうじょう》だった。ほかの先生たちは、ダンブルドアほど巧《たく》みには驚《おどろ》きを隠《かく》せなかった。スプラウト先生の眉毛《まゆげ》は、ふわふわ散らばった髪《かみ》の毛に隠《かく》れるほど吊《つ》り上《あ》がり、マクゴナガル先生の唇《くちびる》は、ハリーが見たことがないほど真一文字に結ばれていた。これまで新任《しんにん》の先生が、ダンブルドアの話を途中《とちゅう》でさえぎったことなどない。ニヤニヤしている生徒が多かった。――この女、ホグワーツでのしきたりを知らないな。

「校長先生」アンブリッジ先生が作り笑いをした。「歓迎《かんげい》のお言葉、恐《おそ》れ入《い》ります」

女の子のようなかん高い、ため息まじりの話し方だ。ハリーはまたしても、自分でも説明のつかない強い嫌悪《けんお》を感じた。とにかくこの女に関するものは全部大嫌《だいきら》いだということだけはわかった。バカな声も、ふんわりしたピンクのカーディガンも、何もかも。再《ふたた》び軽い咳払《せきばら》いをして（「**ェヘン、ェヘン**」）アンブリッジ先生は話を続けた。

「さて、ホグワーツに戻《もど》ってこられて、ほんとうにうれしいですわ！」

ニッコリするととがった歯がむき出しになった。

「そして、みなさんの幸せそうなかわいい顔がわたくしを見上げているのはすてきですわ！」

ハリーはぐるりと見回した。見渡《みわた》すかぎり、幸せそうな顔など一つもない。むしろ、五歳児扱《さいじあつか》いされて、みな愕然《がくぜん》とした顔だった。

「みなさんとお知り合いになれるのを、とても楽しみにしております。きっとよいお友達になれますわよ！」

これにはみんな顔を見合わせた。冷笑《れいしょう》を隠《かく》さない生徒もいた。

「あのカーディガンを借りなくていいなら、お友達になるけど」パーバティがラベンダーにささやき、二人は声を殺してクスクス笑った。

アンブリッジ先生はまた咳払《せきばら》いした（「ェヘン、ェヘン」）。次に話しだしたとき、ため息まじりが少し消えて、話し方が変わっていた。ずっとしっかりした口調で、暗記したように無味乾燥《むみかんそう》な話し方になっていた。

「魔法省《まほうしょう》は、若《わか》い魔法使《まほうつか》いや魔女《まじょ》の教育は非常《ひじょう》に重要であると、常《つね》にそう考えてきました。みなさんが持って生まれた稀《まれ》なる才能《さいのう》は、慎重《しんちょう》に教え導《みちび》き、養って磨《みが》かなければ、物になりません。魔法《まほう》界独自《かいどくじ》の古来の技《わざ》を、後代に伝えていかなければ、永久《えいきゅう》に失われてしまいます。我《われ》らが祖先《そせん》が集大成した魔法《まほう》の知識《ちしき》の宝庫《ほうこ》は、教育という気高い天職《てんしょく》を持つ者により、守り、補《おぎな》い、磨《みが》かれていかねばなりません」

アンブリッジ先生はここでひと息入れ、同僚《どうりょう》の教授陣《きょうじゅじん》に会釈《えしゃく》した。誰《だれ》も会釈《えしゃく》を返さない。マクゴナガル先生の黒々とした眉《まゆ》がギュッと縮《ちぢ》まって、まさに鷹《たか》そっくりだった。しかも意味ありげにスプラウト先生と目を見交《みか》わしたのを、ハリーは見た。アンブリッジはまたまた「ェヘン、ェヘン」と軽い咳払《せきばら》いをして、話を続けた。

「ホグワーツの歴代校長は、この歴史ある学校を治める重職《じゅうしょく》を務《つと》めるにあたり、なんらかの新規《しんき》なものを導入《どうにゅう》してきました。そうあるべきです。進歩がなければ停滞《ていたい》と衰退《すいたい》あるのみ。しかしながら、進歩のための進歩は奨励《しょうれい》されるべきではありません。なぜなら、試練を受け、証明《しょうめい》された伝統《でんとう》は、手を加える必要がないからです。そうなると、バランスが大切です。古きものと新しきもの、恒久的《こうきゅうてき》なものと変化、伝統《でんとう》と革新《かくしん》……」

ハリーは注意力が退《ひ》いていくのがわかった。脳《のう》みその周波数が、合ったり外れたりするようだった。ダンブルドアが話すときには大広間は常《つね》にしんとしているが、いまはそれが崩《くず》れ、生徒は額《ひたい》を寄《よ》せ合《あ》ってささやいたりクスクス笑ったりしていた。レイブンクローのテーブルでは、チョウ・チャンが友達とさかんにおしゃべりしていた。そこから数席離《はな》れた所で、ルーナ・ラブグッドがまた『ザ・クィブラー』を取り出していた。一方ハッフルパフのテーブルでは、アーニー・マクミランだけが、まだアンブリッジ先生を見つめている数少ない一人だった。しかし、目が死んでいた。胸《むね》に光る新しい監督生《かんとくせい》バッジの期待に応《こた》えるため、聞いているふりをしているだけにちがいない、とハリーは思った。

アンブリッジ先生は、聴衆《ちょうしゅう》のざわつきなど気がつかないようだった。ハリーの印象《いんしょう》では、大々的な暴動《ぼうどう》が目の前で勃発《ぼっぱつ》しても、この女は延々《えんえん》とスピーチを続けるにちがいない。しかし教授陣《きょうじゅじん》はまだ熱心に聴《き》いていた。ハーマイオニーもアンブリッジの言葉を細大もらさずのみ込《こ》んでいた。もっともその表情《ひょうじょう》から見ると、まったくおいしくなさそうだ。

「……なぜなら、変化には改善《かいぜん》の変化もある一方、時満ちれば、判断《はんだん》の誤《あやま》りと認《みと》められるような変化もあるからです。古き慣習《かんしゅう》のいくつかは維持《いじ》され、当然そうあるべきですが、陳腐化《ちんぷか》し、時代遅《じだいおく》れとなったものは、放棄《ほうき》されるべきです。保持《ほじ》すべきは保持《ほじ》し、正すべきは正し、禁《きん》ずべきやり方とわかったものはなんであれ切《き》り捨《す》て、いざ、前進しようではありませんか。開放的で、効果的《こうかてき》で、かつ責任《せきにん》ある新しい時代へ」

アンブリッジ先生が座《すわ》った。ダンブルドアが拍手《はくしゅ》した。それにならって教授《きょうじゅ》たちもそうした。しかし、一回か二回手をたたいただけでやめてしまった先生が何人かいることに、ハリーは気づいた。生徒も何人か一緒《いっしょ》に拍手《はくしゅ》したが、大多数は演説《えんぜつ》が終わったことで不意をつかれていた。だいたい二言三言しか聞いてはいなかったのだ。ちゃんとした拍手《はくしゅ》が起こる前に、ダンブルドアがまた立ち上がった。

「ありがとうございました、アンブリッジ先生。まさに啓発的《けいはつてき》じゃった」ダンブルドアが会釈《えしゃく》した。「さて、先ほど言いかけておったが、クィディッチの選抜《せんばつ》の日は……」

「ええ、ほんとうに啓発的《けいはつてき》だったわ」ハーマイオニーが低い声で言った。

「おもしろかったなんて言うんじゃないだろうな？」

ぼんやりした顔でハーマイオニーを見ながら、ロンが小声で言った。

「ありゃ、これまでで最高につまんない演説《えんぜつ》だった。パーシーと暮《く》らした**僕《ぼく》が**そう言うんだぜ」

「啓発的《けいはつてき》だったと言ったのよ。おもしろいじゃなくて」ハーマイオニーが言った。「いろんなことがわかったわ」

「ほんと？」ハリーが驚《おどろ》いた。「中身のないむだ話ばっかりに聞こえたけど」

「そのむだ話に、大事なことが隠《かく》されていたのよ」ハーマイオニーが深刻《しんこく》な言い方をした。

「そうかい？」ロンはキョトンとした。

「たとえば、『進歩のための進歩は奨励《しょうれい》されるべきではありません』はどう？　それから『禁《きん》ずべきやり方とわかったものはなんであれ切《き》り捨《す》て』はどう？」

「さあ、どういう意味だい？」ロンがじれったそうに言った。

「教えて差し上げるわ」ハーマイオニーが不吉《ふきつ》な知らせを告《つ》げるように言った。

「魔法省《まほうしょう》がホグワーツに干渉《かんしょう》するということよ」

周りがガタガタ騒《さわ》がしくなった。ダンブルドアがお開きを宣言《せんげん》したらしい。みんな立ち上がって大広間を出ていく様子だ。ハーマイオニーが大あわてで飛び上がった。

「ロン、一年生の道案内をしないと！」

「ああそうか」ロンは完全に忘《わす》れていた。「おい――おい、おまえたち、ジャリども！」

「**ロン！**」

「だって、こいつら、チビだぜ……」

「知ってるわよ。だけどジャリはないでしょ！――一年生！」

ハーマイオニーは威厳《いげん》たっぷりにテーブル全体に呼《よ》びかけた。

「こっちへいらっしゃい！」

新入生のグループは、恥《は》ずかしそうにグリフィンドールとハッフルパフのテーブルの間を歩いた。誰《だれ》もが先頭に立たないようにしていた。ほんとうに小さく見えた。自分がここに来たときは、絶対《ぜったい》、こんなに幼《おさな》くはなかったとハリーは思った。ハリーは一年生に笑いかけた。ユーアン・アバクロンビーの隣《となり》のブロンドの少年の顔がこわばり、ユーアンをつっついて、耳元で何かささやいた。ユーアン・アバクロンビーも同じようにおびえた顔になり、こわごわハリーを見た。ハリーの顔から、微笑《びしょう》が「臭液《しゅうえき》」のごとくゆっくり落ちていった。

「またあとで」

ハリーはロンとハーマイオニーにそう言い、一人で大広間を出ていった。途中《とちゅう》でささやく声、見つめる目、指差す動きを、ハリーはできるだけ無視《むし》した。まっすぐ前方を見つめ、玄関《げんかん》ホールの人波を縫《ぬ》って進んだ。それから大理石の階段《かいだん》を急いで上り、隠《かく》れた近道をいくつか通ると、群《む》れからはずっと遠くなった。

人影《ひとかげ》もまばらな廊下《ろうか》を歩きながら、こうなることを予測《よそく》しなかった自分が愚《おろ》かだった、とハリーは自分自身に腹《はら》を立てた。みんなが僕《ぼく》を見つめるのは当然だ。二か月前に、三校対抗試合《たいこうじあい》の迷路《めいろ》の中から、ハリーは一人の生徒のなきがらを抱《かか》えて現《あらわ》れ、ヴォルデモート卿《きょう》の力が復活《ふっかつ》したのを見たと宣言《せんげん》したのだ。先学期、みんなが家に帰る前には、説明する時間の余裕《よゆう》がなかった――あの墓場《はかば》で起こった恐《おそ》ろしい事件《じけん》を、学校全体にくわしく話して聞かせる気持ちの余裕《よゆう》がたとえあったとしてもだ。

ハリーは、グリフィンドールの談話室に続く廊下《ろうか》の、一番奥《おく》に着いていた。「太った婦人《レディ》」の肖《しょう》像画《ぞうが》の前で足を止めたとたん、ハリーは新しい合言葉を知らないことに初めて気づいた。

「えーと……」

ハリーは「太った婦人《レディ》」を見つめ、元気のない声を出した。婦人《レディ》はピンクのサテンドレスのひだを整えながら、厳《きび》しい顔でハリーを見返した。

「合言葉がなければ入れません」婦人《レディ》はツンとした。

「ハリー、僕《ぼく》、知ってるよ！」

誰《だれ》かがゼイゼイ言いながらやってきた。振《ふ》り向《む》くと、ネビルが走ってくる。

「なんだと思う？　僕《ぼく》、これだけは初めて空で言えるよ――」

ネビルは汽車の中で見せてくれた寸詰《すんづ》まりのサボテンを振《ふ》って見せた。

「ミンビュラス　ミンブルトニア！」

「そうよ」

「太った婦人《レディ》」の肖像画《しょうぞうが》がドアのように二人のほうに開いた。後ろの壁《かべ》に丸い穴《あな》が現《あらわ》れ、ハリーとネビルはそこをよじ登った。

グリフィンドール塔《とう》の談話室はいつもどおりに温かく迎《むか》えてくれた。居心地《いごこち》のよい円形の部屋の中に、古ぼけたふかふかのひじかけ椅子《いす》や、ぐらつく古いテーブルがたくさん置いてある。火格子《ひごうし》の上で暖炉《だんろ》の火が楽しげにはぜ、何人かの寮生《りょうせい》が、寝室《しんしつ》に行く前に手を温めていた。部屋のむこうで、フレッドとジョージのウィーズリー兄弟が掲示板《けいじばん》に何かをとめつけていた。ハリーは二人におやすみと手を振《ふ》って、まっすぐ男子寮《だんしりょう》へのドアに向かった。いまはあまり話をする気分ではなかった。ネビルがついてきた。

ディーン・トーマスとシェーマス・フィネガンがもう寝室《しんしつ》に来ていて、ベッド脇《わき》の壁《かべ》にポスターや写真を貼《は》りつけている最中だった。ハリーがドアを開けたときにはしゃべっていた二人が、ハリーを見たとたん急に口をつぐんだ。自分のことを話していたのだろうか、それとも自分の被害妄《ひがいもう》想《そう》なのだろうかとハリーは考えた。

「やあ」ハリーは自分のトランクに近づき、それを開けながら声をかけた。

「やあ、ハリー」ディーンは、ウエストハム・チームカラーのパジャマを着ながら返事した。「休みはどうだった？」

「まあまあさ」ハリーは口ごもった。ほんとうの話をすれば、ほとんどひと晩《ばん》かかるだろう。そんなことはハリーにはとてもできない。「君は？」

「ああ、オーケーさ」ディーンがクスクス笑った。「とにかく、シェーマスよりはましだったな。いま聞いてたとこさ」

「どうして？　シェーマスに何があったの？」**ミンビュラス・ミンブルトニア**をベッド脇《わき》の戸棚《とだな》の上にそっとのせながら、ネビルが聞いた。

シェーマスはすぐには答えなかった。クィディッチ・チームのケンメア・ケストレルズのポスターが曲がっていないかどうか確《たし》かめるのに、やたらと手間をかけている。それからハリーに背《せ》を向けたまま言った。

「ママに学校に戻《もど》るなって言われた」

「えっ？」ハリーはローブを脱《ぬ》ぐ手を止めた。

「ママが、僕《ぼく》にホグワーツに戻《もど》ってほしくないって」

シェーマスはポスターから離《はな》れ、パジャマをトランクから引《ひ》っ張《ぱ》り出《だ》した。まだハリーを見ていない。

「だって――どうして？」

ハリーが驚《おどろ》いて聞いた。シェーマスの母親が魔女《まじょ》だと知っていたので、なぜダーズリーっぽくなったのか理解《りかい》できなかった。

シェーマスはパジャマのボタンをとめ終えるまで答えなかった。

「えーと」シェーマスは慎重《しんちょう》な声で言った。「たぶん……君のせいで」

「どういうこと？」ハリーがすぐ聞き返した。

心臓《しんぞう》の鼓動《こどう》がかなり速くなっていた。何かにじりじりと包囲《ほうい》されるのを、ハリーはうっすらと感じた。

「えーと」シェーマスはまだハリーの目を見ない。「ママは……あの……えーと、君だけじゃない。ダンブルドアもだ……」

『日刊予言者新聞《にっかんよげんしゃしんぶん》』を信じてるわけ？」ハリーが言った。「僕《ぼく》がうそつきで、ダンブルドアがぼけ老人だって？」

シェーマスがハリーを見た。

「うん、そんなふうなことだ」

ハリーは何も言わなかった。杖《つえ》をベッド脇《わき》のテーブルに投げ出し、ローブをはぎ取って怒《おこ》ったようにトランクに押《お》し込《こ》み、パジャマを着た。うんざりだ。じろじろ見られて、しょっちゅう話の種にされるのはたくさんだ。いったい、みんなはわかっているんだろうか、こういうことをずっと経《けい》験《けん》してきた人間がどんなふうに感じるのか、ほんの少しでもわかっているんだろうか……フィネガン夫人はわかってない。バカ女。ハリーは煮《に》えくり返る思いだった。

ハリーはベッドに入り、周りのカーテンを閉《し》めはじめた。しかし、その前に、シェーマスが言った。

「ねえ……あの夜**いったい**何があったんだ？……ほら、あの時……セドリック・ディゴリーとかいろいろ？」

シェーマスは怖《こわ》さと知りたさが入りまじった言い方をした。ディーンはかがんでトランクからスリッパを出そうとしていたが、そのまま奇妙《きみょう》に動かなくなった。耳を澄《す》ましていることがハリーにはわかった。

「どうして僕《ぼく》に聞くんだ？」ハリーが言い返した。「『日刊予言者新聞《にっかんよげんしゃしんぶん》』を読めばいい。君の母親みたいに。読めよ。知りたいことが全部書いてあるぜ」

「僕《ぼく》の母の悪口を言うな」シェーマスがつっかかった。

「僕《ぼく》をうそつき呼《よ》ばわりするなら、誰《だれ》だって批判《ひはん》してやる」ハリーが言った。

「そんな口のききかたするな！」

「好きなように口をきくさ」ハリーは急に気が立ってきて、ベッド脇《わき》のテーブルから杖《つえ》をパッと取った。「僕《ぼく》と一緒《いっしょ》の寝室《しんしつ》で困《こま》るなら、マクゴナガルに頼《たの》めよ。変えてほしいって言えばいい……ママが心配しないように――」

「僕《ぼく》の母親のことはほっといてくれ、ポッター！」

「なんだ、なんだ？」

ロンが戸口に現《あらわ》れ、目を丸くして、ハリーを、そしてシェーマスを見た。ハリーはベッドにひざ立ちし、杖《つえ》をシェーマスに向けていた。シェーマスは拳《こぶし》を振《ふ》り上《あ》げて立っていた。

「こいつ、僕《ぼく》の母親の悪口を言った」シェーマスが叫《さけ》んだ。

「えっ？」ロンが言った。「ハリーがそんなことするはずないよ――僕《ぼく》たち、君の母さんに会ってるし、好きだし……」

「それは、くされ新聞の『日刊予言者新聞《にっかんよげんしゃしんぶん》』が僕《ぼく》について書くことを、あの人が一から十まで信じる前だ！」ハリーが声を張《は》り上《あ》げた。

「ああ」ロンのそばかすだらけの顔が、わかったという表情《ひょうじょう》になった。「ああ……そうか」

「いいか？」シェーマスがカンカンになって、ハリーを憎々《にくにく》しげに見た。「そいつの言うとおりだ。僕《ぼく》はもうそいつと同じ寝室《しんしつ》にいたくない。そいつは狂《くる》ってる」

「シェーマス、そいつは言いすぎだぜ」ロンが言った。両耳が真っ赤になってきた――いつもの危《き》険信号《けんしんごう》だ。

「言いすぎ？　僕《ぼく》が？」シェーマスはロンと反対に青くなりながら叫《さけ》んだ。「こいつが『例のあの人』に関してつまらないことを並《なら》べ立《た》ててるのを、君は信じてるってわけか？　ほんとのことを言ってると思うのか？」

「ああ、そう思う！」ロンが怒《おこ》った。

「それじゃ、君も狂《くる》ってる」シェーマスが吐《は》きすてるように言った。

「そうかな？　さあ、君にとっては不幸なことだがね、おい、僕《ぼく》は監督生《かんとくせい》でもあるんだぞ！」ロンは胸《むね》をぐっと指差した。「だから、罰則《ばっそく》を食らいたくなかったら口を慎《つつし》め！」

一瞬《いっしゅん》、シェーマスは、言いたいことを吐《は》き出《だ》せるなら、罰則《ばっそく》だってお安いご用だという顔をした。しかし、軽蔑《けいべつ》したような音を出したきり、背《せ》を向けてベッドに飛《と》び込《こ》み、周りのカーテンを思いきり引いた。乱暴《らんぼう》に引いたので、カーテンが破《やぶ》れ、ほこりっぽい塊《かたまり》になって床《ゆか》に落ちた。ロンはシェーマスをにらみつけ、それからディーンとネビルを見た。

「ほかに、ハリーのことをごちゃごちゃ言ってる親はいるか？」ロンが挑《いど》んだ。

「おい、おい、僕《ぼく》の親はマグルだぜ」ディーンが肩《かた》をすくめた。「ホグワーツで誰《だれ》が死のうが、僕《ぼく》の親は知らないし、僕《ぼく》は教えてやるほどバカじゃないからな」

「君は僕《ぼく》の母を知らないんだ。誰《だれ》からでもなんでもするする聞き出す人なんだぞ！」シェーマスが食ってかかった。「どうせ、君の両親は『日刊予言者新聞《にっかんよげんしゃしんぶん》』を取ってないんだろう。校長がウィゼンガモットを解任《かいにん》され、国際魔法使い連盟《こくさいまほうつかいれんめい》から除名《じょめい》されたことも知らないだろう。まともじゃなくなったからなんだ――」

「僕《ぼく》のばあちゃんは、それデタラメだって言った」ネビルがしゃべりだした。「ばあちゃんは、『日《にっ》刊予言者新聞《かんよげんしゃしんぶん》』こそおかしくなってるって。ダンブルドアじゃないって。ばあちゃんは購読《こうどく》をやめたよ。僕《ぼく》たちハリーを信じてる」ネビルは単純《たんじゅん》に言いきった。

ネビルはベッドによじ登り、毛布《もうふ》をあごまで引《ひ》っ張《ぱ》り上《あ》げ、その上からくそまじめな顔でシェーマスを見た。

「ばあちゃんは、『例のあの人』は必ずいつか戻《もど》ってくるって、いつも言ってた。ダンブルドアがそう言ったのなら、戻《もど》ってきたんだって、ばあちゃんがそう言ってるよ」

ハリーはネビルに対する感謝《かんしゃ》の気持ちが一時《いちどき》にあふれてきた。もう誰《だれ》も何も言わなかった。シェーマスは杖《つえ》を取り出し、ベッドのカーテンを直し、その陰《かげ》に消えた。ディーンはベッドに入り、むこうを向いてだまりこくった。ネビルも、もう何も言うことはなくなったらしく、月明かりに照らされた妙《みょう》なサボテンを愛《いと》しそうに見つめていた。

ハリーは枕《まくら》に寄《よ》りかかった。ロンは隣《となり》のベッドの周りをガサゴソ片《かた》づけていた。仲のよかったシェーマスと言い争ったことで、ハリーは動揺《どうよう》していた。自分がうそをついている、ネジがはずれていると、あと何人から聞かされることになるんだろう？

ダンブルドアはこの夏中、こんな思いをしたのだろうか？　最初はウィゼンガモット、次は国際《こくさい》魔法使《まほうつか》い連盟《れんめい》の役職《やくしょく》から追放されて……。何か月もハリーに連絡《れんらく》してこなかったのは、ダンブルドアがハリーに腹《はら》を立てたからなのだろうか？　結局、二人は一蓮托生《いちれんたくしょう》だった。ダンブルドアはハリーを信じ、学校中にハリーの話を伝えたし、魔法界《まほうかい》により広く伝えた。ハリーをうそつき呼《よ》ばわりする者は、ダンブルドアをもそう呼《よ》ぶことになる。そうでなければ、ダンブルドアがずっとハリーにだまされてきたと言うだろう……。

ロンがベッドに入り、寝室《しんしつ》の最後のろうそくが消えた。僕《ぼく》たちが正しいことは、必ずわかるはずだ、とハリーはみじめな気持ちで考えた。しかし、その時が来るまで、ハリーはいったいあと何回、シェーマスから受けたのと同じような攻撃《こうげき》に耐《た》えなければならないのだろう。

第十二章　アンブリッジ先生

翌朝《よくあさ》、シェーマスは超《ちょう》スピードでローブを着て、ハリーがまだソックスもはかないうちに寝室《しんしつ》を出ていった。

「あいつ、長時間僕《ぼく》と一緒《いっしょ》の部屋にいると、自分も気が狂《くる》うと思ってるのかな？」

シェーマスのローブのすそが見えなくなったとたん、ハリーが大声で言った。

「気にするな、ハリー」ディーンが鞄《かばん》を肩《かた》に放り上げながらつぶやいた。「あいつはただ……」

ディーンは、シェーマスがただなんなのか、はっきり言うことはできなかったようだ。一瞬《いっしゅん》気まずい沈黙《ちんもく》の後、ディーンもシェーマスに続いて寝室《しんしつ》を出た。

ネビルとロンが、ハリーに、「君が悪いんじゃない。あいつが悪い」という目配せをしたが、ハリーにはあまりなぐさめにはならなかった。こんなことにいつまで耐《た》えなければならないんだ？

「どうしたの？」

五分後、朝食に向かう途中《とちゅう》、談話室を半分横切ったあたりで、ハリーとロンに追いついたハーマイオニーが聞いた。

「二人とも、その顔はまるで——ああ、なんてことを」

ハーマイオニーは談話室の掲示板《けいじばん》を見つめた。新しい大きな貼《は》り紙《がみ》が出ていた。

ガリオン金貨がっぽり！

こづかいが支出《ししゅつ》に追いつかない？　ちょっと小金をかせぎたい？

グリフィンドールの談話室で、フレッドとジョージのウィーズリー兄弟にご連絡《れんらく》を。

簡単《かんたん》なパート・タイム。ほとんど骨折《ほねお》りなし。

（お気の毒ですが、仕事は応募者《おうぼしゃ》の危険負担《きけんふたん》にて行われます）

「これはもうやりすぎよ」

ハーマイオニーは、厳《きび》しい顔でフレッドとジョージが貼《は》り出《だ》した掲示《けいじ》をはがした。その下のポスターには今学期初めての、週末のホグズミード行きが掲示《けいじ》されていて、十月になっていた。

「あの二人に一言、言わないといけないわ、ロン」

ロンは大仰天《だいぎょうてん》した。

「どうして？」

「私《わたし》たちが監督生《かんとくせい》だから！」肖像画《しょうぞうが》の穴《あな》をくぐりながらハーマイオニーが言った。「こういうことをやめさせるのが私《わたし》たちの役目です！」

ロンは何も言わなかった。フレッドとジョージがまさにやりたいようにやっているのに、止めるのは気が進まない――ロンの不機嫌《ふきげん》な顔は、ハリーにはそう読めた。

「それはそうと、ハリー、どうしたの？」

ハーマイオニーが話し続けた。三人は老魔法使《ろうまほうつか》いや老魔女《ろうまじょ》の肖像画《しょうぞうが》が並《なら》ぶ階段《かいだん》を下りていった。

肖像画《しょうぞうが》は自分たちの話に夢中《むちゅう》で、三人には目もくれなかった。

「何かにとっても腹《はら》を立ててるみたいよ」

「シェーマスが、『例のあの人』のことで、ハリーがうそをついてると思ってるんだ」

ハリーがだまっているので、ロンが簡潔《かんけつ》に答えた。

ハーマイオニーが自分のかわりに怒《おこ》ってくれるだろうと、ハリーは期待していたが、ため息が返ってきた。

「ええ、ラベンダーもそう思ってるのよ」ハーマイオニーが憂鬱《ゆううつ》そうに言った。

「僕《ぼく》がうそつきで目立ちたがり屋のまぬけかどうか、ラベンダーと楽しくおしゃべりしたんだろう？」ハリーが大声で言った。

「ちがうわ」ハーマイオニーが落ち着いて言った。「ハリーについては、あんたのおせっかいな大口を閉《と》じろって、私《わたし》はそう言ってやったわ。ハリー、私《わたし》たちにカリカリするのは、お願いだから、やめてくれないかしら。だって、もし気づいてないなら言いますけどね、ロンも私《わたし》もあなたの味方なのよ」

一瞬《いっしゅん》、間があいた。

「ごめん」ハリーが小さな声で言った。

「いいのよ」ハーマイオニーが威厳《いげん》のある声で言った。それから、ハーマイオニーは首を振《ふ》った。

「学年度末の宴会《えんかい》で、ダンブルドアが言ったことを覚えていないの？」

ハリーとロンはポカンとしてハーマイオニーを見た。ハーマイオニーはまたため息をついた。

「『例のあの人』のことで、ダンブルドアはこうおっしゃったわ。『不和と敵対感情《てきたいかんじょう》を蔓延《まんえん》させる能《のう》力《りょく》にたけておる。それと戦うには、同じぐらい強い友情《ゆうじょう》と信頼《しんらい》の絆《きずな》を示《しめ》すしかない――』」

「君、どうしてそんなこと覚えていられるの？」ロンは称賛《しょうさん》のまなざしでハーマイオニーを見た。

「ロン、私《わたし》は聴《き》いてるのよ」ハーマイオニーは少し引っかかる言い方をした。

「僕《ぼく》だって聞いてるよ。それでも僕《ぼく》は、ちゃんと覚えてなくて――」

「要するに」ハーマイオニーは声を張《は》り上《あ》げて主張《しゅちょう》を続けた。「こういうことが、ダンブルドアがおっしゃったことそのものなのよ。『例のあの人』が戻《もど》ってきてまだ二か月なのに、もう私《わたし》たちは仲間内で争いはじめている。組分《くみわ》け帽子《ぼうし》の警告《けいこく》も同じよ。団結《だんけつ》せよ、内側を強くせよ――」

「だけどハリーは昨夜いみじくも言ったぜ」ロンが反論《はんろん》した。「スリザリンと仲よくなれっていうなら――**無理だね**」

「寮同士《りょうどうし》の団結《だんけつ》にもう少し努力しないのは残念だわ」ハーマイオニーが辛辣《しんらつ》に言った。

三人は大理石の階段《かいだん》の下にたどり着いた。四年生のレイブンクロー生が一列になって玄関《げんかん》ホールを通りかかり、ハリーを見つけると群《む》れを固めた。群《む》れを離《はな》れるとハリーに襲《おそ》われると恐《おそ》れているかのようだった。

「そうだとも。まさに、あんな連中と仲よくするように努めるべきだな」ハリーが皮肉った。

三人はレイブンクロー生のあとから大広間に入ったが、自然に教職員《きょうしょくいん》テーブルのほうに目が行ってしまった。グラブリー－プランク先生が、「天文学」のシニストラ先生としゃべっていた。ハグリッドは、いないことでかえって目立っていた。魔法《まほう》のかかった天井《てんじょう》はハリーの気分を映《うつ》して、みじめな灰色《はいいろ》の雨雲だった。

「ダンブルドアは、グラブリー－プランクがどのくらいの期間いるのかさえ言わなかった」グリフィンドールのテーブルに向かいながら、ハリーが言った。

「たぶん……」ハーマイオニーが考え深げに言った。

「なんだい？」ハリーとロンが同時に聞いた。

「うーん……たぶんハグリッドがここにいないということに、あんまり注意を向けたくなかったんじゃないかな」

「注意を向けないって、どういうこと？」ロンが半分笑いながら言った。「気づかないほうが無理だろ？」

ハーマイオニーが反論《はんろん》する前に、ドレッドヘアの髪《かみ》を長く垂《た》らした背《せ》の高い黒人の女性《じょせい》が、つかつかとハリーに近づいてきた。

「やあ、アンジェリーナ」

「やあ、休みはどうだった？」アンジェリーナがきびきびと挨拶《あいさつ》し、答えも待たずに言葉を続けた。「あのさ、私《わたし》、グリフィンドール・クィディッチ・チームのキャプテンになったんだ」

「そりゃいいや」

ハリーがニッコリした。アンジェリーナの試合前演説《しあいまええんぜつ》は、オリバー・ウッドほど長ったらしくないだろうと思った。それは、一つの改善点《かいぜんてん》と言える。

「うん。それで、オリバーがもういないから、新しいキーパーがいるんだ。金曜の五時に選抜《せんばつ》するから、チーム全員に来てほしい。いい？　そうすれば、新人がチームにうまくはまるかどうかがわかるし」

「オーケー」ハリーが答えた。

アンジェリーナはニッコリして歩き去った。

「ウッドがいなくなったこと、忘《わす》れてたわ」

ロンの脇《わき》に腰《こし》かけ、トーストの皿を引《ひ》き寄《よ》せながら、ハーマイオニーがなんとなく言った。

「チームにとってはずいぶん大きなちがいよね？」

「たぶんね」ハリーは反対側に座《すわ》りながら言った。「いいキーパーだったから……」

「だけど、新しい血を入れるのも悪くないじゃん？」ロンが言った。

シューッ、カタカタという音とともに、何百というふくろうが上の窓《まど》から舞《ま》い込《こ》んできた。ふくろうは大広間のいたる所に降《お》り、手紙や小包を宛先人《あてさきにん》に届《とど》け、朝食をとっている生徒たちにたっぷり水滴《すいてき》を浴びせた。外はまちがいなく大雨だ。ヘドウィグは見当たらなかったが、ハリーは驚《おどろ》きもしなかった。連絡《れんらく》してくるのはシリウスだけだし、まだ二十四時間しかたっていないのに、シリウスから新しい知らせがあるとは思えない。ところがハーマイオニーは、急いでオレンジジュースを脇《わき》に置き、湿《しめ》った大きなメンフクロウに道をあけた。くちばしにグショッとした「日刊予言者新聞《にっかんよげんしゃしんぶん》」をくわえている。

「なんのためにまだ読んでるの？」

シェーマスのことを思い出し、ハリーがいらいらと聞いた。ハーマイオニーがふくろうの脚《あし》についた革袋《かわぶくろ》に一クヌートを入れると、ふくろうは再《ふたた》び飛び去った。

「僕《ぼく》はもう読まない……クズばっかりだ」

「敵《てき》が何を言ってるのか、知っておいたほうがいいわ」

ハーマイオニーは暗い声でそう言うと、新聞を広げて顔を隠《かく》し、ハリーとロンが食べ終えるまで顔を現《あらわ》さなかった。

「何もない」新聞を丸めて自分の皿の脇《わき》に置きながら、ハーマイオニーが短く言った。「あなたのこともダンブルドアのことも、ゼロ」

今度はマクゴナガル先生がテーブルを回り、時間割《じかんわり》を渡《わた》していた。

「見ろよ、今日のを！」ロンがうめいた。「『魔法史《まほうし》』、『魔法薬学《まほうやくがく》』が二時限続《じげんつづ》き、『占《うらな》い学《がく》』、二時《じ》限続《げんつづ》きの『闇《やみ》の魔術防衛《まじゅつぼうえい》』……ビンズ、スネイプ、トレローニー、それにあのアンブリッジばばぁ。これ全部、一日でだぜ！　フレッドとジョージが急いで『ずる休みスナックボックス』を完成してくれりゃなあ……」

「わが耳は聞きちがいしや？」フレッドが現《あらわ》れて、ジョージと一緒《いっしょ》にハリーの横に無理やり割《わ》り込《こ》んだ。「ホグワーツの監督生《かんとくせい》が、よもやずる休みしたいなど思わないだろうな？」

「今日の予定を見ろよ」ロンがフレッドの鼻先に時間割《じかんわり》を突《つ》きつけて、不平たらたら言った。

「こんな最悪の月曜日は初めてだ」

「もっともだ、弟よ」月曜の欄《らん》を見て、フレッドが言った。「よかったら『鼻血ヌルヌル・ヌガー』

を安くしとくぜ」

「どうして安いんだ？」ロンが疑《うたが》わしげに聞いた。

「なぜなればだ、体がしなびるまで鼻血が止まらない。まだ解毒剤《げどくざい》がない」ジョージがニシンの燻《くん》製《せい》を取りながら言った。

「ありがとよ」ロンが時間割《じかんわり》をポケットに入れながら憂鬱《ゆううつ》そうに言った。「だけど、やっぱり授業《じゅぎょう》に出ることにするよ」

「ところで『ずる休みスナックボックス』のことだけど」ハーマイオニーがフレッドとジョージを見抜《みぬ》くような目つきで見た。「実験台求むの広告《こうこく》をグリフィンドールの掲示板《けいじばん》に出すことはできないわよ」

「誰《だれ》が言った？」ジョージがあぜんとして聞いた。

「私《わたし》が言いました」ハーマイオニーが答えた。「それに、ロンが」

「僕《ぼく》は抜《ぬ》かして」ロンがあわてて言った。

ハーマイオニーがロンをにらみつけた。フレッドとジョージがニヤニヤ笑った。

「君もそのうち調子が変わってくるぜ、ハーマイオニー」

クランペットにたっぷりバターを塗《ぬ》りながら、フレッドが言った。

「五年目が始まる。まもなく君は、スナックボックスをくれと、僕《ぼく》たちに泣きつくであろう」

「おうかがいしますが、なぜ五年目だと『ずる休みスナックボックス』なんでしょう？」

「五年目は『O・W・L《ふくろう》《アウル》』、つまり『普通魔法使《ふつうまほうつか》いレベル試験《しけん》』の年である」

「それで？」

「それで君たちにはテストが控《ひか》えているのである。先生たちは君たちの神経《しんけい》をすり減《へ》らして赤むけにする」フレッドが満足そうに言った。

「俺《おれ》たちの学年じゃ、O・W・L《ふくろう》が近づくと、半数が軽い神経衰弱《しんけいすいじゃく》を起こしたぜ」ジョージがうれしそうに言った。「泣いたりかんしゃくを起こしたり……パトリシア・スティンプソンなんか、しょっちゅう気絶《きぜつ》しかかったな……」

「ケネス・タウラーは吹《ふ》き出物《でもの》だらけでさ。覚えてるか？」フレッドは思い出を楽しむように言った。

「あれは、おまえがやつのパジャマに球痘粉《きゅうとうこ》を仕掛《しか》けたからだぞ」ジョージが言った。

「ああ、そうだ」フレッドがニヤリとした。「忘《わす》れてた……なかなか全部は覚えてられないもんだ」

「とにかくだ、この一年は悪夢《あくむ》だぞ。五年生は」ジョージが言った。「テストの結果を気にするならばだがね。フレッドも俺《おれ》もなぜかずっと元気だったけどな」

「ああ……二人の点数は、確《たし》か、三科目合格《ごうかく》で二人とも3O・W・L《ふくろう》だっけ？」ロンが言った。

「当たり」フレッドはどうでもいいという言い方だった。「しかし、俺《おれ》たちの将来《しょうらい》は、学業成績《がくぎょうせいせき》とはちがう世界にあるのだ」

「七年目に学校に戻《もど》るべきかどうか、二人で真剣《しんけん》に討議《とうぎ》したよ」ジョージがほがらかに言った。

「何しろすでに――」

ハリーが目配せしたのでジョージが口をつぐんだ。ハリーは自分が二人にやった三校対抗試合《たいこうじあい》の賞金《しょうきん》のことを言うだろうと思ったのだ。

「何しろすでにO・W・Lも終わっちまったしな」ジョージが急いで言い換《いか》えた。「つまり、『ふくろう』めちゃめちゃつかれる魔法《まほう》テスト』の『N・E・W・T』なんか、ほんとに必要か？　しかし、俺《おれ》たちが中途退学《ちゅうとたいがく》したら、おふくろがきっと耐《た》えられないだろうと思ってさ。パーシーのやつが世界一のバカをやったあとだしな」

「しかし、最後の年を、俺《おれ》たちはむだにするつもりはない」大広間を愛《いと》しげに見回しながら、フレッドが言った。「少し市場調査《しじょうちょうさ》をするのに使う。平均的《へいきんてき》ホグワーツ生は、いたずら専門店《せんもんてん》に何を求めるかを調査《ちょうさ》し、慎重《しんちょう》に結果を分析《ぶんせき》し、需要《じゅよう》に合った製品《せいひん》を作る」

「だけど、いたずら専門店《せんもんてん》を始める資金《しきん》はどこで手に入れるつもり？」ハーマイオニーが疑《うたが》わしげに聞いた。「材料がいろいろ必要になるでしょうし――それに、店舗《てんぽ》だって必要だと思うけど……」

ハリーは双子《ふたご》の顔を見なかった。顔が熱くなって、わざとフォークを落とし、拾うのに下にもぐった。

フレッドの声が聞こえてきた。

「ハーマイオニー、質問《しつもん》するなかれ、さすれば我々《われわれ》はうそをつかぬであろう。来いよ、ジョージ。早く行けば、『薬草学』の前に『伸《の》び耳《みみ》』の二、三個《こ》も売れるかもしれないぜ」

ハリーがテーブル下から現《あらわ》れると、フレッドとジョージがそれぞれトーストの山を抱《かか》えて歩き去るのが見えた。

「なんのことかしら？」ハーマイオニーがハリーとロンの顔を見た。「『質問《しつもん》するなかれ』って……いたずら専門店《せんもんてん》を開く資金《しきん》を、もう手に入れたってこと？」

「あのさ、僕《ぼく》もそのこと考えてたんだ」ロンが額《ひたい》にしわを寄《よ》せた。「夏休みに僕《ぼく》に新しいドレスローブを買ってくれたんだけど、いったいどこでガリオンを手に入れたかわかんなかった……」

ハリーは話題を危険水域《きけんすいいき》からそらせる時が来たと思った。

「今年はとってもきついっていうのはほんとかな？　試験のせいで？」

「ああ、そうだな」ロンが言った。「そのはずだろ？　O《ふ》・W《くろ》・L《う》って、どんな仕事に応募《おうぼ》するかとかいろいろ影響《えいきょう》するから、とっても大事さ。今学年の後半には進路指導《しんろしどう》もあるって、ビルが言ってた。相談して、来年どういう種類のN《イ》・E《モ》・W《リ》・Tを受けるかを選ぶんだ」

「ホグワーツを出たら何をしたいか、決めてる？」

それからしばらくして「魔法史《まほうし》」の授業《じゅぎょう》に向かうのに大広間を出て、ハリーが二人に聞いた。

「いやあ、まだ」ロンが考えながら言った。「ただ……うーん……」

ロンは少し弱気になった。

「なんだい？」ハリーがうながした。

「うーん、闇祓《やみばら》いなんか、かっこいい」ロンはほんの思いつきだという言い方をした。

「うん、そうだよな」ハリーが熱を込《こ》めて言った。

「だけど、あの人たちって、ほら、エリートじゃないか」ロンが言った。「うんと優秀《ゆうしゅう》じゃなきゃ。ハーマイオニー、君は？」

「わからない」ハーマイオニーが答えた。「何かほんとうに価値《かち》のあることがしたいと思うの」

「闇祓《やみばら》いは価値《かち》があるよ！」ハリーが言った。

「ええ、そうね。でもそれだけが価値《かち》のあるものじゃない」ハーマイオニーが思慮深《しりょぶか》く言った。「つまり、屋敷《やしき》しもべ妖精福祉振興協会《ようせいふくししんこうきょうかい》をもっと推進《すいしん》できたら……」

ハリーとロンは慎重《しんちょう》に、互《たが》いに顔を見ないようにした。

「魔法史《まほうし》」は魔法界《まほうかい》が考え出した最もつまらない学科である、というのが衆目《しゅうもく》の一致《いっち》するところだった。ゴーストであるビンズ先生は、ゼイゼイ声で唸《うな》るように単調な講義《こうぎ》をするので、十分で強い眠気《ねむけ》をもよおすこと請《う》け合《あ》いだし、暑い日には五分で確実《かくじつ》だ。先生はけっして授業《じゅぎょう》の形を変えず、切れ目なしに講義《こうぎ》し、その間生徒はノートを取る、というより、眠《ねむ》そうにぼうっと宙《ちゅう》を見つめている。ハリーとロンはこれまで落第すれすれでこの科目を取ってきたが、それは試験の前にハーマイオニーがノートを写させてくれたからだ。ハーマイオニーだけが、ビンズ先生の催眠力《さいみんりょく》に抵抗《ていこう》できるようだった。

今日は巨人《きょじん》の戦争について、四十五分の単調な唸《うな》りに苦しんだ。最初の十分間だけ聞いて、ハリーはぼんやりと、この内容《ないよう》は、ほかの先生の手にかかれば、少しはおもしろいかもしれないということだけはわかった。しかし、そのあと、脳《のう》みそがついていかなくなった。残りの三十五分は、ロンと二人で羊皮紙の端《はし》にいたずら書きして遊んだ。ハーマイオニーは、ときどき思いっきり非難《ひなん》がましく横目で二人をにらんだ。

「こういうのはいかが？」授業《じゅぎょう》が終わって休憩《きゅうけい》に入るとき（ビンズ先生は黒板を通《とお》り抜《ぬ》けていなくなった）、ハーマイオニーが冷たく言った。「今年はノートを貸《か》してあげないっていうのは？」

「僕《ぼく》たち、O・W・L《ふくろう》に落ちるよ」ロンが言った。「それでも君の良心が痛《いた》まないなら、ハーマイオニー……」

「あら、いい気味よ」ハーマイオニーがピシャリと言った。「聞こうと努力もしないでしょう」

「してるよ」ロンが言った。「僕《ぼく》たちには君みたいな頭も、記憶力《きおくりょく》も、集中力もないだけさ――君は僕《ぼく》たちより頭がいいんだ――僕《ぼく》たちに思い知らせて、さぞいい気分だろ？」

「まあ、バカなこと言わないでちょうだい」

そう言いながらも、湿《しめ》った中庭へと二人の先に立って歩いていくハーマイオニーは、とげとげしさが少しやわらいだように見えた。

細かい霧雨《きりさめ》が降《ふ》っていた。中庭に固まって立っている人影《ひとかげ》の、輪郭《りんかく》がぼやけて見えた。ハリー、ロン、ハーマイオニーはバルコニーから激《はげ》しく雨だれが落ちてくる下で、ほかから離《はな》れた一角を選んだ。冷たい九月の風に、ローブの襟《えり》を立てながら、三人は、スネイプが今学期最初にどんな課題を出すだろうかと話し合った。二か月の休みで生徒がゆるんでいるところを襲《おそ》うという目的だけでも、何か極端《きょくたん》に難《むずか》しいものを出すだろうということまでは意見が一致《いっち》した。その時、誰《だれ》かが角を曲がってこちらにやってきた。

「こんにちは、ハリー！」

チョウ・チャンだった。しかもめずらしいことに、今度もたった一人だ。チョウはほとんどいつもクスクス笑いの女の子の集団《しゅうだん》に囲まれている。クリスマス・パーティに誘《さそ》おうとして、なんとかチョウ一人のときをとらえようと苦しんだことを、ハリーは思い出した。

「やあ」ハリーは顔がほてるのを感じた。**少なくとも今度は、『臭液《しゅうえき》』をかぶってはいない**、とハリーは自分に言い聞かせた。チョウも同じことを考えていたらしい。

「それじゃ、あれは取れたのね？」

「うん」ハリーは、この前の出会いが苦痛《くつう》ではなく滑稽《こっけい》な思い出でもあるかのように、ニヤッと笑おうとした。「それじゃ、君は……えー……いい休みだった？」

言ってしまったとたん、ハリーは言わなきゃよかったと思った――セドリックはチョウのボーイフレンドだったし、その死という思い出は、ハリーにとってもそうだったが、チョウの夏休みに暗い影《かげ》を落としたにちがいない。チョウの顔に何か張《は》りつめたものが走ったが、チョウの答えは「ええ、まあまあよ……」だった。

「それ、トルネードーズのバッジ？」

ロンがチョウのローブの胸《むね》を指差して、唐突《とうとつ》に聞いた。金の頭文字《かしらもじ》「T」が二つ並《なら》んだ紋章《もんしょう》の、空色のバッジがとめてあった。

「ファンじゃないんだろう？」

「ファンよ」チョウが言った。

「ずっとファンだった？　それともリーグ戦に勝つようになってから？」

ロンの声には、不必要に非難《ひなん》がましい調子がこもっている、とハリーは思った。

「六歳《さい》のときからファンよ」チョウが冷ややかに言った。「それじゃ……またね、ハリー」

チョウは行ってしまった。ハーマイオニーはチョウが中庭の中ほどに行くまで待って、それからロンに向きなおった。

「気のきかない人ね！」

「えっ？　僕《ぼく》はただチョウに――」

「チョウがハリーと二人っきりで話したかったのがわからないの？」

「それがどうした？　そうすりゃよかったじゃないか。僕《ぼく》が止めたわけじゃ――」

「いったいどうして、チョウのクィディッチ・チームを攻撃《こうげき》したりしたの？」

「攻撃《こうげき》？　僕《ぼく》、攻撃《こうげき》なんかしないよ。ただ――」

「チョウがトルネードーズをひいきにしようがどうしようが**勝手でしょ？**」

「おい、おい、しっかりしろよ。あのバッジをつけてるやつらの半分は、この前のシーズン中にバッジを買ったんだぜ――」

「だけど、そんなこと**関係ない**でしょう？」

「ほんとうのファンじゃないってことさ。流行に乗ってるだけで――」

「授業開始《じゅぎょうかいし》のベルだよ」


ロンとハーマイオニーが、ベルの音が聞こえないほど大声で言い争っていたので、ハリーはうんざりして言った。二人がスネイプの地下牢教室《ちかろうきょうしつ》に着くまでずっと議論《ぎろん》をやめなかったおかげで、ハリーはたっぷり考《かんが》え込《こ》む時間があった――ネビルやロンと一緒《いっしょ》にいるかぎり、チョウと一分でもまともな会話ができたら奇跡《きせき》だ。いままでの会話を思い出すと、どこかに逃《に》げ出《だ》したくなる。

スネイプの教室の前に並《なら》びながら、しかし――とハリーは考えた――チョウはハリーと話すためにわざわざ近づいてきたのではないだろうか？　チョウはセドリックのガールフレンドだった。セドリックが死んだのに、ハリーのほうは三校対抗試合《たいこうじあい》の迷路《めいろ》から生きて戻《もど》ってきた。チョウに憎《にく》まれてもおかしくない。それなのに、チョウはハリーに親しげに話しかけた。ハリーが狂《くる》っているとか、うそつきだとか、恐《おそ》ろしいことにセドリックの死に責任《せきにん》があるなどとは考えていないようだ……。そうだ、チョウはわざわざ僕《ぼく》に話しにきた。二日のうちに二回も……。そう思うと、ハリーはうきうきした。スネイプの地下牢教室《ちかろうきょうしつ》の戸がギーッと開く不吉《ふきつ》な音でさえ、胸《むね》の中でふくれた小さな希望の風船を破裂《はれつ》させはしなかった。ハリーはロンとハーマイオニーに続いて教室に入り、いつものように三人で後方の席に着き、二人から出てくるぷりぷり、いらいらの騒音《そうおん》を無視《むし》した。

「静まれ」スネイプは戸を閉《し》め、冷たく言った。

静粛《せいしゅく》に、と言う必要はなかった。戸が閉《し》まる音を聞いたとたん、教室はしんとなり、そわそわもやんだ。たいていスネイプがいるだけで、クラスが静かになること請《う》け合《あ》いだ。

「本日の授業《じゅぎょう》を始める前に」スネイプはマントをひるがえして教壇《きょうだん》に立ち、全員をじろりと見た。「忘《わす》れぬようはっきり言っておこう。来《きた》る六月、諸君《しょくん》は重要な試験に臨《のぞ》む。そこで魔法薬《まほうやく》の成分、使用法につき諸君《しょくん》がどれほど学んだかが試《ため》される。このクラスの何人かは確《たし》かに愚鈍《ぐどん》であるが、我《わが》輩《はい》は諸君《しょくん》にせいぜいO・W・L《ふくろう》合格《ごうかく》すれすれの『可《か》』を期待する。さもなくば我輩《わがはい》の……不興《ふきょう》をこうむる」

スネイプのじろりが今度はネビルをねめつけた。ネビルがゴクッとつばを飲んだ。

「言うまでもなく、来年から何人かは我輩《わがはい》の授業《じゅぎょう》を去ることになろう」スネイプは言葉を続けた。「我輩《わがはい》は、最も優秀《ゆうしゅう》なる者にしかN《イ》・E《モ》・W《リ》・Tレベルの『魔法薬《まほうやく》』の受講《じゅこう》を許《ゆる》さぬ。つまり、何人かは必ずや別れを告《つ》げるということだ」

スネイプの目がハリーを見すえ、薄《うす》ら笑《わら》いを浮《う》かべた。五年目が終わったら、「魔法薬《まほうやく》」をやめられると思うと、ゾクッとするような喜びを感じながら、ハリーもにらみ返した。

「しかしながら、幸福な別れの時までに、まだ一年ある」スネイプが低い声で言った。「であるから、N《イ》・E《モ》・W《リ》・Tテストに挑戦《ちょうせん》するつもりか否《いな》かは別として、我輩《わがはい》が教える学生には、高いO《ふ》・W《く》・L《ろ》合格率《ごうかくりつ》を期待する。そのために全員努力を傾注《けいちゅう》せよ」

「今日は、普通魔法使《ふつうまほうつか》いレベル試験にしばしば出てくる魔法薬《まほうやく》の調合をする。『安らぎの水薬』。不安をしずめ、動揺《どうよう》をやわらげる。注意事項《ちゅういじこう》。成分が強すぎると、飲んだ者は深い眠《ねむ》りに落ち、時にはそのままとなる。故《ゆえ》に、調合には細心の注意を払《はら》いたまえ」

ハリーの左側で、ハーマイオニーが背筋《せすじ》を正し、細心の注意そのものの表情《ひょうじょう》をしている。

「成分と調合法は――」スネイプが杖《つえ》を振《ふ》った。「――黒板にある――」（黒板に現《あらわ》れた）「――必要な材料はすべて――」スネイプがもう一度杖《つえ》を振《ふ》った。「――薬棚《くすりだな》にある――」（その薬棚《くすりだな》がパッと開いた）「――一時間半ある……始めたまえ」

ハリー、ロン、ハーマイオニーが予測《よそく》したとおり、スネイプの課題は、これ以上七面倒《しちめんどう》くさいやっかいな薬はあるまいというものだった。材料は正確《せいかく》な量を正確《せいかく》な順序《じゅんじょ》で大鍋《おおなべ》に入れなければならなかった。混合液《こんごうえき》は正確《せいかく》な回数かき回さなければならない。初めは右回り、それから左回りだ。ぐつぐつ煮込《にこ》んで、最後の材料を加える前に、炎《ほのお》の温度をきっちり定められたレベルに下げ、定められた何分かその温度を保《たも》つのだ。

「薬から軽い銀色の湯気が立《た》ち昇《のぼ》っているはずだ」

あと十分というときに、スネイプが告《つ》げた。

ハリーは汗《あせ》びっしょりになっていて、絶望的《ぜつぼうてき》な目で地下牢教室《ちかろうきょうしつ》を見回した。ハリーの大鍋《おおなべ》からは灰黒色《かいこくしょく》の湯気がもうもうと立《た》ち昇《のぼ》っていた。ロンのは緑の火花が上がり、シェーマスは、鍋底《なべぞこ》の消えかかった火を、必死に杖《つえ》でかき起こしていた。しかし、ハーマイオニーの液体《えきたい》からは、軽い銀色の湯気がゆらゆらと立《た》ち昇《のぼ》っていた。スネイプがそばをサッと通《とお》り過《す》ぎ、鉤鼻《かぎばな》の上から見下ろしたが、何も言わなかった。文句《もんく》のつけようがなかったのだ。

しかし、ハリーの大鍋《おおなべ》の所で立ち止まったスネイプは、ぞっとするような薄《うす》ら笑《わら》いを浮《う》かべて見下ろした。

「ポッター、これはなんのつもりだ？」

教室の前のほうにいるスリザリン生が、それっといっせいに振《ふ》り返《かえ》った。スネイプがハリーをあざけるのを聞くのが大好きなのだ。

「『安らぎの水薬』」ハリーはかたくなに答えた。

「教えてくれ、ポッター」スネイプが猫《ねこ》なで声《ごえ》で言った。「字が読めるのか？」

ドラコ・マルフォイが笑った。

「読めます」ハリーの指が、杖《つえ》をギュッと握《にぎ》りしめた。

「ポッター、調合法の三行目を読んでくれたまえ」

ハリーは目を凝《こ》らして黒板を見た。いまや地下牢教室《ちかろうきょうしつ》は色とりどりの湯気でかすみ、書かれた文字を判読《はんどく》するのは難《むずか》しかった。

「月長石《げっちょうせき》の粉《こな》を加え、右に三回攪拌《かくはん》し、七分間ぐつぐつ煮《に》る。そのあと、バイアン草のエキスを二滴《てき》加える」

ハリーはがっくりした。七分間のぐつぐつのあと、バイアン草のエキスを加えずに、すぐに四行目に移《うつ》ったのだ。

「三行目をすべてやったか？　ポッター？」

「いいえ」ハリーは小声で言った。

「答えは？」

「いいえ」ハリーは少し大きな声で言った。「バイアン草を忘《わす》れました」

「そうだろう、ポッター。つまりこのごった煮《に》は、まったく役に立たない。エバネスコ、消えよ」

ハリーの液体《えきたい》が消え去った。残されたハリーは、からっぽの大鍋《おおなべ》のそばにばかみたいに突《つ》っ立《た》っていた。

「課題をなんとか読むことが**できた**者は、自分の作った薬のサンプルを細口瓶《ほそくちびん》に入れ、名前をはっきり書いたラベルを貼《は》り、我輩《わがはい》がテストできるよう、教壇《きょうだん》の机《つくえ》に提出《ていしゅつ》したまえ」スネイプが言った。「宿題。羊皮紙三十センチに、月長石の特性《とくせい》と、魔法薬調合《まほうやくちょうごう》に関するその用途《ようと》を述《の》べよ。木曜に提出《ていしゅつ》」

みんなが細口瓶《ほそくちびん》を詰《つ》めているとき、ハリーは煮《に》えくり返る思いで片《かた》づけをしていた。僕《ぼく》の薬は、くさった卵《たまご》のような臭気《しゅうき》を発しているロンのといい勝負だ。ネビルのだって、混合《こんごう》したてのセメントぐらいに硬《かた》くて、ネビルが鍋底《なべぞこ》からこそげ落としているじゃないか。それなのに、今日の課題で零点《れいてん》をつけられるのはハリーだけだ。ハリーは杖《つえ》を鞄《かばん》にしまい、椅子《いす》にドサッと腰《こし》かけて、みんながスネイプの机《つくえ》にコルク栓《せん》をした瓶《びん》を提出《ていしゅつ》しにいくのを眺《なが》めていた。

やっと終業のベルが鳴り、ハリーは真っ先に地下牢《ちかろう》を出た。ロンとハーマイオニーが追いついたときには、もう大広間で昼食を食べはじめていた。天井《てんじょう》は今朝よりもどんよりとした灰色《はいいろ》に変わっていた。雨が高窓《たかまど》を打っている。

「ほんとに不公平だわ」

ハリーの隣《となり》に座《すわ》り、シェパード・パイをよそいながら、ハーマイオニーがなぐさめた。

「あなたの魔法薬《まほうやく》はゴイルのほどひどくなかったのに。ゴイルが自分のを瓶《びん》に詰《つ》めたとたんに、全部割《わ》れちゃって、ローブに火がついたわ」

「うん、でも」ハリーは自分の皿をにらみつけた。「スネイプが僕《ぼく》に公平だったことなんかあるか？」

二人とも答えなかった。三人とも、スネイプとハリーの間の敵意《てきい》が、ハリーがホグワーツに一歩踏《ふ》み入《い》れたときから絶対的《ぜったいてき》なものだったと知っていた。

「私《わたし》、今年は少しよくなるんじゃないかと思ったんだけど」ハーマイオニーが失望したように言った。「だって……ほら……」ハーマイオニーは慎重《しんちょう》にあたりを見回した。両脇《りょうわき》に少なくとも六人分ぐらいの空きがあり、テーブルのそばを通りかかる者もいない。「……スネイプは騎士団員《きしだんいん》だし」

「毒キノコはくさっても毒キノコ」ロンが偉《えら》そうに言った。「スネイプを信用するなんて、ダンブルドアはどうかしてるって、僕《ぼく》はずっとそう思ってた。あいつが『例のあの人』のために働くのをやめたって証拠《しょうこ》がどこにある？」

「あなたに教えてくれなくとも、ロン、ダンブルドアにはきっと充分《じゅうぶん》な証拠《しょうこ》があるのよ」ハーマイオニーが食ってかかった。

「あーあ、二人ともやめろよ」

ロンが言い返そうと口を開いたとき、ハリーが重苦しい声を出した。ロンもハーマイオニーも怒《おこ》った顔のまま固まった。

「いいかげんにやめてくれないか?」ハリーが言った。「お互《たが》いに角突《つのつ》き合《あ》わせてばっかりだ。頭に来るよ」

食べかけのシェパード・パイをそのままに、ハリーは鞄《かばん》を肩《かた》に引っかけ、二人を残してその場を離《はな》れた。

ハリーは大理石の階段《かいだん》を二段飛《だんと》びで上がった。昼食に下りてくる大勢《おおぜい》の生徒と行きちがいになった。自分でも思いがけずに爆発《ばくはつ》した怒《いか》りが、まだメラメラと燃《も》えていた。ロンとハーマイオニーのショックを受けた顔が、ハリーには大満足だった。――**いい気味だ……なんでやめられないんだ……いつも悪口を言い合って……あれじゃ、誰《だれ》だって頭にくる……**。

ハリーは踊《おど》り場《ば》にかかった大きな騎士《きし》の絵、カドガン卿《きょう》の絵の前を通った。カドガン卿《きょう》が剣《けん》を抜《ぬ》き、ハリーに向かって激《はげ》しく振《ふ》り回《まわ》したが、ハリーは無視《むし》した。

「戻《もど》れ、下賤《げせん》な犬め! 勇敢《ゆうかん》に戦え!」カドガン卿《きょう》が、面頬《めんぼお》に覆《おお》われてこもった声で、ハリーの背《はい》後《ご》から叫《さけ》んだ。しかし、ハリーはかまわず歩き続けた。カドガン卿《きょう》は隣《となり》の絵に駆《か》け込《こ》んでハリーを追おうとしたが、絵の主の、怖《こわ》い顔の大型《おおがた》ウルフハウンド犬にはねつけられた。

昼休みの残りの時間、ハリーは北塔《きたとう》のてっぺんの跳《は》ね天井《てんじょう》の下に一人で座《すわ》っていた。おかげで始業ベルが鳴ったとき、真っ先に銀のはしごを登ってシビル・トレローニー先生の教室に入ることになった。

「占《うらな》い学《がく》」は、「魔《ま》法薬学《ほうやくがく》」の次にハリーの嫌《きら》いな学科だった。その主な理由は、トレローニー先生が授業中《じゅぎょうちゅう》、数回に一回、ハリーが早死にすると予言するせいだ。針金《はりがね》のような先生は、ショールを何重にも巻《ま》きつけ、ビーズの飾《かざ》りひもをキラキラさせ、めがねが目を何倍にも拡大《かくだい》して見せるので、ハリーはいつも大きな昆虫《こんちゅう》を想像《そうぞう》してしまう。ハリーが教室に入ったとき、トレローニー先生は、使い古した革表紙《かわびょうし》の本を、部屋中に置かれた華奢《きゃしゃ》な小テーブルに配って歩くことに没頭《ぼっとう》していた。スカーフで覆《おお》ったランプも、むっとするような香料《こうりょう》をたいた暖炉《だんろ》の火もほの暗かったので、先生は薄暗《うすぐら》い所に座《すわ》ったハリーに気づかないようだった。それから五分ほどの間にほかの生徒も到着《とうちゃく》した。ロンは跳《は》ね戸《ど》から現《あらわ》れると、注意深くあたりを見回し、ハリーを見つけてまっすぐにやってきた。もっとも、テーブルや椅子《いす》や、パンパンにふくれた床置《ゆかお》きクッションの間を縫《ぬ》いながらのまっすぐだったが。

「僕《ぼく》、ハーマイオニーと言い争うのはやめた」ハリーの脇《わき》に座《すわ》りながら、ロンが言った。

「そりゃよかった」ハリーはぶすっと言った。

「だけど、ハーマイオニーが言うんだ。僕《ぼく》たちに八つ当たりするのはやめてほしいって」ロンが言った。

「僕《ぼく》は何も――」

「伝言しただけさ」ロンがハリーの言葉をさえぎった。「だけど、ハーマイオニーの言うとおりだと思う。シェーマスやスネイプが君をあんなふうに扱《あつか》うのは、僕《ぼく》たちのせいじゃない」

「そんなことは言って――」

「こんにちは」トレローニー先生が、例の夢見《ゆめみ》るような霧《きり》の彼方《かなた》の声で挨拶《あいさつ》したので、ハリーは口を閉《と》じた。またしても、いらいらと落ち着かず、自分を恥《は》じる気持ちにかられた。

「『占《うらな》い学《がく》』の授業《じゅぎょう》にようこそ。あたくし、もちろん、休暇中《きゅうかちゅう》のみなさまの運命は、ずっと見ておりましたけれど、こうして無事ホグワーツに戻《もど》っていらして、うれしゅうございますわ――そうなることは、あたくしにはわかっておりましたけれど」

「机《つくえ》に、イニゴ・イマゴの『夢《ゆめ》のお告《つ》げ』の本が置いてございますね。夢《ゆめ》の解釈《かいしゃく》は、未来を占《うらな》う最も大切な方法の一つですし、たぶん、O《ふ》・W《くろう》・L《しけん》試験にも出ることでしょう。もちろん、あたくし、占《うらな》いという神聖《しんせい》な術《じゅつ》に、試験の合否《ごうひ》が大切だなどと、少しも考えてはおりませんの。みなさまが『心眼《しんがん》』をお持ちであれば、証書《しょうしょ》や成績《せいせき》はほとんど関係ございません。でも、校長先生がみなさまに試験を受けさせたいとのお考えでございます。それで……」

先生の声が微妙《びみょう》に細くなっていった。自分の学科が、試験などという卑《いや》しいものを超越《ちょうえつ》していると考えていることが、誰《だれ》にもはっきりわかるような調子だ。

「どうぞ、序章《じょしょう》を開いて、イマゴが夢《ゆめ》の解釈《かいしゃく》について書いていることをお読みあそばせ。それから二人ずつ組み、お互《たが》いの最近の夢《ゆめ》について、『夢《ゆめ》のお告《つ》げ』を使って解釈《かいしゃく》なさいまし。どうぞ」

この授業《じゅぎょう》のいいことは、二時限続《じげんつづ》きではないことだ。全員が序章《じょしょう》を読み終わったときには、夢《ゆめ》の解釈《かいしゃく》をする時間が十分と残っていなかった。ハリーとロンのテーブルの隣《となり》では、ディーンがネビルと組み、ネビルは早速《さっそく》、悪夢《あくむ》の長々しい説明を始めた。ばあちゃんの一張羅《いっちょうら》の帽子《ぼうし》をかぶった巨大《きょだい》なはさみが登場する。ハリーとロンは顔を見合わせてふさぎ込《こ》んだ。

「僕《ぼく》、夢《ゆめ》なんか覚えてたことないよ」ロンが言った。「君が言えよ」

「一つぐらい覚えてるだろう」ハリーがいらいらと言った。

自分の夢《ゆめ》は絶対誰《ぜったいだれ》にも言うまい。いつも見る墓場《はかば》の悪夢《あくむ》の意味は、ハリーにはよくわかっている。ロンにもトレローニー先生にも、ばかげた『夢《ゆめ》のお告《つ》げ』にも教えてもらう必要はない。

「えーと、この間、クィディッチをしてる夢《ゆめ》を見た」

ロンが、思い出そうと顔をしかめながら言った。

「それって、どういう意味だと思う?」

「たぶん、巨大《きょだい》なマシュマロに食われるとかなんとかだろ」

ハリーは『夢《ゆめ》のお告《つ》げ』をつまらなそうにめくりながら答えた。『お告《つ》げ』の中から夢《ゆめ》のかけらを探《さが》し出《だ》すのは、たいくつな作業だった。トレローニー先生が、一か月間「夢日記《ゆめにっき》」をつけるという宿題を出したのも、ハリーの気持ちを落《お》ち込《こ》ませた。ベルが鳴り、ハリーとロンは先に立ってはしごを下りた。ロンが大声で不平を言った。

「もうどれくらい宿題が出たと思う？　ビンズは『巨人《きょじん》の戦争』で五十センチのレポート、スネイプは『月長石の用途《ようと》』で三十センチ、その上今度はトレローニーの『夢日記《ゆめにっき》』一か月ときた。フレッドとジョージはＯ《ふ》・Ｗ《く》・Ｌ《ろう》の年についてまちがってなかったよな？　あのアンブリッジばばぁがなんにも宿題出さなきゃいいが……」

「闇《やみ》の魔術《まじゅつ》に対《たい》する防衛術《ぼうえいじゅつ》」の教室に入っていくと、アンブリッジ先生はもう教壇《きょうだん》に座《すわ》っていた。昨夜のふわふわのピンクのカーディガンを着て、頭のてっぺんに黒いビロードのリボンを結んでいる。またしてもハリーは、大きなハエが、愚《おろ》かにも、さらに大きなガマガエルの上に止まっている姿《すがた》を、いやでも想像《そうぞう》した。

生徒は静かに教室に入った。アンブリッジ先生は未知数だった。この先生がどのくらい厳《きび》しいのか、誰《だれ》もわからなかった。

「さあ、こんにちは！」

クラス全員が座《すわ》ると、先生が挨拶《あいさつ》した。

何人かが「こんにちは」とボソボソ挨拶《あいさつ》を返した。

「チッチッ」アンブリッジ先生が舌《した》を鳴らした。

「**それでは**いけませんねえ。みなさん、どうぞ、こんなふうに。『こんにちは、アンブリッジ先生』。もう一度いきますよ、はい、こんにちは、みなさん！」

愛読者カード

ご購読ありがとうございました。今後の参考とさせていただきますので、ご協力をお願いいたします。また、新刊案内等をお送りさせていただくことがあります。

【1】本のタイトルをお書きください。

【2】この本を何でお知りになりましたか。

1.新聞広告(　　　　　　　　　　新聞)　2.書店で実物を見て
3.図書館・図書室で　4.人にすすめられて　5.インターネット
6.その他(

【3】お買い求めになった理由をお聞かせください。

1.タイトルにひかれて　2.テーマやジャンルに興味があるので
3.作家・画家のファン　4.カバーデザインが良かったから
5.その他(

【4】毎号読んでいる新聞・雑誌を教えてください。

【5】最近読んで面白かった本や、これから読んでみたい作家、テーマをお書きください。

【6】本書についてのご意見、ご感想をお聞かせください。

●ご記入のご感想を、広告等、本のPRに使わせていただいてもよろしいですか。
下の□に✓をご記入ください。　□ 実名で可　□ 匿名で可　□ 不可

ご協力ありがとうございました

郵便はがき

料金受取人払郵便

麹町局承認

72

差出有効期間
2020年 11月
30日まで
（切手をはらずに
ご投函ください）

1 0 2-8 7 9 0

2 0 6

（受取人）
東京都千代田区九段北
一—十五—十五
瑞鳥ビル五階

静山社 行

住所	〒 都道府県		
フリガナ		年齢	歳
氏名			
		性別	男 女
TEL	（ ）		
E-Mail			

静山社ウェブサイト www.sayzansha.com

「こんにちは、アンブリッジ先生」みんないっせいに挨拶《あいさつ》を唱えた。

「そう、そう」アンブリッジ先生がやさしく言った。「難《むずか》しくないでしょう？　杖《つえ》をしまって、羽根ペンを出してくださいね」

大勢《おおぜい》の生徒が暗い目を見交《みか》わした。杖《つえ》をしまったあとの授業《じゅぎょう》が、これまでおもしろかった例はない。ハリーは杖《つえ》を鞄《かばん》に押《お》し込《こ》み、羽根ペン、インク、羊皮紙を出した。アンブリッジ先生はハンドバッグを開け、自分の杖《つえ》を取り出した。異常《いじょう》に短い杖《つえ》だ。先生が杖《つえ》で黒板を強くたたくと、たちまち文字が現《あらわ》れた。

闇《やみ》の魔術《まじゅつ》に対《たい》する防衛術《ぼうえいじゅつ》
基本《きほん》に返れ

「さて、みなさん、この学科のこれまでの授業《じゅぎょう》は、かなり乱《みだ》れてバラバラでしたね。そうでしょう？」

アンブリッジ先生は両手を体の前できちんと組み、正面を向いた。

「先生がしょっちゅう変わって、しかも、その先生方の多くが魔法省《まほうしょう》指導要領《しどうようりょう》に従《したが》っていなかったようです。その不幸な結果として、みなさんは、魔法省《まほうしょう》がO・W・L《ふくろう》学年《がくねん》に期待するレベルをはるかに下回っています」

「しかし、ご安心なさい。こうした問題がこれからは是正《ぜせい》されます。今年は、慎重《しんちょう》に構築《こうちく》された理《り》論中心《ろんちゅうしん》の魔法省指導要領《まほうしょうしどうようりょう》どおりの防衛術《ぼうえいじゅつ》を学んでまいります。これを書き写してください」

先生はまた黒板をたたいた。最初の文字が消え、「授業《じゅぎょう》の目的」という文章が現《あらわ》れた。

1、防衛術《ぼうえいじゅつ》の基礎《きそ》となる原理を理解《りかい》すること
2、防衛術《ぼうえいじゅつ》が合法的に行使される状況認識《じょうきょうにんしき》を学習すること
3、防衛術《ぼうえいじゅつ》の行使を、実践的《じっせんてき》な枠組《わくぐ》みに当てはめること

数分間、教室は羊皮紙に羽根ペンを走らせる音でいっぱいになった。全員がアンブリッジ先生の三つの目的を写し終えると、先生が聞いた。

「みなさん、ウィルバート・スリンクハードの『防衛術《ぼうえいじゅつ》の理論《りろん》』を持っていますか？」

持っていますと言うボソボソ声が、教室中から聞こえた。

「もう一度やりましょうね」アンブリッジ先生が言った。

「わたくしが質問《しつもん》したら、お答えはこうですよ。『はい、アンブリッジ先生』または、『いいえ、アンブリッジ先生』。では、みなさん、ウィルバート・スリンクハードの『防衛術《ぼうえいじゅつ》の理論《りろん》』を持っていますか？」

「はい、アンブリッジ先生」教室中がワーンと鳴った。

「よろしい」アンブリッジ先生が言った。

「では、五ページを開いてください。『第一章、初心者《しょしんしゃ》の基礎《きそ》』。おしゃべりはしないこと」

アンブリッジ先生は黒板を離《はな》れ、教壇《きょうだん》の先生用の机《つくえ》の椅子《いす》に陣取《じんと》り、眼《め》の下がたるんだガマガエルの目でクラスを観察した。ハリーは自分の教科書の五ページを開き、読みはじめた。

絶望的《ぜつぼうてき》につまらなかった。ビンズ先生の授業《じゅぎょう》を聞いているのと同じぐらいひどかった。集中力が抜《ぬ》け落《お》ちていくのがわかった。同じ行を五、六回読んでも、最初の一言、二言しか頭に入らない。何分かの沈黙《ちんもく》の時間が流れた。ハリーの隣《となり》で、ロンがぼうっとして、羽根ペンを指でくるくる回し、五ページの同じ所をずっと見つめている。右のほうを見たハリーは、驚《おどろ》いてまひ状態《じょうたい》から覚めた。ハーマイオニーは『防衛術《ぼうえいじゅつ》の理論《りろん》』の教科書を開いてもいない。手を挙げ、アンブリッジ先生をじっと見つめていた。

ハーマイオニーが読めと言われて読まなかったことは、ハリーの記憶《きおく》では一度もない。それどころか、目の前に本を出されて、開きたいという誘惑《ゆうわく》に抵抗《ていこう》したことなどない。ハリーは「どうしたの」という目を向けたが、ハーマイオニーは首をちょっと振《ふ》って、質問《しつもん》に答えるどころではないのよ、と合図しただけだった。そしてアンブリッジ先生をじっと見つめ続けた。先生は同じぐらい頑《がん》固《こ》に、別な方向を見続けている。

それからまた数分がたつと、ハーマイオニーを見つめているのはハリーだけでなくなった。読みなさいと言われた第一章が、あまりにもたいくつだったし、「初心者の基礎《きそ》」と格闘《かくとう》するよりは、アンブリッジ先生の目をとらえようとしているハーマイオニーの無言の行動を見ているほうがいいという生徒がだんだん増《ふ》えてきた。

クラスの半数以上が、教科書よりハーマイオニーを見つめるようになると、アンブリッジ先生は、もはや状況《じょうきょう》を無視《むし》するわけにはいかないと判断《はんだん》したようだった。

「この章について、何か聞きたかったの？」先生は、たったいまハーマイオニーに気づいたかのように話しかけた。

「この章についてではありません。ちがいます」ハーマイオニーが言った。

「おやまあ、いまは読む時間よ」アンブリッジ先生はとがった小さな歯を見せた。「ほかの質問《しつもん》なら、授業《じゅぎょう》が終わってからにしましょうね」

「授業《じゅぎょう》の目的に質問《しつもん》があります」ハーマイオニーが言った。

アンブリッジ先生の眉《まゆ》が吊《つ》り上《あ》がった。

「あなたのお名前は？」

「ハーマイオニー・グレンジャーです」

「さあ、ミス・グレンジャー。ちゃんと全部読めば、授業《じゅぎょう》の目的ははっきりしていると思いますよ」

アンブリッジ先生はわざとらしいやさしい声で言った。

「でも、わかりません」ハーマイオニーはぶっきらぼうに言った。「防衛呪文《ぼうえいじゅもん》を**使うこと**に関しては何も書いてありません」

一瞬沈黙《いっしゅんちんもく》が流れ、生徒の多くが黒板のほうを向き、まだ書かれたままになっている三つの目的をしかめっ面《つら》で読んだ。

「防衛呪文《ぼうえいじゅもん》を**使う？**」アンブリッジ先生はちょっと笑って言葉をくり返した。「まあ、まあ、ミス・グレンジャー。このクラスで、あなたが防衛呪文《ぼうえいじゅもん》を使う必要があるような状況《じょうきょう》が起ころうとは、考えられませんけど？　まさか、授業中《じゅぎょうちゅう》に襲《おそ》われるなんて思ってはいないでしょう？」

「魔法《まほう》を使わないの？」ロンが声を張《は》り上《あ》げた。

「わたくしのクラスで発言したい生徒は、手を挙げること。ミスター――？」

「ウィーズリー」ロンが手を高く挙げた。

アンブリッジ先生は、ますますニッコリほほえみながら、ロンに背《せ》を向けた。ハリーとハーマイオニーがすぐに手を挙げた。アンブリッジ先生のぼってりした目が一瞬《いっしゅん》ハリーにとまったが、そのあとハーマイオニーの名を呼《よ》んだ。

「はい、ミス・グレンジャー？　何かほかに聞きたいの？」

「はい」ハーマイオニーが答えた。「『闇《やみ》の魔術《まじゅつ》に対《たい》する防衛術《ぼうえいじゅつ》』の真のねらいは、まちがいなく、防衛呪文《ぼうえいじゅもん》の練習をすることではありませんか？」

「ミス・グレンジャー、あなたは、魔法省《まほうしょう》の訓練を受けた教育専門家《きょういくせんもんか》ですか？」

アンブリッジ先生はやさしい作り声で聞いた。

「いいえ、でも――」

「さあ、それなら、残念ながら、あなたには、授業《じゅぎょう》の『真のねらい』を決める資格《しかく》はありませんね。あなたよりもっと年上の、もっと賢《かしこ》い魔法使《まほうつか》いたちが、新しい指導要領《しどうようりょう》を決めたのです。あなた方が防衛呪文《ぼうえいじゅもん》について学ぶのは、安全で危険《きけん》のない方法で――」

「そんなの、なんの役に立つ？」ハリーが大声を上げた。「もし僕《ぼく》たちが襲《おそ》われるとしたら、そんな方法――」

「**挙手**、ミスター・ポッター！」アンブリッジ先生が歌うように言った。

ハリーは拳《こぶし》を宙《ちゅう》に突《つ》き上《あ》げた。アンブリッジ先生は、またそっぽを向いた。しかし、今度はほかの何人かの手も挙がった。

「あなたのお名前は？」アンブリッジ先生がディーンに聞いた。

「ディーン・トーマス」

「それで？　ミスター・トーマス？」

「ええと、ハリーの言うとおりでしょう？」ディーンが言った。「もし僕《ぼく》たちが襲《おそ》われるとしたら、『危険《きけん》のない方法』なんかじゃない」

「もう一度言いましょう」アンブリッジ先生は、人をいらいらさせるような笑顔《えがお》をディーンに向けた。「このクラスで襲《おそ》われると思うのですか？」

「いいえ、でも――」

アンブリッジ先生はディーンの言葉を押《お》さえ込《こ》むように言った。「この学校のやり方を批判《ひはん》したくはありませんが」先生の大口に、あいまいな笑いが浮《う》かんだ。「しかし、あなた方は、これまで、大変無責任《むせきにん》な魔法使《まほうつか》いたちにさらされてきました。非常《ひじょう》に無責任《むせきにん》な――言うまでもなく」先生は意地悪くフフッと笑った。「非常《ひじょう》に危険《きけん》な半獣《はんじゅう》もいました」

「ルーピン先生のことを言ってるなら」ディーンの声が怒《おこ》っていた。「いままでで最高の先生だった――」

「**挙手**、ミスター・トーマス！　いま言いかけていたように――みなさんは、年齢《ねんれい》にふさわしくない複雑《ふくざつ》で不適切《ふてきせつ》な呪文《じゅもん》を――しかも命取りになりかねない呪文《じゅもん》を――教えられてきました。恐怖《きょうふ》にかられ、一日おきに闇《やみ》の襲撃《しゅうげき》を受けるのではないかと信《しん》じ込《こ》むようになったのです――」

「そんなことはありません」ハーマイオニーが言った。「私《わたし》たちはただ――」

「**手が挙がっていません、ミス・グレンジャー！**」

ハーマイオニーが手を挙げた。アンブリッジ先生がそっぽを向いた。

「わたくしの前任者《ぜんにんしゃ》は違法《いほう》な呪文《じゅもん》をみなさんの前でやって見せたばかりか、実際《じっさい》みなさんに呪文《じゅもん》をかけたと理解《りかい》しています」

「でも、あの先生は狂《くる》っていたと、あとでわかったでしょう？」ディーンが熱くなった。「だけど、ずいぶんいろいろ教えてくれた」

「**手が挙がっていません、ミスター・トーマス！**」アンブリッジ先生はかん高く声を震《ふる》わせた。「さて、試験に合格《ごうかく》するためには、理論的《りろんてき》な知識《ちしき》で充分足《じゅうぶんた》りるというのが魔法省《まほうしょう》の見解《けんかい》です。結局学校というものは、試験に合格《ごうかく》するためにあるのですから。それで、あなたのお名前は？」

アンブリッジ先生が、いま手を挙げたばかりのパーバティを見て聞いた。

「パーバティ・パチルです。それじゃ、『闇《やみ》の魔術《まじゅつ》に対《たい》する防衛術《ぼうえいじゅつ》』のO《ふ》・W《くろ》・L《う》には、実技《じつぎ》はないんですか？　実際《じっさい》に反対呪文《はんたいじゅもん》とかやって見せなくてもいいんですか？」

「理論《りろん》を充分《じゅうぶん》に勉強すれば、試験という慎重《しんちょう》に整えられた条件《じょうけん》の下《もと》で、呪文《じゅもん》がかけられないということはありえません」アンブリッジ先生が、そっけなく言った。

「それまで一度も練習しなくても？」パーバティが信じられないという顔をした。「初めて呪文《じゅもん》を使うのが試験場だとおっしゃるんですか？」

「くり返します。理論《りろん》を充分《じゅうぶん》に勉強すれば――」

「それで、理論《りろん》は現実世界《げんじつせかい》でどんな役に立つんですか？」ハリーはまた拳《こぶし》を突《つ》き上《あ》げて大声で言った。

アンブリッジ先生が目を上げた。

「ここは学校です。ミスター・ポッター。現実世界《げんじつせかい》ではありません」先生が猫《ねこ》なで声《ごえ》で言った。

「それじゃ、外の世界で待ち受けているものに対して準備《じゅんび》しなくていいんですか？」

「外の世界で待ち受けているものは何もありません、ミスター・ポッター」

「へえ、そうですか？」朝からずっとふつふつ煮《に》えたぎっていたハリーのかんしゃくが、沸騰点《ふっとうてん》に達しかけた。

「あなた方のような子供《こども》を、誰《だれ》が襲《おそ》うと思っているの？」アンブリッジ先生がぞっとするような甘《あま》ったるい声で聞いた。

「うーむ、考えてみます……」ハリーは思慮深《しりょぶか》げな声を演《えん》じた。「もしかしたら……**ヴォルデモート卿《きょう》？**」

ロンが息をのんだ。ラベンダー・ブラウンはキャッと悲鳴を上げ、ネビルは椅子《いす》から横にずり落ちた。しかし、アンブリッジ先生はぎくりともしない。気味の悪い満足げな表情《ひょうじょう》を浮《う》かべて、ハリーをじっと見つめていた。

「グリフィンドール、一〇点減点《げんてん》です。ミスター・ポッター」

教室中がしんとして動かなかった。みんながアンブリッジ先生かハリーを見ていた。

「さて、いくつかはっきりさせておきましょう」

アンブリッジ先生が立ち上がり、ずんぐりした指を広げて机《つくえ》の上につき、身を乗り出した。

「みなさんは、ある闇《やみ》の魔《ま》法使《ほうつか》いが戻《もど》ってきたという話を聞かされてきました。死からよみがえったと――」

「あいつは死んでいなかった」ハリーが怒《おこ》った。「だけど、ああ、よみがえったんだ！」

「ミスター・ポッターあなたはもう自分の寮《りょう》に一〇点失わせたのにこれ以上自分の立場を悪くしないよう」

アンブリッジ先生は、ハリーを見ずにこれだけの言葉をひと息に言った。

「いま言いかけていたように、みなさんは、ある闇《やみ》の魔《ま》法使《ほうつか》いが再《ふたた》び野に放たれたという話を聞かされてきました。**これはうそです**」

「うそじゃ**ない！**」ハリーが言った。「僕《ぼく》は見た。僕《ぼく》はあいつと戦ったんだ！」

「罰則《ばっそく》です。ミスター・ポッター！」アンブリッジ先生が勝《か》ち誇《ほこ》ったように言った。

「明日の夕方、五時。わたくしの部屋で。もう一度言いましょう。**これはうそです**。魔《ま》法省《ほうしょう》は、みなさんに闇《やみ》の魔《ま》法使《ほうつか》いの危険《きけん》はないと保証《ほしょう》します。まだ心配なら、授業《じゅぎょう》時間外《じかんがい》に、遠慮《えんりょ》なくわたくしに話をしにきてください。闇《やみ》の魔《ま》法使《ほうつか》い復活《ふっかつ》など、たわいのないうそでみなさんをおびやかす者がいたら、わたくしに知らせてください。わたくしはみなさんを助けるためにいるのです。みなさんのお友達です。さて、ではどうぞ読み続けてください。五ページ、『初心者の基礎《きそ》』」

アンブリッジ先生は机《つくえ》のむこう側に腰《こし》かけた。しかし、ハリーは立ち上がった。みんながハリーを見つめていた。シェーマスは半分こわごわ、半分感心したように見ていた。

「ハリー、ダメよ！」ハーマイオニーがハリーのそでを引いて、警告《けいこく》するようにささやいた。しかしハリーは腕《うで》をぐっと引いて、ハーマイオニーが届《とど》かないようにした。

「それでは、先生は、セドリック・ディゴリーがひとりで勝手に死んだと言うんですね？」

ハリーの声が震《ふる》えていた。

クラス中がいっせいに息をのんだ。ロンとハーマイオニー以外は、セドリックが死んだあの夜の出来事をハリーの口から聞いたことがなかったからだ。みんなが貪《むさぼ》るようにハリーを、そしてアンブリッジ先生を見た。アンブリッジ先生は目を吊《つ》り上《あ》げ、ハリーを見すえた。顔からいっさいの作り笑いが消えていた。

「セドリック・ディゴリーの死は、悲しい事故《じこ》です」先生が冷たく言った。

「殺されたんだ」

ハリーが言った。体が震《ふる》えているのがわかった。これはまだほとんど誰《だれ》にも話していないことだった。ましてや三十人もの生徒が熱心に聞き入っている前で話すのは初めてだ。

「ヴォルデモートがセドリックを殺した。先生もそれを知っているはずだ」

アンブリッジ先生は無表情《むひょうじょう》だった。一瞬《いっしゅん》、ハリーは先生が自分に向かって絶叫《ぜっきょう》するのではないかと思った。しかし、先生はやさしい、甘《あま》ったるい女の子のような声を出した。

「ミスター・ポッター、いい子だから、こっちへいらっしゃい」

ハリーは椅子《いす》を脇《わき》に蹴飛《けと》ばし、ロンとハーマイオニーの後ろを通り、大股《おおまた》で先生の机《つくえ》のほうに歩いていった。クラス中が息をひそめているのを感じた。怒《いか》りのあまり、ハリーは次に何が起ころうとかまうもんかと思った。

アンブリッジ先生はハンドバッグから小さなピンクの羊皮紙をひと巻《まき》取り出し、机《つくえ》に広げ、羽根ペンをインク瓶《びん》に浸《ひた》して書きはじめた。ハリーに書いているものが見えないように、背中《せなか》を丸めて覆《おお》いかぶさっている。誰《だれ》もしゃべらない。一分かそこらたったろうか、先生は羊皮紙を丸め、杖《つえ》でたたいて継《つ》ぎ目《め》なしの封《ふう》をし、ハリーが開封《かいふう》できないようにした。

「さあ、これをマクゴナガル先生の所へ持っていらっしゃいね」

アンブリッジ先生は手紙をハリーに差し出した。

ハリーは一言も言わずに受け取り、ロンとハーマイオニーのほうを見もせずに教室を出て、ドアをバタンと閉《し》めた。マクゴナガル先生宛《あて》の手紙をギュッと握《にぎ》りしめ、廊下《ろうか》をものすごい速さで歩き、角を曲がった所で、ポルターガイストのピーブズにいきなりぶつかった。大口で小男のピーブズは、宙《ちゅう》に寝転《ねころ》んで、インクつぼを手玉にして遊んでいた。

「おや、ポッツン・ポッツリ・ポッター！」ピーブズがケッケッと笑いながら、インクつぼを二つ取り落とし、それがガチャンと割《わ》れて壁《かべ》にインクをはね散らした。ハリーはインクがかからないように飛びのきながら脅《おど》すように唸《うな》った。

「どけ、ピーブズ」

「オォオゥ、いかれポンチがいらいらしてる」

ピーブズは意地悪くニヤニヤ笑いながらハリーの頭上をヒューヒュー飛んでついてきた。

「今度はどうしたの、ポッティちゃん？　何か声が聞こえたの？　何か見えたの？　それとも舌《した》が――」ピーブズは舌《した》を突《つ》き出《だ》してべーッとやった。「――**あの言葉を**ひとりでしゃべったの？」

「**ほっといてくれ！**」一番近くの階段《かいだん》を駆《か》け下《お》りながら、ハリーが叫《さけ》んだ。しかしピーブズはハリーの脇《わき》について、階段《かいだん》の手すりを背中《せなか》ですべり下りた。

おお、たいていみんなは思うんだ　ポッティちゃんは変わってる
やさしい人は思うかも　ほんとはポッティ泣いている
だけどピーブズはお見透《みとお》し　ポッティちゃんは狂《くる》ってる――

「だまれって言ってるんだ！」

左手のドアが開いて、厳《きび》しい表情《ひょうじょう》のマクゴナガル先生が副校長室から現《あらわ》れた。ややうるさがっている顔だ。

「**いったい**何を騒《さわ》いでいるのですか、ポッター？」先生がバシッと言った。

ピーブズはゆかいそうに高笑いしてスイーッと消えていった。

「授業《じゅぎょう》はどうしたのです？」

「先生の所に行ってこいと言われました」ハリーが硬《かた》い表情《ひょうじょう》で言った。

「行ってこい？　どういう意味です？　**行ってこい？**」

ハリーはアンブリッジ先生からの手紙を差し出した。マクゴナガル先生はしかめっ面《つら》で受け取り、杖《つえ》でたたいて開封《かいふう》し、広げて読みだした。アンブリッジの字を追いながら、四角いめがねの奥《おく》で、先生の目が羊皮紙の端《はし》から端《はし》へと移動《いどう》し、一行読むごとに目が細くなっていった。

「お入りなさい、ポッター」

ハリーは先生について書斎《しょさい》に入った。ドアはひとりでに閉《し》まった。

「それで？」マクゴナガル先生が突然挑《とつぜんいど》みかかった。「ほんとうなのですか？」

「ほんとうって、何が？」そんなつもりはなかったのに乱暴《らんぼう》な言い方をしてしまい、ハリーはていねいな言葉をつけ加えた。「ですか？　マクゴナガル先生？」

「アンブリッジ先生に対してどなったというのはほんとうですか?」

「はい」ハリーが言った。

「うそつき呼《よ》ばわりしたのですか?」

「はい」

「『例のあの人』が戻《もど》ってきたと言ったのですか?」

「はい」

マクゴナガル先生は机《つくえ》のむこう側に、ハリーにしかめっ面《つら》を向けながら座《すわ》った。それからふいに言った。

「ビスケットをおあがりなさい、ポッター」

「おあがり――えっ?」

「ビスケットをおあがりなさい」先生は気短にくり返し、机《つくえ》の書類の山の上にのっているタータンチェック模様《もよう》の缶《かん》を指差した。「そして、おかけなさい」

前にもこんなことがあった。マクゴナガル先生から鞭打《むちう》ちの罰則《ばっそく》を受けると思ったのに、グリフィンドールのクィディッチ・チーム・メンバーに指名された。ハリーは先生と向き合う椅子《いす》に腰《こし》かけ、ショウガビスケットをつまんだ。今度もあの時と同じで、何がなんだかわからず、不意打ちを食らったような気がした。

マクゴナガル先生は手紙を置き、深刻《しんこく》なまなざしでハリーを見た。

「ポッター、気をつけないといけません」

ハリーは口に詰《つ》まったショウガビスケットをゴクリと飲《の》み込《こ》み、先生の顔を見つめた。ハリーの知っているいつもの先生の声ではなかった。きびきびした厳《きび》しい声ではなく、低い、心配そうな、そしていつもより人間味のこもった声だった。

「ドローレス・アンブリッジのクラスで態度《たいど》が悪いと、あなたにとっては、寮《りょう》の減点《げんてん》や罰則《ばっそく》だけではすみませんよ」

「どういうこと——？」

「ポッター、常識《じょうしき》を働かせなさい」マクゴナガル先生は、急にいつもの口調に戻《もど》ってバシッと言った。「あの人がどこから来ているか、わかっているでしょう。誰《だれ》に報告《ほうこく》しているのかもわかるはずです」

終業ベルが鳴った。上の階からも、周り中からも何百人という生徒が移動《いどう》する、象《ぞう》の大群《たいぐん》のような音が聞こえてきた。

「手紙には、今週、毎晩《まいばん》あなたに罰則《ばっそく》を科すと書いてあります。明日からです」マクゴナガル先生がアンブリッジの手紙をもう一度見下ろしながら言った。

「今週毎晩《まいばん》！」ハリーは驚愕《きょうがく》してくり返した。「でも、先生、先生なら——？」

「いいえ、できません」マクゴナガル先生はにべもなく言った。

「でも――」

「あの人はあなたの先生ですから、あなたに罰則《ばっそく》を科す権利《けんり》があります。最初の罰則《ばっそく》は明日の夕方五時です。あの先生の部屋に行きなさい。いいですか。ドローレス・アンブリッジのそばでは、言動に気をつけることです」

「でも、僕《ぼく》はほんとのことを言った！」ハリーは激怒《げきど》した。「ヴォルデモートは戻《もど》ってきた。先生だってご存《ぞん》じですし、ダンブルドア校長先生も知ってる――」

「ポッター！　なんということを！」マクゴナガル先生は怒《おこ》ったようにめがねをかけなおした（ハリーがヴォルデモートと言ったときに、先生はぎくりとたじろいだのだ）。

「これがうそか真《まこと》かの問題だとお思いですか？　これは、あなたが低姿勢《ていしせい》を保《たも》って、かんしゃくを抑《おさ》えておけるかどうかの問題です！」

マクゴナガル先生は鼻息も荒《あら》く、唇《くちびる》をキッと結んで立ち上がった。ハリーも立ち上がった。

「ビスケットをもう一つお取りなさい」

先生は缶《かん》をハリーのほうに突《つ》き出《だ》して、いらいらしながら言った。

「いりません」ハリーが冷たく言った。

「いいからお取りなさい」先生がビシリと言った。

ハリーは一つ取った。

「いただきます」ハリーは気が進まなかった。

「学期はじめにドローレス・アンブリッジがなんと言ったか、ポッター、聞かなかったのですか？」

「聞きました」ハリーが答えた。「えーと……確《たし》か……進歩は禁《きん》じられるとか……でも、その意味は……魔法省《まほうしょう》がホグワーツに干渉《かんしょう》しようとしている……」

マクゴナガル先生は一瞬探《いっしゅんさぐ》るようにハリーを見てフフンと鼻を鳴らし、机《つくえ》のむこうから出て部屋のドアを開けた。

「まあ、とにかくあなたが、ハーマイオニー・グレンジャーの言うことを聞いてくれてよかったです」

先生は、ハリーに部屋を出るようにと外を指差しながら言った。

第十三章
アンブリッジのあくどい罰《ばっ》則《そく》

その夜の大広間での夕食は、ハリーにとって楽しいものではなかった。アンブリッジとのどなり合い試合のニュースは、ホグワーツの基準《きじゅん》に照らしても例外的な速さで伝わった。ロンとハーマイオニーにはさまれて食事をしていても、ハリーの耳には周り中のささやきが聞こえてきた。おかしなことに、ヒソヒソ話の主は、話の内容《ないよう》を当の本人に聞かれても誰《だれ》も気にしないようだった。逆《ぎゃく》に、ハリーが腹《はら》を立ててまたどなりだせば、直接本人《ちょくせつほんにん》から話が聞けると期待しているようだった。

「セドリック・ディゴリーが殺されるのを見たって言ってる……」

「『例のあの人』と決闘《けっとう》したと言ってる……」

「まさか……」

「誰《だれ》がそんな話にだまされると思ってるんだ？」

「**まーったく**だ……」

「僕《ぼく》にはわからない」両手が震《ふる》え、ナイフとフォークを持っていられなくなってテーブルに置きながら、ハリーが声を震《ふる》わせた。「二か月前にダンブルドアが話したときは、どうしてみんな信じたんだろう……」

「要するにね、ハリー、信じたかどうか怪《あや》しいと思うわ」ハーマイオニーが深刻《しんこく》な声で言った。「ああ、もうこんな所、出ましょう」

ハーマイオニーも自分のナイフとフォークをドンと置いたが、ロンはまだ半分残っているアップルパイを未練たっぷりに見つめてから、ハーマイオニーにならった。三人が大広間から出ていくのを、みんなが驚《おどろ》いたように目で追った。

「ダンブルドアを信じたかどうか怪《あや》しいって、どういうこと？」

ハリーは二階の踊《おど》り場《ば》まで来たとき、ハーマイオニーに聞いた。

「ねえ、あの出来事のあとがどんなだったか、あなたにはわかっていないのよ」ハーマイオニーが小声で言った。「芝生《しばふ》の真ん中に、あなたがセドリックのなきがらをしっかりつかんで帰ってきたわ……迷路《めいろ》の中で何が起こったのか、私《わたし》たちは誰《だれ》も見てない……ダンブルドアが、『例のあの人』が帰ってきてセドリックを殺し、あなたと戦ったと言った言葉を信じるしかない」

「それが真実だ！」ハリーが大声を出した。

「ハリー、わかってるわよ。**お願いだから**、かみつくのをやめてくれない？」ハーマイオニーがうんざりしたように言った。

「問題は、真実が心に染《し》み込《こ》む前に、夏休みでみんなが家に帰ってしまったことよ。それから二か月も、あなたが狂《くる》ってるとかダンブルドアが老いぼれだとか読まされて！」

三人は足早にグリフィンドール塔《とう》に戻《もど》った。廊下《ろうか》には人気《ひとけ》もなく、雨が窓《まど》ガラスを打っていた。学期初日が、ハリーには一週間にも感じられた。しかし、寝《ね》る前に、まだ山のように宿題がある。右目の上にズキンズキンと鈍《にぶ》い痛《いた》みが走りはじめた。「太った婦人《レディ》」に続く廊下《ろうか》へと最後の角を曲がるとき、ハリーは雨にぬれた窓《まど》を通して、暗い校庭に目をやった。ハグリッドの小屋には、まだ灯《あか》りがない。

「ミンビュラス　ミンブルトニア」

ハーマイオニーは「太った婦人《レディ》」に催促《さいそく》される前に唱えた。肖像画《しょうぞうが》がパックリ開き、その裏《うら》の穴《あな》が現《あらわ》れ、三人はそこをよじ登った。

談話室はほとんどからっぽだった。まだ大部分の生徒が下で夕食を食べている。丸くなって寝《ね》ていたクルックシャンクスがひじかけ椅子《いす》から降《お》り、トコトコと三人を迎《むか》え、大きくゴロゴロとのどを鳴らした。ハリー、ロン、ハーマイオニーが、お気に入りの暖炉近《だんろちか》くの椅子《いす》に座《すわ》ると、クルックシャンクスはハーマイオニーのひざにポンと飛び乗り、ふわふわしたオレンジ色のクッションのように丸まった。ハリーはすっかり力が抜《ぬ》け、つかれはてて暖炉《だんろ》の火を見つめた。

「ダンブルドアは**どうして**こんなことを許《ゆる》したの？」

ハーマイオニーが突然《とつぜん》叫《さけ》び、ハリーとロンは飛び上がった。クルックシャンクスもひざから飛び下り、気分を害したような顔をした。ハーマイオニーが怒《おこ》って椅子《いす》のひじかけをバンバンたたくので、穴《あな》から詰《つ》め物《もの》がはみ出してきた。

「あんなひどい女に、どうして教えさせるの？　しかもO・W・L《ふくろう》の年に！」

「でも、『闇《やみ》の魔術《まじゅつ》に対《たい》する防衛術《ぼうえいじゅつ》』じゃ、すばらしい先生なんていままでいなかっただろ？」

ハリーが言った。

「ほら、なんて言うか、ハグリッドが言ったじゃないか、誰《だれ》もこの仕事に就《つ》きたがらない。呪《のろ》われてるって」

「そうよ。でも私《わたし》たちが魔法《まほう》を使うことを拒否《きょひ》する人をやとうなんて！　ダンブルドアは**いったい何を**考えてるの？」

「しかもあいつは、生徒を自分のスパイにしようとしてる」ロンが暗い顔をした。「覚えてるか？　誰《だれ》かが『例のあの人』が戻《もど》ってきたって言うのを聞いたら話しにきてくださいって、あいつそう言ったろ？」

「もちろん、あいつは私《わたし》たち全員をスパイしてるわ。わかりきったことじゃない。そうじゃなきゃ、そもそもなぜファッジが、あの女をよこしたがるっていうの？」

「また言い争いを始めたりするなよ」ロンが反論《はんろん》しかけたので、ハリーがうんざりしたように言った。「頼《たの》むから……だまって宿題をやろう。片《かた》づけちゃおう……」

三人は隅《すみ》のほうに鞄《かばん》を取りにいき、また暖炉《だんろ》近《ちか》くの椅子《いす》に戻《もど》った。ほかの生徒も夕食から戻《もど》りはじめていた。ハリーは肖像画《しょうぞうが》の穴《あな》から顔をそむけていたが、それでもみんながじろじろ見る視線《しせん》を感じていた。

「最初にスネイプのをやるか？」ロンが羽根ペンをインクに浸《ひた》した。「**月長石の……特性《とくせい》と……魔法薬調合《まほうやくちょうごう》に関する……その用途《ようと》**」ロンはブツブツ言いながら、羊皮紙の一番上にその言葉を書いた。「そーら」ロンは題に下線を引くと、ハーマイオニーの顔を期待を込《こ》めて見上げた。

「それで、月長石の特性《とくせい》と、魔法薬調合《まほうやくちょうごう》に関するその用途《ようと》は？」

しかし、ハーマイオニーは聞いていなかった。眉《まゆ》をひそめて部屋の一番奥《おく》の隅《すみ》を見ていた。そこには、フレッド、ジョージ、リー・ジョーダンが、無邪気《むじゃき》な顔の一年生のグループの真ん中に座《すわ》っていた。一年生はみんな、フレッドが持っている大きな紙袋《かみぶくろ》から出した何かをかんでいるところだった。

「だめ。残念だけど、あの人たち、やりすぎだわ」ハーマイオニーが立ち上がった。完全に怒《おこ》っている。「さあ、ロン」

「僕《ぼく》――何?」ロンは明らかに時間かせぎをしている。「だめだよ――あのさぁ、ハーマイオニー――お菓子《かし》を配ってるからって、あいつらを叱《しか》るわけにはいかない」

「わかってるくせに。あれは『鼻血ヌルヌル・ヌガー』か――それとも『ゲーゲー・トローチ』か――」

「『気絶《きぜつ》キャンディ』?」ハリーがそっと言った。

一人、また一人と、まるで見えないハンマーで頭をなぐられたように、一年生が椅子《いす》に座《すわ》ったままコトリと気を失った。床《ゆか》にすべり落ちた者もいたし、舌《した》をだらりと出して椅子《いす》のひじかけにもたれるだけの者もいた。

見物人の大多数は笑っていたが、ハーマイオニーは肩《かた》を怒《いか》らせ、フレッドとジョージのほうに決然と突き進《すす》んでいった。二人はメモ用のクリップボードを手に、気を失った一年生を綿密《めんみつ》に観察していた。ロンは椅子《いす》から半分立ち上がり、中腰《ちゅうごし》のままちょっと迷《まよ》って、それからハリーににょごにょと言った。

「ハーマイオニーがちゃんとやってる」

そして、ひょろ長い体を可能《かのう》なかぎり縮《ちぢ》めて椅子《いす》に身を沈《しず》めた。

「たくさんだわ!」

ハーマイオニーはフレッドとジョージに強硬《きょうこう》に言い放った。二人ともちょっと驚《おどろ》いたようにハーマイオニーを見た。

「うん、そのとおりだ」ジョージがうなずいた。「確《たし》かに、この用量で充分効《じゅうぶんき》くな」

「今朝言ったはずよ。こんな怪《あや》しげなもの、生徒に試《ため》してはいけないって！」

「ちゃんとお金を払《はら》ってるぞ！」フレッドが憤慨《ふんがい》した。

「関係ないわ。危険性《きけんせい》があるのよ！」

「バカ言うな」フレッドが言った。

「カッカするなよ、ハーマイオニー。こいつら大丈夫《だいじょうぶ》だから！」

リーが紫色《むらさきいろ》のキャンディを、一年生の開いた口に次々に押《お》し込《こ》みながら請《う》け合《あ》った。

「そうさ、ほら、みんなもう気がつきだした」ジョージが言った。

確《たし》かに何人かの一年生がゴソゴソ動きだしていた。床《ゆか》に転がったり、椅子《いす》からぶら下がっているのに気づいて、何人かがショックを受けたような顔をしたところを見ると、フレッドとジョージは、菓子《かし》がどういうものかを事前に警告《けいこく》していなかったにちがいない、とハリーは思った。

「大丈夫《だいじょうぶ》かい？」自分の足元に転がっている黒い髪《かみ》の小さな女の子に、ジョージがやさしく言った。

「だ――大丈夫《だいじょうぶ》だと思う」女の子が弱々しく言った。

「よーし」フレッドがうれしそうに言った。しかし次の瞬間《しゅんかん》、ハーマイオニーがクリップボードと

「気絶《きぜつ》キャンディ」の紙袋《かみぶくろ》をフレッドの手から引ったくった。

「よーし、じゃ**ありません！**」

「もちろん、よーしだよ。みんな生きてるぜ、え？」フレッドが怒《おこ》ったように言った。

「こんなことをしてはいけないわ。もし一人でもほんとうに病気になったらどうするの？」

「病気になんかさせないさ。全部自分たちで実験済《じっけんず》みなんだ。これは単に、みんなおんなじ反応《はんのう》かどうかを――」

「やめないと、私《わたし》――」

「罰則《ばっそく》を科す？」フレッドの声は、お手並《てな》み拝見《はいけん》、やってみろと聞こえた。

「書き取り罰《ばつ》でもさせてみるか？」ジョージがニヤリとした。

見物人がみんな笑った。ハーマイオニーはぐっと背筋《せすじ》を伸《の》ばし、眉《まゆ》をギュッと寄《よ》せた。豊《ゆた》かな髪《かみ》が電気でバチバチ火花を散らしているようだった。

「ちがいます」ハーマイオニーの声は怒《いか》りで震《ふる》えていた。「でも、あなた方のお母さまに手紙を書きます」

「よせ」ジョージがおびえてハーマイオニーから一歩退《しりぞ》いた。

「ええ、書きますとも」ハーマイオニーが厳《きび》しく言った。「あなたたち自身がバカなものを食べるのは止められないけど、一年生に食べさせるのは許《ゆる》せないわ」

フレッドとジョージは雷《かみなり》に撃《う》たれたような顔をしていた。ハーマイオニーの脅《おど》しは残虐非道《ざんぎゃくひどう》だと思っているのが明らかだった。もう一度脅《おど》しのにらみをきかせ、ハーマイオニーはクリップボードとキャンディの袋《ふくろ》をフレッドの腕《うで》に押《お》しつけると、暖炉近《だんろちか》くの席まで闊歩《かっぽ》して戻《もど》った。

ロンは椅子《いす》の中で身を縮《ちぢ》めていたので、鼻の高さとひざの高さがほとんど同じだった。

「ご支援《しえん》を感謝《かんしゃ》しますわ、ロン」ハーマイオニーが辛辣《しんらつ》に言った。

「君一人で立派《りっぱ》にやったよ」ロンはもごもご言った。

ハーマイオニーは何も書いていない羊皮紙をしばらく見下ろしていたが、やがてピリピリした声で言った。

「ああ、だめだわ。もう集中できない。寝《ね》るわ」

ハーマイオニーは鞄《かばん》をぐいと開けた。ハリーは教科書をしまうのだろうと思った。ところが、ハーマイオニーは、いびつな形の毛糸編《けいとあ》みを二つ引《ひ》っ張《ぱ》り出《だ》し、暖炉脇《だんろわき》のテーブルにそっと置いた。そして、くしゃくしゃになった羊皮紙の切《き》れ端《はし》二、三枚《まい》と折れた羽根ペンで覆《おお》い、その効果《こうか》を味わうようにちょっと離《はな》れてそれを眺《なが》めた。

「何をおっぱじめたんだ？」ロンは正気を疑《うたが》うような目でハーマイオニーを見た。

「屋敷《やしき》しもべ妖精《ようせい》の帽子《ぼうし》よ」ハーマイオニーはきびきびと答え、教科書を鞄《かばん》にしまいはじめた。

「夏休みに作ったの。私《わたし》、魔法《まほう》を使えないと、とっても編《あ》むのが遅《おそ》いんだけど、もう学校に帰ってきたから、もっとたくさん作れるはずだわ」

「しもべ妖精《ようせい》の帽子《ぼうし》を置いとくのか？」ロンがゆっくりと言った。「しかも、ごみくずでまず隠《かく》してるのか？」

「そうよ」ハーマイオニーは鞄《かばん》を肩《かた》にひょいとかけながら、挑戦《ちょうせん》するように言った。

「そりゃないぜ」ロンが怒《おこ》った。「連中をだまして帽子《ぼうし》を拾わせようとしてる。自由になりたがっていないのに、自由にしようとしてるんだ」

「もちろん自由になりたがってるわ！」ハーマイオニーが即座《そくざ》に言った。しかし、顔がほんのり赤くなった。「絶対帽子《ぜったいぼうし》にさわっちゃダメよ、ロン！」

ハーマイオニーは行ってしまった。ロンはハーマイオニーの姿《すがた》が女子寮《じょしりょう》のドアの中に消えるまで待って、それから毛糸の帽子《ぼうし》を覆《おお》ったごみを払《はら》った。

「少なくとも、何を拾っているか見えるようにすべきだ」ロンがきっぱり言った。

「とにかく……」ロンはスネイプのレポートの題だけ書いた羊皮紙を丸めた。「これをいま終わらせる意味はない。ハーマイオニーがいないとできない。月長石を何に使うのか、僕《ぼく》、さっぱりわかんない。君は？」

ハリーは首を振《ふ》ったが、その時、右のこめかみの痛《いた》みがひどくなっているのに気づいた。「巨人《きょじん》の戦争」に関する長いレポートのことを考えると、ズキンと刺《さ》すような痛《いた》みが走った。今晩中《こんばんじゅう》に宿題を終えないと、朝になって後悔《こうかい》することはよくわかっていたが、ハリーは本をまとめて鞄《かばん》にしまった。

「僕《ぼく》も寝《ね》る」

男子寮《だんしりょう》のドアに向かう途中《とちゅう》、シェーマスの前を通ったが、ハリーは目を合わせなかった。一瞬《いっしゅん》、シェーマスがハリーに話しかけようと、口を開いたような気がしたが、そのまま足を速めた。石の螺旋階段《らせんかいだん》にたどり着くと、もう誰《だれ》の挑発《ちょうはつ》に耐《た》える必要もない平和な安らぎが、そこにはあった。


翌朝《よくあさ》は、きのうと同じように朝からどんよりとして、雨が降《ふ》っていた。朝食のとき、ハグリッドはやはり教職員《きょうしょくいん》テーブルにいなかった。

「だけど、いいこともある。今日はスネイプなしだ」ロンが景気をつけるように言った。

ハーマイオニーは大きなあくびをしてコーヒーを注いだ。なんだかうれしそうなので、ロンがいったい何がそんなに幸せなのかと聞くと、ハーマイオニーは単純明快《たんじゅんめいかい》に答えた。

「帽子《ぼうし》がなくなっているわ。しもべ妖精《ようせい》はやっぱり自由が欲《ほ》しいのよ」

「僕《ぼく》はそう思わない」ロンは皮肉っぽく言った。「あれは服のうちには入らない。僕《ぼく》にはとても帽《ぼう》子《し》には見えなかった。むしろ毛糸の膀胱《ぼうこう》に近いな」

ハーマイオニーは午前中一度もロンと口をきかなかった。

二時限連続《じげんれんぞく》の「呪文学《じゅもんがく》」の次は、二時限続《じげんつづ》きの「変身術《へんしんじゅつ》」だ。フリットウィック先生もマクゴナガル先生も、授業《じゅぎょう》の最初の十五分はO・W・L《ふくろう》の重要性《じゅうようせい》について演説《えんぜつ》した。

「みなさんが覚えておかなければならないのは」小さなフリットウィック先生は、机越《つくえご》しに生徒を見るために、いつものように積み上げた本の上にちょこんと乗って、キーキー声で話した。「この試験が、これから何年にもわたって、みなさんの将来《しょうらい》に影響《えいきょう》するということです。まだみなさんが真剣《しんけん》に将来《しょうらい》の仕事を考えたことがないなら、いまこそその時です。そして、それまでは、自分の力を充分《じゅうぶん》に発揮《はっき》できるように、大変ですがこれまで以上にしっかり勉強しましょう！」

それから一時間以上、「呼《よ》び寄《よ》せ呪文《じゅもん》」の復習《ふくしゅう》をした。フリットウィック先生はこれがまちがいなくO・W・L《ふくろう》に出ると言い、授業《じゅぎょう》のしめくくりに、これまでにない大量の宿題を出した。

「変身術《へんしんじゅつ》」も負けず劣《おと》らずひどかった。

「O・W・L《ふくろう》に落ちたくなかったら」マクゴナガル先生が厳《きび》しく言った。「刻苦勉励《こっくべんれい》、学び、練習に励《はげ》むことです。きちんと勉強すれば、このクラス全員が『変身術《へんしんじゅつ》』でO・W・L《ふくろう》合格点《ごうかくてん》を取れないわけはありません」

ネビルが悲しげに、ちょっと信じられないという声を上げた。

「ええ、あなたもです、ロングボトム」マクゴナガル先生が言った。「あなたの術《じゅつ》に問題があるわけではありません。ただ自信がないだけです。それでは……今日は『消失呪文《しょうしつじゅもん》』を始めます。『出《しゅつ》現呪文《げんじゅもん》』よりはやさしい術《じゅつ》ですが、O・W・L《ふくろう》でテストされるものの中では一番難《むずか》しい魔法《まほう》の一つです。『出現呪文《しゅつげんじゅもん》』は通常《つうじょう》、N《イ》・E《モ》・W《リ》・Tレベルになるまではやりません」

先生の言うとおりだった。ハリーは「消失呪文《しょうしつじゅもん》」が恐《おそ》ろしく難《むずか》しいと思った。二時限授業《じげんじゅぎょう》の最後になっても、ハリーもロンも、練習台のカタツムリを消し去ることができなかったが、ロンは自分のカタツムリが少しぼやけて見えると楽観的な言い方をした。

一方ハーマイオニーは、三度目でカタツムリを消し、マクゴナガル先生からグリフィンドールに一〇点のボーナス点をもらった。ハーマイオニーだけが宿題なしで、ほかの全員が、翌日《よくじつ》の午後にもう一度カタツムリ消しに挑戦《ちょうせん》するため、夜のうちに練習するように言われた。

宿題の量にややパニックしながら、ハリーとロンは昼休みの一時間を図書館で過《す》ごし、魔法薬《まほうやく》に月長石をどう用いるかを調べた。ロンが毛糸の帽子《ぼうし》をけなしたのに腹《はら》を立て、ハーマイオニーは一緒《いっしょ》に来なかった。午後の「魔法生物飼育学《まほうせいぶつしいくがく》」の時間のころ、ハリーはまた頭痛《ずつう》がしてきた。

その日は冷たく、風も出てきていた。禁《きん》じられた森《もり》の端《はし》にあるハグリッドの小屋まで、下り坂の芝生《しばふ》を歩いていると、ときどき雨がパラパラと顔に当たった。

グラブリー－プランク先生は、ハグリッドの小屋の戸口から十メートル足らずの所で生徒を待っていた。先生の前には小枝《こえだ》がたくさんのった長い架台《かだい》が置かれている。ハリーとロンが先生のそばに行くと、後ろから大笑いする声が聞こえた。振《ふ》り向《む》くと、ドラコ・マルフォイが、いつものスリザリンの腰巾着《こしぎんちゃく》に囲まれて、大股《おおまた》で近づいてくるのが見えた。たったいまマルフォイが、何かおもしろおかしいことを言ったのは明らかだ。クラッブ、ゴイル、パンジー・パーキンソン、そのほかの取《と》り巻《ま》き連中《れんちゅう》は、架台《かだい》の周りに集まったときもまだ思いっきりニヤニヤ笑いを続けていた。みんながハリーのほうを見てばかりいるので、冗談《じょうだん》の内容《ないよう》がなんだったのか、苦もなく推測《すいそく》できる。

「みんな集まったかね？」

スリザリンとグリフィンドールの全員がそろうと、グラブリー－プランク先生が大声で言った。

「早速《さっそく》始めようかね。ここにあるのがなんだか、名前がわかる者はいるかい？」

先生は目の前に積み上げた小枝《こえだ》を指した。ハーマイオニーの手がパッと挙がった。その背後《はいご》でマルフォイがハーマイオニーのまねをして、歯を出っ歯にし、答えたくてしかたがないようにピョンピョン跳《と》び上《あ》がっている。パンジー・パーキンソンがキャーキャー笑ったが、それがほとんどすぐに悲鳴に変わった。架台《かだい》の小枝《こえだ》が宙《ちゅう》に跳《は》ねて、ちょうど木でできた小さなピクシー妖精《ようせい》のような正体を現《あらわ》したからだ。節の目立つ茶色の腕《うで》や脚《あし》、両手の先に二本の小枝《こえだ》のような指、樹皮《じゅひ》のようなのっぺりした奇妙《きみょう》な顔にはコガネムシのような焦《こ》げ茶色《ちゃいろ》の目が二つ光っている。

「おぉぉぉおぅ！」

パーバティとラベンダーの声が、ハリーを完全にいらいらさせた。まるでハグリッドが、生徒の感心する生物を見せたためしがないとでも言うような反応《はんのう》だ。確《たし》かに、「レタス食い虫《フロバーワーム》」はちょっとつまらなかったが、「火《サラ》トカゲ《マンダー》」や「ヒッポグリフ」は充分《じゅうぶん》おもしろかったし、「尻尾爆発《しっぽばくはつ》スクリュート」は、もしかしたらおもしろすぎた。

「女生徒たち、声を低くしとくれ！」グラブリー－プランク先生が厳《きび》しく注意し、小枝《こえだ》のような生き物に、玄米《げんまい》のようなものをひと握《にぎ》り振《ふ》りかけた。生き物がたちまち餌《えさ》に食いついた。

「さてと——誰《だれ》かこの生き物の名前を知ってるかい？　ミス・グレンジャー？」

「ボウトラックルです」ハーマイオニーが答えた。「木の守番で、普通《ふつう》は杖《つえ》に使う木に棲《す》んでいます」

「グリフィンドールに五点」グラブリー－プランク先生が言った。「そうだよ。ボウトラックルだ。ミス・グレンジャーが答えたように、だいたいは杖品質《つえひんしつ》の木に棲《す》んでる。何を食べるか知ってる者は？」

「ワラジムシ」ハーマイオニーが即座《そくざ》に答えた。ハリーは玄米《げんまい》がモゾモゾ動くのが気になっていたが、これでわかった。「でも、手に入るなら妖精《ようせい》の卵《たまご》です」

「よくできた。もう五点。じゃから、ボウトラックルが棲《す》む木の葉や木材が必要なときは、気をそらしたり喜ばせたりするために、ワラジムシを用意するほうがよい。見た目は危険《きけん》じゃないが、怒《おこ》ると指で人の目をくりぬく。見てわかるように非常《ひじょう》に鋭《するど》い指だから、目玉を近づけるのは感心しないね。さあ、こっちに集まって、ワラジムシを少しとボウトラックルを一匹《ぴき》ずつ取るんだ——三人に一匹《ぴき》はある——もっとよく観察できるだろう。授業《じゅぎょう》が終わるまでに一人一枚《まい》スケッチすること。

体の部分に全部名称《めいしょう》を書き入れること」

クラス全員がいっせいに架台《かだい》に近寄《ちかよ》った。ハリーはわざとみんなの後ろに回り、グラブリー－プランク先生のすぐそばに近寄《ちかよ》った。

「ハグリッドはどこですか？」

みんながボウトラックルを選んでいるうちに、ハリーが聞いた。

「気にするでない」

グラブリー－プランク先生は押《お》さえつけるような言い方をした。以前にハグリッドが授業《じゅぎょう》に出てこなかったときも先生は同じ態度《たいど》だった。あごのとがった顔いっぱいに薄《うす》ら笑《わら》いを浮《う》かべながら、ドラコ・マルフォイがハリーの前をさえぎるようにかがんで、一番大きなボウトラックルをつかんだ。

「たぶん」マルフォイが、ハリーだけに聞こえるような低い声で言った。「あのウスノロのウドの大木は大けがをしたんだ」

「だまらないと、おまえもそうなるぞ」ハリーも唇《くちびる》を動かさずに言った。

「たぶん、あいつにとって巨大《きょだい》すぎるものにちょっかいを出してるんだろ。言ってる意味がわかるかな」

マルフォイがその場を離《はな》れながら、振《ふ》り返《かえ》りざまにハリーを見てニヤリとした。ハリーは急に気分が悪くなった。マルフォイは何か知っているのか？　何しろ父親が「死喰《しく》い人《びと》」だ。まだ騎士団《きしだん》の耳に届《とど》いていないハグリッドの情報《じょうほう》を知っていたとしたら？

ハリーは急いで架台《かだい》のそばに戻《もど》り、ロンとハーマイオニーの所に行った。二人は少し離《はな》れた芝生《しばふ》に座《すわ》り込《こ》み、ボウトラックルをスケッチの間だけでも動かないようにしようと、なだめすかしていた。ハリーも羊皮紙と羽根ペンを取り出し、二人のそばにかがみ込《こ》み、小声でマルフォイがいま言ったことを話した。

「ハグリッドに何かあったら、ダンブルドアがわかるはずよ」ハーマイオニーが即座《そくざ》に言った。「心配そうな顔をしたら、マルフォイの思うつぼよ。何が起こっているか私《わたし》たちがはっきり知らないって、あいつに知らせるようなものだわ。ハリー、無視《むし》しなきゃ。ほら、ボウトラックルをちょっと押《お》さえてて。私《わたし》が顔を描《か》く間……」

「そうなんだよ」マルフォイの気取った声が、一番近くのグループからはっきり聞こえてきた。「数日前に父上が大臣と話をしてねぇ。どうやら魔法省《まほうしょう》は、この学校の水準以下《すいじゅんいか》の教え方を打破《だは》する決意を固めているようなんだ。だから育ちすぎのウスノロが**帰ってきても**、またすぐ荷物をまとめることになるだろうな」

「**アイタッ！**」

ハリーが強く握《にぎ》りすぎて、ボウトラックルをほとんど折ってしまいそうになり、反撃《はんげき》に出たボウトラックルが鋭《するど》い指でハリーの手を襲《おそ》い、手に長い深い切り傷《きず》を二本残した。ハリーはボウトラックルを取り落とした。クラッブとゴイルは、ハグリッドがクビになるという話にバカ笑いしていたが、ボウトラックルが逃《に》げ出《だ》したのを見て、ますますバカ笑いした。動く棒《ぼう》切《き》れのようなボウトラックルは、森に向かって全速力で走り、まもなく木の根の間に飲まれるように見えなくなった。

校庭のむこうから終業ベルが遠く聞こえ、ハリーは血で汚《よご》れた羊皮紙を丸め、ハーマイオニーのハンカチで手を縛《しば》って、「薬草学」のクラスに向かった。マルフォイのあざけり笑いが、まだ耳に残っていた。

「マルフォイのやつ、ハグリッドをもう一回ウスノロって呼《よ》んでみろ……」ハリーが唸《うな》った。

「ハリー、マルフォイといざこざを起こしてはだめよ。あいつがいまは監督生《かんとくせい》だってこと、忘《わす》れないで。あなたをもっと苦しい目にあわせることだってできるんだから……」

「へーえ、苦しい目にあうって、いったいどんな感じなんだろうね？」

ハリーが皮肉たっぷりに言った。ロンが笑ったが、ハーマイオニーは顔をしかめた。三人は重い足取りで野菜畑を横切った。空は降《ふ》ろうか照ろうかまだ決めかねているようだった。

「僕《ぼく》、ハグリッドに早く帰ってきてほしい。それだけさ」温室に着いたとき、ハリーが小さい声で言った。「それから、グラブリー－プランクばあさんのほうがいい先生だなんて、**言うな！**」ハリーは脅《おど》すようにつけ加えた。

「そんなこと言うつもりなかったわ」ハーマイオニーが静かに言った。

「あの先生は絶対《ぜったい》に、ハグリッドにかないっこないんだ」

きっぱりとそう言ったものの、ハリーはいましがた受けた「魔法生物飼育学《まほうせいぶつしいくがく》」の授業《じゅぎょう》が模範的《もはんてき》だったことは充分《じゅうぶん》にわかっていたし、それが気になってしかたがなかった。

一番手前の温室の戸が開き、そこから四年生があふれ出てきた。ジニーもいた。

「こんちわ」

すれちがいながら、ジニーがほがらかに挨拶《あいさつ》した。そのあと、ルーナ・ラブグッドがほかの生徒の後ろからゆっくり現《あらわ》れた。髪《かみ》を頭のてっぺんで団子《だんご》に丸め、鼻先に泥《どろ》をくっつけていた。ハリーを見つけると興奮《こうふん》して、飛び出た目がもっと飛び出したように見えた。ルーナはまっすぐハリーの所に来た。ハリーのクラスメートが、なんだろうと大勢《おおぜい》振《ふ》り返《かえ》った。ルーナは大きく息を吸《す》い込《こ》み、「こんにちは」の前置きもせずに話しかけた。

「あたしは、『名前を言ってはいけないあの人』が戻《もど》ってきたと信じてるよ。それに、あんたが戦って、あの人から逃《に》げたって、信じてる」

「え――そう」

ハリーはぎこちなく言った。ルーナはオレンジ色のカブをイヤリングがわりに着けていた。どうやらパーバティとラベンダーがそれに気づいたらしく、二人ともルーナの耳たぶを指差してクスクス笑っていた。

「笑ってもいいよ」ルーナの声が大きくなった。どうやら、パーバティとラベンダーがイヤリングではなく、自分の言ったことを笑っていると思ったらしい。「だけど、ブリバリング・ハムディンガーとか、しわしわ角《づの》スノーカックがいるなんて、昔は誰《だれ》も信じていなかったんだから！」

「でも、いないでしょう？」ハーマイオニーがまんできないとばかりに口を出した。「ブリバリング・ハムディンガーとか、しわしわ角スノーカックなんて、**いなかった**のよ」

ルーナはハーマイオニーをひるませるような目つきをし、カブをぶらぶら揺《ゆ》らしながら仰々《ぎょうぎょう》しく立ち去った。大笑いしたのは、今度はパーバティとラベンダーだけではなかった。

「僕《ぼく》を信じてるたった一人の人を怒《おこ》らせないでくれる？」授業《じゅぎょう》に向かいながら、ハリーがハーマイオニーに申し入れた。

「何言ってるの、ハリー。**あの子より**ましな人がいるでしょう？　ジニーがあの子のことをいろいろ教えてくれたけど、どうやら、全然証拠《しょうこ》がないものしか信じないらしいわ。まあ、もっとも、父親が『**ザ・クィブラー**』を出してるくらいだから、そんなところでしょうね」

ハリーは、ここに到着《とうちゃく》した夜に目にした、あの不吉《ふきつ》な、翼《つばさ》の生えた馬のことを考え、ルーナも見えると言ったことを思い出した。ハリーはちょっと気落ちした。ルーナはでまかせを言ったのだろうか？　ハリーがそんなことを考えていると、アーニー・マクミランが近づいてきた。

「言っておきたいんだけど」よく通る大きな声で、アーニーが言った。「君を支持《しじ》しているのは変なのばかりじゃない。僕《ぼく》も君を百パーセント信じる。僕《ぼく》の家族はいつもダンブルドアを強く支持《しじ》してきたし、僕《ぼく》もそうだ」

「え——ありがとう、アーニー」

ハリーは不意をつかれたが、うれしかった。アーニーはこんな場面で大げさに気取ることがあるが、それでもハリーは、耳からカブをぶら下げていない人の信任票《しんにんひょう》には心から感謝《かんしゃ》した。アーニーの言葉で、ラベンダー・ブラウンの顔から確実《かくじつ》に笑いが消えたし、ハリーがロンとハーマイオニーに話しかけようとしたときに、ちらりと目に入ったシェーマスの表情《ひょうじょう》は、混乱《こんらん》しているようにも、抵抗《ていこう》しているようにも見えた。

誰《だれ》もが予想したとおり、スプラウト先生はO・W・L《ふくろう》の大切さについての演説《えんぜつ》で授業《じゅぎょう》を始めた。どの先生もこぞって同じことをするのはいいかげんやめてほしいと、ハリーは思った。どんなに宿題が多いかを思い出すたび、ハリーは不安になり、胃袋《いぶくろ》がよじれるようになっていた。スプラウト先生が、授業《じゅぎょう》の終わりにまたレポートの宿題を出したとき、その気分が急激《きゅうげき》に悪化した。ぐったりつかれ、スプラウト先生お気に入りの肥料《ひりょう》、ドラゴンのフンのにおいをプンプンさせ、グリフィンドール生は、誰《だれ》もがだまりこくって、ぞろぞろと城《しろ》に戻《もど》っていった。また長い一日だった。

腹《はら》ぺこだったし、五時からアンブリッジの最初の罰則《ばっそく》があるので、ハリーは鞄《かばん》を置きにグリフィンドール塔《とう》に戻《もど》るのをやめ、まっすぐ夕食に向かった。アンブリッジが何を目論《もくろ》んでいるにせよ、それに向かう前に、急いで腹《はら》に何か詰《つ》め込《こ》もうと思ったのだ。しかし、大広間の入口にたどり着くか着かないうちに、誰《だれ》かがどなった。「おい、ポッター！」

「今度はなんだよ？」ハリーはうんざりしてつぶやいた。振《ふ》り向《む》くとアンジェリーナ・ジョンソンが、ものすごい剣幕《けんまく》でやってくる。

「**今度はなんだか**、いま教えてあげるよ」足音も高くやってきて、アンジェリーナはハリーの胸《むね》をぐいっと指で押《お》した。「金曜日の五時に罰則《ばっそく》を食らうなんて、どういうつもり？」

「え？」ハリーが言った。「なんで……ああ、そうか。キーパーの選抜《せんばつ》！」

「この人、**やっと**思い出したようね！」アンジェリーナが唸《うな》り声《ごえ》を上げた。

「**チーム全員に**来てほしい、**チームにうまくはまる**選手を選びたいって、そう言っただろう？　わざわざそのためにクィディッチ競技場《きょうぎじょう》を予約したって言っただろう？　それなのに、君は来ないと決めたわけだ！」

「僕《ぼく》が決めたんじゃない！」理不尽《りふじん》な言い方が胸《むね》にチクリときた。「アンブリッジのやつに罰則《ばっそく》を食らったんだ。『例のあの人』のことでほんとうのことを話したからっていう理由で」

「とにかく、まっすぐアンブリッジの所に行って、金曜日は自由にしてくれって頼《たの》むんだ」アンジェリーナが情《なさ》け容赦《ようしゃ》なく言った。「どんなやり方でもかまわない。『例のあの人』は自分の妄想《もうそう》でしたと言ったっていい。**何がなん**

でも来るんだ！」

アンジェリーナは嵐《あらし》のように去った。

「あのねえ」大広間に入りながら、ハリーがロンとハーマイオニーに言った。「パドルミア・ユナイテッドに連絡《れんらく》して、オリバー・ウッドが事故《じこ》で死んでないかどうか調べたほうがいいな。アンジェリーナに魂《たましい》が乗《の》り移《うつ》ってるみたいだぜ」

「アンブリッジが金曜に君を自由にしてくれる確率《かくりつ》はどうなんだい？」グリフィンドールのテーブルに座《すわ》りながら、ロンが期待していないような聞き方をした。

「ゼロ以下」ハリーは子羊の骨《ほね》つき肉を皿に取って食べながら、憂鬱《ゆううつ》そうに言った。「でも、やってみたほうがいいだろうな。二回多く罰則《ばっそく》を受けるからとかなんとか言ってさ……」

ハリーは口いっぱいのポテトを飲《の》み込《こ》んでしゃべり続けた。

「今晩《こんばん》あんまり遅《おそ》くまで残らされないといいんだけど。ほら、レポート三つと、マクゴナガルの『消失呪文《しょうしつじゅもん》』の練習と、フリットウィックの『反対呪文《はんたいじゅもん》』の宿題をやって、ボウトラックルのスケッチを仕上げて、それからトレローニーのあのアホらしい夢日記《ゆめにっき》に取りかかるだろ？」

ロンがうめいた。そして、なぜか天井《てんじょう》をちらりと見た。

「**その上**、雨が降《ふ》りそうだな」

「それが宿題と関係があるの？」ハーマイオニーが眉《まゆ》を吊《つ》り上《あ》げた。

「ない」ロンはすぐに答えたが、耳が赤くなった。

五時五分前、ハリーは二人に「さよなら」を言い、四階のアンブリッジの部屋に出かけた。ドアをノックすると、「お入りなさいな」と甘《あま》ったるい声がした。ハリーは用心して周りを見ながら入った。

三人の前任者《ぜんにんしゃ》のときのこの部屋の様子は知っていた。ギルデロイ・ロックハートがここにいたときは、ニッコリ笑いかける自分自身の写真がべたべた貼《は》ってあった。ルーピンが使っていたときは、ここを訪《たず》ねると、檻《おり》や水槽《すいそう》に入ったおもしろい闇《やみ》の生き物と出会える可能性《かのうせい》があった。ムーディの偽者《にせもの》の時代は、怪《あや》しい動きや隠《かく》れたものを探《さぐ》り検知《けんち》する、いろいろな道具や計器類が詰《つ》まっていた。

しかし、いまは、同じ部屋とは思えないほどの変わりようだった。壁《かべ》や机《つくえ》はゆったりひだを取ったレースのカバーや布《ぬの》で覆《おお》われている。ドライフラワーをたっぷり生けた花瓶《かびん》が数個《すうこ》、その下にはそれぞれかわいい花瓶敷《かびんしき》、一方の壁《かべ》には飾《かざ》り皿《ざら》のコレクションで、首にいろいろなリボンを結んだ子猫《こねこ》の絵が、一枚《まい》一枚《まい》大きく色鮮《いろあざ》やかに描《えが》いてある。あまりの悪趣味《あくしゅみ》に、ハリーは見つめたまま立ちすくんだ。するとまたアンブリッジ先生の声がした。

「こんばんは、ミスター・ポッター」

ハリーは驚《おどろ》いてあたりを見回した。最初に気づかなかったのも当然だ。アンブリッジは花柄《はながら》べったりのローブを着て、それがすっかり溶《と》け込《こ》むテーブルクロスをかけた机《つくえ》の前にいた。

「こんばんは、アンブリッジ先生」ハリーは突っ張《ぱ》った挨拶《あいさつ》をした。

「さあ、お座《すわ》んなさい」アンブリッジはレースのかかった小さなテーブルを指差した。そのそばに、背《せ》もたれのまっすぐな椅子《いす》が引《ひ》き寄《よ》せられ、机《つくえ》にはハリーのためと思われる羊皮紙が一枚《まい》用意されていた。

「あの」ハリーは突《つ》っ立《た》ったまま言った。「アンブリッジ先生、あの──始める前に、僕《ぼく》──先生に──お願いが」

アンブリッジの飛び出した目が細くなった。

「おや、なあに？」

「あの、僕《ぼく》……グリフィンドールのクィディッチのメンバーです。金曜の五時に、新しいキーパーの選抜《せんばつ》に行くことになっていて、それで──その晩《ばん》だけ罰則《ばっそく》をはずせないかと思って。別な──別な夜に……かわりに……」

言い終えるずっと前に、とうていだめだとわかった。

「ああ、だめよ」

アンブリッジは、いましがたことさらにおいしいハエを飲《の》み込《こ》んだかのように、ニターッと笑った。

「ええ、ダメ、ダメ、ダメよ。質《たち》の悪い、いやな、目立ちたがりのでっち上げ話を広めた罰《ばつ》ですからね、ミスター・ポッター。罰《ばつ》というのは当然、罪人《ざいにん》の都合に合わせるわけにはいきませんよ。だめです。あなたは明日五時にここに来るし、次の日も、金曜日も来るのです。そして予定どおり罰則《ばっそく》を受けるのです。あなたがほんとうにやりたいことができないのは、かえっていいことだと思いますよ。わたくしが教えようとしている教訓が強化されるはずです」

ハリーは頭に血が上ってくるのを感じ、耳の奥《おく》でドクンドクンという音が聞こえた。それじゃ僕《ぼく》は、質《たち》の悪い、いやな、目立ちたがりのでっち上げ話をしたって言うのか?

アンブリッジはニタリ笑いのまま小首をかしげ、ハリーを見つめていた。ハリーが何を考えているかズバリわかっているという顔で、ハリーがまたどなりだすかどうか様子を見ているようだった。ハリーは、力を振《ふ》りしぼってアンブリッジから顔をそむけ、鞄《かばん》を椅子《いす》の脇《わき》に置いて腰《こし》かけた。

「ほうら」アンブリッジがやさしく言った。「もうかんしゃくを抑《おさ》えるのが上手になってきたでしょう? さあ、ミスター・ポッター、書き取り罰則《ばっそく》をしてもらいましょうね。いいえ、あなたの羽根ペンでではないのよ」ハリーが鞄《かばん》を開くとアンブリッジが言い足した。「ちょっと特別な、わたくしのを使うのよ。はい」

アンブリッジが細長い黒い羽根ペンを渡《わた》した。異常《いじょう》に鋭《するど》いペン先がついている。

「書いてちょうだいね。『**僕《ぼく》はうそをついてはいけない**』って」アンブリッジがやわらかに言った。

「何回ですか?」ハリーは、いかにも礼儀《れいぎ》正《ただ》しく聞こえるように言った。

「ああ、その言葉が**しみ込《こ》むまでよ**」アンブリッジが甘《あま》い声で言った。

「さあ始めて」

アンブリッジは自分の机《つくえ》に戻《もど》り、積み上げた羊皮紙の上にかがみ込《こ》んだ。採点《さいてん》するレポートのようだ。ハリーは鋭《するど》い黒羽根ペンを取り上げたが、足りないものに気づいた。

「インクがありません」

「ああ、インクはいらないの」アンブリッジの声にかすかに笑いがこもっていた。

ハリーは羊皮紙に羽根ペンの先をつけて書いた。

「**僕《ぼく》はうそをついてはいけない**」

ハリーは痛《いた》みでアッと息をのんだ。赤く光るインキで書かれたような文字が、てらてらと羊皮紙に現《あらわ》れた。同時に、右手《みぎて》の甲《こう》に同じ文字が現《あらわ》れた。メスで文字をなぞったかのように皮膚《ひふ》に刻《きざ》み込《こ》まれている——しかし、光る切《き》り傷《きず》を見ているうちに、皮膚《ひふ》は元どおりになった。文字の部分にかすかに赤みがあったが、皮膚《ひふ》はなめらかだった。

ハリーはアンブリッジを見た。むこうもハリーを見ている。ガマのような大口が横に広がり、笑いの形になっている。

「何か？」

「なんでもありません」ハリーが静かに言った。

ハリーは羊皮紙に視線《しせん》を戻《もど》し、もう一度羽根ペンを立てて、「**僕《ぼく》はうそをついてはいけない**」と書いた。またしても焼けるような痛《いた》みが手《て》の甲《こう》に走った。再《ふたた》び文字が皮膚《ひふ》に刻《きざ》まれ、すぐにまた治った。

それが延々《えんえん》と続いた。何度も何度も、ハリーは羊皮紙に文字を書いた。インクではなく自分の血だということに、ハリーはすぐに気づいた。そして、そのたびに文字は手《て》の甲《こう》に刻《きざ》まれ、治り、次に羽根ペンで羊皮紙に書くとまた現《あらわ》れた。

窓《まど》の外が暗くなった。いつになったらやめてよいのか、ハリーは聞かなかった。腕時計《うでどけい》さえチェックしなかった。アンブリッジが見ているのがわかっていた。ハリーが弱る兆候を待っているのがわかっていた。弱みを見せてなるものか。ひと晩中《ばんじゅう》ここに座《すわ》って、羽根ペンで手を切《き》り刻《きざ》み続けることになっても……。

「こっちへいらっしゃい」何時間たったろうか、アンブリッジが言った。

ハリーは立ち上がった。手がずきずき痛《いた》んだ。見ると、切《き》り傷《きず》は治っているが、赤くミミズ腫《ば》れになっていた。

「手を」アンブリッジが言った。

ハリーが手を突《つ》き出《だ》した。アンブリッジがその手を取った。ずんぐり太ったその指には醜悪《しゅうあく》な古い指輪がたくさんはまっていた。指がハリーの手に触《ふ》れたとき、悪寒《おかん》が走るのをハリーは抑《おさ》え込《こ》んだ。

「チッチッ、まだあまり刻《きざ》まれていないようね」アンブリッジがニッコリした。「まあ、あしたの夜もう一度やるほかないわね？　帰ってよろしい」

ハリーは一言も言わずその部屋を出た。学校はがらんとしていた。真夜中を過《す》ぎているにちがいない。ハリーはゆっくり廊下《ろうか》を歩き、角を曲がり、絶対《ぜったい》アンブリッジの耳には届《とど》かないと思ったとき、ワッと駆《か》けだした。

「消失呪文《しょうしつじゅもん》」を練習する時間もなく、夢日記《ゆめにっき》は一つも夢《ゆめ》を書かず、ボウトラックルのスケッチも仕上げず、レポートも書いていなかった。翌朝《よくあさ》ハリーは朝食を抜《ぬ》かし、一時間目の「占《うらな》い学《がく》」用にでっち上げの夢《ゆめ》をいくつか走り書きした。驚《おどろ》いたことに、ぼさぼさ髪《がみ》のロンもつき合った。

「どうして夜のうちにやらなかったんだい？」

何かひらめかないかと、きょろきょろ談話室を見回しているロンに、ハリーが聞いた。ハリーが寮《りょう》に戻《もど》ったとき、ロンはぐっすり寝《ね》ていた。ロンは、「ほかのことやってた」のようなことをブツブツつぶやき、羊皮紙の上に覆《おお》いかぶさって、何か書きなぐった。

「これでいいや」ロンはピシャッと夢日記《ゆめにっき》を閉《と》じた。「こう書いた。僕《ぼく》は新しい靴《くつ》を一足買う夢《ゆめ》を見た。これならあの先生、へんてこりんな解釈《かいしゃく》をつけられないだろ？」

二人は一緒《いっしょ》に北塔《きたとう》に急いだ。

「ところで、アンブリッジの罰則《ばっそく》、どうだった？　何をさせられた？」

ハリーはほんの一瞬迷《いっしゅんまよ》ったが、答えた。

「書き取り」

「そんなら、まあまあじゃないか、ん？」ロンが言った。

「ああ」ハリーが言った。

「そうだ――忘《わす》れてた――金曜日は自由にしてくれたか？」

「いや」ハリーが答えた。

ロンが気の毒そうにうめいた。

その日もハリーにとっては最悪だった。『消失呪文』を全然練習していなかったので、「変身術《へんしんじゅつ》」の授業《じゅぎょう》では最低の生徒の一人だった。昼食の時間も犠牲《ぎせい》にしてボウトラックルのスケッチを完成させなければならなかった。その間、マクゴナガル、グラブリー－プランク、シニストラの各先生は、またまた宿題を出した。今夜は二回目の罰則《ばっそく》なので、とうていその宿題を今晩中《こんばんじゅう》にやり終える見込《みこ》みはない。

おまけに、アンジェリーナ・ジョンソンが夕食のときにハリーを追《お》い詰《つ》め、金曜のキーパー選抜《せんばつ》に来られないとわかると、その態度《たいど》は感心しない、選手たるもの何を置いても訓練を優先《ゆうせん》させるべきだ、と説教した。

ハリーが叫《さけ》んだ。「罰則《ばっそく》を食らったんだ！」アンジェリーナが突《つ》っけんどんに歩き去る後ろから、ハリーが叫《さけ》んだ。「僕《ぼく》がクィディッチより、あのガマばばぁと同じ部屋で顔つき合わせていたいとでも思うのか？」

「ただの書き取り罰《ばつ》だもの」

ハリーが座《すわ》り込《こ》むと、ハーマイオニーがなぐさめるように言った。ハリーはステーキ・キドニーパイを見下ろしたが、もうあまり食べたくなかった。

「恐《おそ》ろしい罰則《ばっそく》じゃないみたいだし、ね……」

ハリーは口を開いたが、また閉《と》じてうなずいた。ロンやハーマイオニーに、アンブリッジの部屋で起こったことをどうして素直《すなお》に話せないのか、はっきりわからなかった。ただ、二人の恐怖《きょうふ》の表情《ひょうじょう》を見たくなかった。見てしまったら、何もかもいまよりもっと悪いもののように思えて、立ち向かうのが難《むずか》しくなるだろう。それに、心のどこかで、これは自分とアンブリッジの一対一の精神的《せいしんてき》戦《たたか》いだという気がしていた。弱音を吐《は》いたなどとアンブリッジの耳に入れて、あいつを満足させてなるものか。

「この宿題の量、信じられないよ」ロンがみじめな声で言った。

「ねえ、どうして昨夜なんにもしなかったの？」ハーマイオニーがロンに聞いた。「いったいどこにいたの？」

「僕《ぼく》……散歩がしたくなって」ロンがなんだかコソコソした言い方をした。

隠《かく》し事《ごと》をしているのは自分だけじゃない、とハリーははっきりそう思った。

二回目の罰則《ばっそく》も一回目に劣《おと》らずひどかった。手《て》の甲《こう》の皮膚《ひふ》が、きのうより早くから痛《いた》みだし、すぐに赤く腫《は》れ上《あ》がった。傷《きず》がたちまち治る状態《じょうたい》も、そう長くは続かないだろう。まもなく傷《きず》は刻《きざ》み込《こ》まれたままになり、アンブリッジはたぶん満足するだろう。しかしハリーは、痛《いた》いという声をもらさなかった。部屋に入ってから許《ゆる》されるまで――また真夜中過《まよなかす》ぎだったが――「こんばんは」と「おやすみなさい」しか言わなかった。

しかし、宿題のほうはもはや絶望的《ぜつぼうてき》だった。グリフィンドールの談話室に戻《もど》ったとき、ハリーはぐったりつかれていたが、寝室《しんしつ》には行かず、本を開いてスネイプの「月長石」のレポートに取りかかった。終わったときはもう二時半だった。いい出来でないことはわかっていた。しかし、どうしようもない。何か提出《ていしゅつ》しなければ、次はスネイプの罰則《ばっそく》を食らうだろう。それから大至急《だいしきゅう》、マクゴナガル先生の出題に答えを書き、ボウトラックルの適切《てきせつ》な扱《あつか》い方《かた》についてグラブリー－プランク先生の宿題を急ごしらえし、よろよろとベッドに向かった。服を着たまま、ベッドカバーの上で、ハリーはあっという間に眠《ねむ》りに落ちた。

木曜はつかれてぼうっとしているうちに過《す》ぎた。ロンも眠《ねむ》そうだったが、どうしてそうなのか、ハリーには見当がつかなかった。三日目の罰則《ばっそく》も、前の二日間と同じように過《す》ぎた。ただ、二時間過《す》ぎたころ、「**僕《ぼく》はうそをついてはいけない**」の文字が手の甲《て こう》から消えなくなり、刻《きざ》みつけられたまま、血がにじみ出してきた。先のとがった羽根ペンのカリカリという音が止まったので、アンブリッジが目を上げた。

「ああ」机《つくえ》の後ろから出てきて、ハリーの手を自ら調べ、アンブリッジがやさしげに言った。

「これで、あなたはいつも思い出すでしょう。ね？　今夜は帰ってよろしい」

「あしたも来なければいけませんか？」ハリーはずきずきする右手ではなく、左手で鞄《かばん》を取り上げた。

「ええ、そうよ」アンブリッジはいつもの大口でニッコリした。「ええ、もうひと晩《ばん》やれば、言葉の意味がもう少し深く刻《きざ》まれると思いますよ」

ハリーは、スネイプより憎《にく》らしい先生がこの世に存在《そんざい》するとは考えたこともなかった。しかし、グリフィンドール塔《とう》に戻《もど》りながら、手強《てごわ》い対抗者《たいこうしゃ》がいたと認《みと》めないわけにはいかなかった。邪悪《じゃあく》なやつめ。八階への階段《かいだん》を上りながらハリーはそう思った。あいつは邪悪《じゃあく》で根性曲《こんじょうま》がりで狂《くる》ったクソばばぁ――。

「ロン？」

階段《かいだん》の一番上で右に曲がったとき、ハリーは危《あや》うくロンとぶつかりそうになった。ロンが「ひょろ長ラックラン」の像《ぞう》の陰《かげ》から、箒《ほうき》を握《にぎ》ってコソコソ現《あらわ》れたのだ。ハリーを見るとロンは驚《おどろ》いて飛び上がり、新品のクリーンスイープ11号を背中《せなか》に隠《かく》そうとした。

「何してるんだ?」

「あ――なんにも。**君こそ**何してるの?」

ハリーは顔をしかめた。

「さあ、僕《ぼく》に隠《かく》すなよ！　こんな所になんで隠《かく》れてるんだ?」

「僕《ぼく》――僕《ぼく》、どうしても知りたいなら言うけど、フレッドとジョージから隠《かく》れてるんだ」ロンが言った。「たったいま、一年生をごっそり連れてここを通った。また実験するつもりなんだ。だって、談話室じゃもうできないだろ。ハーマイオニーがいるかぎり」

ロンは早口で熱っぽくまくし立てた。

「だけど、なんで箒《ほうき》を持ってるんだ?　飛んでたわけじゃないだろ?」ハリーが聞いた。

「僕《ぼく》――あの――あの。オーケー、言うよ。笑うなよ。いいか?」ロンは刻々《こっこく》と赤くなりながら、防衛線《ぼうえいせん》を張《は》った。「僕《ぼく》――僕《ぼく》、グリフィンドールのキーパーの選抜《せんばつ》に出ようと思ったんだ。今度はちゃんとした箒《ほうき》を持ってるし。さあ、笑えよ」

「笑ってないよ」ハリーが言った。

ロンがキョトンとした。

「それ、すばらしいよ！　君がチームに入ったら、ほんとにグーだ！　君がキーパーをやるのを見たことないけど、うまいのか？」

「下手じゃない」ロンはハリーの反応《はんのう》に心からホッとしたようだった。「チャーリー、フレッド、ジョージが休み中にトレーニングするときは、僕《ぼく》がいつもキーパーをやらされた」

「それじゃ、今夜は練習してたのか？」

「火曜日から毎晩《まいばん》……一人でだけど。クアッフルが僕《ぼく》のほうに飛んでくるように魔法《まほう》をかけたんだ。だけど、簡単《かんたん》じゃなかったし、それがどのくらい役に立つのかわかんないし」

ロンは神経《しんけい》がたかぶって、不安そうだった。

「フレッドもジョージも、僕《ぼく》が選抜《せんばつ》に現《あらわ》れたらバカ笑いするだろうな。僕《ぼく》が監督生《かんとくせい》になってからずっとからかいっぱなしなんだから」

「僕《ぼく》も行けたらいいんだけど」二人で談話室に向かいながら、ハリーは苦々しく言った。

「うん、僕《ぼく》もそう思う――ハリー、君の手《て》の甲《こう》、それ、何？」

ハリーは、空いていた右手で鼻の頭をかいたところだったが、手を隠《かく》そうとした。しかし、ロンがクリーンスイープを隠《かく》しそこねたのと同じだった。

「ちょっと切ったんだ――なんでもない――なんでも――」

しかし、ロンはハリーの腕《うで》をつかみ、手《て》の甲《こう》を自分の目の高さまで持ってきた。一瞬《いっしゅん》、ロンがだまった。ハリーの手に刻《きざ》まれた言葉をじっと見て、それから、不快《ふかい》な顔をしてハリーの手を放した。

「あいつは書き取り罰則《ばっそく》をさせてるだけだって、そう言っただろ？」

ハリーは迷《まよ》った。しかし、結局ロンが正直に打ち明けたのだからと、アンブリッジの部屋で過《す》ごした何時間かがほんとうはなんだったのかを、ロンに話した。

「あの鬼《おに》ばばぁ！」

「太った婦人《レディ》」の前で立ち止まったとき、ロンはむかついたように小声で言った。「太った婦人《レディ》」は額縁《がくぶち》にもたれて安らかに眠《ねむ》っている。

「あの女、病気だ！　マクゴナガルの所へ行けよ。なんとか言ってこい！」

「いやだ」ハリーが即座《そくざ》に言った。「僕《ぼく》を降参《こうさん》させたなんて、あの女が満足するのはまっぴらだ」

「**降参《こうさん》？**　こんなことされて、あいつをこのまま放っておくのか！」

「マクゴナガルが、あの女をどのくらい抑《おさ》えられるかわからない」ハリーが言った。

「じゃ、ダンブルドアだ。ダンブルドアに言えよ！」

「いやだ」ハリーはにべもなく言った。

「どうして？」

「ダンブルドアは頭がいっぱいだ」そうは言ったが、それがほんとうの理由ではなかった。ダンブルドアが六月から一度もハリーと口をきかないのに、助けを求めにいくつもりはなかった。

「うーん、僕《ぼく》が思うに、君がするべきことは――」ロンが言いかけたが、「太った婦人《レディ》」にさえぎられた。婦人《レディ》は眠《ねむ》そうに二人を見ていたが、ついに爆発《ばくはつ》した。

「合言葉を言うつもりなの？　それともあなたたちの会話が終わるのを、ここでひと晩中《ばんじゅう》起きて待たなきゃいけないの？」

金曜の夜明けもそれまでの一週間のようにぐずぐずと湿《しめ》っぽかった。ハリーは大広間に入ると自然に教職員《きょうしょくいん》テーブルを見るようになっていたが、ハグリッドの姿《すがた》を見られるだろうと本気で思っていたわけではない。ハリーの気持ちはすぐにもっと緊急《きんきゅう》な問題のほうに向いた。まだやっていない山のような宿題、アンブリッジの罰則《ばっそく》がまだもう一回あるということなどだ。

その日一日ハリーを持ちこたえさせたのは、一つには、とにかくもう週末だということだった。それに、アンブリッジの罰則最終日《ばっそくさいしゅうび》は確《たし》かにおぞましかったが、部屋の窓《まど》から遠くにクィディッチ競技場《きょうぎじょう》が見える。うまくいけば、ロンの選抜《せんばつ》の様子が少し見えるかもしれない。確《たし》かに、ほんのかすかな光明かもしれない。しかし、いまのこの暗さを少しでも明るくしてくれるものなら、ハリーにはありがたかった。この週は、ホグワーツに入学以来最悪の一週間だった。

夕方五時に、これが最後になることを心から願いながら、ハリーはアンブリッジ先生の部屋のドアをノックし、「お入り」と言われて中に入った。羊皮紙がレースカバーのかかった机《つくえ》でハリーを待っていた。先のとがった黒い羽根ペンがその横にあった。

「やることはわかってますね、ミスター・ポッター」アンブリッジはハリーにやさしげに笑いかけながら言った。

ハリーは羽根ペンを取り上げ、窓《まど》からちらりと外を見た。もう三センチ右に椅子《いす》をずらせば……机《つくえ》にもっと近づくという口実で、ハリーはなんとかうまくやった。今度は見える。遠くでグリフィンドール・クィディッチ・チームが、競技場《きょうぎじょう》の上を上がったり下がったりしている。六、七人の黒い影《かげ》が、三本の高いゴールポストの下にいる。キーパーの順番が来るのを待っているらしい。これだけ遠いと、どれがロンなのか見分けるのは無理だった。

「**僕**《ぼく》**はうそをついてはいけない**」と書いた。手《て》の甲《こう》に刻《きざ》まれた傷口《きずぐち》が開いて、また血が出てきた。

「**僕**《ぼく》**はうそをついてはいけない**」傷《きず》が深く食《く》い込《こ》み、激《はげ》しくうずいた。

「**僕**《ぼく》**はうそをついてはいけない**」血が手首を滴《したた》った。

ハリーはもう一度窓《まど》の外を盗《ぬす》み見《み》た。いまゴールを守っているのが誰《だれ》か知らないが、まったく下手くそだった。ハリーがほんの二、三秒見ているうちに、ケイティ・ベルが二回もゴールした。あのキーパーがロンでなければいいと願いながら、ハリーは血が点々と滴《したた》った羊皮紙に視線《しせん》を戻《もど》した。

「**僕**《ぼく》**はうそをついてはいけない**」

「**僕**《ぼく》**はうそをついてはいけない**」

これなら危険《きけん》はないと思ったとき、たとえばアンブリッジの羽根ペンがカリカリ動く音、机《つくえ》の引き出しを開ける音などが聞こえたときは、ハリーは目を上げた。三人目の挑戦者《ちょうせんしゃ》はなかなかよかった。四人目はとてもだめだ。五人目はブラッジャーをよけるのはすばらしくうまかったが、簡単《かんたん》に守れる球でしくじった。空が暗くなってきた。六人目と七人目はハリーにはまったく見えないだろうと思った。

「僕《ぼく》はうそをついてはいけない」
「僕《ぼく》はうそをついてはいけない」

羊皮紙はいまや、ハリーの手《て》の甲《こう》から滴《したた》る血で光っていた。手が焼けるように痛《いた》い。次に目を上げたときには、もうとっぷりと暮《く》れ、競技場《きょうぎじょう》は見えなくなっていた。

「さあ、教訓がわかったかどうか、見てみましょうか？」それから三十分後、アンブリッジがやさしげな声で言った。

アンブリッジがハリーのほうにやってきて、指輪だらけの短い指をハリーの腕《うで》に伸《の》ばした。皮膚《ひふ》に刻《きざ》み込《こ》まれた文字を調べようとまさにハリーの手をつかんだその瞬間《しゅんかん》、ハリーは激痛《げきつう》を感じた。手《て》の甲《こう》にではなく、額《ひたい》の傷痕《きずあと》にだ。同時に、体の真ん中あたりになんとも奇妙《きみょう》な感覚が走った。

ハリーはつかまれていた腕《うで》をぐいと引《ひ》き離《はな》し、急に立ち上がってアンブリッジを見つめた。アンブリッジは、しまりのない大口を笑いの形に引《ひ》き伸《の》ばして、ハリーを見つめ返した。

「痛《いた》いでしょう？」アンブリッジがやさしげに言った。

ハリーは答えなかった。心臓《しんぞう》がドクドクと激《はげ》しく動悸《どうき》していた。手のことを言っているのだろうか、それともアンブリッジは、いま、額《ひたい》に感じた痛《いた》みを知っているのだろうか？

「さて、わたくしは言うべきことを言ったと思いますよ、ミスター・ポッター。帰ってよろしい」

ハリーは鞄《かばん》を取り上げ、できるだけ早く部屋を出た。

落ち着け――階段《かいだん》を駆《か》け上《あ》がりながら、ハリーは自分に言い聞かせた。**落ち着くんだ。必ずしもおまえが考えているようなことだとはかぎらない……**。

「ミンビュラス　ミンブルトニア！」

「太った婦人《レディ》」に向かって、ハリーはゼイゼイ言った。肖像画《しょうぞうが》がパックリ開いた。

ワーッという音がハリーを迎《むか》えた。顔中ニコニコさせ、つかんだゴブレットからバタービールを胸《むね》にはねこぼしながらロンが走《はし》り寄《よ》ってきた。

「ハリー、僕《ぼく》、やった。僕《ぼく》、受かった。キーパーだ！」

「え？　わあ――すごい！」ハリーは自然に笑おうと努力した。しかし心臓《しんぞう》はドキドキし、手はずきずきと血を流していた。

「バタービール、飲めよ」ロンが瓶《びん》をハリーに押《お》しつけた。「僕《ぼく》、信じられなくて――ハーマイオニーはどこ？」

「そこだ」フレッドが、バタービールをぐい飲みしながら、暖炉脇《だんろわき》のひじかけ椅子《いす》を指差していた。ハーマイオニーは椅子《いす》でうとうとし、手にした飲み物が危《あぶ》なっかしく傾《かし》いでいた。

「うーん、僕《ぼく》が知らせたとき、ハーマイオニーはうれしいって言ったんだけど」ロンは少しがっかりした顔をした。

「眠《ねむ》らせておけよ」ジョージがあわてて言った。そのすぐあと、ハリーは、周りに集まっている一年生の何人かに、最近鼻血を出した跡《あと》がはっきりついているのに気づいた。

「ここに来てよ、ロン。オリバーのお下がりのユニフォームが合うかどうか見てみるから」ケイティ・ベルが呼《よ》んだ。「オリバーの名前を取って、あなたのをつければいい……」

ロンが行ってしまうと、アンジェリーナが大股《おおまた》で近づいてきた。

「さっきは短気を起こして悪かったよ、ポッター」アンジェリーナが藪《やぶ》から棒《ぼう》に言った。「何せ、ストレスがたまるんだ。キャプテンなんていう野暮《やぼ》な役は。私《わたし》、ウッドに対して少し厳《きび》しすぎたって思いはじめたよ」

アンジェリーナは、手にしたゴブレットの縁越《ふちご》しにロンを見ながら少し顔をしかめた。

「あのさ、彼《かれ》が君の親友だってことはわかってるけど、あいつはすごいとは言えないね」

アンジェリーナはぶっきらぼうに言った。

「だけど、少し訓練すれば大丈夫《だいじょうぶ》だろう。あの家族からはいいクィディッチ選手が出ている。今夜見せたよりはましな才能《さいのう》を発揮《はっき》するだろう。まあ、正直なとこ、そうなることに賭《か》けてる。ビッキー・フロビシャーとジェフリー・フーパーのほうが、今夜は飛びっぷりがよかった。しかし、フーパーはぐちり屋だ。なんだかんだと不平ばっかり言ってる。ビッキーはクラブ荒《あ》らしだ。自分でも認《みと》めたけど、練習が呪文《じゅもん》クラブとかち合ったら、呪文《じゅもん》を優先《ゆうせん》するってさ。とにかく、あしたの二時から練習だ。今度は必ず来いよ。それに、お願いだから、できるだけロンを助けてやってくれないかな。いいかい？」

ハリーはうなずいた。アンジェリーナはアリシア・スピネットの所へ悠然《ゆうぜん》と戻《もど》っていった。ハリーはハーマイオニーのそばまで行った。鞄《かばん》を置くと、ハーマイオニーがびくっとして目を覚ました。

「ああ、ハリー、あなたなの……。ロンのこと、よかったわね」ハーマイオニーはとろんとした目で言った。「私《わたし》、と――と――とってもつかれちゃった」ハーマイオニーはあくびをした。「帽子《ぼうし》をたくさん作るのに、一時まで起きていたの。すごい勢《いきお》いでなくなってるのよ！」

確《たし》かに、見回すと、談話室のいたる所、不注意なしもべ妖精《ようせい》がうっかり拾いそうな場所には毛糸の帽子《ぼうし》が隠《かく》してあった。

「いいね」ハリーは気もそぞろに答えた。誰《だれ》かにすぐに言わないと、いまにも破裂《はれつ》しそうな気分だ。「ねえ、ハーマイオニー、いまアンブリッジの部屋にいたんだ。それで、あいつが僕《ぼく》の腕《うで》にさわった……」

ハーマイオニーは注意深く聴《き》いて、ハリーが話し終えると、考えながらゆっくり言った。

『例のあの人』がクィレルをコントロールしたみたいに、アンブリッジをコントロールしてるんじゃないかって心配なの？」

「うーん」ハリーは声を落とした。「可能性《かのうせい》はあるだろう？」

「あるかもね」ハーマイオニーはあまり確信《かくしん》が持てないような言い方をした。

「でも、『あの人』がクィレルと同じやり方でアンブリッジに**取り憑《と つ》く**ことはできないと思うわ。つまり、『あの人』はもう生きてるんでしょう？　自分の身体《からだ》を持ってる。誰《だれ》かの体は必要じゃない。アンブリッジに『服従《ふくじゅう》の呪文《じゅもん》』をかけることは可能《かのう》だと思うけど……」

ハリーは、フレッド、ジョージ、リー・ジョーダンがバタービールの空《あ》き瓶《びん》でジャグリングをしているのをしばらく眺《なが》めていた。するとハーマイオニーが言った。

「でも、去年、誰《だれ》もさわっていないのに傷痕《きずあと》が痛《いた》むことがあったわね。ダンブルドアがこう言わなかった？　『例のあの人』がその時感じていることに関係している。つまり、もしかしたらアンブリッジとはまったく関係がないかもしれないわ。たまたまアンブリッジと一緒《いっしょ》にいた時にそれが起こったのは、単なる偶然《ぐうぜん》かもしれないじゃない？」

「あいつは邪悪《じゃあく》なやつだ」ハリーが言った。「根性曲《こんじょうま》がりだ」

「ひどい人よ、確《たし》かに。でも……ハリー、ダンブルドアに、傷痕《きずあと》の痛《いた》みのことを話さないといけないと思うわ」

ダンブルドアの所へ行けと忠告《ちゅうこく》されたのは、この二日で二度目だ。そしてハリーのハーマイオニーへの答えは、ロンへのとまったく同じだった。

「このことでダンブルドアの邪魔《じゃま》はしない。いま君が言ったようにたいしたことじゃない。この夏中、しょっちゅう痛《いた》んでたし――ただ、今夜はちょっとひどかった――それだけさ――」

「ハリー、ダンブルドアはきっとこのことで**邪魔《じゃま》されたい**と思うわ――」

「うん」ハリーはそう言ったあと、言いたいことが口をついて出てしまった。「ダンブルドアは僕《ぼく》のその部分だけしか気にしてないんだろ？　僕《ぼく》の傷痕《きずあと》しか」

「何を言いだすの。そんなことないわ！」

「僕《ぼく》、シリウスに手紙を書いて、このことを教えるよ。シリウスがどう考えるか――」

「ハリー、そういうことは手紙に書いちゃダメ！」ハーマイオニーが驚《おどろ》いて言った。「覚えていないの？　ムーディが、手紙に書くことに気をつけろって言ったでしょう。いまはもう、ふくろうが途中《とちゅう》で捕《つか》まらないという保証《ほしょう》はないのよ！」

「わかった、わかった。じゃ、シリウスには教えないよ！」ハリーはいらいらしながら立ち上がった。

「僕《ぼく》、寝《ね》る。ロンにそう言っといてくれる？」

「あら、だめよ」ハーマイオニーがホッとしたように言った。

「あなたが行くなら、私《わたし》も行ってても失礼にはならないってことだもの。私《わたし》、もうくたくたなの。それに、あしたはもっと帽子《ぼうし》を作りたいし。ねえ、あなたも手伝わない？　おもしろいわよ。私《わたし》、だんだん上手になってるの。いまは、模様編《もようあ》みもポンポン飾《かざ》りも、ほかにもいろいろできるわ」

ハリーは喜びに輝《かがや》いているハーマイオニーの顔を見つめた。そして、少しはその気になったかのような顔をしてみせようとした。

「あー……ううん。遠慮《えんりょ》しとく」ハリーが言った。「えーと――あしたはだめなんだ。僕《ぼく》、山ほど宿題やらなくちゃ……」

ちょっと残念そうな顔をしたハーマイオニーをあとに残し、ハリーはとぼとぼと男子寮《だんしりょう》の階段《かいだん》に向かった。

第十四章　パーシーとパッドフット

次の朝、同室の誰《だれ》よりも早くハリーは目を覚ました。しばらく横になったまま、ベッドのカーテンのすきまから流《なが》れ込《こ》んでくる陽光の中で、塵《ちり》が舞《ま》う様子を眺《なが》め、土曜日だという気分をじっくり味わった。新学期の第一週は、大長編《だいちょうへん》の「魔法史《まほうし》」の授業《じゅぎょう》のように、はてしなく続いたような気がした。

眠《ねむ》たげな静寂《せいじゃく》と、たったいまつむぎだされたような陽光から考えると、まだ夜が明けたばかりだ。ハリーはベッドにめぐらされたカーテンを開け、起き上がって服を着はじめた。遠くに聞こえる鳥のさえずりのほかは、同じ寝室《しんしつ》のグリフィンドール生のゆっくりした深い寝息《ねいき》が聞こえるだけだった。ハリーは鞄《かばん》をそっと開け、羊皮紙と羽根ペンを取り出し、寝室《しんしつ》を出て談話室に向かった。

ハリーは、まっすぐにお気に入りの場所を目指した。暖炉脇《だんろわき》のふわふわした古いひじかけ椅子《いす》だ。暖炉《だんろ》の火はもう消えている。心地《ここち》よく椅子《いす》に座《すわ》ると、ハリーは談話室を見回しながら羊皮紙を広げた。

丸めた羊皮紙の切《き》れ端《はし》や、古いゴブストーン、薬の材料用のからの広口瓶《ひろくちびん》、菓子《かし》の包み紙など、一日の終わりに散らかっていたごみくずの山は、きれいになくなっていた。ハーマイオニーのしもべ妖精《ようせい》用帽子《ぼうし》もない。自由になりたかったかどうかにかかわりなく、もう何人ぐらいのしもべ妖精《ようせい》が自由になったのだろうとぼんやり考えながら、ハリーはインク瓶《びん》のふたを開け、羽根ペンを浸《ひた》した。それから、黄色味を帯びたなめらかな羊皮紙の表面から少し上に羽根ペンをかざし、必死に考えた……しかし、一、二分後、ハリーは火のない火格子《ひごうし》を見つめたままの自分に気づいた。なんと書いていいのかわからない。

ロンとハーマイオニーが、この夏ハリーに手紙を書くのがどんなに難《むずか》しかったか、いまになってわかった。この一週間の出来事を何もかもシリウスに知らせ、聞きたくてたまらないことを全部質《しつ》問《もん》し、しかも手紙どろぼうに盗《ぬす》まれた場合でも、知られたくない情報《じょうほう》は渡《わた》さないとなると、いったいどうすればいいのだろう？

ハリーはしばらくの間身動きもせず暖炉《だんろ》を見つめていたが、ようやくもう一度羽根ペンをインクに浸《ひた》し、羊皮紙にきっぱりとペンを下ろした。

スナッフルズさん

お元気ですか。ここに戻《もど》ってからの最初の一週間はひどかった。週末になってほんとうにうれしいです。

「闇《やみ》の魔術《まじゅつ》の防衛術《ぼうえいじゅつ》」に、新任《しんにん》のアンブリッジ先生が来ました。あなたのお母さんと同じぐらいすてきな人です。去年の夏にあなたに書いた手紙と同じ件《けん》で手紙を書いています。昨夜アンブリッジ先生の罰則《ばっそく》を受けていたときに、また起こりました。

僕《ぼく》たちの大きな友達がいないので、みんなさびしがっています。早く帰ってきてほしいです。

なるべく早くお返事をください。

お元気で。

ハリーより

ハリーは第三者の目で手紙を数回読み返した。これならなんのことを話しているのか——誰《だれ》に向かって話しているのか——この手紙を読んだだけではわからないだろう。シリウスにハグリッドのヒントが通じて、ハグリッドがいつ帰ってくるのかを教えてくれればいいが、とハリーは願った。まともには聞けない。ハグリッドがホグワーツを留守《るす》にして、いったい何をしようとしているのか

に、注意を引きすぎてしまうかもしれないからだ。

こんなに短い手紙なのに、書くのにずいぶん時間がかかった。書いている間に、太陽の光が、部屋の中ほどまで忍《しの》び込《こ》んでいた。みんなが起きだす物音が、上の寝室《しんしつ》から遠く聞こえた。羊皮紙にしっかり封《ふう》をして、ハリーは肖像画《しょうぞうが》の穴《あな》をくぐり、ふくろう小屋に向かった。

「私《わたくし》なら**そちらの道は**行きませんね」

ハリーが廊下《ろうか》を歩いていると、すぐ目の前の壁《かべ》から、ほとんど首無しニックがふわふわ出てきて、ハリーをドキッとさせた。

「廊下《ろうか》の中ほどにあるパラケルススの胸像《きょうぞう》の脇《わき》を次に通る人に、ピーブズがゆかいな冗談《じょうだん》を仕掛《しか》けるつもりです」

「それ、パラケルススが頭の上に落ちてくることもあり？」ハリーが聞いた。

「そんなばかなとお思いでしょうが、**あります**」

ほとんど首無しニックがうんざりした声で言った。

「ピーブズには繊細《せんさい》さなどという徳目はありませんからね。私《わたくし》は『血みどろ男爵《だんしゃく》』を探《さが》しに参ります……男爵《だんしゃく》なら止めることができるかもしれません……ではご機嫌《きげん》よう、ハリー……」

「ああ、じゃあね」

ハリーは右に曲がらずに左に折れ、ふくろう小屋へは遠回りでも、より安全な道を取った。窓《まど》を一つ通《とお》り過《す》ぎるたびに、ハリーは気力が高まってきた。どの窓《まど》からも真っ青な明るい空が見える。あとでクィディッチの練習がある。ハリーはやっとクィディッチ競技場《きょうぎじょう》に戻《もど》れるのだ。

何かがハリーのくるぶしをかすめた。見下ろすと、管理人フィルチの飼《か》っている、骸骨《がいこつ》のようにやせた灰色《はいいろ》の猫《ねこ》、ミセス・ノリスが、こっそり通《とお》り過《す》ぎるところだった。一瞬《いっしゅん》、ランプのような黄色い目をハリーに向け、「憂《うれ》いのウィルフレッド」の像《ぞう》の裏《うら》へと姿《すがた》をくらました。

「僕《ぼく》、なんにも悪いことしてないぞ」ハリーがあとを追いかけるように言った。猫《ねこ》は、まちがいなくご主人様に言いつけにいくときの雰囲気《ふんいき》だったが、ハリーにはどうしてなのかわからなかった。土曜の朝にふくろう小屋に歩いていく権利《けんり》はあるはずだ。

もう太陽が高くなっていた。ふくろう小屋に入ると、ガラスなしの窓々《まどまど》から射《さ》し込《こ》む光のまぶしさに目がくらんだ。どっと射《さ》し込《こ》む銀色の光線が、円筒状《えんとうじょう》の小屋を縦横《じゅうおう》に交差している。垂木《たるき》に止まった何百羽ものふくろうは、早朝の光で少し落ち着かない様子だ。狩《かり》から帰ったばかりらしいのもいる。ハリーは首を伸《の》ばしてヘドウィグを探《さが》した。藁《わら》を敷《し》き詰《つ》めた床《ゆか》の上で、小動物の骨《ほね》が踏《ふ》み砕《くだ》かれてポキポキと軽い音を立てた。

「ああ、そこにいたのか」

丸天井《まるてんじょう》のてっぺん近くに、ヘドウィグを見つけた。

「降《お》りてこいよ。頼《たの》みたい手紙があるんだ」

ホーと低く鳴いて大きな翼《つばさ》を広げ、ヘドウィグはハリーの肩《かた》に舞《ま》い降《お》りた。

「いいか、表にはスナッフルズって書いてあるけど」ハリーは手紙をくちばしにくわえさせながら、なぜか自分でもわからずささやき声で言った。「でも、これはシリウス宛《あて》なんだ。オーケー？」

ヘドウィグは琥珀色《こはくいろ》の目を一回だけパチクリした。ハリーはそれがわかったという意味だと思った。

「じゃ、気をつけて行くんだよ」

ハリーはヘドウィグを窓《まど》まで運んだ。ハリーの腕《うで》をくいっとひと押《お》しし、ヘドウィグはまぶしい空へと飛び去った。ハリーはヘドウィグが小さな黒い点になり、姿《すがた》が消えるまで見守った。それからハグリッドの小屋へと目を移《うつ》した。小屋はこの窓《まど》からはっきりと見えたが、誰《だれ》もいないこともはっきりしていた。煙突《えんとつ》には煙《けむり》も見えず、カーテンは閉《し》め切《き》られている。

禁《きん》じられた森《もり》の木々の梢《こずえ》がかすかな風に揺《ゆ》れた。ハリーは顔いっぱいにすがすがしい風を味わい、このあとのクィディッチのことを考えながら、梢《こずえ》を見ていた……突然《とつぜん》何かが目に入った。ホグワーツの馬車をひいていたのと同じ、巨大《きょだい》な爬虫類《はちゅうるい》のような有翼《ゆうよく》の馬だ。なめし革《がわ》のようなすべすべした黒い両翼《りょうよく》を翼手竜《よくしゅりゅう》のように広げ、巨大《きょだい》でグロテスクな鳥のように木々の間から舞《ま》い上《あ》がった。それは大きく円を描《えが》いて上昇《じょうしょう》し、再《ふたた》び木々の間に突《つ》っ込《こ》んでいった。すべてがあっという間の出来事だったので、ハリーにはいま見たことが信じられなかった。しかし、心臓《しんぞう》は狂《くる》ったように早鐘《はやがね》を打っていた。

背後《はいご》でふくろう小屋の戸が開いた。ハリーは飛び上がるほど驚《おどろ》いた。急いで振《ふ》り返《かえ》ると、チョウ・チャンが手紙と小包を持っているのが目に入った。

「やあ」ハリーは反射的《はんしゃてき》に挨拶《あいさつ》した。

「あら……おはよう」チョウが息をはずませながら挨拶《あいさつ》した。「こんなに早く、ここに誰《だれ》かいると思わなかったわ……私《わたし》、つい五分前に、今日がママの誕生日《たんじょうび》だったことを思い出したの」

チョウは小包を持ち上げて見せた。

「そう」ハリーは脳《のう》みそが混線《こんせん》したようだった。気のきいたおもしろいことの一つも言いたかったが、あの恐《おそ》ろしい有翼《ゆうよく》の馬の記憶《きおく》がまだ生々しかった。

「いい天気だね」

ハリーは窓《まど》のほうを指した。バツの悪さに内臓《ないぞう》が縮《ちぢ》んだ。天気のことなんか――僕《ぼく》は何を言ってるんだ。**天気のこと**なんか……。

「そうね」チョウは適当《てきとう》なふくろうを探《さが》しながら答えた。「いいクィディッチ日和《びより》だわ。私《わたし》、もう一週間もプレーしてないの。あなたは？」

「僕《ぼく》も」ハリーが答えた。

チョウは学校のメンフクロウを選んだ。チョウがおいでおいでと腕《うで》に呼《よ》び寄《よ》せると、ふくろうは快《こころよ》く片脚《かたあし》を突《つ》き出《だ》し、チョウが小包をくくりつけられるようにした。

「ねえ、グリフィンドールの新しいキーパーは決まったの？」

「うん。僕《ぼく》の友達のロン・ウィーズリーだ。知ってる？」

「トルネードーズ嫌《ぎら》いの？」チョウがかなり冷ややかに言った。「少しはできるの？」

「うん」ハリーが答えた。「そうだと思う。でも、僕《ぼく》は選抜《せんばつ》のとき見てなかったんだ。罰則《ばっそく》を受けてたから」

チョウは、小包をふくろうの脚《あし》に半分ほどくくりつけたままで目を上げた。

「あのアンブリッジって女、いやな人」チョウが低い声で言った。「あなたがほんとうのことを言ったというだけで罰則《ばっそく》にするなんて。どんなふうに——どんなふうにあの人が死んだかを言っただけで。みんながその話を聞いたし、話は学校中に広がったわ。あの先生にあんなふうに立ち向かうなんて、あなたはとっても勇敢《ゆうかん》だったわ」

縮《ちぢ》んでいた内臓《ないぞう》が、再《ふたた》びふくらんできた。あまりに急速にふくらんだので、まるでフンだらけの床《ゆか》から体が十センチくらい浮《う》き上《あ》がったような気がした。空飛ぶ馬なんか、もうどうだっていい。チョウが僕《ぼく》をとっても勇敢《ゆうかん》だったと思ってる。小包をふくろうにくくりつけるのを手伝って、「見せるつもりはなかったんだ」の雰囲気《ふんいき》で、チョウに手の傷《きず》を見せようかと、ハリーは一瞬《いっしゅん》そう思った……しかし、このドキドキする思いつきが浮《う》かんだとたん、またふくろう小屋の戸が開いた。

管理人のフィルチが、ゼイゼイ言いながら入ってきた。やせて静脈《じょうみゃく》が浮《う》き出《で》たほおのあちこちが赤黒いまだらになり、あごは震《ふる》え、薄《うす》い白髪頭《しらがあたま》を振《ふ》り乱《みだ》している。ここまで駆《か》けてきたにちがいない。ミセス・ノリスがそのすぐ後ろからトコトコ走ってきて、ふくろうたちをじっと見上げ、腹《はら》がへったとばかりニャーと鳴いた。ふくろうたちは落ち着かない様子で羽をこすり合わせ、大きな茶モリフクロウが一羽、脅《おど》すようにくちばしをカチカチ鳴らした。

「アハーッ！」フィルチは垂《た》れ下《さ》がったほおを怒《いか》りに震《ふる》わせ、ドテドテと不格好《ぶかっこう》な歩き方でハリーのほうにやってきた。「おまえがクソ爆弾《ばくだん》をごっそり注文しようとしてると、垂《た》れ込《こ》みがあったぞ！」

ハリーは腕組《うでぐ》みして管理人をじっと見た。

「僕《ぼく》がクソ爆弾《ばくだん》を注文してるなんて、誰《だれ》が言ったんだい？」

チョウも顔をしかめて、ハリーからフィルチへと視線《しせん》を走らせた。チョウの腕《うで》に止まったふくろうが、片脚立《かたあしだ》ちにつかれて、催促《さいそく》するようにホーと鳴いたが、チョウは無視《むし》した。

「こっちにはこっちのつてがあるんだ」フィルチは得意《とくい》げにすごんだ。「さあ、なんでもいいから送るものをこっちへよこせ」

「できないよ。もう出してしまったもの」手紙を送るのにぐずぐずしなくてよかったと、ハリーは何かに感謝《かんしゃ》したい気持ちだった。

「**出してしまった？**」フィルチの顔が怒《いか》りでゆがんだ。

「出してしまったよ」ハリーは落ち着いて言った。

フィルチは怒《おこ》って口を開け、二、三秒パクパクやっていたが、それからハリーのローブをなめるようにじろーっと見た。

「ポケットに入ってないとどうして言える？」

「どうしてって――」

「ハリーが出すところを、私《わたし》が見たわ」チョウが怒《おこ》ったように言った。

フィルチがサッとチョウを見た。

「おまえが見た――？」

「そうよ。見たわ」チョウが激《はげ》しい口調で言った。

一瞬《いっしゅん》、フィルチはチョウをにらみつけ、チョウはにらみ返した。それから、背《せ》を向け、ぎこちない歩き方でドアに向かったが、ドアの取っ手に手をかけて立ち止まり、ハリーを振《ふ》り返《かえ》った。

「クソ爆弾《ばくだん》がプンとでもにおったら……」

フィルチが階段《かいだん》をコツンコツンと下りていき、ミセス・ノリスは、ふくろうたちをもう一度無念そうに目でなめてからあとについていった。

ハリーとチョウが目を見合わせた。

「ありがとう」ハリーが言った。

「どういたしまして」メンフクロウが上げっぱなしにしていた脚《あし》にやっと小包をくくりつけながら、チョウがかすかにほおを染《そ》めた。

「クソ爆弾《ばくだん》を**注文してはいない**でしょう？」

「してない」ハリーが答えた。

「だったら、フィルチはどうしてそうだと思ったのかしら？」チョウはふくろうを窓際《まどぎわ》に運びながら言った。

ハリーは肩《かた》をすくめた。チョウばかりでなくハリーにとっても、それはまったく謎《なぞ》だった。しかし、不思議なことに、いまはそんなことはどうでもよい気分だった。

二人は一緒《いっしょ》にふくろう小屋を出た。城《しろ》の西塔《にしとう》に続く廊下《ろうか》の入口で、チョウが言った。

「私《わたし》はこっちなの。じゃ、あの……またね、ハリー」

「うん……また」

チョウはハリーにニッコリして歩きだした。ハリーもそのまま歩き続けた。気持ちが静かにたかぶっていた。ついにチョウとまとまった会話をやってのけた。しかも一度もきまりの悪い思いをせずに……**あの先生にあんなふうに立ち向かうなんて、あなたはとっても勇敢《ゆうかん》だったわ**……チョウがハリーを勇敢《ゆうかん》だと言った……ハリーが生きていることを憎《にく》んではいない……。

もちろん、チョウはセドリックのほうが好きだった。それはわかっている……ただ、もし僕《ぼく》があのパーティでセドリックより先に申《もう》し込《こ》んでいたら、事情《じじょう》はちがっていたかもしれない……僕《ぼく》が申《もう》し込《こ》んだとき、チョウは断《ことわ》るのがほんとうに申《もう》し訳《わけ》ないという様子だった……。

「おはよう」

大広間のグリフィンドールのテーブルで、ハリーはロンとハーマイオニーの所に座《すわ》りながら、明るく挨拶《あいさつ》した。

「なんでそんなにうれしそうなんだ？」ロンが驚《おどろ》いてハリーを見た。

「う、うん……あとでクィディッチが」ハリーは幸せそうに答え、ベーコンエッグの大皿を引《ひ》き寄《よ》せた。

「ああ……うん……」ロンは食べかけのトーストを下に置き、かぼちゃジュースをガブリと飲み、それから口を開いた。「ねえ……僕《ぼく》と一緒《いっしょ》に、少し早めに行ってくれないか？　ちょっと――えー――僕《ぼく》に、トレーニング前の練習をさせてほしいんだ。そしたら、ほら、ちょっと勘《かん》がつかめるし」

「ああ、オーケー」ハリーが言った。

「ねえ、そんなことだめよ」ハーマイオニーが真剣《しんけん》な顔をした。「二人とも宿題がほんとに遅《おく》れてるじゃない――」

しかし、ハーマイオニーの言葉がそこでとぎれた。朝の郵便《ゆうびん》が到着《とうちゃく》し、いつものようにコノハズクが「日刊予言者新聞《にっかんよげんしゃしんぶん》」をくわえてハーマイオニーのほうに飛んできて、砂糖《さとう》つぼすれすれに着地した。コノハズクが片脚《かたあし》を突《つ》き出《だ》し、ハーマイオニーはその革《かわ》の巾着《きんちゃく》に一クヌートを押《お》し込《こ》んで新聞を受け取った。コノハズクが飛び立ったときには、ハーマイオニーは新聞の一面にしっかりと目を走らせていた。

「何かおもしろい記事、ある？」ロンが言った。

ハリーはニヤッとした。宿題の話題をそらせようとロンが躍起《やっき》になっているのがわかるのだ。

「ないわ」ハーマイオニーがため息をついた。「『妖女《ようじょ》シスターズ』のベース奏者《そうしゃ》が結婚《けっこん》するっていうゴシップ記事だけよ」

ハーマイオニーは新聞を広げてその陰《かげ》に埋《う》もれてしまった。ハリーはもう一度ベーコンエッグを取り分け、食べることに専念《せんねん》した。ロンは、何か気になってしょうがないという顔で高窓《たかまど》を見つめていた。

「ちょっと待って」ハーマイオニーが突然《とつぜん》声を上げた。「ああ、だめ……シリウス！」

「何かあったの？」ハリーが新聞をぐいっと乱暴《らんぼう》に引《ひ》っ張《ぱ》ったので、新聞は半分に裂《さ》け、ハリーの手に半分、ハーマイオニーの手にもう半分残った。

「**『魔法省《まほうしょう》は信頼《しんらい》できる筋《すじ》からの情報《じょうほう》を入手した。シリウス・ブラック、悪名高い大量殺人鬼《たいりょうさつじんき》であり……云々《うんぬん》、云々《うんぬん》……は現在《げんざい》ロンドンに隠《かく》れている！』**」

ハーマイオニーは心配そうに声をひそめて、自分の持っている半分を読んだ。

「ルシウス・マルフォイ、絶対《ぜったい》そうだ」ハリーも低い声で、怒《いか》り狂《くる》った。「プラットホームでシリウスを見破《みやぶ》ったんだ……」

「えっ？」ロンが驚《おどろ》いて声を上げた。「君、まさか――」

「シーッ！」ハリーとハーマイオニーが抑《おさ》えた。

「……『**魔法省《まほうしょう》は、魔法界《まほうかい》に警戒《けいかい》を呼《よ》びかけている。ブラックは非常《ひじょう》に危険《きけん》で……十三人も殺し……アズカバンを脱獄《だつごく》……**』いつものくだらないやつだわ」

ハーマイオニーは新聞の片割《かたわ》れを下に置き、おびえたような目でハリーとロンを見た。

「つまり、シリウスはもう二度とあの家を離《はな》れちゃいけない。そういうことよ」ハーマイオニーがヒソヒソ言った。「ダンブルドアはちゃんとシリウスに警告《けいこく》してたわ」

ハリーはふさぎ込《こ》んで、破《やぶ》り取《と》った新聞の片割《かたわ》れを見下ろした。ページの大部分は広告《こうこく》で、「マダム・マルキンの洋装店《ようそうてん》――普段着《ふだんぎ》から式服まで」がセールをやっているらしい。

「えーっ！　これ見てよ！」ハリーはロンとハーマイオニーが見えるように、新聞を平らに広げて置いた。

「僕《ぼく》、ローブは間に合ってるよ」ロンが言った。

「ちがうよ」ハリーが言った。「見て……この小さい記事……」

ロンとハーマイオニーが新聞に覆《おお》いかぶさるようにして読んだ。六行足らずの短い記事で、一番下の欄《らん》にのっている。

魔法省侵入事件《まほうしょうしんにゅうじけん》

ロンドン市クラッパム地区ラバーナム・ガーデン二番地に住むスタージス・ポドモア（38）は、八月三十一日、魔法省《まほうしょう》に侵入並《しんにゅうなら》びに強盗未遂容疑《ごうとうみすいようぎ》でウィゼンガモットに出廷《しゅってい》した。ポドモアは、午前一時に最高機密《さいこうきみつ》の部屋に押《お》し入《い》ろうとしているところを、ガード魔《マ》ンのエリック・マンチに捕《つか》まった。ポドモアは弁明《べんめい》を拒《こば》み、両罪《りょうざい》について有罪《ゆうざい》とされ、アズカバンに六か月収監《しゅうかん》の刑《けい》を言《い》い渡《わた》された。


「スタージス・ポドモア？」ロンが考えながら言った。「それ、頭が茅葺屋根《かやぶきやね》みたいな、あいつだろ？　騎士団《きしだん》――」

「ロン、**シーッ！**」ハーマイオニーがびくびくあたりを見回した。

「アズカバンに六か月！」ハリーはショックを受けてささやいた。「部屋に入ろうとしただけで！」

「バカなこと言わないで。単に部屋に入ろうとしただけじゃないわ。魔法省《まほうしょう》で、夜中の一時に、いったい何をしていたのかしら？」ハーマイオニーがヒソヒソ言った。

「騎士団《きしだん》のことで何かしてたんだと思うか？」ロンがつぶやいた。

「ちょっと待って……」ハリーが考えながら言った。「スタージスは、僕《ぼく》たちを見送りにくるはずだった。覚えてるかい？」

二人がハリーを見た。

「そうなんだ。キングズ・クロスに行く護衛隊《ごえいたい》に加わるはずだった。覚えてる？　それで、現《あらわ》れなかったもんだから、ムーディがずいぶんやきもきしてた。だから、スタージスが騎士団《きしだん》の仕事をしていたはずはない。そうだろ？」

「ええ、たぶん、騎士団《きしだん》はスタージスが捕《つか》まるとは思っていなかったんだわ」ハーマイオニーが言った。

「ハメられたかも！」ロンが興奮《こうふん》して声を張《は》り上《あ》げた。「いや――わかったぞ！」ハーマイオニーが怖《こわ》い顔をしたので、ロンは声をがくんと落とした。「魔法省《まほうしょう》はスタージスがダンブルドア一味じゃないかと疑《うたが》った。それで――わかんないけど――連中がスタージスを魔法省《まほうしょう》に**誘《さそ》い込《こ》んだ**。スタージスは部屋に押《お》し入《い》ろうとしたわけじゃないんだ！　魔法省《まほうしょう》がスタージスを捕《つか》まえるのに、何かでっち上げたんだ！」

ハリーとハーマイオニーは、しばらくだまってそのことを考えた。ハリーはそんなことはありえないと思ったが、一方ハーマイオニーは、かなり感心したような顔をした。

「ねえ、納得《なっとく》できるわ。そのとおりかもしれない」

ハーマイオニーは、何か考《かんが》え込《こ》みながら、手にした新聞の片割《かたわ》れを折りたたんだ。ハリーがナイフとフォークを置いたとき、ハーマイオニーはふと我《われ》に返ったように言った。

「さあ、それじゃ、スプラウト先生の『自然に施肥《せひ》する灌木《かんぼく》』のレポートから始めましょうか。うまくいけば、昼食前に、マクゴナガルの『無生物出現呪文《むせいぶつしゅつげんじゅもん》』に取りかかれるかもしれない……」

上階の寮《りょう》で待ち受けている宿題の山を思うと、ハリーは良心がうずいた。しかし、空は晴《は》れ渡《わた》り、わくわくするような青さだったし、ハリーはもう一週間もファイアボルトに乗っていなかった……。

「今夜やりゃいいのさ」

ハリーと連れ立ってクィディッチ競技場《きょうぎじょう》に向かう芝生《しばふ》の斜面《しゃめん》を下りながら、ロンが言った。二人とも肩《かた》には箒《ほうき》を担《かつ》ぎ、耳には「二人ともO・W・L《ふくろう》に落ちるわよ」というハーマイオニーの警告《けいこく》がまだ鳴《な》り響《ひび》いていた。

「それに、あしたってものがある。ハーマイオニーは勉強となると熱くなる。あいつはそこが問題さ……」ロンはそこで一瞬《いっしゅん》言葉を切った。そしてちょっと心配そうに言った。「あいつ、本気かな。ノートを写させてやらないって言ったろ？」

「ああ、本気だろ」ハリーが言った。「だけど、こっちのほうも大事さ。クィディッチ・チームに残りたいなら、練習しなきゃならない……」

「うん、そうだとも」ロンは元気が出たようだった。「それに、宿題を全部やっつける時間はたっぷりあるさ……」

二人がクィディッチ競技場《きょうぎじょう》に近づいたとき、ハリーはちらりと右のほうを見た。禁《きん》じられた森《もり》の木々が、黒々と揺《ゆ》れている。森からは何も飛び立ってこなかった。遠くふくろう小屋のある塔《とう》の付近を、ふくろうが数羽飛び回る姿《すがた》が見えるほかは、空はまったくなんの影《かげ》もない。心配の種はあるほどある。空飛ぶ馬が悪さをしたわけじゃなし。ハリーはそのことを頭から押《お》しのけた。

更衣室《こういしつ》の物置からボールを取り出し、二人は練習に取りかかった。ロンが三本のゴールポストを守り、ハリーがチェイサー役でクアッフルを投げてゴールを抜《ぬ》こうとした。ロンはなかなかうまいとハリーは思った。ハリーのゴールシュートの四分の三をブロックしたし、練習時間をかけるほどロンは調子を上げた。二時間ほど練習して、二人は昼食を食べに城《しろ》へ戻《もど》った——昼食の間ずっと、ハーマイオニーは、二人が無責任《むせきにん》だとはっきり態度《たいど》で示《しめ》した——。それから本番トレーニングのため、二人はクィディッチ競技場《きょうぎじょう》に戻《もど》った。更衣室《こういしつ》に入ると、アンジェリーナ以外の選手が全員そろっていた。

「大丈夫《だいじょうぶ》か、ロン？」ジョージがウィンクしながら言った。

「うん」ロンは競技場《きょうぎじょう》に近づくほど口数が少なくなっていた。

「俺《おれ》たちに差をつけてくれるんだろうな、監督生《かんとくせい》ちゃん？」クィディッチ・ユニフォームの首から髪《かみ》をくしゃくしゃにして頭を出しながら、いたずらっぽいニヤニヤ笑いを浮《う》かべて、フレッドが言った。

「だまれ」ロンは初めて自分のユニフォームを着ながらむすっとした顔で言った。肩幅《かたはば》がロンよりかなり広いオリバー・ウッドのユニフォームにしては、ロンにぴったりだった。

「さあ、みんな」着替《きが》えをすませたアンジェリーナがキャプテン室から出てきた。「始めよう。アリシアとフレッド、ボールの箱を持ってきてよ。ああ、それから、外で何人か見学しているけど、気にしないこと。いいね？」

アンジェリーナはなにげない言い方をしたつもりだったろうが、ハリーは招《まね》かれざる見学者が誰《だれ》なのかを察した。推察《すいさつ》どおりだった。更衣室《こういしつ》から競技場《きょうぎじょう》のまぶしい陽光の中に出ていくと、そこはスリザリンのクィディッチ・チームと取《と》り巻《ま》き連中《れんちゅう》数人のヤジと口笛の嵐《あらし》だった。観客席の中間あたりの高さの席に陣取《じんど》ってヤジる声が、からのスタジアムにワンワン反響《はんきょう》していた。

「ウィーズリーが乗ってるのは、なんだい？」マルフォイが気取った声であざけった。「あんなかびだらけの棒《ぼう》っ切《き》れに飛行呪文《ひこうじゅもん》をかけたやつは誰《だれ》だい？」

クラッブ、ゴイル、パンジー・パーキンソンが、ゲラゲラ、キャーキャー笑いこけた。ロンは箒《ほうき》にまたがり、地面を蹴《け》った。ハリーも、ロンの耳が真っ赤になるのを見ながらあとを追った。

「ほっとけよ」スピードを上げてロンに追いついたハリーが言った。「あいつらと対戦したあとで、どっちが最後に笑うかがはっきりする……」

「その態度《たいど》が正解《せいかい》だよ、ハリー」

クアッフルを小脇《こわき》に抱《かか》えて二人のそばに舞《ま》い上《あ》がってきたアンジェリーナが、うなずきながら言った。アンジェリーナは速度を落とし、空中のチームを前にして静止した。

「オーケー。みんな、ウォーミングアップにパスから始めるよ。チーム全員で、いいね――」

「ヘーイ、ジョンソン。そのヘアスタイルはいったいどうしたの？」

パンジー・パーキンソンが下から金切り声で呼《よ》びかけた。

「頭から虫が這《は》い出《だ》してるような髪《かみ》をするなんて、そんな人の気が知れないわ」

アンジェリーナはドレッドヘアを顔から払《はら》いのけ、落《お》ち着《つ》き払《はら》って言った。

「それじゃ、みんな、広がって。さあ、やってみよう……」

ハリーはほかのチームメートとは逆《ぎゃく》の方向に飛び、クィディッチ・ピッチの一番端《はし》に行った。ロンはその反対側のゴールに向かって下がった。アンジェリーナは片手《かたて》でクアッフルを上げ、フレッドに向かって投げつけた。フレッドはジョージに、ジョージはハリーにパスし、ハリーからロンにパスしたが、ロンはクアッフルを取り落とした。

マルフォイの率《ひき》いるスリザリン生が、大声で笑ったり、かん高い笑い声を上げたりした。ロンはクアッフルが地面に落ちる前に捕《つか》まえようと、一直線にクアッフルを追いかけたが、急降下《きゅうこうか》から体《たい》勢《せい》を立て直すときにもたついて、箒《ほうき》からズルリと横にすべってしまい、プレーする高さにまで飛び上がってきたときは顔が真っ赤だった。ハリーはフレッドとジョージが目を見交《みか》わすのを目撃《もくげき》したが、いつもの二人に似合《にあ》わず何も言わなかったので、ハリーはそのことに感謝《かんしゃ》した。

「ロン、パスして」アンジェリーナが何事もなかったかのように呼《よ》びかけた。

ロンはクアッフルをアリシアにパスした。そこからハリーにクアッフルが戻《もど》り、ジョージにパスされた。

「へーイ、ポッター、傷《きず》はどんな感じだい？」マルフォイが声をかけた。「寝《ね》てなくてもいいのか？　医務室《いむしつ》に行かなくてすんだのは、これで、うん、まるまる一週間だ。記録的じゃないか？」

ジョージがアンジェリーナにパスし、アンジェリーナはハリーにバックパスした。不意をつかれたハリーは、それでも指の先でキャッチし、すぐにロンにパスした。ロンは飛びついたが、数センチのところでミスした。

「何をやってるのよ、ロン」アンジェリーナが不機嫌《ふきげん》な声を出した。ロンはまた急降下《きゅうこうか》してクアッフルを追っていた。

「ぼんやりしないで」

ロンが再《ふたた》びプレーする高さまで戻《もど》ってきたときには、ロンの顔とクアッフルと、どちらが赤いか判定《はんてい》が難《むずか》しかった。マルフォイもスリザリン・チームもいまや大爆笑《だいばくしょう》だった。

三度目でロンはクアッフルをキャッチした。それでホッとしたのか、今度はパスに力が入りすぎ、クアッフルは両手を伸《の》ばして受け止めようとしたケイティの手をまっすぐすり抜《ぬ》け、思いっきり顔に当たった。

「ごめん！」ロンがうめいて、けがをさせはしなかったかとケイティのほうに飛び出した。

「ポジションに戻《もど》って！　そっちは大丈夫《だいじょうぶ》だから！」アンジェリーナが大声を出した。「チームメートにパスしてるんだから、箒《ほうき》からたたき落とすようなことはしないでよ。頼《たの》むから。そういうことはブラッジャーに任《まか》せるんだ！」

ケイティは鼻血を出していた。下のほうで、スリザリン生が足を踏《ふ》み鳴《な》らしてヤジっている。フレッドとジョージがケイティに近寄《ちかよ》っていった。

「ほら、これ飲めよ」フレッドがポケットから何か小さな紫色《むらさきいろ》のものを取り出して渡《わた》した。「一発で止まるぜ」

「よーし」アンジェリーナが声をかけた。「フレッド、ジョージ、クラブとブラッジャーを持って。ロン、ゴールポストの所に行くんだ。ハリー、私《わたし》が放せと言ったらスニッチを放して。もちろん、チェイサーの目標はロンのゴールだ」

ハリーは双子《ふたご》のあとに続いて、スニッチを取りに飛んだ。

「ロンのやつ、ヘマやってくれるぜ、まったく」三人でボールの入った木箱のそばに着地し、ブラッジャー一個《こ》とスニッチを取り出しながら、ジョージがブツブツ言った。

「上がってるだけだよ」ハリーが言った。「今朝、僕《ぼく》と練習したときは大丈夫《だいじょうぶ》だったし」

「ああ、まあな、仕上がりが早すぎたんじゃないか」フレッドが憂鬱《ゆううつ》そうに言った。

三人は空中に戻《もど》った。アンジェリーナの笛の合図で、ハリーはスニッチを放し、フレッドとジョージはブラッジャーを飛ばした。その瞬間《しゅんかん》から、ハリーはほかのチームメートが何をしているのかをあまり気にしていられなくなった。ハリーの役目は、パタパタ飛ぶ小さな金のボールを捕《つか》まえることで、キャッチすればチーム得点《とくてん》が一五〇点になるが、捕《つか》まえるには相当のスピードと技《わざ》が必要なのだ。ハリーはスピードを上げ、チェイサーの間を縫《ぬ》って、出たり入ったり、回転したり曲線を描《えが》いたりした。かすかな秋の風が顔を打ち、遠くで騒《さわ》いでいるスリザリン生の声は、まったく意味をなさない唸《うな》りにしか聞こえない。しかし、たちまちホイッスルが鳴り、ハリーはまた停止《ていし》した。

「ストップ――**ストップ――ストップ！**」アンジェリーナが叫《さけ》んだ。「ロン――真ん中のポストががら空きだ！」

ハリーはロンのほうを見た。左側の輪の前に浮《う》かんでいて、ほかの二本がノーガードだ。

「あ……ごめん……」

「チェイサーの動きを見ているとき、うろうろ動きすぎなんだ！」アンジェリーナが言った。

「輪のどれかを守るのに移動《いどう》しなければならなくなるまではセンターを守るか、さもなきゃ三つの輪の周囲《しゅうい》を旋回《せんかい》すること。なんとなく左右に流れちゃだめだよ。だから三つもゴールを奪《うば》われたんだ！」

「ごめん……」ロンがくり返した。真っ赤な顔が、明るい青空に映《は》える信号のように光っている。

「それに、ケイティ、その鼻血、なんとかならないの？」

「たんたんひとくなるのよ！」ケイティが鼻血をそでで止めようとしながら、フガフガと言った。

ハリーはちらりとフレッドを見た。フレッドは心配そうにポケットに手を突《つ》っ込《こ》んでいる。見ていると、フレッドは何か紫色《むらさきいろ》のものを引《ひ》っ張《ぱ》り出《だ》し、ちょっとそれを調べると、しまった、という顔でケイティのほうを見た。

「さあ、もう一度いこうか」アンジェリーナが言った。スリザリン生は「グリフィンドールの負ーけ、グリフィンドールの負ーけ」とはやしはじめていたが、アンジェリーナは無視《むし》した。しかし、箒《ほうき》の座《すわ》り方《かた》がどことなく突《つ》っ張《ぱ》っていた。

今度は三分も飛ばないうちに、アンジェリーナのホイッスルが鳴った。ハリーはちょうど反対側のゴールポストの回りを旋回《せんかい》しているスニッチを見つけたところだったので、残念無念だったが停《てい》止《し》した。

「今度はなんだい？」ハリーは一番近くにいたアリシアに聞いた。

「ケイティ」アリシアが一言で答えた。

振《ふ》り返《かえ》ると、アンジェリーナ、フレッド、ジョージが全速力でケイティのほうに飛んでいくのが見えた。ハリーとアリシアもケイティのほうへと急いだ。アンジェリーナが危機一髪《ききいっぱつ》で練習中止にしたことが明らかだった。ケイティはろうのように白い顔で、血だらけになっていた。

「医務室《いむしつ》に行かなくちゃ」アンジェリーナが言った。

「俺《おれ》たちが連れていくよ」フレッドが言った。「ケイティは――えー――まちがって『流血豆《りゅうけつまめ》』を飲んじまったかもしれない――」

「ビーターもいないし、チェイサーも一人いなくなったし、まあ、続けてもむだだわ」アンジェリーナがふさぎ込《こ》んで言った。フレッドとジョージはケイティをはさんで支《ささ》えながら、城《しろ》のほうに飛んでいった。

「さあ、みんな。引《ひ》き揚《あ》げて着替《きが》えよう」

全員がとぼとぼと更衣室《こういしつ》に戻《もど》る間、スリザリン生は相変わらずはやしたてていた。

「練習はどうだった？」三十分後、ハリーとロンが肖像画《しょうぞうが》の穴《あな》を通ってグリフィンドールの談話室に戻《もど》ると、ハーマイオニーがかなり冷たく聞いた。

「練習は――」ハリーが言いかけた。

「めちゃめちゃさ」ロンがハーマイオニーの脇《わき》の椅子《いす》にドサッと腰《こし》かけながら、うつろな声で言った。ロンを見て、ハーマイオニーの冷淡《れいたん》さがやわらいだようだった。

「そりゃ、初めての練習だもの」ハーマイオニーがなぐさめるように言った。「時間がかかるわよ。そのうち――」

「めちゃめちゃにしたのが僕《ぼく》だなんて言ったか？」ロンがかみついた。

「言わないわ」ハーマイオニーは不意をつかれたような顔をした。「ただ、私《わたし》――」

「ただ、君は、僕《ぼく》が絶対《ぜったい》ヘボだって思ったんだろう？」

「ちがうわ、そんなこと思わないわ！　ただ、あなたが『めちゃめちゃだった』って言うから、それで――」

「僕《ぼく》、宿題をやる」

ロンは腹立《はらだ》たしげに言い放ち、荒々《あらあら》しく足を踏《ふ》み鳴《な》らして男子寮《だんしりょう》の階段《かいだん》へと姿《すがた》を消した。ハーマイオニーはハリーを見た。

「あの人、めちゃめちゃだったの？　**そうなの？**」

「ううん」ハリーは忠義立《ちゅうぎだ》てした。

ハーマイオニーが眉《まゆ》をぴくりとさせた。

「そりゃ、ロンはもっとうまくプレーできたかもしれない」ハリーがもごもご言った。「でも、これが初めての練習だったんだ。君が言ったように……」

その夜は、ハリーもロンも宿題がはかばかしくは進まなかった。ロンはクィディッチの練習での自分のヘボぶりで頭がいっぱいだろうと、ハリーにはわかっていた。ハリー自身も、「グリフィンドールの負ーけ」のはやし言葉が耳について、なかなか振《ふ》りはらえなかった。

日曜は二人とも一日中談話室で本に埋《う》もれていた。談話室はいったん生徒でいっぱいになり、それからからっぽになった。その日も晴天で、ほかのグリフィンドール生は校庭に出て、あと数日しか味わえないだろうと思われる今年最後の陽《ひ》の光を楽しんでいた。夕方になると、ハリーは、まるで頭《ず》がい骨《こつ》の内側で誰《だれ》かが脳《のう》みそをたたいているような気分だった。

「ねえ、宿題は週日にもう少し片《かた》づけとくようにしたほうがいいな」ハリーがロンに向かってつぶやいた。マクゴナガル先生の「無生物出現呪文《むせいぶつしゅつげんじゅもん》」の長いレポートをやっと終え、みじめな気持ちで、シニストラ先生の負けずに長く面倒《めんどう》な「木星の月の群《む》れ」のレポートに取りかかるところだった。

「そうだな」ロンは少し充血《じゅうけつ》した目をこすり、五枚目《まいめ》の羊皮紙の書き損《そん》じを、そばの暖炉《だんろ》の火に投げ入れた。「ねえ……ハーマイオニーに、やり終えた宿題、ちょっと見せてくれないかって、頼《たの》んでみようか？」

ハリーはちらっとハーマイオニーを見た。クルックシャンクスをひざに乗せ、ジニーと楽しげにペチャクチャしゃべっている。その前で、宙《ちゅう》に浮《う》いた二本の編《あ》み棒《ぼう》が、形のはっきりしないしもべ妖精用《ようせいよう》ソックスを編《あ》み上《あ》げていた。

「だめだ」ハリーが言った。「見せてくれないのはわかりきってるだろ」

二人は宿題を続けた。窓《まど》から見える空がだんだん暗くなり、談話室から少しずつ人が消えていった。十一時半に、ハーマイオニーがあくびをしながら二人のそばにやってきた。

「もうすぐ終わる？」

「いや」ロンが一言で答えた。

「木星の一番大きな月はガニメデよ。カリストじゃないわ」ロンの肩越《かたご》しに「天文学」のレポートを指差しながら、ハーマイオニーが言った。

「それに、火山があるのはイオよ」

「ありがとうよ」ロンは唸《うな》りながら、まちがった部分をぐちゃぐちゃに消した。

「ごめんなさい。私《わたし》、ただ――」

「ああ、ただ批判《ひはん》しにきたんだったら――」

「ロン――」

「お説教を聞いてるひまはないんだ、いいか、ハーマイオニー。僕《ぼく》はもう首までどっぷり――」

「ちがうのよ――ほら！」

ハーマイオニーは一番近くの窓《まど》を指差した。ハリーとロンが同時にそっちを見た。きちんとしたコノハズクが窓枠《まどわく》に止まり、部屋の中にいるロンのほうを見つめていた。

「ヘルメスじゃない？」ハーマイオニーが驚《おどろ》いたように言った。

「ひえー、ほんとだ！」ロンは小声で言うと、羽根ペンを放り出し、立ち上がった。「パーシーがなんで僕《ぼく》に手紙なんか？」

ロンは窓際《まどぎわ》に行って窓《まど》を開けた。ヘルメスが飛《と》び込《こ》み、ロンのレポートの上に着地し、片脚《かたあし》を上げた。手紙がくくりつけてある。ロンが手紙をはずすと、ふくろうはすぐに飛び立った。ロンが描《か》いた木星の月、イオの上にインクの足跡《あしあと》がべたべた残った。

「まちがいなくパーシーの筆跡《ひっせき》だ」ロンは椅子《いす》に戻《もど》り、とっぷりと腰《こし》かけて巻紙《まきがみ》の宛名書《あてながき》きを見つめながら言った。


ホグワーツ、グリフィンドール寮《りょう》、ロナルド・ウィーズリーへ

ロンは二人を見上げた。「どういうことだと思う？」

「開けてみて！」ハーマイオニーが待ちきれないように言った。ハリーもうなずいた。

ロンは巻紙《まきがみ》を開いて読みだした。先に読み進むほど、ロンのしかめっ面《つら》がひどくなった。読み終わると、辟易《へきえき》した顔で、ハリーとハーマイオニーに手紙を突《つ》き出《だ》した。二人は両側からのぞき込《こ》み、顔を寄《よ》せ合《あ》って一緒《いっしょ》に読んだ。

親愛なるロン

たったいま、君がホグワーツの監督生《かんとくせい》になったと聞かされた（しかも魔法大臣《まほうだいじん》から直々にだ。大臣は君の新しい先生であるアンブリッジ先生から聞いた）。

この知らせは僕《ぼく》にとってうれしい驚《おどろ》きだった。まずはお祝いを言わなければならない。正直言うと、君が僕《ぼく》の足跡《そくせき》を追うのではなく、いわば「フレッド・ジョージ路線」をたどるのではないかと、僕《ぼく》は常《つね》に危惧《きぐ》していた。だから、君が権威《けんい》をばかにすることをやめ、きちんとした責任《せきにん》を負うことを決意したと聞いたときの僕《ぼく》の気持ちは、君にもわかるだろう。

しかし、ロン、僕《ぼく》はお祝い以上のことを君に言いたい。忠告《ちゅうこく》したいのだ。だからこうして、通常《つうじょう》の朝の便ではなく、夜に手紙を送っている。この手紙は、詮索好《せんさくず》きな目の届《とど》かない所で、気まずい質問《しつもん》を受けないように読んでほしい。

魔法大臣《まほうだいじん》が、君が監督生《かんとくせい》だと知らせてくれたときに、ふともらしたことから推測《すいそく》すると、君はいまだにハリー・ポッターと親密《しんみつ》らしい。ロン、君に言いたいのは、あの少年とつき合い続けることほど、君のバッジを失う危険性《きけんせい》を高めるものはないということだ。そう、君はこんなことを聞いてきっと驚《おどろ》くだろう——君はまちがいなく、ポッターはいつでもダンブルドアのお気に入りだった、と言うだろう——しかし、僕《ぼく》はどうしても君に言わなければならない義務《ぎむ》がある。ダンブルドアがホグワーツを取りしきるのも、もうそう長くはないかもしれない。重要人物たちは、ポッターの行動について、まったくちがった意見を——そして恐《おそ》らく、より正確《せいかく》な意見を——持っている。いまはこれ以上言うまい。しかし、明日の「日刊予言者新聞《にっかんよげんしゃしんぶん》」を読めば、風向きがどの方向なのかがわかるだろう——記事に僕《ぼく》の名前が見つかるかもしれない！

まじめな話、君はポッターと同類扱《どうるいあつか》いされてはならない。そんなことになれば、君の将《しょう》来《らい》にとって大きな痛手《いたで》だ。僕《ぼく》は卒業後のこともふくめて言っているのだ。我々《われわれ》の父親がハリーの裁判《さいばん》に付《つ》き添《そ》っていたことから君も承知《しょうち》のとおり、ポッターはこの夏、ウィゼンガモット最高裁《さいこうさい》の大法廷《だいほうてい》で懲戒尋問《ちょうかいじんもん》を受け、結果はあまりかんばしくなかった。僕《ぼく》の見るところ、単に手続き的なことで放免《ほうめん》になった。僕《ぼく》が話をした人の多くは、いまだにハリーが有罪《ゆうざい》だと確信《かくしん》している。

ポッターとのつながりを断《た》ち切《き》ることを、君は恐《おそ》れるかもしれない——何しろポッターは情緒不安定《じょうちょふあんてい》で、ことによったら暴力《ぼうりょく》を振《ふ》るうかもしれない——しかし、それが少しでも心配なら、そのほか君を困《こま》らせるようなポッターの挙動に気づいたら、ドローレス・アンブリッジに話すように強くすすめる。ほんとうに感じのいい人で、喜んで君にアドバイスするはずだ。

このことに関連して、僕《ぼく》からもう一つ忠告《ちゅうこく》がある。先ほどちょっと触《ふ》れたことだが、ホグワーツでのダンブルドア体制《たいせい》はまもなく終わるだろう。ロン、君が忠誠《ちゅうせい》を誓《ちか》うのは、ダンブルドアではなく、学校と魔法省《まほうしょう》なのだ。アンブリッジ先生はホグワーツで、魔法省《まほうしょう》が切に願っている必要な改革《かいかく》をもたらす努力をしていらっしゃるのに、これまで教職員《きょうしょくいん》からほとんど協力を得《え》られていないと聞いて、僕《ぼく》は非常《ひじょう》に残念に思う（もっとも来週からはアンブリッジ先生がやりやすくなるはずだ——これも明日の「日刊予言者新聞《にっかんよげんしゃしんぶん》」を読んでみたまえ！　僕《ぼく》からはこれだけ言っておこう——いま現在《げんざい》アンブリッジ先生に進んで協力する姿勢《しせい》を見せた生徒は、二年後に首席になる可能性《かのうせい》が非常《ひじょう》に高い！）。

夏の間、君に会う機会が少なかったのは残念だ。親を批判《ひはん》するのは苦しい。しかし、両親がダンブルドアを取《と》り巻《ま》く危険《きけん》な輩《やから》と交わっているかぎり、一つ屋根の下に住むことは、残念だが僕《ぼく》にはできない（母さんに手紙を書くことがあったら知らせてやってほしいのだが、スタージス・ポドモアとかいうダンブルドアの仲間が、魔法省《まほうしょう》に侵入《しんにゅう》した咎《とが》で最近アズカバンに送られた。両親も、これで、自分たちがつき合っている連中がつまらない小悪《こあく》党《とう》だということに目を開かせられるかもしれない）。僕《ぼく》は、そんな連中と交わっているという汚名《おめい》から逃《のが》れることができて幸運だった——魔法大臣《まほうだいじん》は僕《ぼく》にこの上なく目をかけてくれる——ロン、家族の絆《きずな》に目が曇《くも》り、君までが両親のまちがった信念や行動に染《そ》まることがないように望んでいる。僕《ぼく》は、あの二人もやがて、自らの大変なまちがいに気づくことを切に願っている。その時はもちろん、僕《ぼく》は二人の充分《じゅうぶん》な謝罪《しゃざい》を受け入れる用意がある。

僕《ぼく》の言ったことを慎重《しんちょう》によく考えてほしい。特にハリー・ポッターについての部分を。

もう一度、監督生就任《かんとくせいしゅうにん》おめでとう。

君の兄、パーシー

ハリーはロンを見た。

「さあ」ハリーはまったくのお笑いぐさだという感じで切り出した。「もし君が――えーと――なんだっけ？」ハリーはパーシーの手紙を見なおした。「ああ、そうそう――僕《ぼく》との『つながりを断《た》ち切《き》る』つもりでも、僕《ぼく》は暴力《ぼうりょく》を振《ふ》るわないと誓《ちか》うよ」

「返してくれ」ロンは手を差し出した。「あいつは――」ロンは手紙を半分に破《やぶ》いた。言葉も切れ切れだった。「世界中で――」ロンは手紙を四つに破《やぶ》いた。「一番の――」八つに破《やぶ》いた。「**大バカヤロだ**」ロンは破《やぶ》った手紙を暖炉《だんろ》に投げ入れた。

「さあ、夜明け前にこいつをやっつけなきゃ」ロンはシニストラ先生の論文《ろんぶん》を再《ふたた》び手元に引《ひ》き寄《よ》せながら、ハリーに向かってきびきびと言った。

ハーマイオニーは、なんとも言えない表情《ひょうじょう》を浮《う》かべてロンを見つめていた。

「あ、それ、こっちによこして」ハーマイオニーが唐突《とうとつ》に言った。

「え？」ロンが聞き返した。

「それ、こっちにちょうだい。目を通して、直してあげる」ハーマイオニーが言った。

「本気か？　ああ、ハーマイオニー、君は命の恩人《おんじん》だ」ロンが言った。「僕《ぼく》、なんと言って――？」

「あなたたちに言ってほしいのは、『僕《ぼく》たちは、もうけっしてこんなにぎりぎりまで宿題をのばしません』だわ」

両手を突《つ》き出《だ》して二人のレポートを受け取りながら、ハーマイオニーはちょっとおかしそうな顔をした。

「ハーマイオニー、ほんとにありがとう」ハリーは弱々しく礼を言い、レポートを渡《わた》すと、目をこすりながらひじかけ椅子《いす》に深々と座《すわ》り込《こ》んだ。

真夜中を過《す》ぎ、談話室には三人とクルックシャンクスのほかは誰《だれ》もいない。ハーマイオニーが二人のレポートのあちこちに手を入れる羽根ペンの音と、事実関係を確《たし》かめるのにテーブルに散らばった参考書をめくる音だけが聞こえた。ハリーはつかれきっていた。胃袋《いぶくろ》が奇妙《きみょう》にからっぽでむかむかするのは、疲労感《ひろうかん》とは無関係で、暖炉《だんろ》の火の中でチリチリに焼《や》け焦《こ》げている手紙が原因《げんいん》だった。

ホグワーツの生徒の半分はハリーのことをおかしいと思い、正気ではないとさえ思っていることを、ハリーは知っていた。「日刊予言者新聞《にっかんよげんしゃしんぶん》」が何か月もハリーについて悪辣《あくらつ》な中傷《ちゅうしょう》をしてきたことも知っていた。しかし、それをパーシーの手書きで見るのはまた別だった。パーシーがロンにハリーとつき合うなと忠告《ちゅうこく》し、アンブリッジに告《つ》げ口《ぐち》しろとまで言う手紙を読むと、ほかの何よりも生々しく感じられた。パーシーとはこれまで四年間つき合いがあった。夏休みには家に遊びにいったし、クィディッチ・ワールドカップでは同じテントに泊《と》まった。去年の三校対抗試合《たいこうじあい》では、二番目の課題でパーシーから満点をもらいさえした。それなのにいま、パーシーは僕《ぼく》のことを、情緒《じょうちょ》不安定《あんてい》で暴力《ぼうりょく》を振《ふ》るうかもしれないと思っている。

急に自分の名付け親を哀《あわ》れに思う気持ちが込《こ》み上《あ》げてきた。いまのハリーの気持ちをほんとうに理解《りかい》できるのは、同じ状況《じょうきょう》に置かれていたシリウスだけかもしれないと思った。魔法界《まほうかい》のほとんどすべての人が、シリウスを危険《きけん》な殺人者で、ヴォルデモートの強力な支持者《しじしゃ》だと思《おも》い込《こ》んでいた。シリウスはそういう誤解《ごかい》に耐《た》えて生きてきた。十四年も……。

ハリーは目をしばたたいた。火の中にありえないものが見えたのだ。それはちらりと目に入って、たちまち消えた。まさか……そんなはずは……気のせいだ。シリウスのことを考えていたからだ……。

「オーケー、清書して」ハーマイオニーがロンのレポートと、自分の書いた羊皮紙を一枚《まい》、ロンにぐいと差し出した。「それから、私《わたし》の書いてあげた結論《けつろん》を書き加えて」

「ハーマイオニー、君って、ほんとに、僕《ぼく》がいままで会った最高の人だ」ロンが弱々しく言った。

「もし僕《ぼく》が二度と再《ふたた》び君に失礼なことを言ったら――」

「――そしたらあなたが正常《せいじょう》に戻《もど》ったと思うわ」ハーマイオニーが言った。

「ハリー、あなたのはオーケーよ。ただ、最後の所がちょっと。シニストラ先生のおっしゃったことを聞きちがえたのだと思うけど、オイローパは氷に覆《おお》われているの。小ネズミに、じゃないわ。――ハリー？」

ハリーは両ひざをついて椅子《いす》から床《ゆか》にすべり降《お》り、焼《や》け焦《こ》げだらけのボロ暖炉《だんろ》マットに四つんばいになって炎《ほのお》を見つめていた。

「あー――ハリー？」ロンがけげんそうに聞いた。「なんでそんな所にいるんだい？」

「たったいま、シリウスの顔が火の中に見えたんだ」ハリーが言った。

ハリーは冷静に話した。何しろ、去年も、この暖炉《だんろ》の火に現《あらわ》れたシリウスの頭と話をしている。しかし、今度ははたしてほんとうに見えたのかどうか自信がなかった……あっという間に消えてしまったのだから……。

「シリウスの顔？」ハーマイオニーがくり返した。「三校対抗試合《たいこうじあい》で、シリウスがあなたと話したかったときそうしたけど、あの時と同じ？　でも、いまはそんなことしないでしょう。それはあんまり――**シリウス！**」

ハーマイオニーが炎《ほのお》を見つめて息をのんだ。ロンは羽根ペンをポロリと落とした。チラチラ踊《おど》る炎《ほのお》の真ん中に、シリウスの首が座《すわ》っていた。長い黒髪《くろかみ》が笑顔《えがお》を縁取《ふちど》っている。

「みんながいなくなるより前に君たちのほうが寝室《しんしつ》に行ってしまうんじゃないかと思いはじめたところだった」シリウスが言った。「一時間ごとに様子を見ていたんだ」

「一時間ごとに火の中に現《あらわ》れていたの？」ハリーは半分笑いながら言った。

「ほんの数秒だけ、安全かどうか確認《かくにん》するのにね」

「もし誰《だれ》かに見られていたら？」ハーマイオニーが心配そうに言った。

「まあ、女の子が一人――見かけからは、一年生かな――さっきちらりと見たかもしれない。だが、心配しなくていい」ハーマイオニーがあっと手で口を覆《おお》ったので、シリウスが急いでつけ加えた。「その子がもう一度見たときには私《わたし》はもう消えていた。変な形をした薪《まき》か何かだと思ったにちがいないよ」

「でも、シリウス、こんなとんでもない危険《きけん》をおかして――」ハーマイオニーが何か言いかけた。

「君、モリーみたいだな」シリウスが言った。「ハリーの手紙に暗号を使わずに答えるにはこれしかなかった――暗号は破《やぶ》られる可能性《かのうせい》がある」

ハリーの手紙と聞いたとたん、ハーマイオニーもロンも、ハリーをじっと見た。

「シリウスに手紙を書いたこと、言わなかったわね」ハーマイオニーがなじるように言った。

「忘《わす》れてたんだ」ハリーの言葉にうそはなかった。ふくろう小屋でチョウ・チャンに出会って、その前に起きたことはすっかり頭から吹《ふ》っ飛《と》んでしまったのだ。

「そんな目で僕《ぼく》を見ないでくれよ、ハーマイオニー。あの手紙からは誰《だれ》も秘密《ひみつ》の情報《じょうほう》なんて読み取れやしない。そうだよね、シリウスおじさん？」

「ああ、あの手紙はとてもうまかった」シリウスがニッコリした。

「とにかく、邪魔《じゃま》が入らないうちに、急いだほうがいい――君の傷痕《きずあと》だが」

「それが何か――？」ロンが言いかけたが、ハーマイオニーがさえぎった。

「あとで教えてあげる。シリウス、続けて」

「ああ、痛《いた》むのはいい気持ちじゃないのはよくわかる。しかし、それほど深刻《しんこく》になる必要はないと思う。去年はずっと痛《いた》みが続いていたのだろう？」

「うん。それに、ダンブルドアは、ヴォルデモートが強い感情《かんじょう》を持ったときに必ず痛《いた》むと言っていた」ハリーが言った。ロンとハーマイオニーがぎくりとするのを、いつものように無視《むし》した。「だから、わからないけど、たぶん、僕《ぼく》が罰則《ばっそく》を受けていたあの夜、あいつがほんとうに怒《おこ》っていたとかじゃないかな」

「そうだな。あいつが戻《もど》ってきたからには、もっとひんぱんに痛《いた》むことになるだろう」シリウスが言った。

「それじゃ、罰則《ばっそく》を受けていたとき、アンブリッジが僕《ぼく》に触《ふ》れたこととは関係がないと思う？」

ハリーが聞いた。

「ないと思うね」シリウスが言った。「アンブリッジのことはうわさでしか知らないが、死喰《しく》い人《びと》でないことは確《たし》かだ――」

「死喰《しく》い人並《びとな》みにひどいやつだ」ハリーが暗い声で言った。ロンもハーマイオニーもまったくそのとおりとばかりうなずいた。

「そうだ。しかし、世界は善人《ぜんにん》と死喰《しく》い人《びと》の二つに分かれるわけじゃない」シリウスが苦笑いした。「あの女は確《たし》かにいやなやつだ――リーマスがあの女のことをなんと言っているか聞かせたいよ」

「ルーピンはあいつを知ってるの？」ハリーがすかさず聞いた。アンブリッジが最初のクラスで危《き》険《けん》な半獣《はんじゅう》という言い方をしたのを思い出していた。

「いや」シリウスが言った。「しかし、二年前に『反人狼法《はんじんろうほう》』を起草したのはあの女だ。それでルーピンは就職《しゅうしょく》がほとんど不可能《ふかのう》になった」

ハリーは最近ルーピンがますますみすぼらしくなっていることを思い出した。そしてアンブリッジがいっそう嫌《きら》いになった。

「狼人間《おおかみにんげん》にどうして反感を持つの？」ハーマイオニーが怒《おこ》った。

「きっと、怖《こわ》いのさ」シリウスはハーマイオニーの怒《おこ》った様子を見てほほえんだ。「どうやらあの女は半人間を毛嫌《けぎら》いしている。去年は、水中人《すいちゅうじん》《マーピープル》を一網打尽《いちもうだじん》にして標識《ひょうしき》をつけようというキャンペーンもやった。水中人をしつこく追い回すなんていうのは、時間とエネルギーのむだだよ。クリーチャーみたいなろくでなしが平気でうろうろしているというのに」

ロンは笑ったが、ハーマイオニーは気を悪くしたようだった。

「シリウス！」ハーマイオニーがなじるように言った。「まじめな話、あなたがもう少しクリーチャーのことで努力すれば、きっとクリーチャーは応《こた》えるわ。だって、あなたはクリーチャーが仕える家の最後の生き残りなんですもの。それにダンブルドア校長もおっしゃったけど――」

「それで、アンブリッジの授業《じゅぎょう》はどんな具合だ？」シリウスがさえぎった。「半獣《はんじゅう》をみな殺しにする訓練でもしてるのか？」

「ううん」ハーマイオニーが、クリーチャーの弁護《べんご》をする話の腰《こし》を折られておかんむりなのを無視《むし》して、ハリーが答えた。「あいつは僕《ぼく》たちにいっさい魔法《まほう》を使わせないんだ！」

「つまんない教科書を読んでるだけさ」ロンが言った。

「ああ、それでつじつまが合う」シリウスが言った。「魔法省内部《まほうしょうないぶ》からの情報《じょうほう》によれば、ファッジは君たちに戦う訓練をさせたくないらしい」

「**戦う訓練！**」ハリーが信じられないという声を上げた。「ファッジは僕《ぼく》たちがここで何をしてると思ってるんだ？　魔法使《まほうつか》い軍団《ぐんだん》か何か組織《そしき》してるとでも思ってるのか？」

「まさに、そのとおり。そうだと思っている」シリウスが言った。「むしろ、ダンブルドアがそうしていると思っている、と言うべきだろう――ダンブルドアが私設軍団《しせつぐんだん》を組織《そしき》して、魔法省《まほうしょう》と抗争《こうそう》するつもりだとね」

一瞬《いっしゅん》みんなだまりこくった。そしてロンが口を開いた。「こんなばかげた話、聞いたことがない。ルーナ・ラブグッドのほら話を全部引っくるめてもだぜ」

「それじゃ、私《わたし》たちが『闇《やみ》の魔術《まじゅつ》に対《たい》する防衛術《ぼうえいじゅつ》』を学べないようにしているのは、私《わたし》たちが魔法《まほう》省《しょう》に呪《のろ》いをかけることをファッジが恐《おそ》れているからなの？」ハーマイオニーは憤慨《ふんがい》して言った。

「そう」シリウスが言った。「ファッジは、ダンブルドアが権力《けんりょく》を握《にぎ》るためには何ものをも辞さないと思っている。ダンブルドアに対して日に日に被害妄想《ひがいもうそう》になっている。でっち上げの罪《つみ》でダンブルドアが逮捕《たいほ》されるのも時間の問題だ」

ハリーはふとパーシーの手紙を思い出した。

「あしたの『日刊予言者新聞《にっかんよげんしゃしんぶん》』にダンブルドアのことが出るかどうか、知ってる？　ロンの兄さんのパーシーが何かあるだろうって――」

「知らないね」シリウスが答えた。「この週末は騎士団《きしだん》のメンバーを一人も見ていない。みんな忙《いそが》しい。この家にいるのは、クリーチャーと私《わたし》だけだ……」

シリウスの声に、はっきりとやるせないつらさが混《ま》じっていた。

「それじゃ、ハグリッドのことも何も聞いてない？」

「ああ……」シリウスが言った。「そうだな、ハグリッドはもう戻《もど》っているはずだったんだが、何が起こったのか誰《だれ》も知らない」ショックを受けたような三人の顔を見て、シリウスが急いで言葉を続けた。「しかし、ダンブルドアは心配していない。だから、三人ともそんなに心配するな。ハグリッドは絶対大丈夫《ぜったいだいじょうぶ》だ」

「だけど、もう戻《もど》っているはずなら……」ハーマイオニーが不安そうに小さな声で言った。

「マダム・マクシームが一緒《いっしょ》だった。我々《われわれ》はマダムと連絡《れんらく》を取り合っているが、帰路の途中《とちゅう》ではぐれたと言っていた。――しかし、ハグリッドがけがをしていると思わせるようなことは何もない――というか、完全に大丈夫《だいじょうぶ》だ、ということを否定《ひてい》するようなものは何もない」

なんだか納得《なっとく》できないまま、ハリー、ロン、ハーマイオニーは心配そうに目を見交《みか》わした。

「いいか、ハグリッドのことをあまりいろいろ詮索《せんさく》して回るんじゃないよ」シリウスが急いでつけ加えた。「そんなことをすれば、ハグリッドがまだ戻《もど》っていないことによけいに関心を集めてしまう。ダンブルドアはそれを望んではいない。ハグリッドはタフだ。大丈夫《だいじょうぶ》だよ」

それでも三人の気が晴れないようだったので、シリウスが言葉を続けた。

「ところで次のホグズミード行きはどの週末かな？　実は考えているんだが、駅では犬の姿《すがた》でうまくいっただろう？　たぶん今度も――」

「**ダメ！**」ハリーとハーマイオニーが同時に大声を上げた。

「シリウス、『日刊予言者新聞《にっかんよげんしゃしんぶん》』を見なかったの？」ハーマイオニーが気づかわしげに言った。

「ああ、あれか」シリウスがニヤッとした。「連中はしょっちゅう、私《わたし》がどこにいるか当てずっぽに言ってるだけで、ほんとうはさっぱりわかっちゃ――」

「うん。だけど、今度こそ手がかりをつかんだと思う」ハリーが言った。「マルフォイが汽車の中で言ったことで考えたんだけど、あいつは犬がおじさんだったと見破《みやぶ》ったみたいだ。シリウスおじさん、あいつの父親もホームにいたんだよ――ほら、ルシウス・マルフォイ――だから、来ないで。どんなことがあっても。マルフォイがまたおじさんを見つけたら――」

「わかった、わかった。言いたいことはよくわかった」

シリウスはひどくがっかりした様子だった。

「ちょっと考えただけだ。君が会いたいんじゃないかと思ってね」

「会いたいよ。でもおじさんがまたアズカバンに放《ほう》り込《こ》まれるのはいやだ！」ハリーが言った。

一瞬沈黙《いっしゅんちんもく》が流れた。シリウスは火の中からハリーを見た。落ちくぼんだ目の眉間《みけん》に縦《たて》じわが一本刻《きざ》まれた。

「君は私《わたし》が考えていたほど父親似《ちちおやに》ではないな」しばらくしてシリウスが口を開いた。はっきりと冷ややかな声だった。「ジェームズなら危険《きけん》なことをおもしろがっただろう」

「でも――」

「さて、もう行ったほうがよさそうだ。クリーチャーが階段《かいだん》を下りてくる音がする」シリウスが言った。

ハリーはシリウスがうそをついているとはっきりわかった。

「それじゃ、この次に火の中に現《あらわ》れることができる時間を手紙で知らせよう。いいか？　その危険《きけん》には耐《た》えられるか？」

ポンと小さな音がして、シリウスの首があった場所に再《ふたた》びチラチラと炎《ほのお》が上がった。

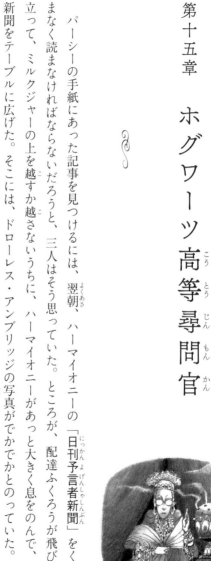

第十五章　ホグワーツ高《こう》等《とう》尋《じん》問《もん》官《かん》

パーシーの手紙にあった記事を見つけるには、翌朝《よくあさ》、ハーマイオニーの「日刊予言者新聞《にっかんよげんしゃしんぶん》」をくまなく読まなければならないだろうと、三人はそう思っていた。ところが、配達ふくろうが飛び立って、ミルクジャーの上を越《こ》すか越《こ》さないうちに、ハーマイオニーがあっと大きく息をのんで、新聞をテーブルに広げた。そこには、ドローレス・アンブリッジの写真がでかでかとのっていた。ニッコリ笑いながら、大見出しの下から三人に向かってゆっくりと瞬《まばた》きしている。

魔法省《まほうしょう》、教育改革《きょういくかいかく》に乗り出す
ドローレス・アンブリッジ、初代高等尋問官《しょだいこうとうじんもんかん》に任命《にんめい》

「アンブリッジ――『高等尋問官《こうとうじんもんかん》』?」ハリーが暗い声で言った。つまんでいた食べかけのトーストがズルリと落ちた。「いったい**どういうこと**なんだい？」

ハーマイオニーが読み上げた。

魔法省《まほうしょう》は、昨夜突然《さくやとつぜん》、新しい省令を制定《せいてい》し、ホグワーツ魔法魔術学校《まほうまじゅつがっこう》に対し、魔法省《まほうしょう》がこれまでにない強い統制力《とうせいりょく》を持つようにした。

「大臣は現在《げんざい》のホグワーツのありさまに、ここしばらく不安をつのらせていました。学校が承認《しょうにん》しがたい方向に向かっているという保護者《ほごしゃ》たちの憂慮《ゆうりょ》の声に、大臣はいま、応《こた》えようとしています」魔法大臣下級補佐官《まほうだいじんかきゅうほさかん》のパーシー・ウィーズリーはこう語った。

魔法大臣《まほうだいじん》コーネリウス・ファッジはここ数週間来、魔法学校《まほうがっこう》の改善《かいぜん》を図《はか》るための新法を制定《せいてい》しており、新省令は今回が初めてではない。最近では八月三十日、教育令第二十二号が制定《せいてい》され、現校長《げんこうちょう》が、空席の教授職《きょうじゅしょく》に候補者《こうほしゃ》を配することができなかった場合は、魔法省《まほうしょう》が適切《てきせつ》な人物を選ぶことになった。

「そこでドローレス・アンブリッジがホグワーツの教師《きょうし》として任命《にんめい》されたわけです」ウィーズリー補佐官《ほさかん》は昨夜、このように語った。「ダンブルドアが誰《だれ》も見つけられなかったので、魔法大臣《まほうだいじん》はアンブリッジを起用しました。もちろん、女史はたちまち成功を収《おさ》め——。

「女史が**なんだって？**」ハリーが大声を上げた。

「待って。続きがあるわ」ハーマイオニーが険《けわ》しい表情《ひょうじょう》で読み続けた。

――たちまち成功を収《おさ》め、『闇《やみ》の魔術《まじゅつ》に対《たい》する防衛術《ぼうえいじゅつ》』の授業《じゅぎょう》を全面的に改革《かいかく》するとともに、魔法大臣《まほうだいじん》に対し、ホグワーツの実態《じったい》を現場《げんば》から伝えています」

魔法省《まほうしょう》は、この実態報告《じったいほうこく》の任務《にんむ》を正式なものとするため、教育令第二十三号を制定《せいてい》し、今回ホグワーツ高等尋問官《こうとうじんもんかん》という新たな職位《しょくい》を設《もう》けた。

「これは、**教育水準低下**《きょういくすいじゅんていか》が叫《さけ》ばれるホグワーツの問題と正面から取り組もうとする、魔《ま》法大臣《ほうだいじん》の躍々《やくやく》たる計画の新局面です」とウィーズリー補佐官《ほさかん》は語った。

「高等尋問官《こうとうじんもんかん》は同僚《どうりょう》の教育者を査察《ささつ》する権利《けんり》を持ち、教師《きょうし》たちが然《しか》るべき基準《きじゅん》を満たしているかどうか確認《かくにん》します。アンブリッジ教授《きょうじゅ》に、現在《げんざい》の教授職《きょうじゅしょく》に加えてこの職位《しょくい》への就任《しゅうにん》を打診《だしん》しましたところ、先生がお引き受けくださったことを、我々《われわれ》はうれしく思っています」

魔法省《まほうしょう》の新たな施策《しさく》は、ホグワーツの生徒の保護者《ほごしゃ》たちから熱狂的《ねっきょうてき》な支持《しじ》を得《え》た。

「ダンブルドアが公正かつ客観的な評価《ひょうか》の下《もと》に置かれることになりましたので、私《わたし》としては大いに安らかな気持ちです」ルシウス・マルフォイ氏（41）は昨夜、ウイルトシャー州の館でこう語った。「子供《こども》のためを切に願う親の多くは、この数年間ダンブルドアが常軌《じょうき》を逸《いっ》した決定を下してきたことを懸念《けねん》しておりました。魔法省《まほうしょう》がこうした状況《じょうきょう》を監視《かんし》してくださることになり、喜んでいます」

常軌《じょうき》を逸《いっ》した決定の一つとして、この新聞でも報道《ほうどう》したことがあるが、教員の任命《にんめい》が物議をかもしたことはまちがいない。例として、狼人間《おおかみにんげん》リーマス・ルーピン、半巨人《はんきょじん》ルビウス・ハグリッド、妄想癖《もうそうへき》の元闇祓《もとやみばら》いマッド-アイ・ムーディなどがいる。アルバス・ダンブルドアはかつて国際魔法使《こくさいまほうつか》い連盟《れんめい》の上級大魔法使《じょうきゅうだいまほうつか》いであり、ウィゼンガモットの首席魔法戦士《しゅせきまほうせんし》であったが、周知のとおり、もはや名門ホグワーツの運営《うんえい》の任《にん》にたえないといううわさが巷《ちまた》にあふれている。

「高等尋問官《こうとうじんもんかん》の任命《にんめい》は、ホグワーツに我々全員《われわれぜんいん》が信頼《しんらい》できる校長を迎《むか》えるための第一歩だと思いますね」魔法省内《まほうしょうない》のある官僚《かんりょう》は昨夜こう語った。

ウィゼンガモットの古参であるグリゼルダ・マーチバンクスとチベリウス・オグデンは、ホグワーツに高等尋問官職《こうとうじんもんかんしょく》を導入《どうにゅう》したことに抗議《こうぎ》し、辞任《じにん》した。

「ホグワーツは学校です。コーネリウス・ファッジの出先機関ではありません。これは、アルバス・ダンブルドアの信用を失墜《しっつい》させようとする一連の汚《けが》らわしい手口の一つです」

とマダム・マーチバンクスは語った（マダム・マーチバンクスと小鬼《ゴブリン》の破壊活動分子《はかいかつどうぶんし》とのつながりの疑惑《ぎわく》についての全容《ぜんよう》は、十七面に記載《きさい》）。

ハーマイオニーは記事を読み終え、テーブルのむかい側にいる二人を見た。

「これで、なんでアンブリッジなんかが来たのかわかったわ。ファッジが『教育令』を出して、あの人を学校に押《お》しつけたのよ！　そして今度は、アンブリッジにほかの先生を監視《かんし》する権限《けんげん》を与《あた》えたんだわ！」ハーマイオニーは息が荒《あら》くなり、目がギラギラしていた。「信じられない！　こんなこと、**許《ゆる》せない！**」

「まったくだ」ハリーは右手に目をやった。テーブルの上で拳《こぶし》を握《にぎ》っている右手に、アンブリッジがハリーに無理やり刻《きざ》み込《こ》ませた文字が、うっすらと白く浮《う》き上《あ》がっていた。

ところがロンはにんまり笑っていた。

「何？」ハリーとハーマイオニーがロンをにらんで同時に言った。

「ああ、マクゴナガルが査察《ささつ》されるのが待ち遠しいよ」ロンがうれしそうに言った。「アンブリッジのやつ、痛《いた》い目《め》にあうぞ」

「さ、行きましょう」ハーマイオニーがサッと立ち上がった。「早く行かなくちゃ。もしもビンズ先生の授業《じゅぎょう》を査察《ささつ》するようなら、遅刻《ちこく》するのはまずいわ……」

しかし、アンブリッジ先生は「魔法史《まほうし》」の査察《ささつ》には来なかった。授業《じゅぎょう》は先週の月曜日と同じくたいくつだった。二時限続《じげんつづ》きの「魔法薬《まほうやく》」の授業《じゅぎょう》で、三人がスネイプの地下牢教室《ちかろうきょうしつ》に来たときにも、アンブリッジ先生の姿《すがた》はなかった。ハリーの「月長石」のレポートが、右上にとげとげしい黒い字で大きく「D」となぐり書きされて返された。

「諸君《しょくん》のレポートが、O《ふ》・W《くろ》・L《う》であればどのような点をもらうかに基《もと》づいて採点《さいてん》してある」マントをひるがえして宿題を返して歩きながら、スネイプが薄《うす》ら笑《わら》いを浮《う》かべて言った。「試験の結果がどうなるか、これで諸君《しょくん》も現実的《げんじつてき》にわかるはずだ」

スネイプは教室の前に戻《もど》り、生徒たちと向き合った。

「全般的《ぜんぱんてき》に、今回のレポートの水準《すいじゅん》は惨憺《さんたん》たるものだ。これがO《ふ》・W《くろ》・L《う》であれば、大多数が落第だろう。今週の宿題である『毒液《どくえき》の各種解毒剤《かくしゅげどくざい》』については、何倍もの努力を期待する。さもなくば、『D』を取るような劣等生《れっとうせい》には罰則《ばっそく》を科さねばなるまい」

マルフォイがフフンと笑い、聞こえよがしのささやき声で、「へー！『D』なんか取ったやつがいるのか？」と言うのを聞きつけ、スネイプがニヤリと笑った。

ハリーはハーマイオニーが横目でハリーの点数を見ようとしているのに気づき、急いで「月長石」のレポートを鞄《かばん》にすべり込《こ》ませた。これは自分だけの秘密《ひみつ》にしておきたいと思った。

今日の授業《じゅぎょう》で、スネイプがまたハリーに落第点をつける口実を与《あた》えてなるものかと、ハリーは黒板の説明書を一行ももらさず最低三回読み、それから作業に取りかかった。ハリーの「強化薬」はハーマイオニーのような澄《す》んだトルコ石色とまではいかなかったが、少なくとも青で、ネビルのようなピンクではなかった。授業《じゅぎょう》の最後に、スネイプの机《つくえ》にフラスコを提出《ていしゅつ》したときは、勝《か》ち誇《ほこ》った気持ちとホッとした気持ちが入りまじっていた。

「まあね、先週ほどひどくはなかったわね？」

地下牢教室《ちかろうきょうしつ》を出て階段《かいだん》を上り、玄関《げんかん》ホールを横切って昼食に向かいながらハーマイオニーが言った。

「それに、宿題もそれほど悪い点じゃなかったし。ね？」

ロンもハリーもだまっていたので、ハーマイオニーが追討《おいう》ちをかけた。

「つまり、まあまあの点よ。最高点は期待してなかったわ。O・W・L《ふくろう》基準《きじゅん》で採点《さいてん》したのだったらそれは無理よ。でも、いまの時点で合格点《ごうかくてん》なら、かなり見込《みこ》みがあると思わない？」

ハリーののどからどっちつかずの音が出た。

「もちろん、これから試験までの間にいろいろなことがあるでしょうし、成績《せいせき》をよくする時間はたくさんあるわ。でも、いまの時点での成績《せいせき》は一種の基準線《きじゅんせん》でしょ？　そこから積み上げていけるし……」

三人は一緒《いっしょ》にグリフィンドールのテーブルに着いた。

「そりゃ、もし『O』を取ってたら、私《わたし》、**ゾクゾクした**でしょうけど……」

「ハーマイオニー」ロンが声をとがらせた。「僕《ぼく》たちの点が知りたいんだったら、そう言えよ」

「そんな――そんなつもりじゃ――でも、教えたいなら――」

「僕《ぼく》は『P』さ」ロンがスープを取り分けながら言った。「満足かい？」

「そりゃ、なんにも恥《は》じることないぜ」フレッドがジョージ、リー・ジョーダンと連れ立って現《あらわ》れ、ハリーの右側に座《すわ》った。「『P』なら立派《りっぱ》なもんだ」

「でも」ハーマイオニーが言った。「『P』って、確《たし》か……」

「『良くない』、うん」リー・ジョーダンが言った。「それでも『D』よりはいいよな？『どん底』よりは？」

ハリーは顔が熱くなるのを感じて、ロールパンが詰《つ》まってむせたふりをした。ようやく顔を上げたとき、残念ながらハーマイオニーはまだO《ふ》・W《く》・L《ろう》採点《さいてん》の話の真っ最中だった。

「じゃ、最高点は『O』で『大いによろしい』ね」ハーマイオニーが言った。

「次は『A』で――」

「いや、『E』さ」ジョージが訂正《ていせい》した。「『E』は『期待以上にいい』。俺《おれ》なんか、フレッドと俺《おれ》は全科目で『E』をもらうべきだったと、ずっとそう思ってる。だって、俺《おれ》たちゃ、試験を受けたこと自体『期待以上』だったものな」

みんなが笑ったが、ハーマイオニーだけはせっせと聞き続けた。

「じゃ、『E』の次が『A』で、『まあまあ』。それが最低合格点《さいていごうかくてん》の『可《か》』なのね？」

「そっ」フレッドはロールパンを一個《こ》まるまるスープに浸《ひた》し、それを口に運んで丸飲みにした。「その下に『良くない』の『P』が来て——」ロンはばんざいの格好《かっこう》をしてちゃかした。「そして『どん底』の『D』が来る」

「どっこい『T』を忘《わす》れるな」ジョージが言った。

「『T』？」ハーマイオニーがぞっとしたように聞いた。「『D』より下があるの？　いったいなんなの？　『T』って？」

「『トロール』」ジョージが即座《そくざ》に答えた。

ハリーはまた笑ったが、ジョージが冗談《じょうだん》を言っているのかどうかハリーにはわからなかった。O・W・L《ふくろう》の全科目で「T」を取ったのを、ハーマイオニーに隠《かく》そうとしている自分の姿《すがた》を想像《そうぞう》し、これからはもっと勉強しようとハリーはその場で決心した。

「君たちはもう、授業査察《じゅぎょうささつ》を受けたか？」フレッドが聞いた。

「まだよ」ハーマイオニーがすぐに反応《はんのう》した。「受けたの？」

「たったいま、昼食の前」ジョージが言った。「『呪文学《じゅもんがく》』さ」

「どうだった？」ハリーとハーマイオニーが同時に聞いた。

フレッドが肩《かた》をすくめた。

「たいしたことはなかった。アンブリッジが隅《すみ》のほうでコソコソ、クリップボードにメモを取ってたな。フリットウィックのことだから、あいつを客扱《きゃくあつか》いして全然気にしてなかった。アンブリッジもあんまり何も言わなかったな。アリシアに二、三質問《しつもん》して、授業《じゅぎょう》はいつもどんなふうかと聞いた。アリシアはとってもいいと答えた。それだけだ」

「フリットウィック爺《じい》さんが悪い点をもらうなんて考えられないよ」ジョージが言った。「生徒全員がちゃんと試験にパスするようにしてくれる先生だからな」

「午後は誰《だれ》の授業《じゅぎょう》だ?」フレッドがハリーに聞いた。

「トレローニー――」

「そりゃ、紛《まぎ》れもない『T』だな」

「――それに、アンブリッジ自身もだ」

「さあ、いい子にして、今日はアンブリッジに腹《はら》を立てるんじゃないぞ」ジョージが言った。

「君がまたクィディッチの練習に出られないとなったら、アンジェリーナがぶち切れるからな」

「闇《やみ》の魔術《まじゅつ》に対《たい》する防衛術《ぼうえいじゅつ》」の授業《じゅぎょう》を待つまでもなく、ハリーはアンブリッジに会うことになった。薄暗《うすぐら》い「占《うらな》い学《がく》」の部屋の一番後ろで、ハリーが夢日記《ゆめにっき》を引《ひ》っ張《ば》り出《だ》していると、ロンがひじでハリーの脇腹《わきばら》をつっついた。振《ふ》り向《む》くと、アンブリッジが床《ゆか》の跳《は》ね戸《ど》から現《あらわ》れるところだった。ペチャクチャと楽しげだったクラスが、たちまちシーンとなった。突然騒音《とつぜんそうおん》のレベルが下がったので、教科書の『夢《ゆめ》のお告《つ》げ』を配りながら霞《かすみ》のように教室を漂《ただよ》っていたトレローニー先生が振《ふ》り返《かえ》った。

「こんにちは、トレローニー先生」アンブリッジ先生がお得意《とくい》のニッコリ顔をした。「わたくしのメモを受け取りましたわね？　査察《ささつ》の日時をお知らせしましたけど？」

トレローニー先生はいたくご機嫌斜《きげんなな》めの様子でそっけなくうなずき、アンブリッジ先生に背《せ》を向けて教科書を配り続けた。アンブリッジ先生はニッコリしたまま手近のひじかけ椅子《いす》の背《せ》をぐいとつかみ、教室の一番前まで椅子《いす》を引《ひ》っ張《ぱ》っていき、トレローニー先生の椅子《いす》にほとんどくっつきそうな所に置いた。それから腰《こし》をかけ、花模様《はなもよう》のバッグからクリップボードを取り出し、さあどうぞと期待顔で授業《じゅぎょう》の始まるのを待った。

トレローニー先生はかすかに震《ふる》える手でショールを固く体に巻《ま》きつけ、拡大鏡《かくだいきょう》のようなレンズを通して生徒たちを見渡《みわた》した。

「今日は、予兆的な夢《ゆめ》のお勉強を続けましょう」

先生は気丈《きじょう》にも、いつもの神秘的《しんぴてき》な調子を保《たも》とうとしていたが、声がかすかに震《ふる》えていた。

「二人ずつ組になってくださいましね。『夢《ゆめ》のお告《つ》げ』を参考になさって、一番最近ごらんになった夜の夢幻《ゆめまぼろし》を、お互《たが》いに解釈《かいしゃく》なさいな」

トレローニー先生は、スイーッと自分の椅子《いす》に戻《もど》るようなそぶりを見せたが、すぐそばにアンブリッジ先生が座《すわ》っているのを見ると、たちまち左に向きを変え、パーバティとラベンダーのほうに行った。二人はもう、パーバティの最近の夢《ゆめ》について熱心に話し合っていた。

ハリーは、『夢《ゆめ》のお告《つ》げ』の本を開き、こっそりアンブリッジのほうをうかがった。もうクリップボードに何か書きとめている。数分後、アンブリッジは立ち上がって、トレローニーの後ろにくっつき、教室を回りはじめ、先生と生徒の会話を聞いたり、あちらこちらで生徒に質問《しつもん》したりした。ハリーは急いで本の陰《かげ》に頭を引《ひ》っ込《こ》めた。

「何か夢《ゆめ》を考えて。早く」ハリーがロンに言った。「あのガマガエルのやつがこっちに来るかもしれないから」

「僕《ぼく》はこの前考えたじゃないか」ロンが抗議《こうぎ》した。「君の番だよ。何か話してよ」

「うーん、えーと……」ハリーは困《こま》りはてた。ここ数日、なんにも夢《ゆめ》を見た覚えがない。「えーと、僕《ぼく》の見た夢《ゆめ》は……スネイプを僕《ぼく》の大鍋《おおなべ》でおぼれさせていた。うん、これでいこう……」

ロンが声を上げて笑いながら『夢《ゆめ》のお告《つ》げ』を開いた。

「オーケー。夢《ゆめ》を見た日付に君の年齢《ねんれい》を加えるんだ。それと夢《ゆめ》の主題の字数も……『おぼれる』かな？　それとも『大鍋《おおなべ》』か『スネイプ』かな？」

「なんでもいいよ。好きなの選んでくれ」ハリーはちらりと後ろを見ながら言った。トレローニー先生が、ネビルの夢日記《ゆめにっき》について質問《しつもん》する間、アンブリッジがぴったり寄《よ》り添《そ》ってメモを取っているところだった。

「夢《ゆめ》を見た日はいつだって言ったたっけ？」ロンが計算に没頭《ぼっとう》しながら聞いた。

「さあ、きのうかな。君の好きな日でいいよ」

ハリーはアンブリッジがトレローニー先生になんと言っているか聞き耳を立てた。今度は、ハリーとロンのいる所からほんのテーブル一つ隔《へだ》てた所に二人が立っていた。アンブリッジはクリップボードにまたメモを取り、トレローニー先生はカリカリいらだっていた。

「さてと」アンブリッジがトレローニーを見ながら言った。「あなたはこの職《しょく》に就《つ》いてから、正確《せいかく》にどのくらいになりますか？」

トレローニー先生は、査察《ささつ》などという侮辱《ぶじょく》からできるだけ身を護《まも》ろうとするかのように、腕《うで》を組み、肩《かた》を丸め、しかめっ面《つら》でアンブリッジを見た。しばらくだまっていたが、答えを拒否《きょひ》できるほど無礼千万《ぶれいせんばん》な質問《しつもん》ではないと判断《はんだん》したらしく、トレローニー先生はいかにも苦々しげに答えた。

「かれこれ十六年ですわ」

「相当な期間ね」アンブリッジ先生はクリップボードにメモを取りながら言った。「で、ダンブルドア先生があなたを任命《にんめい》なさったのかしら？」

「そうですわ」トレローニー先生はそっけなく答えた。アンブリッジ先生がまたメモを取った。

「それで、あなたはあの有名な『予見者』カッサンドラ・トレローニーの曾々孫《ひひまご》ですね？」

「ええ」トレローニー先生は少し肩《かた》をそびやかした。

クリップボードにまたメモ書き。

「でも――まちがっていたらごめんあそばせ――あなたは、同じ家系《かけい》で、カッサンドラ以来初めての『第二の眼《め》』の持ち主だとか？」

「こういうものは、よく隔世《かくせい》しますの――そう――三世代飛ばして」トレローニー先生が言った。

アンブリッジのガマ笑いがますます広がった。

「そうですわね」またメモを取りながら、アンブリッジが甘《あま》い声で言った。「さあ、それではわたくしのために、何か予言してみてくださる？」ニッコリ顔のまま、アンブリッジが探《さぐ》るような目をした。

トレローニー先生は、我《われ》とわが耳を疑《うたが》うかのように身をこわばらせた。

「おっしゃることがわかりませんわ」

先生は発作的《ほっさてき》に、がりがりにやせた首に巻《ま》きつけたショールをつかんだ。

「わたくしのために、予言を一つしていただきたいの」アンブリッジ先生がはっきり言った。

教科書の陰《かげ》からこっそり様子をうかがい聞き耳を立てているのは、いまやハリーとロンだけではなかった。ほとんどクラス全員の目が、トレローニー先生に釘《くぎ》づけになっていた。先生はビーズや腕輪《うでわ》をジャラつかせながら、ぐっと背筋《せすじ》を伸《の》ばした。

「『内なる眼《め》』は命令で『予見』したりいたしませんわ！」とんでもない恥辱《ちじょく》とばかりの声だった。

「けっこう」アンブリッジ先生はまたまたクリップボードにメモを取りながら、静かに言った。

「あたくし――でも――でも……**お待ちになって！**」突然《とつぜん》トレローニー先生が、いつもの霧《きり》の彼方《かなた》のような声を出そうとした。しかし、怒《いか》りで声が震《ふる》え、神秘的《しんぴてき》な効果《こうか》がいくらか薄《うす》れていた。「あたくし……あたくしには何か**見えますわ**……何か**あなたに**関するものが……なんということでしょう。何か感じますわ……何か**暗いもの**……何か恐《おそ》ろしい危機《きき》が……」

トレローニー先生は震《ふる》える指でアンブリッジ先生を指したが、アンブリッジは眉《まゆ》をきゅっと吊《つ》り上《あ》げ、感情《かんじょう》のないニッコリ笑いを続けていた。

「お気の毒に……まあ、あなたは恐《おそ》ろしい危機《きき》におちいっていますわ！」トレローニー先生は芝居《しばい》がかった言い方でしめくくった。

しばらく間があき、アンブリッジの眉《まゆ》は吊《つ》り上《あ》がったままだった。

「そう」アンブリッジ先生はもう一度クリップボードにさらさらと書きつけながら、静かに言った。「まあ、それが精《せい》いっぱいということでしたら……」

アンブリッジはその場を離《はな》れ、あとには胸《むね》を波打たせながら、根が生えたように立《た》ち尽《つ》くすトレローニー先生だけが残された。ハリーはロンと目が合った。そして、ロンがまったく自分と同じことを考えていると思った。トレローニー先生がいかさまだということは、二人とも百も承知《しょうち》だったが、アンブリッジをひどく嫌《きら》っていたので、トレローニーの肩《かた》を持ちたい気分だったのだ——しかしそれも、数秒後にトレローニー先生が二人に襲《おそ》いかかるまでのことだった。

「さて?」トレローニー先生は、いつもとは別人のようにきびきびと、ハリーの目の前で長い指をパチンと鳴らした。「それでは、あなたの夢日記《ゆめにっき》の書き出しを拝見《はいけん》しましょう」

ハリーの夢《ゆめ》の数々を、トレローニー先生が声を張《は》り上《あ》げて解釈《かいしゃく》し終えるころには（すべての夢《ゆめ》が——単にオートミールを食べた夢《ゆめ》まで——ぞっとするような死に方で早死にするという予言だった）、ハリーの同情《どうじょう》もかなり薄《うす》れていた。その間ずっとアンブリッジ先生は、一メートルほど離《はな》れてクリップボードにメモを取っていた。そして、終業ベルが鳴ると、真っ先に銀のはしごを下りていき、十分後に生徒が「闇《やみ》の魔術《まじゅつ》に対《たい》する防衛術《ぼうえいじゅつ》」の教室に着いたときには、すでにそこでみんなを待っていた。

みんなが教室に入ったとき、アンブリッジ先生は鼻歌を歌いながらひとり笑いをしていた。『防《ぼう》衛術《えいじゅつ》の理論《りろん》』の教科書を取り出しながら、ハリーとロンは、「数占《かずうらな》い」の授業《じゅぎょう》に出ていたハーマイオニーに、「占《うらな》い学《がく》」での出来事をしっかり話して聞かせた。しかし、ハーマイオニーが何か質問《しつもん》する間もなく、アンブリッジ先生が「静粛《せいしゅく》に」と言い、みんなしんとなった。

「杖《つえ》をしまってね」

アンブリッジ先生はニッコリしながらみんなに指示《しじ》した。もしかしたらと期待して杖《つえ》を出していた生徒は、すごすごと鞄《かばん》に杖《つえ》を戻《もど》した。

「前回の授業《じゅぎょう》で第一章は終わりましたから、今日は一九ページを開いて、『第二章、防衛一般理論《ぼうえいいっぱんりろん》と派生理論《はせいりろん》』を始めましょう。おしゃべりはいりませんよ」

ニターッとひとりよがりに笑ったまま、先生は自分の席に着いた。いっせいに一九ページを開きながら、生徒全員がはっきり聞こえるほどのため息をついた。ハリーは今学期中ずっと読み続けるだけの章があるのだろうかとぼんやり考えながら、目次《もくじ》を調べようとした。その時、ハーマイオニーがまたしても手を挙げているのに気づいた。

アンブリッジ先生も気づいていたが、それだけでなく、そうした事態《じたい》に備《そな》えて戦略《せんりゃく》を練ってきたようだった。ハーマイオニーに気づかないふりをするかわりに、アンブリッジ先生は立ち上がって前の座席《ざせき》を通《とお》り過《す》ぎ、ハーマイオニーの真正面に来て、ほかの生徒に聞こえないように、体をかがめてささやいた。「ミス・グレンジャー、今度はなんですか？」

「第二章はもう読んでしまいました」ハーマイオニーが言った。

「さあ、それなら、第三章に進みなさい」

「そこも読みました。この本は全部読んでしまいました」

アンブリッジ先生は目をパチパチさせたが、たちまち平静を取《と》り戻《もど》した。

「さあ、それでは、スリンクハードが第十五章で『逆呪《ぎゃくのろ》い』についてなんと書いているか言えるでしょうね」

「著者《ちょしゃ》は、逆呪《ぎゃくのろ》いという名前は正確《せいかく》ではないと述《の》べています」ハーマイオニーが即座《そくざ》に答えた。「著者《ちょしゃ》は、逆呪《ぎゃくのろ》いというのは、自分が呪《のろ》いをかけるという事実を正当化するためにそう呼《よ》んでいるにすぎないと書いています」

アンブリッジ先生の眉《まゆ》が上がった。意に反して、感心してしまったのだとハリーにはわかった。

「でも、私《わたし》はそう思いません」ハーマイオニーが続けた。

アンブリッジ先生の眉《まゆ》がさらに少し吊《つ》り上《あ》がり、目つきがはっきりと冷たくなった。

「そう思わないの？」

「思いません」

ハーマイオニーはアンブリッジとちがって、はっきりと通る声だったので、いまやクラス中の注目を集めていた。

「スリンクハード先生は呪《のろ》いそのものが嫌《きら》いなのではありませんか？　でも、私《わたし》は、防衛《ぼうえい》のために使えば、呪《のろ》いはとても役に立つ可能性《かのうせい》があると思います」

「おーや、あなたはそう思うわけ？」アンブリッジ先生はささやくことも忘《わす》れて、体を起こした。「さて、残念ながら、この授業《じゅぎょう》で大切なのは、ミス・グレンジャー、あなたの意見ではなく、スリンクハード先生のご意見です」

「でも――」ハーマイオニーが反論《はんろん》しかけた。

「もうけっこう」アンブリッジ先生はそう言うなり教室の前に戻《もど》り、生徒のほうを向いて立った。授業《じゅぎょう》の前に見せた上機嫌《じょうきげん》は吹《ふ》っ飛《と》んでいた。

「ミス・グレンジャー、グリフィンドール寮《りょう》から五点減点《げんてん》いたしましょう」

とたんにクラスが騒然《そうぜん》となった。

「理由は？」ハリーが怒《おこ》って聞いた。

「かかわっちゃだめ！」ハーマイオニーがあわててハリーにささやいた。

「らちもないことでわたくしの授業《じゅぎょう》を中断《ちゅうだん》し、乱《みだ》したからです」アンブリッジ先生がよどみなく言った。「わたくしは魔法省《まほうしょう》のお墨《すみ》つきを得《え》た指導要領《しどうようりょう》でみなさんに教えるために来ています。生徒たちに、ほとんどわかりもしないことに関して自分の意見を述《の》べさせることは、要領《ようりょう》に入っていませんね。これまでこの学科を教えた先生方は、みなさんにもっと好き勝手をさせたかもしれませんが、誰一人《だれひとり》として――クィレル先生は例外かもしれません。少なくとも、年齢《ねんれい》にふさわしい教材だけを教えようと自己規制《じこきせい》していたようですからね――魔法省《まほうしょう》の査察《ささつ》をパスした先生はいなかったでしょう」

「ああ、クィレルはすばらしい先生でしたとも」ハリーが大声で言った。「ただ、ちょっとだけ欠点があって、ヴォルデモート卿《きょう》が後頭部から飛び出していたけど」

こう言い放ったとたん、底冷えするような完璧《かんぺき》な沈黙《ちんもく》が訪《おとず》れた。そして――。

「あなたには、もう一週間罰則《ばっそく》を科したほうがよさそうね、ミスター・ポッター」

アンブリッジがなめらかに言った。


ハリーの手《て》の甲《こう》の傷《きず》は、まだほとんど癒《い》えていなかった。そして翌朝《よくあさ》にはまた出血しだした。夜の罰則《ばっそく》の時間中、ハリーは泣き言を言わなかったし、絶対《ぜったい》にアンブリッジを満足させるものかと心に決めていた。「**僕《ぼく》はうそをついてはいけない**」と何度もくり返して書きながら、ひと文字ごとに傷《きず》が深くなっても、ハリーは一言も声をもらさなかった。

二週目の罰則《ばっそく》で最悪だったのは、ジョージの予測《よそく》どおり、アンジェリーナの反応《はんのう》だった。火曜日の朝食で、ハリーがグリフィンドールのテーブルに到着《とうちゃく》するや否《いな》や、アンジェリーナが詰《つ》め寄《よ》った。あまりの大声に、マクゴナガル先生が教職員《きょうしょくいん》テーブルからやってきて、二人に襲《おそ》いかかった。

「ミス・ジョンソン、大広間でこんな大騒《おおさわ》ぎをするとは**いったい何事**です！　グリフィンドールから五点減点《げんてん》！」

「でも先生――ポッターは性懲《しょうこ》りもなく、**また**罰則《ばっそく》を食らったんです――」

「ポッター、どうしたというのです？」マクゴナガル先生は、矛先《ほこさき》を変え、鋭《するど》くハリーに迫《せま》った。

「罰則《ばっそく》？　どの先生ですか？」

「アンブリッジ先生です」ハリーはマクゴナガル先生の四角いめがねの奥《おく》にギラリと光る目をさけて、ボソボソ答えた。

「ということは」マクゴナガル先生はすぐ後ろにいる好奇心満々《こうきしんまんまん》のレイブンクロー生たちに聞こえないように声を落とした。「先週の月曜に私《わたくし》が警告《けいこく》したのにもかかわらず、またアンブリッジ先生の授業中《じゅぎょうちゅう》にかんしゃくを起こしたということですか？」

「はい」ハリーは床《ゆか》に向かってつぶやいた。

「ポッター、自分を抑《おさ》えないといけません！　とんでもない罰《ばつ》を受けることになりますよ！　グリフィンドールからもう五点減点《げんてん》！」

「でも――えっ――？　先生、そんな！」ハリーは理不尽《りふじん》さに腹《はら》が立った。「僕《ぼく》は**あの先生に**罰則《ばっそく》を受けているのに、どうしてマクゴナガル先生まで減点《げんてん》なさるんですか？」

「あなたには罰則《ばっそく》がまったく効《き》いていないようだからです！」マクゴナガル先生はピシャッと言った。「いいえ、ポッター、これ以上文句《もんく》は許《ゆる》しません！　それに、あなた、ミス・ジョンソン、どなり合いは、今後、クィディッチ・ピッチだけにとどめておきなさい。さもないとチームのキャプテンの座《ざ》を失うことになります！」

マクゴナガル先生は堂々と教職員《きょうしょくいん》テーブルに戻《もど》っていった。アンジェリーナはハリーに心底愛想《あいそ》が尽《つ》きたという一瞥《いちべつ》をくれてつんけんと歩き去った。ハリーはロンの隣《となり》に飛《と》び込《こ》むように腰《こし》かけ、いきりたった。

「マクゴナガルがグリフィンドールから減点《げんてん》するなんて！　それも、僕《ぼく》の手が毎晩《まいばん》切られるからなんだぜ！　どこが公平なんだ？　**どこが？**」

「わかるぜ、おい」ロンが気の毒そうに言いながら、ベーコンをハリーの皿に取り分けた。

「マクゴナガルはめっちゃくちゃさ」

しかし、ハーマイオニーは「日刊予言者新聞《にっかんよげんしゃしんぶん》」のページをガサゴソさせただけで、何も言わなかった。

「君はマクゴナガルが正しいと思ってるんだろ？」ハリーは、ハーマイオニーの顔を覆《おお》っているコーネリウス・ファッジの写真に向かって怒《いか》りをぶつけた。

「あなたのことで減点《げんてん》したのは残念だわ。でも、アンブリッジに対してかんしゃくを起こしちゃいけないって忠告《ちゅうこく》なさったのは正しいと思う」ハーマイオニーの声だけが聞こえた。何か演説《えんぜつ》している様子のファッジの写真が、一面記事でさかんに身振《みぶ》り手振《てぶ》りしていた。

ハリーは「呪文学《じゅもんがく》」の授業《じゅぎょう》の間、ハーマイオニーと口をきかなかったが、「変身術《へんしんじゅつ》」の教室に入ったとたん、へそを曲げていたことなど忘《わす》れてしまった。アンブリッジ先生とクリップボードが対《つい》になって隅《すみ》に座《すわ》っている姿《すがた》が、朝食のときの記憶《きおく》など、ハリーの頭から吹《ふ》き飛《と》ばしてしまったのだ。

「いいぞ」みんながいつもの席に着くや否《いな》や、ロンがささやいた。「アンブリッジがやっつけられるのを見てやろう」

マクゴナガル先生は、アンブリッジ先生がそこにいることなど、まったく意に介《かい》さない様子で、すたすたと教室に入ってきた。

「静かに」の一言で、たちまち教室がしんとなった。

「ミスター・フィネガン、こちらに来て、宿題をみんなに返してくださいーーミス・ブラウン、ネズミの箱を取りにきてくださいーーばかなまねはおよしなさい。かみついたりしませんーー一人に一匹《ぴき》ずつ配ってーー」

「エヘン、エヘン」アンブリッジ先生は、今学期の最初の夜にダンブルドアの話を中断《ちゅうだん》したと同じように、ばかばかしい咳払《せきばら》いという手段《しゅだん》を取った。マクゴナガル先生はそれを無視《むし》した。シェーマスが宿題をハリーに返した。ハリーはシェーマスの顔を見ずに受け取り、点数を見てホッとした。なんとか「A」が取れていた。

「さて、それでは、よく聞いてくださいーーディーン・トーマス、ネズミに二度とそんなことをしたら、罰則《ばっそく》ですよーーカタツムリを『消失』させるのは、ほとんどのみなさんができるようになりましたし、まだ殻《から》の一部が残ったままの生徒も、呪文《じゅもん》の要領《ようりょう》はのみ込《こ》めたようです。今日の授業《じゅぎょう》では——」

「エヘン、エヘン」アンブリッジ先生だ。

「何か？」

マクゴナガル先生が顔を向けた。眉《まゆ》と眉《まゆ》がくっついて、長い厳《きび》しい一直線を描《えが》いていた。

「先生、わたくしのメモが届《とど》いているかどうかと思いまして。先生の査察《ささつ》の日時を――」

「当然受け取っております。さもなければ、私《わたくし》の授業《じゅぎょう》になんの用があるかとお尋《たず》ねしていたはずです」

そう言うなり、マクゴナガル先生は、アンブリッジにきっぱりと背《せ》を向けた。生徒の多くが歓喜《かんき》の目を見交《みか》わした。

「先ほど言いかけていたように、今日はそれよりずっと難《むずか》しい、ネズミを『消失』させる練習をします。さて、『消失呪文《しょうしつじゅもん》』は――」

「エヘン、エヘン」

「いったい」マクゴナガル先生はアンブリッジに向かって冷たい怒《いか》りを放った。「そのように中断《ちゅうだん》ばかりなさって、私《わたくし》の通常《つうじょう》の教授法《きょうじゅほう》がどんなものか、おわかりになるのですか？　いいですか。私《わたくし》は通常《つうじょう》、自分が話しているときに私語《しご》は許《ゆる》しません」

アンブリッジ先生は横面《よこつら》を張《は》られたような顔をして、一言も言わず、クリップボードの上で羊皮紙をまっすぐに伸《の》ばし、猛烈《もうれつ》に書《か》き込《こ》みはじめた。

そんなことは歯牙《しが》にもかけない様子で、マクゴナガル先生は再《ふたた》びクラスに向かって話しはじめた。

「先ほど言いかけましたように、『消失呪文《しょうしつじゅもん》』は、『消失』させる動物が複雑《ふくざつ》なほど難《むずか》しくなります。カタツムリは無脊椎動物《むせきついどうぶつ》で、それほど大きな課題ではありませんが、ネズミは哺乳類《ほにゅうるい》で、ずっと難《むずか》しくなります。ですから、この課題は、夕食のことを考えながらかけられるような魔法《まほう》ではありません。さあ——唱え方は知っているはずです。どのくらいできるか、拝見《はいけん》しましょう……」

「アンブリッジにかんしゃくを起こすな、なんて、よく僕《ぼく》に説教できるな！」

声をひそめてロンにそう言いながら、ハリーの顔がニヤッと笑っていた——マクゴナガル先生に対する怒《いか》りは、きれいさっぱり消えていた。

アンブリッジ先生はトレローニー先生のときとちがい、マクゴナガル先生についてクラスを回るようなことはしなかった。マクゴナガル先生が許《ゆる》さないだろうと悟《さと》ったのかもしれない。そのかわり、隅《すみ》に座《すわ》ったまま、より多くのメモを取った。最後にマクゴナガル先生が、生徒全員に教材を片《かた》づけるように指示《しじ》したとき、アンブリッジ先生は厳《いか》めしい表情《ひょうじょう》で立ち上がった。

「まあ、差し当たり、こんな出来でいいか」ごにょごにょ動く長いしっぽだけが残ったネズミをつまみ上げ、ラベンダーが回収《かいしゅう》のために持って回っている箱にポトンと落としながら、ロンが言った。

教室から出ていく生徒の列に加わりながら、ハリーはアンブリッジ先生がマクゴナガル先生の机《つくえ》に近づくのを見てロンをこづいた。ロンはハーマイオニーをこづき、三人とも盗《ぬす》み聞《ぎ》きするためにわざと列から遅《おく》れた。

「ホグワーツで教えて何年になりますか？」アンブリッジ先生が尋《たず》ねた。

「この十二月で三十九年です」マクゴナガル先生は鞄《かばん》をパチンとしめながらきびきび答えた。

アンブリッジ先生がメモを取った。

「けっこうです」アンブリッジ先生が言った。「査察《ささつ》の結果は十日後に受け取ることになります」

「待ちきれませんわ」マクゴナガル先生は無関心な口調で冷たく答え、教室のドアに向かって闊歩《かっぽ》した。「早く出なさい、そこの三人」マクゴナガル先生はハリー、ロン、ハーマイオニーを急《せ》かして自分より先に追い出した。

ハリーは思わず先生に向かってかすかに笑いかけ、そして先生も確《たし》かに笑い返したと思った。

次にアンブリッジに会うのは、夜の罰則《ばっそく》のときだと、ハリーはそう思ったが、ちがっていた。「魔法生物飼育学《まほうせいぶつしいくがく》」に出るのに、森へ向かって芝生《しばふ》を下りていくと、アンブリッジとクリップボードが、グラブリー－プランク先生のそばで待ち受けていた。

「いつもはあなたがこのクラスの受け持ちではない。そうですね？」

みんなが架台《かだい》の所に到着《とうちゃく》したとき、ハリーはアンブリッジがそう質問《しつもん》するのを聞いた。架台《かだい》には、捕獲《ほかく》されたボウトラックルが、まるで生きた小枝《こえだ》のように、ガサガサとワラジムシを引っかき回していた。

「そのとおり」グラブリー－プランク先生は両手を後ろ手に背中《せなか》で組み、かかとを上げたり下げたりしながら答えた。「わたしゃハグリッド先生の代用教員でね」

ハリーは、ロン、ハーマイオニーと不安げに目配せし合った。マルフォイがクラッブ、ゴイルと何かささやき合っていた。ハグリッドについてのでっち上げ話を、魔法省《まほうしょう》の役人に吹《ふ》き込《こ》むチャンスだと、手ぐすね引いているのだろう。

「ふむむ」アンブリッジ先生は声を落としたが、ハリーにははっきり声が聞き取れた。「ところで――校長先生は、おかしなことに、この件《けん》に関しての情報《じょうほう》をなかなかくださらないのですよ――**あなたは**教えてくださるかしら？　ハグリッド先生が長々と休暇《きゅうか》を取っているのは、何が原因《げんいん》なのでしょう？」

ハリーはマルフォイが待ってましたと顔を上げるのを見た。

「そりゃ、できませんね」グラブリー－プランク先生がなんのこだわりもなく答えた。「この件《けん》は、あなたがご存《ぞん》じのこと以上には知らんです。ダンブルドアからふくろうが来て、数週間教える仕事はどうかって言われて受けた、それだけですわ。さて……それじゃ、始めようかね？」

「どうぞ、そうしてください」アンブリッジ先生はクリップボードに何か走り書きしながら言った。

アンブリッジはこの授業《じゅぎょう》では作戦を変え、生徒の間を歩き回って魔法生物《まほうせいぶつ》についての質問《しつもん》をした。だいたいの生徒がうまく答え、少なくともハグリッドに恥《はじ》をかかせるようなことにはならなかったので、ハリーは少し気が晴れた。

ディーン・トーマスに長々と質問《しつもん》したあと、アンブリッジ先生はグラブリー-プランク先生のそばに戻《もど》って聞いた。「全体的に見て、あなたは、臨時《りんじ》の教員として――つまり、客観的な部外者と言えると思いますが――あなたはホグワーツをどう思いますか？　学校の管理職《かんりしょく》からは充分《じゅうぶん》な支援《しえん》を得《え》ていると思いますか？」

「ああ、ああ、ダンブルドアはすばらしい」グラブリー-プランク先生は心からそう言った。「そうさね。ここのやり方には満足だ。ほんとに大満足だね」

ほんとうかしらというそぶりをちらりと見せながら、アンブリッジはクリップボードに少しだけ何か書いた。

「それで、あなたはこのクラスで、今年何を教える予定ですか――もちろん、ハグリッド先生が戻《もど》らなかった、としてですが？」

「ああ、O《ふ》・W《くろ》・L《う》に出てきそうな生物をざっとね。あんまり残っていないがね――この子たちはもうユニコーンとニフラーを勉強したし。わたしゃ、ポーロックとニーズルをやろうと思ってるがね。それに、ほら、クラップとナールもちゃんとわかるように……」

「まあ、いずれにせよ、**あなたは**物がわかっているようね」

アンブリッジ先生はクリップボードにはっきり合格《ごうかく》とわかる丸印をつけた。「**あなたは**」と強調したのがハリーには気に入らなかったし、ゴイルに向かって聞いた次の質問《しつもん》はますます気に入らなかった。

「さて、このクラスで誰《だれ》かがけがをしたことがあったと聞きましたが？」

ゴイルはまぬけな笑いを浮《う》かべた。マルフォイが質問《しつもん》に飛びついた。

「それは僕《ぼく》です。ヒッポグリフに切《き》り裂《さ》かれました」

「ヒッポグリフ？」アンブリッジ先生の走り書きが今度はあわただしくなった。

「それは、そいつがバカで、ハグリッドが言ったことをちゃんと聞いていなかったからだ」ハリーが怒《おこ》って言った。

ロンとハーマイオニーがうめいた。アンブリッジ先生がゆっくりとハリーのほうに顔を向けた。

「もうひと晩罰則《ばんばっそく》のようね」アンブリッジ先生がゆっくりと言った。

「さて、グラブリー-プランク先生、ありがとうございました。ここはこれで充分《じゅうぶん》です。査察《ささつ》の結果は十日以内に受け取ることになります」

「はい、はい」グラブリー-プランク先生はそう答え、アンブリッジ先生は芝生《しばふ》を横切って城《しろ》へと戻《もど》っていった。

その夜、ハリーがアンブリッジの部屋を出たのは、真夜中近くだった。手の出血がひどくなり、巻《ま》きつけたスカーフをさらに染《そ》めていた。寮《りょう》に戻《もど》ったとき、談話室には誰《だれ》もいないだろうと思っていたが、ロンとハーマイオニーが起きて待っていてくれた。ハリーは二人の顔を見てうれしかったし、ハーマイオニーが非難《ひなん》するというより同情的《どうじょうてき》だったのがことさらうれしかった。

「ほら」ハーマイオニーが心配そうに、黄色い液体《えきたい》の入った小さなボウルをハリーに差し出した。「手をこの中に浸《ひた》すといいわ。マートラップの触手《しょくしゅ》を裏《うら》ごしして酢《す》に漬《つ》けた溶液《ようえき》なの。楽になるはずよ」

ハリーは血が出てずきずきする手をボウルに浸《ひた》し、スーッと癒《い》やされる心地《ここち》よさを感じた。クルックシャンクスがハリーの両足を回《まわ》り込《こ》み、ゴロゴロとのどを鳴らし、ひざに飛び乗ってそこに座《すわ》り込《こ》んだ。

「ありがとう」ハリーは左手でクルックシャンクスの耳の後ろをカリカリかきながら、感謝《かんしゃ》を込《こ》めて言った。

「僕《ぼく》、やっぱりこのことで苦情《くじょう》を言うべきだと思うけどな」ロンが低い声で言った。

「いやだ」ハリーはきっぱりと言った。

「これを知ったら、マクゴナガルは怒《いか》り狂《くる》うぜ――」

「ああ、たぶんね」ハリーが言った。「だけど、アンブリッジが次のなんとか令を出して、高等尋問官《こうとうじんもんかん》に苦情《くじょう》を申し立てる者はただちにクビにするって言うまで、どのくらいかかると思う？」

ロンは言い返そうと口を開いたが、何も言葉が出てこなかった。しばらくすると、ロンは、降参《こうさん》して口を閉《と》じた。

「あの人はひどい女よ」ハーマイオニーが低い声で言った。「**とんでもなくひどい**人だわ。あのね、あなたが入ってきたときちょうどロンと話してたんだけど……私《わたし》たち、あの女に対して、何かしなきゃいけないわ」

「僕《ぼく》は、毒を盛《も》れって言ったんだ」ロンが厳《きび》しい顔で言った。

「そうじゃなくて……つまり、アンブリッジが教師《きょうし》として最低だってこと。あの先生からは、私《わたし》たち、防衛《ぼうえい》なんてなんにも学べやしないってことなの」ハーマイオニーが言った。

「だけど、それについちゃ、僕《ぼく》たちに何ができるって言うんだ？」ロンがあくびをしながら言った。「手遅《ておく》れだろ？　あいつは先生になったんだし、居座《いすわ》るんだ。ファッジがそうさせるに決まってる」

「あのね」ハーマイオニーがためらいがちに言った。「ねえ、私《わたし》、今日考えていたんだけど……」ハーマイオニーが少し不安げにハリーをちらりと見て、それから思いきって言葉を続けた。「考えていたんだけど――そろそろ潮時《しおどき》じゃないかしら。むしろ――むしろ自分たちでやるのよ」

「自分たちで何をするんだい？」手をマートラップ触手液《しょくしゅえき》に泳がせたまま、ハリーがけげんそうに聞いた。

「あのね――『闇《やみ》の魔術《まじゅつ》に対《たい》する防衛術《ぼうえいじゅつ》』を自習するの」ハーマイオニーが言った。

「いいかげんにしろよ」ロンがうめいた。「この上まだ勉強させるのか？　ハリーも僕《ぼく》も、また宿題がたまってるってこと、知らないのかい？　しかも、まだ二週目だぜ？」

「でも、これは宿題よりずっと大切よ！」ハーマイオニーが言った。

ハリーとロンは目を丸くしてハーマイオニーを見た。

「この宇宙《うちゅう》に、宿題よりもっと大切なものがあるなんて思わなかったぜ！」ロンが言った。

「バカなこと言わないで。もちろんあるわ」ハーマイオニーが言った。いま、突然《とつぜん》ハーマイオニーの顔は、S・P・E・Wの話をするときにいつも見せる、ほとばしるような情熱《じょうねつ》で輝《かがや》いていた。ハリーはなんだかまずいぞと思った。

「それはね、自分をきたえるってことなのよ。ハリーが最初のアンブリッジの授業《じゅぎょう》で言ったように、外の世界で待ち受けているものに対して準備《じゅんび》をするのよ。それは、私《わたし》たちが確実《かくじつ》に自己防衛《じこぼうえい》できるようにするということなの。もしこの一年間、私《わたし》たちがなんにも学ばなかったら――」

「僕《ぼく》たちだけじゃたいしたことはできないよ」ロンがあきらめきったように言った。「つまり、まあ、図書館に行って呪《のろ》いを探《さが》し出《だ》したり、それを試《ため》してみたり、練習したりはできるだろうけどさ――」

「確《たし》かにそうね。私《わたし》も、本だけから学ぶという段階《だんかい》は通《とお》り越《こ》してしまったと思うわ」ハーマイオニーが言った。「私《わたし》たちに必要なのは、先生よ。ちゃんとした先生。呪文《じゅもん》の使い方を教えてくれて、まちがったら正してくれる先生」

「君がルーピンのことを言っているんなら……」ハリーが言いかけた。

「ううん、ちがう。ルーピンのことを言ってるんじゃないの」ハーマイオニーが言った。「ルーピンは騎士団《きしだん》のことで忙《いそが》しすぎるわ。それに、どっちみちホグズミードに行く週末ぐらいしかルーピンに会えないし、そうなると、とても充分《じゅうぶん》な回数とは言えないわ」

「じゃ、誰《だれ》なんだ？」ハリーはハーマイオニーに向かってしかめっ面《つら》をした。

ハーマイオニーは大きなため息を一つついた。

「わからない？」ハーマイオニーが言った。「私《わたし》、**あなたのこと**を言ってるのよ、ハリー」

一瞬《いっしゅん》、沈黙《ちんもく》が流れた。夜のそよ風が、ロンの背後《はいご》の窓《まど》ガラスをカタカタ鳴らし、暖炉《だんろ》の火をちらつかせた。

「僕《ぼく》のなんのことを？」ハリーが言った。

「**あなたが**『闇《やみ》の魔術《まじゅつ》に対《たい》する防衛術《ぼうえいじゅつ》』を教えるって言ってるの」

ハリーはハーマイオニーをじっと見た。それからロンを見た。ハーマイオニーが、たとえばS・P・E・Wのように突拍子《とっぴょうし》もない計画を説明しはじめたときに、あきれはててロンと目を見交《みか》わすことがあるが、今度もそうだろうと思っていた。ところが、ロンがあきれ顔をしていなかったので、ハリーは度肝《どぎも》を抜《ぬ》かれた。

ロンは顔をしかめていたが、明らかに考えていた。それからロンが言った。

「そいつはいいや」

「何がいいんだ？」ハリーが言った。

「君が」ロンが言った。「僕《ぼく》たちにそいつを教えるってことがさ」

「だって……」ハリーはニヤッとした。二人でハリーをからかっているにちがいない。「だって、僕《ぼく》は先生じゃないし、そんなこと僕《ぼく》には……」

「ハリー、あなたは『闇《やみ》の魔術《まじゅつ》に対《たい》する防衛術《ぼうえいじゅつ》』で、学年のトップだったわ」

「僕《ぼく》が？」ハリーはますますニヤッとした。「ちがうよ。どんなテストでも僕《ぼく》は君にかなわなかった――」

「実は、そうじゃないの」ハーマイオニーが冷静に言った。「三年生のとき、あなたは私《わたし》に勝ったわ――あの年に初めてこの科目のことがよくわかった先生に習って、しかも初めて二人とも同じテストを受けたわ。でも、ハリー、私《わたし》が言ってるのはテストの結果じゃないの。あなたがこれまで**やってきたことを**考えて！」

「どういうこと？」

「あのさ、僕《ぼく》、自信がなくなったよ。こんなに血のめぐりの悪いやつに教えてもらうべきかな」ロンが、ニヤニヤしながらハーマイオニーにそう言うと、ハリーのほうを見た。

「どういうことかなぁ」ロンはゴイルが必死に考えるような表情《ひょうじょう》を作った。「うう……一年生――君は『例のあの人』から『賢者《けんじゃ》の石《いし》』を救った」

「だけど、あれは運がよかったんだ」ハリーが言った。「技《わざ》とかじゃないし――」

「二年生」ロンが途中《とちゅう》でさえぎった。「君はバジリスクをやっつけて、リドルを滅《ほろ》ぼした」

「うん。でもフォークスが現《あらわ》れなかったら、僕《ぼく》――」

「三年生」ロンが一段《いちだん》と声を張《は》り上《あ》げた。「君は百人以上の吸魂鬼《きゅうこんき》を一度に追《お》い払《はら》った――」

「あれは、だって、まぐれだよ。もし『逆転時計《ぎゃくてんどけい》《タイムターナー》』がなかったら――」

「去年」ロンはいまや叫《さけ》ぶような声だ。「君は**またしても**『例のあの人』を撃退《げきたい》した――」

「こっちの言うことを聞けよ！」

今度はロンもハーマイオニーまでもニヤニヤしているので、ハリーはほとんど怒《おこ》ったように言った。

「だまって聞けよ。いいかい？　そんな言い方をすれば、なんだかすごいことに聞こえるけど、みんな運がよかっただけなんだ――半分ぐらいは、自分が何をやっているかわからなかった。どれ一つとして計画的にやったわけじゃない。たまたま思いついたことをやっただけだ。それに、ほとんどいつも、何かに助けられたし――」

ロンもハーマイオニーも相変わらずニヤニヤしているので、ハリーは自分がまたかんしゃくを起こしそうになっているのに気づいた。なぜそんなに腹《はら》が立つのか、自分でもよくわからなかった。

「わかったような顔をしてニヤニヤするのはやめてくれ。その場にいたのは僕《ぼく》なんだ」ハリーは熱くなった。「いいか？　何が起こったかを知ってるのは僕《ぼく》だ。それに、どの場合でも、僕《ぼく》が、『闇《やみ》の魔術《まじゅつ》に対《たい》する防衛術《ぼうえいじゅつ》』がすばらしかったから切《き》り抜《ぬ》けられたんじゃない。なんとか切《き》り抜《ぬ》けたのは――それは、ちょうど必要なときに助けが現《あらわ》れて、それに、僕《ぼく》の山勘《やまかん》が当たったからなんだ――だけど、ぜんぶ闇雲《やみくも》に切《き》り抜《ぬ》けたんだ。自分が何をやったかなんて、これっぽっちもわかってなかった――**ニヤニヤするのはやめろってば！**」

マートラップ液《えき》のボウルが床《ゆか》に落ちて割《わ》れた。ハリーは、自分が立ち上がっていたことに気づいたが、いつ立ち上がったか覚えがなかった。クルックシャンクスはサッとソファの下に逃《に》げ込《こ》み、ロンとハーマイオニーの笑いが吹《ふ》き飛《と》んだ。

「**君たちはわかっちゃいない！**　君たちは――どっちもだ――あいつと正面きって対決したことなんかないじゃないか。まるで授業《じゅぎょう》なんかでやるみたいに、ごっそり呪文《じゅもん》を覚えて、あいつに向かって投げつければいいなんて考えてるんだろう？　ほんとにその場になったら、自分と死との間に、防《ふせ》いでくれるものなんかなんにもない。――自分の頭と、肝《きも》っ玉《たま》と、そういうものしか――ほんの一瞬《いっしゅん》しかないんだ。殺されるか、拷問《ごうもん》されるか、友達が死ぬのを見せつけられるか、そんな中で、まともに考えられるもんか――授業《じゅぎょう》でそんなことを教えてくれたことはない。そんな状況《じょうきょう》にどう立ち向かうかなんて――。それなのに、君たちはのんきなもんだ。まるで僕《ぼく》がこうして生きているのは賢《かしこ》い子だったからみたいに。ディゴリーはバカだったからしくじったみたいに——。君たちはわかっちゃいない。紙一重《かみひとえ》で僕《ぼく》が殺《や》られてたかもしれないんだ。ヴォルデモートが僕《ぼく》を必要としてなかったら、そうなっていたかもしれないんだ——」

「なあ、おい、僕《ぼく》たちは何もそんなつもりで」ロンは仰天《ぎょうてん》していた。「何もディゴリーをコケにするなんて、そんなつもりは——君、思いちがいだよ——」

ロンは助けを求めるようにハーマイオニーを見た。ハーマイオニーは打ちのめされたような顔をしていた。

「ハリー」ハーマイオニーがおずおずと言った。「わからないの？　だから……だからこそ私《わたし》たちにはあなたが必要なの……私《わたし》たち、知る必要があるの。ほ、ほんとうはどういうことなのかって……あの人と直面するってことが……ヴォ、ヴォルデモートと」

ハーマイオニーが、ヴォルデモートと名前を口にしたのは初めてだった。そのことが、ほかの何よりも、ハリーの気持ちを落ち着かせた。息を荒《あら》らげたままだったが、ハリーはまた椅子《いす》に座《すわ》った。その時初めて、再《ふたた》び手がずきずきとうずいていることに気づいた。マートラップ液《えき》のボウルを割《わ》らなければよかったと後悔《こうかい》した。

「ねえ……考えてみてね」ハーマイオニーが静かに言った。「いい？」

ハリーはなんと答えていいかわからなかった。爆発《ばくはつ》してしまったことをすでに恥《は》ずかしく思っていた。ハリーはうなずいたが、いったい何に同意したのかよくわからなかった。

ハーマイオニーが立ち上がった。

「じゃ、私《わたし》は寝室《しんしつ》に行くわ」できるだけ普通《ふつう》の声で話そうと努力しているのが明らかだった。

「あの……おやすみなさい」

ロンも立ち上がった。

「行こうか？」ロンがぎこちなくハリーを誘《さそ》った。

「うん……」ハリーが答えた。「すぐ……行くよ。これを片《かた》づけて」

ハリーは床《ゆか》に散らばったボウルを指差した。ロンはうなずいて立ち去った。

「レパロ、直れ」

ハリーは壊《こわ》れた陶器《とうき》のかけらに杖《つえ》を向けてつぶやいた。かけらは飛び上がってくっつき合い、新品同様になったが、マートラップ液《えき》は覆水盆《ふくすいぼん》に返らずだった。

どっとつかれが出て、ハリーはそのままひじかけ椅子《いす》に埋《う》もれて眠《ねむ》りたいと思った。やっとの思いで立ち上がると、ハリーはロンの通っていった階段《かいだん》を上った。浅い眠《ねむ》りが、またもや何度もあの夢《ゆめ》でさまたげられた。いくつもの長い廊下《ろうか》と鍵《かぎ》のかかった扉《とびら》だ。

翌朝《よくあさ》目が覚めると、傷痕《きずあと》がまたチクチク痛《いた》んでいた。

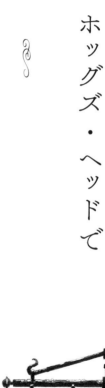

第十六章　ホッグズ・ヘッドで

「闇《やみ》の魔術《まじゅつ》に対《たい》する防衛術《ぼうえいじゅつ》」をハリーが教えるという提案《ていあん》をしたあと、まるまる二週間、ハーマイオニーは一言もそれには触《ふ》れなかった。アンブリッジの罰則《ばっそく》がようやく終わり（手《て》の甲《こう》に刻《きざ》みつけられた言葉は、もはや完全に消えることはないのではないかとハリーは思った）、ロンはさらに四回のクィディッチの練習を、そのうち最後の二回はどなられずにこなし、三人とも「変身術《へんしんじゅつ》」でネズミを「消失」させることになんとか成功し（ハーマイオニーは子猫《こねこ》を「消失」させるところまで進歩した）、そして九月も終わろうとするある荒《あ》れ模様《もよう》の夜、三人が図書館でスネイプの「魔法薬《まほうやく》」の材料を調べているとき、再《ふたた》びその話題が持ち出された。

「どうかしら」ハーマイオニーが突然《とつぜん》切り出した。「『闇《やみ》の魔術《まじゅつ》に対《たい》する防衛術《ぼうえいじゅつ》』のこと、ハリー、あれから考えた？」

「そりゃ、考えたさ」ハリーが不機嫌《ふきげん》に言った。「忘《わす》れられるわけないもの。あの鬼《おに》ばばぁが教えてるうちは――」

「私《わたし》が言ってるのは、ロンと私《わたし》の考えのことなんだけど――」

ロンが、驚《おどろ》いたような脅《おど》すような目つきでハーマイオニーを見た。ハーマイオニーはロンにしかめっ面《つら》をした。

「――いいわよ、じゃ、私《わたし》の考えのことなんだけど――あなたが私《わたし》たちに教えるっていう」

ハリーはすぐには答えず、『東洋の解毒剤《げどくざい》』のページを流し読みしているふりをした。自分の胸《むね》にあることを言いたくなかったからだ。

この二週間、ハリーはこのことをずいぶん考えた。ばかげた考えだと思うときもあった。ハーマイオニーが提案《ていあん》した夜もそう思った。しかし、別のときには、闇《やみ》の生物や死喰《しく》い人《びと》と出くわしたときに使った呪文《じゅもん》で、ハリーにとって一番役に立ったものは何かと考えている自分に気づいた――つまり、事実、無意識《むいしき》に授業《じゅぎょう》の計画を立てていたのだ。

「まあね」いつまでも『東洋の解毒剤《げどくざい》』に興味《きょうみ》を持っているふりをすることもできず、ハリーはゆっくり切り出した。「ああ、僕《ぼく》――僕《ぼく》、少し考えてみたよ」

「それで？」ハーマイオニーが意気込《いきご》んだ。

「そうだなあ」ハリーは時間かせぎをしながら、ロンを見た。

「僕《ぼく》は最初から名案だと思ってたよ」ロンが言った。ハリーがまたどなりはじめる心配はないとわかったので、会話に加わる気が出てきたらしい。

ハリーは椅子《いす》にかけたまま、居心地悪《いごこちわる》そうにもぞもぞした。

「幸運だった部分が多かったって言ったのは、聞いたろう？」

「ええ、ハリー」ハーマイオニーがやさしく言った。「それでも、あなたが『闇《やみ》の魔術《まじゅつ》に対《たい》する防《ぼう》衛術《えいじゅつ》』にすぐれていないふりをするのは無意味だわ。だって、すぐれているんですもの。先学期、あなただけが『服従《ふくじゅう》の呪文《じゅもん》』を完全に退《しりぞ》けたし、あなたは『守護霊《しゅごれい》』も創《つく》り出《だ》せる。一人前の大人の魔法使《まほうつか》いにさえできないいろいろなことが、あなたはできるわ。ビクトールがいつも言ってたけど——」

ロンは急にハーマイオニーを振《ふ》り返《かえ》った。あまりに急だったので、筋《すじ》をちがえたのか、首をもみながらロンが言った。「へえ？　それでビッキーはなんて言った？」

「おや、おや」ハーマイオニーは、相手にしなかった。「彼《かれ》はね、自分も知らないようなことを、ハリーがやり方を知ってるって言ったわ。ダームストラングの七年生だった彼《かれ》がよ」

ロンはハーマイオニーをうさんくさそうに見た。

「君、まだあいつとつき合ってるんじゃないだろうな？」

「だったらどうだっていうの？」ハーマイオニーが冷静に言ったが、ほおがかすかに染《そ》まった。

「私《わたし》にペンフレンドがいたって別に——」

「あいつは単に君のペンフレンドになりたいわけじゃない」ロンがとがめるように言った。

ハーマイオニーはあきれたように頭《かぶり》を振《ふ》り、ハーマイオニーから目をそらさないロンを無視《むし》してハリーに話しかけた。

「それで、どうなの？　教えてくれるの？」

「君とロンだけだ。いいね？」

「うーん」ハーマイオニーはまた少し心配そうな顔をした。「ねえ……ハリー、お願いだから、またぶち切れたりしないでね……私《わたし》、習いたい人には誰《だれ》にでも教えるべきだと、ほんとにそう思うの。つまり、問題は、ヴォ、ヴォルデモートに対して――ああ、ロン、そんな情《なさ》けない顔をしないでよ――私《わたし》たちが自衛《じえい》するってことなんだもの。こういうチャンスをほかの人にも与《あた》えないのは、公平じゃないわ」

ハリーはちょっと考えてから言った。

「うん。でも、君たち二人以外に僕《ぼく》から習いたいなんて思うやつはいないと思う。僕《ぼく》は頭がおかしいんだ、そうだろ？」

「さあ、あなたの言うことを聞きたいって思う人間がどんなにたくさんいるか、あなた、きっとびっくりするわよ」ハーマイオニーが真剣《しんけん》な顔で言った。「それじゃ」ハーマイオニーがハリーのほうに体を傾《かたむ》けた。――ロンはまだしかめっ面《つら》でハーマイオニーを見ていたが、話を聞くために前かがみになって頭を近づけた——「ほら、十月の最初の週末はホグズミード行きでしょ？　関心のある人は、あの村で集まるってことにして、そこで討論《とうろん》したらどうかしら？」

「どうして学校の外でやらなきゃならないんだ？」ロンが言った。

「それはね」ハーマイオニーはやりかけの「噛《か》み噛《か》み白菜《はくさい》」の図の模写《もしゃ》に戻《もど》りながら言った。

「アンブリッジが私《わたし》たちの計画をかぎつけたら、あまりうれしくないだろうと思うからよ」


ハリーはホグズミード行きの週末を楽しみにして過《す》ごしたが、一つだけ気になることがあった。九月のはじめに暖炉《だんろ》の火の中に現《あらわ》れて以来、シリウスが石のように沈黙《ちんもく》していることだ。来ないでほしいと言ったことでシリウスを怒《おこ》らせてしまったのはわかっていた——しかし、シリウスが慎重《しんちょう》さをかなぐり捨《す》てて来てしまうのではないかと、ときどき心配になった。ホグズミードで、もしかしてドラコ・マルフォイの目の前で、黒い犬がハリーたちに向かって駆《か》けてきたらどうしよう？

「まあな、シリウスが外に出て動き回りたいっていう気持ちはわかるよ」

ロンとハーマイオニーに心配事を相談すると、ロンが言った。

「だって、二年以上も逃亡生活《とうぼうせいかつ》だったろ？　そりゃ、笑い事じゃなかったのはわかるよ。でも少なくとも自由だったじゃないか？　ところがいまは、あのぞっとするようなしもべ妖精《ようせい》と一緒《いっしょ》に閉《と》じ込《こ》められっぱなしだ」

ハーマイオニーはロンをにらんだが、クリーチャーを侮辱《ぶじょく》したことはそれ以上追及《ついきゅう》しなかった。

「問題は」ハーマイオニーがハリーに言った。「ヴォ、ヴォルデモートが――ロン、そんな顔**やめてったら**――表に出てくるまでは、シリウスは隠《かく》れていなきゃいけないってことなのよ。つまり、バカな魔法省《まほうしょう》が、ダンブルドアがシリウスについて語っていたことが真実だと受け入れない限《かぎ》り、シリウスの無実に気づかないわけよ。あのおバカさんたちが、もう一度ほんとうの死喰《しく》い人《びと》を逮捕《たいほ》しはじめれば、シリウスが死喰《しく》い人《びと》じゃないってことが明白になるわ……だって、第一、シリウスには『闇《やみ》の印《しるし》』がないんだし」

「のこのこ現《あらわ》れるほど、シリウスはバカじゃないと思うよ」ロンが元気づけるように言った。「そんなことしたら、ダンブルドアがカンカンだし、シリウスはダンブルドアの言うことが気に入らなくても、聞き入れるよ」

ハリーがまだ心配そうなので、ハーマイオニーが言った。「あのね、ロンと二人で、まともな『闇《やみ》の魔術《まじゅつ》に対《たい》する防衛術《ぼうえいじゅつ》』を学びたいだろうと思われる人に打診《だしん》して回ったら、興味《きょうみ》を持った人が数人いたわ。その人たちに、ホグズミードで会いましょうって、伝えたわ」

「そう」ハリーはまだシリウスのことを考えながらあいまいな返事をした。

「心配しないことよ、ハリー」ハーマイオニーが静かに言った。「シリウスのことがなくたって、あなたはもう手いっぱいなんだから」

確《たし》かにハーマイオニーの言うとおりだった。宿題はやっとのことで追いついている始末だ。もっとも、アンブリッジの罰則《ばっそく》で毎晩《まいばん》時間を取られることがなくなったので、前よりはずっとよかった。ロンはハリーよりも宿題が遅《おく》れていた。ハリーもロンも週二回のクィディッチの練習がある上、ロンには監督生《かんとくせい》としての任務《にんむ》があった。ハーマイオニーは二人のどちらよりもたくさんの授業《じゅぎょう》を取っていたのに、宿題を全部すませていたし、しもべ妖精《ようせい》の洋服を編《あ》む時間までつくっていた。編《あ》み物《もの》の腕《うで》が上がったと、ハリーも認《みと》めざるをえなかった。いまでは、ほとんど全部、帽子《ぼうし》とソックスとの見分けがつくところまできていた。

ホグズミード行きの日は、明るい、風の強い朝で始まった。朝食のあと、行列してフィルチの前を通り、フィルチは、両親か保護者《ほごしゃ》に村の訪問《ほうもん》を許可《きょか》された生徒の長いリストと照らし合わせて、生徒をチェックした。シリウスがいなかったら、村に行くことさえできなかったことを思い出し、ハリーは胸《むね》がチクリと痛《いた》んだ。

ハリーがフィルチの前に来ると、怪《あや》しげな気配をかぎだそうとするかのように、フィルチがフンフンと鼻の穴《あな》をふくらませた。それからこくっとうなずき、その拍子《ひょうし》にまたあごをわなわな震《ふる》わせはじめた。ハリーはそのまま石段《いしだん》を下り、外に出た。陽射《ひざ》しは明るいが寒い日だった。

「あのさ——フィルチのやつ、どうして君のことフンフンしてたんだ？」

校門に向かう広い馬車道を三人で元気よく歩きながら、ロンが聞いた。

「クソ爆弾《ばくだん》のにおいがするかどうか調べてたんだろう」ハリーはフフッと笑った。「言うの忘《わす》れてたけど……」

ハリーはシリウスに手紙を送ったこと、そのすぐあとでフィルチが飛《と》び込《こ》んできて、手紙を見せろと迫《せま》ったことを話して聞かせた。ハーマイオニーがその話に興味《きょうみ》を持ち、しかもハリー自身よりずっと強い関心を示《しめ》したのはちょっと驚《おどろ》きだった。

「あなたがクソ爆弾《ばくだん》を注文したと、誰《だれ》かが告《つ》げ口《ぐち》したって、フィルチがそう言ったの？　でも、いったい誰《だれ》が？」

「さあ」ハリーは肩《かた》をすくめた。「マルフォイかな。おもしろいことになると思ったんだろ」

三人は羽の生えたイノシシがのっている高い石柱の間を通り、村に向かう道を左に折れた。風で髪《かみ》が乱《みだ》れ、バラバラと目にかかった。

「マルフォイ？」ハーマイオニーが疑《うたが》わしそうな顔をした。「うーん……そう……そうかもね……」

それからホグズミードまでの道すがら、ハーマイオニーは何かじっと考《かんが》え込《こ》んでいた。

「ところで、どこに行くんだい？」ハリーが聞いた。「『三本の箒《ほうき》』？」

「あ――ううん」ハーマイオニーは我《われ》に返って言った。「ちがう。あそこはいつもいっぱいで、とっても騒《さわ》がしいし。みんなに、『ホッグズ・ヘッド』に集まるように言ったの。ほら、もう一つのパブ、知ってるでしょ。表通りには面してないし、あそこはちょっと……ほら……**うさんくさい**

わ……でも生徒は普通《ふつう》あそこには行かないから、盗《ぬす》み聞《ぎ》きされることもないと思うの」

　三人は大通りを歩いて「ゾンコのいたずら専門店《せんもんてん》」の前を通り――当然そこには、フレッド、ジョージ、リーがいた――郵便局《ゆうびんきょく》の前を過《す》ぎ――そこからは、ふくろうが定期的に飛び立ってい
る――そして横道に入った。その道のどん詰《づ》まりに小さな旅籠《はたご》が建っている。ドアの上に張《は》り出したさびついた腕木《うでぎ》に、ぼろぼろの木の看板《かんばん》がかかっていた。ちょん切られたイノシシの首が、周囲《しゅうい》の白い布《ぬの》を血に染《そ》めている絵が描《か》いてある。三人が近づくと、看板《かんばん》が風に吹《ふ》かれてキーキーと音を立てた。三人ともドアの前でためらった。

「さあ、行きましょうか」ハーマイオニーが少しおどおどしながら言った。ハリーが先頭に立って中に入った。

「三本の箒《ほうき》」とはまるでちがっていた。あそこの広々したバーは、輝《かがや》くように温かく清潔《せいけつ》な印象《いんしょう》だが、「ホッグズ・ヘッド」のバーは、小さくみすぼらしい、ひどく汚《きたな》い部屋で、ヤギのようなきついにおいがした。出窓《でまど》はべっとりすすけて、陽《ひ》の光が中までほとんど射《さ》し込《こ》まない。かわりに、ざらざらした木のテーブルで、ちびたろうそくが部屋を照らしていた。床《ゆか》は一見、土を踏《ふ》み固《かた》めた土間のように見えたが、ハリーが歩いてみると、実は、何世紀も積もり積もったほこりが石床《いしゆか》を覆《おお》っていることがわかった。

　一年生のときに、ハグリッドがこのパブの話をしたことを、ハリーは思い出した。

「『ホッグズ・ヘッド』なんてとこにゃ、おかしなやつがうようよしてる」

そのパブで、フードをかぶった見知らぬよそ者からドラゴンの卵《たまご》を賭《か》けで勝ち取ったと説明してくれたときに、ハグリッドがそう言った。あの時ハリーは、会っている間中ずっと顔を隠《かく》しているようなよそ者を、ハグリッドがなぜ怪《あや》しまなかったのかと不思議に思っていたが、「ホッグズ・ヘッド」では顔を隠《かく》すのが流行《はや》りなのだと初めてわかった。バーには首から上全部を汚《きたな》らしい灰色《はいいろ》の包帯でぐるぐる巻《ま》きにしている男がいた。それでも、口を覆《おお》った包帯のすきまから、何やら火のように煙《けむり》を上げる液体《えきたい》を立て続けに飲んでいた。窓際《まどぎわ》のテーブルの一つに、すっぽりフードをかぶったひと組が座《すわ》っていた。強いヨークシャーなまりで話していなかったら、ハリーはこの二人が吸魂鬼《きゅうこんき》だと思ったかもしれない。暖炉脇《だんろわき》の薄暗《うすぐら》い一角には、つま先まで分厚《ぶあつ》い黒いベールに身を包んだ魔女《まじょ》がいた。ベールが少し突《つ》き出《で》ているので、かろうじてそこが魔女《まじょ》の鼻先だとわかる。

「ほんとにここでよかったのかなあ、ハーマイオニー」カウンターのほうに向かいながら、ハリーがつぶやいた。ハリーは特に分厚《ぶあつ》いベールの魔女《まじょ》を見ていた。「もしかしたら、あのベールの下はアンブリッジかもしれないって、そんな気がしないか？」

ハーマイオニーはベール姿《すがた》を探《さぐ》るように見た。

「アンブリッジはもっと背《せ》が低いわ」ハーマイオニーが落ち着いて言った。「それにハリー、たとえアンブリッジがここに来ても、私《わたし》たちを止めることはできないわよ。なぜって、私《わたし》、校則《こうそく》を二回も三回も調べたけど、ここは立ち入り禁止《きんし》じゃないわ。生徒が『ホッグズ・ヘッド』に入ってもいいかどうかって、フリットウィック先生にもわざわ確《たし》かめたの。そしたら、いいっておっしゃったわ。ただし、自分のコップを持参しなさいって強く忠告《ちゅうこく》されたけど。それに、勉強の会とか宿題の会とか、考えられるかぎりすべて調べたけど、全部まちがいなく許可《きょか》されているわ。私《わたし》たちがやっていることを**派手《はで》に見せびらかすのは**、あまりいいとは思わないけど」

「そりゃそうだろ」ハリーはさらりと言った。「特に、君が計画してるのは、宿題の会なんてものじゃないからね」

バーテンが裏《うら》の部屋から出てきて、三人にじわりと近づいてきた。長い白髪《はくはつ》にあごひげをぼうぼうと伸《の》ばした、不機嫌《ふきげん》な顔のじいさんだった。やせて背《せ》が高く、ハリーはなんとなく見覚えがあるような気がした。

「注文は？」じいさんが唸《うな》るように聞いた。

「バタービール三本お願い」ハーマイオニーが言った。

じいさんはカウンターの下に手を入れ、ほこりをかぶった汚《きたな》らしい瓶《びん》を三本引《ひ》っ張《ぱ》り出《だ》し、カウンターにドンと置いた。

「六シックルだ」

「僕《ぼく》が払《はら》う」ハリーが銀貨を渡《わた》しながら、急いで言った。バーテンはハリーを眺《なが》め回《まわ》し、ほんの一《いっ》瞬傷痕《しゅんきずあと》に目をとめた。それから目をそむけ、ハリーの銀貨を古くさい木製《もくせい》のレジの上に置いた。木箱の引き出しが自動的に開いて銀貨を受け入れた。

ハリー、ロン、ハーマイオニーは、バー・カウンターから一番離《はな》れたテーブルに引《ひ》っ込《こ》み、腰《こし》かけてあたりを見回した。汚《よご》れた灰色《はいいろ》の包帯男は、カウンターを拳《こぶし》でコツコツたたき、バーテンからまた煙《けむり》を上げた飲み物を受け取った。

「あのさあ」うずうずとカウンターのほうを見ながらロンがつぶやいた。「ここならなんでも好きなものを注文できるぞ。あのじいさん、なんでもおかまいなしに売ってくれるぜ。ファイア・ウィスキーって、僕《ぼく》、一度試《ため》してみたかったんだ――」

「あなたは、**監《かん》**――**督《とく》**――**生《せい》**です」ハーマイオニーが唸《うな》った。

「あ」ロンの顔から笑いが消えた。「そうかあ……」

「それで、誰《だれ》が僕《ぼく》たちに会いにくるって言ったっけ？」ハリーはバタービールのさびついたふたをひねってこじ開け、ぐいっと飲みながら聞いた。

「ほんの数人よ」ハーマイオニーは時計を確《たし》かめ、心配そうにドアのほうを見ながら、前と同じ答えをくり返した。

「みんなに、だいたいこの時間にここに来るように言っておいたんだけど。場所は知ってるはずだわ――あっ、ほら、いま来たかもよ」

パブのドアが開いた。一瞬《いっしゅん》、ほこりっぽい陽《ひ》の光が太い帯状《おびじょう》に射《さ》し込《こ》み、部屋を二つに分断《ぶんだん》したが、次の瞬間《しゅんかん》、光の帯は、どやどやと入ってきた人影《ひとかげ》でさえぎられて消えた。

先頭にネビル。続いてディーンとラベンダー。そのすぐ後ろにパーバティとパドマ・パチルの双《ふた》子《ご》と、チョウが(ハリーの胃袋《いぶくろ》がでんぐり返った)いつもクスクス笑っている女学生仲間の一人を連れて入ってきた。それから、(たった一人で、夢《ゆめ》でも見ているような顔で、もしかしたら偶然迷《ぐうぜんまよ》い込《こ》んだのではないかと思わせる)ルーナ・ラブグッド。そのあとは、ケイティ・ベル、アリシア・スピネット、アンジェリーナ・ジョンソン、コリンとデニスのクリービー兄弟、アーニー・マクミラン、ジャスティン・フィンチ-フレッチリー、ハンナ・アボット。それからハリーが名前を知らないハッフルパフの女学生で、長い三《み》つ編《あ》みを一本背中《せなか》にたらした子。レイブンクローの男子生徒が三人、名前は確《たし》か、アンソニー・ゴールドスタイン、マイケル・コーナー、テリー・ブートだ。次はジニーと、そのすぐあとから鼻先がちょんと上向いたひょろひょろ背《せ》の高いブロンドの男の子。ハリーは、はっきりとは覚えていないが、ハッフルパフのクィディッチ・チームの選手だと思った。しんがりはジョージとフレッド・ウィーズリーの双子《ふたご》で、仲よしのリー・ジョーダンと一緒《いっしょ》に、三人とも「ゾンコ」での買い物をぎゅうぎゅう詰《つ》め込《こ》んだ紙袋《かみぶくろ》を持って入ってきた。

「数人?」ハリーはかすれた声でハーマイオニーに言った。「**数人だって?**」

「ええ、そうね、この考えはとっても受けたみたい」ハーマイオニーがうれしそうに言った。

「ロン、もう少し椅子《いす》を持ってきてくれない？」

バーテンは一度も洗《あら》ったことがないような汚《きたな》らしいボロ布《ぬの》でコップをふきながら、固まって動かなくなっていた。このパブがこんなに満員になったのを見たのは初めてなのだろう。

「やあ」フレッドが最初にバー・カウンターに行き、集まった人数をすばやく数えながら注文した。「じゃあ……バタービールを二十五本頼《たの》むよ」

バーテンはぎろりとフレッドをひとにらみすると、まるで大切な仕事を中断《ちゅうだん》されたかのように、いらいらしながらボロ布《ぬの》を放り出し、カウンターの下からほこりだらけのバタービールを出しはじめた。

「乾杯《かんぱい》だ」フレッドはみんなに配りながら言った。「みんな、金出せよ。これ全部を払《はら》う金貨は持ち合わせちゃいないからな……」

ペチャペチャとにぎやかな大集団《だいしゅうだん》が、フレッドからビールを受け取り、ローブをゴソゴソさせて小銭《こぜに》を探《さが》すのを、ハリーはぼうっと眺《なが》めていた。いったいみんながなんのためにやってきたのか、ハリーには見当もつかなかったが、ふと、何か演説《えんぜつ》を期待して来たのではないかという恐《おそ》ろしい考えにたどりつき、急にハーマイオニーのほうを見た。

「君はいったい、みんなになんて言ったんだ？」ハリーは低い声で聞いた。「いったい、みんな、何を期待してるんだ？」

「言ったでしょ。みんな、あなたが言おうと思うことを聞きにきたのよ」ハーマイオニーがなだめるように言った。それでもハリーが怒《おこ》ったように見つめていたので、ハーマイオニーが急いでつけ加えた。「あなたはまだ何もしなくていいわ。まず私《わたし》がみんなに話すから」

「やあ、ハリー」ネビルがハリーのむかい側に座《すわ》ってニッコリした。

ハリーは笑い返す努力はしたが、言葉は出てこなかった。口の中が異常《いじょう》に乾《かわ》いていた。ちょうどチョウもハリーに笑いかけ、ロンの右側に腰《こし》を下ろすところだった。チョウの友達の赤みがかったブロンド巻《ま》き毛《げ》の女生徒は、ニコリともせず、いかにも信用していないという目でハリーを見た。ほんとうはこんな所に来たくなかったのだと、その目がはっきり語っていた。

新しく到着《とうちゃく》した生徒が三々五々とハリー、ロン、ハーマイオニーの周りに集まって座《すわ》った。興奮《こうふん》気味《ぎみ》の目あり、興味津々《きょうみしんしん》の目あり、ルーナ・ラブグッドは夢見《ゆめみ》るように宙《ちゅう》を見つめていた。みんなに椅子《いす》が行《ゆ》き渡《わた》ると、おしゃべりがやんだ。みんなの目がハリーに集まっている。

「えー」ハーマイオニーは緊張《きんちょう》で、いつもより声が少し上ずっていた。

「それでは、――えー――こんにちは」

みんなが、今度はハーマイオニーのほうに注意を集中したが、目はときどきハリーのほうに走らせていた。

「さて……えーと……じゃあ、みなさん、なぜここに集まったか、わかっているでしょう。えーと……じゃあ、ここにいるハリーの考えでは――つまり（ハリーがハーマイオニーをきつい目で見た）、私《わたし》の考えでは――いい考えだと思うんだけど、『闇《やみ》の魔術《まじゅつ》に対《たい》する防衛術《ぼうえいじゅつ》』を学びたい人が――つまり、アンブリッジが教えてるようなクズじゃなくて、本物を勉強したい人という意味だけど――」（ハーマイオニーの声が急に自信に満ち、力強くなった）「――なぜなら、あの授業《じゅぎょう》は誰《だれ》が見ても『闇《やみ》の魔術《まじゅつ》に対《たい》する防衛術《ぼうえいじゅつ》』とは言えません――」（「そうだ、そうだ」とアンソニー・ゴールドスタインが合いの手を入れ、ハーマイオニーは気をよくしたようだった）「――それで、いい考えだと思うのですが、私《わたし》は、ええと、この件《けん》は自分たちで自主的にやってはどうかと考えました」

ハーマイオニーはひと息ついてハリーを横目で見てから言葉を続けた。

「そして、つまりそれは、適切《てきせつ》な自己防衛《じこぼうえい》を学ぶということであり、単なる理論《りろん》ではなく、本物の呪文《じゅもん》を――」

「だけど、君は、『闇《やみ》の魔術《まじゅつ》に対《たい》する防衛術《ぼうえいじゅつ》』のO・W・L《ふくろう》もパスしたいんだろ？」マイケル・コーナーが言った。

「もちろんよ」ハーマイオニーがすかさず答えた。「だけど、それ以上に、私《わたし》はきちんと身を護《まも》る訓練を受けたいの。なぜなら……なぜなら……」

ハーマイオニーは大きく息を吸《す》い込《こ》んで最後の言葉を言った。

「なぜならヴォルデモート卿《きょう》が戻《もど》ってきたからです」

たちまち予想どおりの反応《はんのう》があった。チョウの友達は金切り声を上げ、バタービールをこぼして自分の服に引っかけた。テリー・ブートは思わずびくりとけいれんし、パドマ・パチルは身震《みぶる》いし、ネビルはヒエッと奇声《きせい》を発しかけたが、咳《せき》をしてなんとかごまかした。しかし、全員がますますらんらんとした目でハリーを見つめた。

「じゃ……とにかく、そういう計画です」ハーマイオニーが言った。「みなさんが一緒《いっしょ》にやりたければ、どうやってやるかを決めなければなりません——」

「『例のあの人』が戻《もど》ってきたっていう証拠《しょうこ》がどこにあるんだ？」ブロンドのハッフルパフの選手が、食ってかかるような声で言った。

「まず、ダンブルドアがそう信じていますし——」ハーマイオニーが言いかけた。

「ダンブルドアが**その人を**信じてるって意味だろ」ブロンドの男子生徒がハリーのほうにあごをしゃくった。

「**君**、いったい誰《だれ》？」ロンが少しぶっきらぼうに聞いた。

「ザカリアス・スミス」男子生徒が答えた。「それに、僕《ぼく》たちは、その人がなぜ『例のあの人』が戻《もど》ってきたなんて言うのか、正確《せいかく》に知る権利《けんり》があると思うな」

「ちょっと待って」ハーマイオニーがすばやく割《わ》って入った。「この会合の目的は、そういうことじゃないはずよ――」

「かまわないよ、ハーマイオニー」ハリーが言った。

なぜこんなに多くの生徒が集まったのか、ハリーはいま気がついた。ハーマイオニーはこういう成り行きを予想すべきだったと、ハリーは思った。このうちの何人かは――もしかしたらほとんど全員が――ハリーから直に話が聞けると期待してやってきたのだ。

「僕《ぼく》がなぜ『例のあの人』が戻《もど》ってきたと言うのかって?」ハリーはザカリアスを正面きって見つめながら言った。「僕《ぼく》はやつを見たんだ。だけど、先学期ダンブルドアが、何が起きたのかを全校生に話したはず。だから、君がその時ダンブルドアを信じなかったのなら、僕《ぼく》のことも信じないだろう。僕《ぼく》は誰《だれ》かを信用させるために、午後いっぱいをむだにするつもりはない」

ハリーが話す間、全員が息を殺しているようだった。ハリーは、バーテンまでも聞き耳を立てているような気がした。バーテンはあの汚《きたな》いボロ布《ぬの》で、同じコップをふき続け、汚《よご》れをますますひどくしていた。

ザカリアスが、それでは納得《なっとく》できないとばかり言った。

「ダンブルドアが先学期話したのは、セドリック・ディゴリーが『例のあの人』に殺されたことと、君がホグワーツまでディゴリーのなきがらを運んできたことだ。くわしいことは話さなかった。ディゴリーがどんなふうに殺されたのかは話してくれなかった。僕《ぼく》たち、みんなそれが知りたいんだと思うな――」

「ヴォルデモートがどんなふうに人を殺すのかをはっきり聞きたいからここに来たのなら、あいにくだったな」

ハリーのかんしゃくはこのごろいつも爆発寸前《ばくはつすんぜん》だったが、いまもだんだん沸騰《ふっとう》してきた。ハリーはザカリアス・スミスの挑戦的《ちょうせんてき》な顔から目を離《はな》さなかったし、絶対《ぜったい》にチョウのほうを見るまいと心を決めていた。

「僕《ぼく》は、セドリック・ディゴリーのことを話したくない。わかったか！　だから、もしみんながそのためにここに来たなら、すぐ出ていったほうがいい」

ハリーはハーマイオニーのほうに怒《いか》りのまなざしを向けた。ハーマイオニーがハリーを見世物《みせもの》にしようとしたんだ。当然、みんなは、ハリーの話がどんなにとんでもないものか聞いてやろうと思ってやってきたんだ。

しかし、席を立つ者はいなかった。ザカリアス・スミスさえ、ハリーをじっと見つめたままだった。

「それじゃ」ハーマイオニーの声がまた上ずった。「それじゃ……さっきも言ったように……みんなが防衛術《ぼうえいじゅつ》を習いたいのなら、やり方を決める必要があるわ。会合の頻度《ひんど》とか場所とか――」

「ほんとなの？」長い三《み》つ編《あ》みを一本背中《せなか》にたらした女生徒が、ハリーを見ながら口をはさんだ。

「守護霊《しゅごれい》を創《つく》り出《だ》せるって、ほんと？」

集まった生徒が関心を示《しめ》してざわめいた。

「うん」ハリーは少し身がまえるように言った。

「有体の守護霊《しゅごれい》を？」

その言葉でハリーの記憶《きおく》がよみがえった。

「あ――君、マダム・ボーンズを知ってるかい？」ハリーが聞いた。

女生徒がニッコリした。

「私《わたし》のおばさんよ」女生徒が答えた。「私《わたし》、スーザン・ボーンズ。おばさんがあなたの尋問《じんもん》のことを話してくれたわ。それで――ほんとにほんとなの？　牡鹿《おじか》の守護霊《しゅごれい》を創《つく》るって？」

「ああ」ハリーが答えた。

「すげえぞ、ハリー！」リーが心底感心したように言った。「全然知らなかった！」

「おふくろがロンに、吹聴《ふいちょう》するなって言ったのさ」フレッドがハリーに向かってニヤリとした。

「ただでさえ君は注意を引きすぎるからって、おふくろが言ったんだ」

「それ、まちがっちゃいないよ」ハリーが口ごもり、何人かが笑った。

ぽつんと座《すわ》っていたベールの魔女《まじょ》が、座《すわ》ったままほんの少し体をもぞもぞさせた。

「それに、君はダンブルドアの校長室にある剣《つるぎ》でバジリスクを殺したのかい？」テリー・ブートが聞いた。「先学期あの部屋に行ったとき、壁《かべ》の肖像画《しょうぞうが》の一つが僕《ぼく》にそう言ったんだ……」

「あ——まあ、そうだ、うん」ハリーが言った。

ジャスティン・フィンチ－フレッチリーがヒューッと口笛を吹《ふ》いた。クリービー兄弟は尊敬《そんけい》で打ちのめされたように目を見交《みか》わし、ラベンダー・ブラウンは「うわぁ！」と小さく叫《さけ》んだ。ハリーは少し首筋《くびすじ》が熱くなるのを感じ、絶対《ぜったい》にチョウを見ないように目をそらした。

「それに、一年のとき」ネビルがみんなに向かって言った。「ハリーは『言者《げんじゃ》の石《いし》』を救ったよ——」

「『賢者《けんじゃ》の』」ハーマイオニーが急いでヒソヒソ言った。

「そう、それ——『例のあの人』からだよ」ネビルが言い終えた。

ハンナ・アボットの両眼《りょうがん》が、ガリオン金貨ぐらいにまん丸になった。

「それに、まだあるわ」チョウが言った（ハリーの目がバチンとチョウに引きつけられた。チョウがハリーを見てほほえんでいた。ハリーの胃袋《いぶくろ》がまたでんぐり返った）。「先学期、三校対抗試合《たいこうじあい》で、ハリーがどんなにいろんな課題をやりとげたか——ドラゴンや水中人、大蜘蛛《おおぐも》なんかをいろいろ切《き》り抜《ぬ》けて……」

テーブルの周りで、そうだそうだとみんなが感心してざわめいた。ハリーは内臓《ないぞう》がじたばたしていた。あまり得意《とくい》げな顔に見えないように取りつくろうのがひと苦労だった。チョウがほめてくれたことで、みんなに絶対《ぜったい》に言おうと心に決めていたことが、ずっと言い出しにくくなってしまった。

「聞いてくれ」ハリーが言うと、みんなたちまち静かになった。「僕《ぼく》……僕《ぼく》、何も謙遜《けんそん》するとか、そういうわけじゃないんだけど……僕《ぼく》はずいぶん助けてもらって、そういういろんなことをしたんだ……」

「ドラゴンのときはちがう。助けはなかった」マイケル・コーナーがすぐに言った。「あれはほんとに、かっこいい飛行だった……」

「うん、まあね――」ハリーは、ここで否定《ひてい》するのはかえってやぼだと思った。

「それに、夏休みに吸魂鬼《きゅうこんき》を撃退《げきたい》したときも、誰《だれ》もあなたを助けやしなかった」スーザン・ボーンズが言った。

「ああ」ハリーが言った。「そりゃ、まあね、助けなしでやったことも少しはあるさ。でも、僕《ぼく》が言いたいのは――」

「君、いたちごっこで、いつまでも言ってそういう技《わざ》を僕《ぼく》たちに見せてくれないつもりかい？」ザカリアス・スミスが言った。

「いいこと教えてやろう」ハリーが何も言わないうちに、ロンが大声で言った。「減《へ》らず口《ぐち》たたくな」

「いたち《ウィーズル》」と言われてカチンと来たのかもしれない。とにかく、ロンは、ぶちのめしてやりたいとばかりにザカリアスをにらみつけていた。ザカリアスが赤くなった。

「だって、僕《ぼく》たちはポッターに教えてもらうために集まったんだ。なのに、ポッターは、ほんとうはそんなことなんにもできないって言ってる」

「そんなこと言ってやしない」フレッドが唸《うな》った。

「耳の穴《あな》、かっぽじってやろうか？」ジョージが「ゾンコ」の袋《ふくろ》から、何やら長くて危険《きけん》そうな金《きん》属《ぞく》の道具を取り出しながら言った。

「耳以外のどこでもいいいぜ。こいつは別に、どこに突《つ》き刺《さ》したってかまわないんだ」フレッドが言った。

「さあ、じゃあ」ハーマイオニーがあわてて言った。「先に進めましょう……要するに、ハリーから習いたいということで、みんな賛成《さんせい》したのね？」

ガヤガヤと同意を示《しめ》す声が上がった。ザカリアスは腕組《うでぐ》みをしたまま、何も言わなかった。ジョージが持っている道具に注意するのに忙《いそが》しかったせいかもしれない。

「いいわ」やっと一つ決定したので、ハーマイオニーはホッとした顔をした。「それじゃ、次は、何回集まるかだわね。少なくとも一週間に一回は集まらなきゃ、意味がないと思います」

「待って」アンジェリーナが言った。「私《わたし》たちのクィディッチの練習とかち合わないようにしなくちゃ」

「もちろんよ」チョウが言った。「私《わたし》たちの練習ともよ」

「僕《ぼく》たちのもだ」ザカリアス・スミスが言った。

「どこか、みんなに都合のよい夜が必ず見つかると思うわ」ハーマイオニーが少しいらいらしながら言った。「だけど、いい？　これはかなり大切なことなのよ。ヴォ、ヴォルデモートの死喰い人《しくいびと》から身を護《まも》ることを学ぶんですからね――」

「そのとおり！」アーニー・マクミランが大声を出した。アーニーはもっとずっと前に発言があって当然だったのに、とハリーは思った。「個人的《こじんてき》には、これはとても大切なことだと思う。今年僕《ぼく》たちがやることの中では一番大切かもしれない。たとえO《ふ》・W《く》・L《ろう》テストが控《ひか》えていてもだ！」

アーニーはもったいぶってみんなを見渡《みわた》した。まるで、「それはちがうぞ！」と声がかかるのを待っているかのようだった。誰《だれ》も何も言わないので、アーニーは話を続けた。

「個人的《こじんてき》には、なぜ魔法省《まほうしょう》があんな役にも立たない先生を我々《われわれ》に押《お》しつけたのか、理解《りかい》に苦しむ。魔法省《まほうしょう》が、『例のあの人』が戻《もど》ってきたと認《みと》めたくないために否定《ひてい》しているのは明らかだ。しかし、我々《われわれ》が防衛呪文《ぼうえいじゅもん》を使うことを積極的に禁《きん》じようとする先生をよこすとは――」

「アンブリッジが私《わたし》たちに『闇《やみ》の魔術《まじゅつ》に対《たい》する防衛術《ぼうえいじゅつ》』の訓練を受けさせたくない理由は――」ハーマイオニーが言った。「それは、アンブリッジが何か……何か変な考えを持ってるからよ。ダンブルドアが私設軍隊《しせつぐんたい》のようなものに生徒を使おうとしてるとか。アンブリッジは、ダンブルドアが私《わたし》たちを動員して、魔法省《まほうしょう》にたてつくと考えているわ」

この言葉に、ほとんど全員が愕然《がくぜん》としたが、ルーナ・ラブグッドだけは、声を張《は》り上《あ》げた。

「でも、それ、つじつまが合うよ。だって、結局コーネリウス・ファッジだって私設軍団《しせつぐんだん》を持ってるもン」

「え？」寝耳《ねみみ》に水の情報《じょうほう》に、ハリーは完全に狼狽《ろうばい》した。

「うん、『ヘリオパス』の軍隊を持ってるよ」ルーナが重々しく言った。

「まさか、持ってるはずないわ」ハーマイオニーがピシャリと言った。

「持ってるもン」ルーナが言った。

「『ヘリオパス』ってなんなの？」ネビルがキョトンとして聞いた。

「火の精《せい》よ」ルーナが飛び出した目を見開くと、ますますまともではない顔になった。「大きな炎《ほのお》を上げる背《せ》の高い生き物で、地を疾走《しっそう》し、行く手にあるものをすべて焼き尽《や》《つ》くし――」

「そんなものは存在《そんざい》しないのよ、ネビル」ハーマイオニーがにべもなく言った。

「あら、いるよ。いるもン！」ルーナが怒《おこ》ったように言った。

「すみませんが、いるという証拠《しょうこ》があるの？」ハーマイオニーがバシッと言った。

「目撃者《もくげきしゃ》の話がたくさんあるよ。ただあんたは頭が固いから、なんでも目の前に突《つ》きつけられないとだめなだけ――」

「**エヘン、エヘン**」

ジニーの声色がアンブリッジ先生にそっくりだったので、何人かがハッとして振《ふ》り向《む》き、笑った。

「防衛《ぼうえい》の練習に何回集まるか、決めるところじゃなかったの？」

「そうよ」ハーマイオニーがすぐに答えた。「ええ、そうだった。ジニーの言うとおりだわ」

「そうだな、一週間に一回ってのがグーだ」リー・ジョーダンが言った。

「ただし――」アンジェリーナが言いかけた。

「ええ、ええ、クィディッチのことはわかってるわよ」ハーマイオニーがピリピリしながら言った。「それじゃ、次に、どこで集まるかを決めないと……」

このほうがむしろ難題《なんだい》で、みんなだまり込《こ》んだ。

「図書館は？」しばらくしてケイティ・ベルが言った。

「僕《ぼく》たちが図書館で呪《のろ》いなんかかけてたら、マダム・ピンスがあんまり喜ばないんじゃないかな」ハリーが言った。

「使ってない教室はどうだ？」ディーンが言った。

「うん」ロンが言った。「マクゴナガルが自分の教室を使わせてくれるかもな。ハリーが三校対抗《たいこう》試合《じあい》の練習をしたときにそうした」

しかし、マクゴナガルが今回はそんなに物わかりがよいわけがないと、ハリーにはわかっていた。ハーマイオニーが勉強会や宿題会は問題ないと言っていたが、この集まりはそれよりずっと反《はん》抗的《こうてき》なものとみなされるだろうと、ハリーははっきり感じていた。

「いいわ、じゃ、どこか探《さが》すようにします」ハーマイオニーが言った。「最初の集まりの日時と場所が決まったら、みんなに伝言を回すわ」

ハーマイオニーは鞄《かばん》を探《さぐ》って羊皮紙と羽根ペンを取り出し、それからちょっとためらった。何かを言おうとして、意を決しているかのようだった。

「私《わたし》――私《わたし》、考えたんだけど、ここに全員名前を書いてほしいの、誰《だれ》が来たかわかるように。それと」ハーマイオニーは大きく息を吸《す》い込《こ》んだ。「私《わたし》たちのしていることを言いふらさないと、全員が約束するべきだわ。名前を書けば、私《わたし》たちの考えていることを、アンブリッジにも誰《だれ》にも知らせないと約束したことになります」

フレッドが羊皮紙に手を伸《の》ばし、嬉々《きき》として名前を書いた。しかし、何人かは、リストに名前を連ねることにあまり乗り気ではないことに、ハリーは気づいた。

「えーと……」ジョージが渡《わた》そうとした羊皮紙を受け取らずに、ザカリアスがのろのろと言った。

「まあ……アーニーがきっと、いつ集まるかを僕《ぼく》に教えてくれるから」

しかし、アーニーも名前を書くことをかなりためらっている様子だ。ハーマイオニーはアーニーに向かって眉《まゆ》を吊《つ》り上《あ》げた。

「僕《ぼく》は――あの、僕《ぼく》たち、**監督生だ**《かんとくせい》」アーニーが苦《くる》し紛《まぎ》れに言った。「だから、もしこのリストがばれたら……つまり、ほら……君も言ってたけど、もしアンブリッジに見つかったら――」

「このグループは、今年僕《ぼく》たちがやることの中では一番大切だって、君、さっき言ったろう」ハリーが念を押《お》した。

「僕《ぼく》――うん」アーニーが言った。「ああ、僕《ぼく》はそう信じてる。ただ――」

「アーニー、私《わたし》がこのリストをそのへんに置きっ放しにするとでも思ってるの？」ハーマイオニーがいらだった。

「いや、ちがう。もちろん、ちがうさ」アーニーは少し安心したようだった。「僕《ぼく》――うん、もちろん名前を書くよ」

アーニーのあとは誰《だれ》も異《い》議《ぎ》を唱えなかった。ただ、チョウの友達が、名前を書くとき、少し恨《うら》みがましい顔をチョウに向けたのを、ハリーは見た。最後の一人が――ザカリアスだった――署《しょ》名《めい》すると、ハーマイオニーは羊皮紙を回収《かいしゅう》し、慎重《しんちょう》に自分の鞄《かばん》に入れた。グループ全体に奇妙《きみょう》な感覚が流れた。まるで、一種の盟約《めいやく》を結んだかのようだった。

「さあ、こうしちゃいられない」フレッドが威勢《いせい》よくそう言うと立ち上がった。「ジョージやリーと一緒《いっしょ》に、ちょっとわけありの買い物をしないといけないんでね。またあとでな」

ほかの全員も三々五々立ち去った。チョウは出ていく前に、鞄《かばん》の留《と》め金《がね》をかけるのにやたらと手間取っていた。長い黒髪《くろかみ》が顔を覆《おお》うようにかかり、ゆらゆら揺《ゆ》れた。しかし、チョウの友達が腕組《うでぐ》みをしてそばに立ち、舌《した》を鳴らしたので、チョウは友達と一緒《いっしょ》に出ていくしかなかった。友達に急《せ》かされてドアを出るとき、チョウは振《ふ》り返《かえ》ってハリーに手を振《ふ》った。

「まあ、なかなかうまくいったわね」

数分後、ハリー、ロンと一緒《いっしょ》に「ホッグズ・ヘッド」を出て、まぶしい陽《ひ》の光の中に戻《もど》ったとき、ハーマイオニーが満足げに言った。ハリーとロンはまだバタービールの瓶《びん》を手にしていた。

「あのザカリアスのやろう、しゃくなやつだ」遠くに小さく姿《すがた》が見えるザカリアス・スミスの背中《せなか》をにらみつけながら、ロンが言った。

「私《わたし》もあの人はあんまり好きじゃない」ハーマイオニーが言った。「だけど、あの人、私《わたし》がハッフルパフのテーブルでアーニーとハンナに話をしているのをたまたまそばで聞いていて、とっても来たそうにしたの。だから、しょうがないでしょ？　だけど、正直、人数が多いに越《こ》したことはないわ——たとえば、マイケル・コーナーとか、その友達なんかは、マイケルがジニーとつき合っていなかったら、来なかったでしょうしね——」

ロンはバタービールの最後のひと口を飲《の》み干《ほ》すところだったが、むせて、ローブの胸《むね》にビールをブーッと吹《ふ》いた。

「あいつが、**なんだって？**」ロンはカンカンになってわめき散らした。両耳がまるでカールした生の牛肉のようだった。「ジニーがつき合ってるって——妹がデートしてるって——なんだって？マイケル・コーナーと？」

「あら、だからマイケルも友達と一緒《いっしょ》に来たのよ。きっと――まあ、あの人たちが防衛術《ぼうえいじゅつ》を学びたがっているのももちろんだけど、でもジニーがマイケルに事情《じじょう》を話さなかったら――」

「いつからなんだ――ジニーはいつから――？」

「クリスマス・ダンスパーティで出会って、先学期の終わりごろにつき合いはじめたわ」

ハーマイオニーは落《お》ち着《つ》き払《はら》って言った。三人はハイストリート通りに出ていた。ハーマイオニーは「スクリベンシャフト羽根ペン専門店《せんもんてん》」の前で立ち止まった。ショーウィンドウに、雉羽根《きじばね》のペンがスマートに並《なら》べられていた。

「んー……私《わたし》、新しい羽根ペンが必要かも」

ハーマイオニーが店に入り、ハリーとロンもあとに続いた。

「マイケル・コーナーって、どっちのやつだった？」ロンが怒《いか》り狂《くる》って問《と》い詰《つ》めた。

「髪《かみ》の黒いほうよ」ハーマイオニーが言った。

「気に食わないやつだった」間髪《かんはつ》を容《い》れずロンが言った。

「あら、驚《おどろ》いたわ」ハーマイオニーが低い声で言った。

「だけど」ロンは、ハーマイオニーが銅《どう》のつぼに入った羽根ペンを眺《なが》めて回るあとから、くっついて回った。「ジニーはハリーが好きだと思ってた！」

ハーマイオニーは哀《あわ》れむような目でロンを見て、首を振《ふ》った。

「ジニーはハリーが好き**だったわ**。だけど、もうずいぶん前にあきらめたの。ハリー、あなたのこと**好きじゃないってわけではない**のよ、もちろん」

ハーマイオニーは、黒と金色の長い羽根ペンを品定めしながら、ハリーに気づかうようにつけ加えた。

ハリーはチョウが別《わか》れ際《ぎわ》に手を振《ふ》ったことで頭がいっぱいで、この話題には、怒《いか》りで身を震《ふる》わせているロンほど関心がなかった。しかし、それまでは気づかなかったことに、突然《とつぜん》気づいた。

「ジニーは、だから僕《ぼく》に話しかけるようになったんだね？」ハリーがハーマイオニーに聞いた。

「ジニーは、これまで僕《ぼく》の前では口をきかなかったんだ」

「そうよ」ハーマイオニーが言った。「うん、私《わたし》、これを買おうっと……」

ハーマイオニーはカウンターで十五シックルと二クヌートを支払《しはら》った。ロンはまだしつこくハーマイオニーの後ろにくっついていた。

「ロン」振《ふ》り返《かえ》った拍子《ひょうし》にすぐ後ろにいたロンの足を踏《ふ》んづけながら、ハーマイオニーが厳《きび》しい声で言った。「これだからジニーは、マイケルとつき合ってることを、あなたに言わなかったのよ。あなたが気を悪くするって、ジニーにはわかってたの。お願いだから**くどくど**お説教するんじゃないわよ」

「どういう意味だい？　誰《だれ》が気を悪くするって？　僕《ぼく》、何もくどくどなんか……」ロンは通りを歩いている間中、低い声でブツクサ言い続けた。

ロンがマイケル・コーナーをブツブツ呪《のろ》っている間、ハーマイオニーはハリーに向かって、しょうがないわねという目つきをし、低い声で言った。

「マイケルとジニーといえば……あなたとチョウはどうなの？」

「何が？」ハリーがあわてて言った。

まるで煮立《にた》った湯が急に胸《むね》を突《つ》き上《あ》げてくるようだった。寒さの中で顔がじんじんほてった――そんなに見え見えだったのだろうか？

「だって」ハーマイオニーがほほえんだ。「チョウったら、あなたのこと見つめっぱなしだったじゃない？」

ホグズミードの村がこんなに美しいとは、ハリーはいままで一度も気づかなかった。

第十七章 教育令第二十四号

残りの週末を、ハリーは、今学期始まって以来の幸せな気分で過《す》ごした。ハリーとロンは、日曜のほとんどを、またしてもたまった宿題を片《かた》づけるのに費《つい》やした。それ自体はとても楽しいとは言えなかったが、秋の名残《なごり》の陽射《ひざ》しがさんさんと降《ふ》り注《そそ》いでいたので、談話室のテーブルに背中《せなか》を丸めて張《は》りついているよりは、宿題を外に持ち出して、湖のほとりの大きなブナの木の木陰《こかげ》でくつろぐことにした。ハーマイオニーは、言うまでもなく宿題を全部すませていたので、毛糸を外に持ち出し、編《あ》み棒《ぼう》に魔法《まほう》をかけて空中に浮《う》かべ、自分の脇《わき》でキラリ、カチカチと働かせ、またまた帽子《ぼうし》や襟巻《えりま》きを編《あ》ませていた。

アンブリッジと魔法省《まほうしょう》とに抵抗《ていこう》するために行動をおこし、しかも自分がその反乱《はんらん》の中心人物だという意識《いしき》が、ハリーに計り知れない満足感を与《あた》えていた。土曜日の会合のことを、ハリーは何度も思い返して味わった。「闇《やみ》の魔術《まじゅつ》に対《たい》する防衛術《ぼうえいじゅつ》」をハリーに習うために、あんなにたくさん集

まったんだ……ハリーがこれまでやってきたことのいくつかを聞いたときの、みんなのあの顔……それに、**チョウが**三校対抗試合《たいこうじあい》で僕《ぼく》のやったことをほめてくれた――しかも、あの生徒たちは、僕《ぼく》のことをうそつきの異常者《いじょうしゃ》だとは思っていない。称賛《しょうさん》すべき人間だと思っている。そう思うと、ハリーは大いに気分が高揚《こうよう》し、一番嫌《きら》いな学科が軒並《のきな》み待ち受けている月曜の朝になっても、まだ楽しい気分が続いていた。

ハリーとロンは、寝室《しんしつ》からの階段《かいだん》を下りながら、「ナマケモノ型《がた》グリップ・ロール」という新しい手を、今夜のクィディッチの練習に取り入れるというアンジェリーナの考えについて話し合っていた。朝陽《あさひ》の射《さ》し込《こ》む談話室を半分ほど横切ったところで、初めて二人は、談話室に新しく貼《は》り出《だ》された掲示《けいじ》の前に小さな人だかりができているのに気がついた。グリフィンドールの掲示板《けいじばん》に大きな告示《こくじ》が貼《は》りつけてあり、あまり大きいので、ほかの掲示《けいじ》が全部隠《かく》れていた。――呪文《じゅもん》の古本いろいろゆずります広告《こうこく》、アーガス・フィルチのいつもの校則備忘録《こうそくびぼうろく》、クィディッチ・チーム練習予定表、「蛙《かえる》チョコ」カード交換《こうかん》しましょう広告《こうこく》、双子《ふたご》のウィーズリーの試食者募集《ししょくしゃぼしゅう》の最新の広告《こうこく》、ホグズミード行きの週末の予定日、落とし物のお知らせ、などなどだ。新しい掲示《けいじ》は、大きな黒い文字で書かれ、一番最後に、こぎれいなくるくる文字でサインがしてあり、そのあとにいかにも公式文書らしい印鑑《いんかん》が押《お》されていた。

告示

ホグワーツ高等尋問官令《こうとうじんもんかんれい》

学生による組織《そしき》、団体《だんたい》、チーム、グループ、クラブなどは、ここにすべて解散《かいさん》される。組織《そしき》、団体《だんたい》、チーム、グループ、クラブとは、定例的に三人以上の生徒が集まるものと、ここに定義《ていぎ》する。

再結成《さいけっせい》の許可《きょか》は、高等尋問官《こうとうじんもんかん》（アンブリッジ教授《きょうじゅ》）に願い出ることができる。

学生による組織《そしき》、団体《だんたい》、チーム、グループ、クラブは、高等尋問官《こうとうじんもんかん》への届出《とどけで》と承認《しょうにん》なしに存在《そんざい》してはならない。

組織《そしき》、団体《だんたい》、チーム、グループ、クラブで、高等尋問官《こうとうじんもんかん》の承認《しょうにん》なきものを結成し、またはそれに属《ぞく》することが判明《はんめい》した生徒は退学処分《たいがくしょぶん》となる。

以上は、教育令第二十四号に則《のっと》ったものである。

高等尋問官《こうとうじんもんかん》　ドローレス・ジェーン・アンブリッジ

ハリーとロンは心配そうな顔の二年生たちの頭越《ご》しに告示《こくじ》を読んだ。

「これ、ゴブストーン・クラブも閉鎖《へいさ》ってことなのかな?」二年生の一人が友達に問いかけた。

「君たちのゴブストーンは大丈夫《だいじょうぶ》だと思うけど」ロンが暗い声で言うと、二年生がびっくりして飛び上がった。「僕《ぼく》たちのほうは、そうそうラッキーってわけにはいかないよな?」二年生たちがあわてて立ち去ったあと、ロンがハリーに問いかけた。

ハリーはもう一度掲示《けいじ》を読み返していた。土曜日以来のはち切れるような幸福感が消えてしまった。怒《いか》りで体中がドクンドクンと脈打《みゃくう》っていた。

「偶然《ぐうぜん》なんかじゃない」ハリーが拳《こぶし》を握《にぎ》りしめながら言った。「あいつは知ってる」

「そんなはずない」ロンがすぐさま言った。

「あのパブで聞いていた人間がいた。それに、当然って言えば当然だけど、あそこに集まった生徒の中で、いったい何人信用できるかわかったもんじゃない……誰《だれ》だってアンブリッジに垂《た》れ込《こ》める……」

それなのに、僕《ぼく》は、みんなが僕《ぼく》を信用したなんて思っていた。みんなが僕《ぼく》を称賛《しょうさん》しているなんて思っていたんだ……。

「ザカリアス・スミスだ!」ロンが間髪《かんはつ》を容《い》れず叫《さけ》び、拳《こぶし》で片方《かたほう》の手のひらにパンチをたたき込《こ》んだ。「いや――あのマイケル・コーナーのやつも、どうも目つきが怪《あや》しいと思ったんだ――」

「ハーマイオニーはもうこれを見たかな？」ハリーは振《ふ》り返《かえ》って女子寮《じょしりょう》のドアのほうを見た。

「知らせにいこう」ロンが跳《は》ねるように飛び出してドアを開け、女子寮《じょしりょう》への螺旋階段《らせんかいだん》を上りはじめた。

ロンが六段目《だんめ》に上ったときだった。大声で泣《な》き叫《さけ》ぶような、クラクションのような音がしたかと思うと、階段《かいだん》が溶《と》けて一本につながり、ジェットコースターのような長いつるつるの石のすべり台になった。ロンは両腕《りょううで》を風車のように必死でぶん回し、走り続けようとしたが、それもほんのわずかの間で、結局仰向《あおむ》けに倒《たお》れ、できたてのすべり台をすべり落ちて、仰向《あおむ》けのままハリーの足元で止まった。

「あー——僕《ぼく》たち、女子寮《じょしりょう》に入っちゃいけないみたいだな」ハリーが笑いをこらえながらロンを助け起こした。

四年生の女子生徒が二人、歓声《かんせい》を上げて石のすべり台をすべり下りてきた。

「おぉおや、上に行こうとしたのはだーれ？」ポンと跳《と》んで立ち上がり、ハリーとロンをじろじろ見ながら、二人がうれしそうにクスクス笑った。

「僕《ぼく》さ」ロンはまだ髪《かみ》がくしゃくしゃだった。「こんなことが起こるなんて、僕《ぼく》知らなかったよ。不公平だ！」ロンがハリーを見ながら言った。

女子生徒は、さかんにクスクス笑いしながら肖像画《しょうぞうが》の穴《あな》に向かった。

「ハーマイオニーは僕《ぼく》たちの寮《りょう》に来てもいいのに、なんで僕《ぼく》たちはだめなんだ——？」

「ああ、それは古くさい規則《きそく》なのよ」ハーマイオニーが二人の前にある敷物《しきもの》の上にきれいにすべり下り、立ち上がろうとしているところだった。「でも、『ホグワーツの歴史』に、創始者《そうししゃ》たちは男の子が女の子より信用できないと考えたって、そう書いてあるわ。それはそうと、どうして入ろうとしたの？」

「君に会うためさ——これを見ろ！」ロンがハーマイオニーを掲示板《けいじばん》の所へ引《ひ》っ張《ぱ》っていった。

ハーマイオニーの目が、すばやく告示《こくじ》の端《はし》から端《はし》へとすべった。表情《ひょうじょう》が石のように硬《かた》くなった。

「誰《だれ》かがあいつにべらべらしゃべったにちがいない！」ロンが怒《おこ》った。

「それはありえないわ」ハーマイオニーが低い声で言った。

「君は甘《あま》い」ロンが言った。「君自身が名誉《めいよ》を重んじ、信用できる人間だからといって——」

「ううん、誰《だれ》もできないっていうのは、私《わたし》が、みんなの署名《しょめい》した羊皮紙に呪《のろ》いをかけたからよ」ハーマイオニーがおごそかに言った。「誰《だれ》かがアンブリッジに告《つ》げ口《ぐち》したら、いいこと？　誰《だれ》がそうしたか確実《かくじつ》にわかるの。その誰《だれ》かさんは、とっても後悔《こうかい》するわよ」

「そいつらはどうなるんだ？」ロンが身を乗り出した。

「そうね、こう言えばいいかな」ハーマイオニーが言った。「エロイーズ・ミジョンのにきびでさえ、ほんのかわいいそばかすに見えてしまう。さあ、朝食に行きましょう。ほかのみんなはどう思うか聞きましょう……全部の寮《りょう》にこの掲示《けいじ》が貼《は》られたのかしら？」

大広間に入ったとたん、アンブリッジの掲示《けいじ》がグリフィンドールだけに貼《は》られたのではないことがはっきりした。それぞれのテーブルをみんな忙《いそが》しく往《ゆ》き来《き》し、掲示《けいじ》のことを相談し合っていて、おしゃべりが異常《いじょう》に緊張《きんちょう》し、大広間の動きはいつもより激《はげ》しかった。ハリー、ロン、ハーマイオニーが席に着くや否《いな》や、ネビル、ディーン、フレッド、ジョージ、ジニーが待ってましたとばかりにやってきた。

「読んだ？」

「あいつが知ってると思うか？」

「どうする？」

みんながハリーを見ていた。ハリーはあたりを見回し、近くに誰《だれ》も先生がいないことを確《たし》かめた。

「とにかく、やるさ。もちろんだ」ハリーは静かに言った。

「そうくると思った」ジョージがニッコリしてハリーの腕《うで》をポンとたたいた。

「監督生《かんとくせい》さんたちもかい？」フレッドがロンとハーマイオニーを冷やかすように見た。

「もちろんよ」ハーマイオニーが落《お》ち着《つ》き払《はら》って言った。

「アーニーとハンナ・アボットが来たぞ」ロンが振《ふ》り返《かえ》りながら言った。「**さあ**、レイブンクローのやつらとスミス……誰《だれ》もあばたっぽくないなあ」

ハーマイオニーがハッとしたような顔をした。

「あばたはどうでもいいわ。あの人たち、おバカさんね。いまここに来たらだめじゃない。本当に怪《あや》しまれちゃうわ――座《すわ》ってよ！」

ハーマイオニーがアーニーとハンナに必死で身《み》振《ぶ》り手《て》振《ぶ》りし、ハッフルパフのテーブルに戻《もど》るようにと口の形だけで伝えた。

「あとで！　は――な――し――は――**あと！**」

「私《わたし》、マイケルに言ってくる」ジニーがじれったそうにベンチをくるりとまたいだ。「まったくバカなんだから……」

ジニーは、レイブンクローのテーブルに急いだ。ハリーはジニーを目で追った。チョウがそう遠くない所に座《すわ》っていて、「ホッグズ・ヘッド」に連れてきた巻《ま》き毛《げ》の友達に話しかけている。アンブリッジの告示《こくじ》で、チョウは恐《おそ》れをなして、もう会合には来ないだろうか？

告示《こくじ》の本格的《ほんかくてき》な反響《はんきょう》は、大広間を出て「魔法史《まほうし》」の授業《じゅぎょう》に向かうときにやってきた。

「ハリー！　**ロン！**」

アンジェリーナだった。完全に取《と》り乱《みだ》して、二人のほうに大急ぎでやってくる。

「大丈夫《だいじょうぶ》だよ」アンジェリーナがハリーの声の届《とど》く所まで来るのを待って、ハリーが静かに言った。「それでも僕《ぼく》たちやるから――」

「これにクィディッチもふくまれてることを知ってた？」アンジェリーナがハリーの言葉をさえ

ぎって言った。「グリフィンドール・チームを再編成《さいへんせい》する許可《きょか》を申請《しんせい》しないといけない！」

「**えーっ？**」ハリーが声を上げた。

「そりゃないぜ」ロンが愕然《がくぜん》とした。

「掲示《けいじ》を読んだだろ？　チームもふくまれてる！　だから、いいかい、ハリー……もう一回だけ言うよ……お願い、**お願いだから**、アンブリッジに二度とかんしゃくを起こさないで。じゃないと、あいつ、もう私《わたし》たちにプレーさせないかもしれない！」

「わかった、わかったよ」アンジェリーナがほとんど泣きそうなのを見て、ハリーが言った。

「心配しないで。行儀《ぎょうぎ》よくするから……」

「アンブリッジ、きっと『魔法史《まほうし》』にいるぜ……」ビンズ先生の授業《じゅぎょう》に向かいながら、ロンが暗い声で言った。「まだビンズの査察《ささつ》をしてないしな……絶対《ぜったい》あそこに来てるぜ……」

しかし、ロンの勘《かん》ははずれた。教室に入ると、そこにはビンズ先生しかいなかった。いつものように椅子《いす》から二、三センチ上に浮《う》かんで、巨人《きょじん》の戦争に関する死にそうに単調な授業《じゅぎょう》を続ける準備《じゅんび》をしていた。ハリーは講義《こうぎ》を聞こうともしなかった。ハーマイオニーがしょっちゅうにらんだりこづいたりするのを無視《むし》して、羊皮紙に落書きしていたが、ことさらに痛《いた》い一発を脇腹《わきばら》に突《つ》っ込《こ》まれ、怒《おこ》って顔を上げた。

「**なんだよ？**」

ハーマイオニーが窓《まど》を指差し、ハリーが目をやった。ヘドウィグが窓《まど》から張《は》り出《だ》した狭《せま》い棚《たな》に止まり、分厚《ぶあつ》い窓《まど》ガラスを通してじっとハリーを見ていた。脚《あし》に手紙が結んである。ハリーはわけがわからなかった。朝食は終わったばかりだ。どうしていつものように、その時に手紙を配達しなかったんだろう? ほかのクラスメートも大勢《おおぜい》、ヘドウィグを指差し合っていた。

「ああ、私《わたし》、あのふくろう大好き。とってもきれいよね」ラベンダーがため息まじりにパーバティに言うのが聞こえた。

ハリーはちらりとビンズ先生を見たが、ノートの棒読《ぼうよ》みを続けている。クラスの注意が、いつもよりもっと自分から離《はな》れているのもまったく気づかず、平静そのものだ。ハリーはこっそり席を立って、かがみ込《こ》み、急いで横に移動《いどう》して窓際《まどぎわ》に行き、留《と》め金《がね》をずらして、そろりそろりと窓《まど》を開けた。

ハリーは、ヘドウィグが脚《あし》を突《つ》き出《だ》して手紙をはずしてもらい、それからふくろう小屋に飛んでいくものと思った。ところが、窓《まど》のすきまがある程度《ていど》広くなると、ヘドウィグは悲しげにホーと鳴きながら、チョンと中に入ってきた。ハリーはビンズ先生のほうを気にしてちらちら見ながら窓《まど》を閉《し》め、再《ふたた》び身をかがめて、ヘドウィグを肩《かた》にのせ、急いで席に戻《もど》った。席に着くと、ヘドウィグをひざに移《うつ》し、脚《あし》から手紙をはずしにかかった。

その時初めて、ヘドウィグの羽が奇妙《きみょう》に逆立《さかだ》っているのに気づいた。変な方向に折れているのもある。しかも片方《かたほう》の翼《つばさ》がおかしな角度に伸《の》びている。

「けがしてる！」ハリーはヘドウィグの上に覆《おお》いかぶさるように頭を下げてつぶやいた。ハーマイオニーとロンが寄《よ》りかかるようにして近寄《ちかよ》った。ハーマイオニーは羽根ペンさえ下に置いた。「ほら——翼《つばさ》がなんか変だ——」

ヘドウィグは小刻《こきざ》みに震《ふる》えていた。ハリーが翼《つばさ》に触《ふ》れようとすると、小さく飛び上がり、全身の羽毛を逆立《さかだ》てて、まるで体をふくらませたようになり、ハリーを恨《うら》めしげに見つめた。

「ビンズ先生」ハリーが大声を出したので、クラス中がハリーのほうを見た。「気分が悪いんです」

ビンズ先生は、ノートから目を上げ、いつものことだが、目の前にたくさんの生徒がいるのを見て驚《おどろ》いたような顔をした。

「気分が悪い？」先生がぼんやりとくり返した。

「とっても悪いんです」ハリーはきっぱりそう言い、ヘドウィグを背中《せなか》に隠《かく》して立ち上がった。

「僕《ぼく》、医務室《いむしつ》に行かないといけないと思います」

「そう」ビンズ先生は、明らかに不意打ちを食らった顔だった。「そう……そうですね。医務《いむ》室《しつ》……まあ、では、行きなさい、パーキンズ……」

教室を出るとすぐ、ハリーはヘドウィグを肩《かた》に戻《もど》し、急いで廊下《ろうか》を歩き、ビンズの教室のドアが見えなくなったとき、初めて立ち止まって考えた。誰《だれ》かにヘドウィグを治してもらうとしたら、ハリーはもちろん、まずハグリッドを選んだろう。しかし、ハグリッドの居場所《いばしょ》はまったくわからない。残るはグラブリー－プランク先生だけだ。助けてくれればいいが。

ハリーは窓《まど》から校庭を眺《なが》めた。荒《あ》れ模様《もよう》の曇《くも》り空《ぞら》だった。ハグリッドの小屋のあたりには、グラブリー－プランク先生の姿《すがた》はなかった。授業中《じゅぎょうちゅう》でないとしたら、たぶん職員室《しょくいんしつ》だろう。ハリーは階《かい》段《だん》を下りはじめた。ヘドウィグはハリーの肩《かた》でぐらぐら揺《ゆ》れるたび、弱々しくホーと鳴いた。

職員室《しょくいんしつ》のドアの前に、怪獣《ガーゴイル》《かいじゅう》の石像《せきぞう》が一対《いっつい》立っていた。ハリーが近づくと、一つがしわがれ声を出した。

「そこの坊《ぼう》や、授業中《じゅぎょうちゅう》のはずだぞ」

「緊急《きんきゅう》なんだ」ハリーがぶっきらぼうに言った。

「おおおぉう、**緊急《きんきゅう》**かね？」もう一つの石像《せきぞう》がかん高い声で言った。「それじゃ、**俺《おれ》たちなんか**の出《で》る幕《まく》じゃないってわけだな？」

ハリーはドアをたたいた。足音がして、ドアが開き、マクゴナガル先生がハリーの真正面に現《あらわ》れた。

「まさか、また罰則《ばっそく》を受けたのですか！」ハリーを見るなり先生が言った。四角いめがねがギラリと光った。

「ちがいます、先生！」ハリーが急いで言った。

「それでは、どうして授業《じゅぎょう》に出ていないのです？」

「緊急《きんきゅう》らしいですぞ」二番目の石像《せきぞう》があざけるように言った。

「グラブリーｰプランク先生を探《さが》しています」ハリーが説明した。「僕《ぼく》のふくろうのことで。けがしてるんです」

「手負いのふくろう、そう言ったかね？」グラブリーｰプランク先生がマクゴナガル先生の脇《わき》に現《あらわ》れた。パイプを吹《ふ》かし、「日刊予言者新聞《にっかんよげんしゃしんぶん》」を手にしている。

「はい」ハリーはヘドウィグをそっと肩《かた》から下ろした。「このふくろうは、ほかの配達ふくろうより遅《おく》れて到着《とうちゃく》して、翼《つばさ》がとってもおかしいんです。診《み》てください――」

グラブリーｰプランク先生はパイプをがっちり歯でくわえ、マクゴナガル先生の目の前でハリーからヘドウィグを受け取った。

「ふーむ」グラブリーｰプランク先生がしゃべるとパイプがひょこひょこ動いた。「どうやら何かに襲《おそ》われたね。ただ、何に襲《おそ》われたのやら、わからんけどね。セストラルはもちろん、ときどき鳥をねらうが、しかし、ホグワーツのセストラルは、ふくろうに手を出さんようにハグリッドがしっかりしつけてある」

ハリーはセストラルがなんだか知らなかったし、どうでもよかった。ヘドウィグが治るかどうかだけが知りたかった。しかし、マクゴナガル先生は厳《きび》しい目でハリーを見て言った。

「ポッター、このふくろうがどのくらい遠くから来たのか知っていますか？」

「えーと」ハリーが言った。「ロンドンからだと、たぶん」

ハリーがちらりと先生を見ると、眉毛《まゆげ》が真ん中でくっついていた。「ロンドン」が「グリモールド・プレイス十二番地」だと見抜《みぬ》かれたことが、ハリーにはわかった。

グラブリー-プランク先生はローブから片《かた》めがねを取り出して片目《かため》にはめ、ヘドウィグの翼《つばさ》を念入りに調べた。

「ポッター、この子を預《あず》けてくれたら、なんとかできると思うがね。どうせ、数日は長い距離《きょり》を飛ばせちゃいけないね」

「あ――ええ――どうも」ハリーがそう言ったとき、ちょうど終業ベルが鳴った。

「任《まか》しときな」グラブリー-プランク先生はぶっきらぼうにそう言うと、背《せ》を向けて職員室《しょくいんしつ》に戻《もど》ろうとした。

「ちょっと待って、ウィルヘルミーナ!」マクゴナガル先生が呼《よ》び止《と》めた。「ポッターの手紙を!」

「ああ、そうだ!」ハリーはヘドウィグの脚《あし》に結ばれていた巻紙《まきがみ》のことを、一瞬忘《いっしゅんわす》れていた。グラブリー-プランク先生は手紙を渡《わた》し、ヘドウィグを抱《かか》えて職員室《しょくいんしつ》へと消えた。ヘドウィグは、こんなふうに私《わたし》を見放すなんて信じられないという目でハリーを見つめていた。ちょっと気がとがめながら、ハリーは帰りかけた。すると、マクゴナガル先生が呼《よ》び戻《もど》した。

「ポッター!」

「はい、先生？」

マクゴナガル先生は廊下《ろうか》の端《はし》から端《はし》まで目を走らせた。両方向から生徒がやってくる。

「注意しなさい」先生はハリーの手にした巻紙《まきがみ》に目をとめながら、声をひそめて早口に言った。「ホグワーツを出入りするその通信網《つうしんもう》は、見張《みは》られている可能性《かのうせい》があります。わかりましたね？」

「僕《ぼく》――」ハリーが言いかけたが、廊下《ろうか》を流れてくる生徒の波が、ほとんどハリーの所まで来ていた。マクゴナガル先生はハリーに向かって小さくうなずき、職員室《しょくいんしつ》に引《ひ》っ込《こ》んでしまった。残されたハリーは、群《む》れに流されて中庭へと押《お》し出《だ》された。ロンとハーマイオニーが風の当たらない隅《すみ》のほうに立っているのが見えた。マントの襟《えり》を立てて風をよけている。急いで二人のそばに行きながら、ハリーは巻紙《まきがみ》の封《ふう》を切った。シリウスの筆跡《ひっせき》で五つの言葉が書かれているだけだった。

　　今日　同じ　時間　同じ　場所

「ヘドウィグは大丈夫《だいじょうぶ》？」ハリーが声の届《とど》く所まで近づくとすぐ、ハーマイオニーが心配そうに聞いた。

「どこに連れていったんだい？」ロンが聞いた。

「グラブリー－プランクの所だ」ハリーが答えた。「そしたら、マクゴナガルに会った……それでね……」

そして、ハリーはマクゴナガル先生に言われたことを二人に話した。驚《おどろ》いたことに、二人ともショックを受けた様子はなかった。むしろ、意味ありげな目つきで顔を見合わせた。

「なんだよ?」ハリーはロンからハーマイオニー、そしてまたロンと顔を見た。

「あのね、ちょうどロンに言ってたところなの……もしかしたら誰《だれ》かがヘドウィグの手紙を奪《うば》おうとしたんじゃないかしら? だって、ヘドウィグはこれまで一度も、飛行中にけがしたことなんかなかったでしょ?」

「それにしても、誰《だれ》からの手紙だったんだ?」ロンが手紙をハリーから取った。

「スナッフルズから」ハリーがこっそり言った。

「『同じ時間、同じ場所』? 談話室の暖炉《だんろ》のことか?」

「決まってるじゃない」ハーマイオニーもメモ書きを読みながら言った。「誰《だれ》もこれを読んでなければいいいんだけど……」ハーマイオニーは落ち着かない様子だった。

「だけど、封《ふう》もしてあるし」ハリーはハーマイオニーというより自分を納得《なっとく》させようとしていた。「それに、誰《だれ》かが読んだって、僕《ぼく》たちがこの前どこで話したかを知らなければ、この意味がわからないだろ?」

「それはどうかしら」始業のベルが鳴ったので、鞄《かばん》を肩《かた》にかけなおしながら、ハーマイオニーが、心配そうに言った。「魔法《まほう》で巻紙《まきがみ》の封《ふう》をしなおすのは、そんなに難《むずか》しいことじゃないはずよ……それに、誰《だれ》かが煙突飛行《えんとつひこう》ネットワークを見張《みは》っていたら……でも、来るなって警告《けいこく》のしようがないわ。だって、**それも**途中《とちゅう》で奪《うば》われるかもしれない！」

三人とも考《かんが》え込《こ》みながら、足取りも重く「魔法薬《まほうやく》」の地下牢教室《ちかろうきょうしつ》への石段《いしだん》を下りた。しかし、石《いし》段《だん》を下りきったとき、ドラコ・マルフォイの声で我《われ》に返った。ドラコはスネイプの教室の前に立ち、公文書のようなものをひらひらさせて、みんなが一言も聞きもらさないように必要以上に大声で話していた。

「ああ、アンブリッジがスリザリンのクィディッチ・チームに、プレーを続けてよいという許可《きょか》をすぐに出してくれたよ。今朝一番で先生に申請《しんせい》に行ったんだ。ああ、ほとんど右から左さ。つまり、先生は僕《ぼく》の父上をよく知っているし、父上は魔法省《まほうしょう》に出入り自由なんだ……グリフィンドールがプレーを続ける許可《きょか》がもらえるかどうか、見ものだねえ」

「抑《おさ》えて」ハーマイオニーがハリーとロンに哀願《あいがん》するようにささやいた。二人はマルフォイをにらみつけ、拳《こぶし》を握《にぎ》りしめ、顔をこわばらせていた。「じゃないと、あいつの思うつぼよ」

「つまり」マルフォイが、灰色《はいいろ》の目を意地悪くギラギラさせながらハリーとロンのほうを見て、また少し声を張《は》り上《あ》げた。「魔法省《まほうしょう》への影響力《えいきょうりょく》で決まるなら、あいつらはあまり望みがないだろうねぇ……父上がおっしゃるには、魔法省《まほうしょう》は、アーサー・ウィーズリーをクビにする口実を長年探《さが》しているし……それに、ポッターだが、父上は、魔法省《まほうしょう》があいつを聖《せい》マンゴに送《おく》り込《こ》むのはもう時間の問題だっておっしゃるんだ……どうやら、魔法《まほう》で頭がいかれちゃった人の特別病棟《とくべつびょうとう》があるらしいよ」

マルフォイは、あごをだらんと下げ、白目をむき、醜悪《しゅうあく》な顔をして見せた。クラッブとゴイルがいつもの豚《ぶた》のような声で笑い、パンジー・パーキンソンははしゃいでキャーキャー笑った。

何かが肩《かた》に衝突《しょうとつ》し、ハリーはよろけた。次の瞬間《しゅんかん》、それがネビルだとわかった。ハリーの脇《わき》を駆《か》け抜《ぬ》け、マルフォイに向かって突進《とっしん》していくところだった。

「ネビル、**やめろ！**」

ハリーは飛び出してネビルのローブの背中《せなか》をつかんだ。ネビルは拳《こぶし》を振《ふ》り回《まわ》し、もがきにもがいて、必死にマルフォイになぐりかかろうとした。マルフォイは、一瞬《いっしゅん》、かなりぎくりとしたようだった。

「手伝ってくれ！」ロンに向かって鋭《するど》く叫《さけ》びながら、ハリーはやっとのことで腕《うで》をネビルの首に回し、引きずってネビルをスリザリン生から遠ざけた。クラッブとゴイルが腕《うで》を屈伸《くっしん》させながら、いつでもかかってこいとばかり、マルフォイの前に進み出た。ロンがネビルの両腕《りょううで》をつかみ、ハリーと二人がかりでようやくグリフィンドールの列まで引《ひ》き戻《もど》した。ネビルの顔は真っ赤だった。ハリーに首を押《お》さえつけられて、言うことがさっぱりわからなかったが、切れ切れの言葉を口走っていた。

「おかしく……ない……マンゴ……やっつける……あいつめ……」

地下牢《ちかろう》の戸が開き、スネイプが姿《すがた》を現《あらわ》した。暗い目がずいっとグリフィンドール生を見渡《みわた》し、ハリーとロンがネビルともみ合っている所で止まった。

「ポッター、ウィーズリー、ロングボトム、けんかか？」スネイプは冷たい、あざけるような声で言った。「グリフィンドール、一〇点減点《げんてん》。ポッター、ロングボトムを放せ。さもないと罰則《ばっそく》だ。全員、中へ」

ハリーはネビルを放した。ネビルは息をはずませ、ハリーをにらんだ。

「止めないわけにはいかなかったんだ」ハリーが鞄《かばん》を拾い上げながら言った。「クラッブとゴイルが、君を八《や》つ裂《ざ》きにしてただろう」

ネビルはなんにも言わなかった。パッと鞄《かばん》をつかみ、肩《かた》を怒《いか》らせて地下牢教室《ちかろうきょうしつ》に入っていった。

「驚《おどろ》き、桃《もも》の木」ネビルの後ろを歩きながら、ロンがあきれたように言った。「いったい、**あれは**、なんだったんだ？」

ハリーは答えなかった。魔法《まほう》で頭をやられて聖《せい》マンゴ魔法疾患傷害病院《まほうしっかんしょうがいびょういん》にいる患者《かんじゃ》の話が、なぜネビルをそんなに苦しめるのか、ハリーにはよくわかっていた。しかし、ネビルの秘密《ひみつ》は誰《だれ》にももらさないとダンブルドアに約束した。ネビルでさえ、ハリーが知っていることを知らない。

ハリー、ロン、ハーマイオニーはいつものように後ろの席に座《すわ》り、羊皮紙、羽根ペン、『薬草とキノコ一〇〇〇種』を取り出した。周りの生徒たちが、いましがたのネビルの行動をヒソヒソ話していた。しかし、スネイプが、バターンという音を響《ひび》かせて地下牢《ちかろう》の戸を閉《し》めると、たちまちクラスが静かになった。

「気づいたであろうが」スネイプが低い、あざけるような声で言った。「今日は客人が見えている」

スネイプが地下牢《ちかろう》の薄暗《うすぐら》い片隅《かたすみ》を身振《みぶ》りで示《しめ》した。ハリーが見ると、アンブリッジ先生がひざにクリップボードをのせて、そこに座《すわ》っていた。ハリーはロンとハーマイオニーを横目で見て、眉《まゆ》をちょっと上げて見せた。スネイプとアンブリッジ——ハリーの一番嫌《きら》いな先生が二人。どっちに勝ってほしいのか、判断《はんだん》が難《むずか》しい。

「本日は『強化薬』を続ける。前回の授業《じゅぎょう》で諸君《しょくん》が作った混合液《こんごうえき》はそのままになっているが、正しく調合されていれば、この週末に熟成《じゅくせい》しているはずである。——説明は——」スネイプが例によって杖《つえ》を振《ふ》った。「——黒板にある。取りかかれ」

最初の三十分、アンブリッジ先生は片隅《かたすみ》でメモを取っていた。ハリーはスネイプになんと質問《しつもん》するのかに気を取られるあまり、またしても魔法薬《まほうやく》のほうがおろそかになった。

「ハリー、火トカゲの血液《けつえき》よ！」ハーマイオニーがハリーの手首をつかんで、まちがった材料を入れそうになるのを防《ふせ》いだ。もう三度目だった。「ザクロ液《えき》じゃないでしょ！」

「なるほど」ハリーは上の空で答え、瓶《びん》を下に置いて、隅《すみ》のほうを観察し続けた。アンブリッジが立ち上がったところだった。

「おっ」ハリーが小さく声を上げた。アンブリッジが二列に並《なら》んだ机《つくえ》の間を、スネイプに向かってずんずん歩いていく。スネイプはディーン・トーマスの大鍋《おおなべ》をのぞき込《こ》んでいた。

「まあ、このクラスは、この学年にしてはかなり進んでいますわね」

アンブリッジがスネイプの背中《せなか》に向かってきびきびと話しかけた。

「でも、『強化薬』のような薬をこの子たちに教えるのは、いかがなものかしら。魔法省《まほうしょう》は、この薬を教材からはずしたほうがよいと考えると思いますね」

スネイプがゆっくりと体を起こし、アンブリッジと向き合った。

「さてと……あなたはホグワーツでどのくらい教えていますか？」アンブリッジが羽根ペンをクリップボードの上でかまえながら聞いた。

「十四年」スネイプの表情《ひょうじょう》からは何も読めなかった。スネイプから目を離《はな》さず、ハリーは、自分の液体《えきたい》に材料を数滴《すうてき》加えた。シューシューと脅《おど》すような音を立て、溶液《ようえき》はトルコ石色からオレンジ色に変色した。

「最初は『闇《やみ》の魔術《まじゅつ》に対《たい》する防衛術《ぼうえいじゅつ》』の職《しょく》に応募《おうぼ》したのでしたわね？」アンブリッジ先生がスネイプに聞いた。

「さよう」スネイプが低い声で答えた。

「でもうまくいかなかったのね？」

スネイプの唇《くちびる》が冷笑した。

「ごらんのとおり」

アンブリッジ先生がクリップボードに走り書きした。

「そして赴任《ふにん》して以来、あなたは毎年『闇《やみ》の魔術《まじゅつ》に対《たい》する防衛術《ぼうえいじゅつ》』に応募《おうぼ》したんでしたわね？」

「さよう」スネイプが、ほとんど唇《くちびる》を動かさずに低い声で答えた。相当怒《おこ》っている様子だ。

「ダンブルドアが一貫《いっかん》してあなたの任命《にんめい》を拒否《きょひ》してきたのはなぜなのか、おわかりかしら？」アンブリッジが聞いた。

「本人に聞きたまえ」スネイプが邪険《じゃけん》に言った。

「ええ、そうしましょう」アンブリッジ先生がニッコリ笑いながら言った。

「それが何か意味があるとでも？」スネイプが暗い目を細めた。

「ええ、ありますとも」アンブリッジ先生が言った。「ええ、魔法省《まほうしょう》は先生方の――あー――背景《はいけい》を、完全に理解《りかい》しておきたいのですわ」

アンブリッジはスネイプに背《せ》を向けてパンジー・パーキンソンに近づき、授業《じゅぎょう》について質問《しつもん》をしはじめた。スネイプが振《ふ》り向《む》いてハリーを見た。一瞬《いっしゅん》二人の目が合った。ハリーはすぐに自分の薬に目を落とした。いまや薬は汚《きたな》らしく固まり、ゴムの焼けるような強烈《きょうれつ》な悪臭《あくしゅう》を放っていた。

「さて、またしても零点《れいてん》だ。ポッター」

スネイプが憎々《にくにく》しげに言いながら、杖《つえ》のひと振《ふ》りでハリーの大鍋《おおなべ》をからにした。

「レポートを書いてくるのだ。この薬の正しい調合と、いかにして、また何故《なにゆえ》失敗したのか、次の授業《じゅぎょう》に提出《ていしゅつ》したまえ。わかったか？」

「はい」ハリーは煮《に》えくり返る思いで答えた。スネイプはもう別の宿題を出しているし、今夜はクィディッチの練習がある。あと数日は寝不足《ねぶそく》の夜が続くということだ。今朝あれほど幸せな気分で目が覚めたことが信じられない。いまは、こんな一日は早く終わればいいと激《はげ》しく願うばかりだ。

「『占《うらな》い学《がく》』をサボろうかな」

昼食後、中庭で、ハリーはふてくされて言った。風がローブのすそや帽子《ぼうし》のつばにたたきつけるように吹《ふ》いていた。

「仮病《けびょう》を使って、その間にスネイプのレポートをやる。そうすれば、真夜中過《まよなかす》ぎまで起きていなくてすむ」

「『占《うらな》い学《がく》』をサボるのはだめよ」ハーマイオニーが厳《きび》しく言った。

「何言ってんだい。『占《うらな》い学《がく》』を蹴《け》ったのはどなたさんでしたかね？　トレローニーが大嫌《だいきら》いなくせに！」ロンが憤慨《ふんがい》した。

「私《わたし》は別に**大嫌《だいきら》いなわけでは**ありませんよ」ハーマイオニーがツンとして言った。「ただ、あの人は先生としてまったくなってないし、ほんとにインチキばあさんだと思うだけです。でも、ハリーはさっき『魔法史《まほうし》』も抜《ぬ》かしてるし、今日はもうほかの授業《じゅぎょう》を抜《ぬ》かしてはいけないと思います！」

まさに正論《せいろん》だった。とても無視《むし》できない。そこで、三十分後、ハリーは暑苦しい、むんむん香《かお》りのする「占《うらな》い学《がく》」の教室に座《すわ》り、むかっ腹《ぱら》を立てていた。トレローニー先生はまたしても『夢《ゆめ》のお告《つ》げ』の本を配っていた。こんな所に座《すわ》って、でっち上げの夢《ゆめ》の意味を解《と》き明《あ》かす努力をしているより、スネイプの罰則《ばっそく》レポートを書いているほうが、ずっと有益《ゆうえき》なのに、とハリーは思った。

しかし、「占《うらな》い学《がく》」のクラスでかんしゃくを起こしているのは、どうやらハリーだけではなかった。唇《くちびる》をギュッと結んだトレローニー先生が『お告《つ》げ』の本を一冊《さつ》、ハリーとロンのテーブルにたたきつけて通《とお》り過《す》ぎた。次の一冊《さつ》はシェーマスとディーンに放り投げ、危《あや》うくシェーマスの頭にぶつかりそうになった。最後の一冊《さつ》はネビルの胸《むね》にぐいと押《お》しつけ、あまりの勢《いきお》いに、ネビルは座《すわ》っていたクッションからすべり落ちた。

「さあ、おやりなさい！」

トレローニー先生が大きな声を出した。かん高い、少しヒステリー気味の声だった。

「やることはおわかりでございましょ！ それとも、何かしら、あたくしがそんなにだめ教師《きょうし》で、みなさまに本の開き方もお教えしなかったのでございますの？」

全生徒があぜんとして先生を見つめ、それから互《たが》いに顔を見合わせた。しかし、ハリーは、事のしだいが読めたと思った。トレローニー先生がいきりたって背《せ》もたれの高い自分の椅子《いす》に戻《もど》り、拡《かく》大《だい》された両目に悔《くや》し涙《なみだ》をためているのを見て、ハリーはロンのほうに顔を近づけてこっそり言った。

「査察《ささつ》の結果を受け取ったんだと思うよ」

「先生?」パーバティ・パチルが声をひそめて聞いた(パーバティとラベンダーは、これまでトレローニー先生をかなり崇拝《すうはい》していた)。「先生、何か——あの——どうかなさいましたか?」

「どうかしたかですって!」トレローニー先生の声は激情《げきじょう》にわなないていた。「そんなことはございません! 確《たし》かに、辱《はずかし》めを受けましたわ……あたくしに対する誹謗中傷《ひぼうちゅうしょう》……いわれのない非《ひ》難《なん》……でも、いいえ、どうかしてはいませんことよ。絶対《ぜったい》に!」

先生は身震《みぶる》いしながら大きく息を吸《す》い込《こ》み、パーバティから目をそらし、めがねの下からボロボロと悔《くや》し涙《なみだ》をこぼした。

「あたくし、何も申しませんわ」先生が声を詰《つ》まらせた。「十六年のあたくしの献身的《けんしんてき》な仕事のことは……それが、気づかれることなしに過《す》ぎ去《さ》ってしまったのですわ……でも、あたくし、辱《はずかし》めを受けるべきではありませんわ……ええ、そうですとも!」

「でも、先生、誰《だれ》が先生を辱《はずかし》めているのですか?」パーバティがおずおず尋《たず》ねた。

「体制《たいせい》でございます!」トレローニー先生は、芝居《しばい》がかった、深い、波打つような声で言った。

「そうでございますとも。心眼《しんがん》で『視《み》る』あたくしのようには見えない、あたくしが『悟《さと》る』ようには知ることのできない、目の曇《くも》った俗人《ぞくじん》たち……もちろん『予見者』はいつの世にも恐《おそ》れられ、迫害《はくがい》されてきましたわ……それが――嗚呼《ああ》――あたくしたちの運命」

先生がゴクッとつばを飲《の》み込《こ》み、ぬれたほおにショールの端《はし》を押《お》し当《あ》てた。そしてその中から、刺繍《ししゅう》で縁取《ふちど》りされた小さなハンカチを取り出し鼻をかんだが、その音の大きいこと、ピーブズがベロベロバーと悪態《あくたい》をつくときの音のようだった。

ロンが冷やかし笑いをした。ラベンダーが、最低！　という目でロンを見た。

「先生」パーバティが声をかけた。「それは……つまり、アンブリッジ先生と何か――？」

「あたくしの前で、あの女のことは口にしないでくださいまし！」

トレローニー先生はそう叫《さけ》ぶと急に立ち上がった。ビーズがジャラジャラ鳴り、めがねがピカリと光った。

「勉強をどうぞお続けあそばせ！」

その後トレローニー先生は、めがねの奥《おく》からポロリポロリと涙《なみだ》をこぼし、何やら脅《おど》し文句《もんく》のような言葉をつぶやきながら、生徒の間をカツカツと歩き回った。

「……むしろ辞《や》めたほうが……この屈辱《くつじょく》……観察処分《かんさつしょぶん》……どうしてやろう……あの女よくも……」

「君とアンブリッジは共通点があるよ」

「闇《やみ》の魔術《まじゅつ》に対《たい》する防衛術《ぼうえいじゅつ》」でハーマイオニーに会ったとき、ハリーがこっそり言った。

「アンブリッジも、トレローニーがインチキばあさんだと考えてるのはまちがいない。……どうやらトレローニーは観察処分《かんさつしょぶん》になるらしい」

ハリーがそう言っているうちに、アンブリッジが教室に入ってきた。髪《かみ》に黒いビロードのリボンを蝶結《ちょうむす》びにして、ひどく満足そうな表情《ひょうじょう》だ。

「みなさん、こんにちは」

「こんにちは、アンブリッジ先生」みんなが気のない挨拶《あいさつ》を唱えた。

「杖《つえ》をしまってください」

しかし、今日はあわててガタガタする気配もなかった。わざわざ杖《つえ》を出している生徒は誰《だれ》もいなかった。

「『防衛術《ぼうえいじゅつ》の理論《りろん》』の三四ページを開いて、第三章、『魔法攻撃《まほうこうげき》に対する非攻撃的対応《ひこうげきてきたいおう》のすすめ』を読んでください。それで――」

「――おしゃべりはしないこと」ハリー、ロン、ハーマイオニーが声をひそめて同時に口まねした。

「クィディッチの練習は**なし**」

その夜、ハリー、ロン、ハーマイオニーが夕食のあとで談話室に戻《もど》ると、アンジェリーナがうつろな声で言った。

「僕《ぼく》、かんしゃくを起こさなかったのに！」ハリーが驚愕《きょうがく》した。「僕《ぼく》、あいつになんにも言わなかったよ、アンジェリーナ。うそじゃない、僕《ぼく》――」

「わかってる。わかってるわよ」アンジェリーナがしおれきって言った。「先生は、少し考える時間が必要だって言っただけ」

「考えるって、何を？」ロンが怒《おこ》った。「スリザリンには許可《きょか》したくせに、どうして僕《ぼく》たちはだめなんだ？」

しかし、ハリーには想像《そうぞう》がついた。アンブリッジは、グリフィンドールのクィディッチ・チームをつぶすという脅《おど》しをちらつかせて楽しんでいる。その武器《ぶき》をそうたやすく手放しはしないと容易《ようい》に想像《そうぞう》できる。

「まあね」ハーマイオニーが言った。「明るい面もあるわよ――少なくとも、あなた、これでスネイプのレポートを書く時間ができたじゃない！」

「それが明るい面だって？」ハリーがかみついた。

ロンは、よく言うよという顔でハーマイオニーを見つめた。

「クィディッチの練習がない上に、『魔法薬《まほうやく》』の宿題のおまけまでついて？」

ハリーは鞄《かばん》からしぶしぶ「魔法薬《まほうやく》」のレポートを引《ひ》っ張《ぱ》り出《だ》し、椅子《いす》にドサッと座《すわ》って宿題に取りかかった。シリウスが暖炉《だんろ》に現《あらわ》れるのはずっとあとだとわかっていても、宿題に集中するのはとても難《むずか》しかった。数分ごとに、もしかしてと暖炉《だんろ》の火に目が行くのをどうしようもなかった。それに、談話室はとてつもなくやかましかった。フレッドとジョージがついに「ずる休みスナックボックス」の一つを完成させたらしい。二人で交互《こうご》にデモをやり、見物人をワーッと沸《わ》かせて、やんやの喝采《かっさい》を浴びていた。

最初にフレッドが、砂糖菓子《さとうがし》のようなもののオレンジ色の端《はし》をかみ、前に置いたバケツに派手《はで》にゲーゲー吐《は》く。それから同じ菓子《かし》の紫色《むらさきいろ》の端《はし》を無理やり飲《の》み込《こ》むと、たちまち嘔吐《おうと》が止まる。リー・ジョーダンがデモの助手を務《つと》めていて、吐《は》いた汚物《おぶつ》をときどきめんどくさそうに「消失」させていた。スネイプがハリーの魔法薬《まほうやく》を消し去ったのと同じ呪文《じゅもん》だ。

吐《は》く音やら歓声《かんせい》やらが絶《た》え間《ま》なく続き、フレッドとジョージがみんなから予約を取る声も聞こえる中で、「強化薬」の正しい調合に集中するなどとてもできたものではない。歓声《かんせい》とフレッド、ジョージのゲーゲーがバケツの底に当たる音だけでも充分邪魔《じゅうぶんじゃま》なのに、その上ハーマイオニーのやることも足しにならない。許《ゆる》せないとばかりに、ハーマイオニーがときどきフンと大きく鼻を鳴らすのは、かえって迷惑《めいわく》だった。

「行って止めればいいじゃないか！」ハリーががまんできずに言った。グリフィンの鉤爪《かぎづめ》の粉末《ふんまつ》の重量を四回もまちがえて消したときだった。

「できないの。あの人たち、**規則《きそく》から言うと**なんら悪いことをしていないもの」ハーマイオニーが歯ぎしりした。「自分が変なものを食べるのは、あの人たちの権利の範囲内だわ。それに、ほかのおバカさんたちが、そういうものを買う権利《けんり》がないっていう規則《きそく》は見当たらない。何か危険《きけん》だということが証明《しょうめい》されなければね。それに、危険《きけん》そうには見えないし」

ジョージが勢《いきお》いよくバケツに吐《は》き出《だ》し、菓子《かし》の一方の端《はし》をかんですっくと立ち、両手を大きく広げてニッコリ笑いながら、いつまでもやまない拍手《はくしゅ》に応《こた》えるのをハーマイオニー、ハリー、ロンは、じっと眺《なが》めていた。

「ねえ、フレッドもジョージも、O《ふ》・W《く》・L《ろう》で三科目しか合格《ごうかく》しなかったのはどうしてかなぁ」フレッド、ジョージ、リーの三人が、集まった生徒が我勝《われが》ちに差し出す金貨を集めるのを見ながら、ハリーが言った。「あの二人、ほんとうにできるよ」

「あら、あの人たちにできるのは、役にも立たない派手《はで》なことだけよ」ハーマイオニーが見くびるように言った。

「役に立たないだって?」ロンの声が引きつった。「ハーマイオニー、あの連中、もう二十六ガリオンはかせいだぜ」

双子《ふたご》のウィーズリーを囲んでいた人垣《ひとがき》が解散《かいさん》するまでにしばらくかかった。それから、フレッド、ジョージ、リーが座《すわ》り込《こ》んでかせぎを数えるのにもっと長くかかった。そして、談話室にハリー、ロン、ハーマイオニーの三人だけになったのは、とうに真夜中を過《す》ぎてからだった。ハーマイオニーのしかめっ面《つら》を尻目《しりめ》に、ガリオン金貨の箱をこれみよがしにジャラジャラさせながら、フレッドがようやっと男子寮《だんしりょう》へのドアを閉《し》めて中に消えた。ハリーの「魔法薬《まほうやく》」のレポートはほとんど進んでいなかったが、今夜はあきらめることにした。参考書を片《かた》づけていると、ひじかけ椅子《いす》でうとうとしていたロンが、寝《ね》ぼけ声《ごえ》を出して目を覚まし、ぼんやり暖炉《だんろ》の火を見た。

「シリウス！」ロンが声を上げた。

ハリーがサッと振《ふ》り向《む》いた。ぼさぼさの黒髪《くろかみ》の頭が、再《ふたた》び暖炉《だんろ》の炎《ほのお》に座《すわ》っていた。

「やあ」シリウスの顔が笑いかけた。

「やあ」ハリー、ロン、ハーマイオニーが、三人とも暖炉《だんろ》マットにひざをつき、声をそろえて挨拶《あいさつ》した。クルックシャンクスはゴロゴロと大きくのどを鳴らしながら火に近づき、熱いのもかまわず、シリウスの頭に顔を近づけようとした。

「どうだね？」シリウスが聞いた。

「まあまあ」ハリーが答えた。ハーマイオニーはクルックシャンクスを引《ひ》き戻《もど》し、ひげが焦《こ》げそうになるのを救った。「魔法省《まほうしょう》がまた強引に法律《ほうりつ》を作って、僕《ぼく》たちのクィディッチ・チームが許可《きょか》されなくなって――」

「または、秘密《ひみつ》の『闇《やみ》の魔術防衛《まじゅつぼうえい》』グループがかい？」シリウスが言った。

一瞬《いっしゅん》、みんな沈黙《ちんもく》した。

「どうしてそのことを知ってるの？」ハリーが詰問《きつもん》した。

「会合の場所は、もっと慎重《しんちょう》に選ばないとね」シリウスがますますニヤリとした。「よりによって『ホッグズ・ヘッド』とはね」

「だって、『三本の箒《ほうき》』よりはましだったわ！」ハーマイオニーが弁解《べんかい》がましく言った。「あそこはいつも人がいっぱいだもの――」

「ということは、そのほうが盗《ぬす》み聞《ぎ》きするのも難《むずか》しいはずなんだがね」シリウスが言った。「ハーマイオニー、君もまだまだ勉強しなきゃならないな」

「誰《だれ》が盗《ぬす》み聞《ぎ》きしたの？」ハリーが問いただした。

「マンダンガスさ、もちろん」シリウスはそう言い、みんながキョトンとしているので笑った。

「ベールをかぶった魔女《まじょ》があいつだったのさ」

「あれがマンダンガス？」ハリーはびっくりした。「『ホッグズ・ヘッド』で、いったい何をしていたの？」

「何をしていたと思うかね？」シリウスがもどかしげに言った。「君を見張《みは》っていたのさ、当然」

「僕《ぼく》、まだつけられているの？」ハリーが怒《おこ》ったように聞いた。

「ああ、そうだ」シリウスが言った。「そうしておいてよかったというわけだ。週末にひまができたとたん、真っ先に君がやったことが、違法《いほう》な防衛《ぼうえい》グループの組織《そしき》だったんだから」

しかし、シリウスは怒《おこ》った様子も心配する様子もなかった。むしろ、ハリーをことさら誇《ほこ》らしげな目で見ていた。

「ダングはどうして僕《ぼく》たちから隠《かく》れていたの?」ロンが不満そうに言った。「会えたらよかったのに」

「あいつは二十年前に『ホッグズ・ヘッド』出入り禁止《きんし》になった」シリウスが言った。「それに、あのバーテンは記憶力《きおくりょく》がいい。スタージスが捕《つか》まったことで、ムーディの二枚目《まいめ》の透明《とうめい》マントもなくなってしまったので、ダングは近ごろ魔女《まじょ》に変装《へんそう》することが多くなってね……。それはともかく……まず、ロン――君の母さんからの伝言を必ず伝えると約束したんだ」

「へえ、そう?」ロンが不安そうな声を出した。

「伝言は――どんなことがあっても違法《いほう》な『闇《やみ》の魔術防衛《まじゅつぼうえい》』グループには加わらないこと。きっと退学処分《たいがくしょぶん》になります。あなたの将来《しょうらい》がめちゃめちゃになります。もっとあとになれば、自己防衛《じこぼうえい》を学ぶ時間は充分《じゅうぶん》あるのだから、いまそんなことを心配するのはまだ若《わか》すぎます――ということだ。それから」シリウスはほかの二人に目を向けた。「ハリーとハーマイオニーへの忠告《ちゅうこく》だ。グループをこれ以上進めないように。もっとも、この二人に関しては、指図する権限《けんげん》がないことは認《みと》めている。ただ、お願いだから、自分は二人のためによかれと思って言っているのだということを忘《わす》れないように、とのことだ。手紙が書ければ全部書くのだが、もしふくろうが途中《とちゅう》で捕《つか》まったら、みんながとても困《こま》ることになるだろうし、今夜は当番なので自分で言いにくることができない」

「なんの当番？」ロンがすかさず聞いた。

「気にするな。騎士団《きしだん》の何かだ」シリウスが言った。「そこで私《わたし》が伝令になったというわけだ。私《わたし》がちゃんと伝言したと、母さんに言ってくれ。どうも私《わたし》は信用されていないのでね」

またしばらくみんな沈黙《ちんもく》した。クルックシャンクスがニャアと鳴いて、シリウスの頭を引っかこうとした。ロンは暖炉《だんろ》マットの穴《あな》をいじっていた。

「それじゃ、防衛《ぼうえい》グループには入らないって、シリウスは僕《ぼく》にそう言わせたいの？」しばらくしてロンがボソボソ言った。

「私《わたし》が？　とんでもない！」シリウスが驚《おどろ》いたように言った。「私《わたし》は、すばらしい考えだと思っている！」

「ほんと？」ハリーは気持ちが浮《う》き立《た》った。

「もちろん、そう思う！」シリウスが言った。「君の父さんや私《わたし》が、あのアンブリッジ鬼《おに》ばばぁに降参《こうさん》して言うなりになると思うのか？」

「でも――先学期、おじさんはぼくに、慎重《しんちょう》にしろ、危険《きけん》をおかすなってばっかり――」

「先学年は、ハリー、誰《だれ》かホグワーツの内部の者が、君を殺そうとしてたんだ！」シリウスがいらだったように言った。「今学期は、ホグワーツの外の者が、私《わたし》たちをみな殺しにしたがっていることはわかっている。だから、しっかり自分の身を護《まも》る方法を学ぶのは、私《わたし》はとてもいい考えだと思う！」

「そして、もし私《わたし》たちが退学《たいがく》になったら？」ハーマイオニーがいぶかしげな表情《ひょうじょう》をした。

「ハーマイオニー、すべては君の考えだったじゃないか！」ハリーはハーマイオニーを見すえた。

「そうよ。ただ、シリウスの考えはどうかなと思っただけ」ハーマイオニーが肩《かた》をすくめた。

「そうだな、学校にいて、何も知らずに安穏《あんのん》としているより、退学《たいがく》になっても身を護《まも》ることができるほうがいい」

「そうだ、そうだ」ハリーとロンが熱狂《ねっきょう》した。

「それで」シリウスが言った。「グループはどんなふうに組織《そしき》するんだ？　どこに集まる？」

「うん、それがいまちょっと問題なんだ」ハリーが言った。「どこでやったらいいか、わかんない」

「『叫《さけ》びの屋敷《やしき》』はどうだ？」シリウスが提案《ていあん》した。

「ヘーイ、そりゃいい考えだ！」ロンが興奮《こうふん》した。しかし、ハーマイオニーは否定的《ひていてき》な声を出したので、三人がハーマイオニーを見た。シリウスの首が炎《ほのお》の中で向きを変えた。

「あのね、シリウス。あなたが学校にいたときは、『叫《さけ》びの屋敷《やしき》』に集まったのはたった四人だったってこと」ハーマイオニーが言った。「それに、あなたたちは全員、動物に変身できたし、そうしたいと思えば、窮屈《きゅうくつ》でもたぶん全員が一枚《まい》の透明《とうめい》マントに収《おさ》まることもできたと思うわ。でも私《わたし》たちは二十八人で、誰《だれ》も『動物もどき《アニメーガス》』じゃないし、透明《とうめい》マントよりは透明《とうめい》テント、が必要なくらい――」

「もっともだ」シリウスは少しがっくりしたようだった。「まあ、君たちで、必ずどこか見つけるだろう。五階の大きな鏡の裏《うら》に、昔はかなり広い秘密《ひみつ》の抜《ぬ》け道《みち》があったんだが、そこなら呪《のろ》いの練習をするのに充分《じゅうぶん》な広さがあるだろう」

「フレッドとジョージが、そこはふさがってるって言ってた」ハリーが首を振《ふ》った。「陥没《かんぼつ》したか何かで」

「そうか……」シリウスは顔をしかめた。「それじゃ、よく考えてまた知らせる――」

シリウスが突然《とつぜん》言葉を切った。顔が急にぎくりとしたように緊張《きんちょう》した。横を向き、明らかに暖炉《だんろ》の硬《かた》いれんが壁《かべ》のむこうを見ている。

「シリウスおじさん?」ハリーが心配そうに聞いた。

しかし、シリウスは消えていた。ハリーは一瞬《いっしゅん》あぜんとして炎《ほのお》を見つめた。それからロンとハーマイオニーを見た。

「どうして、いなく――?」

ハーマイオニーはぎょっと息をのみ、炎《ほのお》を見つめたまま急に立ち上がった。

炎《ほのお》の中に手が現《あらわ》れた。何かをつかもうとまさぐっている。ずんぐりした短い指に、醜悪《しゅうあく》な流行遅《りゅうこうおく》れの指輪をごてごてとはめている。

三人は一目散に逃《に》げた。男子寮《だんしりょう》のドアの所で、ハリーが振《ふ》り返《かえ》ると、アンブリッジの手がまだ、炎《ほのお》の中で何かをつかむ動きをくり返していた。まるで、さっきまでシリウスの髪《かみ》の毛があった場所をはっきり知っているかのように。そして、絶対《ぜったい》に捕《つか》まえてみせるとでも言うように。

第十八章　ダンブルドア軍《ぐん》団《だん》

「アンブリッジはあなたの手紙を読んでたのよ、ハリー。それ以外考えられないわ」

「アンブリッジがヘドウィグを襲《おそ》ったと思うんだね？」ハリーは怒《いか》りが突《つ》き上《あ》げてきた。

「おそらくまちがいないわ」ハーマイオニーが深刻《しんこく》な顔で言った。「ハリー、ほら、カエルが逃《に》げるわよ」

ウシガエルが、うまく逃《に》げられそうだぞと、テーブルの端《はし》をめがけてピョンピョン跳《と》んでいた。ハリーは杖《つえ》をカエルに向けた――「アクシオ！　来い！」――すると、カエルはぶすっとしてハリーの手に吸《す》い寄《よ》せられた。

「呪文学《じゅもんがく》」は勝手なおしゃべりを楽しむには、常《つね》にもってこいの授業《じゅぎょう》だった。だいたいは人や物がさかんに動いているので、盗《ぬす》み聞《ぎ》きされる危険性《きけんせい》はほとんどなかった。今日の教室は、ウシガエルのブオーブオーという低い鳴き声とカラスのカアカアで満ちあふれ、しかも土砂《どしゃ》降《ぶ》りの雨が教室の窓《まど》ガラスを激《はげ》しくたたいて、ガタガタいわせていた。ハリー、ロン、ハーマイオニーが、アンブリッジがシリウスを危《あや》ういところまで追《お》い詰《つ》めたことを小声で話し合っていても、誰《だれ》にも気づかれなかった。

「フィルチが、クソ爆弾《ばくだん》の注文のことであなたをとがめてから、私《わたし》、ずっとこうなるんじゃないかって思ってたのよ。だって、バカバカしい言いがかりなんだもの」ハーマイオニーがささやいた。「つまり、あなたの手紙を読んでしまえば、クソ爆弾《ばくだん》を注文**してない**ことは明白になったはずだから、あなたが問題になることはなかったわけよ――すぐにばれる冗談《じょうだん》でしょ？　でも、それから私《わたし》、考えたの。誰《だれ》かが、あなたの手紙を読む口実が欲《ほ》しかったんだとしたら？　それなら、アンブリッジにとっては完璧《かんぺき》な方法よ――フィルチに告《つ》げ口《ぐち》して、汚《よご》れ仕事《しごと》はフィルチにやらせ、手紙を没収《ぼっしゅう》させる。それから、フィルチから取り上げる方法を見つけるか、それを見せなさいと要求する――フィルチは異議《いぎ》を申し立てない。生徒の権利《けんり》のためにがんばったことなんかないものね？

ハリー、あなた、カエルをつぶしかけてるわよ」

ハリーは下を見た。ほんとうにウシガエルをきつく握《にぎ》りすぎて、カエルの目が飛び出していた。

ハリーはあわててカエルを机《つくえ》の上に戻《もど》した。

「昨夜は、ほんとに、ほんとに危機《きき》一髪《いっぱつ》だった」ハーマイオニーが言った。「あれだけ追《お》い詰《つ》めたことを、アンブリッジ自身が知っているのかしら。シレンシオ、だまれ」

ハーマイオニーが「黙《だま》らせ呪文《じゅもん》」の練習に使ったウシガエルは、「ブォ」までで急に声が出なくなり、恨《うら》めしげにハーマイオニーに目をむいた。

「もしアンブリッジがスナッフルズを捕《つか》まえていたら――」

ハーマイオニーの言おうとしたことをハリーが引き取って言った。

「――たぶん今朝、アズカバンに送り返されていただろうな」

ハリーはあまり気持ちを集中せずに杖《つえ》を振《ふ》った。ウシガエルがふくれ上がって緑の風船のようになり、ピーピーと高い声を出した。

「**シレンシオ！**　**だまれ！**」

ハーマイオニーが杖《つえ》をハリーのカエルに向け、急いで唱えた。カエルは二人の前で、声を上げずにしぼんだ。

「とにかく、スナッフルズは、もう二度とやってはいけない。それだけよ。ただ、どうやってそれを知らせたらいいかわからない。ふくろうは送れないし」

「もう危険《きけん》はおかさないと思うけど」ロンが言った。「それほどバカじゃない。あの女に危《あや》うく捕《つか》まりかけたって、わかってるさ。**シレンシオ！**」

ロンの前の大きな醜《みにく》いワタリガラスがあざけるようにカアと鳴いた。

「**シレンシオ！**　**シレンシオ！**」

カラスはますますやかましく鳴いた。

「あなたの杖《つえ》の動かし方が問題よ」批判的《ひはんてき》な目でロンを観察しながら、ハーマイオニーが言った。

「そんなふうに振《ふ》るんじゃなくて、鋭《するど》く**突《つ》く**って感じなの」

「ワタリガラスはカエルより難《むずか》しいんだ」ロンがしゃくにさわったように言った。

「いいわよ。取《と》り替《か》えましょ」

ハーマイオニーがロンのカラスを捕《つか》まえ、自分の太ったウシガエルと交換《こうかん》しながら言った。

「シレンシオ！」

ワタリガラスは相変わらず鋭《するど》いくちばしを開けたり閉《と》じたりしていたが、もう音は出てこなかった。

「大変よろしい、ミス・グレンジャー！」

フリットウィック先生のキーキー声で、ハリー、ロン、ハーマイオニーの三人とも跳《と》び上《あ》がった。

「さあ、ミスター・ウィーズリー、やってごらん」

「な――？　あ――ア、はい」ロンはあわてふためいた。「え――**シレンシオ！**」

ロンの突《つ》きが強すぎて、ウシガエルの片目《かため》を突《つ》いてしまい、カエルは耳をつんざく声でグワッ、グワッと鳴きながらテーブルから飛《と》び降《お》りた。

ハリーとロンだけが「黙《だま》らせ呪文《じゅもん》」の追加練習をするという宿題を出されたが、二人ともまたかと思っただけだった。

外は土砂降《どしゃぶ》りなので、生徒たちは休み時間も城内《じょうない》にとどまることを許《ゆる》された。三人は二階の混《こ》み合《あ》ったやかましい教室に、空いている席を見つけた。ピーブズがシャンデリア近くに眠《ねむ》そうにプカプカ浮《う》いて、ときどきインクつぶてを誰《だれ》かの頭に吹《ふ》きつけていた。三人が座《すわ》るか座《すわ》らないうちに、アンジェリーナが、むだ話に忙《いそが》しい生徒たちをかき分けてやってきた。

「許可《きょか》をもらったよ！」アンジェリーナが言った。「クィディッチ・チームを再編成《さいへんせい》できる！」

「**やった！**」ロンとハリーが同時に叫《さけ》んだ。

「うん」アンジェリーナがニッコリした。「マクゴナガルの所に行ったんだ。**たぶん**、マクゴナガルはダンブルドアに控訴《こうそ》したんだと思う。とにかく、アンブリッジが折れた。ざまみろ！　だから、今夜七時に競技場《きょうぎじょう》に来てほしい。ロスした時間を取《と》り戻《もど》さなくっちゃ。最初の試合まで、三週間しかないってこと、自覚してる？」

アンジェリーナは、生徒の間をすり抜《ぬ》けるように歩き去りながら、ピーブズのインクつぶてを危《あや》うくかわし（かわりにそれは、そばにいた一年生に命中した）、姿《すがた》が見えなくなった。

窓《まど》から外を眺《なが》めて、ロンの笑顔《えがお》がちょっとかげった。外はたたきつけるような雨で、ほとんど不《ふ》透明《とうめい》だった。

「やめばいいけど。ハーマイオニー、どうかしたのか？」

ハーマイオニーも窓《まど》を見つめていたが、何か見ている様子ではなかった。焦点《しょうてん》は合っていないし、顔をしかめている。

「ちょっと考えてるの……」雨が流れ落ちる窓《まど》に向かってしかめっ面《つら》をしたまま、ハーマイオニーが答えた。

「シリ――スナッフルズのことを？」ハリーが聞いた。

「ううん……ちょっとちがう……」ハーマイオニーが一言一言かみしめるように言った。「むしろ……もしかして……私《わたし》たちのやってることは正しいんだし……考えると……そうよね？」

ハリーとロンが顔を見合わせた。

「なるほど、明確《めいかく》なご説明だったよ」ロンが言った。「君の考えをこれほどきちんと説明してくれなかったら、僕《ぼく》たち気になってしょうがなかったろうけど」

ハーマイオニーは、たったいまロンがそこにいることに気づいたような目でロンを見た。

「私《わたし》がちょっと考えていたのは」ハーマイオニーの声が、今度はしっかりしていた。「私《わたし》たちのやっている、『闇《やみ》の魔術《まじゅつ》に対《たい》する防衛術《ぼうえいじゅつ》』のグループを始めるということが、はたして正しいかどうかってことなの」

「えーッ？」ハリーとロンが同時に言った。

「ハーマイオニー、君が言いだしっぺじゃないか！」ロンが憤慨《ふんがい》した。

「わかってるわ」ハーマイオニーが両手を組んでもじもじさせながら言った。「でも、スナッフルズと話したあとで……」

「でも、スナッフルズは大賛成《だいさんせい》だったよ」ハリーが言った。

「そう」ハーマイオニーがまた窓《まど》の外を見つめた。「そうなの。だからかえって、この考えが結局まちがっていたのかもしれないって思って……」

ピーブズが三人の頭上に腹《はら》ばいになって浮《う》かび、豆鉄砲《まめでっぽう》をかまえていた。三人は反射的《はんしゃてき》に鞄《かばん》を頭の上に持ち上げ、ピーブズが通《とお》り過《す》ぎるのを待った。

「はっきりさせようか」鞄《かばん》を床《ゆか》の上に戻《もど》しながら、ハリーが怒《おこ》ったように言った。「シリウスが賛《さん》成《せい》した。だから君は、もうあれはやらないほうがいいと思ったのか？」

ハーマイオニーは緊張《きんちょう》した情《なさ》けなさそうな顔をしていた。今度は両手をじっと見つめながら、ハーマイオニーが言った。

「本気でシリウスの判断力《はんだんりょく》を信用してるの？」

「ああ、信用してる！」ハリーは即座《そくざ》に答えた。「いつでも僕《ぼく》たちにすばらしいアドバイスをしてくれた！」

インクのつぶてが三人をシュッとかすめて、ケイティ・ベルの耳を直撃《ちょくげき》した。ハーマイオニーは、ケイティが勢《いきお》いよく立ち上がって、ピーブズにいろいろなものを投げつけるのを眺《なが》め、しばらくだまっていたが、言葉を慎重《しんちょう》に選びながら話しはじめた。

「グリモールド・プレイスに閉《と》じ込《こ》められてから……シリウスが……ちょっと……向こう見ずになった……そう思わない？　ある意味で……こう考えられないかしら……私《わたし》たちを通して生きているんじゃないかって？」

「どういうことなんだ？『僕《ぼく》たちを通して生きている』って？」ハリーが言い返した。

「それは……つまり、魔法省直属《まほうしょうちょくぞく》の誰《だれ》かの鼻先で、シリウス自身が秘密《ひみつ》の防衛結社《ぼうえいけっしゃ》を作りたいんだろうと思うの……いまの境遇《きょうぐう》では、ほとんど何もできなくて、シリウスはほんとうにいや気がさしているんだと思うわ……それで、なんと言うか……私《わたし》たちをけしかけるのに熱心になっているような気がするの」

ロンは当惑《とうわく》しきった顔をした。

「シリウスの言うとおりだ」ロンが言った。「君って、**ほんとに**ママみたいな言い方をする」

ハーマイオニーは唇《くちびる》をかみ、何も言わなかった。ピーブズがケイティに襲《おそ》いかかり、インク瓶《びん》の中身をそっくり全部その頭にぶちまけたとき、始業のベルが鳴った。

天気はそのあともよくならなかった。七時、ハリーとロンが練習のためにクィディッチ競技場《きょうぎじょう》に出かけたが、あっという間にずぶぬれになり、ぐしょぬれの芝生《しばふ》に足を取られ、すべった。空は雷《かみなり》が来そうな鉛色《なまりいろ》で、更衣室《こういしつ》の明かりと暖《あたた》かさは、ほんの束《つか》の間《ま》のことだとわかっていても、ホッとさせられた。ジョージとフレッドは、自分たちの作った「ずる休みスナックボックス」を何か一つ使って、飛ぶのをやめようかと話し合っていた。

「……だけど、俺《おれ》たちの仕掛《しか》けを、彼女《かのじょ》が見破《みやぶ》ると思うぜ」フレッドが、唇《くちびる》を動かさないようにして言った。「『ゲーゲー・トローチ』をきのう彼女《かのじょ》に売り込《こ》まなきゃよかったなあ」

「『発熱ヌガー』を試《ため》してみてもいいぜ」ジョージがつぶやいた。「あれなら、まだ、誰《だれ》も見たことがないし――」

「それ、効《き》くの？」屋根を打つ雨音が激《はげ》しくなり、建物の周りで風が唸《うな》る中で、ロンがすがるように聞いた。

「まあ、うん」フレッドが言った。「体温はすぐ上がるぜ」

「だけど、膿《うみ》の入ったでっかいできものもできるな」ジョージが言った。「しかも、それを取《と》り除《のぞ》く方法は未解決《みかいけつ》だ」

「できものなんて、見えないけど」ロンが双子《ふたご》をじろじろ見た。

「ああ、まあ、見えないだろう」フレッドが暗い顔で言った。「普通《ふつう》、公衆《こうしゅう》の面前にさらす所にはない」

「しかし、箒《ほうき》に座《すわ》ると、これがなんとも痛《いた》い。何しろ――」

「よーし、みんな。よく聞いて」キャプテン室から現《あらわ》れたアンジェリーナが大声で言った。

「確《たし》かに理想的な天候ではないけど、スリザリンとの試合がこんな天候だということもありうる。だから、どう対処《たいしょ》するか、策《さく》を練っておくのはいいことだ。ハリー、確《たし》か、ハッフルパフとの嵐《あらし》の中での試合で、雨でめがねが曇《くも》るのを止めるのに、何かやったね？」

「ハーマイオニーがやった」

ハリーはそう言うと、杖《つえ》を取り出して自分のめがねをたたき、呪文《じゅもん》を唱えた。

「インパービアス！ 防水《ぼうすい》せよ！」

「全員それをやるべきだな」アンジェリーナが言った。「雨が顔にさえかからなきゃ、視界《しかい》はぐっとよくなる――じゃ、みんな一緒《いっしょ》に、それ――インパービアス！ オーケー。行こうか」

杖《つえ》をユニフォームのポケットに戻《もど》し、箒《ほうき》を肩《かた》に、みんなアンジェリーナのあとについて更衣室《こういしつ》を出た。

一歩一歩ぬかるみが深くなる中を、みんなグチョグチョと競技場《きょうぎじょう》の中心部まで歩いた。「防水呪文《ぼうすいじゅもん》」をかけていても、視界《しかい》は最悪だった。周りはたちまち暗くなり、滝《たき》のような雨が競技場《きょうぎじょう》を洗《あら》い流《なが》していた。

「よし、笛の合図で」アンジェリーナが叫《さけ》んだ。

ハリーは泥《どろ》を四方八方にまき散らして地面を蹴《け》り、上昇《じょうしょう》した。風で少し押《お》し流《なが》された。こんな天気でどうやってスニッチを見つけるのか、見当もつかない。練習に使っている大きなブラッジャーでさえ見えないのだ。練習を始めるとすぐ、ブラッジャーに危《あや》うく箒《ほうき》からたたき落とされそうになり、ハリーは、それをよけるのに「ナマケモノ型《がた》グリップ・ロール」をやるはめになった。残念ながら、アンジェリーナは見ていてくれなかった。それどころか、アンジェリーナは何も見えていないようだった。選手は互《たが》いに何をやっているやら、さっぱりわかっていなかった。風はますます激《はげ》しさを増《ま》した。下の湖の面に、雨が打ちつけ、ビシビシ音を立てるのが、こんな遠くにいるハリーにさえ聞こえた。

アンジェリーナはほぼ一時間みんなをがんばらせたが、ついに敗北を認《みと》めた。ぐしょぬれで不平たらたらのチームを率《ひき》いて更衣室《こういしつ》に戻《もど》ったアンジェリーナは、練習は時間のむだではなかったと言《い》い張《は》ったが、自分でも自信がなさそうな声だった。フレッドとジョージはことさら苦しんでいる様子だった。二人ともガニマタで歩き、ちょっと動くたびに顔をしかめた。二人がこぼしているのが、タオルで頭をふいているハリーの耳に入った。

「俺《おれ》のは二、三個《こ》つぶれたな」フレッドがうつろな声で言った。

「俺《おれ》のはつぶれてない」ジョージが顔をしかめながら言った。「ずきずき痛《いた》みやがる……むしろ前より大きくなったたな」

「**イタッ！**」ハリーが声を上げた。

ハリーはタオルをしっかり顔に押《お》しつけ、痛《いた》みで目をギュッと閉《と》じた。額《ひたい》の傷痕《きずあと》がまた焼けるように痛《いた》んだのだ。ここ数週間、こんな激痛《げきつう》はなかった。

「どうした？」何人かの声がした。

ハリーはタオルを顔から離《はな》した。めがねをかけていないせいで、更衣室《こういしつ》がぼやけて見えた。それでも、みんなの顔がハリーを見ているのがわかった。

「なんでもない」ハリーがボソッと言った。「僕《ぼく》――自分で自分の目を突《つ》いちゃった。それだけ」

しかし、ハリーはロンに目配せし、みんなが外に出ていくとき、二人だけあとに残った。選手たちはマントにくるまり、帽子《ぼうし》を耳の下まで深くかぶって出ていった。

「どうしたの？」最後にアリシアが出ていくと、すぐにロンが聞いた。「傷痕《きずあと》か？」

ハリーがうなずいた。

「でも……」ロンがこわごわ窓際《まどぎわ》に歩いていき、雨を見つめた。「あの人――『あの人』がいま、そばにいるわけないだろ？」

「ああ」ハリーは額《ひたい》をさすり、ベンチに座《すわ》り込《こ》みながらつぶやいた。「たぶん、ずーっと遠くにいる。でも、痛《いた》んだのは……あいつが……怒《おこ》っているからだ」

そんなことを言うつもりはなかった。別の人間がしゃべるのを聞いたかのようだった――しかし、ハリーは直感的に、そうにちがいないと思った。どうしてなのかはわからないが、そう思ったのだ。ヴォルデモートがどこにいるのかも、何をしているのかも知らないが、確《たし》かに激怒《げきど》してる。

「『あの人』が見えたの？」ロンが恐《おそ》ろしそうに聞いた。「君……幻覚《げんかく》か何か、あったの？」

ハリーは足元を見つめたまま、痛《いた》みが治まり、気持ちも記憶《きおく》も落ち着くのを待ってじっと座《すわ》っていた。

もつれ合ういくつかの影《かげ》。どなりつける声の響《ひび》き……。

「やつは何かをさせたがっている。それなのに、なかなかうまくいかない」ハリーが言った。

またしても言葉が口をついて出てくる。ハリー自身が驚《おどろ》いた。しかも、それがほんとうのことだという確信《かくしん》があった。

「でも……どうしてわかるんだ？」ロンが聞いた。

ハリーは首を横に振《ふ》り、両手で目を覆《おお》って、手のひらでぐっと押《お》した。目の中に小さな星が飛び散った。ロンがベンチの隣《となり》に座《すわ》り、ハリーを見つめているのを感じた。

「前のときもそうだったの？」ロンが声をひそめて聞いた。「アンブリッジの部屋で傷痕《きずあと》が痛《いた》んだとき？『例のあの人』が怒《おこ》ってたの？」

ハリーは首を横に振《ふ》った。

「それならなんなのかなぁ？」

ハリーは記憶《きおく》をたどった。アンブリッジの顔を見つめていた……傷痕《きずあと》が痛《いた》んだ……そして、胃袋《いぶくろ》におかしな感覚が……なんだか奇妙《きみょう》な、跳《と》びはねるような感覚……**幸福な**感覚だった……しかし、そうだ、あの時は気づかなかったが、あの時の自分はとてもみじめな気持ちだったのだから、だから奇妙《きみょう》だったんだ……。

「この前は、やつが喜んでいたからなんだ」ハリーが言った。「ほんとうに喜んでいた。やつは思ったんだ……何かいいことが起こるって。それに、ホグワーツに僕《ぼく》たちが帰る前の晩《ばん》……」ハリーは、グリモールド・プレイスのロンと一緒《いっしょ》の寝室《しんしつ》で、傷痕《きずあと》が痛《いた》んだあの瞬間《しゅんかん》を思い出していた……。「やつは怒《いか》り狂《くる》ってた……」

ロンを見ると、口をあんぐり開けてハリーを見ていた。

「君、おい、トレローニーに取ってかわれるぜ」ロンが恐《おそ》れと尊敬《そんけい》の入りまじった声で言った。

「僕《ぼく》、予言してるんじゃないよ」ハリーが言った。

「ちがうさ。何をしているかわかるかい？」ロンが恐《おそ》ろしいような感心したような声で言った。

「ハリー、**君は『例のあの人』の心を読んでる！**」

「ちがう」ハリーが首を振《ふ》った。「むしろ……気分を読んでるんだと思う。どんな気分でいるのかがちらっとわかるんだ。ダンブルドアが先学期に、そんなようなことが起こっているって言った。ヴォルデモートが近くにいるとか、憎《にく》しみを感じていると、僕《ぼく》にそれがわかるって、そう言ったんだ。でも、いまは、やつが喜んでいるときも感じるんだ……」

一瞬《いっしゅん》の沈黙《ちんもく》があった。雨風が激《はげ》しく建物にたたきつけていた。

「誰《だれ》かに言わなくちゃ」ロンが言った。

「この前はシリウスに言った」

「今度のことも言えよ！」

「できないよ」ハリーが暗い顔で言った。「アンブリッジがふくろうも暖炉《だんろ》も見張《みは》ってる。そうだろ？」

「じゃ、ダンブルドアだ」

「いま、言ったろう。ダンブルドアはもう知ってる」

ハリーは気短に答えて立ち上がり、マントを壁《かべ》のくぎからはずして肩《かた》に引っかけた。

「また言ったって意味ないよ」

ロンはマントのボタンをかけ、考え深げにハリーを見た。

「ダンブルドアは知りたいだろうと思うけど」ロンが言った。

ハリーは肩《かた》をすくめた。

「さあ……これから『黙《だま》らせ呪文《じゅもん》』の練習をしなくちゃ」

泥《どろ》んこの芝生《しばふ》をすべったりつまずいたりしながら、二人は話をせずに、急いで暗い校庭を戻《もど》った。ハリーは必死で考えた。いったいヴォルデモートがさせたがっていること、そして思うように進まないこととは、なんだろう？

――ほかにも求めているものがある……やつがまったく極秘《ごくひ》で進めることができる計画だ……極《ご》秘《ひ》にしか手に入らないものだ……武器《ぶき》のようなものというかな。前のときには持っていなかったものだ。

この言葉を何週間も忘《わす》れていた。ホグワーツでのいろいろな出来事にすっかり気を取られ、アンブリッジとの目下《もっか》の戦いや、魔法省《まほうしょう》のさまざまな不当な干渉《かんしょう》のことを考えるのに忙殺《ぼうさつ》されていた……しかし、いま、この言葉がよみがえり、ハリーはもしやと思った……ヴォルデモートが怒《おこ》っているのも、なんだかわからないその武器《ぶき》にまったく近づくことができないからと考えればつじつまが合う。騎士団《きしだん》はあいつの目論見《もくろみ》をくじき、それが手に入らないように阻止《そし》してきたのだろうか？　それはどこに保管《ほかん》されているのだろう？　いま、誰《だれ》が持っているのだろう？

「ミンビュラス　ミンブルトニア」

ロンの声がしてハリーは我《われ》に返り、肖像画《しょうぞうが》の穴《あな》を通って談話室に入った。

ハーマイオニーは早めに寝室《しんしつ》に行ってしまったらしい。残っていたのは、近くの椅子《いす》に丸まっているクルックシャンクスと、暖炉《だんろ》のそばのテーブルに置かれた、さまざまな形のデコボコしたしもべ妖精用毛糸帽子《ようせいようけいとぼうし》だけだった。ハリーはハーマイオニーがいないのがかえってありがたかった。傷《きず》痕《あと》の痛《いた》みを議論《ぎろん》するのも、ダンブルドアの所へ行けとハーマイオニーにうながされるのもいやだった。ロンはまだ心配そうな目でちらちらハリーを見ていたが、ハリーは呪文集《じゅもんしゅう》を引《ひ》っ張《ぱ》り出《だ》し、レポートを仕上げる作業に取りかかった。もっとも、集中しているふりをしていただけで、ロンがもう寝室《しんしつ》に行くと言ったときにも、ハリーはまだほとんど何も書いてはいなかった。

真夜中になり、真夜中が過《す》ぎても、ハリーは「トモシリソウ」「ラビッジ」「オオバナノコギリソウ」の使用法についての同じ文章を、一言も頭に入らないまま何度も読み返していた。

これらの薬草は、脳《のう》をほてらせるのに非常《ひじょう》に効《き》き目《め》があり、そのため、性急《せいきゅう》さ、向こう見ずな状態《じょうたい》を魔法使《まほうつか》いが作り出したいと望むとき、「混乱《こんらん》・錯乱薬《さくらんやく》」用に多く使われる……。

……ハーマイオニーが、シリウスはグリモールド・プレイスに閉《と》じ込《こ》められて向こう見ずになっていると言ったっけ……。

……脳《のう》をほてらせるのに非常《ひじょう》に効《き》き目《め》があり、そのため……。

……「日刊予言者新聞《にっかんよげんしゃしんぶん》」は、僕《ぼく》にヴォルデモートの気分がわかると知ったら、僕《ぼく》の脳《のう》がほてっていると思うだろうな……。

……そのため、性急《せいきゅう》さ、向こう見ずな状態《じょうたい》を魔法使《まほうつか》いが作り出したいと望むとき、「混《こん》乱《らん》・錯乱薬《さくらんやく》」に多く使われる……。

……混乱《こんらん》、まさにそうだ。どうして僕《ぼく》はヴォルデモートの気分がわかったのだろう？　二人のこの薄気味《うすきみ》の悪い絆《きずな》はなんなのだ？　ダンブルドアでも、これまで充分《じゅうぶん》に満足のいく説明ができなかったこの絆《きずな》は？

……魔法使《まほうつか》いが作り出したいと望むとき……。

……ああ、とても眠《ねむ》い……。

……性急《せいきゅう》さ……を作り出したいと……。

……ひじかけ椅子《いす》は暖炉《だんろ》のそばで、暖《あたた》かく心地《ここち》よい。雨がまだ激《はげ》しく窓《まど》ガラスに打ちつけている。クルックシャンクスがゴロゴロのどを鳴らし、暖炉《だんろ》の炎《ほのお》がはぜる……。
手がゆるみ、本がすべり、鈍《にぶ》いゴトッという音とともに暖炉《だんろ》マットに落ちた。ハリーの頭がぐらりと傾《かし》いだ。

またしてもハリーは、窓《まど》のない廊下《ろうか》を歩いている。足音が静寂《せいじゃく》の中に反響《はんきょう》している。通路の突《つ》き当《あ》たりの扉《とびら》がだんだん近くなり、心臓《しんぞう》が興奮《こうふん》で高鳴る……。あそこを開けることさえできれば……そのむこう側に入れれば……。

手を伸《の》ばした……もう数センチで指が触《ふ》れる……。


「ハリー・ポッター様！」

ハリーは驚《おどろ》いて目を覚ました。談話室のろうそくはもう全部消えていた。しかし、何かがすぐそばにいる。

「だ……れ？」ハリーは椅子《いす》にまっすぐ座《すわ》りなおした。談話室の暖炉《だんろ》の火はほとんど消え、部屋はとても暗かった。

「ドビーめが、あなたさまのふくろうを持っています！」キーキー声が言った。

「ドビー？」

ハリーは、暗がりの中で声の聞こえた方向を見透《みす》かしながら、寝《ね》ぼけ声を出した。

ハーマイオニーが残していったニットの帽子《ぼうし》が半ダースほど置いてあるテーブルの脇《わき》に、屋敷《やしき》しもべ妖精《ようせい》のドビーが立っていた。大きなとがった耳が、山のような帽子《ぼうし》の下から突《つ》き出《だ》している。

ハーマイオニーがこれまで編《あ》んだ帽子《ぼうし》を全部かぶっているのではないかと思うほどで、縦《たて》に積み重ねてかぶっているので、頭が一メートル近く伸《の》びたように見えた。一番てっぺんの毛糸玉の上に、確《たし》かに傷《きず》の癒《い》えたヘドウィグが止まり、ホーホーと落ち着いた鳴き声を上げていた。

「ドビーめはハリー・ポッターのふくろうを返す役目を、進んでお引き受けいたしました」しもべ妖精《ようせい》は、うっとりと憧《あこが》れの人を見る目つきで、キーキー言った。「グラブリー-プランク先生が、ふくろうはもう大丈夫《だいじょうぶ》だとおっしゃいましたでございます」

ドビーが深々とおじぎをしたので、鉛筆《えんぴつ》のような鼻先がぼろぼろの暖炉《だんろ》マットをこすり、ヘドウィグは怒《おこ》ったようにホーと鳴いてハリーの椅子《いす》のひじかけに飛《と》び移《うつ》った。

「ありがとう、ドビー！」

ヘドウィグの頭をなでながら、夢《ゆめ》の中の扉《とびら》の残像《ざんぞう》を振《ふ》り払《はら》おうと、ハリーは目を強くしばたたいた……あまりに生々しい夢《ゆめ》だった。ドビーをもう一度見ると、スカーフを数枚《すうまい》巻《ま》きつけているし、数えきれないほどのソックスをはいているのに気づいた。おかげで、体と不釣《ふつ》り合《あ》いに足がでかく見えた。

「あの……君は、ハーマイオニーの置いていった服を**全部**取っていたの？」

「いいえ、とんでもございません」ドビーはうれしそうに言った。「ドビーめはウィンキーにも少し取ってあげました。はい」

「そう。ウィンキーはどうしてるの？」ハリーが聞いた。

ドビーの耳が少しうなだれた。

「ウィンキーはいまでもたくさん飲んでいます。はい」

ドビーは、テニスボールほどもある巨大《きょだい》な緑の丸い目を伏《ふ》せて、悲しそうに言った。

「いまでも服が好きではありません、ハリー・ポッター。ほかの屋敷《やしき》しもべ妖精《ようせい》も同じでございます。もう誰《だれ》もグリフィンドール塔《とう》をお掃除《そうじ》しようとしないのでございます。帽子《ぼうし》や靴下《くつした》があちこちに隠《かく》してあるからでございます。侮辱《ぶじょく》されたと思っているのです。はい。ドビーめが全部一人でやっておりますです。でも、ドビーめは気にしません。はい。なぜなら、ドビーめはいつでもハリー・ポッターにお会いしたいと願っています。そして、今夜、はい、願いがかないました！」

ドビーはまた深々とおじぎした。

「でも、ハリー・ポッターは幸せそうではありません」ドビーは体を起こし、おずおずとハリーを見た。「ドビーめは、あなたさまが寝言《ねごと》を言うのを聞きました。ハリー・ポッターは悪い夢《ゆめ》を見ていたのですか？」

「それほど悪い夢《ゆめ》っていうわけでもないんだ」ハリーはあくびをして目をこすった。「もっと悪い夢《ゆめ》を見たこともあるし」

しもべ妖精《ようせい》は大きな球のような目でハリーをしげしげと見た。それから両耳をうなだれて、真剣《しんけん》な声で言った。

「ドビーめは、ハリー・ポッターをお助けしたいのです。ハリー・ポッターがドビーを自由にしましたから。そして、ドビーめはいま、ずっとずっと幸せですから」

ハリーはほほえんだ。

「ドビー、君には僕《ぼく》を助けることはできない。でも、気持ちはありがたいよ」

ハリーはかがんで、「魔法薬《まほうやく》」の教科書を拾った。このレポートは結局、明日仕上げなければならない。ハリーは本を閉《と》じた。その時、暖炉《だんろ》の残り火が、手《て》の甲《こう》のうっすらとした傷痕《きずあと》を白く浮《う》き上《あ》がらせた——アンブリッジの罰則《ばっそく》の痕《あと》だ……。

「ちょっと待って——ドビー、君に助けてもらいたいことが**ある**よ」ある考えが浮《う》かび、ハリーはゆっくりと言った。

ドビーは向きなおって、ニッコリした。

「なんでもおっしゃってください。ハリー・ポッター様！」

「場所を探《さが》しているんだ。二十八人が『闇《やみ》の魔術《まじゅつ》に対《たい》する防衛術《ぼうえいじゅつ》』を練習できる場所で、先生方に見つからない所。特に——」ハリーは本の上で固く拳《こぶし》を握《にぎ》った。傷痕《きずあと》が青白く光った。「アンブリッジ先生には」

ドビーの顔から笑いが消えて、両耳がうなだれるだろうとハリーは思った。無理です、とか、どこか探《さが》してみるがあまり期待は持たないように、と言うだろうと思った。まさか、ドビーが両耳をうれしそうにパタパタさせ、ピョンと小躍《こおど》りするとは、まさか両手を打ち鳴らそうとは、思わなかった。

「ドビーめは、ぴったりな場所を知っております。はい！」ドビーはうれしそうに言った。「ドビーめはホグワーツに来たとき、ほかの屋敷《やしき》しもべ妖精《ようせい》が話しているのを聞きました。はい。仲間内では『あったりなかったり部屋』とか、『必要の部屋』として知られております！」

「どうして？」ハリーは好奇心《こうきしん》にかられた。

「なぜなら、その部屋に入れるのは」ドビーは真剣《しんけん》な顔だ。「ほんとうに必要なときだけなのです。時にはありますが、時にはない部屋でございます。それが現《あらわ》れるときには、いつでも求める人の欲《ほ》しいものが備《そな》わっています。ドビーめは、使ったことがございます」

しもべ妖精《ようせい》は声を落とし、悪いことをしたような顔をした。

「ウィンキーがとっても酔《よ》ったときに。ドビーはウィンキーを『必要の部屋』に隠《かく》しました。そしたら、ドビーは、バタービールの酔《よ》い覚《ざ》まし薬《やく》をそこで見つけました。それに、眠《ねむ》って酔《よ》いを覚ます間寝《ね》かせるのにちょうどよい、しもべ妖精《ようせい》サイズのベッドがあったのでございます……それに、フィルチ様は、お掃除用具《そうじようぐ》が足りなくなったとき、そこで見つけたのを、はい、ドビーは存《ぞん》じています。そして——」

「そして、ほんとにトイレが必要なときは」ハリーは急に、去年のクリスマス・ダンスパーティで、ダンブルドアが言ったことを思い出した。「その部屋はおまるでいっぱいになる?」

「ドビーめは、そうだと思います。はい」ドビーは一生懸命《いっしょうけんめい》うなずいた。「驚《おどろ》くような部屋でございます」

「そこを知っている人はどのくらいいるのかな?」ハリーは椅子《いす》に座《すわ》りなおした。

「ほとんどおりません。だいたいは、必要なときにたまたまその部屋に出くわします。はい。でも、二度と見つからないことが多いのです。なぜなら、その部屋がいつもそこにあって、お呼《よ》びがかかるのを待っているのを知らないからでございます」

「すごいな」ハリーは心臓《しんぞう》がドキドキした。「ドビー、ぴったりだよ。部屋がどこにあるのか、いつ教えてくれる?」

「いつでも、ハリー・ポッター様」ハリーが夢中《むちゅう》なので、ドビーはうれしくてたまらない様子だ。

「よろしければ、いますぐにでも!」

一瞬《いっしゅん》、ハリーはドビーと一緒《いっしょ》に行きたいと思った。上の階から急いで透明《とうめい》マントを取ってこようと、椅子《いす》から半分腰《こし》を浮《う》かした。その時、またしても、ちょうどハーマイオニーがささやくような声が耳元で聞こえた――「**向こう見ず**」。考えてみれば、もう遅《おそ》いし、ハリーはつかれきっていた。

「ドビー、今夜はだめだ」ハリーは椅子《いす》に沈《しず》み込《こ》みながら、しぶしぶ言った。「これはとっても大切なことなんだ……しくじりたくない。ちゃんと計画する必要がある。ねえ、『必要の部屋』の正《せい》確《かく》な場所と、どうやって入るのかだけ教えてくれないかな？」

二時限続《じげんつづ》きの「薬草学」に向かうのに、水浸《みずびた》しの野菜畑をピチャピチャ渡《わた》る生徒たちのローブが風にあおられてはためき、ひるがえった。雨音はまるで雹《ひょう》のように温室の屋根を打ち、スプラウト先生が何を言っているのかほとんど聞き取れない。午後の「魔法生物飼育学《まほうせいぶつしいくがく》」は嵐《あらし》が吹《ふ》きすさぶ校庭ではなく、一階の空いている教室に移《うつ》されたし、アンジェリーナが昼食時に、チームの選手を探《さが》して回り、クィディッチの練習は取りやめだと伝えたので、選手たちは大いにホッとした。

「よかった」アンジェリーナにそれを聞かされたとき、ハリーが小声で言った。「場所を見つけたんだ。最初の『防衛術《ぼうえいじゅつ》』の会合は今夜八時、八階の『バカのバーナバス』がトロールに棍棒《こんぼう》で打たれている壁《かべ》かけのむかい側。ケイティとアリシアに伝えてくれる？」

アンジェリーナはちょっとどきりとしたようだったが、伝えると約束した。ハリーは食べかけのソーセージとマッシュポテトに戻《もど》って貪《むさぼ》った。かぼちゃジュースを飲もうと顔を上げると、ハーマイオニーが見つめているのに気づいた。

「何？」ハリーがもごもご聞いた。

「うーん……ちょっとね。ドビーの計画って、いつも安全だとはかぎらないし。覚えていない？

ドビーのせいで、あなた、腕《うで》の骨《ほね》が全部なくなっちゃったこと」

「この部屋はドビーの突拍子《とっぴょうし》もない考えじゃないんだ。ダンブルドアもこの部屋のことは知ってる。クリスマス・ダンスパーティのとき、話してくれたんだ」

ハーマイオニーの顔が晴れた。

「ダンブルドアが、そのことをあなたに話したのね？」

「ちょっとついでにだったけど」ハリーは肩《かた》をすくめた。

「ああ、そうなの。なら大丈夫《だいじょうぶ》」ハーマイオニーはきびきびそう言うと、あとは何も反対しなかった。

「ホッグズ・ヘッド」でリストにサインした仲間たちを探《さが》し出《だ》し、その晩《ばん》どこで会合するかを伝えるのに、ロンもふくめた三人で、その日の大半を費《つい》やした。チョウ・チャンとその友達の女子学生を探《さが》し出《だ》すのは、ジニーのほうが早かったので、ハリーはちょっとがっかりした。とにかく、夕食が終わるころまでには、この知らせがホッグズ・ヘッドに集まった二十五人全員に伝わったと、ハリーは確信《かくしん》を持った。

七時半、ハリー、ロン、ハーマイオニーはグリフィンドールの談話室を出た。ハリーは古ぼけた羊皮紙を握《にぎ》りしめていた。五年生は、九時まで外の廊下《ろうか》に出ていてもよいことになってはいたが、三人とも、神経質《しんけいしつ》にあたりを見回しながら八階に向かった。

「止まって」最後の階段《かいだん》の上で羊皮紙を広げながら、ハリーは警告《けいこく》を発し、杖《つえ》で羊皮紙を軽くたたいて呪文《じゅもん》を唱えた。

「我《われ》、ここに誓《ちか》う。我《われ》、よからぬことをたくらむ者なり」

羊皮紙にホグワーツの地図が現《あらわ》れた。小さな黒い点が動き回り、それぞれに名前がついていて、誰《だれ》がどこにいるかが示《しめ》されている。

「フィルチは三階だ」ハリーが地図を目に近づけながら言った。「それと、ミセス・ノリスは五階だ」

「アンブリッジは？」ハーマイオニーが心配そうに聞いた。

「自分の部屋だ」ハリーが指で示《しめ》した。「オッケー、行こう」

三人は、ドビーがハリーに教えてくれた場所へと廊下《ろうか》を急いだ。大きな壁《かべ》かけタペストリーに「バカのバーナバス」が、愚《おろ》かにもトロールにバレエを教えようとしている絵が描《か》いてある。そのむかい側の、なんの変哲《へんてつ》もない石壁《いしかべ》がその場所だ。

「オーケー」ハリーが小声で言った。虫食いだらけのトロールの絵が、バレエの先生になるはずだったバーナバスを、容赦《ようしゃ》なく棍棒《こんぼう》で打ちすえていたが、その手を休めてハリーたちを見た。

「ドビーは、気持ちを必要なことに集中させながら、壁《かべ》のここの部分を三回往《い》ったり来《き》たりしろって言った」

三人で実行に取りかかった。石壁《いしかべ》の前を通《とお》り過《す》ぎ、窓《まど》の所できっちり折り返して逆方向《ぎゃくほうこう》に歩き、反対側にある等身大の花瓶《かびん》の所でまた折り返した。ロンは集中するのに眉間《みけん》にしわを寄《よ》せ、ハーマイオニーは低い声で何かブツブツ言い、ハリーはまっすぐ前を見つめて両手の拳《こぶし》を握《にぎ》りしめた。

戦いを学ぶ場所が必要です……ハリーは思いを込《こ》めた。**……どこか練習する場所をください……どこか連中に見つからない所を……。**

三回目に石壁《いしかべ》を通《とお》り過《す》ぎて振《ふ》り返《かえ》ったとき、ハーマイオニーが鋭《するど》い声を上げた。

「ハリー！」

石壁《いしかべ》にピカピカに磨《みが》き上げられた扉《とびら》が現《あらわ》れていた。ロンは少し警戒《けいかい》するような目で扉《とびら》を見つめていた。ハリーは真鍮《しんちゅう》の取っ手に手を伸《の》ばし、扉《とびら》を引いて開け、先に中に入った。広々とした部屋は、八階下の地下牢教室《ちかろうきょうしつ》のように、ゆらめく松明《たいまつ》に照らされていた。

壁際《かべぎわ》には木の本棚《ほんだな》が並《なら》び、椅子《いす》のかわりに大きな絹《きぬ》のクッションが床《ゆか》に置かれている。一番奥《おく》の棚《たな》には、いろいろな道具が収《おさ》められていた。「かくれん防止器《ぼうしき》《スニーコスコープ》」、「秘密発見器《ひみつはっけんき》」、それに、先学期、偽《にせ》ムーディの部屋にかかっていたものにちがいないと思われるひびの入った大きな「敵鏡《てきかがみ》」。

「これ、『失神術《しっしんじゅつ》』を練習するときにいいよ」ロンが足でクッションを一枚《まい》突きながら、夢中《むちゅう》になって言った。

「それに、見て！　この本！」ハーマイオニーは興奮《こうふん》して、大きな革張《かわば》りの学術書《がくじゅつしょ》の背表紙《せびょうし》に次々と指を走らせた。「『通常《つうじょう》の呪《のろ》いとその逆呪《ぎゃくのろ》い概論《がいろん》』……『闇《やみ》の魔術《まじゅつ》の裏《うら》をかく』……『自己防衛呪《じこぼうえいじゅ》文学《もんがく》』……ウワーッ……」

ハーマイオニーは顔を輝《かがや》かせてハリーを見た。何百冊《さつ》という本があるおかげで、ついにハーマイオニーが自分は正しいことをしていると確信《かくしん》したと、ハリーにはわかった。

「ハリー、すばらしいわ。ここには欲《ほ》しいものが全部ある！」

それ以上よけいなことはいっさい言わず、ハーマイオニーは棚《たな》から『呪《のろ》われた人のための呪《のろ》い』を引き抜《ひぬ》き、手近なクッションに腰《こし》を下ろし、読みはじめた。

扉《とびら》を軽くたたく音がした。ハリーが振《ふ》り返《かえ》ると、ジニー、ネビル、ラベンダー、パーバティ、ディーンが到着《とうちゃく》したところだった。

「オワーァ」ディーンが感服して見回した。「ここはいったいなんだい？」

ハリーが説明しはじめたが、途中《とちゅう》でまた人が入ってきて、また最初からやりなおしだった。八時までには、全部のクッションが埋《う》まっていた。ハリーは扉《とびら》に近づき、鍵穴《かぎあな》から突《つ》き出《だ》している鍵《かぎ》を回した。カシャッと小気味よい大きな音とともに鍵《かぎ》がかかり、みんながハリーを見て静かになった。ハーマイオニーは読みかけの『呪《のろ》われた人のための呪《のろ》い』のページにしおりをはさみ、本を脇《わき》に置いた。

「えーと」ハリーは少し緊張《きんちょう》していた。「ここが練習用に僕《ぼく》たちが見つけた場所です。それで、みんなは――えー――ここでいいと思ったみたいだし」

「すてきだわ！」チョウがそう言うと、ほかの何人かも、そうだそうだとつぶやいた。

「変だなあ」フレッドがしかめっ面《つら》で部屋を眺《なが》め回した。「俺《おれ》たち、一度ここで、フィルチから隠《かく》れたことがある。ジョージ、覚えてるか？　だけど、その時は単なる箒置《ほうきお》き場《ば》だったぞ」

「おい、ハリー、これはなんだ？」ディーンが部屋の奥《おく》のほうで、かくれん防止器《ぼうしき》と敵鏡《てきかがみ》を指していた。

「闇《やみ》の検知器《けんちき》だよ」ハリーはクッションの間を歩いて道具のほうに行った。「基本的《きほんてき》には、闇《やみ》の魔《ま》法使《ほうつか》いとか敵《てき》が近づくと、それを示《しめ》してくれるんだけど、あまり頼《たよ》っちゃいけない。道具がだまされることがある……」

ハリーはひび割《わ》れた敵鏡《てきかがみ》をちょっと見つめた。中に影《かげ》のような姿《すがた》がうごめいていた。どの姿《すがた》もはっきり何かはわからない。ハリーは鏡に背《せ》を向けた。

「えーと、僕《ぼく》、最初に僕《ぼく》たちがやらなければならないのは何かを、ずっと考えていたんだけど、それで——あー……」ハリーは手が挙がっているのに気づいた。

「なんだい、ハーマイオニー？」

「リーダーを選出すべきだと思います」ハーマイオニーが言った。

「ハリーがリーダーよ」チョウがすかさず言った。ハーマイオニーを、どうかしているんじゃないのという目で見ている。

ハリーはまたまた胃袋《いぶくろ》がとんぼ返りした。

「そうよ。でも、ちゃんと投票すべきだと思うの」ハーマイオニーがひるまず言った。「それで正式になるし、ハリーに権限《けんげん》が与《あた》えられるもの。じゃ――ハリーが私《わたし》たちのリーダーになるべきだと思う人？」

みんなが挙手した。ザカリアス・スミスでさえ、不承不承《ふしょうぶしょう》だったが手を挙げた。

「えー――うん、ありがとう」ハリーは顔が熱くなるのを感じた。「それじゃ――**なんだよ**、ハーマイオニー、まだ何か？」

「それと、名前をつけるべきだと思います」手を挙げたままで、ハーマイオニーが生き生きと答えた。「そうすれば、チームの団結精神《だんけつせいしん》も強くなるし、一体感が高まると思わない？」

「反アンブリッジ連盟《れんめい》ってつけられない？」アンジェリーナが期待を込《こ》めて発言した。

「じゃなきゃ、『魔法省《まほうしょう》はみんなまぬけ』、ＭＭＭはどうだ？」フレッドが言った。

「私《わたし》、考えてたんだけど」ハーマイオニーがフレッドをにらみながら言った。「どっちかっていうと、私《わたし》たちの目的が誰《だれ》にもわからないような名前よ。この集会の外でも安全に名前を呼《よ》べるように」

「防衛協会《ぼうえいきょうかい》は？」チョウが言った。「英語の頭文字を取ってＤＡ。それなら、私《わたし》たちが何を話しているか、誰《だれ》にもわからないでしょう？」

「うん、ＤＡっていうのはいいわね」ジニーが言った。「でも、ダンブルドア軍団《ぐんだん》《アーミー》の頭文字でＤＡ

ね。だって、魔法省《まほうしょう》が一番怖《こわ》いのはダンブルドア軍団《ぐんだん》でしょ？」

あちこちから、いいぞ、いいぞとつぶやく声や笑い声が上がった。

「DAに賛成《さんせい》の人？」

ハーマイオニーが取りしきり、クッションにひざ立ちになって数を数えた。

「大多数です——動議は可決《かけつ》！」

ハーマイオニーはみんなが署名《しょめい》した羊皮紙を壁《かべ》にピンでとめ、その一番上に大きな字で「**ダンブルドア軍団**《ぐんだん》」と書き加えた。

「じゃ」ハーマイオニーが座《すわ》ったとき、ハリーが言った。「それじゃ、練習しようか？　僕《ぼく》が考えたのは、まず最初にやるべきなのは、『**エクスペリアームス、武器**《ぶき》**よ去れ**』。そう、『武装解除術《ぶそうかいじょじゅつ》』だ。かなり基本的《きほんてき》な呪文《じゅもん》だっていうことは知っている。だけど、ほんとうに役立つ——」

「おい、おい、**頼**《たの》**むよ**」ザカリアス・スミスが腕組《うでぐ》みし、あきれたように目を天井《てんじょう》に向けた。

「『例のあの人』に対して、『**武器**《ぶき》**よ去れ**』が僕《ぼく》たちを守ってくれると思うのかい？」

「僕《ぼく》がやつに対してこれを使った」ハリーは落ち着いていた。「六月に、この呪文《じゅもん》が僕《ぼく》の命を救った」

スミスはポカンと口を開いた。ほかのみんなはだまっていた。

「だけど、これじゃ君には程度《ていど》が低すぎるって思うなら、出ていっていい」ハリーが言った。

スミスは動かなかった。ほかの誰《だれ》も動かなかった。

「オーケー」たくさんの目に見つめられ、ハリーはいつもより少し口が渇《かわ》いていた。「それじゃ、全員、二人ずつ組になって練習しよう」

指令を出すのはなんだかむずがゆかったが、みんながそれに従《したが》うのはそれよりずっとむずがゆかった。みんながサッと立ち上がり、組になった。ネビルは、やっぱり相手がいなくて取り残された。

「僕《ぼく》と練習しよう」ハリーが言った。「よーし──三つ数えて、それからだ──いーち、にー、さん──」

突然《とつぜん》部屋中が、「**エクスペリアームス**」の叫《さけ》びでいっぱいになった。杖《つえ》が四方八方に吹《ふ》っ飛《と》んだ。当たりそこねた呪文《じゅもん》が本棚《ほんだな》に当たり、本が宙《ちゅう》を飛んだ。ハリーの速さに、ネビルはとうてい敵《かな》わなかった。ネビルの杖《つえ》が手を離《はな》れ、くるくる回って天井《てんじょう》にぶつかり火花を散らした。それから本棚《ほんだな》の上にカタカタ音を立てて落ち、そこからハリーは「呼《よ》び寄《よ》せ呪文《じゅもん》」で杖《つえ》を回収《かいしゅう》した。

周りをざっと見ると、基本《きほん》から始めるべきだという考えが正しかったことがわかった。お粗末《そまつ》な呪文《じゅもん》が飛《と》び交《か》っていた。相手をまったく武装解除《ぶそうかいじょ》できず、弱い呪文《じゅもん》が通《とお》り過《す》ぎるときに、相手を二、三歩後ろに跳《と》びのかせるとか、顔をしかめさせるだけの例が多かった。

「エクスペリアームス！　武器《ぶき》よ去れ！」ネビルの呪文《じゅもん》に不意をつかれて、ハリーは杖《つえ》が手を離《はな》れて飛んでいくのを感じた。

「できた！」ネビルが狂喜《きょうき》した。「いままでできたことないのに――僕《ぼく》、できた！」

「うまい！」ハリーは励《はげ》ました。

ほんとうの決闘《けっとう》では、相手が杖《つえ》をだらんと下げて、逆《ぎゃく》の方向を見ていることなどありえない、という指摘《してき》はしないことにした。

「ねえ、ネビル。ちょっとの間、ロンとハーマイオニーと交互《こうご》に練習してくれるかい？　僕《ぼく》、ほかのみんながどんなふうにやってるか、見回ってくるから」

ハリーは部屋の中央に進み出た。ザカリアス・スミスに変な現象《げんしょう》が起きていた。アンソニー・ゴールドスタインの武器《ぶき》を解除《かいじょ》するのに呪文《じゅもん》を唱えるたびに、スミス自身の杖《つえ》が飛んでいってしまう。しかもアンソニーはなんの呪文《じゅもん》を唱えている様子もない。周りを少し見回すだけで、ハリーは謎《なぞ》を見破《みやぶ》った。フレッドとジョージがスミスのすぐそばにいて、交互《こうご》にスミスの背中《せなか》に杖《つえ》を向けていたのだ。

「ごめんよ、ハリー」ハリーと目が合ったとたん、ジョージが急いで謝《あやま》った。「がまんできなくてさ」

ハリーはまちがった呪文《じゅもん》のかけ方を直そうと、ほかの組を見回った。ジニーはマイケル・コーナーと組んでいたが、かなりできる。ところが、マイケルは、下手なのか、ジニーに呪《のろ》いをかけるのをためらっているかのどちらかだ。アーニー・マクミランは杖《つえ》を不必要に派手《はで》に振《ふ》り回《まわ》し、相手につけ入るすきを与《あた》えていた。クリービー兄弟は熱心だったがミスが多く、周りの本棚《ほんだな》からさんざん本が飛び出すのは、主にこの二人のせいだった。ルーナ・ラブグッドも同じくむらがあり、ときどきジャスティン・フィンチ-フレッチリーの手から杖《つえ》をきりもみさせて吹《ふ》き飛《と》ばすかと思えば、髪《かみ》の毛を逆立《さかだ》たせるだけのときもあった。

「オーケー、やめ！」ハリーが叫《さけ》んだ。「**やめ！　やめだよ！**」

ホイッスルが必要だな、とハリーは思った。すると、たちまち一番手近に並《なら》んだ本の上に、ホイッスルがのっているのが見つかった。ハリーはそれを取り上げて、強く吹《ふ》いた。みんなが杖《つえ》を下ろした。

「なかなかよかった」ハリーが言った。「でも、まちがいなく改善《かいぜん》の余地《よち》があるね」

ザカリアス・スミスがハリーをにらみつけた。「もう一度やろう」

ハリーはもう一度見回った。今度はあちこちで立ち止まって助言した。だんだん全体の出来具合がよくなってきた。ハリーはしばらくの間、チョウとその友達の組をさけていた。しかし、ほかの組をみんな二回ずつ見回ったあと、これ以上この二人を無視《むし》するわけにはいかないと思った。

「ああ、だめだわ」ハリーが近づくと、チョウがちょっと興奮気味《こうふんぎみ》に言った。「**エクスペリアーミウス！**　じゃなかった、**エクスペリメリウス！**——あ、マリエッタ、ごめん！」

巻《ま》き毛《げ》の友達のそでに火がついた。マリエッタは自分の杖《つえ》で消し、ハリーのせいだとばかりににらみつけた。

「あなたのせいで上がってしまったわ。いままではうまくできたのに！」チョウがうちしおれた。

「とてもよかったよ」ハリーはうそをついた。しかし、チョウが眉《まゆ》を吊《つ》り上《あ》げたので、言いなおした。「いや、そりゃ、いまのはよくなかったけど、君がちゃんとできることは知ってるんだ。むこうで見ていたから」

チョウが声を上げて笑った。友達のマリエッタは、ちょっと不機嫌《ふきげん》な顔で二人を見ると、そこから離《はな》れていった。

「放っておいて」チョウがつぶやいた。「あの人、ほんとはここに来たくなかったの。でも私《わたし》が引《ひ》っ張《ぱ》ってきたのよ。ご両親から、アンブリッジのご機嫌《きげん》をそこねるようなことはするなって禁《きん》じられたの。ほら――お母さまが魔法省《まほうしょう》に勤《つと》めているから」

「君のご両親は？」ハリーが聞いた。

「そうね、私《わたし》の場合も、アンブリッジにうとまれるようなことはするなって言われたわ」チョウは誇《ほこ》らしげに胸《むね》を張《は》った。「でも、あんなことがあったあとなのに、私《わたし》が『例のあの人』に立ち向かわないとでも思っているなら……。だってセドリックは――」

チョウは困惑《こんわく》した表情《ひょうじょう》で言葉を切った。二人の間に、気まずい沈黙《ちんもく》が流れた。テリー・ブートの杖《つえ》がヒュッとハリーの耳元をかすめて、アリシア・スピネットの鼻に思いっきりぶつかった。

「あのね、私《わたし》のパパは、反魔法省運動《はんまほうしょううんどう》を**とっても**支持《しじ》しているもン！」

ハリーのすぐ後ろで、ルーナ・ラブグッドの誇《ほこ》らしげな声がした。相手のジャスティン・フィンチ-フレッチリーが、頭の上まで巻《ま》き上《あ》げられたローブからなんとか抜《ぬ》け出《だ》そうとすったもんだしてるうちに、ルーナは明らかにハリーたちの会話を盗《ぬす》み聞《ぎ》きしていたのだ。

「パパはね、ファッジがどんなにひどいことをしたって聞かされても驚《おどろ》かないって、いつもそう言ってるもン。だって、ファッジが小鬼《ゴブリン》を何人暗殺させたか！　それに、『神秘部《しんぴぶ》』を使って恐《おそ》ろしい毒薬を開発してて、反対する者にはこっそり毒を盛《も》るんだ。その上、ファッジにはアンガビュラー・スラッシキルターがいるもンね——」

「質問《しつもん》しないで」ハリーは、何か聞きたそうに口を開きかけたチョウにささやいた。チョウはクスクス笑った。

「ねーえ、ハリー」部屋のむこう端《はし》から、ハーマイオニーが呼《よ》びかけた。「時間は大丈夫《だいじょうぶ》？」

時計を見て、ハリーは驚《おどろ》いた。もう九時十分過《す》ぎだった。すぐに談話室に戻《もど》らないと、フィルチに捕《つか》まって、規則破《きそくやぶ》りで処罰《しょばつ》される恐《おそ》れがある。ハリーはホイッスルを吹《ふ》き、みんなが「エクスペリアームス」の叫《さけ》びをやめ、最後に残った杖《つえ》が二、三本、カタカタと床《ゆか》に落ちた。

「うん、とってもよかった」ハリーが言った。「でも、時間オーバーだ。もうこのへんでやめたほうがいい。来週、同じ時間に、同じ場所でいいかな？」

「もっと早く！」ディーン・トーマスがうずうずしながら言った。そうだそうだとうなずく生徒も多かった。

しかし、アンジェリーナがすかさず言った。「クィディッチ・シーズンが近い。こっちも練習が必要だよ！」

「それじゃ、来週の水曜日だ」ハリーが言った。「練習を増《ふ》やすなら、そのとき決めればいい。さあ、早く出よう」

ハリーはまた忍《しの》びの地図《ちず》を引《ひ》っ張《ぱ》り出《だ》し、八階に誰《だれ》か先生はいないかと、慎重《しんちょう》に調べた。それから、みんなを三人から四人の組にして外に出し、みんなが無事に寮《りょう》に着いたかどうかを確認《かくにん》するのに、地図上の小さな点をハラハラしながら見つめた。ハッフルパフ生は厨房《ちゅうぼう》に通じているのと同じ地下の廊下《ろうか》へ、レイブンクロー生は城《しろ》の西側の塔《とう》へ、そしてグリフィンドール生は「太った婦人《レディ》」の肖像画《しょうぞうが》に通じる廊下《ろうか》へ。

「ほんとに、とってもよかったわよ、ハリー」

最後にハリー、ロンと三人だけが残ったとき、ハーマイオニーが言った。

「うん、そうだとも！」扉《とびら》をすり抜《ぬ》けながら、ロンが熱を込《こ》めて言った。

三人は扉《とびら》を通《とお》り抜《ぬ》け、それがなんの変哲《へんてつ》もない元の石壁《いしかべ》に戻《もど》るのを見つめた。

「僕《ぼく》がハーマイオニーの武装解除《ぶそうかいじょ》したの、ハリー、見た？」

「一回だけよ」ハーマイオニーが傷《きず》ついたように言った。

「私《わたし》のほうが、あなたよりずっと何回も――」

「一回だけじゃないぜ。少なくとも三回は――」

「あーら、あなたが自分で自分の足につまずいて、その拍子《ひょうし》に私《わたし》の手から杖《つえ》をたたき落としたのをふくめればだけど――」

二人は談話室に戻《もど》るまで言い争っていた。しかしハリーは聞いていなかった。半分は忍《しの》びの地図《ちず》に目を向けていたせいもあるが、チョウが言ったことを考えていたのだ――ハリーのせいで上がってしまったと。

第十九章　ライオンと蛇《へび》

それからの二週間、ハリーは胸《むね》の中に魔《ま》よけの護符《ごふ》を持っているような気持ちだった。輝《かがや》かしい秘密《ひみつ》のおかげで、アンブリッジの授業《じゅぎょう》にも耐《た》えられ、それどころか、アンブリッジのぞっとするようなギョロ目をまっすぐ見ても、おだやかにほほえむことさえできた。ハリーとDAがアンブリッジの目と鼻の先で抵抗《ていこう》している。アンブリッジと魔法省《まほうしょう》が恐《おそ》れているそのものずばりをやってのけている。授業中《じゅぎょうちゅう》、ウィルバート・スリンクハードの教科書を読んでいるはずのときには、最近の練習の思い出にふけり、満足感に浸《ひた》っていた。ネビルがハーマイオニーの武装解除《ぶそうかいじょ》を見事にやってのけたこと、コリン・クリービーが努力を重ね、三回目の練習日に「妨害《ぼうがい》の呪《のろ》い」を習得《しゅうとく》したこと、パーバティ・パチルが強烈《きょうれつ》な「粉々呪文《こなごなじゅもん》」を発して、かくれん防止器《ぼうしき》がいくつかのったテーブルを粉々に砕《くだ》いてしまったこと。

DA集会を、決まった曜日の夜に設定《せってい》するのは、ほとんど不可能《ふかのう》だとわかった。三つのクィ

ディッチ・チームの練習日がそれぞれちがう上、悪天候でしょっちゅう変更《へんこう》されるのを考慮《こうりょ》しなければならなかったからだ。しかし、ハリーは気にしなかった。むしろ集会の日が予測《よそく》できないままのほうがよいという気がした。誰《だれ》かが団員《だんいん》を見張《みは》っていたとしても、行動パターンを見抜《みぬ》くのは難《むずか》しかったろう。

ハーマイオニーはまもなく、急に変更《へんこう》しなければならなくなっても、集会の日付と時間を全員に知らせる、すばらしく賢《かしこ》いやり方を考え出した。寮《りょう》のちがう生徒たちが、大広間であまりひんぱんにほかのテーブルに行って話をすれば、怪《あや》しまれてしまう。ハーマイオニーはDA団員《だんいん》一人一人に、偽《にせ》のガリオン金貨を渡《わた》した（ロンは金貨のバスケットを最初に見たとき、本物の金貨を配っているのだと思って興奮《こうふん》した）。

「金貨の縁《ふち》に数字があるでしょう？」

四回目の会合のあとで、ハーマイオニーが説明のために一枚《まい》を掲《かか》げて見せた。松明《たいまつ》の灯《あか》りで、金貨が燦然《さんぜん》と豊《ゆた》かに輝《かがや》いた。

「本物のガリオン金貨には、それを鋳造《ちゅうぞう》した小鬼《ゴブリン》を示《しめ》す続き番号が打ってあるだけです。だけど、この偽金貨《にせきんか》の数字は、次の集会の日付と時間に応《おう》じて変化します。日時が変更《へんこう》になると、金貨が熱くなるから、ポケットに入れておけば感じ取れます。一人一枚《まい》ずつ持っていて、ハリーが次の日時を決めたら、**ハリーの**金貨の日付を変更《へんこう》します。私《わたし》が金貨全部に『変幻自在《へんげんじざい》』の呪文《じゅもん》をかけたから、いっせいにハリーの金貨をまねて変化します」

ハーマイオニーが話し終えても、しんとしてなんの反応《はんのう》もなかった。ハーマイオニーは自分を見上げている顔を見回し、ちょっとおろおろした。

「えーっと――いい考えだと思ったんだけど」ハーマイオニーは自信を失ったような声を出した。

「だって、アンブリッジがポケットの中身を見せなさいって言っても、金貨を持ってることは別に怪《あや》しくないでしょ？　でも……まあ、みんなが使いたくないなら――」

「君、『変幻自在術《へんげんじざいじゅつ》』が使えるの？」テリー・ブートが言った。

「ええ」ハーマイオニーが答えた。

「だって、それ……それ、N《イ》・E《モ》・W《リ》・T試験《しけん》レベルだぜ。それって」テリーが声をのんだ。

「ああ」ハーマイオニーは謙虚《けんきょ》な顔をしようとしていた。「ええ……まあ……うん……そうでしょうね」

「君、どうしてレイブンクローに来なかったの？」テリーが、七不思議でも見るようにハーマイオニーを見つめながら問《と》い詰《つ》めた。「その頭脳《ずのう》で？」

「ええ、組分《くみわ》け帽子《ぼうし》が私《わたし》の寮《りょう》を決めるとき、レイブンクローに入れようかと真剣《しんけん》に考えたの」ハーマイオニーが明るく言った。「でも、最後にはグリフィンドールに決めたわ。それじゃ、ガリオン金貨を使っていいのね？」

ザワザワと賛成《さんせい》の声が上がり、みんなが前に出てバスケットから一枚《まい》ずつ取った。ハリーはハーマイオニーを横目で見ながら言った。

「あのね、僕《ぼく》これで何を思い出したと思う？」

「わからないわ。何？」

「『死喰《しく》い人《びと》』の印。ヴォルデモートが誰《だれ》か一人の印にさわると、全員の印が焼けるように熱くなって、それで集合命令が出たことがわかるんだ」

「ええ……そうよ」ハーマイオニーがひっそり言った。「**実は**そこからヒントを得《え》たの……でも、気がついたでしょうけど、私《わたし》は日付を金属《きんぞく》のかけらに刻《きざ》んだの。団員《だんいん》の皮膚《ひふ》にじゃないわ」

「ああ……君のやり方のほうがいいよ」

ハリーは、ガリオン金貨をポケットにすべり込《こ》ませながらニヤッと笑った。「一つ危険《きけん》なのは、うっかり使っちゃうかもしれないってことだな」

「残念でした」自分の偽金貨《にせきんか》をちょっと悲しそうにいじりながら、ロンが言った。「まちがえたくても本物を持ってないもの」

シーズン最初のクィディッチ試合、グリフィンドール対スリザリン戦が近づいてくると、DA集会は棚上《たなあ》げになった。アンジェリーナがほとんど毎日練習すると主張《しゅちょう》したからだ。クィディッチ杯《はい》を賭《か》けた試合がここしばらくなかったという事実が、来《きた》るべき試合への周囲の関心と興奮《こうふん》をいやが上にも高めていた。レイブンクローもハッフルパフもこの試合の勝敗に積極的な関心を抱《いだ》いていた。シーズン中にいずれ両方のチームと対戦することになるのだから当然だ。今回対戦するチームの寮監《りょうかん》たちも、上品なスポーツマンシップの名の下《もと》にごまかそうとしてはいたが、是《ぜ》が非《ひ》でも自分の寮《りょう》を勝たせて見せると決意していた。試合の一週間前に、マクゴナガル先生が宿題を出すのをやめてしまったことで、どんなに打倒《だとう》スリザリンに燃《も》えているか、ハリーにはよくわかった。

「あなた方には、いま、やるべきことがほかにたくさんあることと思います」

マクゴナガル先生が毅然《きぜん》としてそう言ったときには、みんなが耳を疑《うたが》ったが、先生がハリーとロンをまっすぐ見つめて深刻《しんこく》な調子でこう言ったので、初めて納得《なっとく》できた。

「私《わたくし》はクィディッチ優勝杯《ゆうしょうはい》が自分の部屋にあることにすっかり慣《な》れてしまいました。スネイプ先生にこれをお渡《わた》ししたくはありません。ですから、時間に余裕《よゆう》ができた分は、練習にお使いなさい。二人とも、いいですね？」

スネイプも負けずに露骨《ろこつ》なえこひいきだった。スリザリンの練習のためにクィディッチ競技場《きょうぎじょう》をひんぱんに予約し、グリフィンドールは練習もままならない状態《じょうたい》だった。その上、スリザリン生がグリフィンドールの選手に廊下《ろうか》で呪《のろ》いをかけようとしたという報告《ほうこく》がたくさん上がったのに、知らんふりだった。アリシア・スピネットは、どんどん眉《まゆ》が伸《の》び茂《しげ》って視界《しかい》をさえぎり、口までふさぐありさまで医務室《いむしつ》に行っても、スネイプは、自分で「毛生《けは》え呪文《じゅもん》」をかけたのにちがいないと言《い》い張《は》った。十四人もの証人《しょうにん》が、アリシアが図書館で勉強しているとき、スリザリンのキーパーのマイルズ・ブレッチリーが後ろから呪《のろ》いをかけたと証言《しょうげん》しても、聞く耳持たずだった。

ハリーはグリフィンドールの勝利を楽観視《らっかんし》していた。結局マルフォイのチームには、一度も敗れたことはなかった。ロンの技量《ぎりょう》はまだウッドの域《いき》に達していないことは認《みと》めるが、上達しようと猛《もう》練習《れんしゅう》していた。一番の弱点は、へまをやると自信喪失《じしんそうしつ》する傾向《けいこう》があることで、一度でもゴールを抜《ぬ》かれると、あわてふためいてミスを重ねがちになる。その反面、絶好調《ぜっこうちょう》のときは、物の見事にゴールを守るのをハリーは目撃《もくげき》している。その記念すべき練習で、ロンは箒《ほうき》から片手《かたて》でぶら下がり、クアッフルを味方のゴールポストから蹴《け》り返《かえ》し、クアッフルがピッチの反対側まで飛んで、相手の中央ゴールポストをすっぽり抜《ぬ》くという強打を見せた。チーム全員が、これこそ、アイルランド選抜《せんばつ》チームのキーパー、バーリー・ライアンが、ポーランドの花形キーパー、ラディスロフ・ザモフスキーに対して見せた技《わざ》にも匹敵《ひってき》する好守備《こうしゅび》だと感心した。フレッドでさえ、ロンがフレッドとジョージの鼻を高くしてくれるかもしれない、そして、これまでの四年間、ロンを身内と認《みと》めるのを拒否《きょひ》してきたが（とロンに念を押《お》した）、いよいよ本気で認《みと》めようかと考えている、と言った。

ハリーが一つだけほんとうに心配だったのは、競技場《きょうぎじょう》に入る前からロンを動揺《どうよう》させようというスリザリン・チームの作戦に、ロンがどれだけ耐《た》えられるかということだった。ハリーはもちろん、この四年間、スリザリンのいやがらせに耐《た》えなければならなかった。だから、「おいポッティ、ワリントンが、この土曜日には必ずお前を箒《ほうき》からたたき落とすって言ってるぞ」とささやかれても、血が凍《こお》るどころか笑い飛ばした。「ワリントンは、どうにもならない的はずれさ。僕《ぼく》の隣《となり》の誰《だれ》かに的をしぼってるなら、もっと心配だけどね」ハリーがそう言い返すと、ロンとハーマイオニーは笑い、パンジー・パーキンソンの顔からはニヤニヤ笑いが消えた。

しかし、ロンは容赦《ようしゃ》なく浴びせられる侮辱《ぶじょく》、からかい、脅《おど》しに耐《た》えた経験《けいけん》がなかった。スリザリン生が――中には七年生もいて、ロンよりずっと体も大きい生徒もいたが――廊下《ろうか》ですれちがいざま、「ウィーズリー、医務室《いむしつ》のベッドは予約したか？」とつぶやいたりすると、ロンは笑うどころか顔が微妙《びみょう》に青くなった。ドラコ・マルフォイが、ロンがクアッフルを取り落とすまねをすると(互《たが》いに姿《すがた》が見えるとそのたびに、マルフォイはそのまねをした)、ロンは、耳が真っ赤に燃《も》え、両手がぶるぶる震《ふる》え、そのとき持っているものがなんであれ、それを落としそうになった。

十月は風の唸《うな》りと土砂《どしゃ》降《ぶ》りの雨の中に消え、十一月がやってきた。凍《い》てついた鋼《はがね》のような寒さ、毎朝びっしりと降《お》りる霜《しも》、むき出しの手と顔に食《く》い込《こ》むような氷の風を連れてきた。空も、大広間の天井《てんじょう》も真珠《しんじゅ》のような淡《あわ》い灰色《はいいろ》になり、ホグワーツを囲む山々は雪をいただいた。城《しろ》の中の温度が急激《きゅうげき》に下がり、生徒の多くは教室を移動《いどう》する途中《とちゅう》の廊下《ろうか》で、防寒用《ぼうかんよう》の分厚《ぶあつ》いドラゴン革《がわ》の手袋《てぶくろ》をしていた。

試合の日は、寒いまぶしい夜明けだった。ハリーは目を覚ますとロンのベッドを見た。ロンは上半身を直立させ、両腕《りょううで》でひざを抱《かか》え、空《くう》を見つめていた。

「大丈夫《だいじょうぶ》か？」ハリーが聞いた。

ロンはうなずいたが、何も答えなかった。ロンが誤《あやま》って自分に「ナメクジげっぷの呪《のろ》い」をかけてしまったときのことを、ハリーは思い出さざるをえなかった。ちょうどあの時と同じように、ロンは青ざめて冷《ひ》や汗《あせ》をかいている。口を開きたがらないところまでそっくりだ。

「朝食を少し食べれば大丈夫《だいじょうぶ》さ」ハリーが元気づけた。「さあ」

二人が到着《とうちゃく》したとき、大広間にはどんどん人が入ってきていた。いつもより大きな声で話し、活気にあふれている。スリザリンのテーブルを通《とお》り過《す》ぎるとき、ワーッとどよめきが上がった。ハリーが振《ふ》り返《かえ》って見ると、いつもの緑と銀色のスカーフや帽子《ぼうし》のほかに、みんなが銀色のバッジをつけていた。王冠《おうかん》のような形のバッジだ。どういうわけか、みんながどっと笑いながらロンに手を振《ふ》っている。通《とお》り過《す》ぎながら、ハリーはバッジに何が書いてあるか読もうとしたが、ロンがテーブルを早く通《とお》り過《す》ぎるように気を使うほうが忙《いそが》しく、立ち止まって読んではいられなかった。

グリフィンドールのテーブルでは、熱狂的《ねっきょうてき》な大歓迎《だいかんげい》を受けた。みんなが赤と金色で装《よそお》っていた。しかし、ロンの意気は上がるどころか、大歓声《だいかんせい》がロンの士気《しき》を最後の一滴《いってき》までしぼり取ってしまったかのようだった。ロンは、人生最後の食事をするかのように、一番近くのベンチに崩《くず》れ込《こ》んだ。

「僕《ぼく》、よっぽどどうかしてた。こんなことするなんて」ロンはかすれ声でつぶやいた。「**どうかし**

てる」

「バカ言うな」ハリーは、コーンフレークを何種類か取り合わせてロンに渡《わた》しながら、きっぱりと言った。「君は大丈夫《だいじょうぶ》。神経質《しんけいしつ》になるのはあたりまえのことだ」

「僕《ぼく》、最低だ」ロンがかすれ声で言った。「僕《ぼく》、下手くそだ。絶対《ぜったい》できっこない。僕《ぼく》、いったい何を考えてたんだろう？」

「しっかりしろ」ハリーが厳《きび》しく言った。「この間、足でゴールを守ったときのことを考えてみろよ。フレッドとジョージでさえ、すごいって言ってたぞ」

ロンは苦痛《くつう》にゆがんだ顔でハリーを見た。

「偶然《ぐうぜん》だったんだ」ロンがみじめそうにつぶやいた。「意図的にやったんじゃない──誰《だれ》も見ていないときに、僕《ぼく》、箒《ほうき》からすべって、なんとか元の位置に戻《もど》ろうとしたときに、クアッフルをたまま蹴《け》ったんだ」

「そりゃ」ハリーは一瞬《いっしゅん》がっくりきたが、すぐ立ち直った。「もう二、三回そういう偶然《ぐうぜん》があれば、試合はいただきだ。そうだろ？」

ハーマイオニーとジニーが二人のむかい側に腰《こし》かけた。赤と金色のスカーフ、手袋《てぶくろ》、バラの花飾《はなかざ》りを身につけている。

「調子はどう？」

ジニーがロンに声をかけた。ロンは、からになったコーンフレークの底に少しだけ残った牛乳《ぎゅうにゅう》を見つめ、本気でその中に飛び込《とこ》んでおぼれ死にしたいような顔をしていた。

「ちょっと神経質《しんけいしつ》になってるだけさ」ハリーが言った。

「あら、それはいい兆候だわ。試験だって、ちょっとは神経質《しんけいしつ》にならないとうまくいかないものよ」ハーマイオニーがくったくなく言った。

「おはよう」

二人の後ろで、夢見《ゆめみ》るようなぼうっとした声がした。ハリーが目を上げた。ルーナ・ラブグッドが、レイブンクローのテーブルからふらりと移動《いどう》してきていた。大勢《おおぜい》の生徒がルーナをじろじろ見ているし、何人かは指差してあけすけに笑っていた。どこでどう手に入れたのか、ルーナは実物大の獅子《しし》の頭の形をした帽子《ぼうし》を、ぐらぐらさせながら頭の上にのっけていた。

「あたし、グリフィンドールを応援《おうえん》してる」

ルーナは、わざわざ獅子頭《ししがしら》を指しながら言った。

「これ、よく見てて……」

ルーナが帽子《ぼうし》に手を伸《の》ばし、杖《つえ》で軽くたたくと、獅子頭《ししがしら》がカッと口を開け、本物顔負けに吠《ほ》えた。周りのみんなが飛び上がった。

「いいでしょう?」ルーナがうれしそうに言った。「スリザリンを表す蛇《へび》を、ほら、こいつにかみ砕《くだ》かせたかったんだぁ。でも、時間がなかったの。まあいいか……がんばれぇ。ロナルド！」

ルーナはふらりと行ってしまった。二人がまだルーナ・ショックに当てられているうちに、アンジェリーナが急いでやってきた。ケイティとアリシアが一緒《いっしょ》だったが、アリシアの眉毛《まゆげ》は、ありがたいことに、マダム・ポンフリーの手で普通《ふつう》に戻《もど》っていた。

「準備《じゅんび》ができたら」アンジェリーナが言った。「みんな競技場《きょうぎじょう》に直行だよ。コンディションを確認《かくにん》して、着替《きが》えをするんだ」

「すぐ行くよ」ハリーが約束した。「ロンがもう少し食べないと」

しかし、十分たっても、ロンはこれ以上何も食べられないことがはっきりした。ハリーはロンを更衣室《こういしつ》に連れていくのが一番いいと思った。テーブルから立ち上がると、ハーマイオニーも立ち上がり、ハリーの腕《うで》を引《ひ》っ張《ぱ》って脇《わき》に連れてきた。

「スリザリンのバッジに書いてあることをロンに見せないでね」ハーマイオニーがせっぱ詰《つ》まった様子でささやいた。

ハリーは目でどうして？　と聞いたが、ハーマイオニーが用心してと言いたげに首を振《ふ》った。ちょうどロンが、よろよろと二人のほうにやって来るところだった。絶望《ぜつぼう》し、身の置きどころもない様子だ。

「がんばってね、ロン」ハーマイオニーはつま先立ちになって、ロンのほおにキスした。「あなたもね、ハリー――」

出口に向かって大広間を戻《もど》りながら、ロンはわずかに意識《いしき》を取《と》り戻《もど》した様子だった。ハーマイオニーがさっきキスした所をさわり、不思議そうな顔をした。たったいま、何が起こったのか、よくわからない様子だ。心ここにあらずのロンは、周りで何が起こっているかに気がつかないが、ハリーはスリザリンのテーブルを通《とお》り過《す》ぎるとき、王冠形《おうかんがた》のバッジが気になって、ちらりと見た。今度は刻《きざ》んである文字が読めた。

ウィーズリーこそわが王者

これがよい意味であるはずがないと、いやな予感がして、ハリーはロンを急《せ》かし、玄関《げんかん》ホールを出口へと向かった。石段《いしだん》を下りると、氷のような外気だった。

競技場《きょうぎじょう》へと急ぐ下り坂は、足下の凍《こお》りついた芝生《しばふ》が踏《ふ》みしだかれ、パリパリと音を立てた。風はなく、空一面が真珠《しんじゅ》のような白さだった。これなら、太陽光が直接《ちょくせつ》目に当たらず、視界《しかい》はいいはずだ。道々、こういう励《はげ》みになりそうなことをロンに話してみたが、ロンが聞いているかどうか定《さだ》かではなかった。

二人が更衣室《こういしつ》に入ると、アンジェリーナはもう着替《きが》えをすませ、ほかの選手に話をしていた。ハリーとロンはユニフォームを着た（ロンは前後ろ逆《ぎゃく》に着ようとして数分間じたばたしていたので、哀《あわ》れに思ったのか、アリシアがロンを手伝いにいった）。それから座《すわ》って、アンジェリーナの激励《げきれい》演説《えんぜつ》を聴《き》いた。その間、城《しろ》からあふれ出した人の群《む》れが競技場《きょうぎじょう》へと押《お》し寄《よ》せ、外のガヤガヤ声が、確実《かくじつ》に大きくなってきた。

「オーケー、たったいま、スリザリンの最終的なラインナップがわかった」

アンジェリーナが羊皮紙を見ながら言った。

「去年ビーターだったデリックとボールはいなくなった。しかし、モンタギューのやつ、その後釜《あとがま》に飛び方がうまい選手じゃなく、いつものゴリラ族を持ってきた。クラッブとゴイルとかいうやつらだ。私《わたし》はこの二人をよく知らないけど――」

「僕《ぼく》たち、知ってるよ」ハリーとロンが同時に言った。

「まあね、この二人、箒《ほうき》の前後もわからないほどの頭じゃないかな」アンジェリーナが羊皮紙をポケットにしまいながら言った。「もっとも、デリックとボールだって、道路標識《どうろひょうしき》なしでどうやって競技場《きょうぎじょう》にたどり着けるのか、いつも不思議に思ってたんだけどね」

「クラッブとゴイルもそのタイプだ」ハリーが請《う》け合《あ》った。

何百という足音が観客席を上っていく音が聞こえた。歌詞《かし》までは聞き取れなかったが、ハリーには何人かが歌っている声も聞こえた。ハリーはドキドキしはじめたが、ロンの舞《ま》い上《あ》がり方《かた》に比《くら》べればなんでもないことがわかる。ロンは胃袋《いぶくろ》のあたりを押《お》さえ、まっすぐ目の前の宙《ちゅう》を見つめていた。歯を食いしばり、顔は鉛色《なまりいろ》だ。

「時間だ」

アンジェリーナが腕時計《うでどけい》を見て、感情《かんじょう》を抑《おさ》えた声で言った。

「さあ、みんな……がんばろう」

選手がいっせいに立ち上がり、箒《ほうき》を肩《かた》に、一列行進で、更衣室《こういしつ》から輝《かがや》かしい空の下に出ていった。ワーッという歓声《かんせい》が選手を迎《むか》えた。応援《おうえん》と口笛にのまれてはいたが、その中にまだ歌声が混《ま》じっているのをハリーは聞いた。

スリザリン・チームが並《なら》んで待っていた。選手も王冠形《おうかんがた》の銀バッジを着けている。新キャプテンのモンタギューはダドリー・ダーズリー系《けい》の体型《たいけい》で、巨大《きょだい》な腕《うで》は毛むくじゃらの丸ハムのようだ。その後ろにのっそり控《ひか》えるクラッブとゴイルも、ほとんど同じくらいでかく、バカまる出しの瞬《まば》きをしながら、新品のビーター棍棒《こんぼう》を振《ふ》り回《まわ》していた。マルフォイはプラチナ・ブロンドの髪《かみ》を輝《かがや》かせて、その脇《わき》に立っていた。ハリーと目が合うと、ニヤリとして、胸《むね》の王冠形《おうかんがた》バッジを軽くたたいて見せた。

「キャプテン同士《どうし》、握手《あくしゅ》」

審判《しんぱん》のマダム・フーチが号令をかけ、アンジェリーナとモンタギューが歩《あゆ》み寄《よ》った。アンジェリーナは顔色一つ変えなかったが、モンタギューがアンジェリーナの指を砕《くだ》こうとしているのがハリーにはわかった。

「箒《ほうき》にまたがって……」

マダム・フーチがホイッスルを口にくわえ、吹《ふ》き鳴《な》らした。

ボールが放たれ、選手十四人がいっせいに飛翔《ひしょう》した。ロンがゴールポストのほうに勢《いきお》いよく飛び去るのを、ハリーは横目でとらえた。ハリーはブラッジャーをかわしてさらに高く飛び、金色のきらめきを探《さが》して目を凝《こ》らし、フィールドを大きく回りはじめた。ピッチの反対側で、ドラコ・マルフォイがまったく同じ動きをしていた。

「さあ、ジョンソン選手——ジョンソンがクアッフルを手にしています。なんというよい選手でしょう。僕《ぼく》はもう何年もそう言い続けているのに、あの女性《じょせい》はまだ僕《ぼく》とデートをしてくれなくて——」

「**ジョーダン！**」マクゴナガル先生が叱《しか》りつけた。

「——ほんのご愛嬌《あいきょう》ですよ、先生。盛《も》り上《あ》がりますから——そして、アンジェリーナ選手、ワリントンをかわしました。モンタギューを抜《ぬ》いた。そして——アイタッ——クラッブの打ったブラッジャーに後ろからやられました……モンタギューがクアッフルをキャッチ。モンタギュー、ピッチをバックします。そして——ジョージ・ウィーズリーからいいブラッジャーが来た。ブラッジャーが、それっ、モンタギューの頭に当たりました。モンタギュー、クアッフルを落とします。ケイティ・ベルが拾った。グリフィンドールのケイティ・ベル、アリシア・スピネットにバックパス。スピネット選手、行きます――」

リー・ジョーダンの解説《かいせつ》が、競技場《きょうぎじょう》に鳴《な》り響《ひび》いた。耳元で風がヒューヒュー鳴り、観衆《かんしゅう》が叫《さけ》び、ヤジり、歌う喧騒《けんそう》の中で、ハリーはそれを聞き取ろうと必死で耳を傾《かたむ》けていた。

「――ワリントンをかわした。ブラッジャーをかわした――危《あぶ》なかった、アリシア――観客が沸《わ》いています。お聞きください。この歌はなんでしょう？」

リーが歌を聞くのに解説《かいせつ》を中断《ちゅうだん》したとき、スタンドの緑と銀のスリザリン陣営《じんえい》から、大きく、はっきりと歌声が立ち上がった。

ウィーズリーは守れない　万に一つも守れない
だから歌うぞ、スリザリン　ウィーズリーこそわが王者
ウィーズリーの生まれは豚小屋《ぶたごや》だ　いつでもクアッフルを見逃《みのが》しだ
おかげで我《われ》らは大勝利　ウィーズリーこそわが王者

「――そしてアリシアからアンジェリーナにパスが返った！」リーが叫《さけ》んだ。

ハリーはいま聞いた歌に腸《はらわた》が煮《に》えくり返る思いで、軌道《きどう》をそれてしまった。歌が聞こえないようにリーが声を張《は》り上《あ》げているのがわかった。

「それ行け、アンジェリーナ――あとはキーパーさえ抜《ぬ》けば！――**シュートしました**――**シュー**――あああー……」

スリザリンのキーパー、ブレッチリーが、ゴールを守った。クアッフルをワリントンに投げ返し、ワリントンがクアッフルを手に、アリシアとケイティの間をジグザグに縫《ぬ》って猛進《もうしん》した。ワリントンがロンに迫《せま》るにしたがって、下からの歌声がだんだん大きくなった。

ウィーズリーこそわが王者　ウィーズリーこそわが王者
いつでもクアッフルを見逃《みのが》しだ　ウィーズリーこそわが王者

ハリーはがまんできずにスニッチを探《さが》すのをやめ、ファイアボルトの向きを変えて、ピッチの一番むこう端《はし》で、三つのゴールポストの前に浮《う》かんでいる、ひとりぼっちのロンの姿《すがた》を見た。その姿《すがた》に向かって、小山のようなワリントンが突進《とっしん》していく。

「――そして、クアッフルはワリントンの手に。ワリントン、ゴールに向かう。ブラッジャーはもはや届《とど》かない。前方にはキーパーただ一人――」

スリザリンのスタンドから、大きく歌声がうねった。

ウィーズリーは守れない　万に一つも守れない……

「――さあ、グリフィンドールの新人キーパーの初勝負です。ビーターのフレッドとジョージの弟、そしてチーム期待の新星、ウィーズリー――行けっ、ロン！」

しかし、歓喜《かんき》の叫《さけ》びはスリザリン側から上がった。ロンは両腕《りょううで》を広げ、がむしゃらに飛びついたが、クアッフルはその両腕《りょううで》の間を抜《ぬ》けて上昇《じょうしょう》し、ロンの守備《しゅび》する中央の輪のど真ん中を通過《つうか》した。

「スリザリンの得点《とくてん》！」

リーの声が、観衆《かんしゅう》の歓声《かんせい》とブーイングに混《ま》じって聞こえてきた。

「一〇対〇でスリザリンのリード――運が悪かった、ロン」

スリザリン生の歌声が一段《いちだん》と高まった。

ウィーズリーの生まれは豚小屋《ぶたごや》だ　いつでもクアッフルを見逃《みのが》しだ……

「――そしてクアッフルは再《ふたた》びグリフィンドールに戻《もど》りました。ケイティ・ベル、ピッチを力強く飛んでおります――」

いまや耳をつんざくばかりの歌声で、解説《かいせつ》の声はほとんどかき消されていたが、リーは果敢《かかん》に声を張《は》り上《あ》げた。

おかげで我《われ》らは大勝利　ウィーズリーこそわが王者……

「ハリー、**何ぼやぼやしてるのよ！**」ケイティを追って上昇《じょうしょう》し、ハリーのそばを飛びながら、アンジェリーナが絶叫《ぜっきょう》した。「**動いて、動いて！**」

気がつくと、ハリーは、もう一分以上空中に静止して、スニッチがどこにあるかなど考えもせずに、試合の運びに気を取られていた。大変だ、とハリーは急降下《きゅうこうか》し、再《ふたた》びピッチを回りはじめた。あたりに目を凝《こ》らし、いまや競技場《きょうぎじょう》を揺《ゆ》るがすほどの大コーラスを無視《むし》しようと努めた。

ウィーズリーこそわが王者　ウィーズリーこそわが王者……

どこを見てもスニッチの影《かげ》すらない。マルフォイもハリーと同じく、まだ回り続けている。ピッチの周囲を互《たが》いに反対方向に回りながら、中間地点ですれちがったとき、ハリーはマルフォイが高らかに歌っているのを聞いた。

ウィーズリーの生まれは豚小屋《ぶたごや》だ……

「——そして、またまたワリントンです」リーが大音声《だいおんじょう》で言った。「ピュシーにパス。ピュシーがスピネットを抜《ぬ》きます。さあ、いまだ、アンジェリーナ、君ならやれる——やれなかったか——しかし、フレッド・ウィーズリーからのナイス・ブラッジャー、おっと、ジョージ・ウィーズリーか。ええい、どっちでもいいや。とにかくどちらかです。そしてワリントン、クアッフルを落としました。そしてケイティ・ベル——あ——これも落としました——さて、クアッフルはモンタギューが手にしました。スリザリンのキャプテン、モンタギューがクアッフルを取り、ピッチをゴールに向かいます。行け、行くんだ、グリフィンドール、やつをブロックしろ！」

ハリーはスリザリンのゴールポストの裏《うら》に回り、ピッチの端《はし》をブンブン飛び、ロンのいる側の端《はし》で何が起こっているか絶対《ぜったい》に見ないようにがまんした。スリザリンのキーパーの脇《わき》を急速で通過《つうか》したとき、キーパーのブレッチリーが観衆《かんしゅう》と一緒《いっしょ》に歌っているのが聞こえた。

ウィーズリーは守れない……

「──さあ、モンタギューがアリシアをかわしました。そしてゴールにまっしぐら。止めるんだ！ロン！」

結果は見なくてもわかった。グリフィンドール側から沈痛《ちんつう》なうめき声が聞こえ、同時にスリザリン側から新たな歓声《かんせい》と拍手《はくしゅ》が湧《わ》いた。下を見ると、パグ犬顔のパンジー・パーキンソンが、観客席の最前列でピッチに背《せ》を向け、スリザリンのサポーターのわめくような歌声を指揮《しき》していた。

だから歌うぞ、スリザリン　ウィーズリーこそわが王者

だが、二十対〇なら平気だ。グリフィンドールが追い上げるか、スニッチをつかむか、時間はまだある。二、三回ゴールを決めれば、いつものペースでグリフィンドールのリードだ。ハリーは自分を納得《なっとく》させながら、何かキラッと光ったものを追ってほかの選手の間を縫《ぬ》い、すばしっこく飛んだ。光ったのは、結局モンタギューの腕時計《うでどけい》だった。

しかし、ロンはまた二つもゴールを許《ゆる》した。スニッチを見つけたいというハリーの気持ちが、い

まや激《はげ》しい焦《あせ》りに変わっていた。すぐにでも捕《つか》まえて、早くゲームを終わらせなくては。

「——さあ、ケイティ・ベルがピュシーをかわした。モンタギューをすり抜《ぬ》けた。いい回転飛行だ、ケイティ選手。そしてジョンソンにパスした。アンジェリーナ・ジョンソンがクアッフルをキャッチ。ワリントンを抜《ぬ》いた。ゴールに向かった。そーれ行け、アンジェリーナ——**グリフィンドール、ゴール！** 四〇対一〇、四〇対一〇でスリザリンのリード。そしてクアッフルはピュシーへ……」

ルーナの滑稽《こっけい》な獅子頭帽子《ししがしらぼうし》が、グリフィンドールの歓声《かんせい》の最中に吠《ほ》えるのが聞こえ、ハリーは元気づいた。たった三〇点差だ。平気、平気。すぐに挽回《ばんかい》だ。クラッブが打ったブラッジャーがハリーめがけて突進《とっしん》してきたのをかわし、ハリーは再《ふたた》びスニッチを探《さが》して、ピッチの隅々《すみずみ》まで必死に目を走らせた。万が一マルフォイが見つけたそぶりを示《しめ》せばと、マルフォイからも目を離《はな》さなかったが、マルフォイもハリーと同じく、ピッチを回り続けるばかりで、なんの成果もないようだ……。

「——ピュシーがワリントンにパス。ワリントンからモンタギュー、モンタギューからピュシーに戻《もど》す——ジョンソンがインターセプト、クアッフルを奪《うば》いました。ジョンソンからベルへ。いいぞ——あ、よくない——ベルが、スリザリンのゴイルが打ったブラッジャーにやられた。クアッフルはまたピュシーの手に……」

ウィーズリーの生まれは豚小屋《ぶたごや》だ　いつでもクアッフルを見逃《みのが》しだ
おかげで我《われ》らは大勝利……

ついに、ハリーは見つけた。小さな金色のスニッチが、スリザリン側のピッチの端《はし》で、地面から数十センチの所に浮《う》かんで、パタパタしている。

ハリーは急降下《きゅうこうか》した……。

たちまち、マルフォイが矢のように飛び、ハリーの左手につけた。箒《ほうき》の上で身を伏《ふ》せている緑と銀色の姿《すがた》が影《かげ》のようにぼやけて見えた……。

スニッチはゴールポストの一本の足元を回《まわ》り込《こ》み、ピッチの反対側に向かってすべるように飛び出した。この方向変換《ほうこうへんかん》はマルフォイに有利だ。マルフォイのほうがスニッチに近い。ハリーはファイアボルトを引いて向きを変えた。マルフォイと並《なら》んだ。抜《ぬ》きつ抜《ぬ》かれつ……。

地面から数十センチで、ハリーは右手をファイアボルトから離《はな》し、スニッチに向かって手を伸《の》ばした……ハリーの右側で、マルフォイの腕《うで》も伸《の》びた。その指が伸《の》び、探《さぐ》り……。

二秒間。息詰《いきづ》まる、死《し》に物狂《ものぐる》いの、風を切る二秒間で、勝負は終わった。――ハリーの指が、バタバタもがく小さなボールをしっかと包んだ。――マルフォイの爪《つめ》が、ハリーの手《て》の甲《こう》をむなしく引っかいた。――ハリーはもがくスニッチを手に、箒《ほうき》の先を引き上げた。グリフィンドール応援団《おうえんだん》が絶叫《ぜっきょう》した……よーし！　よくやった！

これで助かった。ロンが何度かゴールを抜《ぬ》かれたことはどうでもいい。グリフィンドールが勝ちさえすれば、誰《だれ》も覚えてはいないだろう――。

ガッツーン。

ブラッジャーがハリーの腰《こし》にまともに当たった。ハリーは箒《ほうき》から前のめりに放り出された。幸い、スニッチを追って深く急降下《きゅうこうか》していたおかげで、地上から二メートルと離《はな》れていなかった。それでも、凍《い》てついた地面に背中《せなか》を打ちつけられ、ハリーは一瞬《いっしゅん》息が止まった。マダム・フーチのホイッスルが鋭《するど》く鳴るのが聞こえた。スタンドからの非難《ひなん》、どなり声、ヤジ、そしてドスンという音。それから、アンジェリーナの取《と》り乱《みだ》した声がした。

「大丈夫《だいじょうぶ》？」

「ああ、大丈夫《だいじょうぶ》」ハリーはアンジェリーナに手を取られ、引《ひ》っ張《ぱ》り起《お》こされながら、硬《かた》い表情《ひょうじょう》で言った。

マダム・フーチが、ハリーの頭上にいるスリザリン選手の誰《だれ》かの所に矢のように飛んでいった。ハリーの角度からは、誰《だれ》なのかは見えなかった。

「あの悪党《あくとう》、クラッブだ」アンジェリーナは逆上《ぎゃくじょう》していた。「君がスニッチを捕《と》ったのを見たとたん、あいつ、君をねらってブラッジャー強打したんだ。――だけど、ハリー、勝ったよ。勝ったのよ！」

ハリーの背後《はいご》で誰《だれ》かがフンと鼻を鳴らした。スニッチをしっかり握《にぎ》りしめたまま、ハリーは振《ふ》り返《かえ》った。ドラコ・マルフォイがそばに着地していた。怒《いか》りで血の気のない顔だったが、それでもまだあざける余裕《よゆう》があった。

「ウィーズリーの首を救ったわけだねぇ？」

ハリーに向かっての言葉だった。

「あんな最低のキーパーは見たことがない……だけど、何しろ**豚小屋生まれ**《ぶたごやう》だものなあ……僕《ぼく》の歌詞《かし》は気に入ったかい、ポッター？」

ハリーは答えなかった。マルフォイに背《せ》を向け、降《お》りてくるチームの選手を迎《むか》えた。一人、また一人と、叫《さけ》んだり、勝《か》ち誇《ほこ》って拳《こぶし》を突《つ》き上《あ》げたりしながら降《お》りてきた。ロンだけが、ゴールポストのそばで箒《ほうき》を降《お》り、たった一人で、のろのろと更衣室《こういしつ》に向かう様子だ。

「もう少し歌詞《かし》を増《ふ》やしたかったんだけどねぇ！」ケイティとアリシアがハリーを抱《だ》きしめたとき、マルフォイが追《お》い討《う》ちをかけた。「韻《いん》を踏《ふ》ませる言葉が見つからなかったんだ。『でぶっちょ』と『おかめ』に――あいつの母親のことを歌いたかったんだけどねえ――」

「負け犬の遠吠《とおぼ》えよ」アンジェリーナが、軽蔑《けいべつ》しきった目でマルフォイを見た。

「――『**役立たずのひょっとこ**』っていうのも、うまく韻《いん》を踏《ふ》まなかったんだ――ほら、父親のことだけどね――」

フレッドとジョージが、マルフォイの言っていることに気がついた。ハリーと握手《あくしゅ》をしている最中、二人の体がこわばり、サッとマルフォイを見た。

「ほっときなさい！」アンジェリーナがフレッドの腕《うで》を押《お》さえ、すかさず言った。「フレッド、放っておくのよ。勝手にわめけばいいのよ。負けて悔《くや》しいだけなんだから。あの思い上がりのチビ――」

「――だけど、君はウィーズリー一家が好きなんだ。そうだろう？　ポッター？」マルフォイがせせら笑った。「休暇《きゅうか》をあの家で過《す》ごしたりするんだろう？　よく豚小屋《ぶたごや》にがまんできるねぇ。だけど、まあ、君はマグルなんかに育てられたから、ウィーズリー小屋の悪臭《あくしゅう》もオーケーってわけだ――」

ハリーはジョージをつかんで押《お》さえた。一方で、あからさまにあざ笑《わら》うマルフォイに飛びかかろうとするフレッドを抑《おさ》えるのに、アンジェリーナ、アリシア、ケイティの三人がかりだった。ハリーはマダム・フーチを目で探《さが》したが、ルール違反《いはん》のブラッジャー攻撃《こうげき》のことで、まだクラッブを叱《しか》りつけていた。

「それとも、何かい」マルフォイがあとずさりしながら意地の悪い目つきをした。「ポッター、**君の**母親の家のにおいを思い出すのかな。ウィーズリーの豚小屋《ぶたごや》が、思い出させて――」

ハリーはジョージを放したことに気がつかなかった。ただ、その直後に、ジョージと二人でマルフォイめがけて疾走《しっそう》したことだけは覚えている。教師全員《きょうしぜんいん》が見ていることもすっかり忘《わす》れていた。ただマルフォイをできるだけ痛《いた》い目《め》にあわせてやりたい、それ以外何も考えられなかった。杖《つえ》を引き出すのももどかしく、ハリーはスニッチを握《にぎ》ったままの拳《こぶし》をぐっと後ろに引き、思いっきりマルフォイの腹《はら》に打《う》ち込《こ》んだ——。

「ハリー！　**ハリー！　ジョージ！　やめて！**」

女生徒の悲鳴が聞こえた。マルフォイの叫《さけ》び、ジョージがののしる声、ホイッスルが鳴り、ハリーの周囲の観衆《かんしゅう》が大声を上げている。かまうものか。近くの誰《だれ》かが、「インペディメンタ！　妨害《ぼうがい》せよ！」と叫《さけ》ぶまで、そして呪文《じゅもん》の力で仰向《あおむ》けに倒《たお》されるまで、ハリーはなぐるのをやめなかった。マルフォイの体のどこそこかまわず、当たる所を全部なぐった。

「なんのまねです！」

ハリーが飛び起きると、マダム・フーチが叫《さけ》んだ。「妨害《ぼうがい》の呪《のろ》い」でハリーを吹《ふ》き飛《と》ばしたのは、フーチ先生らしい。片手《かたて》にホイッスル、もう片方《かたほう》の手に杖《つえ》を持っていた。箒《ほうき》は少し離《はな》れた所に乗り捨《す》ててあった。マルフォイが体を丸めて地上に転がり、唸《うな》ったり、ヒンヒン泣いたりしていた。鼻血が出ている。ジョージは唇《くちびる》が腫《は》れ上《あ》がっていた。フレッドは三人のチェイサーにがっちり押《お》さえられたままだった。クラッブが背後《はいご》でケタケタ笑っている。

「こんな不始末は初めてです——城《しろ》に戻《もど》りなさい。二人ともです。まっすぐ寮監《りょうかん》の部屋に行きなさい！ さあ！ **いますぐ！**」

ハリーとジョージは息を荒《あら》らげたまま、互《たが》いに一言も交《か》わさず競技場《きょうぎじょう》を出た。観衆《かんしゅう》のヤジも叫《さけ》びも、だんだん遠のき、玄関《げんかん》ホールに着くころには、何も聞こえなくなっていた。ただ、二人の足音だけが聞こえた。ハリーは右手の中で何かがまだもがいているのに気づいた。握《にぎ》り拳《こぶし》の指関節が、マルフォイのあごをなぐってすりむけていた。手を見ると、スニッチの銀の翼《つばさ》が、指の間から突《つ》き出《だ》し、逃《のが》れようと羽ばたいているのが見えた。

マクゴナガル先生の部屋のドアに着くか着かないうちに、先生が後ろから廊下《ろうか》を闊歩《かっぽ》してくるのが見えた。恐《おそ》ろしく怒《おこ》った顔で、大股《おおまた》で二人に近づきながら、首に巻《ま》いていたグリフィンドールのスカーフを、震《ふる》える手で引きちぎるようにはぎ取った。

「中へ！」先生は怒《いか》り狂《くる》ってドアを指差した。

ハリーとジョージが中に入った。先生は足音も高く机《つくえ》のむこう側に行き、怒《いか》りに震《ふる》えながらスカーフを床《ゆか》にたたきつけ、二人と向き合った。

「**まったく！**」先生が口を開いた。「人前であんな恥《はじ》さらしな行為《こうい》は、見たことがありません。一人に二人がかりで！ 申し開きできますか！」

「マルフォイが挑発《ちょうはつ》したんです」ハリーが突《つ》っ張《ぱ》った。

「挑発《ちょうはつ》？」

マクゴナガル先生はどなりながら机《つくえ》を拳《こぶし》でドンとたたいた。その拍子《ひょうし》にタータンチェック柄《がら》の缶《かん》が机《つくえ》からすべり落ち、ふたがパックリ開いて、ショウガビスケットが床《ゆか》に散らばった。

「あの子は負けたばかりだったでしょう。ちがいますか？　当然、挑発《ちょうはつ》したかったでしょうよ！　しかしいったい何を言ったというんです？　二人がかりを正当化するような――」

「僕《ぼく》の両親を侮辱《ぶじょく》しました」ジョージが唸《うな》り声《ごえ》を上げた。「ハリーのお母さんもです」

「しかし、フーチ先生にその場を仕切っていただかずに、あなたたち二人は、マグルの決闘《けっとう》ショーをやって見せようと決めたわけですか？」

マクゴナガル先生の大声が響《ひび》き渡《わた》った。

「自分たちがやったことの意味がわかって――？」

「**エヘン、エヘン**」

ハリーもジョージもサッと振《ふ》り返《かえ》った。ドローレス・アンブリッジが戸口に立っていた。巻《ま》きつけている緑色のツイードのマントが、その姿《すがた》をますます巨大《きょだい》なガマガエルそっくりに見せていた。ぞっとするような、胸《むね》の悪くなるような、不吉《ふきつ》な笑《え》みを浮《う》かべている。このニッコリ笑いこそ、ハリーには迫《せま》りくる悲劇《ひげき》を連想させるものになっていた。

「マクゴナガル先生、お手伝いしてよろしいかしら？」

アンブリッジが、毒をたっぷりふくんだ独特《どくとく》の甘《あま》い声で言った。

マクゴナガル先生の顔に血が上った。

「手伝い？」先生がしめつけられたような声でくり返した。「どういう意味ですか？　**手伝いを？**」

アンブリッジが部屋に入ってきた。胸《むね》の悪くなるような笑《え》みを続けている。

「あらまあ、先生にもう少し権威《けんい》をつけて差し上げたら、お喜びになるかと思いましたのよ」

マクゴナガル先生の鼻の穴《あな》から火花が散っても不思議はない、とハリーは思った。

「何か誤解《ごかい》なさっているようですわ」

マクゴナガル先生はアンブリッジに背《せ》を向けた。

「さあ、二人とも、よく聞くのです。マルフォイがどんな挑発《ちょうはつ》をしようと、そんなことはどうでもよろしい。たとえ、あなた方の家族全員を侮辱《ぶじょく》しようとも、関係ありません。二人の行動は言語道《ごんごどう》断《だん》です。それぞれ一週間の罰則《ばっそく》を命じます。ポッター、そんな目で見てもだめです。あなたは、それに値《あたい》することをしたのです！　そして、あなた方が二度とこのような――」

「**エヘン、エヘン**」

マクゴナガル先生が「我《われ》に忍耐《にんたい》を与《あた》えよ」と祈《いの》るかのように目を閉《と》じ、再《ふた》びアンブリッジのほうに顔を向けた。

「**何か？**」

「わたくし、この二人は罰則《ばっそく》以上《いじょう》のものに値《あたい》すると思いますわ」アンブリッジのニッコリがますます広がった。

マクゴナガル先生がパッと目を開けた。

「残念ではございますが」笑《え》みを返そうと努力した結果、マクゴナガル先生の口元が不自然に引きつった。

「この二人は私《わたくし》の寮生《りょうせい》ですから、ドローレス、私《わたくし》がどう思うかが重要なのです」

「さて、**実は**、ミネルバ」アンブリッジがニタニタ笑った。「わたくしがどう思うかが**まさに**重要だということが、あなたにもおわかりになると思いますわ。えー、どこだったかしら？　コーネリウスが先ほど送ってきて……つまり」

アンブリッジはハンドバッグをゴソゴソ探《さが》しながら小さく声を上げて作り笑いした。

「**大臣が**先ほど送ってきたのよ……ああ、これ、これ……」

アンブリッジは羊皮紙を一枚《まい》引《ひ》っ張《ぱ》り出《だ》し、広げて、読み上げる前にことさら念入りに咳払《せきばら》いした。

「**ェヘン、ェヘン**……『教育令第二十五号』」

「まさか、またですか！」マクゴナガル先生が絶叫《ぜっきょう》した。

「ええ、そうよ」アンブリッジはまだニッコリしている。

「実は、ミネルバ、あなたのおかげで、わたくしは教育令を追加することが**必要だ**と悟《さと》りましたのよ……覚えているかしら。わたくしがグリフィンドールのクィディッチ・チームの再編成許可《さいへんせいきょか》を渋《しぶ》っていたとき、あなたがわたくしの決定をくつがえしたわね？　あなたはダンブルドアにこの件《けん》を持《も》ち込《こ》み、ダンブルドアがチームの活動を許《ゆる》すようにと主張《しゅちょう》しました。さて、それはわたくしとしては承服《しょうふく》できませんでしたわ。早速《さっそく》、大臣に連絡《れんらく》しましたら、大臣はわたくしとまったく同意見で、高等尋問官《こうとうじんもんかん》は生徒の特権《とっけん》を剝奪《はくだつ》する権利《けんり》を持つべきだ、さもなくば彼女《かのじょ》は――わたくしのことですが――ただの教師《きょうし》より低い権限《けんげん》しか持たないことになる！　とまあ、そこで、いまとなってみればわかるでしょうが、ミネルバ、グリフィンドールのチーム再編成《さいへんせい》を阻止《そし》しようとしたわたくしがどんなに正しかったか。**恐《おそ》ろしい**かんしゃく持ちのチームだこと……とにかく、教育令を読み上げるところでしたわね……**エヘン、エヘン**……『高等尋問官《こうとうじんもんかん》は、ここに、ホグワーツの生徒に関するすべての処罰《しょばつ》、制裁《せいさい》、特権《とっけん》の剝奪《はくだつ》に最高の権限《けんげん》を持ち、ほかの教職員《きょうしょくいん》が命じた処罰《しょばつ》、制裁《せいさい》、特権《とっけん》の剝奪《はくだつ》を変更《へんこう》する権限《けんげん》を持つものとする。署名《しょめい》、コーネリウス・ファッジ、魔法大臣《まほうだいじん》、マーリン勲《くん》章勲《しょうくん》一等《とう》、以下《いか》省略《しょうりゃく》』」

アンブリッジは羊皮紙を丸めなおし、ハンドバッグに戻《もど》した。相変わらずニッコリだ。

「さて……わたくしの考えでは、この二人が以後二度とクィディッチをしないよう禁止《きんし》しなければなりませんわ」

アンブリッジはハリーを、ジョージを、そしてまたハリーを見た。

ハリーは、手の中でスニッチが狂《くる》ったようにバタバタするのを感じた。

「禁止《きんし》？」ハリーは自分の声が遠くから聞こえてくるような気がした。「クィディッチを……以後二度と？」

「そうよ、ミスター・ポッター。終身禁止《しゅうしんきんし》なら、身にしみるでしょうね」

アンブリッジのニッコリが、ハリーが理解《りかい》に苦しんでいるのを見て、ますます広がった。

「あなたと、**それから**、ここにいるミスター・ウィーズリーもです。それに、安全を期すため、このお若《わか》い双子《ふたご》のもう一人も禁止《きんし》するべきですわ――チームのほかの選手が押《お》さえていなかったら、きっと、もうお一人もミスター・マルフォイ坊《ぼっ》ちゃんを攻撃《こうげき》していたにちがいありません。この人たちの箒《ほうき》も当然没収《ぼっしゅう》です。わたくしの禁止令《きんしれい》にけっして違反《いはん》しないよう、わたくしの部屋に安全に保管《ほかん》しましょう。でも、マクゴナガル先生、わたくしはわからず屋ではありませんよ」

アンブリッジがマクゴナガル先生のほうに向きなおった。マクゴナガル先生は、いまや、氷の彫《ちょう》像《ぞう》のように不動の姿勢《しせい》でアンブリッジを見つめていた。

「ほかの選手はクィディッチを続けてよろしい。**ほかの生徒**には別に暴力的《ぼうりょくてき》な兆候は見られませんからね。では……ごきげんよう」

そして、アンブリッジは、すっかり満足した様子で部屋を出ていった。あとに残されたのは、絶《ぜっ》句《く》した三人の沈黙《ちんもく》だった。

「禁止《きんし》」

アンジェリーナがうつろな声を上げた。その夜遅《よるおそ》く、談話室でのことだ。

「**禁止《きんし》**。シーカーもビーターもいない……いったいどうしろって？」

試合に勝ったような気分ではまるでなかった。どちらを向いても、ハリーの目に入るのは、落胆《らくたん》した、怒《いか》りの表情《ひょうじょう》ばかりだった。選手は暖炉《だんろ》の周りにがっくりと腰《こし》を下ろしていた。ロンを除《のぞ》く全員だ。ロンは試合のあとから姿《すがた》が見えなかった。

「絶対《ぜったい》不公平よ」アリシアが放心したように言った。「クラッブはどうなの？　ホイッスルが鳴ってからブラッジャーを打ったのはどうなの？　アンブリッジは**あいつ**を禁止《きんし》にした？」

「ううん」ジニーが情《なさ》けなさそうに言った。ハリーをはさんで、ジニーとハーマイオニーが座《すわ》っていた。「書き取りの罰則《ばっそく》だけ。モンタギューが夕食のときにそのことで笑っていたのを聞いたわ」

「それに、フレッドを禁止《きんし》にするなんて。なんにもやってないのに！」アリシアが拳《こぶし》でひざをたたきながら怒《いか》りをぶつけた。

「僕《ぼく》がやってないのは、僕《ぼく》のせいじゃない」フレッドが悔《くや》しげに顔をゆがめた。「君たち三人に押《お》さえられていなけりゃ、あのクズやろう、打ちのめしてグニャグニャにしてやったのに」

ハリーはみじめな思いで暗い窓《まど》を見つめた。雪が降《ふ》っていた。つかんでいたスニッチが、いまは談話室をブンブン飛び回っている。みんなが催眠術《さいみんじゅつ》にかかったようにその行方《ゆくえ》を目で追っていた。

クルックシャンクスが、スニッチを捕《つか》まえようと、椅子《いす》から椅子《いす》へと跳《と》び移《うつ》っている。

「私《わたし》、寝《ね》るわ」アンジェリーナがゆっくり立ち上がった。「全部悪い夢《ゆめ》だったたってことになるかもしれない……あした目が覚めたら、まだ試合をしていなかったたってことに……」

アリシアとケイティがそのすぐあとに続いた。それからしばらくしてフレッドとジョージも、周囲の誰《だれ》かれなしににらみつけながら寝室《しんしつ》へと去っていった。ジニーもそれからまもなくいなくなった。ハリーとハーマイオニーだけが暖炉《だんろ》のそばに取り残された。

「ロンを見かけた？」ハーマイオニーが低い声で聞いた。

ハリーは首を横に振《ふ》った。

「私《わたし》たちをさけてるんだと思うわ」ハーマイオニーが言った。「どこにいると思――？」ちょうどその時、背後《はいご》でギーッと、「太った婦人《レディ》」が開く音がして、ロンが肖像画《しょうぞうが》の穴《あな》を這《は》い上《あ》がってきた。真っ青な顔をして、髪《かみ》には雪がついている。ハリーとハーマイオニーを見ると、ハッとその場で動かなくなった。

「どこにいたの？」ハーマイオニーが勢《いきお》いよく立ち上がり、心配そうに言った。

「歩いてた」ロンがぼそりと言った。まだクィディッチのユニフォームを着たままだ。

「凍えてるじゃない」ハーマイオニーが言った。「こっちに来て、座《すわ》って！」

ロンは暖炉《だんろ》の所に歩いてきて、ハリーから一番離《はな》れた椅子《いす》に身を沈《しず》めた。ハリーの目をさけていた。囚《とら》われの身《み》となったスニッチが、三人の頭上をブンブン飛んでいた。

「ごめん」ロンが足元を見つめながらボソボソ言った。

「何が？」ハリーが言った。

「僕《ぼく》がクィディッチができるなんて考えたから」ロンが言った。「あしたの朝一番でチームを辞《や》めるよ」

「君が辞《や》めたら」ハリーがいらいらと言った。「チームには三人しか選手がいなくなる」

ロンがけげんな顔をしたので、ハリーが言った。

「僕《ぼく》は終身クィディッチ禁止《きんし》になった。フレッドもジョージもだ」

「ヒェッ？」ロンが叫《さけ》んだ。

ハーマイオニーがすべての経緯《けいい》を話した。ハリーはもう一度話すことさえ耐《た》えられなかった。

ハーマイオニーが話し終えると、ロンはますます苦悶《くもん》した。

「みんな僕《ぼく》のせいだ――」

「僕《ぼく》がマルフォイを打ちのめしたのは、君が**やらせた**わけじゃない」ハリーが怒《おこ》ったように言った。

「――僕《ぼく》が試合であんなにひどくなければ――」

「――それとはなんの関係もないよ」

「――あの歌で上がっちゃって――」

「――あの歌じゃ、誰《だれ》だって上がったさ」

ハーマイオニーは立ち上がって言い争いから離《はな》れ、窓際《まどぎわ》に歩いていって、窓《まど》ガラスに逆巻《さかま》く雪を見つめていた。

「おい、いいかげんにやめてくれ！」ハリーが爆発《ばくはつ》した。「もう充分《じゅうぶん》に悪いことずくめなんだ。君がなんでもかんでも自分のせいにしなくたって！」

ロンは何も言わなかった。ただしょんぼりと、ぬれた自分のローブのすそを見つめて座《すわ》っていた。しばらくして、ロンがどんよりと言った。

「生涯《しょうがい》で、最悪の気分だ」

「仲間が増《ふ》えたよ」ハリーが苦々しく言った。

「ねえ」

ハーマイオニーの声がかすかに震《ふる》えていた。

「一つだけ、二人を元気づけることがあるかもしれないわ」

「へー、そうかい？」

ハリーはあるわけがないと思った。

「ええそうよ」

ハーマイオニーが、点々と雪片《せっぺん》のついた真っ暗な窓《まど》から目を離《はな》し、二人を見た。顔中で笑っている。

「ハグリッドが帰ってきたわ」

下巻《げかん》に続く

作者紹介

J.K.ローリング

「ハリー・ポッター」シリーズで数々の文学賞を受賞し、多くの記録を打ち立てた作家。世界中の読者を夢中にさせ、80以上の言語に翻訳されて5億部を売り上げるベストセラーとなったこの物語は、8 本の映画も大ヒット作となった。また、副読本として『クィディッチ今昔』『幻の動物とその生息地』(ともにコミックリリーフに寄付)、『吟遊詩人ビードルの物語』(ルーモスに寄付)の３作品をチャリティのための本として執筆しており、『幻の動物とその生息地』から派生した映画の脚本も手掛けている。この映画はその後5部作シリーズとなる。さらに、舞台『ハリー・ポッターと呪の子 第一部・第二部』の共同制作に携わり、2016 年の夏にロンドンのウエストエンドを皮切りに公演がスタート。2018年にはブロードウェイでの公演も始まった。2012 年に発足したウェブサイト会社「ポッターモア」では、ファンはニュースや特別記事、ローリングの新作などを楽しむことができる。また、大人向けの小説『カジュアル・ベイカンシー　突然の空席』、さらにロバート・ガルブレイスのペンネームで書かれた犯罪小説「私立探偵コーモラン・ストライク」シリーズの著者でもある。児童文学への貢献によりOBE(大英帝国勲章)を受けたほか、コンパニオン・オブ・オーダーズ勲章、フランスのレジオンドヌール勲章など、多くの名誉章を授与され、国際アンデルセン賞をはじめ数多くの賞を受賞している。

訳者紹介
松岡 佑子（まつおか・ゆうこ）
翻訳家。国際基督教大学卒、モントレー国際大学院大学国際政治学修士。日本ペンクラブ会員。スイス在住。訳書に「ハリー・ポッター」シリーズ全7巻のほか、「少年冒険家トム」シリーズ全3巻、『ブーツをはいたキティのおはなし』、『ファンタスティック・ビーストと魔法使いの旅』、『とても良い人生のために』（以上静山社）がある。

ハリー・ポッターと不死鳥の騎士団 上

2020年4月14日　第1刷発行

著者　J.K.ローリング
訳者　松岡佑子
発行者　松岡佑子
発行所　株式会社静山社
〒102-0073　東京都千代田区九段北1-15-15
電話・営業　03-5210-7221
https://www.sayzansha.com

日本語版デザイン　坂川栄治+鳴田小夜子（坂川事務所）
日本語版装画・挿画　佐竹美保
組版　アジュール
印刷・製本　中央精版印刷株式会社

Published by Say-zan-sha Publications, Ltd.
ISBN978-4-86389-525-6 Printed in Japan

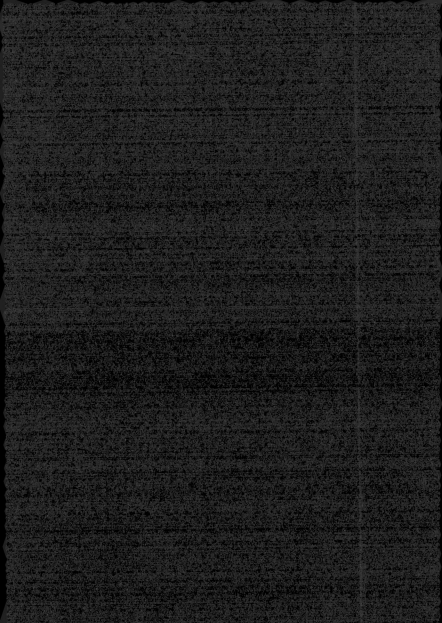